John Sandford
Spur der Angst

Buch

Carmel Loan ist genauso rassig wie ihr Jaguar XK 8 – und genauso teuer. Die Rechtsanwältin gehört zu den Besten und Erfolgreichsten ihrer Zunft in Minneapolis. Carmel ist ein echtes Luxusgeschöpf und bekommt immer, was sie will. Nur Hale Allen bekommt sie nicht. Der mittelmäßige, aber äußerst gut aussehende Anwalt spielt zwar gerne ihren Liebhaber, aber er würde sich nie von seiner Frau Barbara trennen. Hale bleibt Barbara (untreu) verbunden – bis dass der Tod sie scheidet. Und damit Letzteres ein bisschen eher eintritt, beschließt Carmel, der Sache etwas auf die Sprünge zu helfen. Gut, dass sie vor ein paar Jahren den Mafioso Rolando (Rolo) D'Aquila vor Gericht freigepaukt und sich somit Beziehungen zur Unterwelt verschafft hat. Rolo empfiehlt Carmel den besten Killer, den er kennt, oder genauer, die beste Killerin: Clara Rinker erledigt ihren Auftrag auch gewohnt professionell. Weder die Polizei noch Hale Allen können sich erklären, warum Barbara in einem öffentlichen Parkhaus ermordet wurde.
Alles wäre jetzt ganz einfach, wenn Rolo nicht drogensüchtig und ständig in schlimmen Geldnöten wäre. Immer auf der Suche nach einer neuen Einnahmequelle, hat der Mafioso sein »Beratungsgespräch« mit Carmel aufgezeichnet und erpresst nun seine ehemalige Anwältin. Diese wendet sich verzweifelt an Clara, die sich – ganz entgegen ihren Prinzipien – mit Carmel trifft. Was nun beginnt, ist der Kampf zweier Frauen gegen die Mafia – ein Kampf, der Detective Lucas Davenport mit auf den Plan bringt. Und Davenport, nicht die Mafia, ist der eigentliche Gegner der beiden. Aber selbst der hart gesottene Detective von der Mordkommission kann nicht leugnen, dass er eine gewisse Achtung für Clara Rinker empfindet, die nicht nur schlau und professionell, sondern eigentlich ein nettes Mädchen ist …

Autor

John Sandford ist das Pseudonym des mit dem Pulitzerpreis ausgezeichneten Journalisten John Camp. Seine Romane um den Polizisten Lucas Davenport finden sich regelmäßig auf den amerikanischen Bestsellerlisten. Schneller und fesselnder als er schreibt kaum ein zeitgenössischer Thriller-Autor. John Sandford lebt in Minneapolis.

Im Goldmann Verlag sind außerdem folgende Romane
von John Sandford lieferbar:

Blinde Spiegel (41352), Böses Spiel (43429), EisNacht (42549), Jagdpartie (44388), Kalte Rache (43708), Königin der Nacht (43398), Die Schule des Todes (41031), Stumme Opfer (41533)

John Sandford
Spur der Angst

Roman

Aus dem Amerikanischen von
Manes H. Grünwald

GOLDMANN

Die Originalausgabe erschien 1999
unter dem Titel »Certain Prey«
bei G. P. Putnam's Sons, a member of
Penguin Putnam Inc., New York.

Umwelthinweis:
Alle bedruckten Materialien dieses Taschenbuches
sind chlorfrei und umweltschonend.
Das Papier enthält Recycling-Anteile.

Der Goldmann Verlag
ist ein Unternehmen der Verlagsgruppe Bertelsmann.

Deutsche Erstveröffentlichung 8/2000
Copyright © der Originalausgabe 1999 by John Sandford
Copyright © der deutschsprachigen Ausgabe 2000
by Wilhelm Goldmann Verlag, München, in der
Verlagsgruppe Bertelsmann GmbH
Umschlaggestaltung: Design Team München
Umschlagfoto: Bilderberg/Soriano
Satz: deutsch-türkischer fotosatz, Berlin
Druck: Elsnerdruck, Berlin
Titelnummer: 44432
Redaktion: Ilse Wagner
BH · Herstellung: Peter Papenbrok
Made in Germany
ISBN 3-442-44432-2

1 3 5 7 9 10 8 6 4 2

Für Tom
und
Rozanne Anderson

1

Clara Rinker ...

Der Erste der drei unglücklichsten Tage im Leben von Barbara Allen war der Tag, als Clara Rinker in St. Louis im Hinterhof einer Stripteasebar namens Zanadu vergewaltigt wurde. Die Bar lag am Westrand der Stadt in einem schachbrettartig angelegten, staubigen Gewerbegebiet, das vornehmlich aus Truckterminals, Lagerhallen und Montagefabriken besteht. Im Zanadu ging es, wie die Chromreklametafel an der Interstate 70 in gelber Leuchtschrift verkündete, »locker zu«. Clara Rinker war jedoch keinesfalls ein »lockeres Mädchen«, egal, was die Gäste des Zanadu auch glaubten.

Rinker war sechzehn, als sie vergewaltigt wurde – ein kleines, sportlich durchtrainiertes Mädchen, eine Tänzerin, die ihrer Familie in Ozark davongelaufen war. Sie hatte blondes, am Ansatz dunkleres Haar und einen Körper, der in dünnen Baumwollkleidchen mit roten Punktmustern aus dem K-Mart ausgesprochen attraktiv wirkte. Es war ein Körper, der die Aufmerksamkeit von Cowboys, Truckern und anderen Männern, die sich in Träumen von Nashville ergingen, auf sich zog.

Sie hatte sich für den Nackttanz entschieden, weil sie Talent dafür hatte, und zwar ausschließlich deshalb, nicht etwa wegen des Geldes oder weil sie sonst hungern müsste. Die Vergewaltigung geschah um zwei Uhr in einer ansonsten wunderschönen Aprilnacht, in einer dieser Nächte, in denen die Kids im Mittleren Westen länger aufbleiben und Krieg spielen dürfen und in denen Zikaden in ihren Verstecken unter den Borken der Ulmen ihr Summen ertönen lassen. Rinker hatte in dieser Nacht die Eingangstür der Bar abgeschlossen; sie war als letzte Tänzerin aufgetreten.

Danach saßen noch vier Männer bei ihren Drinks an der Bar. Drei waren Fernfahrer mit gehetzten Gesichtern, die nirgendwo anders hingehen konnten als in die engen Kojen ihrer Kenworth-, Freightliner- oder Peterbilt-Trucks; der Vierte war ein norwegischer Tierhändler, spezialisiert auf exotische Tiere, der gegen den Kummer über ein gerade aufgeflogenes Geschäft antrank, bei dem es um eine große Kiste Boa constrictors und eine Ladung illegal eingeführter tropischer Vögel im Wert von sechsunddreißigtausend Dollar gegangen war.

Ein fünfter Mann namens Dale-Sowieso, ein Gorilla mit schräg abfallenden Schultern, war aus der Bar gegangen, als Rinker etwa die Hälfte der Theke abgewischt hatte. Er ließ zwölf Dollar in zerknüllten Einer-Noten auf dem Tresen zurück, darüber hinaus zwei kleine Schweißringe, wo er die nackten Ellbogen aufgestützt hatte. Rinker hatte vor jedem Mann für zehn Sekunden ihre Arbeit unterbrochen, um ihn mit dem Blick anzublitzen, den die Mädchen »Schluss-Schluss« nannten. Dale-Sowieso war als Erster an der Reihe gewesen, und er war aufgestanden und gegangen, sobald sie sich wischend auf den nächsten Mann zubewegt hatte. Als sie fertig war, stieg Rinker die Stufe am Ende der Bar hinunter und ging zu einem der Hinterzimmer, um ihre Straßenkleidung anzuziehen.

Einige Minuten später klopfte der Barmann, ein Ringer im Team der Universität von Missouri namens Rick, an die Tür des Umkleidezimmers und fragte: »Clara, schließt du die Hintertür ab?«

»Mach ich«, antwortete sie und streifte ein fusseliges Stretchoberteil über den Kopf, wobei sie mit dem Hintern wackelte, um es nach unten ziehen zu können. Rick respektierte die Privatsphäre der Tänzerinnen, wofür sie ihm dankbar waren; eigentlich war das aber nur eine psychologischer Trick, da er ja hinter der Bar arbeitete und die halbe Nacht damit zubrachte, ihre nackten Körper zu betrachten.

Egal, er respektierte jedenfalls ihre Privatsphäre ...

Als sie sich umgezogen hatte, machte Rinker das Licht im Umkleideraum aus, ging dann zur Damentoilette, vergewisserte sich, dass sie leer war, machte dasselbe in der Herrentoilette, in der ihr der unausrottbare, mit Bier gewürzte Uringestank beißend in die Nase stieg. An der Hintertür entriegelte sie das Schloss, knipste das Flurlicht aus und trat hinaus in die weiche Nachtluft. Sie zog die Tür hinter sich zu, hörte das Einschnappen des Riegels, rüttelte noch einmal am Türknauf, um sich zu vergewissern, dass die Tür auch wirklich verschlossen war, und ging dann auf ihren Wagen zu.

Auf etwa zwei Dritteln des Weges zu ihrem Wagen stand ein verrosteter Dodge Pickup auf dem Parkplatz. Eine zerbeulte Aluminiumwohnkabine mit zerlumpten Vorhängen an den Fenstern war auf der Ladefläche festgezurrt. Es kam hin und wieder vor, dass Gäste der Bar, die zu viel getrunken hatten, ihren Rausch in ihren Wagen auf dem Parkplatz ausschliefen; der Truck mit der Kabine stellte also keine Abweichung von der Norm dar. Dennoch kam er Rinker irgendwie unheimlich vor. Sie wäre beinahe um das Gebäude zum Haupteingang zurückgelaufen, um Rick noch zu erreichen, ehe er nach Hause ging.

Beinahe. Aber der Weg um das Gebäude war weit, und außerdem kam sie sich albern vor, und vielleicht hatte Rick es eilig, nach Hause zu kommen, und der Truck war ja schließlich unbeleuchtet, es schien niemand drin zu sein ...

Dale-Sowieso saß auf der Rinker abgewandten Seite des Trucks auf dem Kiesboden, den Rücken gegen die Fahrertür gelehnt. Er wartete nun schon seit zwanzig Minuten mit steigender Ungeduld auf sie, kaute Pfefferminzdragees und dachte dabei an ihren Körper. Irgendwo in den Tiefen seines Bewusstseins betrachtete er Pfefferminzdragees als Zugeständnis an die Galanterie, die man Frauen gegenüber zeigen sollte. Er kaute das Zeug, um dieser kleinen Tänzerin einen Gefallen zu tun.

Als er hörte, dass die Hintertür geschlossen wurde, stand er auf, schaute durch das Wagenfenster und sah sie kommen, allein. Er wartete geduckt hinter dem Truck; er war ein großer Mann, und wenn auch ein erheblicher Anteil seiner Körpermasse aus Fett bestand, war er jedenfalls stolz auf seine Größe.

Und er war schnell: Rinker hatte nicht den Hauch einer Chance.

Als sie am Truck vorbeikam, einen klirrenden Schlüsselbund in der Hand, stürzte er sich aus der Dunkelheit auf sie wie ein Tackle beim Football. Der Aufprall nahm ihr den Atem; sie stürzte auf den Rücken, lag unter ihm, rang nach Luft, und der Kies schnitt ihr in die nackten Schultern. Er wirbelte sie herum, zog ihre Arme auf dem Rücken zusammen, umspannte ihre dünnen Handgelenke mit einer Hand, drückte die andere in ihren Nacken.

Sein Pfefferminzatem war dicht an ihrem Ohr, und er zischte ihr zu: »Wenn du schreist, brech ich dir dein verdammtes Genick.«

Sie schrie nicht, denn so was war ihr schon einmal passiert, mit ihrem Stiefvater. Damals hatte sie geschrien, und er hatte ihr beinahe das Genick gebrochen. Aber Rinker wehrte sich heftig, zappelte, spuckte, strampelte, wand und drehte sich, versuchte, sich aus seinem Griff zu befreien. Aber Dale-Sowiesos Hand war wie ein Schraubstock an ihrem Genick, und er zerrte sie zur Camper-Kabine, zog die Hecktür auf, schob sie hinein, riss ihr die Unterhose herab und tat im flackernden gelben Licht der Innenbeleuchtung, was er sich vorgenommen hatte.

Als er fertig war, warf er sie aus der Hecktür, spuckte auf sie hinunter und knurrte: »Du dreckiges Miststück, wenn du jemand was sagst, bring ich dich um.« Später erinnerte sie sich hauptsächlich daran, wie sie nackt auf dem Kies gelegen und er auf sie heruntergespuckt hatte. Und an die borstigen Haare auf Dales fettem Wackelarsch.

Rinker ging nicht zu den Cops, denn das wäre das Ende ihres Jobs gewesen. Und wie sie die Cops kannte, hätten die sie bestimmt zurück zu ihrem Stiefvater geschickt. Aber sie wandte sich an die Besitzer des Zanadu und erzählte ihnen von der Vergewaltigung. Die Brüder Ernie und Ron Battaglia waren besorgt – zum einen wegen Rinker, zum anderen wegen ihrer Lizenz. Eine Stipteasebar geriet in argen Verruf, wenn auf ihrem Parkplatz Sexualverbrechen passierten.

»Ach du heilige Scheiße«, sagte Ron, als Rinker ihm und Ernie von der Vergewaltigung berichtete. »Das ist ja schrecklich, Clara. Bist du verletzt? Du musst dich von 'nem Arzt untersuchen lassen, ganz klar.«

Ernie nahm eine Geldscheinrolle aus der Tasche, schälte zwei Hunderter davon ab, dachte ein paar Sekunden nach, entschloss sich zu einem weiteren Hunderter, schob ihr die drei Geldscheine in den Ausschnitt ihres Reserve-Stretchoberteils. »Geh und lass dich untersuchen, Kid.«

Sie nickte, sagte dann: »Wisst ihr, ich will nicht zu den Cops gehen. Aber dieses verdammte Arschloch soll für das bezahlen, was er mir angetan hat.«

»Wir kümmern uns darum«, bot Ernie an.

»Nein, lasst mich das selber machen«, sagte Rinker.

Ron hob die Augenbrauen. »Was hast du vor?«

»Schafft ihn für mich in den Keller. Er hat mal gesagt, er wäre Dachdecker. Er braucht also seine Hände zum Geldverdienen. Ich nehme mir einen verdammten Baseballschläger und zertrümmere ihm einen von seinen Armen.«

Ron sah Ernie an, der wiederum Rinker anschaute und sagte: »Das ist okay. Wenn er nächstes Mal herkommt, hm?«

Sie machten es nicht, als er eine Woche später wieder in die Bar kam. Er wirkte nervös, vermied jeden Blickkontakt mit Rinker, nahm wohl zu Recht an, dass er nicht willkommen war. Rinker lehnte es ab, Dale-Sowieso an der Bar zu bedienen, und als sie Ernie in der Küche auf die geäußerte Absicht ansprach, knurrte der nur, gottverdammt, der Steuertermin stehe vor der Tür, und weder er noch Ron wären im Moment mental auf eine Auseinandersetzung mit dem Kerl eingestellt.

Rinker bearbeitete die beiden weiter, und als Dale-Sowieso zwei Tage nach dem Steuertermin wieder auftauchte, hatten die Brüder mental keinerlei Schwierigkeiten, sich auf eine Auseinandersetzung mit ihm einzulassen. Sie fütterten Dale-Sowieso mit Drinks und Erdnüssen »aufs Haus« und verwickelten ihn bis zur Sperrstunde in Gespräche. Rick, der Barkeeper, komplimentierte den vorletzten Gast nach draußen und folgte ihm schleunigst, ohne noch einmal zurückzuschauen; er schien zu ahnen, dass irgendwas geplant war.

Dann ging Ron um den Tresen, Ernie brachte Dale-Sowieso dazu, in die andere Richtung zu schauen, und Ron verpasste ihm einen überraschend wilden rechten Schwinger, der ihn vom Barhocker holte. Ron stürzte sich auf ihn, zerrte ihn auf den Bauch, und Ernie kam um den Tresen gerannt und nahm ihn in den speziellen Schwitzkasten, wie ihn Profiringer kennen. Zusammen schleppten sie dann Dale-Sowieso, der kaum Widerstand leistete, die Kellertreppe hinunter.

Die Brüder stellten ihn auf die Füße, und er war bei vollem Bewusstsein, als Rinker herunterkam. Sie hatte einen Baseballschläger aus Aluminium dabei; korrekter gesagt, einen T-Ball-Schläger, der vom Schwunggewicht her für klein gewachsene Frauen besser geeignet ist.

»Ich werd euch beschissenen Arschlöchern 'ne Klage an den Hals hängen, die euch um jeden verdammten Cent von eurem Vermögen bringt«, keuchte Dale-Sowieso, und Blut tropfte von seiner aufgeplatzten Unterlippe. »Mein verdammter Anwalt macht Freudentänze über das Geld, das er an euch verdammten Drecksäcken verdient.«

»So'n Scheiß wirst du nicht machen«, sagte Ron. »Du hast dieses kleine Mädchen da vergewaltigt ...«

»Wie willst du's haben, Clara?«, fragte Ernie. Er stand hinter Dale, hatte die Arme unter seinen Achseln hindurchgeschoben und die Hände in seinem Nacken verschränkt. »Willst du 'nen Arm oder 'n Bein?«

Rinker stand dicht vor Dale-Sowieso, der sie finster anstarrte. »Ich werd ...«, fing er an.

Rinker ließ ihn nicht aussprechen. »Scheiß-Beine«, knurrte sie. Sie hob den Schlagstock und ließ ihn dann auf Dale-Sowiesos Schädeldach niedersausen.

Der Aufschlag klang, als ob ein dicker Mann auf eine Walnuss getreten wäre. Ernie zuckte zusammen, lockerte seinen Griff, und Dale-Sowieso sackte auf den Boden wie ein zweihundert Pfund schwerer Sandsack.

»Heilige Scheiße«, sagte Ron und bekreuzigte sich.

Ernie stieß Dale-Sowieso mit der Spitze seiner braunen Stiefel an, und eine Blutblase quoll aus Dales Mund. »Der is' nicht tot«, sagte Ernie.

Rinker hob den Schlagstock und schlug noch einmal zu, diesmal gegen den Knöchel hinter seinem linken Ohr. Sie führte den Schlag mit erheblicher Wucht aus; ihr Stiefvater hatte oft von ihr verlangt, Feuerholz zu spalten, und sie war geübt darin, einem Schlag mit einem Werkzeug die entsprechende Wucht zu verleihen. »Das müsste reichen«, sagte sie.

Ernie nickte und brummte zustimmend »hm«. Dann sahen sich alle drei im Licht der einzigen nackten Birne im Raum an, und Ron sagte zu Rinker: »Irgendwie große Scheiße, Clara ... Wie fühlst du dich jetzt?«

Clara sah auf Dale-Sowiesos Leiche hinunter, auf den schwärzlichen Blutring um seine dicken Lippen, und sagte: »Er war nur ein Stück Scheißdreck.«

»Und du fühlst gar nichts?«, fragte Ernie.

»Nein, gar nichts.« Ihre Lippen waren ein dünner, harter Strich.

Nach einigen Sekunden des Schweigens sah Ron zu der schmalen Kellertreppe hinüber und sagte: »Wird verdammt schwierig sein, seinen Arsch aus dem Keller zu schaffen.«

»Da hast du Recht«, sagte Ernie und fügte philosophisch hinzu: »Ich hätte ihm rechtzeitig sagen sollen, dass es bei uns *keine* Muschi umsonst gibt.«

Dale-Sowieso landete im Mississippi, und sein Truck wurde auf der anderen Flussseite in Granate City abgestellt, wo er prompt zwei Tage später geklaut wurde. Niemand fragte je nach Dale, und Rinker trat weiterhin als Tänzerin auf. Einige Wochen nach der Sache bat Ernie sie, sich zu einem älteren Mann zu setzen, der auf ein Bier in die Bar gekommen war. Rinker legte den Kopf schief, und Ernie sagte schnell: »Nein, nein, das ist okay. Du brauchst dich auf nichts einzulassen.«

Also nahm sie sich ein großes Budweiser und setzte sich zu

dem Mann, der sagte, er sei der Bruder vom Mann von Ernies Tante. Er wusste von der Sache mit Dale-Sowieso. »Haben Sie inzwischen irgendwelche schlechten Gefühle deswegen oder immer noch nicht?«

»Nein, hab ich nicht. Aber ich bin sauer, dass Ernie Ihnen davon erzählt hat.« Sie trank einen Schluck von ihrem Budweiser.

Der ältere Mann lächelte. Er hatte sehr kräftige weiße Zähne, die von seinen schwarzen Augen und den dunklen, langen, fast femininen Wimpern abstachen. Rinker hatte plötzlich den Eindruck, der Mann könnte einem Mädchen zu schönen Zeiten verhelfen, obwohl er schon über Vierzig sein musste. »Haben Sie schon mal eine Schusswaffe abgefeuert?«, fragte er.

So wurde Rinker zur »Hit-Lady« – zur Profikillerin. Sie betrieb ihr Geschäft nicht spektakulär wie dieser Jackal oder die Profikiller in den Fernsehfilmen. Sie erledigte ihre Aufträge emotionslos, ruhig und effizient und benutzte dabei verschiedene kleinkalibrige Pistolentypen, stets mit Schalldämpfern, meistens .22er, also Kaliber 5,6 mm. Auftragsmorde aus nächster Nähe wurden zu ihrem Warenzeichen.

Rinker hatte sich nie für dumm gehalten; ihr war klar, dass sie einfach noch nie die Chance gehabt hatte, ihre Intelligenz unter Beweis zu stellen. Als das Geld von den Auftragsmorden sich summierte, erkannte sie, dass sie nicht wusste, was sie damit tun sollte. Also besuchte sie morgens das Intercontinental College of Business und belegte Kurse in Buchhaltung und Organisation eines Kleinunternehmens. Als sie zwanzig und damit schon ein wenig alt für den Nackttanz wurde, verschaffte ihr der Mafioso, der sie ins Killergeschäft gebracht hatte, einen Job in der Verwaltung eines Lagerhauses für alkoholische Getränke. Und als sie vierundzwanzig wurde und sich in der Führung eines Geschäfts ein wenig auskannte, kaufte sie sich eine eigene Bar im Zentrum von Wichita, Kansas, und nannte sie »The Rink«.

Die Bar lief gut, dennoch verließ Rinker einige Male im Jahr mit einer Pistole im Gepäck die Stadt und kam mit einem Bündel Geld wieder zurück. Einen Teil davon gab sie aus, aber den größten Teil deponierte sie unter verschiedenen Namen in verschiedenen Orten bei verschiedenen Banken. Eines hatte sie von ihrem Stiefvater gelernt: Wie gut es dir im Moment auch geht, früher oder später wirst du dich absetzen müssen ...

Carmel Loan ...

Carmel war groß gewachsen, elegant und kostspielig wie eine neue Jaguarlimousine.

Sie hatte ein schmales Gesicht mit einer hübschen Nase, dünnen blassen Lippen, einem eckigen Kinn und eine kleine, spitz zulaufende Zunge. Sie stammte von schwedischen Vorfahren ab und war blond – eine dieser Schwedinnen vom Typ Rennhund mit kleinen Brüsten, schmalen Hüften und einer langen Taille dazwischen. Sie hatte die Augen eines Vogels, der stets auf Beute aus ist – eines Raubvogels. Carmel war Strafverteidigerin in Minneapolis, und zwar eine der drei Erfolgreichsten. In den meisten Jahren schaffte sie bequem ein Einkommen von mehr als einer Million Dollar.

Carmel wohnte in einem fantastischen, absolut coolen Hochhausappartement im Zentrum von Minneapolis – durchweg helle Parkettfußböden und weiße Wände mit Schwarzweißfotos von Ansel Adams und Diane Arbus und Minor White, keine davon war aber so modern und revolutionär wie Robert Mapplethorpe. Unter all diesem Schwarz-Weiß sprang das Blutrot der Möbel und Teppiche ins Auge, und auch ihr Wagen, ein Jaguar XK8, war – in Sonderanfertigung – blutrot lackiert.

Am zweiten der drei unglücklichsten Tage im Leben von Barbara Allen entdeckte Carmel Loan, dass sie ernsthaft, zutiefst und für alle Ewigkeit in Hale Allen verliebt war, Barbara Allens Ehemann.

Hale Allen, ein Anwalt mit Spezialgebiet Haus- und Grundbesitz, war der Schwarm aller Frauen. Er hatte schwarzes Haar, das ihm in kleinen Löckchen in die Stirn fiel, warme braune Augen, ein eckiges Kinn mit einem kleinen Grübchen, große Hände, breite Schultern und schmale Hüften. Er war knapp einsfünfundachtzig groß, hatte Anzugsgröße zweiundvierzig und einer seine Schneidezähne wies eine kleine Scharte auf. Der Knoten seiner Krawatte war ständig verrutscht, und immer wieder fühlten sich Frauen bemüßigt, ihn gerade zu rücken. Um damit Hand an ihn legen zu können. Er hatte ein natürliches Talent, mit Frauen umzugehen, mit ihnen zu plaudern, mit ihnen zu spielen …

Hale Allen liebte die Frauen; und das nicht nur aus sexuellen Gründen. Es gefiel ihm ganz einfach, mit ihnen zu reden, mit ihnen Einkaufsbummel zu machen, mit ihnen zu joggen – und das alles, ohne etwas von seiner Männlichkeit zu verlieren. Er hatte Carmel Anlass zu dem Glauben gegeben, er finde sie nicht unattraktiv. Und immer, wenn Carmel *ihn* sah, rastete tief in ihrem Inneren etwas aus.

Dennoch, bei all seiner Attraktivität und dem Naturtalent im Umgang mit Frauen war Hale Allen intellektuell nicht »das schärfste Messer in der Spülmaschine«. Er begnügte sich mit einfachsten Rechtsfällen, dem Abschließen von Routineverträgen, und er verdiente nur einen Bruchteil von Carmels Jahreseinkommen. Das spielte jedoch für eine Frau, die die große Liebe ihres Lebens gefunden hatte, keine bedeutende Rolle. Wenn eine Frau eine echte körperliche Leidenschaft für einen Mann empfindet, kann sie übersehen, dass er ein wenig dumm ist, meinte Carmel. Außerdem gab Hale bestimmt ein tolles Bild ab, wenn er bei ihrer jährlichen Weihnachtsparty neben dem gemauerten Kamin stand, mit einem Scotch in der Hand und vielleicht einer blutroten Krawatte um den Hals; die geistvollen Gespräche konnte *sie* übernehmen.

Bedauerlicherweise schien Hale auf ewig an seine Frau Barbara gebunden zu sein.

Durch ihr Geld, dachte Carmel. Barbara hatte eine ganze Menge davon, von ihrer Familie. Und auch wenn Hales zerebrale Glühfäden nicht so hell leuchteten wie bei anderen, er wusste, was fünfzig Millionen Bucks waren, wenn er sie vor Augen hatte. Er wusste, wie es kam, dass man sich diesen schwarzen Kaschmirsportmantel von Giorgio Armani für tausendsechshundert Dollar leisten konnte.

Allens Bindung an seine Frau – oder an ihr Geld, wie auch immer – ließen für eine Frau von Carmels Qualitäten nur wenige Optionen zu.

Sie wollte nicht rumhängen und vor Sehnsucht zerfließen oder Weinkrämpfe und Depressionen kriegen oder sich betrinken und sich ihm an den Hals werfen. Sie musste etwas unternehmen.

Zum Beispiel diese Frau ins Jenseits befördern.

Vor fünf Jahren hatte Carmel einmal vor Gericht die Beweiskette in Stücke gerissen, die ein unerfahrener junger Cop in St. Paul zusammengetragen hatte, nachdem eine normale Verkehrskontrolle sich zu einem schwereren Fall von Drogenhandel ausgeweitet hatte.

Ihr Klient, Rolando (»Rolo«) D'Aquila, war somit einer Anklage wegen Drogenhandels entgangen, obwohl die Cops zehn Kilo Kokain unter dem Ersatzreifen seines kaffeebraunen Continentals gefunden hatten. Die Cops hatten schließlich nur das Verwirkungsgesetz anwenden und den Wagen einbehalten können, aber das hatte Rolo nicht besonders beeindruckt. Beeindruckt war er jedoch von der Tatsache gewesen, dass er nicht mehr als exakt fünf Stunden in der Zelle hatte sitzen müssen, und das war die Zeit gewesen, die Carmel zur Organisation der Kaution in Höhe von einer Million dreihunderttausend Dollar gebraucht hatte.

Und später, als sie nach dem Freispruch aus dem Gerichtsgebäude gingen, sagte Rolo zu ihr, wenn er ihr je einmal einen echten Gefallen tun könne – *einen wirklich echten Gefallen* –, solle sie sich an ihn wenden. Auf Grund der vorher mit ihm geführten Gespräche wusste Carmel sehr gut, was er damit meinte. »Ich steh ja auch echt in Ihrer Schuld«, betonte Rolo. Sie sagte nicht nein, weil sie in solchen Fällen niemals nein sagte.

Sie sagte nur: »Wir werden sehen.«

An einem warmen, regnerischen Maitag fuhr Carmel in ihrem Zweitwagen – einem unscheinbaren schwarzblauen Volvo-Kombi, zugelassen auf den in zweiter Ehe erworbenen Namen ihrer Mutter – zu einem heruntergekommenen Haus in St.-Paul-Frogtown, hielt am Bordstein an und schaute aus dem Seitenfenster.

Das alte Fachwerkhaus schien im ungehindert wuchernden Gras einer früheren Rasenfläche zu versinken. Regenwasser lief über die Ränder der mit Laub verstopften Dachrinnen, und der abblätternde grüne Anstrich des Hauses ließ Flecken der früheren Farbe erkennen, einem kreidigen Blau. Kein Fenster und keine Tür war noch ganz im Lot oder in der Waagerechten zu den Fachwerkbalken des Hauses, auch nicht zueinander. Die meisten der Fenster waren verglast, einige hatten jedoch nur schwarze Fliegengitter.

Carmel nahm einen kleinen Reiseschirm vom Rücksitz, stieß die Wagentür mit dem Fuß auf, ließ den Schirm aufschnappen und lief über den Gehweg zum Haus. Die innere Tür stand offen; sie klopfte zweimal gegen die geschlossene Fliegentür, die daraufhin in ihrem Rahmen erzitterte, und hörte dann Rolos Stimme: »Kommen Sie rein, Carmel. Ich bin in der Küche.«

Das Innere des Hauses passte sich dem Äußeren an. Die Teppiche waren zwanzig Jahre alt, und der dünne Flor war von abgetretenen Pfaden durchzogen. Die Wände zeigten ein schmuddeliges Gelb, die Möbel bestanden aus schäbigem, plastikfurniertem Sperrholz mit angeschlagenen Kanten und Beinen. An den Wänden hingen weder Bilder noch andere schmückende Gegenstände. Nägel ragten an helleren Stellen aus den Wänden, wo frühere Bewohner sich mehr Mühe um eine gewisse Wohnlichkeit gegeben hatten. Es stank intensiv nach Nikotin und Teer.

In der Küche war es unwahrscheinlich hell. An den beiden Fenstern, die den Küchentisch flankierten, gab es weder Rollos noch Vorhänge, und sie waren weit geöffnet. Nur zwei Stühle standen am Tisch, einer herangeschoben, der andere ein Stück weggezogen. Rolo, der dünner war als vor fünf Jahren, trug Jeans und ein T-Shirt, auf dem – recht rätselhaft – die Aufschrift *Jesus* prangte. Er hatte beide Hände im Spülstein.

»Wegen Ihres Besuchs wollte ich schnell noch abwaschen«, sagte er.

Es war ihm nicht peinlich, bei der Hausarbeit erwischt zu werden, und der Gedanke – *Es sollte ihm peinlich sein* – zuckte durch Carmels Anwaltsgehirn.

»Setzen Sie sich«, sagte er und nickte zu dem vom Tisch weggezogenen Stuhl. »Die Kaffeemaschine läuft.«

»Ich hab's ziemlich eilig«, erwiderte sie.

»Wie, haben Sie etwa keine Zeit für einen Kaffee mit Ihrem Freund Rolando?« Er schüttelte das Spülwasser von den Händen, riss ein Papiertuch von einer Rolle auf der Arbeitsplatte, trocknete sich die Hände ab und warf den zusammengeknüllten Papierball in Richtung auf einen Abfalleimer in der Ecke. Der Ball prallte gegen die Wand und hüpfte dann in den Eimer. »Zwei Punkte«, sagte Rolo zufrieden.

Sie schaute auf die Uhr, korrigierte dann ihre Entscheidung im Hinblick auf den Kaffee. »Na ja, ein paar Minuten habe ich natürlich Zeit.«

»Ich bin ziemlich tief gesunken, hm?«

Sie sah sich in der Küche um, zuckte die Schultern und sagte: »Sie werden wieder hochkommen.«

»Ich weiß nicht«, erwiderte er. »Ich habe die Nase ziemlich tief im Koks stecken.«

»Dann müssen Sie einen Entzug machen.«

»Ja, ein E-Programm«, sagte er und lachte. »Zwölf Schritte zu Jesus ...« Dann, entschuldigend: »Ich habe nur Kaffee mit Koffein.«

»Ich trinke nie koffeinfreien«, sagte sie, und dann: »Sie haben den Anruf also gemacht.« Keine Frage, eine Feststellung.

Rolo goss Kaffee in zwei gelbe Keramikbecher, die bei Carmel Erinnerungen an die Ferienorte an den Seen in den North Woods hervorriefen. »Ja. Und sie ist noch im Dienst meiner Freunde, und sie nimmt den Job an.«

»Sie? Es ist eine Frau?«

»Ja. Ich war selbst überrascht. Ich hab früher nie nach so was gefragt, verstehen Sie ... Aber als ich jetzt gefragt hab, hat mein Freund ›sie‹ gesagt.«

»Sie muss aber gut sein«, sagte Carmel.

»Sie *ist* gut. Hat einen ausgezeichneten Ruf. Jeder Schuss ein Treffer. Sehr effizient, sehr schnell. Immer aus kürzester Entfernung, da kann gar nichts schief gehen.« Rolo stellte einen der Kaffeebecher vor sie hin, und sie drehte ihn mit den Fingerspitzen, nahm ihn hoch.

»Genau das, was ich brauche«, sagte sie und trank einen Schluck. Guter Kaffee, sehr heiß.

»Sie sind sich ganz sicher?«, fragte Rolo. Er lehnte sich gegen die Arbeitsplatte und gestikulierte mit dem Kaffeebecher. »Wenn ich denen mal zugesagt hab, gibt's kein Zurück mehr. Bei dieser Frau weiß man nie, wie sie den Auftrag ausführt, niemand weiß, wo sie sich aufhält oder welchen Namen sie benutzt. Wenn Sie zustimmen, tötet sie Barbara Allen.«

Carmel runzelte bei der Nennung von Barbara Allens Namen die Stirn. Sie hatte bisher nie wirklich überlegt, dass es um einen *Mord* ging. Sie hatte die Angelegenheit eher abstrakt betrachtet, als Lösung eines ansonsten unlösbaren Problems. Natürlich, sie hatte *gewusst*, dass es ein Mord sein würde, aber sie hatte diese Tatsache einfach noch nicht gedanklich verarbeitet. »Ich *bin* sicher«, sagte sie.

»Sie haben das Geld?«

»Ja. Im Haus. Ihre zehntausend Dollar habe ich dabei.«

Sie stellte den Becher ab, kramte in ihrer Handtasche, holte ein dünnes Bündel großer Scheine heraus und legte es auf den Tisch. Rolo nahm es an sich und blätterte die Scheine mit dem Daumen durch. »Eines sollten Sie noch wissen«, sagte er. »Wenn jemand kommt und das Geld haben will – zahlen Sie jeden Cent. *Jeden Cent.* Feilschen Sie, um Himmels willen, nicht, zahlen Sie einfach. Wenn Sie das nicht tun, wird man keinen weiteren Versuch machen, das Geld einzutreiben, sondern man wird Sie umlegen – als abschreckendes Beispiel.«

»Ich weiß, wie das läuft«, erwiderte Carmel mit einem Anflug von Ungeduld. »Die Leute werden das Geld – wie abgemacht – kriegen. Und niemand kann es zurückverfolgen, da ich es nach und nach beiseite gelegt habe.«

Rolo zuckte die Schultern. »Wenn Sie also zustimmen, rufe ich heute Abend meinen Freund an. Und Barbara Allen ist eine tote Frau.«

Diesmal zuckte Carmel nicht zusammen, als Rolo den Namen nannte. Sie stand auf. »Ja«, sagte sie, »tun Sie das.«

Rinker kam drei Wochen später in die Stadt. Sie war mit ihrem eigenen Wagen von Wichita losgefahren, hatte dann zwei verschiedenfarbige Wagen verschiedenen Typs von Hertz und Avis gemietet, unter zwei verschiedenen Namen und der Vorlage authentischer, in Missouri ausgestellter Führerscheine sowie absolut sauberer Kreditkarten von gut gefüllten Konten.

Sie hängte sich eine Woche an Barbara Allens Fersen und fasste schließlich den Entschluss, sie im Treppenhaus eines Parkhauses im Stadtzentrum zu töten. Im Verlauf der Beobachtungswoche war Barbara Allen viermal in das Parkhaus gefahren und jedes Mal über die Innentreppe bis zur Etage mit einer Verbindungspassage in ein benachbartes Bürogebäude hinuntergegangen. Hinter dem Verbindungsgang hatte sie ein Büro betreten, an dessen Tür die Inschrift »Wohlfahrtsverband *Stern des Nordens*« stand. Als Rinker mit Sicherheit wusste, dass Allen *nicht* im Büro war, hatte sie dort angerufen und nach ihr gefragt.

»Es tut mir Leid, sie ist nicht da.«

»Wann kann ich sie erreichen?«

»Sie ist normalerweise morgens ein bis zwei Stunden hier, vor dem Mittagessen.«

»Danke, ich versuch's dann morgen noch mal.«

Barbara Allen ...

Am letzten der drei unglücklichsten Tage in ihrem Leben stieg sie morgens aus dem Bett, ging unter die Dusche und aß zum Frühstück ein leichtes Müsli aus Rosinenkleie und Erdbeeren – mit einem Ehemann wie Hale musste man auf die Figur achten. Während die Haushälterin das Geschirr abräumte, schaltete Barbara den Fernseher ein und sah sich die Dow-Jones-Eröffnungskurse des Tages an, setzte sich dann an ihren Schreibtisch und überprüfte noch einmal die ausgearbeiteten finanziellen Bewilligungspläne für wohltätige Aktivitäten des *Stern des Nordens,* um schließlich gegen halb zehn die Papiere zusammenzuraffen, in eine braune Coach-Aktentasche zu stecken und sich auf den Weg ins Stadtzentrum zu machen.

Rinker folgte ihr zunächst in einem roten Cherokee-Jeep, bis sie sicher war, dass Allen zum Stadtzentrum unterwegs war, überholte sie dann und fuhr zügig voraus.

Allen war eine langsame, vorsichtige Fahrerin, aber der Verkehr und die Ampeln waren unberechenbar, und Rinker wollte bei der Ankunft mindestens fünf Minuten Vorsprung vor ihr haben.

Rinker hatte sich ein anderes Parkhaus ausgesucht, das ebenfalls über das System der Verbindungsgänge mit dem Bürogebäude verbunden war. Von dort aus war der vorgesehene Ort des Geschehens bei schnellem Gehen in etwas weniger als zwei Minuten zu erreichen. Sie steuerte den Wagen in das Parkhaus, stellte ihn ab, ging zu ihrem eigenen Wagen, den sie am frühen Morgen hier geparkt hatte, und kletterte auf den Rücksitz. Sie schaute sich um und sah einen Mann auf den Ausgang zugehen, sonst aber niemanden. Sie hob die Fußmatte hinter dem Beifahrersitz hoch und klappte den Deckel einer flachen Stahlkassette auf, in der zwei halbautomatische

.22er Remington-Pistolen mit bereits aufgeschraubten Schalldämpfern in einem Bett aus kleinen Styropor-Kügelchen lagerten.

Rinker trug ein weites Hemd, darunter einen selbst geschneiderten elastischen Gürtel. Sie steckte die beiden Pistolen durch die breiten Taschenschlitze auf beiden Seiten des Hemdes und die aufgetrennten Taschenfutterale in den Elastikgürtel. Die .22er waren damit beiderseits fest an ihren Körper gedrückt, aber sie konnte sie in Sekundenbruchteilen herausziehen. Als die Waffen verstaut waren, sprang sie aus dem Wagen und ging zum Verbindungsgang.

Barbara Allen, eine untersetzte deutsche Blondine mit kurzem, teurem Haarschnitt und einem Tupfer Lippenstift, gekleidet in eine glatte weiße Baumwollbluse, einen blauen Rock und dazu passende, flache blaue Schuhe, betrat um 09.58 Uhr das Treppenhaus des Parkhauses in der Sixth Street. Auf halbem Weg die Treppe hinunter kam ihr eine kleine Frau entgegen, eine Rothaarige. Als sie aneinander vorbeigingen, lächelte die Frau mit gesenktem Kopf, und Barbara, die sich in solchen Dingen auskannte, schaute auf das rote Haar und dachte »Perücke«.

Das war der letzte Gedanke, der ihr am unglücklichsten Tag ihres Lebens durch den Kopf ging.

Rinker verpasste den richtigen Zeitpunkt. Sie hatte sich vergewissert, dass aus der unteren Parketage niemand kam, und wollte Allen dort unten abfangen. Aber Allen kam sehr langsam die schmale Treppe herunter, und Rinker, inzwischen in ihrem Sichtfeld, wollte sich nicht verdächtig machen, indem sie unten stehen blieb und auf sie wartete. Also ging sie die Treppe hinauf und Allen entgegen. Im Vorbeigehen nickte Allen ihr lächelnd zu, und einen Sekundenbruchteil später zog Rinker die Pistole an ihrer rechten Seite, entsicherte sie und feuerte aus einer Entfernung von fünf Zentimetern eine Kugel in Allens Hinterkopf. Allens Haare wirbelten hoch, als ob jemand kräftig dagegen gepustet hätte, und sie sackte zusammen.

Der Schalldämpfer war gut. Das lauteste Geräusch im Treppenhaus war das Repetieren des Verschlusshebels der Pistole. Rinker brachte noch einen zweiten Schuss an, ehe Allen nach vorn stürzte; dann trat sie hinter den auf einen Treppenabsatz gerutschten Körper und feuerte fünf weitere Schüsse in Allens Schläfe.

Rinker trat zur Seite, um an der Leiche vorbei nach unten zur Parketage zu gehen, schaute sich noch einmal um – und zuckte zusammen. Ein Cop kam durch die Tür auf dem Treppenabsatz über ihr. Er war in Uniform, ein korpulenter Mann mit einem Aktenordner in der Hand.

Rinker hatte die Möglichkeit, von einem Cop überrascht zu werden, in ihre Überlegungen einbezogen, obwohl sie nie so etwas erlebt hatte. Aber sie war auf eine solche Situation vorbereitet.

»Heh ...«, sagte der Cop. Er streckte die freie Hand aus, und Rinker schoss auf ihn.

2

Der erste Tag auf Streifenfahrt in Baily Dobbs Polizistenleben hatte ihn gelehrt, dass die Polizeiarbeit komplizierter war, als er sich vorgestellt hatte – und gefährlicher, als er erwartet hatte. Baily hatte diesen Job als eine Möglichkeit angesehen, eine gewisse Autorität zu erlangen, einen Status. Er hatte nicht erwartet, dass er in Kämpfe mit Männern verwickelt werden könnte, die größer und kräftiger waren als er, dass Betrunkene den Rücksitz des Streifenwagens voll kotzen könnten, dass er sich vor dem Target Center den Arsch abfrieren musste, wenn drinnen die *Wolves* spielten. Also entschloss sich Baily, den Kopf einzuziehen, sich für keinerlei Aktivitäten freiwillig zu melden, bei gefährlich klingenden Notrufen mit geziemender Verspätung am Ort des Geschehens zu erscheinen und so schnell wie möglich vom Dienst auf der Straße wegzukommen.

Er schaffte das nach weniger als zwei Dienstjahren.

An einem Halloween-Abend, als er – mit geziemender Verzögerung – auf einen örtlichen Notruf reagierte, war er in einer dunklen Nebengasse auf die Hinterachse eines Kinderdreirads getreten, gestürzt und hatte sich das Knie ausgerenkt. Er wurde nicht für dienstunfähig befunden, aber es war klar, dass er nicht mehr schnell laufen konnte und somit für den Außendienst untauglich war. Sein starkes Humpeln während der Rehabilitationszeit in der Gymnastikhalle täuschte die Ärzte und amüsierte seine früheren Partner. Der Spruch »du willst wohl den Baily spielen« wurde im Vokabular der Stadtpolizei von Minneapolis ein Synonym für Drückebergerei.

Baily kam also in den Innendienst und blieb dort. Er trug weiterhin die Uniform samt der Dienstwaffe, wurde auch wie jeder andere Cop bezahlt, aber er war jetzt ein »Bürohengst« – und er war glücklich. Das alles trug wohl erheblich dazu bei, dass er nicht so schnell reagierte, wie er es hätte tun sollen, als er sah, wie Rinker mit der Exekution von Barbara Allen beschäftigt war. Seine Reflexe waren ihm abhanden gekommen. Bailys Mittagspause begann normalerweise um elf Uhr, aber an diesem Tag hatte er sich zu einer »Unterstunde« entschlossen. Er stahl sich aus dem Trakt des Polizeipräsidiums im Rathaus und ging durch das Kellergeschoss hinüber ins Verwaltungsgebäude des Hennepin-County; in der Hand hielt er einen Aktenordner mit einigen Papieren, die an einen Gerichtsangestellten adressiert waren – seine Rückendeckung, falls er einem seiner Vorgesetzten begegnen sollte.

Im County-Gebäude schaute er sich schnell um, schlüpfte dann in den Verbindungsgang, der zur Tiefgarage in der Sixth Street führt.

Sein Plan war, von dort aus die Treppe zum Straßenniveau hinunterzusteigen und dann hinüber ins Zentralkrankenhaus des Hennepin-County zu gehen, wo es eine nette, diskrete Cafeteria gab, die kaum von anderen Cops aufgesucht wurde. Er würde sich einen Cheeseburger und eine Portion Fritten zu Gemüte führen, ein paar Tassen Kaffee trinken, die Zeitung lesen und dann zurück in die City Hall schlendern, um die Mittagspause nicht zu verpassen.

Dieser überaus viel versprechende Plan ging daneben, als er das Treppenhaus des Parkhauses betrat.

Zwei Frauen befanden sich auf dem Treppenabsatz unter ihm, und eine von ihnen, eine Rothaarige, schien der anderen, die auf dem Boden lag, etwas ins Ohr stecken zu wollen.

»Heh ...«, sagte er.

Die Rothaarige sah zu ihm hoch, und im nächsten Sekundenbruchteil erkannte Baily, dass der Gegenstand in ihrer Hand eine Pistole war. Die Pistole kam noch, Baily streckte abwehrend die Hand aus, und die Rothaarige schoss auf ihn. Es war kaum ein Geräusch zu hören, aber er spürte, dass etwas gegen seine Brust prallte, und er stürzte nach hinten.

Er fiel unter den Türrahmen, und das rettete ihm das Leben: Rinker unten auf dem Treppenabsatz hatte die Pistole im

Anschlag, konnte aber von Baily nichts mehr sehen als seine Fußsohlen. Baily seinerseits stöhnte und hörte dann verschwommen die Stimme eines Mannes: »Was ist los mit Ihnen?«

Rinker hatte schon zwei schnelle Schritte die Treppe hinauf gemacht, um ihn endgültig zu erledigen, als sie die fremde Stimme hörte. Eine zusätzliche Komplikation, also ab nach unten, in Sicherheit. Sie ging die Treppe runter, rannte nicht, bewegte sich jedoch schnell.

Baily wollte sich hoch stemmen, vom Treppenhaus wegkriechen, als er hörte, wie unten eine Tür ins Schloss fiel. Seine Brust schmerzte, ebenso seine Hand. Er schaute auf die Hand und sah, dass sie aufgeschürft war, offensichtlich vom Sturz. Dann entdeckte er den langsam größer werdenden Blutfleck auf der Tasche seines weißen Uniformhemds.

»Oh, Mann ...«, sagte er.

Die Männerstimme rief wieder: »Heh, ist alles in Ordnung mit Ihnen?«

»O Jesus, o mein Gott, o Jesus Gott«, wimmerte Baily, der ansonsten kein religiöser Mann war. Er versuchte erneut, sich hoch zu stemmen, und merkte, dass seine Hand schlüpfrig von Blut war, und fing an zu schluchzen. »O Jesus ...« Er schaute die Rampe hoch, sah einen Mann mit einer Aktentasche, der eilig auf ihn zukam und zu ihm herunterschaute. Eine Frau kam hinter ihm her, allerdings mit sichtlichem Widerstreben.

»Helfen Sie mir«, flehte Baily. »Helfen Sie mir, man hat auf mich geschossen ...«

Sloan kam in Lucas Davenports Büro gestürzt. »Man hat auf Baily Dobbs geschossen« – er sah auf seine Uhr – »vor zwölf Minuten.«

Lucas war gerade dabei, verdrossen in einem sechshundert Seiten dicken Bericht zu lesen, auf dessen blauem Einband die Aufschrift prangte: *Sonderausschuss der Stadtverwaltung Mineapolis zur Thematik* »Kulturelle Vielfalt, alternative Lebensstile und andere Normabweichungen bei den Angehörigen der Stadtpolizei Minneapolis«. *Eine Voruntersuchung zu den divergierenden Modalitäten (Zusammenfassung für Leitende Angestellte).* Die Aufschrift war mit einem fluoreszierenden gelben Markierstift hervorgehoben. Lucas war auf Seite sieben angekommen.

Er schaute von seiner Lektüre auf und fragte ungläubig: »*Unser* Baily Dobbs?«

»Wie viele Baily Dobbs haben wir im Department?«, konterte Sloan.

Lucas stand auf und griff nach seinem blauen Seidenjackett, das an einem Garderobenständer der städtischen Standardbüroausstattung hing. »Ist er etwa tot?«

»Nein.«

»Ein Unfall? Hat sich versehentlich ein Schuss gelöst?«

Sloan schüttelte den Kopf. Er war ein dünner Mann mit scharf geschnittenem Gesicht, farblich in Schattierungen von Braun bis Gelbbraun gekleidet. Detective bei der Mordkommission, der beste Verhörspezialist im Department – und ein alter Freund. »Sieht aus, als ob er in eine Schießerei geraten wäre, drüben im Parkhaus in der Sixth Street«, erklärte er. »Der Schütze hat eine Frau getötet, dann auf Baily geschossen. Da Rose Marie und Lester nicht in der Stadt sind und Thorn nicht aufzutreiben ist, solltest du deinen Arsch zu Baily ins Krankenhaus in Bewegung setzen.«

Lucas grunzte, zog seine Jacke an. Rose Marie Roux war die Polizeichefin der Stadt, Lester, Thorn und Lucas ihre Stellvertreter. »Irgendwelche Erkenntnisse über den Schützen?«

»Keine präzisen. Baily sagte, es sei eine Frau gewesen. Sie hat, wie gesagt, eine andere Frau erschossen, und Baily hat zwei Schüsse in die rechte Titte abgekriegt.«

»Der letzte verdammte Cop, bei dem ich so was erwartet hätte.«

Lucas war ein großer, schlanker, aber keinesfalls magerer Mann, mit breiten Schultern und sonnengebräuntem Gesicht. Eine dünne Narbe zog sich wie ein weißer Faden durch die Sonnenbräune von der rechten Augenbraue die Wange hinunter. Eine andere Narbe verlief quer über seinen Hals, über der Luftröhre, direkt oberhalb des V-Ausschnitts seines blauen Golfhemdes. Er nahm eine .45er in einem Holster mit Laschenverschluss aus der Schreibtischschublade und hakte es unter der Jacke in die Vorrichtung im Hosenbund ein. Er tat es unbewusst, etwa so, wie ein anderer Mann seine Brieftasche in die Gesäßtasche steckt. »Wie schlimm steht's um ihn?«

»Er muss operiert werden«, antwortete Sloan. »Swanson ist bei ihm, aber das ist auch schon alles, was ich weiß.«

»Also dann, geh'n wir«, sagte Lucas. »Weiß man, was Dobbs in diesem Treppenhaus zu suchen hatte?«

»Seine Mitstreiter im Büro sagen, er hätte sich offiziell zur County-Verwaltung abgemeldet, aber wahrscheinlich wollte er sich in die Cafeteria des Hennepin-Krankenhauses davonschleichen, um einen Cheeseburger zu essen, Kaffee zu trinken und die Zeitung zu lesen.«

»*Das* ist der Baily, den wir alle kennen und lieben«, sagte Lucas.

Die Notaufnahme lag fünf Minuten zu Fuß vom Rathaus entfernt. Es war auf einen Cop geschossen worden, er war schwer verletzt, aber das Leben ging weiter. Auf den Bürgersteigen drängten sich Fußgänger, die Straßen waren von Autos verstopft, und Sloan wurde in seinem Eifer, schnell zum Krankenhaus zu kommen, an einer Kreuzung beinahe von einem Auto angefahren – Lucas musste ihn am Arm packen und zurückreißen. »Du bist zu hässlich, um als Kühlerfigur zu dienen«, grunzte Lucas.

In der Notaufnahme war es seltsam ruhig, was Lucas auffiel. Normalerweise eilten hier mindestens dreißig Leute durcheinander, wenn ein Cop bei einer Schießerei verletzt worden war, egal, wer dieser Cop auch war. Jetzt aber standen nur drei andere Cops, zwei Krankenschwestern und ein Arzt in dem nach medizinischem Alkohol riechenden Empfangsbereich herum, und keiner schien sich zu irgendwelchen Aktivitäten gedrängt zu fühlen.

»Ruhig hier.« Sloan schien Lucas' Gedanken zu erraten.

»Die Sache hat sich noch nicht rumgesprochen«, sagte Lucas. Zwei der Cops waren in Uniform. Einer von ihnen sprach in ein Telefon, während der andere, ein Sergeant, ihm offensichtlich ins Ohr flüsterte, was er sagen sollte. Swanson, ein sanftgesichtiger, übergewichtiger Detective der Mordkommission im grauen Anzug, lehnte am Empfangsschalter, hatte sein Notizbuch vor sich auf die Wasser abweisende Platte gelegt und sprach mit einer Krankenschwester. Als er Lucas und Sloan kommen sah, hob er zur Begrüßung die Hand.

»Wo ist Baily?«, fragte Lucas.

»Sie bringen ihn gerade in den OP«, antwortete Swanson. »Sie haben ihm schon ein Betäubungsmittel gegeben, damit sie ihm diesen Scheißbeatmungsschlauch in den Hals schieben können. Der Chirurg schrubbt sich gerade die Hände da hinten im Vorraum zum OP, wenn du mit ihm reden willst.«

»Hat schon jemand Bailys Frau verständigt?«

»Wir sind noch auf der Suche nach dem Pfarrer«, antwortete Swanson. »Er ist bei irgend'ner Kirchensache im Norden, 'nem Basar oder so was. Dick da drüben telefoniert hinter ihm her.« Er nickte zu dem Cop mit dem Telefon hinüber. »Kriegt ihn sicher in den nächsten Minuten an die Strippe.«

Lucas wandte sich an Sloan. »Lass den Pfarrer schnellstens herholen, schick einen Streifenwagen hin, mit Blaulicht und Sirene.«

Sloan nickte und ging zu dem Cop mit dem Telefon. Lucas sah Swanson wieder an. »Wie sieht's am Tatort aus?«

»Gottverdammte Sache. Die Frau ist regelrecht hingerichtet worden.«

»Hingerichtet?«

»Mindestens vier oder fünf Schüsse aus einer kleinkalibrigen Pistole in den Schädel, aus nächster Entfernung; man sieht die Schmauchspuren an der Schläfe. Kein Mensch hat was gehört, also Schalldämpfer. In diesem Treppenhaus gibt's bei jedem Geräusch ein irres Echo, es hallt von den Betonwänden zurück, aber Baily sagt, er kann sich nicht erinnern, die Schüsse gehört zu haben. Er hat den Täter gesehen, kann sich aber nur erinnern, dass es eine Frau war und dass sie rote Haare hatte. Sonst nichts. Kein ungefähres Alter oder Gewicht, nichts. Wir gehen wegen der roten Haare davon aus, dass es sich bei der Täterin um eine Weiße handelt, aber, verdammte Scheiße, im Stadtzentrum laufen jeden Tag wahrscheinlich fünftausend Rothaarige rum, echte und falsche.«

»Wer bearbeitet den Fall?«

»Sherill und Black. Ich hab den Notruf mitbekommen und bin rübergerannt, hab einen kurzen Blick auf die tote Frau geworfen und bin dann mit Baily im Krankenwagen hergefahren.«

»Die Leiche liegt also noch dort drüben?«

Swanson nickte. »Ja. Sie war mausetot. Wir haben nicht eine Sekunde überlegt, sie noch ins Krankenhaus zu schaffen.«

»Okay ... Du sagst, der Doc schrubbt sich da hinten noch die Hände?«

»Ja. Dan Wong, unten am Ende des Flurs. Übrigens – Baily behauptet, er hätte nur einen Schuss abgekriegt, aber der Doc sagt, er hätte zwei Kugeln in der Brust.«

»So viel zur Verlässlichkeit von Augenzeugen«, knurrte Lucas.

»Ja. Aber es bedeutet, dass dieses Killerpüppchen schnell und zielsicher ist. Die Einschüsse liegen kaum einen Zentimeter auseinander. Aber sie hat das Herz nicht getroffen.«

»Falls sie darauf gezielt hat. Wenn es ein Zweiundzwanziger mit geringer Durchschlagskraft war ...«

»Ja, so sieht's aus.«

»... könnte sie absichtlich neben das Brustbein gezielt haben.«

Swanson schüttelte den Kopf. »So gut schießt niemand.«

»Wollen wir's hoffen«, sagte Lucas.

Lucas schob sich an einer Schwester vorbei, die einen halbherzigen Versuch machte, ihn aufzuhalten. Dr. Wong hatte die Arme bis zu den Ellbogen in einem Becken mit grüner Seife stecken. Er drehte sich zu Lucas um und sagte: »Oje, die Cops ...«

»Wie schlimm sind Bailys Verletzungen?« fragte Lucas.

»Nicht allzu schlimm«, sagte Wong und fing an, seine Fingernägel zu bearbeiten. »Er wird eine Weile Schmerzen haben, aber ich habe schon verdammt viel schlimmere Fälle gehabt. Zwei Kugeln – auf den Röntgenbildern sehen sie ziemlich deformiert aus, sind also wahrscheinlich Hohlladungsgeschosse. Sie drangen dicht neben der rechten Brustwarze ein, und blieben unter dem rechten Schulterblatt stecken. Zwei kleine Einschusslöcher, nur geringe Blutungen, obwohl sich bei seinem

Körperfett nur schwer sagen lässt, wie's innen aussieht. Sein Blutdruck ist gut. Scheint ein gottverdammter Gangster mit einer beschissenen Zweiundzwanziger gewesen zu sein.«

»Er wird also überleben?« Lucas spürte, wie seine Anspannung nachließ.

»Ja, es sei denn, er kriegt eine Herzattacke, oder einen Schlaganfall«, anwortete Wong. »Er hat zu hohes Übergewicht, und er war in Panik, als sie ihn reingebracht haben. Die Operation ist kein Problem, die kann ich mit den Zehen ausführen.«

»Was soll ich der Presse sagen? Wong macht die Operation mit den Zehen?«

Wong zuckte die Schultern und schüttelte die Seifenbrühe von den Händen. »Sagen Sie doch: ›Er wird gerade operiert, sein Zustand ist stabil, und er wird überleben, sofern sich nicht noch Komplikationen einstellen‹.«

»Sie werden nachher mit den Presseleuten sprechen?«

»Ich habe um zwei Uhr eine Einladung zum Tee in Wayazata«, sagte Wong. Er trat vom Waschbecken zurück.

»Könnte doch aber sein, dass Sie absagen müssen, oder?« fragte Lucas.

»Quatsch. Ich bekomme nicht oft solche nette Einladungen.«

»Danny ...«

»Okay, ich rede ein paar Minuten mit den Leuten«, knurrte Wong. »So, und jetzt bewegen Sie Ihren bazillenverseuchten Arsch hier raus, und ich mache mich an die Arbeit.«

Randall Thorn, der neue Deputy Chief für den Einsatz der Verkehrspolizei, erschien zehn Minuten später. Inzwischen war die Zahl der Cops im Empfangsraum auf fünfzehn angewachsen – die in solchen Fällen übliche Menschenmenge begann, sich zu versammeln. »Ich war kurz vor dem verdammten Flughafen«, sagte Thorn zu Lucas. Seine Uniformjacke wies Schweißringe unter den Achseln auf. »Wie sieht's aus?«

Lucas erklärte ihm den Stand der Dinge, dann kam Sloan zu ihnen und sagte: »Der Pfarrer ist zu Bailys Haus unterwegs. Er wird Bailys Frau in den nächsten fünf Minuten unterrichten.«

Lucas nickte, wandte sich dann wieder an Thorn. »Können Sie die Stellung hier halten? Ich bin hergerannt, weil Rose Marie nicht da war und ich hörte, dass auch Sie und Lester unterwegs sind. Baily gehört ja irgendwie zu Ihren Leuten.«

Thorn nickte. »Mach ich. Sie gehen rüber zum Tatort?«

»Ja, für ein paar Minuten. Ich möchte mir ein Bild machen.«

Thorn nickte wieder und sagte dann: »Wissen Sie, welches Bild ich mir *nicht* machen kann? Dass auf Baily Dobbs geschossen wird. Er ist der letzte verdammte ...«

»... Cop, bei dem ich so was erwartet hätte«, ergänzte Lucas für ihn.

Wenn es in der Notaufnahme zunächst unnatürlich ruhig gewesen war, sah es im Parkhaus in der Sixth Street aus wie bei der Jahresversammlung des Verbandes der Strafverfolgungsbehörden: ein Dutzend Detectives der Mordkommission sowie uniformierte Cops, Personal des Leichenbeschauers, ein stellvertretender Bürgermeister, der Manager des Parkhauses und zwei mögliche Augenzeugen standen vor den Aufzügen des unteren Parkdecks und im Treppenhaus.

Lucas nickte dem Cop zu, der die Parketage absperrte, dann gingen Sloan und er ins Treppenhaus. Marcy Sherrill und Tom Black sahen sich gerade den Inhalt der Handtasche des Opfers an. Die Leiche selbst lag auf dem Treppenabsatz vor ihren Füßen. Den Rock hatte man über die üppigen

Oberschenkel und die Unterhose hochgezogen. Eine Hand lag seltsam verdreht neben dem Gesicht – sie hatte sich beim Sturz wahrscheinlich den Arm gebrochen, dachte Lucas –, und die erstarrten Augen waren halb geöffnet. Eine Lache aus geronnenem Blut hatte sich unter der immer noch untadeligen Frisur angesammelt. Das Gesicht kam Lucas irgendwie bekannt vor; die Frau sah aus, als sei sie ein netter Mensch gewesen.

Sherrill drehte sich um, sah Lucas und sagte, ein wenig scheu: »Hey ...«

»Hey«, reagierte Lucas und nickte ihr zu. Sherrill und er hatten gerade eine sechs Wochen andauernde Romanze beendet; oder, wie Sherrill es ausdrückte, eine Vierzig-Tage-Vierzig-Nächte-Sex-und-Disputier-Affäre. Sie befanden sich jetzt in der ein wenig unangenehmen Situation, dass sie sich nicht mehr privat trafen, aber weiterhin dienstlich zusammenzuarbeiten hatten. »Sieht scheußlich aus«, fügte Lucas hinzu. Im Treppenhaus wurde der Geruch nach feuchtem Beton von dem Geruch des Blutes und der Darmgase, die aus der Leiche strömten, überlagert.

Sherrill sah auf die Leiche hinunter und sagte: »Das wird ein ungewöhnlicher Fall, glaube ich.«

»Swanson hat gesagt, sie wäre regelrecht hingerichtet worden«, sagte Sloan.

»Das ist sie, und wie«, bestätigte Black. Sie alle schauten jetzt auf die Leiche hinunter, um ihre Füße versammelt wie ein Gutachterteam. »Ich habe sieben Einschusslöcher gezählt, aber keine Austrittswunden. Man braucht kein forensischer Wissenschaftler zu sein, um zu erkennen, dass die Schüsse aus nächster Nähe abgegeben wurden – ungefähr aus zwei bis drei Zentimetern Entfernung.«

»Wer ist sie?«, fragte Lucas.

»Barbara Paine Allen. Sie hat eine *Im-Notfall-Benachrichtigen-Karte* dabei, sieht so aus, als ob ihr Mann Anwalt wäre.«

»Ich kenne das Gesicht von irgendwoher, und auch der Name kommt mir bekannt vor«, sagte Lucas. »Ich glaube, sie ist *jemand*.«

Sherrill und Black nickten, und Sherrill murmelte: »Großartig ...«

Lucas ging für einen Moment neben der Leiche in die Hocke und sah sich die Schusswunden im Kopf an. Die Eintrittslöcher waren klein und glatt, als ob sie mit einem Metallstift eingestanzt worden wären. Zwei Einschüsse befanden sich am Hinterkopf, eine Serie von fünf in der Schläfe. Ihr Herz hatte nach dem Sturz noch einige Sekunden geschlagen; ein dünner Blutstrom, inzwischen geronnen, war aus jedem der Löcher ausgetreten. Diese sieben Blutrinnsale verliefen sauber voneinander getrennt, was bedeutete, dass die Frau sich nach dem Sturz auf den Treppenabsatz nicht mehr bewegt hatte. Sehr professionell und zielbewusst ausgeführt, dachte Lucas. Er stand auf und fragte Sherrill und Black: »Gibt es Tatzeugen? Außer Baily?«

»Baily sagte, der Mord sei von einer rothaarigen Frau begangen worden, und wir haben zwei Zeugen, die aussagen, sie hätten nach der Schießerei eine rothaarige Frau vom Tatort weggehen sehen. Keine gute Beschreibung. Trug eine Sonnenbrille, sagen die Zeugen, und sie hätte sich beim Weggehen die Nase geputzt.«

»Um ihr Gesicht zu verbergen«, meinte Lucas.

»Ich kann diese ganze Scheiße nicht glauben«, sagte Sloan und schaute auf die Leiche von Barbara Allen hinunter. »Bei uns gibt's doch keine solchen Morde ...«

»Nein, nicht in Minneapolis«, bestätigte Sherrill.

»Nicht durch Profikiller«, schloss sich Black an.

Lucas kratzte sich am Kinn und sagte: »Aber das *war* ein Profi. Ich frage mich nur, warum man die Frau getötet hat.«

»Hängst du dich in den Fall rein?«, fragte Sherrill. »Könnte eine interessante Sache werden.«

»Ich habe nicht die Zeit dazu«, antwortete Lucas. »Ich habe die Gleichberechtigungskommission am Hals.«

»Wenn wir den Killer finden, könnten wir ihn vielleicht anheuern, die Kommission nach und nach umzulegen.«

»Diese Leute sind nicht totzukriegen«, sagte Lucas düster. »Sie kommen direkt aus den tiefsten Tiefen der Hölle.«

»Wir halten dich jedenfalls auf dem Laufenden«, versprach Sherrill.

»Ja, macht das.« Lucas schüttelte den Kopf und sah ein letztes Mal auf die Leiche hinunter. Und er sagte noch einmal: »Ich frage mich, *warum ...*«

3

Barbara Allen wurde auf den Tag genau einen Monat nach der Auftragserteilung durch Carmel Loan getötet. Als die Nachricht in Carmels Anwaltsbüro die Runde machte, sagte sie sich sofort, dass sie nichts damit zu tun hatte. Sie hatte das Arrangement schon vor so langer Zeit getroffen, dass es nicht mehr zählte ...

Carmel erfuhr von dem Mord, als sie gerade die Aussage eines Mannes las, der zur späten Nachtzeit noch seinen Hund ausgeführt und gesehen hatte, wie Rockwell Miller – Carmels Klient – mit einem Fünfgallonenkanister Benzin durch die Hintertür in sein bankrottes Restaurant geschlichen war. Der

Staatsanwalt würde mit Nachdruck darauf hinweisen, dass ein Kanister des beschriebenen Typs von den Spezialisten der Feuerpolizei unter den Trümmern des Restaurants im Keller gefunden worden war. Die Hitzeentwicklung war so heftig gewesen, dass die Feuerlöscher in der Küche geschmolzen waren.

Carmel suchte nach etwas, das sie einen *Kratzer* nannte. Wenn sie die Fingernägel an irgendeinen Aspekt einer gegnerischen Zeugenaussage oder an irgendeinen Schwachpunkt bei dem Zeugen selbst legen konnte, war sie auch in der Lage, daran zu kratzen, die Zeugenaussage eventuell in Stücke zu reißen und die Glaubwürdigkeit des Zeugen in Frage zu stellen. Sie überlegte gerade, ob sie bei dem Hundebesitzer einen Kratzer anbringen könnte. Er war geschieden und zweimal wegen familieninterner Körperverletzung vorbestraft, was jede Zeugenaussage ins Wanken bringen kann, wenn genug Frauen unter den Geschworenen sind. Okay, sie konnte damit die Frauen auf ihre Seite bringen, aber die Schwierigkeit lag darin, die Vorstrafen des Zeugen den Geschworenen überhaupt gerichtsverwertbar zur Kenntnis geben zu können, denn der normale Richter bewertete sie fälschlicherweise meistens als irrelevant.

Der Hundebesitzer wohnte in der Nähe des Restaurants und kannte ihren Klienten vom Sehen. Waren er und seine Exfrau mal zum Essen in dem Restaurant gewesen? Hatten die beiden in der Phase der Trennung vielleicht einmal eine Auseinandersetzung in dem Lokal gehabt? Konnte es sein, dass der Hundebesitzer negative Gefühle gegen das Restaurant oder seinen Besitzer entwickelt hatte, eventuell auch nur unterbewusst?

Es war alles ziemlicher Blödsinn, aber wenn man es zuließ, dass sie zwölf kreuzbraven amerikanischen Frauen die Frage stellte: »Können Sie der Zeugenaussage eines überführten, brutalen Frauenverprüglers glauben?«, wäre das ein echter *Kratzer.*

Sie wollte gerade die Nummer ihres Klienten wählen, als ihre Sekretärin unaufgefordert den Kopf durch die Tür steckte und fragte: »Haben Sie das von Hale Allens Frau schon gehört?«

Carmels Herz hämmerte in ihrer Kehle, und sie legte schnell den Hörer wieder auf. »Nein, was denn?«, fragte sie. Sie gehörte zu den drei erfolgreichsten Strafverteidigern der Doppelstadt Minneapolis/St. Paul, und ihr Gesicht zeigte die Emotion einer Frau, die man nach der Außentemperatur gefragt hat.

»Sie ist getötet worden. Ermordet.« Die Sekretärin schaffte es nicht ganz, die Wonne der Übermittlung einer Gruselnachricht aus ihrer Stimme herauszuhalten. »In einem Parkhaus im Zentrum. Die Polizei sagt, der Mord sei durch einen Profikiller begangen worden. Wie ein *Mob-Hit,* sagen sie.«

Carmel senkte die Stimme, und gab sich Mühe, ein natürliches Interesse anklingen zu lassen. »Barbara Allen?«

Die Sekretärin trat ins Zimmer, drückte die Tür hinter sich ins Schloss. »Jane Roberts sagt, die Cops hätten Hale verständigt und wären mit ihm zum Krankenhaus gerast, aber es war zu spät. Sie war bereits tot.«

»O mein Gott, die arme Frau ...« Carmel legte die Hand auf die Kehle und dachte: *Ich habe das nicht getan.* Und sie dachte auch: *Ich habe hier im Büro gesessen, das können mehrere Leute bezeugen.*

»Wir haben schon überlegt, ob wir eine Sammlung machen und ein paar Blumen hinschicken sollen«, sagte die Sekretärin.

»Tun Sie das, eine gute Idee«, erwiderte Carmel. Sie kramte in ihrer Handtasche auf dem Schreibtisch. »Ich mache den Anfang mit einem Hunderter.« Sie strich den Schein auf der Schreibtischplatte glatt. »Halten Sie das für ausreichend?«

Später an diesem Nachmittag saß Carmel mit einem Gin-Tonic in der Hand auf dem Balkon ihres Appartements und machte sich Sorgen: Sie nagte an ihrem Daumennagel, eine schlechte Angewohnheit seit der Grundschule, knabberte ihn ab bis aufs rohe Fleisch. Zum ersten Mal, seit sie sich in diese irre Liebe zu Hale Allen hineingesteigert hatte, schaffte sie es, sich gedanklich von allem zu lösen und zurückzuschauen.

Sie hatte ihren Klienten oft gesagt, vor allem denen, die mehr oder weniger Berufsverbrecher waren, dass man niemals in der Lage war, *alle* Möglichkeiten auszuschließen, die die Aufdeckung eines Verbrechens zur Folge haben konnten. Wie intensiv man sich auch absicherte, es blieben immer Unabwägbarkeiten übrig, gegen die kein Kraut gewachsen war.

Carmel hatte durchaus die Möglichkeit erwogen, den Mord an Barbara Allen selbst zu begehen. Sie hatte bisher noch keinem Menschen körperlichen Schaden zugefügt, aber der Gedanke an einen Mord hatte sie auch nicht besonders beunruhigt. Ganz klar, sie würde sich nichts daraus machen, den Abzug einer Schusswaffe zu ziehen ... Aber der Teufel steckte im Detail, und es gab zu viele Details. Wie konnte sie an eine Waffe kommen? Wenn sie eine Pistole kaufte, würde sie auf ihren Namen registriert sein. Sie konnte sie einsetzen und dann verschwinden lassen, aber wenn die Cops kamen und danach fragten, würde die Antwort »Der Hund hat sie gefressen« ganz sicher unzulänglich sein.

Sie konnte eine Waffe stehlen, aber man könnte sie dabei erwischen oder ihr den Diebstahl später nachweisen. Und sie würde sie bei einem von zwei oder drei Leuten stehlen müssen, von denen sie wusste, dass sie eine Waffe besaßen, und das brachte sie unweigerlich in den Kreis der Verdächtigen. Sie konnte versuchen, eine Waffe unter Vorlage eines falschen Personalausweises – schon das allein ein Verbrechen – zu kaufen, aber es war klar, dass der Verkäufer eines Waffengeschäftes sie nachträglich identifizieren könnte, spätestens dann, wenn die Cops ihm ein Foto von ihr vorlegten.

Dann war da der Mord selbst. Sie *könnte* ihn begehen. Sie konnte alles tun, wozu sie sich einmal entschlossen hatte. Aber, wie sie ihre Klienten warnte, selbst ein noch so gut geplantes Verbrechen konnte durch kleinste Unachtsamkeiten, unglückliche Entwicklungen oder banale Zufälle ruiniert werden. Im Staat Minnesota bedeuteten kleine Unachtsamkeiten, unglückliche Entwicklungen oder banale Zufälle bei einem Mord dreißig Jahre in einem keinesfalls luxuriösen Raum von der Größe einer Badewanne.

Sie war schließlich zu der Erkenntnis gekommen, dass das geringste Risiko darin bestand, einen Profikiller anzuheuern. Sie hatte eine ganze Menge Bargeld, dessen Herkunft nicht zurückverfolgt werden konnte, in ihrem Bankschließfach gehortet, und sie hatte Rolando D'Aquila als Verbindungsmann zum Killer. Und sie hatte einen Sicherheitsfaktor. Weder der Verbindungsmann noch der Killer durften den Cops etwas von ihr als Auftraggeberin sagen, denn sie würden sich damit ebenso schuldig des Mordes ersten Grades machen wie Carmel selbst. Und auch wenn die Killerin von den Cops irgendwie aufgespürt werden sollte, war ihre Verteidigung vor einem Gericht äußerst leicht zu gestalten. Als kompetenter Profi hatte sie bestimmt keine Spuren hinterlassen, die sie als Täterin entlarven konnten, und es bestanden ja keinerlei frühere Verbindungen zu dem Opfer.

Also konnte Carmel sich sicher fühlen; aber nach einigen Minuten weiteren Überlegens, immer noch mit dem Drink in der Hand, kam sie zu dem Schluss, sich eine Weile von Hale Allen fern zu halten. Sollte er sich doch erst einmal vom Mord an seiner Frau erholen; sollten die Cops sich ihn doch erst einmal vorknöpfen – und das würden sie selbstverständlich tun. Sie hatte ihre heiße Liebe zu Hale nie offen gezeigt, und es bestand kein Grund zu der Annahme, dass aus dieser Richtung etwas auf sie zukommen könnte.

Sie dachte weiter über die verschiedensten Möglichkeiten nach, und ihre Daumennägel waren inzwischen bis aufs rohe Fleisch abgenagt und rot von Blut. Dann kam der Anruf von Rinker.

Er kam auf dem Apparat mit Carmels nicht veröffentlichter, privater Geschäftsnummer, die nur jemand kennen konnte, mit dem sie befreundet war oder enge Geschäftsbeziehungen hatte. Sie nahm den Hörer ab. »Ja?«

»Ich habe ein bisschen Geld von Ihnen zu kriegen.« Die Stimme der Frau am anderen Ende hatte einen trockenen, die Silben am Ende der Worte verschluckenden Akzent – vermutlich Texas oder Mittlerer Süden. Aber es war auch der fröhliche Unterton guter Laune herauszuhören.

»Ist alles okay bei Ihnen?«, fragte Carmel.

»Mir geht's prima.«

»Diese Geheimniskrämerei macht mich nervös«, sagte Carmel. »Ich würde es vorziehen, Sie an einem öffentlichen Ort zu treffen.«

Die Frau lachte glucksend – ein angenehmer, irgendwie gemütlich klingender Laut, der da aus dem Hörer drang. Und sie sagte: »Ihr Anwälte werdet zu leicht nervös – und Sie werden mich nicht zu Gesicht kriegen, Schätzchen.«

»Na schön«, sagte Carmel. »Wie soll die Sache ablaufen?«

»Sie haben das Geld bereit?«

»Ja, so wie Rolo gesagt hat.«

»Gut. Steigen Sie in Ihren Volvo und fahren Sie zum Parkplatz der Universität von Minneapolis an der Huron und

Fourth Street. Das ist ein großer, offener Platz, viel Betrieb, Studenten kommen und gehen. An der Einfahrt ist ein Ticket-Schalter. Stellen Sie Ihren Wagen so weit wie möglich von diesem Schalter entfernt ab, aber so, dass er zwischen anderen Fahrzeugen steht. Schließen Sie die Fahrertür nicht ab. Stecken Sie das Geld in eine Tüte – am besten in eine dieser braunen Einkaufstüten – und stellen Sie die Tüte auf den Boden vor dem Fahrersitz. Dann gehen Sie rüber in die Washington Avenue ... Kennen Sie sich in der Gegend dort aus?«

»Ja. Ich bin dort Studentin gewesen.« Sie hatte sieben Jahre an der Universität studiert.

»Gut. Gehen Sie also in die Washington Avenue, dann runter zum Fluss. Wenn Sie dort angekommen sind, können Sie selbst bestimmen, wie's weitergehen soll. Wenn Sie wollen, gehen Sie zurück zu Ihrem Wagen. Ich drücke die Türverriegelung, wenn ich das Geld rausgenommen habe. Und sind Sie die ganze Zeit über im Freien, in der Öffentlichkeit. Sicher vor allen Überraschungen.«

»Was ist, wenn jemand das Geld rausnimmt, ehe Sie es tun?«

Wieder dieses angenehme glucksende Lachen. »Niemand wird das Geld vor mir aus dem Wagen nehmen, Carmel.« Die Frau sagte »Car-mul«, während Carmel ihren Namen »Carmel« aussprach.

»Wann?«

»Jetzt gleich.«

»Woher wissen Sie, dass ich einen Volvo habe?«

»Ich habe Sie ungefähr eine Woche lang beobachtet. Sie sind zum Beispiel vorgestern mit dem Volvo zu diesem Rainbow-Laden gefahren. Ich an Ihrer Stelle hätte die süßen Maiskolben nicht gekauft; sie sahen ein paar Tage überaltert aus.«

»Das waren sie tatsächlich«, sagte Carmel. »Ich bin in fünfzehn Minuten auf dem Parkplatz.«

Carmel tat alles genau nach Rinkers Anweisungen, ging sogar ein paar Minuten länger als nötig am Fluss entlang. Als sie zum Wagen zurückkam, war er verschlossen, und das Geld war verschwunden. Sie fuhr geradewegs zurück zu ihrem Appartement, und als sie eintrat, summte das Telefon.

»Ich bin's«, sagte die trockene Stimme.

»Ich hoffe, es ist alles nach Wunsch verlaufen«, sagte Carmel.

»Alles bestens. Ich verlasse jetzt die Stadt, aber ich wollte Ihnen vorher doch noch sagen, dass ich Sie als kreditwürdige Kundin betrachte. Haben Sie was zum Schreiben?«

»Ja.«

»Wenn Sie wieder mal meine Dienste in Anspruch nehmen wollen, wählen Sie diese Nummer ...« Die Frau diktierte Carmel eine Telefonnummer mit der Vorwahl 202 – Stadtzentrum Washington, D. C., wie Carmel wusste. »Hinterlassen Sie auf der Voice Mail Box eine Nachricht mit dem Text: ›Bitte Patricia Case anrufen‹.«

»Patricia Case, okay ...«

»Ich rufe Sie dann innerhalb eines Tages zurück.«

»Ich glaube nicht, dass ich so was noch mal brauche ...«

»Seien Sie sich da nicht zu sicher. Ihr Anwälte geht oft seltsame Wege.«

»Okay. Und vielen Dank.«

»Ich danke *Ihnen*.« Klick – und die trockene Stimme sagte nichts mehr.

Das Telefon summte wieder, noch ehe sie sich abwenden konnte.

»Carmel?« Und zum zweiten Mal an diesem Tag klopfte ihr Herz in der Kehle.

»Ja?«

»Hier ist Hale.« Dann, als ob er fürchte, sie könne ihre Bekannten mit dem Vornamen Hale nicht auseinander halten, fügte er hinzu: »Allen.«

»Hale ... Mein Gott, ich habe das von Barbara gehört. Wie schrecklich!« Sie *kroch* förmlich ins Telefon, bebte unter der Wucht der aufsteigenden Emotion, und Tränen traten in ihre Augenwinkel. Arme Barbara. Amer Hale. Eine Tragödie.

»Carmel ... O Gott, ich ... ich bin so durcheinander«, sagte Hale Allen. »Jetzt meint die Polizei auch noch, ich könnte was damit zu tun haben ... Mit dem Mord an Barbara.«

»Das ist doch absoluter Unsinn«, sagte Carmel.

»Ja, natürlich. Aber sie hacken dauernd darauf herum, wie viel Geld ich jetzt erbe, und Barbs Eltern sagen so verrückte Sachen ...«

»Das ist ja schrecklich!« Er brauchte Hilfe; und er suchte sie bei *ihr.*

»Hör zu, ich rufe an, um dich zu fragen, ob du die Sache für mich in die Hand nehmen könntest. Würdest du mich als Anwältin gegenüber der Polizei vertreten? Du bist die beste, die ich kenne ...«

»Natürlich«, antwortete sie energisch. »Wo bist du jetzt?«

»Zu Hause. Ich sitze da zwischen all den Sachen von Barbara ... Ich weiß nicht, was ich machen soll ...«

»Bleib dort«, sagte Carmel. »Ich bin in einer halben Stunde bei dir. Sag kein Wort mehr zu irgendeinem Cop. Wenn welche kommen oder anrufen, sag ihnen, sie sollen sich an mich wenden.«

»Macht sie das nicht misstrauisch?« Wirklich nicht das schärfste Messer in der Schublade des Intellekts ...

»Sie sind bereits misstrauisch, Hale. Ich weiß nur zu gut, wie ihr Denken funktioniert. Es ist stupide, aber so ist es nun mal – sich als Erstes an den Ehemann halten ... Gib ihnen meine Nummer im Büro und diese Nummer, und bitte, Hale – rede mit keinem, *mit keinem* von ihnen.«

»Okay.« Seine Stimme klang jetzt wieder fester. »In einer halben Stunde?«

O Gott ... Die Sache mit Hale Allen, dachte Carmel, war irgendwie auf seine Hände zurückzuführen. Er hatte diese großen, kompetent wirkenden Hände mit stets sauberen, fast quadratischen Nägeln, dazu dünnen Flaum auf den ersten Fingergliedern, ein Hinweis auf seine kraftvolle Männlichkeit. Er hatte schönes, dichtes Haar und wunderbar breite Schultern, und seine braunen Augen waren so ausdrucksvoll, dass Carmel schwach wurde, wenn sich ihr Blick auf sie konzentrierte.

Aber es waren die Hände, die den Ausschlag gaben, und zwar eines Tages in einer netten kleinen Bar, einem Anwaltstreffpunkt mit vielen Zimmerpflanzen in Kupferkesseln und antiken Kommoden als Serviertischen. Sie hatten zu dritt oder viert an einem Tisch gesessen, alle von verschiedenen Kanzleien, nicht zu dienstlichen Gesprächen, einfach nur zum Reden und Tratschen. Hale hatte oft gelacht, dabei seine großen weißen Zähne gezeigt, und er hatte sie ein paar Mal ganz intensiv angeschaut, tief in sie hinein, wie sie gemeint hatte – bis zum unteren Rand ihres Schlüpfers. Aber ausschlaggebend war gewesen, dass er einen hellen weißen Wein getrunken hatte, wahrscheinlich einen kalifornischen Chardonnay, und er hatte unablässig das Glas mit diesen starken Fingern gedreht, und das hatte bei Carmel eine fast unerträgliche Vibration ausgelöst ... Danach hatten sie sich noch oft getroffen, aber immer bei irgendwelchen Veranstaltungen oder Partys, und sie hatten nie lange miteinander gesprochen.

Dennoch, dachte sie, muss er von meinen Gefühlen *wissen*, irgendwo tief in seiner Seele. Und jetzt, nach diesem Anruf ...

Sie nahm sich fünfzehn Minuten Zeit für ihr Make-up – vornehmlich dazu, es unsichtbar zu machen –, und nachdem sie einen Hauch Chanel Nr. 7 aufgetragen hatte, ging sie hinunter in die Tiefgarage und stieg in ihren Jaguar.

Ihren Vorsatz, sich von Hale Allen fern zu halten, strich sie aus dem Gedächtnis.

Hale brauchte sie.

4

Lucas fühlte sich gut; psychisch stabil. Alles fest im Griff ...

Seit dem Abbruch der Beziehung mit Marcy Sherrill hatte er kein ernsthaftes Gespräch mehr mit einer Frau geführt. Und das war ihm gut bekommen: Er hatte aufgearbeitet, was liegen geblieben war, ein bisschen Basketball gespielt und Läufe in der Umgebung seines Hauses gemacht, auch wenn er es in den Knien spürte, sobald er mehr als fünf Meilen zurücklegte. Er wurde langsam alt ...

Geld genug auf der Bank. Alle Rechnungen bezahlt. Den Job unter Kontrolle – bis auf die verdammte Gleichberechtigungskommission. Aber selbst diese Arbeit wirkte sich beruhigend auf seinen Geist aus. Es war wie in einem langweiligen Konzert, bei dem sich die Musik kaum veränderte: Die Kommission verschaffte ihm wöchentlich drei Stunden, in denen er still dasitzen konnte, das Gehirn in Ruhestellung, den Motor der Lebensgeister auf Leerlauf geschaltet. Er durfte es sich bei den Sitzungen natürlich nicht erlauben, etwa einzuschlafen, aber er konnte wenigstens die Zeit nutzen, andere interessante Dinge zu lesen.

Früher im Jahr, vor der Vierzig-Tage-Vierzig-Nächte-Episode, hatte er sich gesundheitlich auf schwankendem Untergrund befunden, hin und her getrieben zwischen normalem Befinden und Attacken von Depression. Marcy Sherrill hatte das geändert – wenigstens das. Im Moment fühlte er sich so gut wie nie zuvor, zumindest nach seiner Erinnerung, wenn auch ein wenig distanziert und losgelöst vom Alltagsgeschehen, irgendwie darüber schwebend. Seine älteste Freundin, noch aus Kindertagen, eine Nonne mit einer Professur am St. Anne's College, war bei einer Sommermission in Guatemala, nachdem sie sich von einem Schädeltrauma nach einem scheußlichen Mordanschlag gottlob vollständig erholt hatte. Und die Hälfte seiner Freunde waren im Urlaub. Kaum zu glauben – auch das Verbrechen schien sich jenseits der Stadtgrenzen abgesetzt zu haben.

Und es *war* Sommer; ein wirklich guter ...

Lucas hatte nur vier Tage in der Woche gearbeitet und die dreitägigen Wochenenden in seiner Ferienhütte in den North Woods, Wisconsin, verbracht. Vor fünf Jahren hatte ein Nachbar, ein plattnasiger Typ aus Chicago, einen Teich mit jungen Barschen bestückt, die inzwischen zur richtigen Größe herangewachsen waren. Jeden Morgen – jeden *frühen* Morgen – marschierte Lucas die halbe Meile zum Haus des Chicago-Typs, schob ein grünes Ruderboot mit flachem Kiel ins Wasser des Teichs und warf die Angel, mit verschiedenen Ködern bestückt, zwischen die Kissen der Wasserlilien, bis die Sonne ein gutes Stück über den Horizont gestiegen war. Die ganze Schwere dieser Welt löste sich in den sanften Spiegelungen des glatten dunklen Wassers auf, im Geruch des sommerlichen Blütenstaubs, in der Wärme der Sonne auf seinen Schultern und in der Stille der Wälder ringsum.

Barbara Allen war an einem Donnerstag ermordet worden. Lucas verdrängte den Anblick der Leiche mit dem starren

Blick in einem großen mentalen Aktenordner, der bereits mit ähnlichen Bildern voll gestopft war, und schlug dann den Deckel zu ... Am Donnerstagabend fuhr er zu seiner Hütte. Am Freitag hatte er keine Gelegenheit, sich eine Zeitung zu kaufen, sah aber am Samstagmorgen im Schaufenster eines Hayward-Ladens eine *Pioneer Press* mit der Schlagzeile: »Polizei verhört Ehemann im Mordfall Allen«.

Am Sonntag lautete die Schlagzeile der *Star Tribune*: »Mordfall Allen stellt Polizei vor Rätsel«, während die *Pioneer Press* variierte: »Mordfall Allen gibt Cops Rätsel auf.« Lucas murmelte vor sich hin: »Na so was ...«

Als er am Montagmorgen fröhlich pfeifend ins Rathaus kam, stieß er im Flügel des Polizeipräsidiums auf Sherrill und Black. »Ihr wolltet mich auf dem Laufenden halten«, begrüßte er die beiden. Sie blieben in der Empfangshalle stehen.

»Stimmt«, sagte Black. »Das wollten wir. Hier der neueste Stand der Dinge: Nichts.«

»Das stimmt so nicht ganz«, erwiderte Sherrill mit einem Anflug von Ungeduld in der Stimme. »Es besteht die *echte* Möglichkeit, dass Hale Allen es getan hat. Einen Killer angeheuert hat.«

»Nun ja, sehr schön«, sagte Lucas und klimperte mit seinen Büroschlüsseln. Nicht sein Job ... »Schafft seinen Arsch nach Stillwater. Ich rufe vorher an und lasse eine Zelle reservieren.«

»Ich meine es ernst«, sagte Sherrill. »Wir haben uns das ganze Wochenende mit ihm beschäftigt, und wir haben drei Dinge rausgefunden. Erstens – nachdem wir mit ihm gesprochen hatten, hat er sofort Carmel Loan angerufen.«

»Aua«, sagte Lucas. Er kannte Carmel. Wenn man als Cop einen Grenzfall oder einen schwierigen Fall durchbringen wollte, hatte man nicht gerne Carmel Loan auf der gegnerischen Seite.

»Was ihn keinem Schuldvorwurf aussetzt als dem, dass er seinen gesunden Menschenverstand walten ließ«, gab Black mit einem milden Lächeln zu bedenken.

»Zweitens«, fuhr Sherrill unbeirrt fort, »er macht eine Erbschaft in der Größenordnung von dreißig bis vierzig Millionen, nach Steuern. Eine so hohe Summe, dass wir nicht mal rausfinden konnten, wie viel *genau* es ist. Und ihre Eltern sagen, es hätte Schwierigkeiten in der Ehe gegeben, es hätte zur Scheidung kommen können.«

»Aber nichts Handfestes im Hinblick auf die Scheidung, oder? Nach deiner Ausdrucksweise zu schließen ...«

»Nein, nichts Handfestes«, gab Sherrill widerwillig zu.

»Wichtig an der Sache ist, dass Hale Allen als Erbe nicht in Frage kommt, wenn er wegen des Mordes an seiner Frau verurteilt wird«, schaltete Black sich wieder ein. »Das Geld geht dann an ihre Eltern, die es zwar nicht brauchen, aber es sicher dankbar annehmen würden. Man kann nie zu reich oder zu schlank sein, wie die Herzogin von Windsor mir mal in einem intimen Gespräch gesagt hat.«

»Das Geld stammt also nicht ursprünglich von ihren Eltern?«, fragte Lucas.

Black schüttelte den Kopf. »Nein. Barbara Allens Urgroßeltern waren Nutzholz-Barone hier in der Gegend und erfolgreiche Landspekulanten in Florida. Das Geld ist über einen ganzen Haufen Treuhandfonds auf Barbara runtergeregnet. Ihre Eltern haben natürlich ebenfalls ihren Teil abgekriegt. Keiner von denen hat auch nur einen Tag im Leben arbeiten müssen.«

»Und drittens?«, fragte Lucas und sah Sherrill an. Und fügte hinzu: »Die beiden ersten Punkte waren nicht besonders überzeugend ...«

Sherrill sagte: »Drittens, Hale Allen hat ein Bumsverhältnis mit einer Sekretärin in seiner Kanzlei. Schon seit ein paar Jahren, und die Frau fing neuerdings an, Hale gewaltig unter Druck zu setzen. Sie wollte zu seiner Frau gehen und ihr die Affäre beichten. Allen startete Hinhaltemanöver, aber der Blitz konnte jederzeit einschlagen.«

Lucas sah Black an. »*Das* ist natürlich was.«

Black zuckte die Schultern. »Ja. Das ist was.«

»Obwohl die Leute normalerweise die Bumsfreundin umlegen, nicht die Ehefrau«, sagte Lucas und wandte sich wieder an Sherrill.

Sherrill schüttelte den Einwand ab: »Nicht immer.«

»Habt ihr die Freundin unter die Lupe genommen?«

»Ja. Sie hat im Büro gearbeitet, als der Anschlag auf Barbara Allen passiert ist. Hat bei einer Sitzung wegen des Testaments eines Mannes Stenogramm geführt. Sie hat rund sechshundertfünfzig Dollar auf ihrem Bankkonto, also gehen wir davon aus, dass sie sich wahrscheinlich keinen Profikiller leisten konnte.«

»Vielleicht hat sie ja aber mal einen Film über so was gesehen und ist billig an einen Killer gekommen«, sagte Lucas.

»Oder hat eines von diesen Büchern *Mord für Dummköpfe* gelesen«, sagte Black.

»Was ist mit Allen? Habt ihr ihn mit der Bumsfreundin-Sache konfrontiert?«, fragte Lucas.

»Noch nicht«, antwortete Sherrill. Sie sah auf die Uhr. »Wir werden das in ungefähr zehn Minuten tun.«

»Übrigens«, meldete sich Black wieder, »wir sollten dich auch noch über die Feebs auf dem Laufenden halten.«

»Was? Das FBI schaltet sich in diese Sache ein?« Lucas hob die Augenbrauen.

»Wahrscheinlich«, sagte Black. »Man hat zu einer Besprechung gebeten. Wir gehen heute Nachmittag hin. Ein Feebs-Typ ist extra von Washington hergekommen.«

»Der Hauptstadt der Nation«, unterstützte Sherrill die Wucht dieser Aussage.

»Willst du nicht mitkommen?«, fragte Black. »Wir könnten ein bisschen von dieser deiner Deputy-Chief-Scheiße brauchen. Von diesem deinem besonderen Glorienschein ...«

»Sie werden dich auch ohne das in ihr Herz schließen«, meinte Sherrill.

»Ruft mich an«, sagte Lucas. »Ich bin den ganzen Nachmittag im Büro.«

Carmel Loan hatte blutroten Lippenstift aufgelegt, als sie ins Polizeipräsidium kam und Hale Allen in einem Büro der Mordkommission vorfand. Er saß Sherrill und Black vor einem grauen Metallschreibtisch gegenüber. Das Büro wirkte wie die Filmdekoration für eine Szene im Büro einer Kleinstadtzeitung.

»Warum sind wir hier?«, fragte sie und riss sofort die Leitung des Gesprächs an sich. Sie stellte ihre Handtasche auf den Schreibtisch, schob einige Papiere von Black zur Seite; eine wohl kalkulierte Handlung – *sie* war die Hauptperson in diesem Raum. »Ich dachte, wir hätten am Freitag alles geklärt ... Und wann geben Sie die Leiche von Mrs. Allen frei? Wir müssen die Vorbereitungen für die Beerdigung treffen.«

»Wir geben sie frei, sobald wir die chemischen Laborwerte haben, was heute Nachmittag oder spätestens morgen zu erwarten ist«, sagte Black. »Wir werden dem Labor Dampf machen.«

»Sie wissen ja, wie sensibel diese Sache ist«, sagte Carmel und lehnte sich zu ihm vor. Sie war sich ihrer Wirkung auf die meisten Männer bewusst. Black aber war, ohne sich bisher deutlich geoutet zu haben, schwul, und somit verpuffte Carmels Versuch, ihn für sich einzunehmen.

»Natürlich«, bestätigte Black mit großer Gelassenheit. »Wir tun alles, was in unserer Macht liegt.«

»Also, warum sind wir hier?« Carmel zog einen Stuhl von einem zweiten Schreibtisch, setzte sich darauf und wandte sich an Allen, ehe Sherrill oder Black antworten konnten: »Wie fühlst du dich?«

Allen zuckte die Schultern. »Nicht besonders gut. Ich komme kaum zum Luftholen. Wir müssen uns dringend um die Beerdigung kümmern.« Er ist einfach wunderbar, dachte Carmel. Die Müdigkeit um seine Augen verlieh seinem Gesicht eine geistige Tiefe, die vorher nicht zu erkennen gewesen war. Eine ganz bestimmte, faszinierende Traurigkeit ...

Carmel wandte sich an Sherrill: »Also – was wollen Sie von uns?«

Sherrill lehnte sich über den Schreibtisch und fragte Allen: »Haben Sie die Absicht, Louise Clark zu heiraten?«

Allen zuckte zurück, als ob man ihm einen Kinnhaken verpasst hätte. Carmel verstand sofort, was hinter der Frage steckte. Sie kämpfte einen Anfall irrer Wut nieder und schnarrte dann: »Halt! Keine Fragen mehr. Hale – raus in den Flur.«

Als sie draußen waren, sah Sherrill Black an und grinste: »Er hatte es ihr nicht gesagt.«

Carmel sah im wahrsten Sinne des Wortes rot, als ob Blutklümpchen sich vor ihren Pupillen zusammendrängen würden. Im Flur vor der Mordkommission packte sie Allen an den Mantelaufschlägen und drückte ihn gegen die Wand. Sie war keine große Frau, aber sie drückte so fest zu, dass Allens Schulterblätter schmerzhaft gegen die Wand gepresst wurden.

»Was, zum Teufel, sagen die mir da?«, zischte sie. »Wer ist Louise Clark?«

»Eine Sekretärin«, murmelte Allen. »Ich ... ich habe mit ihr ... geschlafen. Das meinen die wohl.«

»Die meinen das – und es stimmt?«

»Ja. Ich weiß, ich hätte es dir sagen sollen. Aber ich dachte, niemand würde es rausfinden.«

»O du mein Gott, wie dumm bist du eigentlich? Wie verdammt dumm? Was sonst hast du mir noch verschwiegen? Fickst du noch mit anderen Frauen rum?«

»Nein, nein, nein. O Gott, ich hasse dieses Wort. Ficken.«

Carmel schloss für einen Moment die Augen. Sie konnte es nicht glauben, konnte nicht glauben, dass er mit einer anderen Frau schlief, konnte einfach nicht glauben, dass ein leibhaftiger Anwalt so verdammt dumm sein konnte.

»Du bist Jurist mit Staatsexamen an einer real existierenden Universität, oder?«, fragte sie und öffnete die Augen.

»Carmel, ich …«

»Ach, halt den Mund«, sagte sie. Sie drehte sich um, trat ein paar Schritte von ihm weg, fuhr dann herum, sah ihn an. »Ich sollte den Fall zurückgeben. Und wenn ich nicht mit Barbara und dir befreundet wäre, *würde* ich zurücktreten.«

»Es tut mir … tut mir … so Leid«, stotterte Allen. »Ich habe dir sonst nichts verschwiegen, Gott ist mein Zeuge.«

Carmel atmete tief durch. »Okay … Ich kann später mit dir rumschreien. Und das werde ich tun. Jetzt erzähl mir alles von dieser Louise Clark. Wirst du sie heiraten?«

Allen schüttelte den Kopf. »Nein, nein, so war das nicht mit ihr. Es war eine rein körperliche Sache. Sie ist echt … sexbesessen. Eine gottverdammte Sexmaschine – wie soll ich das erklären? Sie war dauernd hinter mir her, und als wir eines Tages mal einen dienstlichen Termin in einem Motel drüben in Little Canada hatten, hat sie mich in ein leeres Zimmer gezerrt …«

»Oh, Mann …« Carmel drückte einen Handballen gegen die Stirn.

»Was ist?«

»Du hast sicher schon mal das Wort *Motiv* gehört, oder? Diesen oft von Anwälten benutzten, juristischen Fachausdruck?«

»Herrgott, ich konnte doch nicht wissen, dass Barbara ermordet wird«, sagte Allen mit erhobener Stimme. Ein wenig ärgerlich jetzt, das Gesicht rot angelaufen, Haarsträhnen auf der Stirn.

»Okay, okay ... Ist es vorbei mit dieser Frau?«

»Wenn du das willst, ja.«

»Ich *will* es«, sagte Carmel. »Aber ich muss mit ihr reden.«

»In Ordnung. Ich rufe sie an.«

»Wir müssen auch mit den Cops darüber reden, früher oder später, aber nicht jetzt gleich. Wahrscheinlich morgen.«

»Wie können wir das wieder ausbügeln?«

»Ich muss die Cops bearbeiten«, sagte Carmel. Sie nagte an ihrem Daumennagel, schmeckte Blut auf den Lippen, spuckte aus und nagte noch ein bisschen weiter.

Mit Allen im Schlepptau ging Carmel zurück ins Büro der Mordkommission. Black und Sherrill saßen hinter dem Schreibtisch, Black mit hoch gelegten Füßen. Noch ehe Carmel etwas sagen konnte, fragte Sherrill: »Wollen Sie einen Pferd-kommt-in-eine-Bar-Witz hören?«

»Gerne«, antwortete Carmel.

»Pferd kommt in eine Bar, setzt sich hin, sagt mit trauriger Stimme: Geben Sie mir 'nen Bourbon, pur. Der Barkeeper macht den Drink, schiebt das Glas über den Tresen und fragt: Hey, Kumpel, warum denn das lange Gesicht?«

Carmel zeigte einen Millimeter Lächeln und sagte mit gelangweilter Stimme: »Unerhört witzig.«

»Ich kapier das nicht«, meinte Allen und machte ein besorgtes Gesicht.

»Setz dich hin«, sagte Carmel. Und zu Black und Sherrill: »Mein Klient hat mir eröffnet, dass er eine sexuelle Beziehung zu Louise Clark gehabt hat. Er hat mir das nicht früher gesagt, weil er meinte, es sei nicht relevant. Er hat Recht: Es *ist* nicht relevant. Andererseits verstehen wir, zu welchen Überlegungen das bei Ihnen führen könnte. Ich muss noch ein wenig intensiver mit meinem Klienten darüber sprechen, außerdem auch mit Louise Clark. Wenn Sie nichts von dieser Sache an die Presse geben, kommen wir morgen wieder her und beantworten alle Ihre Fragen. Wenn Sie die Presse verständigen, gehen wir auf Kriegspfad, und es wird keinerlei Kooperation geben.«

»Gut, kommen Sie morgen wieder her«, sagte Black. »Von uns wird niemand etwas über diese Sache erfahren.«

»Zehn Uhr morgen früh«, sagte Carmel. »Ich nehme an, Sie haben bereits mit Louise Clark gesprochen und ihr gesagt, sie solle mit niemandem darüber reden. Auch nicht mit mir.«

Sherrill nickte: »Natürlich.«

»Natürlich«, sagte Carmel.

Sherrill rief Lucas kurz nach drei Uhr an: »Wir gehen jetzt rüber ins FBI-Büro. Kommst du mit?«

»Auf geht's«, sagte Lucas. Er ließ den Kommissionsbericht auf den Boden fallen. »Ich ziehe nur noch schnell die Jacke an.«

Blendendes Sonnenlicht; wieder ein *guter* Tag, dachte Lucas und setzte die Sonnenbrille auf. Oben im Norden wäre es ein *großartiger* Tag – ein Tag, sich auf der schwimmenden Landungsbrücke eines Sees auszustrecken, einem Baseballspiel im Transistorradio mit dem blechernen Klang zuzuhören und das Weltgetriebe sich selbst zu überlassen.

»... dachte, sie würde ihn umbringen«, sagte Sherrill gerade.

Lucas schaltete sich in das Gespräch ein. »Carmel wusste also nichts von der Sache?«

»Nein. Und sie hat das auch nicht vorgetäuscht. Als wir sie damit überfielen, traten ihr im wahrsten Sinn des Wortes die Augen aus den Höhlen.« Sherrill sagte das mit geradezu glücklich klingender Stimme. »Wir haben nicht mitgekriegt, was sich draußen im Flur zwischen den beiden abgespielt hat, aber als sie zurückkamen, sah Allen wie ein Schaf aus, das man gerade bis auf die Haut geschoren hat.«

»Hm ... Hat er irgendwelche besonderen Reaktionen gezeigt? Oder den Versuch gemacht, jegliche Reaktion zu verbergen?«

Sherrill zuckte die Schultern, aber Black schüttelte den Kopf: »Ich konnte nichts dergleichen feststellen. Er schien überrascht zu sein – einfach nur überrascht, dass wir ihm die Frage nach Louise Clark gestellt haben. Er sah nicht verängstigt aus, und er machte nicht den Eindruck, als ob er die Affäre dringend verheimlichen wollte ...«

Der schwer bewaffnete FBI-Agent in weißem Hemd und Krawatte am Empfang telefonierte ins geheiligte Zentrum der FBI-Außenstelle, wo ein leicht schwitzender Stellvertretender Dienststellenleiter in einem Besprechungsraum auf sie wartete, zusammen mit einem Mann, der wie ein Professor der Wirtschaftswissenschaften wirkte – ein wenig zermürbt, ein wenig ungepflegt, die Gläser seiner Brille ein wenig zu dick; andererseits aber hatte er einen sehr kräftigen Hals. Er lächelte Lucas freundlich an, betrachtete Sherrill mit sichtlichem Wohlgefallen und nickte Black kurz zu.

»Ich bin Louis Mallard«, sagte er; seinen Vornamen sprach er »Louie« aus. »Mallard mit zwei ›l‹ und ›d‹ am Ende. Bill hier kennen Sie ja.« Bill Benson, der Stellvertretende Leiter der FBI-Außenstelle Minneapolis, nickte und sagte: »Hey, Lucas.«

»Worum geht's?«, fragte Lucas.

»Um den Allen-Mord«, antwortete Mallard. »Schon irgendeine Spur?«

Lucas sah zu Sherrill hinüber, die ihrerseits Mallard anschaute und sagte: »Wir beschäftigen uns im Moment mit dem Ehemann des Opfers, einem Anwalt. Aber ...«

»Mit Mafiaverbindungen?«, unterbrach Mallard.

»Nein, auf so was sind wir nicht gestoßen. Haben Sie etwa derartige Informationen ...«

»Nie von dem Mann gehört«, unterbrach Mallard wieder. »Keinerlei Unterlagen über ihn in unseren Akten – er war nicht beim Militär. Hat bisher noch nicht mal einen Strafzettel im Straßenverkehr gekriegt, soweit wir das feststellen konnten. Langweiliger Typ.«

»Wir haben uns natürlich auch intensiv mit seiner Frau beschäftigt«, sagte Sherrill, »und versucht rauszufinden, ob es irgendwas in ihrer Vergangenheit gibt, das den Einsatz eines Profikillers erklärt oder herausgefordert haben könnte – falls der Mörder ein Profi war ...«

»Es war ein Profi«, sagte Mallard.

»Woher ...«

»Bringen Sie erst einmal zu Ende, was Sie über die Frau berichten wollten.« Mallard war stets um eine präzise Ausdrucksweise bemüht – wie ein *echter* Professor der Wirtschaftswissenschaften.

»Wir haben sie intensiv überprüft«, übernahm Black für Sherrill. »Ein paar von unseren Wirtschaftsfachleuten haben sich um ihr Vermögen gekümmert, aber nichts Verdächtiges rausgefunden. Ihr Geld wird seit Jahrzehnten auf dieselbe Art verwaltet. Keine großen Verluste, keine großen Gewinne, konstant nette elf Prozent im Jahr. Keine Veränderungen. Wir haben uns auch ihre Wohltätigkeitsarbeit angeschaut. Ihr

Großvater hat den Fonds gegründet, und Barbara Allen, ihre Eltern und einige andere Verwandte bilden den Verwaltungsrat. Die Gelder kommen vornehmlich alten Menschen zugute. Wir können Ihnen die Unterlagen geben, wenn Sie wollen, aber wir sind auf keinerlei Anhaltspunkte für ein Motiv gestoßen.«

Mallard sah Lucas an, dann Benson, sagte schließlich nur »gottverdammt …« – und auch das auf professorale Art.

»Legen Sie doch mal los«, sagte Lucas.

»Die Frau, die den Mord ausgeführt hat, ist eine Profikillerin«, begann Mallard. »Sie ist nicht besonders groß – vielleicht einssechzig bis einszweiundsechzig. Sie hat mal in St. Louis oder der Umgebung der Stadt gewohnt. Spricht wahrscheinlich mit Südstaatenakzent. Sie wurde vor zwölf oder dreizehn Jahren aktiv, und wir glauben, dass sie inzwischen siebenundzwanzig Menschen getötet hat, einschließlich dieser Mrs. Allen. Wir nehmen an, dass sie Verbindungen zur Mafia in St. Louis hat, vielleicht nur über eine einzige Person. Das ist dann aber auch schon alles, was wir über ihren Hintergrund wissen oder zu wissen glauben. Wir sind natürlich *sehr* daran interessiert, mehr über sie rauszufinden.«

»Siebenundzwanzig«, sagte Lucas beeindruckt.

»Könnten auch mehr sein, wenn sie sich die Zeit genommen hat, die eine oder andere Leiche verschwinden zu lassen; oder wenn sie anfangs einige Zeit brauchte, ihre spätere Vorgehensweise zu entwickeln – die Pistolen mit Schalldämpfern, Schießen aus nächster Nähe. Wir sind aber sicher, dass es mindestens siebenundzwanzig sind. Sie trifft die Vorbereitungen für die Morde äußerst sorgfältig, nähert sich den Opfern, wenn sie allein sind, tötet sie und verschwindet. Wir glauben, dass sie bei der Planung des Mordes selbst von der genauen Festlegung des Tatortes ausgeht …«

»Woher wollen Sie das wissen?«, fragte Black.

»Das Kaliber der Mordwaffe ist stets dem Tatort angepasst. Wenn der Angriff im Freien geschieht, benutzt sie eine Neunmillimeter-Pistole oder eine noch schwerere .40er. Wenn es wie in diesem Fall und mehreren anderen innerhalb von Gebäuden passiert, nimmt sie immer eine Zweiundzwanziger – man hat es nicht gerne, wenn in einem Treppenhaus aus Beton die Neunmillimetergeschosse nach dem Durchschlagen des Körpers an den Wänden zerplatzen und einem die Fragmente wie Bienen um die Ohren sausen. Sie benutzt dann Zweiundzwanziger-Hohlladungsgeschosse mit normaler Rasanz; sie verwandeln die Gehirnmasse in Hafergrütze, bleiben aber im Schädel stecken, meistens jedenfalls.«

»Das war's?«, fragte Black. »Das sind Ihre Erkenntnisse?«

»Noch eine Kleinigkeit. Wir nehmen an, dass sie zu den Todesschüssen in die jeweilige Stadt *fährt*, nicht fliegt. Wir haben Passagierlisten aller Fluglinien im Zusammenhang mit den Morden, die ihre Handschrift tragen, durch unsere Computer laufen lassen und überprüft, ob sich bei bestimmten Leuten ein Muster ergibt.«

»Und nichts rausgefunden«, sagte Black.

»Doch«, widersprach Mallard. »Wir sind auf Muster gestoßen. Vielerlei Muster. Nur nicht auf *ihr* Muster. Wir haben mehrere hundert Personen mit bestimmten Mustern überprüft, aber es haben sich keine Anhaltspunkte ergeben.«

»Arbeitet sie immer gegen Bezahlung?«, fragte Sherrill.

»Das wissen wir nicht. Einige ihrer Aufträge sind offensichtlich interne Mafia-Abrechnungen gewesen – andere aber, vielleicht die Hälfte, sehen nach rein kommerziellen Unternehmungen aus. Wir wissen es einfach nicht. Siebenundzwanzig Morde ohne einen handfesten Ansatzpunkt, den Mörder überführen zu können«, klagte Mallard. »In einigen Fällen wurden Ehefrauen ermordet, und wir haben natürlich den Ehemann in Verdacht, finden aber keine Beweise. Nichts. In keinem der Fälle war es auch nur im Entferntesten möglich, dass der Mann selbst als Täter in Frage kam. Alle hatten unwiderlegbare Alibis.«

»Geben Sie uns Ihre Unterlagen über die Killerin?«

»Ich bin hergekommen, um mit Ihnen zusammenzuarbeiten«, sagte Mallard. Er griff in die Innentasche seiner Jacke, zog einen quadratischen Umschlag aus Karton hervor und schob ihn über den Tisch Sherrill zu. »Kopien von CDs: alles, was wir über jeden einzelnen Fall haben, in dem sie als Täterin in Frage kommt. Namen, Daten, Vorgehensweisen, Verdächtige, Fotos aller irgendwie Beteiligten, Tatortfotos ... Die erste CD enthält die Inhaltsübersicht.«

»Vielen Dank.«

»Sagen Sie mir alles, was Sie rausfinden«, sagte Mallard. »Egal, wie unbedeutend es erscheint, geben Sie es *bitte* an mich weiter. Ich bin versessen darauf, diese Frau zu überführen.«

Louise Clark stimmte einem Gespräch mit Carmel erst zu, nachdem Hale Allen sie überzeugt hatte, dass es erforderlich sei. »Ich bin *Anwalt*, Louise«, sagte Allen. »Es ist *okay*, mit Carmel zu sprechen – die Cops reißen uns in Stücke, wenn sie uns nicht davor bewahrt.«

»Wenn du meinst«, sagte Louise ängstlich. Sie war eine dünne Frau mit strähnigem braunem Haar, einer fleischigen Nase und nervösen, knochigen Händen – eine »graue Maus«, jedenfalls dem ersten Eindruck nach. »Es ist ja nur, weil die Polizisten gesagt haben, ich soll mit niemandem darüber reden.«

Louise Clark sah *nicht* aus wie irgendeine der »Sexmaschinen«, die Carmel bisher über den Weg gelaufen waren. Aber, dachte sie, *man weiß ja nie.* Und Hale weiß es ... Sie saßen bei Denny's und redeten nun schon seit zehn Minuten miteinander, und Louise fing an zu jammern. Carmel mochte keine jammernden Weiber. Sie sah Hale Allen an. »Warum machst du nicht einen Spaziergang um den Block – ich möchte mich mal allein mit Louise unterhalten.«

Hale machte sich gehorsam auf den Weg, die Hände in den Taschen seiner bequemen Freizeithose. Seinen modischen blaukarierten Sportmantel über dem schwarzen T-Shirt hatte er nicht zugeknöpft. Der Mantel betonte seine breiten Schultern, und beide Frauen beobachteten ihn, wie er einer Frau mit Kind die Tür des Restaurants aufhielt; die Frau sagte etwas zu Allen, der sie anstrahlte, und die beiden unterhielten sich noch ein paar Sekunden unter der Tür.

Dann setzte Allen seinen Weg nach draußen fort, und Carmel und Louise konnten ihr Gespräch führen ...

Carmel hatte ein riesiges Doppelbett im Schlafzimmer mit zwei normalen Kopfkissen und einem anderthalb Meter langen Körperkissen, um das sie beim Schlafen die Beine schlagen konnte. Sie erzählte zwar allen Freunden und Bekannten, sie würde nackt schlafen – ihr Image erforderte das, wie sie meinte –, in Wirklichkeit aber schlief sie in einem übergroßen Jockey-T-Shirt und Boxershorts. Und so lag sie in dieser Nacht da, das T-Shirt locker um die Schultern hängend, die Beine um das Kissen geschlungen, und ging im Geist noch einmal ihr Gespräch mit Louise Clark, der grauen Maus, durch.

Clarks Story war zum größten Teil nichts anderes als »immer dieselbe alte Geschichte«. Sie und Allen verbrachten bei der Arbeit viel Zeit allein miteinander und standen gemeinsam eine Menge Stress durch. Seine Frau verstand ihn nicht.

Louise und Hale entwickelten eine Beziehung, die auf gegenseitigem Respekt beruhte, blah-blah-blah. Irgendwie hatte es sie in diesem Motel oben im Norden plötzlich ins Bett gedrängt ... Und dann ging die graue Maus ganz aus sich heraus:

»In dem Motel habe ich ihn erst *nachher* zum ersten Mal nackt gesehen. Ehrlich, erst, nachdem wir uns geliebt hatten. Er war einfach ... wunderbar. Er ist so ein schöner Mann ...« Dann begannen ihre Augen zu flackern, und sie fügte hinzu, von Frau zu Frau, mit einem leisen Kichern und gesenkter Stimme: »Er hat einen ... ehm, er ist echt groß. Sehr, sehr schön und echt, echt groß. Er hat mich, ehm, ganz ausgefüllt ...«

Carmel drückte das Kissen zwischen ihren Beinen zusammen und versuchte, das Bild aus dem Bewusstsein zu drängen: Hale Allen und die graue Maus. Groß ...

Der Wecker summte pünktlich um sieben. Carmel schob sich aus dem Bett, langsam und missmutig ohne den gewohnt guten Schlaf. Groß? Wie groß? Sie kratzte sich am Hintern, gähnte, streckte sich und ging ins Badezimmer. Eine halbe Stunde später trank sie ihre erste Tasse Kaffee, aß ihren zweiten Toast und blätterte die *Star Tribune* durch, ob etwas über Hale Allen und Louise Clark durchgesickert war. Das Telefon summte.

»Ja?«

»Miz Loan? Hier ist Bill, unten in der Halle.« Bill war der Portier.

»Was gibt's?« Immer noch missmutig.

»Wir haben ein Päckchen für Sie. Es steht *dringend* drauf, und ich frage mich, ob ich es Ihnen raufbringen soll.«

»Was für ein Päckchen ist es?«

»Ein kleines. Fühlt sich an ... sieht aus ... könnte eine Videokassette sein«, stammelte Bill.

»Okay, bringen Sie es rauf.«

Bill brachte das Päckchen, und Carmel drückte ihm eine Fünfdollarnote in die Hand. Sie schloss die Wohnungstür und drehte das Päckchen in der Hand hin und her. Bill hatte Recht: wahrscheinlich eine Videokassette. Normales braunes Packpapier. Sie riss es auf, fand einen Zettel, auf dem mit Kugelschreiber ein einziges Wort geschrieben stand: »Entschuldigung.«

Carmel runzelte die Stirn, ging mit der Kassette ins Fernsehzimmer, schob sie in den VHS-Recorder und startete sie.

Eine Frau erschien auf dem Bildschirm, und Carmel erkannte sie sofort. Sie schaute auf sich selbst, wie sie im – jetzt erklärbar – hellen Licht von Rolando D'Aquilas Küche sitzt. Vor etwas mehr als einem Monat.

Die Bildschirm-Carmel sagte gerade: »Ich trinke nie koffeinfreien.« Und dann: »Sie haben den Anruf also gemacht.«

Die Stimme eines Mannes, der nicht von der Kamera erfasst war, sagte: »Ja. Und sie ist noch im Dienst meiner Freunde, und sie nimmt den Job an.«

»Sie? Es ist eine Frau?«

»Ja. Ich war selbst überrascht. Ich hab früher nie nach so was gefragt, verstehen Sie ... Aber als ich jetzt gefragt hab, hat mein Freund ›sie‹ gesagt.«

»Sie muss aber gut sein«, sagte die Bildschirm-Carmel. Die reale Carmel erkannte, dass die Kamera im Küchenschrank versteckt gewesen sein musste und durch einen Spalt in der geöffneten Tür gefilmt hatte.

»Sie *ist* gut«, sagte die Stimme des Mannes. »Hat einen ausgezeichneten Ruf. Jeder Schuss ein Treffer. Sehr effizient, sehr schnell. Immer aus kürzester Entfernung, da kann nichts schief gehen.« Eine Männerhand mit einem Kaffeebecher erschien auf dem Bildschirm. Carmel sah zu, wie die Bildschirm-Carmel den Becher mit den Fingerspitzen drehte, ihn dann an den Mund hob.

»Genau das, was ich brauche«, sagte ihr anderes Ich auf dem Screen und trank dann einen Schluck. Carmel erinnerte sich, dass der Kaffee recht gut gewesen war. Und sehr heiß.

»Sind Sie sich ganz sicher?«, fragte die Männerstimme. »Wenn ich denen mal zugesagt hab, gibt's praktisch kein Zurück mehr. Bei dieser Frau weiß man nie, wie sie den Auftrag ausführt, niemand weiß, wo sie sich aufhält oder welchen Namen sie benutzt. Wenn Sie zustimmen, tötet sie Barbara Allen.«

Die Bildschirm-Carmel runzelte die Stirn. »Ich *bin* sicher«, sagte sie. Die reale Carmel zuckte bei der Nennung von Barbara Allens Namen zusammen. Sie hatte das vergessen.

»Sie haben das Geld?«, fragte der Mann.

»Ja. Im Haus. Ihre zehntausend Dollar habe ich dabei.«

Die Carmel auf dem Bildschirm stellte den Becher ab, kramte in ihrer Handtasche, holte ein dünnes Geldbündel heraus und legte es auf den Tisch. Die Hand des Mannes tauchte auf und nahm es weg. »Eines sollten Sie noch wissen«, sagte die Stimme. »Wenn jemand kommt und das Geld haben will – zahlen Sie jeden Cent. *Jeden Cent.* Feilschen Sie um Himmels willen nicht, zahlen Sie einfach. Wenn Sie das nicht tun, wird man keinen weiteren Versuch machen, das Geld einzutreiben, sondern man wird Sie umlegen – als abschreckendes Beispiel.«

»Ich weiß, wie das läuft«, sagte die Bildschirm-Carmel. »Die Leute werden das Geld – wie abgemacht – kriegen. Und niemand kann es zurückverfolgen, da ich es nach und nach beiseite gelegt habe. Es ist absolut sauber.«

»Wenn Sie also zustimmen, rufe ich heute Abend meinen Freund an. Und Barbara Allen ist eine tote Frau.«

Die Carmel vor dem Bildschirm bewunderte ihre schau-

spielerische Leistung auf dem Screen. Sie zuckte mit keiner Wimper – sie stand einfach auf und sagte: »Ja, tun Sie das.«
Das Band lief aus. Carmel trank einen großen Schluck Kaffee, ging in die Küche, kippte den Rest des Kaffees in den Spülstein – und schleuderte dann die Tasse gegen eines der großen Fenster, die zum Balkon führten. Die Tasse prallte vom Sicherheitsglas des Fensters ab, zerbrach aber nicht. Carmel nahm das schon nicht mehr wahr; sie tobte durch die Küche, fegte Gläser, Geschirr, den Messerblock, den Toaster, Silberkannen von den Schränken und Arbeitsplatten und vom Herd, trat nach den Sachen, sobald sie auf dem Boden aufprallten, trampelte darauf herum. Und die ganze Zeit über knurrte sie laut durch die zusammengebissenen Zähne, schrie nicht, stieß nur unentwegt diesen scharfen, knurrenden, nach übergroßer Hornisse klingenden Laut aus.

Sie zertrampelte alles, was in der Küche und der Frühstücksecke herumstand, schnitt sich an den Scherben eines Glases. Der Anblick des Blutes auf ihrem Handrücken brachte sie schließlich wieder zur Besinnung.

»Rolo, du verdammter Scheißkerl«, knurrte sie. Blut tropfte von ihrer Hand auf den Boden. »Rolo, du Scheißkerl, du Scheißkerl, du verdammter Scheißkerl ...«

5

Den Rest des Tages arbeitete Carmel sich durch immer wieder aufwallende Wutausbrüche und Phasen relativer Ruhe; hatte diverse Phantasien über Rolando D'Aquilas qualvolles Ende und gestand sich schließlich ein, dass sie ein großes Problem hatte.

Sie rief Rinker an, hinterließ eine Telefonnummer, sagte: »Es ist echt dringend. Wir haben ein großes Problem.«

Kurz nach dreizehn Uhr am nächsten Tag ging Rinkers Rückruf auf Carmels Mobiltelefon ein. Sie meldete sich nicht mit irgendeinem Namen, sondern sagte einfach nur: »Das ist der versprochene Rückruf. Ich hasse Probleme.«

Carmel sagte: »Einen Moment, ich will nur schnell die Tür schließen.« Sie steckte den Kopf durch die Tür in ihr Vorzimmer und sagte zur Sekretärin: »Zehn Minuten keine Störung bitte.« Dann trat sie zurück und verschloss die Tür hinter sich.

»Okay ...«, begann sie, aber Rinker unterbrach sie:

»Ist Ihr Telefon sicher?«

»Ja. Es ist unter dem Namen meiner Mutter registriert – sie hat wieder geheiratet und einen anderen Familiennamen als ich. Dasselbe wie bei meinem Volvo. So was ist gut für ... spezielle Kontakte.«

»Und die haben Sie in Ihrem Job oft?«

»Oft genug«, antwortete Carmel. »Aber egal ... Ich rufe wegen Rolando D'Aquila an – das ist der Mann, der die Verbindung zu Ihnen hergestellt hat.«

»Und was ist passiert?«, fragte Rinker.

Carmel erklärte es kurz und sagte dann: »Ich hätte gedacht, die Leute auf Ihrer Seite würden so etwas von vornherein verhindern. So aber bringen Sie Ihre Klienten ganz schön in die Klemme ...«

»Was soll das? Was wollen Sie unternehmen?«, Carmel hörte deutlich den warnenden Unterton in der Stimme der Frau.

»Sie können sich absolut darauf verlassen, dass ich nicht zur Polizei gehe, falls es das ist, worüber Sie sich Gedanken machen«, sagte Carmel vorsichtig. »Aber es muss eine Lösung gefunden werden. Rolo ist ein Junkie. Selbst wenn ich ihm jeden Cent gebe, den ich habe, er wird ihn in Koks umsetzen und in die Nase schnüffeln. Das Original des Videobandes wird er nicht rausrücken, und wenn er meinen letzten Cent bekommen hat, wird er sich umschauen, an wen er es am günstigsten verkaufen kann. Zum Beispiel ans Fernsehen. Dann bin ich geliefert – und Sie mit mir. Die Cops werden Rolo durch die Mangel drehen, einen Deal mit ihm machen und die geringstmögliche Strafzumessung versprechen, und was dabei für uns rauskommt, können Sie sich ja denken.«

»Vielleicht gar nichts«, sagte Rinker. »Er ist nur ein winziges Rädchen in der Maschine.«

»Quatsch. Er wird den Cops früher oder später den Mann ans Messer liefern, den er wegen Ihres Einsatzes kontaktiert hat. Und dann nehmen die Cops diesen Mann in die Mangel – und so weiter. Sie wissen doch, wie das läuft. Wir reden hier von Mord; das bedeutet dreißig Jahre im Staatsgefängnis für jeden, der daran beteiligt war. Und das setzt uns doch verdammt unter Druck, meinen Sie nicht auch? Und glauben Sie mir, ich bin in Minneapolis/St. Paul so bekannt, dass ein wahrer Hurrikan von Scheiße auf uns runterregnen würde, wenn die Sache ins Rollen käme. Die Cops würden das bestimmt nicht nur halbherzig angehen.«

»Wann übergeben Sie dem Kerl das geforderte Geld?«, fragte Rinker. »Diesem Rolo?«

»Ich werde ihn morgen um siebzehn Uhr im Crystal Court treffen. Ich habe ihn vertröstet, so lange es ging, habe ihm gesagt, ich bräuchte Zeit, das Geld zusammenzukriegen. Crystal Court ist diese große überdachte Einkaufspassage ...«

»Ich kenne sie«, warf Rinker ein.

»Okay. Wie auch immer, ich gebe ihm das Geld, er gibt mir das Originalvideoband. Ich habe darauf bestanden, dass er persönlich erscheint. Aber er wird mir natürlich nur eine Kopie des Bandes geben. Er sagt, er hat nur noch das Original, aber das ist natürlich gelogen. Er wird früher oder später mehr Geld aus mir rauspressen wollen.«

»Sind Sie sich da sicher?«

»Mein Gott, der Kerl ist ein verdammter Junkie und Dopedealer ...«

Rinker schwieg einige Sekunden und sagte dann: »Es gibt morgen früh einen Flug nach Minneapolis. Ich treffe um elf Uhr fünfundfünfzig ein.«

»Ich weiß nicht ...«, begann Carmel, brach ab, fuhr dann hastig fort: »Ich weiß nicht, ob ich Sie von Angesicht zu Angesicht sehen will. Ich müsste dann befürchten, dass Sie sich gezwungen sehen, mich irgendwann zu ... beseitigen.«

»Schätzchen, es gibt mehrere Dutzend Leute, die mein Gesicht kennen«, sagte Rinker. »Eine Person mehr macht da keinen Unterschied, vor allem, wenn ich weiß, dass sie mich für einen Schuss bezahlt hat. Es wäre mir natürlich lieber, Sie würden mich *nicht* sehen, aber wir müssen diese Sache in Ordnung bringen. Und Sie werden dabei mithelfen müssen.«

Carmel zögerte nicht. »Das ist mir klar.«

»Das Problem ist, dass wir mit ihm *reden* und fragen müssen, wo er das Originalvideo und eventuelle Kopien versteckt hat«, sagte Rinker.

»Ja«, bestätigte Carmel. »Wir müssen *ganz privat* mit ihm reden. Das habe ich mir auch schon überlegt.«

»Richtig ... Warum haben Sie darauf bestanden, dass er bei dem Treffen persönlich erscheint?«

»Weil ich dachte, Sie würden das so haben wollen ...«

Rinker kicherte glucksend. »Okay ... Haben Sie schon mal jemanden getötet?«

»Nein.«

»Sie wären wahrscheinlich gut dafür geeignet. Mit ein wenig Training.«

»Wahrscheinlich«, bestätigte Carmel. »Aber man kriegt aus meiner Sicht nicht genug Geld dafür.«

Rinker kicherte noch einmal und sagte dann: »Also bis morgen, elf Uhr fünfundfünfzig. Kommen Sie im Jaguar. Und tragen Sie Jeans und bequeme Schuhe.«

Carmel hatte keine Vorstellung, was für eine Frau sie erwartete. Eine Hinterwäldlerin mit hartem, eckigem Gesicht, knochigen Handgelenken und Schultern vielleicht – oder eine massige Frau vom Typ Aufseherin im Knast. Am nächsten Tag, pünktlich zur Mittagsstunde, ließ sie die Passagiere an sich vorbeiziehen, die mit dem Flugzeug aus Kansas City gekommen waren, und hielt Ausschau nach einer Frau, die den verschiedenen Vorstellungen, die sie im Geist entwickelt hatte, entsprechen könnte. Sie zuckte zusammen, als die adrett gekleidete junge Frau mit dem sorgfältig frisierten, blonden Haar und dem vornehmen Hauch Lippenstift sie unverhofft ansprach. Sie trug einen Lederrucksack und stand direkt an Carmels Ellbogen.

»Hallo?«

»Was ...«

Rinker grinste zu ihr hoch. »Suchen Sie etwa jemand anders?«

Carmel schüttelte den Kopf. »*Sie* sind das?«

»Ja, *ich* bin's, Schätzchen. Leibhaftig.«

Als sie sich aus der Menge gelöst hatten, sagte Carmel: »Mein Gott, Sie sehen wirklich nicht aus wie ... wie die, die Sie sind.«

»Nun ja, was soll ich dazu sagen?«, fragte Rinker fröhlich. Sie sah rechts an Carmel vorbei, zu einem großen, braun gebrannten Mann hinüber, der sich durch die Menge drängte und direkt auf sie zukam. »Hallo Carmel«, sagte er; die letzte Silbe des Namens zog er betont in die Länge.

»Hallo, James.« Carmel hielt dem Mann eine Wange hin, und nachdem James sie geküsst hatte, fragte sie ihn: »Wo fliegst du hin?«

»Nach Los Angeles ... Mein Gott, du siehst aus wie eine echte Sportlerin. Ich hätte dich niemals verdächtigt, dass du Jeans oder Nikes hast.« Der Mann war fast zwei Meter groß und sah gut aus, woran auch eine Stirnglatze nichts änderte – wie ein athletischer Adlai Stevenson. Er wandte sich an Rinker und sagte: »Und Sie sind eine ganz süße junge Frau. Ich hoffe nur, dass Sie keine so fanatische linke Feministin sind wie Carmel.«

»Doch, manchmal bin ich das«, sagte Rinker. »Und Sie sind ein ganz süßer junger Mann.«

James legte die rechte Hand aufs Herz und sagte: »O mein Gott, dieser Akzent! Wir beide sollten sofort heiraten.«

»Du bist schon zu oft verheiratet gewesen, James«, meinte Carmel trocken. Sie nahm Rinker am Arm. »Wenn wir uns nicht schnell absetzen, ertränkt er uns noch in Schmalz.«

»Carmel ...«

Nach ein paar Schritten schaute Rinker zurück und sagte: »Gut aussehender Bursche. Was macht er beruflich?«

»Er ist Buchhalter«, antwortete Carmel.

»Hm«, machte Rinker. Carmel hörte die Enttäuschung in der Stimme.

»Aber keinesfalls ein langweiliger«, sagte sie. »Er hat fast vier Millionen Dollar von einer Software-Firma hier geklaut.«

»Jesus.« Rinker sah noch einmal zurück. »Und man hat ihn erwischt?«

»Man konnte ihn einkreisen und nachweisen, dass er der Einzige war, der das Geld über eine Computermanipulation abgezweigt haben konnte«, erklärte Carmel. »Er übertrug mir seine Verteidigung, schien aber im Grunde nicht besonders besorgt zu sein. Schließlich rückte die Firma mit dem Vorschlag heraus, er solle das Geld zurückgeben, dann würde sie die Anklage fallen lassen. Er machte den Gegenvorschlag, die Firma solle die Anklage fallen lassen und sich bei ihm entschuldigen, weil sie ihn überhaupt angezeigt hatte, dann würde er damit rausrücken, wo der betreffende Softwarefehler zu finden sei, den die Firma ja sicher ausmerzen wolle, ehe ihre Klienten völlig ausgeraubt würden und die Firma für Verluste in Höhe von einer Milliarde Bucks oder so was zur Verantwortung gezogen würde.«

»Die Firma ging darauf ein?«

»Die Firmenbosse brauchten eine Woche, dann stimmten sie zu«, antwortete Carmel. »Sie hassten es, sich zu entschuldigen, aber sie taten es. Dann bestand er auf einem Zusatzvertrag über die Zahlung einer weiteren halben Million für die Ausmerzung des Fehlers. Sagte, das sei als Abfindung für das Ausscheiden aus der Firma zu betrachten, und die hätte er sich ja schließlich verdient. Sie stimmten letztlich auch dem zu. Ich glaube, sie haben für ihr Geld einen entsprechenden Gegenwert bekommen.«

Rinker schüttelte den Kopf. »Will denn kein Mensch mehr für sein Geld *arbeiten*?«

Carmel mochte nicht zu intensiv über diese Frage nachdenken. Stattdessen fragte sie: »Ehm, hören Sie, wie nenne ich Sie?«

»Pamela Stone«, antwortete Rinker. »Und wir sollten alle Förmlichkeiten fallen lassen ... Weißt du, wie wir zum South Washington County Park kommen?«

»Nein, das kann ich dir nicht genau sagen.«

»Ich zeige es dir auf der Karte«, sagte Rinker. »Wir müssen meine Pistolen holen. Wie du verstehen wirst, kann ich sie auf Flügen schlecht im Gepäck mitnehmen.«

Carmel konnte nicht anders – sie musste immer wieder Rinker anschauen, als sie zum Parkhaus gingen. Nach Anzeichen suchen, ob diese Frau eine Exekutionsmaschine für Gangster sein konnte. Aber Rinker sah nicht im Geringsten aus wie ein Monster. Sie war ein Püppchen, das unentwegt über den Flug plapperte, über den Artikel über Piercing in einem Fluglinienmagazin und, als sie die Kasse des Parkhauses erreichten, über Carmels Jaguar. »Ich fahre einen Chevy«, sagte sie.

Carmel versuchte krampfhaft, dem Geplapper zuzuhören. Rinker legte plötzlich die Hand auf ihren Unterarm und sagte: »Carmel, du musst dich entspannen. Du bist angespannter als ein Trommelfell. Du machst den Eindruck, als ob du jeden Moment explodieren würdest.«

»Das liegt daran, dass ich die nächsten dreißig Jahre nicht in einer Zelle von der Größe eines Wandschranks eingesperrt verbringen möchte wie ein verdammtes Eichhörnchen.«

»Sperrt man neuerdings Eichhörnchen in Wandschränken ein?«, fragte Rinker.

Carmel musste trotz ihres Anfalls von Besorgnis lächeln und lockerte den Griff um das Lenkrad. »Du weißt, was ich meine.«

»Ja, aber das wird nicht passieren«, sagte Rinker. »Wir werden diesen Rolo-Burschen an einen ruhigen Ort schaffen, ihm die Situation in aller Deutlichkeit klar machen, und er wird das Videoband rausrücken.«

»Und ihn töten?«

Rinker zuckte die Schultern. »Vielleicht hat er zwei oder drei Kopien von dem Band gemacht. Wenn er zwei rausrückt und das dritte irgendwo gut versteckt hat ... Na ja, wenn er nicht mehr unter den Lebenden weilt, wird es vielleicht nie gefunden.«

»Wir dürfen es nicht dem Zufall überlassen, dass es dieses

dritte Band irgendwo gibt. Wir müssen sicher gehen, dass wir alle Bänder haben, bevor wir es tun. Ihn töten.«

»Wir werden ihm Angst machen«, sagte Rinker. »Das kann ich dir garantieren. Aber wir können letztlich nie ganz sicher sein, alle Bänder zu kriegen.«

»Wie fangen wir es an?«

»Überlass das mir. Ich beobachte ihn beim Treffen mit dir, hänge mich an ihn, und wenn er allein ist, greife ich ihn mir. Gibt es irgendwo hier eine Eisenwarenhandlung?«

»Ich denke schon.«

»Wir brauchen ein paar Ketten und Vorhängeschlösser und andere Sachen ...«

Der South Washington County Park, ein Waldgebiet mit Wanderpfaden und Skipisten, liegt zwanzig Meilen südlich von St. Paul. Auf dem Parkplatz am Eingang standen nur zwei Wagen; die Fahrer waren nirgends zu sehen.

»Stell den Wagen da drüben am Ende ab«, sagte Rinker und deutete nach rechts. Carmel tat es, und sie stiegen aus. Rinker schulterte ihren Rucksack und ging voraus, zunächst einen Pfad an einem kleinen Bach entlang, dann eine mit dickstämmigen Eichen bestandene Anhöhe hinauf. Auf dem Gipfel schaute sie sich längere Zeit um, ging dann in den Wald hinein, abseits des Pfades. Nach etwa einer Minute stießen sie auf einen Zaun, der den Park zu einem Feld hin begrenzte. Rinker ging bis dicht vor den Zaun, drehte sich dann um, sagte: »Hier ...«

Sie trat ein paar Schritte weg vom Zaun, zurück in den Wald, kniete sich vor einer Eiche hin und fing an, mit den Händen die weiche Erde zwischen zwei dicken Wurzeln wegzuscharren. Keine schwere Arbeit, und bereits nach einer Minute holte sie zwei noch mit Erde bedeckte Pistolen aus dem flachen Loch.

In diesem Moment wurde sich Carmel bewusst, dass sie im Wald eines menschenleeren Parks mit einer Mörderin allein war, die jetzt zwei Pistolen in den Händen hielt. Wenn Rinker sie erschoss, wer würde das je erfahren, es sei denn, ein Wanderer verirrte sich und fand ihre Leiche? Rinker konnte mit dem Jaguar zurück in die Stadt fahren und ihn irgendwo abstellen.

Das Szenario zuckte blitzschnell durch Carmels Kopf. Rinker klopfte die Erde von den Pistolen, steckte sie in den Rucksack und sagte nach einem Blick auf Carmels erschrecktes Gesicht: »Du machst dir zu viele Gedanken.«

»Ich versuche nur, auf alles gefasst zu sein«, sagte Carmel.

»Warum warst du dann nicht darauf gefasst, dass Rolo dich filmen könnte?«, fragte Rinker höflich.

Carmel wich der Frage nicht aus. Sie verzog das Gesicht und sagte: »Ich war zu blauäugig. Ich spürte, dass irgendetwas nicht stimmte. Mir fiel auf, dass es ihm nicht peinlich war, in meinem Beisein das Geschirr zu spülen. Wahrscheinlich hat er beim Wegstellen des Geschirrs die Kamera im Schrank eingeschaltet. Es war ihm nicht peinlich, und das passte nicht zu seinem Macho-Image.«

»Na ja, du weißt wenigstens, dass du einen Fehler gemacht hast«, sagte Rinker. Die Pistolen klirrten im Rucksack, als sie die Riemen über die Schultern streifte. »Wir müssen Öl kaufen, wenn wir die Ketten und Vorhängeschlösser holen. Waffenöl.«

»Macht das Vergraben sie nicht ... irgendwie unbrauchbar?«

»Doch, wenn ich sie länger als ein paar Tage vergraben lasse. In einer Woche wären sie verrostet. Andererseits, selbst wenn sie dann jemand finden würde, könnte man sie nicht mehr mit dem Tod von Barbara Allen in Verbindung bringen.«

»Du hättest sie also einfach da liegen lassen?«

»Natürlich. Man kann solche Pistolen für ein paar hundert Bucks das Stück kriegen. Und wie gesagt – man kann sie auf Flügen schlecht im Gepäck mitnehmen.« Rinker sah auf die Uhr. »Noch vier Stunden zum Treff mit Rolo«, sagte sie. »Wir machen uns besser auf den Rückweg zur Stadt.«

Crystal Court ist der Innenraum des größten Glasturms in Minneapolis und bildet zugleich eine Kreuzung im System der überdachten Verbindungsgänge in der Stadt. Carmel sollte Rolo auf der Erdgeschossebene treffen; sie war wütend, was Rinker für ausgesprochen gut hielt. »Wenn du nicht wütend auf ihn wärst, würde das seinen Verdacht erregen. Je wütender du bist, umso besser ...«

»Ich kann das auch vortäuschen, wenn es sein muss, aber ich glaube nicht, dass das erforderlich wird«, sagte Carmel. »Ich hasse das wie die Pest: erpresst zu werden, von einem anderen Menschen auf dieses Art unter Druck gesetzt zu werden – und es machtlos hinnehmen zu müssen.« Sie biss die Zähne zusammen, spürte, dass sie fast die Kontrolle über sich verlor; riss sich zusammen.

»Nicht wirklich machtlos«, sagte Rinker. »Nur dem Anschein nach.«

»Aber er glaubt, dass ich es bin. Diese gottverdammte Demütigung durch diesen elenden Mistkerl ...«

Als Rolo schließlich auftauchte, war nichts von ihrer Wut vorgetäuscht. Er hatte die Videokassette in einer braunen Tüte aus dem Obstladen. Sie hatte das Geld in eine Stofftasche gesteckt.

»Du Scheißkerl«, zischte Carmel ihm entgegen. »Du elendes Stück Scheiße. Ich hätte dich damals lebenslang in den Knast wandern lassen sollen, du verdammtes fettes Schwein!«

Rolo nahm die Beschimpfungen ausgesprochen gelassen entgegen. »Geben Sie mir einfach das Geld, Carmel. Ich habe den hübschen kleinen Film mit Ihnen als Hauptdarstellerin in dieser Tüte. Wir machen den Austausch, und dann haben wir's hinter uns.«

»Ich kann in Ihrem eigenen Interesse nur hoffen, dass wir es dann hinter uns haben«, stieß Carmel wütend hervor. Ein weißhaariger Mann in einem Golfhemd starrte sie im Vorbeigehen an, und ihr wurde klar, dass sie mit ihrem von Hass, Wut und vielleicht auch Angst verzerrten Gesicht wahrscheinlich wie eine in die Enge getriebene Wölfin aussah. Sie atmete tief durch, richtete sich auf, beherrschte sich.

»Geben Sie mir das Tape«, sagte sie.

»Geben Sie mir zuerst das Geld.«

»Verdammt, Rolo, ich kann ja wohl schlecht das Tape nehmen und wegrennen, oder? Wenn ein Cop sich einmischt, bin ich erledigt.«

Rolo dachte einen Moment nach, sagte dann: »Zeigen Sie mir das Geld.«

Carmel zog den Rand der Tasche auseinander und ließ ihn einen Blick hineinwerfen. Er nickte widerwillig, übergab ihr dann die Tüte. Sie schaute hinein, sah die Kassette, schüttelte den Kopf, sagte: »Du verdammter Mistkerl«, und er knurrte: »Das Geld, Carmel«, und sie gab ihm die Tasche.

»Kommen Sie ja nicht noch mal mit einer Forderung«, sagte Carmel. »Das wäre zu viel für mich, ich würde uns beide hochgehen lassen.«

»Seh'n Sie sich das Band an«, sagte Rolo, schob sich in die Menschentraube vor den Aufzügen und verschwand in einer Kabine.

Crystal Court lag nur fünf Gehminuten von ihrem Appartement entfernt, und Carmel war zu Fuß hergekommen, da die Fahrt mit dem Wagen einschließlich des Einparkens umständlicher gewesen wäre, und nun eilte sie zurück, ging verkehrswidrig bei Rot über eine Kreuzung und fragte sich, was Rinker inzwischen tat.

Rolando D'Aquila hatte seinen heruntergekommenen Wagen, einen Dodge, auf der dritten Etage des Parkhauses in der Sixth Street – demselben, in dem Barbara Allen erschossen worden war – geparkt. Rinker freute sich darüber: Die Situation enthielt eine hübsche Symmetrie, und sie kannte sich hier nach der Erkundung für den ersten Auftrag gut aus. Mit einer großen grünen Dayton's-Store-Plastiktüte in der Hand war sie Rolo durch die Verbindungsgänge gefolgt, wobei sie sich stets im Strom der nach Hause eilenden Einkäufer und Büroangestellten gehalten hatte. Als klar war, wohin Rolo ging, schloss sie dichter zu ihm auf, und als sie ins Parkhaus kamen, folgte sie ihm im Abstand von rund zehn Schritten; zwischen ihnen waren noch zwei weitere Personen.

Sie ging hinter ihm her über das Parkdeck, machte keine Anstalten, sich zu verstecken, achtete aber darauf, dass ein Mann im grauen Anzug und einer Aktentasche in der Hand zwischen ihnen blieb. Der Mann bog schließlich zu einem schwarzen Buick ab, und jetzt gingen Rolo und sie hintereinander her. Rolo schaute einmal zurück zu ihr, schien sie kaum wahrzunehmen, und sie sah auf die Uhr und dann schräg an ihm vorbei, als ob sie zu einem Wagen am Ende des Parkdecks gehen wolle. Aber dann, als Rolo zu seinem braunen Dodge abbog, huschte sie bis auf zwei Schritte an ihn heran. Er hörte sie erst, als sie direkt hinter ihm war. Er drehte sich um, den Wagenschlüssel in der Hand, und noch ehe er etwas sagen konnte, richtete Rinker die Mündung der Pistole, die sie aus der Plastiktasche geholt hatte, auf seine Brust und sagte: »Wenn Sie auch nur den kleinsten verdammten Laut von sich geben, schieße ich Ihnen in Ihr verdammtes Herz. Wenn Sie ein bisschen nachdenken, werden Sie darauf kommen, wer ich bin. Und dann werden Sie auch wissen, dass ich es tatsächlich tun werde.«

Rolo stand einen Moment stocksteif da und sagte dann mit ruhiger Stimme: »Ich gebe Ihnen das Geld zurück.«

»O ja, Sie geben mir das Geld zurück, aber wir werden uns darüber hinaus noch ein wenig unterhalten müssen, Sie und Carmel und ich.«

»Nehmen Sie doch einfach das Geld ...«

»Wir werden beide in den Wagen steigen, Rolo, und ich werde auf den Beifahrersitz rüberrutschen, und Sie werden da stehen bleiben, an der geöffneten Tür, und wenn Sie auch nur einen Laut von sich geben oder eine einzige Bewegung machen, die nach Weglaufen aussieht, knalle ich Sie ab.«

»Das glaube ich Ihnen nicht«, sagte Rolo und versuchte, die Fassung zurückzugewinnen. »Es sind zu viele Menschen hier.«

Sie schoss ihm ins linke Bein. Die kleine Pistole mit dem Schalldämpfer machte nicht mehr Geräusch als ein Händeklatschen, und Rolos Bein knickte ein, und er sank mit entsetzt aufgerissenen Augen gegen den Wagen.

»Sie ... Sie haben auf mich ... geschossen«, stammelte er mit kaum hörbarer Stimme. Er klemmte die Geldtasche unter den Arm, tastete mit der freien Hand über das verletzte Bein, hielt sie dann vors Gesicht und sah, dass sie rot von Blut war; und er spürte, dass ihm weiteres Blut am Bein hinuntertropfte.

Rinker sah sich um. Zwei Leute gingen die Rampe hinunter, ohne sie zu beachten. Die Waffe an Rinkers Hüfte war wegen der in der Nähe stehenden Wagen nicht zu sehen. »Machen Sie jetzt die Wagentür auf, Rolo«, sagte sie ruhig; aber in ihrer wie unbeteiligt klingenden Stimme lag eine tödliche Drohung. »Oder der nächste Schuss geht in Ihr Auge.«

Das schwarze Mündungsloch der Pistole kam hoch, und D'Aquila wurde von der plötzlichen Überzeugung erfasst, er könne die Spitze der nächsten Kugel in der Tiefe ihres Rachens sehen. Er schloss mit zitternden Fingern die Wagentür auf und öffnete sie.

»Bleiben Sie ganz ruhig stehen«, befahl Rinker. Sie trat so dicht vor ihn hin, dass sie beide wie ein Liebespärchen wirkten, das vor der Heimfahrt schnell noch ein Küsschen austauscht. Sie drückte die Mündung der Waffen gegen sein Brustbein und sagte: »Ich werde jetzt einsteigen. Ich wiederhole – wenn Sie auch nur den geringsten Laut ausstoßen oder wegzurennen versuchen, töte ich Sie. Haben Sie das verstanden?«

»Sie legen mich auch um, wenn ich in den Wagen steige.«

Rinker schüttelte den Kopf. »Nein. Es ist aber so, dass wir mit dem Videoband nicht sicher sein können – wir wissen nicht, wie viele Kopien Sie gemacht haben. Wir nehmen an, dass Sie mindestens noch eine haben, und die würden wir gerne an uns nehmen. Danach sollte für Sie eine ganz klare Warnung im Raum stehen: Wenn jemals ein drittes Band auftaucht, sind Sie ein toter Mann, gar keine Frage. Aber wir möchten Ihnen das mit einigem Nachdruck und in aller Ruhe klar machen.«

»Ich sterbe an der Wunde in meinem Bein ...«

»Nein, das glaube ich nicht. Andererseits – es könnte tatsächlich passieren. Also steigen Sie zügig nach mir in den Wagen.« Sie setzte sich auf die Kante des Fahrersitzes, hielt die Mündung der Waffe weiterhin auf sein Brustbein gerichtet. Dann rutschte sie auf den Beifahrersitz, und Rolo schob sich auf den Fahrersitz. »Fahren Sie los«, sagte Rinker.

»Wohin fahren wir?«

»Nach Hause«, antwortete Rinker, »zu Ihrem Haus.«

Carmel fand die beiden im Wohnzimmer vor; Rolo saß in einem Sessel und hatte Streifen eines zerrissenen Handtuchs um das verletzte Bein gewickelt. Rinker saß auf der Couch und hielt beide Pistolen, die Hände auf die Oberschenkel gestützt, auf Rolo gerichtet. Carmel sah, dass auf beiden Pistolen Schalldämpfer aufgeschraubt waren. »Ich musste ein bisschen auf ihn schießen«, sagte Rinker mit flacher, ungerührter Stimme, als ob ein Schuss auf Rolo nichts Besonderes sei. »Hast du dir das Band angesehen?«

»Ja, das habe ich gemacht«, antwortete Carmel. Sie trug ihre Handtasche in der einen Hand und eine feste Plastiktasche von einer Eisenwarenhandlung in der anderen, aus der ein Klirren drang, als sie sie auf den Boden stellte. »Er sagt mir gleich am Anfang des Bandes, dass das nicht die einzige Kopie ist, dass er noch eine weitere hat und dass er ein bisschen mehr Geld braucht.«

»Ich gebe Ihnen das Band«, sagte Rolo jammernd, »aber bringen Sie mich endlich in ein Krankenhaus ...«

Carmel zog einen Stuhl heran, setzte sich dicht vor ihn und sagte: »Schau mir in die Augen, Rolo. Wie viele Kopien hast du gemacht?«

»Nur zwei«, antwortete er. »Ich schwöre bei Gott, zuerst wollte ich Ihnen nur die einzige Kopie schicken, die ich gemacht hatte, aber dann fing ich an zu überlegen ... und habe noch eine gemacht. Warum hätte ich noch mehr machen sollen? Solange ich das Original habe, kann ich so viele machen, wie ich nur will.«

»Wo ist das Original?«

»Nicht hier«, antwortete er. »Das Band ist in meinem

Bankschließfach. Ich hab mir überlegt, wenn so was wie das jetzt passiert, könnten Sie mich nicht töten. Sie müssten dann mit mir zusammen zur Bank gehen.«

»Du hast es tatsächlich in ein Bankschließfach gelegt?«, fragte Carmel.

»Ja, bei der U. S. Bank.«

»Schau mich an, Rolo ...«

Er sah ihr in die Augen. Sein Blick wirkte klar und aufrichtig.

»Wo ist der Schlüssel zu dem Bankschließfach?«

»Den ... den habe ich einer Freundin zur Aufbewahrung gegeben.«

»Erzähl nicht so einen Scheiß, Rolo«, sagte Carmel und sah Rinker an. »Er lügt ...«

»Ich lüge nicht«, sagte Rolo.

Carmel wandte sich ihm wieder zu. »Doch, du lügst. Du würdest den Schlüssel niemals weggeben. Du hast ihn irgendwo versteckt.«

»Ich lüge wirklich nicht«, protestierte Rolo. »Hören Sie, ich kann ja diese Freundin anrufen ...«

»Wie heißt sie?«, fragte Carmel. »Schnell.«

Rolo schaute zur Seite, hatte plötzlich Sprachschwierigkeiten. »Ehm, Ma ... Ma ... Maria«, stammelte er.

»Doch nicht etwa die Jungfrau Maria?«, fragte Carmel scharf und sagte wieder zu Rinker: »Er lügt.«

»Soll ich noch mal ein bisschen auf ihn schießen? Diesmal vielleicht ein bisschen mehr?«

Carmel sah Rolo einen Moment nachdenklich an, zupfte an ihrer Unterlippe, schüttelte dann langsam den Kopf. »Nein. Ich denke, wir sollten ihn erst mal ein bisschen fesseln ...« Sie stieß mit dem Fuß gegen die Plastiktüte auf dem Boden. »Und dann gehen wir auf ›Maria-Suche‹. Nehmen das Haus auseinander. Schau'n nach, ob wir irgendwo einen Schlüssel für ein Bankschließfach finden.«

»Ich glaube nicht, dass es den überhaupt gibt«, sagte Rinker. »Ich bin eher dafür, ihm noch ein paar Schüsse zu verpassen.«

»Lieber Himmel«, sagte Rolo, als er diese Diskussion hörte.

»Lass uns ihn aufs Bett fesseln, damit wir ihn nicht dauernd im Auge behalten müssen, und dann durchsuchen wir das Haus«, sagte Carmel zu Rinker. Sie stieß wieder mit dem Fuß gegen die Plastiktasche und sah Rolo an. »Wir werden dich mit diesen Ketten ans Bett fesseln und dann dein Haus auseinandernehmen. Wenn du uns Schwierigkeiten machst, können wir die Reihenfolge auch ändern: Pamela verpasst dir *zuerst* ein paar Schüsse, und dann nehmen wir das Haus auseinander. Ist das klar?«

»Sie werden mich so oder so töten«, knurrte Rolo.

»Nicht, wenn wir es nicht müssen«, sagte Carmel.

»Sie beide sind total verrückt ...«

»Ja – und das solltest du Mistkerl dir ständig vor Augen halten.«

»Los, ins Schlafzimmer«, sagte Rinker und unterstrich ihre Aufforderung mit entsprechenden Bewegungen des Pistolenlaufs.

»Die Wunde im Bein bringt mich um«, sagte Rolo.

Rinker richtete die Mündung der Pistole auf sein anderes Bein, und Rolo sprang auf und humpelte los und keuchte: »Ich gehe ja schon, um Himmels willen, ich gehe ja schon ...«

Rinker ging dicht hinter ihm her und hielt die Pistole auf seine Wirbelsäule gerichtet. »Leg dich auf dem Rücken aufs Bett«, sagte sie unter der Schlafzimmertür. »Und mach ja keine falsche Bewegung.«

Sie hatten in der Eisenwarenhandlung zwei Pakete dünner

Stahlketten gekauft, wie man sie für Kinderschaukeln braucht; eine Rolle Klebeband in einer Drogerie; und vier Vorhängeschlösser sowie zwei Paar gelbe Küchenhandschuhe aus Plastik in einem K-Mart. Während Rinker sich auf den Fußteil des Bettes stützte, die Waffe auf Rolo gerichtet, wickelte Carmel eine der Ketten zweimal fest um Rolos Hals, dann straff um den Kopfteil des Bettes und ließ schließlich an den Enden ein Schloss einschnappen. »So, jetzt die Füße«, sagte sie und fesselte sie mit einer zweiten Kette auf gleiche Weise an das Fußteil des Bettes.

»Und jetzt die Arme«, sagte Rinker.

»Hm«, brummte Carmel. Dann wickelte sie ein Stück der nächsten Kette fest um Rolos rechtes Handgelenk, sicherte es mit einem Schloss, bückte sich, warf das Ende der Kette unter dem Bett hindurch, ging zur anderen Seite, nahm die Kette auf, wickelte sie straff um das linke Handgelenk und ließ zur Sicherung das letzte Vorhängeschloss einschnappen. »So, das wär's«, sagte Carmel. Dann holte sie das Klebeband aus der Plastiktüte.

»Was haben Sie damit vor?«, fragte Rolo.

»Dir dein dreckiges Maul zukleben«, antwortete Carmel.

Rolo machte einen schwachen Versuch, sich gegen die Kette zu stemmen, aber sie schnitt ihm in den Hals, und er gab es auf und sah Carmel an. »Tun Sie mir nicht weh«, bat er mit leiser Stimme.

»Wie viele Kopien?«, fragte Carmel.

»Nur zwei, und die haben Sie ja jetzt beide«, sagte Rolo.

»Und das Originalband ist in deinem Bankschließfach?«

»Ja. Ich hole es Ihnen.«

»Halt's Maul«, knurrte Carmel. Sie zog einen halben Meter Klebeband von der Rolle, wickelte es um den unteren Teil seines Kopfes und klebte ihm den Mund zu.

Carmel und Rinker zogen die gelben Plastikhandschuhe an und durchsuchten eine Stunde lang das kleine Haus. Sie wühlten sich durch Geschirrschränke, Wandschränke, Kleiderschränke, durchstöberten den kleinen, feuchten, leeren Keller, gerieten dabei mit den Köpfen in Spinnweben und griffen in Nester von Kellerasseln; sie krochen auch auf dem ebenso leeren, kaum anderthalb Meter hohen Speicher direkt unter dem Spitzgiebeldach herum, kamen mit Fasern der rosaroten Fiberglasisolierung in den Haaren wieder heraus. Sie klopften alle Eiswürfel aus den Schalen im Kühlschrank, entleerten alle Schachteln, Tüten und Dosen im Vorratsschrank, schauten in den Wasserbehälter in der Toilette, rissen die Schutzdeckel aller Steckdosen und Lichtschalter aus den Wänden. Unter dem Fernseher lag ein halbes Dutzend Videobänder, nach den Aufschriften zu schließen Pornofilme, und Probeläufe auf Rolos billigem VCR-Recorder bestätigten das. Sie fanden zwei Adressbücher; in seiner Brieftasche stießen sie auf weitere Telefonnummern. Die Videokamera stand im Geschirrschrank in der Küche. Rinker öffnete den Deckel, sagte: »Leer«, warf sie dann auf den Holzfußboden, wo sie nach dem harten Aufprall davonrollte. Sie stießen auf eine kleine Sammlung billiger Schmuckstücke, und sie durchsuchten auch eine Werkzeugschublade und die Taschen aller Kleidungsstücke.

Alle paar Minuten schauten sie nach Rolo. Die Ketten ließen kaum eine Bewegung zu, und er grunzte ihnen jedes Mal wütend entgegen, aber sie ignorierten das und gingen zurück an ihre Arbeit. Nach einer Stunde stand fest, dass die Suche nach einem Schließfachschlüssel oder dem Original-Videoband nicht erfolgreich gewesen war.

»Beides kann trotzdem irgendwo hier stecken«, sagte Rinker schließlich, nachdem sie auch die Polsterung der Couch und des Sessels herausgerissen hatte. »Wir können nicht jeden kleinsten Winkel durchsuchen – wir bräuchten eine Abrissbirne.«

Carmel stand unter der Schlafzimmertür und starrte auf Rolo.

Schließlich ging sie zu ihm hin und riss das Klebeband von seinem Mund. Speichel lief aus seinen Mundwinkeln. Carmel zischte ihn an: »Letzte Chance, Rolo: Sag mir, wo das Scheißding ist.«

»In der Bank«, knurrte er und meinte, er hätte gewonnen.

»Du Arschloch.« Carmel riss ein neues Stück Klebeband von der Rolle ab und wollte es ihm über den Mund kleben, aber er drehte den Kopf zur Seite. »Halte den Kopf gerade«, sagte sie wütend.

»Selber Arschloch«, zischte er als Antwort, und es klang arrogant.

»Er scheint darum zu betteln, dass ich noch ein bisschen auf ihn schieße«, sagte Rinker.

»Wenn Sie noch mal auf mich schießen, bringen Sie mich um«, sagte Rolo. »Mein linkes Bein blutet immer noch stark. Und wenn Sie mich umbringen, öffnen die Cops das Bankschließfach, und dann ... Heh!«

Er stieß diesen Ruf aus, weil Carmel auf seine Brust geklettert war. Sie krallte die Finger beider Hände in seine Haare und zog seinen Kopf nach vorn, so dass die Kette sich tief in seinen Hals grub und er zu keuchen begann. Er versuchte, den Kopf zu drehen, gab aber nur noch röchelnde Laute von sich, als Carmel seinen Kopf schließlich losließ. »Du sollst den Kopf gerade halten«, fauchte sie, während er nach Luft schnappte. »Du verdammter Scheißkerl ...«

Er hielt den Kopf gerade, und sie schlang das Klebeband ein halbes Dutzend Mal über seinen Mund. Dann schob sie sich von ihm herunter. »Was machen wir jetzt?«, fragte Rinker, als sie zur Küche gingen.

»Ich bin sehr gut bei Verhören«, sagte Carmel. »Und du könntest dir einen Mopp und einen Besen holen und jede Stelle im Haus, wo wir gewesen sind, sauber machen.«

»Wir sind *überall* gewesen«, erwiderte Rinker stirnrunzelnd.

»Ja, aber du brauchst den Boden nicht richtig zu säubern, du musst nur alles ordentlich durcheinander bringen, damit die Leute von der Spurensuche nicht erkennen, was alt und was neu ist.«

»Spurensuche?«

»Ja«, antwortete Carmel. Sie setzten sich an den Küchentisch, und Carmel beugte sich weit zu Rinker vor. »Es ist klar, dass wir ihn nach meinem Verhör ins Jenseits befördern müssen. Man wird ihn früher oder später finden, und dann macht sich die Spurensuche an die Arbeit.«

»Und was ist mit dem Videoband?«, fragte Rinker.

»Wir werden es kriegen«, sagte Carmel. Sie ging hinüber zu dem Werkzeug, das sie aus der Schublade gekippt hatten, und hob eine elektrische Bohrmaschine und ein Kästchen mit Bohrern auf. »Wir *werden* das Band kriegen.«

Carmel ging zurück ins Schlafzimmer, und während Rolo beunruhigt zusah, wie sie das Kabel der Bohrmaschine in die Buchse steckte, sagte sie: »Habe ich dir schon erzählt, dass ich echt verrückt bin? Ich meine, richtig total pervers beknackt? Also, Rolo, ich bin es, und ich werde es dir beweisen.« Sie kletterte aufs Bett und setzte sich auf seine Beine. »Das hier ist ein niedlicher Vier-Millimeter-Bohrer. Den schiebe ich jetzt in die Maschine, und dann werde ich ein Loch durch dein Knie bohren.«

Er zuckte zusammen, zerrte an den Ketten und grunzte flehentlich, aber sie schüttelte den Kopf: »Nein, nein, keine weiteren Verhandlungen. Wir würden damit nur Zeit verschwenden. Also bohre ich erst mal ein bisschen.«

Und sie tat es. Er bäumte sich gegen sie auf, aber die straff gespannten Ketten am Hals und an Händen und Füßen verhinderten, dass er sie abschütteln konnte. Sie hockte auf seinen Unterschenkeln und trieb mit brutaler Gründlichkeit den Bohrer durch seine Kniescheibe. Rolo bäumte sich vergebens auf, und seine Schmerzensschreie wurden durch das Klebeband über dem Mund gedämpft; zum Schluss, als Carmel den Bohrer ausschaltete, gab er einen schaurigen Laut von sich, ein hohes, winselndes Grunzen – es klang wie das Todesröcheln eines Tieres. Rinker, die von der Tür aus die Szene beobachtet hatte, drehte sich um, lief ins Wohnzimmer, ließ sich auf einen Stuhl fallen und hielt sich die Ohren zu.

Carmel zog den Bohrer heraus und sagte: »Na, du verdammtes Arschloch, wie fühlst du dich jetzt? Gut? Das Band ist in einem Bankschließfach? Was für einen Scheißdreck erzählst du da? Du hältst mich wohl für blöd ...« Kleine weiße Spucketröpfchen hatten sich in ihren Mundwinkeln festgesetzt. Rolo verlor das Bewusstsein.

Als er wieder zu sich gekommen war, sagte Carmel in einem freundlichen Plauderton zu ihm: »Du denkst jetzt wahrscheinlich, ich würde das Klebeband von deinem Mund nehmen und dich nochmal nach dem Band fragen; aber das tue ich nicht. Ich werde dir erst einmal noch ein Loch durch dein zweites Knie bohren.«

»Bring mir ein paar Eiswürfel aus dem Spülstein«, rief Carmel zu Rinker hinüber. »Falls noch welche übrig sind.«

Es waren noch ein paar da, und Carmel kippte eine kleine

Schüssel mit Eiswasser und Eiswürfeln auf Rolos Gesicht. Kurz danach schlug er die Augen auf.

Carmel sagte: »Kannst du dir vorstellen, was bei einem Mann echt schmerzhaft wäre, verdammt weh tun würde?« Ihre Finger glitten zu seiner Hüfte, öffneten das Gürtelschloss, knöpften die Hose auf und zogen sie ein Stück nach unten. Rolo lag schlaff da, wehrte sich nicht. Carmel zog die Hose über seine Oberschenkel, und jetzt war erneut das Todesröcheln zu hören, und Carmel ließ die Hose los.

Er stöhnte »uuh-uuh«, und Carmel fragte: »Wirst du uns sagen, wo das Band wirklich ist?«

»Uuh-uuh.«

Carmel riss das Klebeband von seinem Mund, und er sah sie mit glasigen Augen an und ächzte: »Ich sterbe ... Mein Herz ...«

»Jetzt hör mir gut zu – wenn du uns wieder irgendeinen Scheiß erzählst, klebe ich dir den Mund wieder zu und schalte den Bohrer wieder an. Mir macht das Spaß, ich könnte es die ganze Nacht durch tun.«

»Das Band ist in meinem Wagen«, sagte Rolo. »unter dem Reserverad.«

Carmel sah Rinker an und sagte: »Oh, Scheiße! Wie konnten wir nur so doof sein?«

»Ich hole es«, sagte Rinker. »Du hast da Blut an ...« Carmel schaute auf ihre Bluse: die Blutspritzer sahen aus wie feine Stickerei.

Rinker ging nach draußen. Wieder ein schöner Abend. Musik drang aus einem Fenster ein Stück die Straße hinunter. Sie blieb einen Moment stehen, lauschte, konnte die Musik aber nicht identifizieren und ging dann zu Rolos Wagen, zog den Kofferraumdeckel hoch und entfernte die Abdeckung von dem völlig abgefahrenen Reservereifen. Das Videoband lag darunter. Sie nahm es heraus, wog es in der Hand, seufzte und ging zurück ins Haus.

»Hast du's?«, fragte Carmel.

»Ich habe ein Videoband, ja«, sagte Rinker. Sie schob es in den Recorder. Das Bild erschien umgehend auf dem Screen, und Carmel kam zu ihr, um es sich anzusehen.

»Gutes Licht«, knurrte Rinker.

»Er hatte die Fenster geöffnet. Eine weitere Sache, die mich hätte stutzig machen sollen. Rolo ist ganz bestimmt kein Frischluftfanatiker.«

»O Mann ...«, sagte Rinker, als das Band abgelaufen war. »Du wärst erledigt, wenn das Band den Cops in die Hände fallen würde.«

»Deshalb musste ich es ja unbedingt kriegen«, erwiderte Carmel.

»Glaubst du denn, dass die Sache damit erledigt ist? Dass das das letzte Band ist?«, fragte Rinker.

»Ich weiß es nicht. Ich könnte ja noch ein bisschen an ihm rumbohren.«

Rinker schaute zum Schlafzimmer hinüber. »Er sah ziemlich angeschlagen aus da drin ... Ich glaube nicht, dass er noch mehr aushalten könnte, und ich glaube auch nicht, dass wir mehr aus ihm rausbekämen. Mehr als das, was wir rausgekriegt haben.«

»Also müssen wir eine Entscheidung treffen«, sagte Carmel.

»Es ist *dein* Gesicht auf dem Band ...«

Carmel schaute einen Moment hinüber zum Schlafzimmer und sagte dann: »Okay. Wir machen Schluss. Wenn es noch eine weitere Kopie gibt, müssen wir uns später damit auseinander setzen. Aber ich bleibe bei meiner Meinung, dass wir ihn töten müssen. Nach dem Bohren ist er bestimmt so wütend, dass ihm alles egal ist und er zu den Cops geht.«

»Willst du es machen?«, fragte Rinker. »Ich meine, du allein?«

»Sicher«, antwortete Carmel. »Wenn du das willst.«

»Nicht, wenn du Schuldgefühle oder so was befürchtest.«

»Nein, nein, ich glaube nicht, dass es dazu kommen könnte, wirklich nicht«, sagte Carmel. »Was habe ich zu tun?«

Rinker erklärte es ihr auf dem Weg zum Schlafzimmer. Rolo sah die Pistole in Carmels Hand, aber er schien sich mit seinem Schicksal abgefunden zu haben: »Auf Wiedersehen in der Hölle«, sagte er.

»Es gibt nichts Blöderes als die Hölle«, sagte Carmel. »Weißt du das noch nicht?« Und dann zu Rinker: »Wie war das noch mal – ich halte ihm einfach die Mündung an den Kopf und drücke ab?«

»Ja, so einfach ist das.«

Rolo drehte den Kopf zur Seite, und Carmel setzte die Mündung des Pistolenlaufs an seine Schläfe und wartete einige Sekunden.

»Los doch«, sagte Rolo.

»Ich habe dich ganz schön ins Schwitzen gebracht, nicht wahr?«, fragte Carmel. Rolo drehte langsam den Kopf wieder zurück; ein wenig Hoffnung? Carmel sah es in seinen Augen.

Carmel drückte ab.

Rinker und Carmel blieben noch zehn Minuten im Haus und beseitigten alles, was möglicherweise ihre Anwesenheit in diesem Haus verraten könnte.

»Wir sollten die Pistolen in den Mississippi werfen – ich kenne eine geeignete Stelle unten am Damm«, sagte Carmel.

»Und das Videoband verbrennen«, ergänzte Rinker.

»Ja, das machen wir, sobald wir bei mir zu Hause sind. Wir müssen auf jeden Fall in meine Wohnung, um uns umzuziehen, die verdreckten Kleider loszuwerden, zu duschen und all so was ...«

»Vielleicht könnten wir heute Abend irgendwohin ausgehen«, sagte Rinker. »Mein Flug geht erst übermorgen.«

»Ja, das wäre schön«, meinte Carmel. »Oder wir könnten uns einen Videofilm ausleihen und ...«

Sie brach mitten im Satz ab und schaute hinüber zur Küche. »Was ist los?«, fragte Rinker stirnrunzelnd.

Carmel gab keine Antwort, lief zur Küche und ging neben der Videokamera, die Rinker auf den Boden geworfen hatte, in die Hocke, nahm sie hoch und drehte sie um.

»Was ist los?«, fragte Rinker noch einmal.

»Dieser Scheißkerl von Rolo ... Diese Kamera ist eine VHS-C. Und diese Kassette ...« Sie hob die Videokassette hoch, die sie in Rolos Wagen gefunden hatten. »Diese Kassette hat die normale VHS-Größe. Wenn du eine Kopie mit einem billigen Recorder und einer Videokamera machst, ziehst du sie auf so eine Kassette. Aber das da ist, wie gesagt, eine VHS-C-Kamera, die Kassette passt da nicht rein. Also muss es noch eine andere Kassette geben – eine VHS-C-Kassette. Das Original ...«

»Bist du sicher?«, fragte Rinker.

»Ja, schau doch her.« Carmel drehte die Kamera und öffnete den Kassettenschacht. Die Kassette in ihrer Hand war mindestens doppelt so groß wie der Schacht.

»Schlechte Nachrichten«, sagte Rinker.

Carmel warf ihr von der Seite einen schnellen Blick zu: Wenn Rinker sie jetzt erschoss, war die Profikillerin alle Sorgen los. Sie brauchte sich nur aus dem Staub zu machen, ohne sich um weitere Komplikationen in diesem Fall sorgen zu müssen.

»Du machst dir zu viele Gedanken«, sagte Rinker.

»Ich versuche nur, auf alles gefasst zu sein«, erwiderte Carmel und sah Rinker an. »Okay, lass uns zu mir nach Hause gehen. Hast du die Adressbücher?«

»Ja.«

»Wir nehmen auch seine Brieftasche und das Telefonbuch mit, alles, wo er sich Namen und Adressen notiert haben könnte ... Ich muss jetzt scharf nachdenken.«

»Glaubst du nicht, dass er das Band tatsächlich in einem Bankschließfach deponiert haben könnte?«

»Er ist ... war ein Dealer. Solche Leute benutzen keine Bankschließfächer, jedenfalls nicht unter dem eigenen Namen. wir haben keine gefälschten Ausweise gefunden, mit denen er sich ein Bankschließfach unter einem anderen Namen gemietet haben könnte, und wir haben auch keinen Schlüssel für so ein Fach gefunden. Ich vermute, er hat das getan, was Dealer in solchen Fällen üblicherweise tun: Er hat das Band jemandem gegeben, dem er vertraut.«

»Wem zum Beispiel?«

»Einem Anwalt. Nur – *ich* war ja seine Anwältin. Er könnte natürlich auch noch einen anderen gehabt haben; das kann ich rausfinden. Aber er war ein Latino, also ist diese Vertrauensperson wahrscheinlich ein Verwandter. Wir haben jedenfalls eine Menge Nachforschungen anzustellen, und zwar schnell ...«

»Ich storniere meinen Flug«, sagte Rinker. »Und ich denke, wir sollten die Pistolen erst mal behalten.«

Auf der Fahrt zu Carmels Wohnung sah Rinker zu Carmel hinüber und fragte: »Hat dir das irgendwie Spaß gemacht? Das eben in dem Haus?«

Carmel setzte zu einer Antwort an, steuerte aber erst noch um eine Kurve und stellte dann eine Gegenfrage: »Warst du auf einer weiterführenden Schule? Einem College?«

»Ja.«

»Tatsächlich? Das hätte ich nicht erwartet ...«

»Profikillerin und all so was, ich verstehe ...«, sagte Rinker.

»Ja.« Carmel nickte. »Was war oder ist dein Hauptfach?«

»Psychologie. Der aktuelle Stand ist, dass ich noch acht Zwischentests vom BA-Examen entfernt bin. Nächstes Frühjahr müsste ich dann fertig sein.«

»Gutes College?«

»Ordentliches College.«

»Aber du willst mir nicht sagen, welches es ist, nicht wahr?«

»Nun ja ...«

»Das ist okay«, sagte Carmel. »Wie auch immer – zurück zu deiner Frage: Es hat mir in gewisser Weise Spaß gemacht, ein ganz klein wenig vielleicht. Ob Spaß oder nicht – er musste getötet werden.«

»Es hat dir nur ein kleines bisschen Spaß gemacht? Und das auch nur vielleicht?«

»Wie war's bei dir?«, stellte Carmel die Gegenfrage.

»Kein Spaß. Ich konnte diese Laute, die er von sich gab, kaum aushalten. Und der Geruch, als er ... Nein, es hat mir überhaupt nicht gefallen.«

Jetzt nahm Carmel für einen Moment den Blick von der Straße und sah Rinker an. »Mach dir keine Sorgen, ich bin nur eine Soziopathin. Wie du auch. Ich bin keine *Psycho*pathin oder so was.«

»Woher willst du wissen, dass ich keine Psychopathin bin?«

»Ich schließe es aus dem, was Rolo vom Hörensagen über dich wusste und an mich weitergegeben hat: sachlich, professionell, stets saubere Arbeit. Du machst den Job, weil du ihn beherrschst und weil du Geld damit verdienen kannst und weil du gut darin bist; nicht, weil du eine sabbernde Wollust empfindest, wenn du Menschen tötest.«

»Sabbernde Wollust?«

»Hör zu, ich habe in meiner Kanzlei ein paar Fälle gehabt ...«

Carmel hatte Rinker immer wieder zum Lachen gebracht, bis sie schließlich am Ziel waren. Und als sie aus dem Wagen stiegen, schaute Rinker über das Wagendach zu Carmel hinüber und sagte: »Wichita State ...«

»Was?«

»Ich gehe aufs Wichita State College.«

Carmel ahnte zunächst nur, dass Rinker ihr da gerade etwas Wichtiges gesagt hatte. Nach einigen Sekunden aber erkannte sie, dass es tatsächlich so war. Sie hatte Carmel gesagt, wo man sie finden konnte.

Wo sie zu Hause war.

6

Drei Streifenwagen der Stadtpolizei von St. Paul und ein Kombiwagen der Spurensuche standen vor dem Haus in Frogtown, als Lucas eintraf. Die Straße rauf und runter saßen Leute auf ihren kleinen Holzveranden und schauten zu Rolos Haus hinüber, beobachteten das Kommen und Gehen der Cops. Lucas stellte den Porsche ab, stieg aus und ging zum Haus. Ein Cop in Uniform wollte sich ihm in den Weg stellen, aber ein Detective in Zivil steckte den Kopf aus der Eingangstür und rief: »Heh, Dick, lass den Mann durch!«

»Okay«, sagte Dick, und Lucas nickte ihm zu und ging die Treppe herauf. Sherrill stand direkt hinter der Tür. Sie sah wie eine dunkelhaarige, dunkeläugige Madonna aus, und sie trug eine glatte weiße Bluse, einen grauen Rock statt der sonst bevorzugten Hose und einen schwarzen Seidenblazer, unter dem sie die .357er im Holster unter dem Arm versteckte.

»Tolles Outfit«, sagte Lucas.

»Ein Mädchen muss tun, was es kann, wenn es einen Mann an Land ziehen will«, sagte Sherrill und blinzelte ihm zu.

»Zu früh am Morgen für so 'n Scheiß«, knurrte Lucas. Er sah an ihr vorbei ins Innere des Hauses, in dem ein wildes Durcheinander herrschte. »Was ist hier los?«

»Komm rein und schau es dir an. Es wird dir gefallen.«

»Zu früh am Morgen«, sagte Lucas wieder. Aber er folgte ihr und sah es sich an …

Ein Cop von der Mordkommission St. Paul namens LeMaster zeigte ihm die Leiche auf dem Bett – Ketten um den Hals und um die Hände und Füße, die Hose bis auf die Oberschenkel heruntergezogen. »Einer der Junkies aus der Nachbarschaft hat ihn entdeckt, vor rund zwei Stunden – er kam, um sich einen Wachmacher zu holen. Der Tote war mal ein Dealer im großen Stil.«

»Zum Schluss nicht mehr?«

LeMaster schüttelte den Kopf. »Er hatte die Nase zu tief im Koks. Hat in letzter Zeit nur noch kleine Mengen verkauft.«

»Ja, so ist nun mal der Lauf der Dinge«, philosophierte Lucas. »Heute sind es noch Kilos, morgen nur noch jeweils 'ne Linie Koks.« Er behielt die Hände in den Hosentaschen, als er vor dem Bett in die Hocke ging. »Eine ganze Salve Zweiundzwanziger im Schädel …«

»Ja. Könnte euer Barbara-Allen-Killer gewesen sein oder jemand, der in der Zeitung darüber gelesen und Gefallen daran gefunden hat.«

Lucas nickte und richtete sich wieder auf, kratzte sich an der Nase und sah auf die noch feuchten Blutlachen um die

Knie der Leiche hinunter. »Woher stammt all das Blut? Und wie ist sein Name?«

»Sein Name war Rolando D'Aquila; alle nannten ihn nur Rolo. Und das Blut stammt von Löchern, die man ihm in die Kniescheiben gebohrt hat. Zusätzlich ist Blut aus einer Schusswunde im Bein ausgetreten ...«

»Bohrlöcher in den Knien?«

»Ja – seh'n Sie sich das an.« Die Bohrmaschine lag am Fußende des Bettes; aus dem Bohrkopf ragte ein acht Zentimeter langer rostfreier Bohrer. Eingetrocknetes Blut marmorierte den blanken Stahl.

»Jesus Christus«, sagte Lucas. Er schaute wieder auf die Leiche. »Man hat ihm mit der Bohrmaschine die Knie durchbohrt?«

»Sieht jedenfalls so aus. Wir müssen ihm erst noch die Hose ausziehen, um sicher zu sein, und der Leichenbeschauer war noch nicht da ... Aber es sieht tatsächlich so aus.«

»Das hat bestimmt wehgetan«, sagte Lucas und schaute Rolos Gesicht an. Es sah eingefallen und ledrig aus. Dieser Mann hatte irrsinnige Schmerzen ausgestanden.

»Sehen Sie das Klebeband da auf dem Boden? Man sieht Eindrücke darauf, die Bissspuren sein könnten. Man hat ihm wahrscheinlich den Mund zugeklebt, während man an ihm rumgebohrt hat.«

»Und das Haus ist regelrecht auseinander genommen worden, man hat also nach etwas gesucht«, ergänzte Lucas. »Zum Beispiel nach Kokain.«

»Ja, sicher, aber ... die Schüsse in den Kopf, das sieht doch so aus wie bei diesem Allen-Mord. Keiner der Nachbarn hat irgendwas gehört – und in diesen heißen Nächten haben doch alle Leute die Fenster geöffnet. Genauso war's beim Allen-Fall: Niemand hat was gehört. Und die Methode der Folterung sieht sehr professionell aus. Sie hatten das Klebeband und die Ketten und die Vorhängeschlösser und den Bohrer – sie wussten, was sie tun wollten, bevor sie ins Haus kamen. Es sieht nach Profis aus; wie bei Barbara Allen.«

»Sie sagen immer *sie*«, sagte Lucas. »Sie meinen also, dass es mehrere waren?«

»Ich kann mir nicht vorstellen, dass eine Person allein ihn auf diese Art aufs Bett fesseln konnte. Wäre wohl kaum zu machen. Ich gehe davon aus, dass eine Person Rolando mit einer Waffe in Schach gehalten und mindestens eine weitere Person ihn gefesselt hat.«

»Geben Sie die Geschosse ins Labor – man muss eine metallurgische Analyse machen. Wenn sie den Geschossen beim Allen-Mord gleichen, werden sie so verbogen sein, dass sie für einen Vergleich der Drallspuren nicht taugen.«

»Wir werden dem Labor Dampf machen«, sagte LeMaster. »Und wenn die metallurgische Untersuchung ergibt, dass es dieselben Geschosse sind …«

»… gibt's Ärger«, ergänzte Lucas.

Sherrill blätterte in einem Männermagazin, als Lucas sich einen Weg durch die herumliegenden Trümmerstücke im Wohnzimmer zu ihr suchte. »Was hältst du von der Sache?«, fragte er.

»Ich halte dieses Heft für ein Schwulenmagazin«, antwortete sie. »Eigentlich ist es ein Ausstattungskatalog für Sportler, aber die Abbildungen zeigen Männer, die eindeutig schwul sind.«

»Du kannst das an den Abbildungen erkennen?«

»Aber sicher. Schau dir doch mal diesen Mann an.« Sie zeigte ihm das Foto eines Mountainbikefahrers mit schlankem, schweißbedecktem nacktem Oberkörper und sorgfältig über die verschleierten dunklen Augen drapierter Haarlocke. »Er ist entweder echt schwul – oder er will den Eindruck erwecken, er sei es. Und so sind alle Abbildungen. Bergsteiger, Kanufahrer ... Und schau dir die Kleidung an. Wenn du einem Mann auf der Straße begegnest, der so gekleidet ist, sagst du dir doch sofort ...«

»Ich hätte als junger Mann auch so aussehen können«, sagte Lucas.

Sie verzog das Gesicht und verdrehte die Augen zur Zimmerdecke: »Lucas, glaub mir, du hast *nicht* so ausgesehen. Der Mann da macht den Eindruck, als ob ihn irgendjemand verletzt hätte. Sie sehen *alle* so aus, als ob sie von irgendjemandem verletzt worden wären. Schau dir den verkniffenen Mund an ... Du aber siehst immer so aus, als ob du gerade von jemandem kämst, den *du* verletzt hast. Zum Beispiel eine Frau.«

»Herzlichen Dank«, sagte er.

»Keine Ursache.«

»Ich glaub nicht, dass man sich anhand eines Fotos ein solches Urteil bilden kann.«

Sie sah ihn prüfend an, lächelte und sagte: »Ah, jetzt verstehe ich ... Du hast diesen Gleichheitsbericht lesen müssen, diesen Wohlsein-für-alle-Bericht oder wie das Ding heißt. Den Alternative-Lebensformen-Bericht ... Du musst sofort aufhören, diese Scheiße zu lesen – sie verursacht Löcher in deinem Gehirn.«

»Ja, es ist ... Lassen wir das. Jetzt mal im Ernst: Was hältst du von der Sache?« Er deutete mit dem Daumen über die Schulter zum Schlafzimmer. »Trittbrettfahrer? Zufälliges Zusammentreffen? Ich habe mich bisher ja nicht intensiv mit der Sache beschäftigt.«

»Kein Trittbrettfahrer, glaube ich jedenfalls. Wir haben die Details des Allen-Mordes nicht an die Presse gegeben – wir haben nicht gesagt, dass die Mordwaffe eine Zweiundzwanziger war, wir haben nicht gesagt, wie die Schüsse platziert waren, wir haben nicht gesagt, dass sie aus nächster Nähe abgegeben wurden ... Wie du siehst, dieselben Schmauchspuren am Schädel. Und absolut kaltblütig.«

»Niemand ist kaltblütiger als ein Verkäufer, der dir was unterjubeln will«, sagte Lucas. »Vielleicht ist er jemandem in die Quere gekommen, hat versucht, wieder ins große Dealergeschäft einzusteigen.«

»Kann sein, okay, aber es ist nicht *nur* diese Kaltblütigkeit. Auch alle anderen Indizien sprechen dagegen – es sieht einfach nicht aus wie die Tat eines Trittbrettfahrers.«

»Könnte doch aber ein zufälliges Zusammentreffen sein«, sagte Lucas, gab dann aber sofort zu: »Aber es wäre dann wirklich ein ganz erstaunlicher Zufall.«

»Du kennst ja den Spruch über Zufälle ...«

»Ja: *Es ist vermutlich ein Zufall, es sei denn, es kann keiner sein.*«

»Steigst du jetzt in den Fall mit ein?« Sie grinste ihn an. »Komm schon ... Wir haben nicht mehr zusammengearbeitet, seit die liebenswerte Audrey McDonald versucht hat, uns ins Jenseits zu befördern.«

»Wir haben aber ein paar Mal miteinander geredet, oder?«

»So nennst du das?« Sie wollte ihn ärgern.

»Okay, ich steige ein, wenn es dir und Black nichts ausmacht«, sagte Lucas. »Die Gleichberechtigungskommission treibt mich noch in den Wahnsinn. So hätte ich eine Ausrede ...«

»Herzlich willkommen im Team«, strahlte Sherrill. »Es war mein Ziel, dich vor diesem Quatsch zu retten.«

»Als Erstes werden wir uns diesen Anwalt – Hale Allen – vorknöpfen und ihm ein bisschen Feuer unterm Arsch machen«, sagte Lucas. »Ihn fragen, ob er diesen Rolando Wie-auch-immer kennt. Ihn fragen, ob er Koks schnupft oder es je getan hat.«

»Seine Anwältin wird sich auf uns stürzen wie ein Huhn auf einen Junikäfer.«

»Wie ein was auf wen?«

»Wie ein Huhn auf einen Junikäfer«, wiederholte Sherrill.

»Mein Gott, ich hatte deine verquere Ausdrucksweise beinahe schon vergessen«, sagte Lucas. »Wie auch immer – mach dir keine Gedanken um Carmel Loan. Mit Carmel werde ich fertig.«

»Die Frage ist«, sagte Carmel, während Rinker sich über einen Schaukasten bei Neiman Markus beugte und sich Hermès-Schals ansah, »ob derjenige, der das Band hat, es sich anschaut, und wenn er das tut, ob er dann zu den Cops geht oder sich an mich wendet.«

Ein Verkäufer kam diensteifrig auf sie zu, und Rinker sagte: »Wer es auch ist, ich wette, sein Name steht in dem Adressbuch.«

»Es sei denn, Rolo kannte ihn so gut, dass er sich nichts über ihn notieren musste.«

Der Verkäufer fragte: »Kann ich den Ladys helfen?« Rinker tippte mit den Fingern auf den Schaukasten: »Lassen Sie mich den gold-schwarzen Schal da mal näher ansehen, den mit dem Eier-Design.«

Sie verbrachten fünf Minuten damit, sich Schals anzusehen, dann entschied Rinker sich für den gold-schwarzen und bezahlte mit einer Neiman-Kreditkarte. »Du kaufst so oft bei Neiman, dass du eine Kreditkarte der Firma hast?«, fragte Carmel, als der Verkäufer gegangen war, um den Schal einzupacken.

»Ich gehe ein- oder zweimal im Jahr in einen Neiman-Laden und gebe ein paar hundert Dollar aus«, antwortete Rinker. »Der Name auf der Kreditkarte ist natürlich nicht mein richtiger, aber ich habe alle anderen Papiere, die die Karte abdecken, und ich halte die Karte gezielt aktiv und achte darauf, dass das Kreditkonto immer gut aufgefüllt ist. Nur für den Fall ... Mit derselben Methode führe ich auch mehrere Visa- und MasterCard-Karten. Nur für den Fall ...«

»Nur für den Fall?«

»Für den Fall, dass ich verschwinden muss. Abtauchen.«

»Ich habe nie daran gedacht, dass so was mal nötig sein könnte«, sagte Carmel. »Verschwinden.«

»Ich würde eher abtauchen, als mich auf einen Kampf einzulassen. Wenn ein Cop es mal schaffen sollte, mir auf die Schliche zu kommen, wäre ich sowieso geliefert.«

»Meinst du, *ich* könnte ebenfalls abtauchen?«

Rinker sah sie lange an, nickte dann und sagte: »Physisch ja, das wäre wohl kein Problem. Die Frage wäre nur, ob du es auch psychisch verkraften könntest.«

Der Verkäufer kam mit dem verpackten Schal und der Kreditkarte zurück: »Vielen Dank, Mrs. Blake.«

»Ich danke *Ihnen*«, sagte Rinker und steckte die Karte in ihre Handtasche.

»Physisch könnte ich es also schaffen? Aber psychisch ...?« Carmel war an diesem Thema offensichtlich sehr interessiert.

»So ist es. Du hast so ein richtig heißes Image: Helle Kleidung, gutes Make-up, teures Parfüm, tolle Schuhe.« Rinker trat einen Schritt zurück und sah Carmel lange von oben bis unten an. »Wenn du dich ein paar Stufen schlechter kleidest – dir irgendwelches Zeug aus einem Secondhandshop kaufst, verstehst du, Zeug, das nicht so richtig zusammenpasst, vielleicht irgendwas aus langweiligem dunklem Plaid, düster ...

Und wenn du dir das Haar wachsen lässt und es mittelbraun färbst und die Schultern hängen lässt und müde daher schlurfst, vielleicht auch eine Brustprothese trägst mit dicken Hängetitten ...«

»Mein Gott«, stöhnte Carmel und fing dann an zu lachen.

Aber Rinker meinte es ernst. »Wenn du das machst, erkennen dich deine besten Freunde aus einem Meter Entfernung nicht mehr. Du könntest eine Stelle als Putzfrau in deiner Kanzlei antreten – und keiner würde dich erkennen. Aber ich weiß nicht, ob die Carmel da vor mir das durchstehen würde. Ich glaube, du liebst es, Aufmerksamkeit zu erregen; du brauchst das sogar.«

»Vielleicht«, sagte Carmel. »Vielleicht geht es ja jedem so.«

»Mir geht es *nicht* so. Ich mag es *nicht,* wenn die Leute mich anschauen. Das ist einer der Gründe, warum ich gut in meinem Job bin.«

»Das verstehe ich nun aber wirklich nicht«, sagte Carmel.

»Ich war dreieinhalb Jahre lang Nackttänzerin, von meinem sechzehnten bis zwanzigsten Lebensjahr. Es geht dir schließlich verdammt auf die Nerven, dauernd angestarrt zu werden. Der Mensch braucht seine Privatsphäre.«

Carmel war fasziniert. »Du warst eine ...« Ihr Beeper meldete sich mit einem diskreten japanischen Piepsen aus ihrer Handtasche. »Oh, Entschuldigung ...«

Sie starrte auf den Beeper, schaltete ihn ab, steckte ihn zurück in die Handtasche, nahm ein Handy heraus und wählte eine Nummer. »Wahrscheinlich irgendein Problem«, sagte sie. »Meine Sekretärin ruft mich nur im Notfall über den Beeper.« Und dann in das Telefon: »Marcia – was ist los? Aha. Hm. Hm. Okay. Geben Sie mir die Nummer.«

Sie schaltete das Handy ab und sagte: »Ein Cop hat angerufen. Er will mit einem meiner Klienten sprechen.«

»Macht es dich nicht nervös, dauernd mit Cops reden zu müssen?«

»Warum sollte es? Ich habe ja ein reines Gewissen. Es gehört einfach zu meinem Job.«

»Wir brauchen einige Zeit, um nach dem Videoband zu suchen, wir dürfen uns nicht durch Nebensächlichkeiten davon abhalten lassen ...«

»Nun, der Name dieses meines Klienten ist Hale Allen«, sagte Carmel.

Rinker runzelte die Stirn. »Irgendeine Beziehung zu Barbara Allen?«

»Ihr Mann.«

»O Gott!« Rinker war beeindruckt. »Wie kommt das denn?«

»Er ist ein Freund von mir, und ich bin eine gute Anwältin. Klarer gesagt, ich bin eine der besten Strafverteidigerinnen in unserem Staat. Die Cops meinen, er könnte der Täter sein.«

»Du sitzt also an der Quelle«, stellte Rinker erstaunt fest. »Du bist ein Insider ...«

»In gewisser Weise, ja.« Carmel lächelte auf Rinker hinunter. »Das macht die Sache besonders interessant.«

»Das kann sehr nützlich für uns sein«, sagte Rinker. »Hast du deshalb Allens Vertretung übernommen?«

»Nicht nur deshalb«, antwortete Carmel, dann verschwand ihr Lächeln. »Aber der Cop, der da im Büro angerufen hat – er war bisher nicht mit dem Fall befasst. Er heißt Lucas Davenport und ist einer der Stellvertretenden Polizeichefs, ein politisches Amt, in das man ihn hochgehievt hat. Er war früher ein regulärer Cop, wurde aber wegen Brutalität oder so was suspendiert. Sie haben ihn wieder in den Polizeidienst übernommen und sogar befördert, weil er ein intelligenter Bursche ist. Ein hundsgemeiner Bastard, aber wirklich clever.«

»Na ja, zum Teufel, solange er meint, Barbara Allens Mann sei der Täter ...«

»Aber es bedeutet, dass wir dieses gottverdammte Videoband unbedingt finden müssen«, sagte Carmel. »Wenn Davenport jemals was davon erfahren sollte ... Ich will dir was sagen, Pamela, er ist der einzige Mann auf der Welt, der uns auf die Schliche kommen könnte. Der einzige.«

»Solange du aus nächster Nähe sein Vorgehen beobachten kannst, dürfte er doch kein Problem für uns werden.« Rinker zuckte die Schultern. »Und wenn er trotzdem zu einem Problem werden sollte, greifen wir ihn uns.«

Carmel sah sie lange an, und Rinker fragte: »Was ist?«

»Du kennst ihn nicht«, sagte Carmel.

»Hör zu, wenn der Mann nicht weiß, dass es auf ihn zukommt, und wenn man sich Zeit lässt, ihn zu beobachten und alles gut zu planen – dann kann man ihn erwischen. Man *kann* es.«

Als Carmel mit forschen Schritten durch den Flur zur Mordkommission ging, kam ihr Lucas mit einem Aktenordner in der Hand entgegen. »Davenport, verdammt, haben Sie schon wieder auf den Rechten meines Klienten rumgetrampelt?«

»Wie geht es Ihnen, Carmel?«

»Was ist das für eine dicke Akte?«

»Der Bericht der Gleichberechtigungs-Perfektionierungs-Kommission.«

»Ach du lieber Gott! Ich habe versucht, den Artikel darüber in der *Star Tribune* zu lesen, und kam mir vor, als hätte man mich in Narkose versetzt.« Sie hielt ihm die Wange hin, und Lucas hauchte einen Kuss darauf. Er nahm ihre rechte Hand in seine, trat einen Schritt zurück, sah sie von oben bis unten an und sagte: »Sie sehen absolut ... großartig aus.«

»Oh, vielen Dank. Wie kommt es eigentlich, dass wir beide noch nicht miteinander geschlafen haben? Sie sind doch sonst hinter jeder Frau in der Stadt her.«

»Ich bin nur hinter Frauen her ... nein, das stimmt nicht.«

»Was?«

»Ich wollte sagen, ich bin nur hinter Frauen her, die mir keine Angst einjagen«, sagte Lucas. »Aber es hat sich gezeigt, dass mir *alle* Angst einjagen.«

»Wie ich gehört habe, hatten Sie ein Verhältnis mit Miss Supertitte, Ihrer Kollegin, aber es ist wieder auseinander gegangen ...«

»Sie meinen wohl Sergeant Sherrill?«

»Was ist passiert? Hat sie eine größere Kanone gefunden?« Ihr anzüglicher Blick auf seinen Unterleib ließ keinen Zweifel daran, was sie meinte.

»Carmel, Carmel ...« Lucas hielt ihr die Tür auf. Carmel trat ein und sah Hale Allen am anderen Ende des Zimmers, an einen grünen Aktenschrank gelehnt und in ein intensives Gespräch mit Marcy Sherrill vertieft. Marcy stand für Carmels Geschmack ein paar Zentimeter zu dicht vor ihm und sah darüber hinaus auch noch hingerissen zu ihm hoch, tief in seine Augen.

»Oh«, sagte Carmel.

»Übrigens«, sagte Lucas so leise, dass Carmel sich zu ihm umdrehen musste, um ihn zu verstehen, »man hat mir geflüstert, Ihr Klient sei dümmer als Bohnenstroh.«

»Aber, bei Gott, er ist wunderbar«, sagte sie. Sie biss sich ostentativ auf die Unterlippe, seufzte und ging auf Sherrill und Allen zu. Sie bewegt sich wie eine Leopardin, dachte Lucas.

Sie müssten sich noch mal auf bereits beackerten Boden begeben, sagte Lucas zu Allen, da er neu in dem Fall sei. Er hoffe, dass ihm das nicht allzu sehr auf die Nerven gehe. »Wie ich gehört habe, ist die Leiche Ihrer Frau vom County freigegeben worden ...«

»Ja, endlich«, bestätigte Allen.

»Und *das* hat viel zu lange gedauert«, fügte Carmel hinzu. »Ich verstehe nicht, warum die Cops zwanzig verschiedene chemische Tests machen müssen, wenn man der Frau siebenmal ins Gehirn geschossen hat.«

»Routine«, erklärte Lucas.

»Scheißroutine«, sagte Carmel, jetzt im Anwaltstonfall. »Man muss doch auch daran denken, was man den trauernden Hinterbliebenen antut. Reine Schikane an den Opfern.«

»Okay, okay«, sagte Lucas. »Es dauert ja nur ein paar Minuten.«

»Wo ist der andere Typ? Black?«, fragte Carmel.

»Macht was anderes«, sagte Lucas. Er sah Allen an. »Erzählen Sie mir ein wenig von Ihrer Beziehung zu Ihrer Frau.«

»O Gott«, knurrte Carmel.

Zehn Minuten später lehnte Lucas sich zu Allen vor und fragte: »Wie gut kannten Sie Rolando D'Aquila?«

Allen sah verwirrt aus. »Rolando wie?«

»D'Aquila. Auch schlicht und einfach als Rolo bekannt, wie man mir gesagt hat.«

»Ich kenne niemanden mit diesem Namen«, antwortete Allen.

»Nie einen kleinen Toot bei ihm gekauft?«, fragte Lucas.

»Nein, nie.« Er schüttelte den Kopf. »Toot?«

»Prise Koks«, erklärte Lucas.

Als Lucas D'Aquilas Namen erwähnte, zuckte Carmel ein wenig zusammen und überlegte dann blitzschnell: Sie hatten offensichtlich die Leiche gefunden. Wenn sie D'Aquilas Vergangenheit durchforschten – und sie würden das tun, wenn sie es nicht sogar schon getan hatten –, würden sie auf ihren Namen stoßen. Sie würden sich dann fragen, warum sie nicht erwähnt hatte, dass sie ihn einmal in einem Rechtsfall vertreten hatte.

»Warum sind Sie an diesem Rolando D'Aquila interessiert?«, fragte sie Lucas.

»Er ist vergangene Nacht ermordet worden«, antwortete Lucas. »Auf dieselbe Art und Weise wie Mrs. Allen – die Methode ist identisch.« Er sah Allen wieder an. »Sie haben ihn also nie als Anwalt vertreten? Oder einen seiner Freunde? Weder bei einer Strafrechts- noch Zivilrechtssache?«

»Nein, nein, ich kann mich jedenfalls nicht erinnern«, sagte Allen. »Ich habe Tausende von Klienten in Immobilienangelegenheiten vertreten, es könnte also sein, dass er darunter war, aber ich kann mich beim besten Willen an keinen Rolando erinnern.«

»Geben Sie es auf«, fauchte Carmel. »Er hat diesen Rolando D'Aquila niemals als Anwalt vertreten.«

»Woher wollen Sie das wissen?«, fragte Lucas.

»Weil Rolo nur einen Anwalt hatte.« Alle Augen waren jetzt auf sie gerichtet, und sie nickte. »Eine Anwältin. Mich.«

Nach dem Gespräch mit Allen, als sie sich Kaffee von der Maschine geholt hatten, sagte Lucas zu Sherrill: »Du warst seltsam still. Das macht mich immer ganz nervös.«

»Ich musste schließlich den guten Cop spielen, wenn du die Rolle des bösen Cops schon besetzt hattest«, erklärte Sherrill.

»Ich stimme ja zu – er ist ein *sehr* gut aussehender Mann«, sagte Lucas.

Sherrill lachte und sagte dann: »Er hat diese wirklich erstaunlichen braunen Augen ... Genau wie die Augen eines jungen Hundes.«

»Er ist auch genau so intelligent wie ein junger Hund«, sagte Lucas. »Und er schläft mit seiner Sekretärin.«

»Mit *einer* Sekretärin, nicht *seiner.* Außerdem war seine Ehe unbefriedigend, soweit ich das beurteilen kann, und ich denke, seine Intelligenz könnte auf andere Ziele gerichtet sein als auf ...«

»Als auf was?«

»Als, ehm, darauf, intelligent zu sein ...«

Lucas verschluckte sich an seinem Kaffee und keuchte: »Verdammt, du bist schuld, dass mir beinahe Kaffee in die Nase gedrungen ist.«

»Sehr gut«, sagte Sherrill.

7

Als Carmel zurück in ihr Appartement kam, lag Rinker mit einem Kissen unter dem Kopf auf der Couch und las im NBC-Aussprachehandbuch. »Hast du gewusst, dass diese berühmte französische Nacktbar Foh-*LI*-bair-*SCHAIR* ausgesprochen wird?«

Carmel zuckte die Achseln. »Ja, nehm ich an.«

»Siehst du, das ist der Vorteil der Leute, die Französisch gelernt haben«, sagte Rinker und legte das Buch auf den Couchtisch. »Sie wissen, wie man diese schönen Worte ausspricht. Ich musste für meinen BA Spanisch lernen, aber ich finde, die Aussprache ist nicht so schön wie in Französisch. Ich habe immer gedacht, man müsste das Foh-*LI*-bir-schair-*AY* aussprechen.«

»Ich weiß es nicht *genau*, ich habe auch nur Spanisch als Fremdsprache gelernt«, sagte Carmel.

Rinker setzte sich auf, stellte die Füße auf den Boden und fragte: »Was hat sich bei den Cops ergeben?«

»Sie haben Hale nach Rolo gefragt. Man hat heute Morgen seine Leiche gefunden – ein Junkie wollte sich Koks besorgen.«

»Hast du ihnen gesagt, dass du Rolo mal als Anwältin vertreten hast?«, fragte Rinker.

Für den Bruchteil einer Sekunde lag eine Lüge auf Carmels Lippen, aber sie sagte dann doch: »Ja, das musste ich ja wohl. Sie hätten es bestimmt rausgefunden.«

»Okay. Sie können dich jetzt also mit Rolo in Verbindung bringen, aber nicht mit den Morden, da niemand weiß, dass du ... scharf auf Hale bist. Nicht mal Hale selbst weiß das. Ich habe das doch richtig verstanden, oder?«

»Ja, es ist richtig.« Carmel schlenderte zum Fenster und schaute hinaus über die Stadt; es war ein heißer Tag, und ein dünner Hitzeschleier hing über der Gegend von Midway im Osten. »Wenn dieses verdammte Videoband nicht wäre, könnten wir uns völlig sicher fühlen. Inzwischen meine ich, wir hätten Rolo *erwürgen* sollen, statt ihn zu erschießen – dann würde es *keinerlei* Verbindung geben. Das war ein Fehler.«

»Hm – daran habe ich nicht gedacht«, sagte Rinker. »Es war ganz natürlich, die Pistole zu benutzen, weil wir sie hatten.«

»Ja, und nun ist es so, dass sie auf eine Analyse der Geschosse warten. Sie können dann erkennen, ob die Kugeln, an denen Barbara Allen gestorben ist, und diejenigen, mit denen Rolo getötet wurde, metallurgisch übereinstimmen und vom selben Fabrikationstyp stammen.«

»Hm ... Wir müssen also die Pistolen schleunigst verschwinden lassen. Oder uns wenigstens Patronen mit einer anderen Fabrikationsnummer besorgen.«

»Bist du auf irgendeine Idee gekommen, wie wir das Videoband finden könnten?«, fragte Carmel.

»Ja, ich bin auf eine Spur gestoßen«, antwortete Rinker. Sie stand auf, ging zu einem Ecktisch und holte Rolos Adressbuch. »Du erinnerst dich doch, wie er gesagt hat, er habe das Band einer Freundin mit Namen Mary gegeben?«

»Ja, aber in dem Adressbuch stehen ja keine Namen, sondern nur ...«

»Initialen«, ergänzte Rinker. »Aber ich hatte ja ein wenig Zeit, und so habe ich es mal durchgesehen. Es gibt vier Namensinitialen mit einem M als erstem Buchstaben. Also ging ich in dein Arbeitszimmer und schaute ins Querverweis-Telefonbuch – Reihenfolge der Telefonnummern in Zuordnung zu den Telefonbesitzern – und kam dahinter, dass er einen ziemlich dümmlichen Code bei den Telefonnummern benutzt hat. Er setzte die letzte Zahl einfach immer an den Anfang der Nummer. Wenn er sich also, sagen wir mal, die Nummer 123–4567 notieren wollte, dann schrieb er 712–3456 hin.«

Carmel war beeindruckt. »Wie hast du das rausgefunden?«

»Einige der Vorwahlnummern gab es gar nicht, und die existierenden waren über das ganze Land verstreut. Eine der Nummern gehörte zu einem weit entfernt wohnenden Hundefriseur – warum sollte er sich die Mühe gemacht haben, diese Nummer überhaupt zu notieren? Egal – die beiden Arschlöcher, für die ich als Tänzerin gearbeitet habe, hatten mal im Knast gesessen, und sie hatten mir erzählt, welche einfachen Codes die Knastbrüder benutzten. Ich jonglierte also ein bisschen mit den Telefonnummern, bis alle vernünftige Vorwahlnummern hatten. Dann ergab sich alles andere von selbst – alle Codes bezogen sich auf Leute aus St. Paul und Minneapolis, und zwei der Namen mit einem M am Anfang waren Frauennamen oder wahrscheinlich Frauen. Eine ist eine gewisse

Martha Koch, aber bei der anderen steht im Querverweisbuch nur ›M.‹ für den Vornamen – M. Blanca. Wenn aber für den Vornamen nur eine Initiale angegeben wird, bedeutet das im Allgemeinen, dass es sich um eine allein stehende Frau handelt. Eine jüngere Frau.«

»Mary?«

»Nein, es muss irgendein anderer Name sein – ich habe dort angerufen, und es meldete sich tatsächlich eine Frau, aber nur mit ›Ja?‹, und als ich nach Mary Blanca fragte, sagte sie, ich hätte die falsche Nummer gewählt. Die Frau hatte einen leichten Akzent, ist wahrscheinlich Mexikanerin. Aber ich dachte daran, wie verängstigt Rolo war, als er mit dem Namen Mary rausrückte. Ich wette, als du ihn nach dem Namen gefragt hast und ›schnell!‹ gesagt hast, hatte er den echten Namen auf der Zunge, und er rückte auch beinahe damit heraus, aber im letzten Moment hat er ihn dann doch noch geändert. Könnte Martha sein, könnte aber auch diese andere ›M.‹ sein.«

Carmel war skeptisch: »Eine sehr lange Kette von ›könnte sein‹«, sagte sie. »Auch irgendeine ganz andere M. könnte in Frage kommen – oder überhaupt keine M.«

»Sicher, aber wir haben keinen anderen Anhaltspunkt.«

»Rolos Name wird morgen in den Zeitungen stehen«, sagte Carmel. »Wenn diese M. noch nicht weiß, dass er tot ist, wird sie's spätestens morgen früh wissen. Und dann wird sie sich das Band ansehen, wenn sie es nicht schon getan hat, und *dann* wird sie es den Cops übergeben.«

»Also lass uns mit dieser M. Blanca sprechen. Und mit dieser Martha Koch.«

»Nach Einbruch der Dunkelheit ...«

»Ja.«

»Unser Schicksal hängt an einem gottverdammt dünnen Faden«, sagte Carmel.

Martha Koch veranstaltete an diesem Abend eine Party wegen der Geburt ihres ersten Kindes, und das rettete ihr das Leben; sie hat nie davon erfahren ...

»Eine Menge Autos in der Gegend«, murmelte Carmel, als sie und Rinker auf Kochs Haus zugingen; rund ein Dutzend Wagen waren am Straßenrand vor dem Haus geparkt. Es handelte sich um ein solides, bescheidenes, im Ranchhaus-Stil mit heruntergezogenem Dach gebautes Haus direkt gegenüber von einem Golfplatz. Eine gewundene Treppe führte über eine ansteigende Rasenfläche zur Haustür. Das Verandalicht brannte, und die Vorhänge am Wohnzimmerfenster waren zurückgezogen. Am Ende der Treppe blieb Carmel stehen und knurrte: »Scheiße ...« Zwei Frauen hüpften lachend im Wohnzimmer herum, und eine von ihnen schaute nach hinten und rief einer dritten – oder mehreren – etwas zu.

»Lassen wir's erst mal sein«, sagte Rinker. »Wir müssen später noch mal herkommen.«

Sie gingen die Treppe wieder hinunter und ein Stück die Straße entlang zu Carmels Volvo.

Das Haus, in dem M. Blanca wohnte, war ein gutes Stück ärmlicher als das von Martha Koch. Es lag in einer Reihe alter, mit Asbestschindeln gedeckter Häuser in einem Stadtviertel namens Dinkytown direkt nördlich der Universität von Minnesota. Als sie auf das Haus zugingen, sahen sie, dass vier Briefkästen neben der einzigen Eingangstür hingen.

»Es ist ein Appartement«, sagte Rinker mit leiser Stimme.

»Fast alles Mehrfamilienhäuser hier«, erklärte Carmel.

»Wir müssen aufpassen – man trifft vielleicht auf andere Leute. Hast du das Geld?«

»Ja.« Nach einigen weiteren Schritten fragte Carmel: »Wie sehe ich aus?« Rinker trug ihre rote Perücke; beide hatten sich dunkle Seidenschals mehrfach um die Köpfe geschlungen.

»Du siehst aus wie eine dieser religiösen Frauen, die ständig Kopftücher tragen.«

»Sehr gut«, sagte Carmel, und fügte hinzu: »Du auch.«

An der Haustür richtete Carmel den Strahl ihrer kleinen Lampe am Schlüsselanhänger auf die Briefkästen. Auf dem Ersten stand *Howell;* der Zweite zeigte nur noch Reste eines weißen Papierstreifens. Auf dem Dritten stand in rosa Tinte *Jan* und *Howard Davis,* darunter in grüner Kinderhandschrift *und Heather.* Auf dem Vierten stand nur *Appartement* A. Carmel öffnete den *Howell-*Kasten; er war leer. Der Briefkasten mit dem leeren weißen Papierstreifen enthielt eine Telefonrechnung, die an einen Mr. David Pence, Appartement C gerichtet war. Den *Davis-*Kasten übersprang sie und öffnete den Kasten für Appartement A. Er war leer.

»Ich nehme an, bin mir aber nicht sicher, dass Appartement A unser Ziel ist«, flüsterte sie Rinker zu. Rinker nickte, und sie drückten die Tür auf und traten in den kurzen Flur. Rechts führte eine Treppe nach oben, und ein supermodernes Schwinn-Fahrrad war an das Geländer gekettet. »Nicht wie mein altes Schwinn«, murmelte Rinker.

In der linken Wand war eine hellgelbe Wohnungstür, eine weitere, diese blassgrün, am Ende des Flurs. Auf der ersten, hellgelben Tür prangte ein großes B aus Metall, auf der blassgrünen ein A. Rinker steckte die Hand in die Jackentasche mit der Pistole, und Carmel trat vor und klopfte an die Tür.

Hinter der Tür rührte sich nichts, und Carmel klopfte noch einmal. Diesmal war ein dumpfes Geräusch zu hören, als ob jemand von einer Couch aufspringen würde. Dann wurde die Tür einen Spalt geöffnet, ein Mann, offensichtlich ein Latino, schaute hindurch und fragte: »Was wollen Sie?«

»Wir müssen mit Miss Blanca sprechen«, sagte Carmel mit ruhiger Stimme.

»Sie schläft«, erwiderte der Mann, und der Spalt wurde kleiner.

»Wir haben Geld für sie«, sagte Carmel schnell. Der Spalt wurde nicht mehr kleiner, und das Gesicht des Mannes tauchte wieder dahinter auf. Er stellte keine weiteren Fragen. Er sagte einfach: »Geben Sie's mir.«

»Nein. Rolo hat gesagt, wir sollen es Miss Blanca persönlich geben, falls etwas mit ihm passiert.«

»Oh.« Er dachte einige Sekunden über diese Aussage nach, und sie schien irgendwie Sinn für ihn zu machen; Carmels Herz machte einen kleinen Sprung. »Was ist mit Rolo passiert?«

»Ziemlich viel Geld«, sagte Carmel statt einer Antwort. Sie gab sich Mühe, nervös zu klingen, und es gelang ihr gut.

»Einen Moment«, sagte der Latino. Er drückte die Tür ins Schloss, und sie hörten ihn rufen: »Heh, Marta!«

»Marta Blanca«, murmelte Rinker. »Die kann toll backen.«

»Was?« Carmel sah Rinker bestürzt an, als ob sie es mit einer Irren zu tun hätte.

»Bessere Kuchen, bessere Biskuits, besseres Gebäck mit Marta Blanca ... Kennst du die Reklame nicht?«

Carmel schüttelte den Kopf, immer noch verwirrt, dann war der Mann wieder an der Tür. Er öffnete sie, sah die beiden einen Moment prüfend an, schien zufrieden zu sein und sagte: »Okay. Kommen Sie rein.«

Carmel ging voraus ins Wohnzimmer, in dem alles in Brauntönen gehalten zu sein schien; eine einzige Stehlampe mit einem nikotinbraunen Schirm brannte; der Schirm war schräg auf einen Stapel *Hustler*-Pornomagazine gerichtet. Aus den Vorhängen drang der Geruch von Marihuana.

»Wie viel Geld?«, fragte der Mann.

»Wir dürfen es ...«, fing Carmel an, aber dann kam eine

Frau durch die Küche, anscheinend aus einem dahinter liegenden Schlafzimmer. Sie stopfte ihre Bluse am Rücken in ihre Jeans. »Sind Sie Marta?«

»Ja.« Die Frau wirkte noch verschlafen. »Was ist mit Rolo passiert?«

»Er ist tot«, sagte Carmel ohne Umschweife. »Jemand hat ihn erschossen.«

Die Frau blieb wie angewurzelt stehen, und alles Blut wich aus ihrem Gesicht. »Tot? Das kann nicht sein ... Ich habe doch noch gestern mit ihm gesprochen ...«

»Die Cops haben seine Leiche heute Morgen gefunden«, sagte Rinker und trat aus Carmels Schatten. »War er ein guter Freund von Ihnen?«

»Er war ... er war ...«, stammelte sie mit zitternder Stimme.

»Ihr Bruder«, ergänzte der Mann. Rinker warf Carmel einen kurzen Blick, und Carmel nickte fast unmerklich und schob die Hand in ihre Jackentasche.

»Halbbruder«, sagte die Frau. Sie ließ sich auf einen Stuhl fallen. »O Gott«, sagte sie.

»Kam schon im Fernsehen«, sagte Rinker.

»Er hat gesagt, er hätte Ihnen eine Videokassette zur Aufbewahrung gegeben, und wenn ihm etwas zustoßen würde, sollten wir zu Ihnen gehen und sie abholen, denn wenn sie bei Ihnen bleiben würde, kämen sehr unfreundliche Männer zu Ihnen und würden sie Ihnen mit roher Gewalt abnehmen«, erklärte Carmel, beugte sich vor und sah der Frau in die Augen. »Er hat einen Umschlag bei uns deponiert, den wir Ihnen in diesem Fall geben sollen. Es ist Geld drin.«

Der Mann sagte: »Wir haben keine Kassette«, aber die Frau fragte reflexartig: »Wie viel Geld?«

Sie haben die Kassette, dachte Carmel, und sie spürte, wie

sich der harte Draht, der ihre Wirbelsäule bisher verspannt hatte, plötzlich lockerte.

»Fünftausend Dollar«, antwortete Carmel. Die Frau sah den Mann an, und der knurrte: »Ich weiß nicht ...«

Carmel nahm den Umschlag aus ihrer Tasche. »Geben Sie uns die Kassette?«

Die Frau stand auf, aber der Mann streckte ihr die Hand entgegen. »Ich denke, wir sollten uns erst einmal das Band anschauen«, sagte er.

»Rolando hat gesagt, das sollten wir nicht tun«, sagte die Frau und klammerte nervös die Hände ineinander.

»Wir müssen dieses Band unbedingt haben ...«

Die Frau hob die Hände, sah Carmel an, erklärte: »Es ist eine von diesen komischen kleinen Kassetten, für die man so ein spezielles Gerät braucht, um sie abzuspielen ...«

»Wir werden uns das Band ansehen«, sagte der Mann, jetzt mit einiger Entschiedenheit. »Wenn Sie herkommen und uns fünftausend anbieten ...« Er grinste breit, fuhr dann fort: »Dann kann man noch darauf wetten, dass es eine ganze Menge mehr wert ist.«

»Wir müssen dieses Band haben. Rolando hätte es nicht in die Hände kriegen sollen, und mit den Leuten, denen es gehört, sollten Sie sich besser nicht anlegen.« Rinkers Stimme klang ruhig und normal, aber Carmel hörte deutlich die Drohung heraus. Dem Latino schien sie zu entgehen.

Er grinste Rinker höhnisch an. »Wie – die verdammte Mafia? Oder die Kolumbianer? Ich scheiße auf diese Leute.« Er wandte sich an die Frau. »Wir schauen uns das Band erst mal an.« Er zog seine Hose hoch, sagte dann zu Carmel und Rinker: »Ihr beiden könnt den Umschlag hierlassen. Wenn es für das, was auf dem Band ist, reicht, geben wir es euch. Wenn nicht, werden wir euch einen neuen Preis nennen.«

»Verdammt, das ist doch nicht nötig«, sagte Carmel und trat vor Rinker hin. Aus den Augenwinkeln sah sie noch, wie Rinkers Hand mit der Waffe aus der Jackentasche glitt.

»O doch, das ist verdammt nötig«, sagte der Latino mit erhobener Stimme. »Und wenn ich sage, es ist verdammt nötig, dann ist es auch verdammt nötig, kapiert?« Er sah Marta an. »Da habe ich doch Recht, oder?«

Die Frau sah weg, und Carmel zuckte die Schultern. »Wenn Sie es sagen ...« Sie trat zur Seite, und Rinkers Hand mit der Waffe kam zum Vorschein.

Der Mann trat überrascht einen Schritt zurück, grinste aber immer noch leicht. »Soll mir das Angst einjagen oder was?«

Es waren die letzten Worte, die er in seinem Leben sagte: Rinker schoss ihm mitten in die Stirn, und er stürzte auf den Boden. Die Frau schlug ungläubig die Hände vors Gesicht, aber ehe sie schreien oder einen anderen Laut von sich geben konnte, schwenkte Rinker den Pistolenlauf auf ihr Gesicht und fauchte: »Wenn Sie schreien, erschieße ich Sie.«

»Geben Sie uns das Videoband, dann kriegen Sie das Geld«, sagte Carmel.

»O mein Gott, o mein Gott, o mein Gott ...«

»Das verdammte Band«, knurrte Rinker. Die Frau streckte die Hand gegen die Mündung der Pistole aus, als könne sie damit die Kugeln abwehren, wich dann zurück und richtete den Blick auf den Mann am Boden.

Die Kassette war in der Küche in einem Schrank, steckte in einer feuerfesten Schüssel. Die Frau gab sie Rinker, die sie an Carmel weiterreichte; Carmel betrachtete sie und nickte. »Und Sie haben keine Kopien davon gemacht?«

»Nein, nein, nein ...« Die Frau starrte jetzt unverwandt auf Rinker. Dann stöhnte der Mann im Wohnzimmer auf, und Rinker drehte sich um und ging zu ihm hin.

»Er lebt noch?«, fragte Marta Blanca hoffnungsvoll. Rinker erklärte: »Ja, so was kommt vor. Manchmal dringt das Geschoss nicht durch das Schädeldach.« Sie lehnte sich lässig vor, hielt die Mündung der Pistole rund fünf Zentimeter vor die Schläfe des Mannes und feuerte schnell hintereinander drei Schüsse in seinen Schädel. Er zuckte noch einmal mit den Füßen und blieb dann reglos liegen.

Marta bekreuzigte sich und starrte Rinker an. »Sie werden mich jetzt auch erschießen, nicht wahr?«, fragte sie mit dem Ton der Gewissheit in der Stimme.

»Nein, das werde ich nicht«, antwortete Rinker. Sie zeigte ein dünnes Lächeln.

Carmel, die die zweite Pistole hatte, schoss Marta Blanca in den Hinterkopf. Als sie auf den Boden gestürzt war, trat Carmel vor sie hin und feuerte noch weitere fünf Schüsse in ihren Kopf. Dann lächelte sie Rinker mit an und sagte: »Wir haben das verdammte Band. Wir haben das *gottverdammte* Band.«

Rinker steckte die Pistole zurück in die Jackentasche und sagte: »Lass uns irgendwo einen Drink nehmen.«

»Lass uns prüfen, ob es das richtige Band ist, es löschen und *dann* irgendwo einen Drink nehmen«, sagte Carmel.

Sie gingen hinaus in den Flur und schlossen die Wohnungstür hinter sich. Nach drei Schritten in Richtung zur Haustür fiel plötzlich ein heller Lichtschein auf ihre Gesichter. Sie blieben überrascht stehen und schauten nach rechts in das Licht, das aus der geöffneten Tür von Appartement B drang. Ein kleines Mädchen stand unter der Tür und sah zu ihnen hoch. Carmels und Rinkers Gesichter waren hell erleuchtet. Dann rief hinter dem Mädchen eine mürrische Mutter: »Heather! Mach die Tür zu!«

Carmel tastete nach der Pistole in ihrer Tasche, aber dann wurde über ihnen eine Tür geöffnet, und eine Männerstimme sagte einige unverständliche Worte; sie sahen beide nach oben, und das kleine Mädchen schloss die Tür.

»Raus hier«, zischte Rinker.

»Das Mädchen hat uns gesehen«, sagte Carmel.

Aber auf dem Treppenabsatz über ihnen waren Schritte zu hören, und Rinker schob Carmel zur Haustür. Sie gingen eilig nach draußen, Rinker einen Schritt hinter Carmel, und bogen auf den Gehweg ein.

»Es war ja nur ein Kind«, sagte Rinker. »Sie wird sich nicht an uns erinnern. Und man wird die Leichen vielleicht erst nach einer Woche finden.«

»Warum, zum Teufel, gibt es immer Komplikationen?«, fragte Carmel wütend. Sie gingen eilig über den dunklen Gehweg auf die Lichter des Zentrums von Dinkytown zu. »Es ist wie ein Albtraum, den ich als Teenager oft hatte«, fuhr Carmel fort. »Ein Schüleralbtraum – ich kann meinen Spind mit den Büchern und Heften nicht finden, und die Klingel zur nächsten Stunde kann jeden Moment losschrillen, und jedes Mal, wenn ich kurz davor bin, ihn doch noch zu finden, kommt irgendwas anderes dazwischen ...«

»Jeder Teenager hat diesen Traum«, besänftigte sie Rinker. »Wir haben unser Problem jedenfalls gelöst ...«

»Ja, wahrscheinlich«, sagte Carmel. Sie drehte sich um, sah zurück; die dunkle Gestalt eines Mannes schob sich auf ein Fahrrad und bewegte sich dann schnell von ihnen weg, in die entgegengesetzte Richtung. »Aber ich sitze ja an der Quelle; wenn sich was Bedrohliches mit dem Kind ergibt, müssen wir hierher zurück und die Sache bereinigen.«

»Lass uns einen Drink nehmen«, sagte Rinker.

Sie tranken mehrere Drinks in Carmels Appartement und aßen dazu zwei Mitternachtssteaks. Carmel hatte einen nur selten benutzten Grill auf dem Balkon, und Rinker spielte die Gastgeberin, hantierte mit dem Fleisch und den Gewürzen wie ein Profikoch. »Ich habe mal in einer Bar gearbeitet, die draußen vor der Küche einen Grill hatte. Viele Gäste waren echte Cowboys, die ihre Steaks *verbrannt* wollten«, erzählte sie Carmel.

»Mach mir meines nicht ganz durch«, bat Carmel. »Aber kein Blut.« Carmel saß im Fernsehzimmer und sah sich das Videoband an. Es zeigte die ganze Episode in Rolos Küche, von ihrer Ankunft bis zum Weggang; auf den anderen beiden Bändern war nur die Schlussszene eingefangen gewesen. »Das hier ist also das Original«, erklärte sie Rinker mit großer Befriedigung. »Selbst wenn es noch irgendwo eine Kopie geben sollte – man könnte mich zwar vor Gericht bringen, aber ich würde nachweisen, dass es sich um eine Kopie handelt, die man manipulieren kann, und ich wäre aus dem Schneider.«

»Trotzdem wäre es am besten, wenn es keine Kopien geben würde«, sagte Rinker.

»Bist du bald fertig da draußen?«

»Ja. Das Essen ist serviert.«

»Sehr gut. Noch eine Sache, ehe wir mit dem Essen anfangen ...« Carmel zog mit den Fingern das Band aus der Kassette, warf die leere Kassette in den Papierkorb, drückte das sich ringelnde Band zu einem Knäuel von der Größe eines Softballs zusammen und warf es in die Kohlenglut auf dem Grill.

Sie sah zu, wie es verbrannte, und sagte dann: »So, das macht uns keinen Kummer mehr.«

»Drei Tote wegen diesem Band«, sagte Rinker und schüttelte den Kopf.

»Ach, das waren doch nur billige Druggies«, erwiderte Carmel. »Niemand wird sie vermissen.«

»Selbst Druggies haben Familien, manchmal jedenfalls«,

sagte Rinker. »Ich habe meinen Stiefvater gehasst und meinen älteren Bruder, und ich habe keine liebevollen Gefühle mehr für meine Mom, aber ich habe noch einen jüngeren Bruder in L. A., und er ist auch ein Druggie, lebt oft nur irgendwo am Strand ... Ich würde alles für ihn tun, was ich nur kann. Und ich *tue* alles für ihn, was ich kann.«

»Tatsächlich?« Carmel war beeindruckt. Sie saßen vor ihren Steaks an dem selten benutzten Esstisch. »Ich habe nie eine vergleichbare Beziehung zu einem Menschen gehabt. Ich meine, ich spende natürlich für Wohlfahrtsunternehmen und all so was, aber das mache ich, weil ich es muss. Ich habe nie wirklich ... Ich tue einfach nur *irgendwas* für *irgendjemanden*.«

»Nicht mal was Besonderes für Hale?«

Carmel schüttelte den Kopf: »Nicht mal für Hale.«

»Du hast für ihn getötet«, erinnerte Rinker.

»Nein, das habe ich nicht«, widersprach Carmel. »Ich habe für mich getötet – für etwas, das *ich* haben wollte. Und das ist Hale. Wenn ich ihm die Wahl gelassen hätte – wer weiß? Vielleicht hätte er sich entschieden, bei Barbara zu bleiben.«

»Hm«. Rinker kaute, schluckte, sah einen Moment zu, wie Carmel sich durch ihr Steak arbeitete und fragte dann: »Hättest du das kleine Mädchen getötet?«

»Du willst mich wohl zum Monster abstempeln«, knurrte Carmel.

»Nein, nein, es interessiert mich nur«, sagte Rinker. »Ich würde es tun, wenn es *absolut* notwendig wäre. Aber ich würde es hassen, so was machen zu müssen.«

»Warum?«

»Weil es ein Kind ist.«

»Na und? Es ist doch alles bedeutungslos, dieses ganze« – Carmel schaute sich im Zimmer um – »dieses ganze Leben. Wir sind nichts als ein Klumpen Fleisch. Wenn wir etwas *den-*

ken, ist das nichts als eine chemische Reaktion. Wenn wir etwas oder jemanden lieben, ist das nichts als eine *heftigere* chemische Reaktion. Und wenn wir sterben, geht diese ganze Chemie in die Erde über, und das war's dann. Es bleibt nichts übrig. Man geht nirgendwo hin, man wird schlicht und einfach zu Erde. Kein Himmel, keine Hölle, kein Gott – gar nichts. Einfach nur ein großes Nichts ...«

»Na, das klingt aber verbittert«, sagte Rinker. Sie deutete mit der Gabel auf Carmel. »Ich kenne Leute wie dich – nihilistische Philosophen. Leute, die tatsächlich so was glauben ... und es letztlich nicht verkraften können. Die meisten von ihnen begehen Selbstmord.«

Carmel nickte. »Ich kann das gut verstehen. Ich werde es wahrscheinlich auch tun, wenn ich älter bin. Wenn ich denn so lange am Leben bleibe.«

»Warum machst du's nicht gleich?«, fragte Rinker. »Warum damit warten, wenn doch sowieso alles sinnlos für dich ist?«

»Eigentlich gibt es keinen guten Grund dafür – bis auf einen: Neugier. Ich will mitbekommen, wie sich die Dinge entwickeln. Ich meine, sich selbst umzubringen ist letztlich genauso sinnlos, wie sich *nicht* selbst umzubringen. Macht doch keinen Unterschied, ob man es tut oder nicht tut. Aber solange man sich nicht langweilt, solange man sich gut fühlt ... warum dann Schluss machen?«

»Aber du würdest es tun, wenn du dich dazu gezwungen sehen würdest? Dich selbst umbringen?«

»Zum Teufel, ich würde es auch tun, wenn ich mich *nicht* dazu gezwungen sehen würde«, sagte Carmel.

»Wirklich?«

»Ja, sicher. Aus demselben Grund, der mich zur Zeit am Leben hält: Neugier. Ich kann ja nicht hundertprozentig sicher sein, dass es auf der anderen Seite nur das große Nichts gibt;

und solange zu einem hundertstel Prozent Zweifel bestehen, müsste man es eigentlich mal ausprobieren.«

»Mann, das reicht fast, um mich in Depressionen zu stürzen«, sagte Rinker.

»Hin und wieder stimmt mich das auch depressiv«, sagte Carmel. »Aber ich komme ziemlich schnell darüber weg. Ich bin eben eine ungewöhnliche Persönlichkeit.«

»Chemisch«, sagte Rinker.

»Richtig«, bestätigte Carmel. Nach einigen weiteren Bissen fragte sie: »Und wie ist das bei dir? Wie rechtfertigst du das alles?«

»Ich bin so was wie religiös, denke ich«, antwortete Rinker.

»Tatsächlich?«

»Ja. Ich glaube nicht, dass irgendetwas auf dieser Welt geschieht, ohne dass es Gottes Plan ist. Und wenn Gott will, dass ein Mensch sterben soll, wenn er das als Schicksal dieses Menschen bestimmt hat, dann darf ich mich nicht verweigern.«

»Du hältst dich also für ... die Hand Gottes oder so was?«

»Ich würde es nicht so nennen. Es klingt so ... eitel, denke ich. Zu bedeutungsvoll. Aber – was ich tue, entspringt dem Willen Gottes.«

»Jesus!«, entfuhr es Carmel, und sie sprach schnell weiter: »Entschuldigung, wenn dich das gekränkt hat, ich werde ...«

»Nein, nein, um Himmels willen ... Ich habe viel mit Italienern zu tun. Katholiken. Mann, niemand betet so viel wie Katholiken. Ich bin nicht auf diese Weise religiös – ich meine, ich habe ja schließlich in einer Nacktbar gearbeitet. Es ist einfach nur so, dass ich an ... an die Existenz eines Gottes glaube. Nicht an Himmel oder Hölle, einfach nur an Gott. Wir sind alle Teil des göttlichen Wirkens.«

»Okay ... Wie ist das mit den Waffen? Wo hast du gelernt, damit umzugehen?«

»Wir hatten immer Waffen im Haus während meiner Kindheit. Mein Stiefvater war Jäger – Wilderer, korrekter gesagt. Ich kannte mich also von Kindheit an mit Gewehren und Schrotflinten aus. Dann haben mir die Mafia-Typen die Grundzüge im Umgang mit Handfeuerwaffen beigebracht, wobei ich sagen muss, dass die meisten von ihnen keine Fachleute waren. Ich habe mir damals gesagt, wenn du das machen wirst – den Job als Profi-Killerin –, dann musst du dein Handwerkszeug kennen, und ich habe mir selbst alles beigebracht. Das meiste, was man braucht, kann man aus Büchern lernen. Es gibt ganze Berge von Literatur über Waffen ...«

»Du weißt also auch alles über Munition, welche Geschwindigkeit die Geschosse haben und all so was?«

»Ich denke schon«, antwortete Rinker. »Ich stelle meine Munition aber nicht selbst her – man kann das problemlos machen –, weil das zu leicht zu einem verräterischen Warenzeichen werden könnte. Früher oder später könnte man mich damit überführen. Aber die Munition aus der Fabrik ist für meine Arbeitsmethode ebenso gut geeignet wie jede andere.«

»Sind die Pistolen Sonderanfertigungen? Ich meine ...«

»Nein, nein. Die meisten sind irgendwo gestohlen, und sie werden von Hand zu Hand weitergereicht. Ich habe einen Freund, der sie für mich beschafft und die Gewinde für die Schalldämpfer in die Läufe schneidet. Er überprüft die mechanische Funktionsfähigkeit, und ich mache zur Sicherheit noch mal ein paar Übungsschüsse damit, aber ich erledige meine Arbeit prinzipiell aus einer Entfernung von höchstens zwei bis drei Metern. Aus großer Nähe also, deshalb kann ich handliche Waffen mit kleinem Kaliber benutzen; und zur Sicherheit gebe ich immer mehrere Schüsse ab.«

»Die Schalldämpfer hast du immer getrennt von den Pistolen dabei?«

»Ja. In einer kleinen Plastikschachtel mit ein paar Kneifzangen und Schraubenschlüsseln – bei der Durchleuchtung auf Flughäfen sieht es aus wie ein einfacher Werkzeugsatz. Es gibt aber keine Möglichkeit, bei Flügen Pistolen oder Revolver zu verstecken. Zumindest keine konventionellen aus Metall.«

Sie redeten lange miteinander, über Nihilismus und Religion, über Waffen und Munition, und spät in dieser Nacht, sehr spät, als Carmel auf ihrem Bett eindöste und noch einmal über die Unterhaltung nachdachte, lächelte sie schläfrig vor sich hin. Auf dem College hatte sie es fast nur mit Jura- und Betriebswirtschaftsstudenten zu tun gehabt, und sie hatten die Nächte mit Lernen für das Studium zugebracht, nicht mit Reden.

Heute Nacht, dachte Carmel, habe ich das gemacht, was viele andere Studenten am College getan haben – mit Freunden zusammen ein paar Bierchen getrunken und über Gott und den Tod geredet ...

Sie schlief friedlich ein, und man kann vermuten, dass sie von einem zusammengeknüllten Videoband, das in Rauch aufging, träumte. Und von Pistolen ...

8

Lucas und Black folgten dem Leichenbeschauer des Ramsey County in sein Untersuchungszimmer, wo die Leiche von Rolando D'Aquila auf einer niedrigen Bahre aus rostfreiem Stahl ausgestreckt dalag.

»Die haben das arme Schwein ganz schön zugerichtet«, sagte Black und stieß einen leisen, ungläubigen Pfiff aus. Er hatte gehört, was geschehen war, die Leiche jedoch noch nicht gesehen. »Seht euch nur die Kniescheiben an ...«

»Das hat *echt* wehgetan«, sagte der Arzt. Es war ein dunkler Typ mit Bart und langen Haaren. Ein Rasputin mit Bostoner Akzent.

»Und was haben diese seltsamen Buchstaben zu bedeuten?«, fragte Lucas.

»Ich habe Fotos davon für Sie, aber ich dachte, Sie wollten sie auch in natura sehen«, sagte der Arzt. Er hob die linke Hand der Leiche hoch. Auf dem Handrücken waren blutige Kratzer zu sehen, die aussahen wie:

Lucas und Black gingen in die Hocke und sahen sich die Kratzer aus nächster Nähe an. »Was hat denn das zu bedeuten?«, fragte Black.

»Ich weiß es auch nicht«, sagte der Arzt. »Ich weiß nur, dass er sich die Kratzer selbst beigebracht hat. Wir haben die Haut unter den Fingernägeln seiner rechten Hand gefunden. Er hat es nicht sehr lange vor seinem Tod gemacht – er hatte das Blut von den Kratzern noch auf den Fingerspitzen der rechten Hand, und es wäre weggewischt worden, wenn er diese Zeichen vor dem Fesseln gemacht hätte. Also – ich denke, er hat gewusst, dass man ihn bald töten wird, und er hat versucht, mit den Kratzern eine Nachricht zu hinterlassen.«

»Wie, zum Beispiel, den Namen des Mörders«, sagte Black. »Und der ist anscheinend Dew.«

»Oh, wirklich?« Der Arzt beugte sich über die Hand und sagte: »Ich habe es nicht als ›Dew‹ gesehen. Ich habe es von der anderen Seite, aus Ihrer Sicht auf dem Kopf stehend, betrachtet – und ›Mop‹ gelesen.«

Black sah Lucas an: »Was meinst du? M-o-p oder D-e-w?«

»Keine Ahnung«, sagte Lucas und richtete sich auf. »Vielleicht erkennen wir es auf einem Foto besser.« Und zu dem Arzt: »Kann es nicht sein, dass er sich die Kratzer beigebracht hat, als er die gefesselten Hände unter den irren Schmerzen ineinander gekrallt hat? Dass sie nur zufällig wie Buchstaben aussehen? Ich meine, man hat schließlich Löcher in seine Kniescheiben gebohrt ...«

»Wäre durchaus möglich, wenn man so schlimm gefoltert wird. Aber diese Kratzer sehen nach Absicht aus – die Haut scheint langsam aus dem Handrücken *gepflügt* worden zu sein. Und die Formen sehen nach Absicht aus, nicht so, als ob sie bei einer Kontraktion der Finger entstanden wären ... Ich bleibe dabei, er hat das absichtlich gemacht.«

»Ja« – Lucas kratzte sich am Kopf – »und das hat einen verdammt eisernen Willen erfordert.«

»Siehst du nicht auch d-e-w?«, fragte Black.

»Doch, aber ich sehe auch m-o-p, und ich sehe auch noch was ganz anderes, und ich weiß nicht, was zum Teufel es bedeuten könnte«, sagte Lucas.

»Was denn?« Black und der Arzt drehten die Köpfe hin und her und schauten aus verschiedenen Blickwinkeln auf die Kratzer.

»Ich sehe ›c-l-e-w‹, wie die britische Schreibweise von ›clue‹«, antwortete Lucas. »Aber da gibt es keinen ›Hinweis‹. Es sei denn, es gab einen in seinem Haus, vielleicht auf dem Bett, in der Nähe seiner Hände.«

»Ach, Mann, das ist doch zu weit hergeholt«, sagte Black. »C-l-e-w entspricht unserem c-l-u-e?«

»Erkennst du es denn nicht?«, fragte Lucas.

»Doch, schon, aber ich glaube eher, dass es sich um Initialen handelt, ich denke ... Heh!«

»Was ist los?«

Jetzt war es Black, der sich am Kopf kratzte. »Ich habe mit den Jungs von St. Paul gesprochen. Sie suchen nach Rolandos Schwester – sie wohnt drüben bei der Uni, aber sie haben sie noch nicht zu Hause angetroffen. Ihr Name ist Marta Blanca. Und wenn du jetzt die Kratzer wie der Doc von der anderen Seite liest, könnte es ein M statt eines W sein und ein – wenn auch ein bisschen verunglücktes – B statt eines D ...«

»Und was soll dann der Scheiß da in der Mitte?«, fragte der Arzt und deutete auf die Kratzer.

»Das weiß ich nicht«, antwortete Black. »Ist ja auch nur eine Theorie. Aber seine Hände waren gefesselt ... Wo und wie waren die Hände gefesselt?«

»So«, sagte Lucas und demonstrierte es. »Über dem Kopf.«

»Dann konnte er also nicht sehen, was er machte, er hatte irre Schmerzen, und er war in Panik. Da kann einem ein Fehler unterlaufen ... Ich frage mich, ob er uns dazu bringen wollte, mit seiner Schwester zu sprechen.«

»Oder dass seine Schwester was mit dem Mord zu tun hat«, sagte Lucas.

»Heh«, erwiderte Black. »Das ist ein ›clew‹, mit e-w, ein Hinweis, dem wir nachgehen sollten. Lass uns mal an ihre Tür klopfen, Lucas.«

Ein kleines Mädchen spielte mit einem Plastikmülleimer vor einer geöffneten Appartementtür im Flur des Hauses, in dem Marta Blanca wohnte.

»Hallo«, sagte Lucas zu dem Mädchen. Eine Stimme rief aus dem Appartement: »Wer ist da bitte?«

Lucas beugte sich über das Mädchen und klopfte an den Türpfosten. »Stadtpolizei Minneapolis, Ma'am. Wir wollen zu Marta Blanca.«

»Appartement A, am Ende des Flurs.«

Black ging zu der blassgrünen Tür und klopfte. Es rührte sich nichts. Unter der geöffneten Tür hinter ihnen erschien eine junge Frau mit einem Geschirrtuch und einer Pfanne, die sie gerade abtrocknete, in den Händen. »Gibt es irgendein Problem?«

Lucas nickte. »Ja. Marta Blancas Bruder ist ums Leben gekommen. Wir müssen sie befragen; reine Routinesache.«

Die Augenbrauen der Frau fuhren hoch. »Ich habe heute Morgen nicht wie sonst gehört, wie sie aus dem Haus ging – Heather macht normalerweise unsere Tür auf und spielt im Flur, und Marta bleibt meistens bei ihr stehen und redet ein bisschen mit ihr.« Sie sah Black an, dann wieder Lucas. »Können Sie sich ausweisen?«, fragte sie.

»Aber natürlich.« Lucas lächelte, gab sich Mühe, freundlich zu sein, nahm seinen Ausweis aus der Tasche und reichte ihn ihr.

Sie schaute ihn sich an, sah dann wieder zu Lucas hoch. »Ich habe schon von Ihnen gehört. Sie beschäftigen sich nur mit Morden ...«

»Was ist das, Mom?«, fragte Heather.

»Ich erklär dir das später«, sagte die Mutter zu dem Mädchen und gab Lucas den Ausweis zurück. »Das ist ein Polizist. Er fängt böse Männer.«

»Ich hab keine Männer bei Marta gesehen«, sagte das Kind.

»Okay«, sagte Lucas.

Black rief vom Ende des Flurs: »Niemand zu Hause.«

»Die haben gestern Abend eine Party gehabt«, sagte Heather.

Ihre Mutter runzelte die Stirn: »Ich habe nichts von einer Party gehört – auch nicht, dass Leute gekommen oder gegangen wären.«

»Aber ich hab gehört, wie sie Luftballons platzen lassen haben«, sagte das Mädchen. »Wie bei 'ner Geburtstagsparty.«

Lucas sah zu Black hinüber, dessen Gesicht plötzlich angespannt war. Black sagte: »Das reicht, um die Tür aufzubrechen.«

»Richtig«, bestätigte Lucas und sagte zu der Frau: »Sie nehmen jetzt besser Ihre Tochter mit in Ihre Wohnung.«

»Was? Warum?« Sie schaute zu der blassgrünen Tür hinüber. Black hatte die Pistole aus dem Holster gezogen, hielt sie an der Seite, so dass das kleine Mädchen sie nicht sehen konnte. Die Frau sah Lucas an, verstand plötzlich und sagte hastig: »O nein, nein ... Komm, Heather, komm mit Mom in die Wohnung.«

Als die beiden verschwunden waren, nickte Lucas Black zu, der sich vor der blassgrünen Tür aufbaute, dann unterhalb des Türknopfes dagegen trat. Das alte Holz splitterte, die Tür sprang auf, und Lucas zog seine .45er und schob sich an Black vorbei in die Wohnung. Schon nach zwei Schritten sah er den Latino auf dem Boden liegen, nach einem weiteren Schritt auch die Frau direkt dahinter. Beide lagen mit dem Gesicht nach unten da.

»Okay«, sagte Black hinter ihm. »Deckung für mich ...«

Die beiden durchsuchten, sich stets gegenseitig sichernd, das Appartement. Es war leer – bis auf die zwei Leichen. Lucas ging zurück zum Wohnzimmer. Keine Anzeichen für einen Kampf; das Mädchen hatte ja offensichtlich außer den »platzenden Luftballons« nichts gehört, und das waren die tödlichen Schüsse aus einer Handfeuerwaffe mit Schalldämpfer gewesen. Lucas hatte schon so viele Leichen im Verlauf seiner Polizeikarriere gesehen, dass zwei mehr ihn eigentlich nicht besonders berühren sollten; bei diesen war das aber so.

Die kalte Effizienz dieses Killers, der Menschen tötete, als seien sie nichts als lästige Fliegen ...

Er schüttelte verbittert den Kopf und fragte Black: »Hast du dein Handy dabei?«

»Ja, ich rufe an«, antwortete Black. Er stand dicht vor dem Latino. »Gottverdammt, schau dir den Kopf des Mannes an. Dieselbe Methode: ein halbes Dutzend Einschüsse.«

Lucas steckte die Waffe weg und ging seinerseits neben der Frau in die Hocke. Ihr Gesicht, dachte er, war wahrscheinlich älter, als sie Lebensjahre aufzuweisen hatte: Sorgenfalten, aber auch ein paar Lachfältchen. Die Ränder der Nasenlöcher waren gerötet und wund. Kokain, dachte er. »Dasselbe bei der Frau, eine Menge Einschüsse«, sagte er und fügte hinzu: »Das entlastet Hale Allen. Er mag ja willens und fähig sein, seine Frau wegen des Geldes zu töten, aber das hier ist was anderes. Was völlig anderes.«

»Ja«, stimmte Black zu. »Er wäre darüber hinaus auch viel zu dämlich dazu.« Er hielt sein Mobiltelefon ans Ohr und sagte: »Marcy? Ich bin's ... Ja, ja, nun halt doch mal eine Minute die Klappe, verdammt. Lucas und ich stehen in einem Appartement in Dinkytown gerade vor zwei weiteren Leichen ... Nein, ich bin nicht aufgeregt. *Überhaupt* nicht. Was wir von dir wollen, ist, dass du den ganzen Scheißhaufen, der hier gebraucht wird, in Marsch setzt, okay? Ja, ja ...«

Während er Sherrill die Einzelheiten berichtete, sah sich Lucas schnell in der Wohnung um. Er blätterte gerade einen Papierstapel auf der Arbeitsplatte in der Küche durch, als er ein leises Klopfen an der Wohnungstür hörte. Er ging hin und sah, dass die Frau von nebenan gerade zwei Schritte in die Wohnung machte. Sie sagte: »Haben Sie ...« Dann sah sie die Leichen. »O mein Gott ...«

Lucas trat ihr in den Weg. »Bitte kommen Sie nicht rein.«

Sie machte zwei Schritte zurück, blieb unter der Tür stehen, hielt eine Hand vor den Mund, stützte sich mit der anderen am Türrahmen ab. »Berühren Sie nichts, bitte, berühren Sie nicht die Tür«, sagte Lucas dringlich. »Bitte *nichts* berühren.«

Sie trat zurück in den Flur. Lucas folgte ihr und sagte: »Wir haben die Wohnung noch nicht durchsucht, und unsere Tatortspezialisten müssen erst noch ihre Arbeit machen.« Sie nickte stumm, und Lucas fügte hinzu: »Ich möchte gerne mit Ihnen sprechen. Ich muss sowieso ein paar Minuten warten, bis alles hier in Gang kommt, und die Zeit könnte ich nutzen, um mit Ihnen und Ihrer Tochter zu sprechen.«

»Auch mit Heather?« Sie sah jetzt verängstigt aus.

»Nur ein paar Minuten«, besänftigte Lucas. »Am besten in Ihrer Wohnung.«

»Warum wollen Sie mit Heather sprechen?«

»Sie hat gesagt, sie habe platzende Luftballons in der Wohnung gehört. Das waren höchstwahrscheinlich Schüsse. Vielleicht können Sie und Ihre Tochter uns helfen, die Zeit festzustellen, zu der die ... zu der das passiert ist.«

Der Name der Frau war Jan Davies. Sie war eine kleine, schlanke Frau mit getöntem blonden Haar und hohen Wangenknochen. Ihr Wohnzimmer war – erfreulich unordentlich – mit Büchern und wissenschaftlichen Drucksachen voll gestopft; einige CDs mit klassischer Musik lagen auf einem Recorder. Die Frau huschte nervös im Zimmer herum, räumte Zeitschriften weg, stellte Stühle gerade an den Tisch, ging in die Küche, um Limonade zu holen. Heather rutschte auf einem abgewetzten Sessel hin und her, beobachtete Lucas und lächelte, wenn er sie ansah. Draußen im Flur hörte man die Schritte und Stimmen eintreffender Cops.

»Ich habe eine Tochter ungefähr in deinem Alter«, sagte Lucas zu Heather. »Gehst du schon zur Schule?«

»Ja«, antwortete sie. »Ich bin versetzt worden. Ich gehe jetzt in die zweite Klasse. Wenn die Schule wieder anfängt.«

»Dann gehörst du also nicht mehr zu den ganz kleinen Kids. Die, die jetzt vom Kindergarten kommen, sind kleiner als du.«

»Ja.« Aber sie hatte das noch nicht so richtig bedacht, sie hüpfte vom Sessel und lief in die Küche. »Heh, Mom, Mr. Davenport sagt, wenn die Schule wieder anfängt, wären da kleinere Kids als ich …«

Mrs. Davies kam mit zwei Gläsern Limonade aus der Küche. »Ich habe noch viel davon, wenn der andere Gentleman auch welche haben will …«

Lucas nickte dankbar und nahm das Glas entgegen. »Beim Reinkommen habe ich auf Ihrem Briefkasten gesehen, dass Sie einen Mann haben, Howard …«

»Er lebt nicht mehr bei uns«, sagte sie mit fester Stimme.

»Seit längerer Zeit schon nicht mehr?«

»Seit rund sieben Wochen. Ich habe nur vergessen, das Schild am Briefkasten zu ändern.«

»Sie leben also in Scheidung?«

»Ja. Ich bin gerade dabei, meine Dissertation an der Uni abzuschließen. Ich habe ein Angebot als wissenschaftliche Assistentin an der John Hopkins, und Heather und ich werden im Dezember nach Baltimore umziehen. Howard wird nicht mitkommen.«

»Nun, das … ehm, tut mir Leid«, sagte Lucas. Er meinte es ernst. Nach einem Moment des Schweigens sah er Heather an und fragte: »Was hast du gerade getan, als du gehört hast, dass bei Marta eine Party im Gange war? Warst du draußen im Flur?«

Heather schaute schuldbewusst zu ihrer Mutter hinüber, sagte dann: »Nur für eine Minute. Ich hatte meinen Lastwagen im Flur stehen lassen.«

»Sie soll abends nach Einbruch der Dunkelheit nicht mehr in den Flur gehen«, erklärte Jan Davis. »Aber sie macht es manchmal doch.«

»Weißt du, wie viel Uhr es war?«

»Wir haben darüber gesprochen, ehe Sie reinkamen«, sagte Davis. »Sie war mit ihren Bauklötzen und dem Bagger draußen, als ich ihr sagte, sie solle reinkommen. Aber sie vergaß ihren Lastwagen, und ein paar Minuten später hörte ich sie wieder draußen rumhantieren. Ich ging hin und holte sie rein. Das war zwischen acht und neun.«

»Zwischen acht und neun ... Sie hatten nicht zufällig den Fernseher an, so dass Sie sagen könnten, welche Sendung gerade lief?«

Davis schüttelte den Kopf. »Ich habe meine Dissertation noch mal überarbeitet, in die Endfassung gebracht, und ich war gerade aus dem ...« Sie legte den Kopf schräg, sagte dann: »Heh, das Textverarbeitungssystem hat doch einen Zeitspeicher oder wie das heißt, jedenfalls wird die Uhrzeit angezeigt, zu der man aus der Datei rausgeht ...« Sie sprang von der Couch und ging zu einem Zimmer im hinteren Teil der Wohnung. Lucas und Heather folgten ihr.

Jan Davis' Arbeitszimmer war ein umgewandeltes Schlafzimmer, und in einer Ecke stand noch ein Bett. »Hier hat Howard in den letzten Wochen, die er noch bei uns war, geschlafen«, sagte sie ungezwungen. Sie schaltete den Computer ein, rief über das Windows-98-Display das Textverarbeitungssystem auf.

»Da haben wir's.« Sie deutete auf den Screen und rutschte auf dem Stuhl hin und her, mit denselben Bewegungen wie ihre Tochter vorhin auf dem Sessel. »Die Datei ist um zwanzig Uhr zweiundzwanzig abgespeichert worden. Als ich das gerade getan hatte, hörte ich Heather draußen im Flur und habe ihr gesagt, sie soll reinkommen.«

»Sehr gut, das ist wichtig«, sagte Lucas. »Zwanzig Uhr zweiundzwanzig ...« Er sah Heather an. »Hast du jemanden gesehen, als du im Flur warst?«

Sie schüttelte den Kopf. »Nein.« Dann fügte sie hinzu: »Ich hab heimlich noch mal durch die Tür geguckt, als Mom weg war, und da hab ich zwei Ladys gesehen.«

»Zwei Ladys? Und das war *nach* der Zeit, als du die platzenden Luftballons gehört hast?«

Sie nickte, langsam und feierlich angesichts Lucas' offensichtlichem Interesse.

»Wie kam es, dass du die Frauen gesehen hast?«

»Als ich sie gehört hab, hab ich die Tür ein Stück aufgemacht, um rauszuschauen«, antwortete sie. »Ich hab gedacht, es wäre Marta.«

»Aber es war nicht Marta?«

Sie schüttelte wieder feierlich den Kopf.

»Kanntest du die beiden Ladys?«

»Nein.«

»Du hast sie nie vorher gesehen?«

Wieder ein Kopfschütteln.

»Kannst du dich daran erinnern, wie sie aussahen?«

Sie legte in einer perfekten Nachahmung der Pose ihrer Mutter den Kopf schräg, und nach einigen Sekunden sagte sie: »Ich denke schon.«

9

Carmel Loan erfuhr aus den Lokalnachrichten in TV3, dass man die beiden Leichen gefunden hatte. Auf dem Weg zu Carmels Büro gingen sie und Rinker gerade durch die Verbindungspassage und aßen Joghurteis, als Carmel auf einem Bildschirm im Schaufenster eines Fernsehgeschäfts unter dem Kopf des Nachrichtensprechers die Laufschrift las: *Leichen zweier Ermordeter in der Nähe der Universität gefunden.* Sie stieß Rinker mit dem Ellbogen an.

»Das ging schnell«, sagte Rinker.

»So war es auch bei Rolo – in beiden Fällen hätten mehrere Tage verstreichen können, aber das war uns einfach nicht vergönnt.«

»Ich mache mir jetzt doch Sorgen wegen des kleinen Mädchens«, sagte Rinker. »Ich hoffe, dass da nichts Böses auf uns zukommt.«

Carmel nickte und sagte: »Lass mich rausfinden, wann und wie man die Leichen gefunden hat. Wenn die Cops detailliertere Informationen darüber an die Medien gegeben haben, kann ich hingehen und fragen, ob das Auswirkungen auf den Verdacht gegen Hale hat ... Und vielleicht erfahren, was sie alles entdeckt haben.«

»Zu große Neugier könnte verräterisch sein«, warnte Rinker.

»Ich verstehe es, mich auf diesem Parkett zu bewegen«, sagte Carmel zuversichtlich.

Carmel ging geradewegs zu Lucas.

»Wie ich gehört habe, haben Sie sie gefunden«, sagte sie. »Ich meine, Sie persönlich.«

»Ja. Kein besonders erfreulicher Moment im Ablauf meines Tages.« Lucas saß weit zurück gelehnt auf seinem neuen Bürostuhl, hatte die Füße auf die ausklappbare Stütze gelegt und las im Modalitäten-Anderssein-Alternativ-Bericht. Er hatte sich diesen Stuhl selbst gekauft – eine neumodische Schöpfung, auf der er sich sichtlich wohl fühlte.

»Ich will Ihnen was sagen«, kam Carmel zur Sache, »wir haben vier Leichen – eine Frau aus besseren Kreisen und drei Latinos, und ich möchte Ihnen den Gedanken nahe legen, dass hier mehr dahinter stecken könnte als ein Mann, der seine Frau wegen ihres Geldes umbringt. Ich bin allerdings sicher, dass Sie intelligent genug sind, diesen Gedanken bereits durchgespielt zu haben.«

»Ja, das habe ich«, sagte Lucas. »Ihr verdammter Klient ist eine bösartige Klapperschlange. Er hat das örtliche Kokain-Kartell mit dem Geld seiner Frau finanziert – und sie kam ihm auf die Schliche. Er hat sie erschossen, und dann hat er den Rest des Kartells ins Jenseits befördert, damit die Leute nicht über diese Hintergründe reden konnten.«

»Sie können doch nicht ernsthaft ...« brauste Carmel auf, unterbrach sich aber sofort, richtete empört den Zeigefinger auf Lucas und sagte: »Sie wollen mich verarschen ...«

»Könnte sein«, sagte Lucas.

»Ich weiß einfach nicht, *warum* wir bisher nicht miteinander geschlafen haben«, sagte Carmel. »Bis auf die Tatsache vielleicht, dass mein Herz einem anderen gehört.«

»So geht's mir auch«, sagte Lucas. »Ich wünschte nur, ich wäre dieser anderen schon mal begegnet.«

Carmel lachte. Lachte ein wenig zu lang, irgendwie auch unfein. Dann: »Ich kann meinem Klienten also sagen, er könne von den schweren Schlafmitteln runtergehen und versuchen, wieder zum normalen Schlaf zurückzufinden.«

»Hatte er ein Problem?«, fragte Lucas. Er gähnte und sah auf die Uhr.

»Er sah sich dem Trauma einer zwangsweisen Erweiterung seines Afters unter den Händen – nun ja, eigentlich anderen Körpergliedern! – diverser Motorradrocker im Knast in Stillwater ausgesetzt ...«

»Na ja ...« Lucas zeigte deutlich, dass er das Gespräch beenden wollte. »Sagen Sie ihm nicht, er sei völlig aus dem Schneider, weil wir immer noch alle Möglichkeiten im Auge behalten. Aber nur so zwischen Ihnen und mir ...«

»Ja?«

»Er scheint als Täter nicht in Frage zu kommen. Und wenn wir ihn doch wegen Mordes vor Gericht bringen und Sie mich dann als Verteidigerin fragen, ob ich diese Äußerung Ihnen gegenüber gemacht habe, dann werde ich einen Meineid leisten und sagen. ›Nein, natürlich nicht‹.«

»Das wäre ja mal was verdammt Neues – ein Cop, der einen Meineid leistet«, knurrte Carmel. »Okay, ich werde ihm sagen, Sie würden den Verdacht gegen ihn inzwischen ein bisschen lockerer sehen.«

»Das wäre eine akzeptable Ausdrucksweise«, stimmte Lucas zu.

Carmel stand auf, als wolle sie gehen, und fragte dann unbefangen: »Haben Sie bei den neuen Morden schon was rausgefunden? Zum Beispiel, ob es da potenzielle neue Klienten für mich gibt?«

»Nun, wir haben das da, nach der Ausage eines kleinen Mädchens«, sagte Lucas. Er nahm die Füße von der Auflage seines Stuhls, zog eine Schublade auf und nahm ein computersimuliertes Foto heraus. »Wir geben das an die Presse.«

Er schob Carmel das Foto zu, die es einige Sekunden lang anstarrte und dann fragte: »Was ist das?«

»Das, was das Kind gesehen hat.«

»Das ist doch Scheiße«, sagte Carmel. »Das taugt nichts.«

»Ich weiß, aber es ist immerhin etwas.«

»Sieht aus wie zwei Außerirdische, ein großer und ein kleiner.«

»Ich dachte, sie sehen eher aus wie zwei grimmige Todesengel – mit den Dingern, die sie da auf den Köpfen tragen.«

Die mehrfach um den Kopf geschlungenen Seidenschals waren eine gute Tarnung gewesen. Carmel hätte am liebsten ein Dankgebet gesprochen, wenn sie gewusst hätte, an wen sie es richten sollte. Auf dem Foto gaben die Schals ihren Köpfen ein hohes, schmales Profil. Das Kind musste sie als Silhouetten gesehen haben. Die Gesichter dieser Silhouetten waren so unverbindlich-allgemein, dass keine Ähnlichkeit mit Rinker oder ihr herauszulesen war.

»Was sind das für Dinger auf den Köpfen?«, fragte Carmel.

»Das Kind weiß es nicht. Vielleicht irgendeine Art von Hut. Vielleicht sind es Nonnen.«

»Guter Gedanke«, sagte Carmel.

»Auf jeden Fall sind es Frauen«, sagte Lucas. »Zumindest sagt das Kind das.«

»Auch Barbara Allen wurde von einer Frau erschossen«, sagte Carmel.

»Der Triumph des Feminismus«, erwiderte Lucas. »Jetzt haben wir die Gleichberechtigung auch bei den Profikillern erreicht.«

»Na ja ...« Carmel legte das Foto zurück auf den Schreibtisch. »Bei genauerer Überlegung komme ich nun doch zu dem Schluss, dass Sie der Mörderin einen anderen Anwalt empfehlen sollten, falls Sie sie schnappen. Es könnte gefährlich sein, sie zu kennen.«

»Ganz besonders dann, wenn Sie den Fall verlieren.«

Auf dem Weg zur Tür schnaubte Carmel: »Ich, verlieren – als ob so was jemals passieren würde ...«

Als Carmel zurück zum Appartement kam, stieß sie im Flur auf Rinkers Koffer, und Rinker kam gerade frisch geduscht aus dem Bad und rieb sich die Haare trocken.

»Was hast du rausgefunden?«

»Wir sind aus dem Schneider«, antwortete Carmel. Sie informierte Rinker über ihr Gespräch mit Lucas. Rinker war sehr zufrieden mit dem, was dabei herausgekommen war. »Ich verschwinde von hier«, sagte sie. »Ich muss mich um mein Geschäft kümmern.«

»Hast du den Flug schon gebucht?«

»Ja, für sechzehn Uhr«, antwortete Rinker.

»Ich fahre dich zum Flughafen«, sagte Carmel. »Hör mal, was machst du im Winter?«

»Meistens arbeiten«, sagte Rinker und schüttelte ihr Haar aus. »Wo ich wohne, gibt's nicht viel Aufregendes zu erleben.«

»So ist es hier auch, ... Warst du mal in Cancún? Oder Cozumel?«

»Cozumel, Acapulco, ja. Mehrmals. Um mein Spanisch zu praktizieren.«

»Ich versuche, mindestens drei Wochen von hier wegzukommen, wenn es bei uns kalt ist – eine Woche im November, eine Woche im Januar und eine Woche im März«, erklärte Carmel. »Wir sollten mal zusammen so einen Urlaub machen. Ich habe gute Verbindungen, in den Hotels und so ... Es ist immer eine schöne Zeit.«

»Jesus«, sagte Rinker. Sie war offensichtlich hoch erfreut, und Carmel hatte den Eindruck, dass sie solche Einladungen nicht oft erhielt. »Das klingt echt toll.«

»Ruf mich doch im Oktober mal an, und wenn du wegkannst, organisiere ich die Unterkunft in einem schicken Hotel für uns beide und alles andere, und du buchst den Flug für dich selbst, und wir treffen uns dann da unten.«

»Das würde mir bestimmt gefallen«, sagte Rinker. »Was machst du an diesen Tagen? Am Strand in der Sonne liegen? Schicke Sachen einkaufen? Ich mag's ja eher, ein bisschen auf den Putz zu hauen ...«

»Hör zu, ich kenne ein paar Männer da unten in Cancún, und man lernt ja auch jedes Mal neue Männer kennen ... Wir würden ganz schön was los machen.«

Rinker hob den Zeigefinger: »Vergiss deinen Gedanken nicht, aber mir ist gerade was eingefallen, und ehe ich es vergesse ... Die Pistolen im Wandschrank. Du musst sie rausnehmen und in den Fluss werfen oder irgendwo vergraben. Auch die Schachtel mit den Patronen – sie liegt bei den Pistolen. Das sind jetzt noch die einzigen Dinge, die uns an den Galgen bringen können.«

»Ich mag sie aber irgendwie«, sagte Carmel.

»Okay. Gib ein paar hundert Bucks aus und besorg dir eine hübsche kleine Pistole für dich selbst. Ich kann das für dich regeln – ich brauche nur einen Anruf zu machen, und man schickt dir eine mit der Post zu: brandneu, nicht registriert, Herkunft nicht nachweisbar. Wenn du einen Schalldämpfer dazu haben willst, kann ich dir den ebenfalls besorgen. Aber die Pistolen im Wandschrank müssen verschwinden. Es macht mich nervös, dass wir sie noch haben, auch wenn sie versteckt sind. Du *musst* sie wegschaffen; ich rufe dich alle zehn Minuten an, bis du mir bestätigst, dass sie verschwunden sind.«

»Wir können sie ja nachher in der Nähe des Flughafens in den Fluss werfen«, schlug Carmel vor. »Ich kenne da eine geeignete Stelle – dann brauchst du dir keine Sorgen mehr zu machen.«

»Wunderbar«, sagte Rinker. Sie legte den Kopf schräg. »Hör mal, wenn wir nach Cancún gehen, was mache ich dann mit meinem Haar? Ich habe schon lange das Gefühl, dass der Schnitt spießig ist, verstehst du, als ob ich schon in den mittleren Jahren wäre oder so. Ich dachte ...«

Carmel übte sich in der Karikatur einer aufgeregten Atemlosigkeit, legte die Hand auf die Brust: »Da unten gibt's eine Friseurin, zu der ich bei jedem Aufenthalt hingehe und mir die Haare machen lasse – sie ist geradezu genial ...«

Das Gespräch über Mexiko führte beinahe dazu, dass sie die Pistolen vergaßen. Sie hatten die Wohnungstür schon geöffnet und Rinkers Koffer vor den Aufzug getragen, als Carmel mit den Fingern schnippte und flüsterte: »Die Pistolen ...«

Sie ging zurück, um sie zu holen – und stieß dabei die Schachtel mit den Patronen um. Es waren noch über dreißig Schuss in der Schachtel, und sie rollten im Wandschrank herum. Carmel sammelte sie hastig ein, steckte sie wieder in die Schachtel und ging dann zurück zu Rinker.

Auf dem Weg zum Flughafen machte Carmel mit Rinker zunächst noch einen Abstecher zum Ufer des Minnesota River unterhalb von Fort Snelling. »Das Fort da oben ist ein wichtiges Zeugnis aus unserer Vergangenheit«, sagte Carmel. »Das erste Bauwerk, das hier errichtet wurde, und das einzige aus dieser Zeit, das es noch gibt. Die Armee hatte genau an der Stelle, wo wir jetzt stehen, ein Todeslager für Indianer eingerichtet. Das war nach dem großen Indianeraufstand ... Unten in Mankato haben sie damals achtunddreißig Indianer auf einmal aufgehängt. Hier, an dieser Stelle, hielten sie die Überlebenden gefangen, überwiegend Frauen und Kinder. Die Hälfte der Leute starb während des Winters. Und die meisten der Frauen wurden von Soldaten vergewaltigt.«

»Fröhliche Story«, knurrte Rinker.

»Ich weiß nicht, was ich tun würde, wenn mich ein Mann vergewaltigen würde, aber es wäre sehr unangenehm für den Kerl, wenn ich ihn in meine Gewalt bekäme.«

»Das glaube ich dir sofort«, sagte Rinker. Den Kerl namens Dale-Sowieso erwähnte sie nicht. Sie fanden einen menschenleeren Weg entlang des Flussufers, vergewisserten sich, dass niemand sie beobachten konnte, und warfen dann die Pistolen und die Munition an einer tiefen Stelle ins Wasser.

»Das war's«, sagte Rinker. »Jetzt haben wir alles erledigt.«

Auf dem Rückweg vom Flughafen rief Carmel bei Hale Allen an.

Allen sagte: »Mein Gott, ich versuche schon seit dem frühen Nachmittag, dich anzurufen ... Kommst du morgen zur Beerdigung?«

»Ich habe versucht, *dich* anzurufen, habe aber nur deinen Anrufbeantworter erreicht«, sagte Carmel. »Wir müssen über einiges reden. Ich habe am frühen Nachmittag mit Lucas Davenport gesprochen ...«

»Was? Was hat er gesagt?« Allen klang verängstigt.

»Ich rufe vom Wagen aus an, und ich rede nicht gern von vertraulichen Dingen über dieses verdammte Handy. Wie wär's, wenn ich bei dir vorbeikomme? Ich könnte in zwanzig Minuten da sein.«

»Ehm, zwanzig Minuten ...«, sagte er, und in seiner Stimme lag eine gewisse Unsicherheit. »Okay. Bis dann also.«

Nicht der begierigste Liebhaber, den ich bisher hatte, dachte Carmel, als das Gespräch zu Ende war. Andererseits konnte er ja nicht wissen, dass sie ein Liebespaar waren. Noch nicht.

In einigen Stunden würde er es wissen ... Manchmal geschah es, dass Männer eines bestimmten Typs – auf Beute lauernde Haifische, meistens Berufskollegen – unverhohlene Annäherungsversuche machten, wenn sie allein mit Carmel waren. Und manchmal, je nach Stimmung und Attraktivität des Mannes, spielte Carmel das Spielchen mit, und die Dinge nahmen ihren Lauf. Carmel war ganz sicher nicht der Typ verkorkste Jungfrau, aber sie hatte noch nie eine länger andauernde sexuelle Beziehung zu einem Mann gehabt. Einmal hatte eine Bekannte, fast eine Freundin, ihr anvertraut, dass einer ihrer Exliebhaber bei einer Party im Beisein mehrerer Leute gesagt hatte, dass Carmel ihm irgendwie Angst einjage. Er fühle sich wie eine Fliege, und Carmel sei die Spinne.

Carmel hatte so getan, als sei sie erstaunt über diese Aussage, aber sie war keinesfalls verärgert: Es war nicht die schlechteste Sache, einem Mann Angst einzujagen, insbesondere nicht dem speziellen Mann, der diese Aussage gemacht hatte – er war, wie sie selbst, ein absolut rücksichtsloser Mensch. Dennoch versuchte sie danach, ihr Schlafzimmerimage ein wenig aufzubessern. Aber im Grunde war sie nicht besonders erpicht darauf, vom Gewicht eines Mannes aufs Bett gepresst zu werden, das Gefühl zu haben, unter ihm eingesperrt zu sein, nach Luft schnappend über seine Schulter an die Zimmerdecke zu starren, während er sich auf ihr abstrampelte. Und sie war ein wenig wählerisch. Sie mochte keine haarigen Schultern, ganz zu schweigen von haarigen Rücken. Sie mochte kein Brusthaar, das übergangslos ins Schamhaar überging. Sie war nicht erpicht auf glatzköpfige Männer oder auf die Unsauberkeit unbeschnittener Männer; sie war nicht erpicht auf Männer, die rülpsten, auf Männer, die nach ihrem letzten Essen rochen, auf Männer, die bei offener Toilettentür pinkelten und dabei möglicherweise auch noch furzten.

Zum Orgasmus kam sie nur selten, nicht mit Männern; ihre besten Orgasmen hatte sie mit sich allein, in der Badewanne. Hale wird das ändern, dachte sie. Wenn nicht gleich, dann nach einigen Trainingsstunden.

Hale Allen wohnte in einer ruhigen Villenstraße an einem der Seen, weit genug vom Ufer und den dortigen Menschenansammlungen entfernt, um friedliche Abende genießen zu können und nicht vom Rattern der Rollerblades vorbeihuschender junger Leute mit Kopfhörern auf den Ohren gestört zu werden; andererseits aber auch nahe genug, um hinunterwandern und in dem Getümmel seinen Spaß haben zu können, wenn einem der Sinn danach stand. Das Haus war lang gestreckt und weiß und hatte seegrüne Fensterläden, ein gelbes Dauerlicht über dem Eingang und eine lange Zufahrt, die an fünfzig Jahre alten Eichen vorbei in Kurven den Hang hinaufführte. Ein kleines weißes Schild am Beginn der Zufahrt warnte potenzielle Einbrecher, dass das Haus unter dem Schutz der Sicherheitsfirma *Insula Armed Response* stand.

Carmel stellte den Jaguar unter den weit ausladenden Ästen einer Eiche ab und drückte auf die Türklingel. Gleich darauf hörte sie gedämpfte Schritte, und Hale öffnete die Tür. Er hatte ein weißes Frottiertuch in der Hand und rieb damit über sein feuchtes Haar, lächelte Carmel an, trat einen Schritt zurück und sagte: »Komm rein.« Er sah aus wie ein männliches Model in einer Parfümreklame im Magazin *Esquire*.

Sie war nie in diesem Haus gewesen – Barbara Allens Haus, wie sich herausstellte. Es war kühl und distanziert in einer Mischung aus modernen und antiken Möbeln ausgestattet. Aber es gab nichts, das echt luxuriös gewesen wäre, und Carmel spürte sofort den kalten Hauch des Minderwertigkeitskomplexes, mit dem man hier ans Werk gegangen war. Sie ging ins Wohnzimmer, drehte sich zu Hale um und sagte: »Also, ich habe mit Davenport gesprochen.«

»Und?«, fragte er eifrig.

»Wir haben es mehr oder weniger hinter uns. Es hat drei weitere Morde durch denselben Täter gegeben – *wahrscheinlich* denselben Täter –, und du bist offensichtlich kein Verdachtskandidat für diese drei Verbrechen.«

»Was werden sie jetzt tun? Den Medien mitteilen, dass ich nicht ...«

»Nein, so läuft das nicht«, sagte Carmel. Sie blieb vor einem kleinen Aquarell stehen; kein Signum, das sie kannte, aber sie spürte, dass eine positive Ausstrahlung von dem Bild ausging – einer schlichten Straßenszene, vermutlich aus New York –, und sie registrierte anerkennend, dass es ein gutes Bild war. Sie sah Hale wieder an: »Es läuft so, dass die Cops sich nicht dazu äußern. Sie lassen dich zunächst einfach in Ruhe. Wenn sich dann rausstellt, dass du doch was mit dem Mord an Barbara zu tun hast, stehen sie nicht als Blödmänner da.«

»Das ist aber nicht fair«, protestierte Hale. Wieder einmal musste sich Carmel mühevoll ins Gedächtnis rufen, dass dieser Mann Anwalt war.

»Sicher, es ist nicht fair. Aber sie haben zwei Möglichkeiten: Erstens, fair zu Hale Allen zu sein, zweitens, die Chance wahrzunehmen, später nicht als Blödmänner dazustehen. Was meinst du, welche Wahl dieser Haufen von Cop-Bürokraten treffen wird?«

»Mann, das alles treibt mich noch in den Wahnsinn.« Er zwirbelte das Frottiertuch zu einem Seil zusammen.

»Heh, denk doch daran, dass es vorbei ist, wenn sich nicht noch was Negatives ergibt«, sagte sie. »Nun zu Barbara – die Beerdigung ist um zwei?«

»Ja, beim Institut Morganthau.«

»Ich kann wahrscheinlich nicht zur Trauerfeier kommen, aber auf jeden Fall zum Friedhof.«

»Danke. Ich ...« Hale ließ sich auf die Couch sinken und knetete mit seinen großen Händen das Frottiertuch. »Ich werde von Fragen gequält, die ich Barbara stellen möchte, und ich möchte über viele Dinge mit ihr sprechen, aber jetzt geht das nicht mehr, weil sie tot ist ... Ich komme nicht darüber weg.«

»Was möchtest du ihr denn gerne sagen?« Echte Neugier ...

»Ich möchte ihr zum Beispiel die Sache mit Louise beichten.«

Jetzt war Carmel höchst erstaunt: »Warum denn das? Du würdest ihr doch nur wehtun.«

»Ich würde ihr nicht *nur* wehtun; ich glaube, das alles ist viel komplizierter, meinst du nicht auch?«

»Okay«, sagte Carmel. Sie setzte sich dicht neben ihn auf die Couch. »Dann erzähl mir mal davon. Erzähl mir alles über Louise.«

Louise hatte Spaß am Sex, und Hale ging es genauso. Barbara hingegen mochte Sex, sagen wir mal, durchaus mehr als ein Eiersandwich, aber nicht mehr als ein gutes sanftes Rückenstreicheln. »Wenn wir Sex hatten, gab sie mir immer das Gefühl, dass sie sich damit sozusagen um mich kümmerte, nicht, dass sie scharf auf den Sex mit mir war. Sie hielt sich selbst immer zurück, bis *ich* schließlich kam. Sie wollte es mir immer schön machen, aber danach hatte sie stets kein anderes Bedürfnis, als den Abend mit einem guten Buch zu beenden.«

»Hm, ich verstehe, was du meinst«, sagte Carmel.

Der Raum schloss sich um sie, wurde enger, die Wände rückten näher, bis im Haus nichts mehr war als sie beide ... Er sprach von Barbara, von Louise; lachte ein wenig über Louises Exzesse, weinte ein wenig über Barbaras Passivität. Carmel tätschelte seine Schultern, kraulte dann seinen Rücken ein wenig. Er hielt eine ihrer Hände, streichelte sie.

Der Raum schloss sich nun ganz um sie, und Carmels Erwartungen erfüllten sich: Nur ein hübscher kleiner Brusthaarteppich und eine saubere Beschneidung.

Leider, dachte sie danach, hat er nicht die besten Badezimmermanieren.

Sie seufzte. Es gab so viel zu tun.

10

Sloan trug Khakishorts, eine schwarze Gürteltasche aus Kunstleder vor dem Bauch und ein rosafarbenes Golfhemd. Seine Beine waren weiß wie entrahmte Frischmilch und so dünn und knochig, dass sie auch zu einem mittelgroßen Straußenvogel gepasst hätten. »Meine Frau hat darauf bestanden, dass ich die anziehe«, sagte er und sah auf die Shorts hinunter. »Sie sagte, ich würde sonst einen Hitzschlag bekommen, und wenn, dann soll es wenigstens nicht an einem Feiertag passieren.«

Lucas beugte sich vor, schaute über die Schreibtischplatte auf Sloans Bauch. »Hast du deine Waffe in der Gürteltasche da?«

»Ja. Ich habe sie bei Brinkhoff gekauft. Sie hat einen Klettverschluss, geht ganz leicht auf. Siehst du?« Er stand auf, zog am Vorderteil der Tasche, und die Klappe sprang in voller Breite auf. Die Pistole in der Tasche war mit einem einzigen Stück Klebeband über den Lauf ans Innenfutter geklebt; das Band riss sofort ab, als Sloan die Waffe herauszog.

»Ganz schön raffiniert«, sagte Lucas. Er lehnte sich wieder zurück. »Aber dein Aufzug sieht ganz schön blöd aus.«

»Meine Frau sagt ...«

»Das modische Empfinden deiner Frau entspricht dem einer Küchenschabe.«

»Ich werde ihr erzählen, dass du das gesagt hast.«

»Wenn du das tust, werde ich dich erschießen müssen.«

Jemand klopfte zaghaft an die Tür. Lucas rief: »Herein!«

Die Tür wurde aufgestoßen, und Hale Allen kam herein, blieb starr stehen, als er Sloan in den Khakishorts, dem rosafarbenen Hemd und mit der Pistole in der Hand vor sich sah.

»Sie wollen Lucas sprechen?«, fragte Sloan.

»Wenn er nicht zu beschäftigt ist ...«

»Ich war gerade dabei, ihn zu erschießen«, sagte Sloan. »Könnten Sie mit Ihrem Anliegen warten, bis ich das erledigt habe?«

»Nun ja ... Soll ich um die Mittagszeit wiederkommen?«

»Hau ab«, sagte Lucas zu Sloan. Und zu Allen, höflich und neugierig: »Kommen Sie rein, setzen Sie sich hin.«

»Gibt es irgendwelche Neuigkeiten in dem Fall?«, fragte Allen. Noch während er die Frage stellte, schaute er sich im Zimmer um und schlug nervös die Beine übereinander.

»Wir arbeiten weiter daran, stecken aber irgendwie fest«, antwortete Lucas.

Eine Woche war vergangen, seit Lucas mit Carmel Loan gesprochen hatte. Alle an den Tatorten festgestellten Spuren waren erschöpfend überprüft worden, aber es hatten sich keine greifbaren Hinweise ergeben. Dann war es bei einem Stadtteiljahrmarkt zu einem schweren Unfall gekommen – ein Riesenrad war zusammengestürzt, zwei Kinder waren getötet und sieben weitere schwer verletzt worden. Die Exekutionsmorde waren aus der Berichterstattung der Medien verschwunden; Reporter und Sicherheitsinspektoren schwärmten aus und schrieben Berichte über die lasche Handhabung der Sicherheitsbestimmungen bei jedem noch so kleinen Jahrmarkt im Staat Minnesota. Das Fehlen von Ansatzpunkten bei den Ermittlungen und das Nachlassen der Aufmerksamkeit in den Medien hatte den Druck von der Untersuchung genommen. Lucas hatte das Gefühl, dass die ganze Sache darauf hinauslief, in den Aktenbestand der ungelösten Fälle aufgenommen zu werden.

»Haben Sie schon von meinen Problemen mit Barbaras Eltern gehört?«, fragte Allen.

»Nur Gerüchte.«

»Sie hatten eine Klage gegen mich eingereicht – wegen Anstiftung zum Mord. Sie behaupteten, ich würde hinter dem Mord an Barbara stecken – wie bei dieser Anklage gegen O. J. Simpson.« Allen klang zutiefst entrüstet. »Sie wollten damit versuchen, mich von der Erbschaft auszuschließen, damit *sie* das Geld in die Finger kriegen. Dann stellte sich raus, dass neunzig Prozent der Erbschaft an die Wohltätigkeitsstiftung geht, nur zehn Prozent an mich. Und wenn sie mit ihrer Klage Erfolg hätten, würden hundert Prozent an die Stiftung fallen. Sie würden dann keinen Cent bekommen.«

»Oho«, sagte Lucas.

»Ja. Sie sagten plötzlich, wenn das so ist und für uns nichts dabei rausspringt, lassen wir's lieber sein, und sie ließen die Anklage fallen.«

»Hm«, brummte Lucas.

»Richtig.«

Allen war entrüstet, aber seine Augen wichen Lucas' Blick immer wieder aus. Lucas kannte dieses Verhalten von Leuten, die sich wegen irgendeiner Sache schuldig fühlten und kurz davor standen, ein Geständnis abzulegen. Allen, dachte Lucas, ist nicht zu mir gekommen, um sich über seine Schwiegereltern zu beklagen.

»Was spielt sich sonst so ab?«, fragte Lucas und versuchte, freundlich zu klingen. Er lehnte sich zurück und wünschte, Sloan käme zurück. Sloan war ein Meister bei solchen Gesprächen. »Wie geht es Ihnen? Alles okay? Wir sind einige Zeit recht hart mit Ihnen umgesprungen.«

»Nun ...« Allen lächelte, und Lucas dachte: Jetzt geht's los. »Ich bin zu Ihnen gekommen, weil Sie den Fall kennen, und Sie haben auf mich einen guten Eindruck gemacht, und alle sagen, Sie wären clever, und Sie haben viel Erfahrung ...«

»Okay ...« Halt ihn am Reden.

»Da ist etwas, das mir ... seltsam vorkommt. Etwas im Zusammenhang mit dem Fall.«

»Psychologische Probleme? Ich ...«

»Nein, das ist nicht die Hauptsache«, sagte Allen. Er lehnte sich vor, und sein Gesicht war jetzt angespannt. »Wissen Sie, ich habe Barbara wirklich geliebt. Es machte Spaß, mit ihr zusammen zu sein, auf eine ruhige Art und Weise. Aber es gab Unterschiede zwischen uns, und diese Affäre – Sie wissen, dass ich eine Affäre hatte?«

»Ja«, antwortete Lucas. Er machte eine wegwerfende Geste mit der Hand, mit der er zum Ausdruck bringen wollte: *Na und? Haben wir nicht alle unsere Affären?*

Ein vorsichtiges Lächeln zuckte über Allens Gesicht. »Als Barbara ermordet wurde, hat mich das schrecklich mitgenommen. Ihre Leute fanden dann raus, dass ich diese Affäre hatte, und ich hatte Carmel nichts davon gesagt. Als sie davon erfuhr, ging sie an die Decke. Sie hat dann mit Louise gesprochen, und jetzt sind alle irgendwie in Aufruhr ...«

Lucas nickte. »Ich kann verstehen, dass Carmel nicht sehr

glücklich darüber war. Angesichts der Möglichkeit, dass sie Sie vor Gericht verteidigen sollte ...«

»Ja, ja«, sagte Allen ungeduldig, wischte den Einwurf beiseite. Darauf will er also nicht hinaus, dachte Lucas. »An dem Tag, als Sie ihr sagten, ich würde nicht mehr in Ihrer Schusslinie stehen ...«

Lucas schaute auf seinen Terminkalender. »Heute vor einer Woche ...«

»Ja, genau vor einer Woche«, bestätigte Allen. »Carmel kam zu mir ins Haus, um mir die Nachricht zu überbringen. Und wir tranken etwas zusammen, und dann ging sie auf mich los.«

»Tatsächlich?« Lucas hob die Augenbrauen.

»Ja. Und wie! Sie ging *richtig scharf* auf mich los! Und Sie kennen ja Carmel. Sie kriegt, was sie haben will.«

Lucas ließ ein leichtes Von-Mann-zu-Mann-Lächeln um die Lippen spielen. »Und als Nächstes erkannten Sie, dass Sie tatsächlich *sehr eng* mit Ihrer Anwältin zusammenarbeiten ...«

»Ich würde es anders nennen: Sie hat mir das Gehirn aus dem Schädel gebumst. Und sie ist seitdem dreimal wieder gekommen. Klingt das schlimm? Klingt das verrückt? Ich kann nicht schlafen, wenn ich daran denke, aber ich kann andererseits auch mit keinem meiner Freunde darüber reden. Sie würden sich fürchterlich aufregen und kein Verständnis haben, wenn ich es ihnen sagen würde. Die meisten von ihnen sind ... waren auch Barbaras Freunde, draußen in unserem Club ...«

Lucas schüttelte den Kopf. »Ich würde mir da nicht zu viele Gedanken machen. Ich habe bei Todesfällen in einer Ehe schon alle möglichen Reaktionen erlebt, und glauben Sie mir, Sie sind nicht der erste Mann, der kurz nach dem Tod seiner Frau mit einer anderen Frau ins Bett geht. Vermutlich besteht da ein besonderer Drang nach Intimität.«

»Meinen Sie?«, fragte Allen. Sein Gesicht schien sich für einen Moment aufzuhellen. Erleichterung? Lucas war sich nicht sicher.

»Es scheint irgend so etwas zu sein«, bestätigte Lucas. »Hören Sie, nachdem Sie mir das nun alles erzählt haben ... warum Carmel? Sie scheint so gar nicht Ihr Typ zu sein. Detective Sherrill hat mir gesagt, Sie seien ein recht entspannter, lockerer Mann. Carmel hingegen ...«

»Detective Sherrill ist die mit den ...« Er deutete mit den Händen stramme Brüste an.

»Ja.«

»Sie machte einen netten Eindruck auf mich.« Seine Augen gingen wieder auf Wanderschaft, und er beugte sich vor: »Carmel ... Bettgeflüster. Sie hat mir gesagt, sie sei schon seit zwei Jahren in heißer Liebe zu mir entbrannt, hätte das aber nicht gezeigt, weil sie es für hoffnungslos hielt – ich sei ja mit einer reichen Frau verheiratet gewesen. Sie sagte zu mir, Louise – das ist die Frau, mir der ich die Affäre hatte – sei nur hinter meinem Geld her und ansonsten eine erbärmliche Versagerin. Sie reagiert schrecklich heftig, wenn es um diese Sache geht.«

»Tatsächlich?« Halt ihn am Reden.

»Es ist mir todernst damit ... Einmal hat sie mich am Schwanz gepackt und gesagt, sie schneidet ihn ab, wenn ich ihn jemals wieder in Louise stecken würde.«

»Wow ... Und sie hat gesagt, sie wäre schon seit zwei Jahren in Sie verknallt?«

»Ja, seit einem Treffen mit Kollegen in einem Restaurant. Ich konnte mich nicht mal mehr daran erinnern.«

»Glauben Sie ihr? Dass sie sich in Sie verliebt hat?«

»Ich weiß, es klingt eitel, aber ich glaube es ihr. Sie hätten sie reden hören sollen ... Sie erinnerte sich daran, was ich wann wo gesagt und getan habe, selbst an Orte, an denen wir uns zufällig getroffen und nur ein paar Worte gewechselt haben ...«

Lucas dachte einen Moment nach und fragte dann: »Treffen Sie sie heute Abend?«

»Natürlich. Jeden Abend. Sie sagt, in spätestens zwei Jahren würden wir heiraten.«

»Hm ...« Lucas drehte sich mit seinem Stuhl und sah aus dem Fenster, die Fingerspitzen an den Mund gelegt. Er hoffte, er würde wie Sherlock Holmes aussehen. Dann drehte er sich wieder herum und sah Allen an. »Meinen Sie, Carmel wäre einverstanden, wenn Sie ihr vorschlagen, zu Penelope zum Essen zu gehen?«

»Penelope? Oh, zum Teufel, ganz bestimmt. Sie mag dieses Ambiente – Minnetonka, den See, all das. Schick, teuer ...«

»Rufen Sie sie an. Sie wohnt im Zentrum, nicht wahr? Hat doch so ein exklusives Appartement, über das sogar mal in der *Star Tribune* ein Bericht erschienen ist?« Lucas wusste genau, wo sie wohnte. Er hatte mit einem Freund, einem Banker, der im selben Appartementgebäude wohnte, einmal Witze darüber gerissen.

»Stimmt«, sagte Allen. »Und es ist *echt* exklusiv.«

»Rufen Sie sie an, schlagen Sie Penelope vor, und wenn Sie zu Ihrem Haus kommt, bitten Sie sie, die Fahrt zum Restaurant zu übernehmen. Lassen Sie sich eine Entschuldigung einfallen. Einen verstauchten Knöchel oder so was. Nichts Ernstes, damit Sie kein Hinken vortäuschen müssen. Bringen Sie sie auf jeden Fall dazu, dass ihr Wagen für die Fahrt zum Restaurant benutzt wird.«

»Sie fährt meistens sowieso«, sagte Allen. »Sie mag meinen Wagen nicht. Ich habe einen braun-weißen Lexus, sie nennt ihn abfällig immer nur ›Japs-Karre‹. Sie fährt einen blutroten Jaguar.«

»Gut«, sagte Lucas. »Sie dürfen ihr von dieser Absprache natürlich nichts erzählen. Sagen Sie ihr überhaupt nicht, dass Sie mit mir gesprochen haben. Sorgen Sie einfach nur dafür, dass sie mit Ihnen zum Restaurant kommt, und machen Sie sich und ihr einen schönen langen Abend da draußen.«

»Okay, das mache ich. Was haben Sie denn vor?«

»Beobachten«, sagte Lucas. »Nicht ich selbst, einer meiner Leute.«

»Was beobachten?«, fragte Allen.

»Diese ganze Sache klingt ziemlich seltsam für mich. Sie sollten daran denken – ob Sie das auch so sehen oder nicht –, dass Sie ein *reicher* Mann sind. Und Sie sehen gut aus. Die Frauen sind hinter Ihnen her, und es ist schwer zu sagen, welche von ihnen echt in Sie verliebt ist und welche nur so tut und hinter Ihrem Geld her ist. Also werde ich einen meiner Männer, der Spezialist ist für … hm, wie soll ich das nennen? … Deutung emotionalen Verhaltens, würde ich sagen. Ich werde ihn darauf ansetzen, einen Blick auf Sie und Carmel zu werfen und mir dann zu sagen, was davon zu halten ist. Er wird Carmels Körpersprache und so was beobachten. Und ich gebe das Ergebnis dann an Sie weiter.«

»Er wird mit uns essen?«, fragte Allen und zeigte damit wieder einmal, wie schwer von Begriff er war.

»Nein, nein. Er wird einfach nur da sein und Sie beide beobachten. Aber machen Sie ja nicht den Fehler, sich nach ihm umzusehen oder so was – machen Sie sich einfach einen schönen Abend und stellen Sie sicher, dass Sie lange genug bleiben, damit mein Mann ausreichend Zeit für eine Deutung hat.«

»Deutung emotionalen Verhaltens?«

Lucas hob die Hände: »Na ja, so nenne ich es eben …«

Als Allen gegangen war, lehnte Lucas sich zurück und starrte an die Decke und dachte über Carmel Loan nach. Er ging alles noch einmal durch, was sie nach dem Mord an Barbara Allen zu ihm gesagt hatte, alle Gespräche, die sie geführt hatten, und schließlich stieß er auf eine kleine Ungereimtheit.

Als er beim letzten Mal mit ihr gesprochen hatte, hatte sie die absichtlich rohe Bemerkung gemacht, es seien »eine Frau aus besseren Kreisen und drei billige Latinos« ermordet worden. Jedenfalls hatte er das so in Erinnerung. Und er dachte daran, dass sie Schwierigkeiten gehabt hatten, jemanden zu finden, der sich für die Toten verantwortlich fühlte oder auch nur zugab, sie zu kennen.

Hatte man zum Zeitpunkt des Gesprächs mit Carmel die Namen der Toten bereits veröffentlicht? Er glaubte es nicht. Aber wer weiß, vielleicht hatten die Leute vom Fernsehen mit Cops vor dem Haus gesprochen und so erfahren, dass es sich um Latinos handelte. Oder ein Reporter hatte es von Nachbarn erfahren. Vielleicht. Es *konnte* erklären, dass Carmel wusste, dass es sich bei den beiden Toten in Dinkytown um Latinos handelte.

Carmel Loan ... Er kritzelte den Namen auf einen Notizblock, sah ihn sich an, zog dann einen Pfeil und kritzelte an seinem Ende einen anderen Namen hin: *Rolando D'Aquila*. Ein weiterer Pfeil in einem Winkel von neunzig Grad vom ersten führte von Carmel zum nächsten Namen: *Hale Allen*. Er sah sich sein Werk einen Moment an, zeichnete dann einen weiteren Pfeil ein, der von Carmel zum nächsten Namen führte: *Barbara Allen;* und noch einen von Carmel zu *Latino-Leichen.* Natürlich, Carmels Verbindung zu Marta Blanca und ihrem Freund entsprang nur einer Vermutung – einen Beweis dafür gab es nicht ...

Ein kalter Windhauch fuhr durch Lucas' Brust. Er wusste, was er tun würde, wusste auch bis ins kleinste Detail, *wie* er es tun würde, aber der Gedanke daran ließ ihn frösteln. Er fühlte sich wie ein reicher Mann, der einen teuren Gegenstand in einem Land stehlen will. Und ein Spielchen mit Carmel Loan zu treiben war nicht dasselbe, als wenn man es mit einem Drogensüchtigen oder einem Glücksspieler oder einem Straßenräuber zu tun hatte. Wenn das schief ging, würde *er* womöglich im Knast landen ...

Nach einigen weiteren Minuten stand er auf und ging durch den Flur zur Mordkommission. Sloan wollte gerade gehen: »Wegen der verdammten Klimaanlage habe ich dauernd Gänsehaut.«

»Was machst du heute Abend?«

»Vielleicht mit meiner Frau ins Kino gehen.«

»Wenn du mit ihr zum Essen ins Penelope gehst, draußen am Lake Minnetonka, bezahle ich die Rechnung und unterschreibe für die Überstunden.«

»Das mach ich glatt«, sagte Sloan schnell. »Schon allein deshalb, weil meine alte Lady mich umbringt, wenn ich nein sagen würde.« Sloan hatte eine Tochter auf dem College und hohe Studiengebühren zu zahlen, und teure Unternehmungen konnte er sich kaum einmal leisten. »Was habe ich dort zu tun?«

Als Sloan gegangen war, rief Lucas bei Jim Bone an, dem Direktor der Polaris Bank: »Jim, sind Sie heute Abend zwischen acht und neun zu Hause?«

»Ja. Kann ich was für Sie tun?«

»Ich muss mit Ihnen reden. Nur zehn Minuten wahrscheinlich. Ich laufe schon den ganzen Tag mit privaten Gedanken im Kopf rum, kann mir das aber dienstlich eigentlich nicht leisten, und außerdem sind Sie tagsüber ja auch sehr beschäftigt ...«

»Kommen Sie doch vorbei. Kerin wird sich freuen, Sie zu sehen.«

»Wie geht es ihr?« Bones Frau war schwanger.
»Sie fängt gerade an, ein Bäuchlein zu kriegen.«
»Sie beide haben wirklich keine Zeit vergeudet.«
»Nun ja, wir gehören ja auch schon zu den älteren Jahrgängen.«

Myron Bunnson erzählte aller Welt, seine Mutter sei ein Superhippie gewesen, und sein *wirklicher* Vorname sei Bullet Blue, und sein Vater sei ein Hell's Angel in Oakland gewesen, und zwar vor der Zeit, als die Angels alte Knacker wurden. Nichts davon stimmte. Seine Eltern waren Myron (Senior) und Adele Bunnson, und sie betrieben eine Milchfarm in der Nähe von Eau Claire, Wisconsin.

Bullet war einer der drei Portiers beim Restaurant Penelope, die für das Einparken der Fahrzeuge ankommender Gäste zuständig waren. Er sah den roten Jaguar in die Zufahrt einbiegen und sagte zu den beiden anderen: »Das da ist meiner. Den übernehm *ich*.«

»Geteilt durch drei, denk dran, Mann«, sagte sein Freund Richard Schmid, der seine Freunde zu überreden versuchte, ihn Crank zu nennen. Der dritte Mann nickte: »Geteilt durch drei.«

»Okay«, sagte Bullet Blue. »Mir geht's vor allem um das Hühnchen am Steuer.«

»Versteh ich.« Crank kannte den Jaguar. Bullets Chancen, gerade *diese* Frau erfolgreich anmachen zu können, standen schlecht bis null, und schlecht war schon übertrieben optimistisch, vor allem, wenn man in Betracht zog, dass er wie das Äffchen eines Leierkastenmanns gekleidet war. Aber egal, Bullet Blue wollte speziell diesen Wagen übernehmen, und sie alle hatten ja ihre bevorzugten Kunden.

Bullet übernahm also den Wagen, bekam zehn Bucks von

Carmel, die ihm ein Lächeln zublitzte. »Vielen Dank, Ma'am«, sagte Bullet und strahlte sie mit seinem schmelzendsten Blick an. Der Blick verfehlte aber offensichtlich seine Wirkung, glitt an ihrer nackten Schulter ab, und sie verschwand im Restaurant, begleitet von ihrem Freund, der nach Bullets Ansicht bei weitem zu gut aussah, um heterosexuell veranlagt zu ein. Na ja, egal … Er schlüpfte in den Jaguar und steuerte ihn auf die reservierte Parkfläche an der Seite des Restaurants. Lucas erwartete ihn bereits. Er lehnte sich gegen einen Chevy-Van und sprach mit einem Mann auf dem Beifahrersitz.

»Haben Sie das Geld?«, fragte Bullet.

»Die Schlüssel?«

Bullet legte den Schlüsselbund in Lucas' ausgestreckte Hand. Lucas reichte ihn durch das Wagenfenster an den Mann auf dem Beifahrersitz weiter, der damit auf die Ladefläche des Vans kletterte. Lucas übergab Bullet Blue ein paar Geldscheine. »Ich werde mit McKinley reden.«

»Wenn wir sie nur das eine Mal aus der ganzen Scheiße holen könnten …« Bullet steckte die Geldscheine in seine Gesäßtasche. Das Geteilt-durch-drei bezog sich nur auf die zehn Bucks von Carmel.

»Ich habe nicht versprochen, dass ich das erreichen könnte«, sagte Lucas barsch. Aus dem Van drang das Surren eines Schlüsselschneiders. »Das Günstigste, was wir rausholen können, ist eine weniger schwere Strafe. Sie wird auf jeden Fall einige Zeit absitzen müssen.«

»Sie sitzt doch schon im Knast«, protestierte Bullet Blue. Er sprach von seiner Schwester, die zwei Jahre nach ihm die Farm verlassen und sich fortan Baby Blue genannt hatte. »Sie sitzt schon seit 'nem Monat drin und wartet auf den Prozess. Können Sie nicht erreichen, dass die Sache damit erledigt ist?«

»Nicht bei so einem Fall«, sagte Lucas. »Wenn sie die Pistole nicht in der Hand gehabt hätte ...«

»Es war nicht ihre Pistole, es war Eddies«, sagte Bullet hitzig.

»Aber sie hatte sie in der Hand ... Ich werde noch mal mit McKinley reden, ob er es nicht bei zwei bis drei Monaten bewenden lassen kann. Wie es jetzt aussieht, muss sie mit einem Jahr rechnen, vielleicht sogar mehr.«

»Versuchen Sie alles, Mann ...«

»Und Sie passen auf, dass Sie keine Schwierigkeiten mit den Weibern kriegen, Sie Sittenstrolch«, sagte Lucas. »Geh'n Sie lieber zurück in die Heimat, ehe Sie auch im Knast landen.«

»Großartig. Mein Leben damit zubringen, an Kuhtitten rumzuzupfen ...«

»Dann schaffen Sie Ihren Arsch schleunigst wieder zur Firma Dunwoody – wie lange würde die Ausbildung dort noch dauern?«

»Vier Monate.«

»Vier Monate, aha. Sie machen die Prüfung, und danach können Sie ganz schön Geld verdienen, wo auch immer Sie den Job machen.«

»Ja, ja«, knurrte Bullet.

»Sie hören meine Dunwoody-Rede nicht gern?«

»Ich bin einfach nicht dazu geboren, Autos zu reparieren, so wenig, wie ich dazu geboren bin, an Kuhtitten rumzuzupfen; ich bin für'n Rock'n'Roll-Leben geboren.«

»Sie sind dazu geboren ...«

Der Mann im Van tauchte hinter Lucas' Schulter auf. »Fertig.« Er übergab Carmels Schlüsselbund wieder an Lucas, der ihn Bullet weiterreichte.

»Dunwoody«, sagte Lucas.

»Rock'n' Roll«, sagte Bullet Blue und ging davon.

Lucas trug einen dunkelblauen Anwaltsanzug und hielt eine schwarze Ledertasche in der Hand. »Jim Bone«, sagte er zu dem Portier hinter dem Pult in der Eingangshalle. Der Mann schaute in eine Liste, fragte dann: »Und Ihr Name, Sir?«

»Lucas Davenport.«

»Bitte, Mr. Davenport, fahren Sie hoch«, sagte der Portier und machte ein Häkchen hinter Lucas' Namen.

Lucas hatte ein Millionengeschäft gemacht, als er seine Software-Firma »Davenport Simulations« verkauft hatte; Bones Bank verwaltete dieses Vermögen.

»... sehr riskant«, sagte Bone. »Die Wirtschaft könnte in eine schlimme Rezession geraten, und wer bezahlt dann noch hundert Dollar für eine Platzrunde?«

Lucas nickte. »Ja, aber ich müsste ja nicht hundert Dollar für die Runde verlangen – sechzig täten es auch.«

»Sie haben aber überhaupt keine Erfahrung mit dem Betreiben eines Golfplatzes«, sagte Bone.

»Natürlich nicht; ich würde nicht mal versuchen, mich selbst da reinzuhängen. Ich mag Golf überhaupt nicht. Deshalb rät man mir ja, ein professionelles Management einzusetzen.«

»Na ja, ganz so verrückt ist der Plan nicht«, gestand Bone schließlich zu.

»Im Prinzip«, sagte Lucas, »geht es mir um Folgendes: Ich könnte den Platz jetzt gleich kaufen und meiner Tochter überschreiben, eine Hypothek darauf aufnehmen, das Geld in den Ausbau des Platzes stecken und somit einen Wertzuwachs aufbauen. Wenn meine Tochter dann fünfundzwanzig oder dreißig ist, besitzt sie fast den ganzen Anteil an unserer Kommanditgesellschaft, nämlich neunundneunzig Prozent, ich einen Anteil von einem Prozent, und dann verkaufen wir das Unternehmen, und meine Tochter hat für ihr Leben ausgesorgt. Sie kriegt dann mindestens vier oder fünf Millionen, und wer weiß – vielleicht sogar zehn Millionen.«

»Das Konzept ist im Prinzip okay, aber um Ihnen die Wahrheit zu sagen – auf lange Sicht wären Sie wahrscheinlich besser dran, wenn Sie einfach Staatsanleihen kaufen würden ...«

Als sie fertig waren, verabschiedete Lucas sich von Kerin, die im Vergleich zur Zeit ihres Kennenlernens viel sanfter wirkte, ruhiger, glücklicher, zufriedener mit sich selbst. Unter der Tür sagte Bone: »Ich lasse meine Leute das Projekt für Sie ausarbeiten. Das Ergebnis müssten wir in einer Woche vorliegen haben.«

»Danke, Jim.«

Auf Bones Etage gab es fünf Türen. Vier Appartements einschließlich Bones und eine Tür zur Feuertreppe. Keine Überwachungskamera. Als sich die Türen des Aufzugs hinter Lucas geschlossen hatten, drückte er auf den Knopf für die siebenundzwanzigste Etage. Als die Türen nach der Ankunft auseinander glitten, schaute er schnell in den Flur. Leer. Auch hier keine Überwachungskamera. Er ging mit schnellen Schritten zur Tür von Carmels Appartement und steckte den ersten der beiden nachgemachten Schlüssel ins Schloss. Er passte – der zweite musste demnach für die Tür ihres Büros sein. Er drückte die Tür auf und huschte in die Wohnung. Irgendwo im Hintergrund brannte eine Lampe.

»Hallo?«, rief er. Keine Reaktion. »Hallo?«

Er ging schnell durch alle Zimmer, vergewisserte sich, dass niemand da war. Seine Nerven waren angespannt. Er hatte so etwas schon öfter gemacht, aber, dachte er, er wäre wohl nur schlecht zum Einbrecher geeignet.

Er fing mit ihrem Telefonverzeichnis an. Sie hatte dutzende von Namen eingetragen, die meisten im Zusammenhang mit einer Anwaltskanzlei oder einer Firma – Geschäftsbeziehungen. Bei einigen Eintragungen waren die Vor- und Familiennamen vermerkt, gefolgt von der Telefonnummer. Meistens waren zwei Nummern untereinander eingetragen – die private und die dienstliche, wie Lucas vermutete. Wohl keine Nummer eines Berufskillers darunter ... Bei rund zehn Eintragungen standen nur der Familiennamen und eine Telefonnummer da, und Lucas übertrug sie in sein Notizbuch.

In der Küche fand er dann ein weiteres, rein privates Adressbuch. Er nahm eine kleine Nikon-Kamera aus der Aktentasche, machte sechzehn Aufnahmen, legte einen neuen Film ein, machte acht weitere, verstaute die Kamera dann wieder in der Aktentasche.

Dann begann er mit der systematischen Durchsuchung des Appartements.

In ihrem Arbeitszimmer fand er einen Dell-Computer mit eingebautem Zip-Drive. Er hatte Zip-, Jaz- und Superdisks mitgebracht; er schaltete den Computer ein, legte eine Zip-Diskette ein, klickte als erstes das *Computer*-Icon an, danach das *Zip*-Icon und überspielte alle von Carmel gespeicherten Dateien auf die Diskette. Während der Computer seine Arbeit verrichtete, schaute er sich den Inhalt der Aktenschränke auf der anderen Seite des Zimmers an. Er zog jede Schublade einzeln heraus, und in der letzten fand er einen Stapel bezahlter Rechnungen – nichts Ungewöhnliches darunter, alles nur monatliche Routinerechnungen. Er blätterte sie schnell durch, sortierte die Telefonrechnungen für die letzten vier Monate aus und fotografierte sie. Aber die letzte Rechnung war schon fast einen Monat alt ...

Er ging in die Küche, wo er einen sauber aufgeschichteten Stapel ungeöffneter Briefe gesehen hatte. Er schaute die Umschläge durch und fand ein Schreiben der US-West-Telefongesellschaft, offensichtlich eine Rechnung. Seine Nerven vibrierten wieder leicht, während er den Teekessel auf dem Herd kurz schüttelte, um sich zu überzeugen, dass genug Wasser darin war. Dann schaltete er die Herdplatte ein.

Während er darauf wartete, dass das Wasser kochte, ging er ins Schlafzimmer und sah sich um. Nichts Auffälliges. Bei der Durchsuchung der Schubladen ging er sehr vorsichtig vor, um keine Unordnung zu verursachen, die Carmel auffallen könnte. Er fand nichts. Er schaute auch kurz in den Wandschrank, und als er die Tür schon wieder schließen wollte, bemerkte er ein metallisches Glitzern auf dem Boden. Das Glitzern hatte eine ganz bestimmte *Qualität*, die er im Unterbewusstsein sofort richtig einzuordnen wusste. Er fuhr mit den Fingern über den Boden, spürte das Ding, das das Glitzern verursacht hatte, und hob es auf: eine .22er-Patrone. Er nahm eine kleine Kugelschreiberlampe aus der Jackentasche und leuchtete den Boden sorgfältig ab, fand aber keine weitere Patrone.

Er dachte einen Moment über seinen Fund nach, steckte die Patrone dann in die Tasche. Als er die Tür des Wandschranks zudrückte, begann der Teekessel zu pfeifen. Er lief zurück in die Küche, hielt den Umschlag der Telefongesellschaft mit der Rückseite in den Dampfstrahl, löste vorsichtig die Gummierung, nahm die Rechnung heraus, machte ein Foto von den Ferngesprächen und verschloss den Umschlag wieder, ehe die Gummierung eintrocknen konnte. Er schaltete den Herd aus, stellte den Teekessel zurück an seinen Platz und schnüffelte: Der Geruch nach Gummierung hing in der Luft, nur schwach, aber er war da, wie er feststellte. Er hoffte, Carmel würde sich mit der Rückkehr in die Wohnung Zeit lassen.

Im Arbeitszimmer hatte der Computer seine Arbeit abgeschlossen; Lucas sah schnell noch eine Reihe anderer Dateien durch, zog einige davon auf das *Zip*-Icon, wartete, bis die

Überspielung abgeschlossen war, nahm die Diskette heraus und schaltete dann den Computer ab.

Okay ... Was noch? Er war fertig und konnte gehen; aber vorher sah er sich noch einmal um.

Das Appartement war tatsächlich luxuriös. Aber wenn man von den persönlichen Dingen in den Aktenschränken und den Schubladen absah, vermittelte es den Eindruck, unbewohnt zu sein: alles geradezu obsessiv ordentlich, alles an seinem Platz – wie eine Bühneninszenierung.

Das Handy in seiner Tasche piepste: Sloan.

»Sie brechen auf«, sagte er. »Ich habe gerade meinen Shrimpscocktail bekommen. Ich hoffe, du verlangst nicht, dass ich ihnen folge.«

»Nein, lass sie gehen. Aber was hältst du denn nun von den beiden?«

»Sie sind ein turtelndes Pärchen, das kann man sagen. Den ganzen Abend Schmusen noch und noch. Aber ich glaube, der Mann hat noch jemand anders erwartet. Hat sich dauernd unruhig umgeschaut.«

»Na, wen wohl?«, fragte Lucas mit einem leichten Schuldgefühl. Dann: »Wieso bist du beim Shrimpscocktail und die beiden gehen schon? Isst du das Zeug etwa als Nachspeise?«

»Nun, ehm, ja, so ist es«, antwortete Sloan. Seine Stimme wurde ein wenig heiser. »Ich mag das Zeug doch so gern ...«

Als Carmel kurz nach elf – sie musste am nächsten Tag hart arbeiten – in ihr Appartement zurückkam, blieb sie unter der Wohnungstür stehen und rümpfte die Nase. Irgendwas stimmt hier nicht, dachte sie. Sie konnte nicht genau sagen, was es war: Die Luft roch irgendwie anders als sonst oder so was ... Die Chemie des Appartements war jedenfalls gestört worden. Sie ließ die Wohnungstür offen, um im Notfall einen

Fluchtweg zu haben, ging durch die Zimmer – aber sie fand nichts, was ihren Argwohn bestätigt hätte.

»Komisch«, sagte sie leise vor sich hin und schloss die Wohnungstür.

Am nächsten Morgen hatte sie die Sache vergessen.

11

Als Lucas nach Hause kam, nahm er die volle CompactFlash-Karte aus der Tasche, die zweite aus der Nikon-Kamera und gab beide in seinen Computer ein. Nachdem er »Fotoshop« aufgerufen hatte, schärfte er die Aufnahmen, so gut es ging, und druckte sie dann aus. Danach rief er bei Davenport Simulations an und ließ es läuten, bis sich schließlich ein Mann meldete, aus dessen Stimme unverhohlener Unmut über die Unterbrechung herausklang.

»Steve? Hier ist Lucas Davenport.«

»Heh, Lucas! Wie geht's dir, Mann?« Steve rauchte hin und wieder ein wenig Gras, nahm an Wochenenden ein wenig LSD und ließ sich einen Vollbart wachsen. Wenn er unter LSD stand, konnte er dreidimensional programmieren. »Du kommst gar nicht mehr vorbei.«

»Es würde euch ganz schön auf den Wecker gehen, wenn der frühere Besitzer der Firma dauernd bei euch rumhängen würde«, sagte Lucas. »Aber ich brauche jemanden, der mir bei einem Computerproblem hilft. Ich habe an dich gedacht ... mit deinen Erfahrungen aus alten Hackerzeiten.«

»Ich mache so 'nen Scheiß nicht mehr – na ja, kaum mehr«, sagte Steve. »Ehm, worum geht's denn?«

»Kennst du jemanden, der die Besitzer anonymer Telefonnummern aufspüren kann?«, fragte Lucas. »Wenn ja, hätte ich einen Auftrag für ihn.«

Steve senkte die Stimme, obwohl er wahrscheinlich allein im Zimmer war. »Kommt darauf an, was für Nummern das sind und ob du bereit bist, dir möglicherweise einige Probleme einzuhandeln. Und wie viel du dafür bezahlen willst.«

»Wie viel würde das denn kosten?«

»Wenn du *viele* Nummern geklärt haben willst ... Ich kenne da einen Typ, der so was macht. Er würde dir das Zeug per E-Mail zuschicken – für zwei Bucks pro Namen. Wie viele Nummern hast du denn?«

»Vielleicht fünfzig.«

»Oh, Jesus, ich dachte, es würde um Hunderte gehen, oder Tausende. Ich weiß nicht, ob er an so 'nem kleinen Auftrag interessiert ist.«

»Ich würde ihm mehr bezahlen«, sagte Lucas.

»Ich kann ihn ja mal fragen«, sagte Steve. »Sagen wir fünfhundert Bucks?«

»Einverstanden.«

»Ich muss mit meinem Namen für die Sache geradestehen, Mann. Ich bleib auf der Schuld von fünfhundert sitzen, wenn du nicht ...«

»Steve, ich bitte dich ...«

»Okay, okay.«

»Ich könnte auch zusätzliche Informationen über die Leute brauchen, die hinter den Telefonnummern stehen – ich meine, wenn dein Mann das bringen kann.«

»Könnte sein. Würde aber mehr kosten.«

»Geh hoch auf tausend.«

»Okay. Schick mir eine E-Mail mit den Nummern. Ich geb's dann weiter. Und du kriegst das Ergebnis dann auch wieder über E-Mail.«

Lucas tippte seltsame, unübliche oder nicht identifizierbare Telefonnummern von den Fotos ab und bat um die dazugehörenden Namen und Adressen. Er schickte die E-Mail an Steve, schaute dann nach, ob E-Mails für ihn vorlagen, und fand zwei Nachrichten. In der einen wurden ihm Pornofotos von Kindern unter zehn Jahren angeboten, die andere stammte von seiner Tochter.

Sarah war in der ersten Klasse und fing gerade erst an, Lesen und Schreiben zu lernen; aber ihre Mutter, eine Nachrichtenproduzentin beim Fernsehen, hatte ihr beigebracht, ein Stimmerkennungs-Schreibprogramm zu benutzen. Mit diesem Stimmenschreiber nahm Sarah mehrmals in der Woche Kontakt zu Lucas auf.

Lucas brauchte fünfzehn Minuten, den Text zu interpretieren, schrieb dann eine Antwort, wobei er sich bemühte, nur Wörter zu benutzen, die Sarah schon buchstabieren konnte, und auch, schmalziges Blabla zu vermeiden. Er war gerade fertig, als eine forsche Frauenstimme in dem Computer sagte: »Sie haben Post.«

Er schickte die E-Mail an Sarah ab, klickte dann seine Mailbox an. Die einzige vorliegende Nachricht war eine Liste von Namen und Adressen hinter den Telefonnummern, die er an Steve geschickt hatte. Bei allen Namen – mit zwei Ausnahmen – waren zusätzliche persönliche Informationen angefügt. Lucas überflog sie; die Informationen schienen vor allem von Kreditauskunfteien, in geringerer Zahl auch von staatlichen Kraftfahrzeug-Zulassungsstellen zu stammen. Am Ende der Liste stand ein Preisschild: »Übersenden Sie $ 1000.«

»Das ging ja schnell«, murmelte Lucas vor sich hin. Er sah auf die Uhr. Knapp unter einer halben Stunde.

Er druckte die Liste aus und wandte sich dann den Dokumenten zu, die er aus Carmels Computer geholt hatte. Obwohl er sich weniger als fünf Sekunden mit den meisten Papieren beschäftigte – alle bezogen sich auf Carmels Arbeit –, war es nach drei Uhr morgens, als er die Diskette löschte, den Computer abschaltete und ins Bett ging.

Am nächsten Morgen zerteilte er die Diskette mit einem Fleischermesser in kleinere Stücke und warf sie in zwei verschiedene Müllkörbe im Verbindungsgang zwischen dem Pillsbury-Gebäude und dem Polizeipräsidium: Er hatte eine fast abergläubische Angst davor, dass Computerdateien plötzlich auftauchten, wenn man sie nicht brauchen konnte.

Dann, immer noch im Verbindungsgang, fiel sein Blick auf eine Frau, die ein weites schwarzes Kleid trug und einen weißen Schal um den Kopf geschlungen hatte. Sie sah aus wie eine russische Babuschka. Er schaute ihr nach; irgendeine spezielle religiöse oder ethnische Gruppe, dachte er, wusste sie aber nicht einzuordnen. Er ging, vor sich hin pfeifend, weiter zum Polizeipräsidium. Dort angekommen, rief er Sherrill an.

»Kannst du oder Black mal für eine Minute vorbeikommen?«

»Wessen körperliche Anwesenheit würdest du vorziehen, meine oder Toms?«

»Lass das«, sagte Lucas. »Ich möchte nichts anderes als eure neuesten Erkenntnisse im Allen-Fall hören und ein paar Neuigkeiten an euch weitergeben.«

Sherrill kam einige Minuten später herein und ließ sich auf den Besucherstuhl fallen. »Uns gehen die Spuren aus, denen wir nachgehen könnten«, sagte sie.

»Dann lass mich dir berichten, was Hale Allen mir gestern erzählt hat«, sagte Lucas. Er tat es in einer Kurzfassung, sprach dann seine Begegnung mit der Frau im Verbindungsgang an. »Sie sah aus wie eine der Außerirdischen, die das kleine Mädchen bei der Erstellung der Fotomontagen beschrieben hat. Wir brauchen also ein frontales Foto von einer Frau, die ein schwarzes Kleid und einen Schal über dem Kopf trägt; dann bauen wir verschiedene Gesichter in das Foto ein – einschließlich des Gesichts von Carmel Loan.«

»Carmel Loan ...«, sagte Sherrill. »Das könnte uns eine Menge Ärger einbringen, wenn es bekannt wird und wir nichts Handfestes vorweisen können.«

»Deshalb soll sie natürlich auch nicht erfahren, dass wir sie im Visier haben, bis wir handfeste Beweise haben.«

»Okay«, sagte Sherrill und stand auf. »Ich kann wahrscheinlich ein Foto von Carmel von deiner Bekannten in der Dokumentation bei der *Star-Tribune* bekommen, wenn sie noch dort arbeitet.«

»Sie ist noch dort«, sagte Lucas.

»Und ich werde die Jungs von der Identifikation darauf ansetzen, auf der Basis der Beschreibung, die das Mädchen uns gegeben hat, weitere Fotomontagen zu erstellen. Wann willst du noch mal mit dem Kind sprechen?«

»Sobald wie möglich«, sagte Lucas. »Man weiß ja nie, wie lange Erinnerungen bei kleinen Kindern haften bleiben.«

»Ich versuche, es für heute Nachmittag zu arrangieren.«

»Noch was«, sagte Lucas und kramte in seiner Hosentasche. »Bitte lass diese Patrone doch mal im Labor analysieren.« Er gab ihr die .22er-Patrone aus Carmels Wandschrank. Sherrill sah sie sich an und fragte dann: »Was steckt da dahinter, Lucas?«

»Nichts; es ist eine meiner Zweiundzwanziger-Patronen. Ich will nur den Unterschied bei der Analyse zwischen dieser aufs Geratewohl ausgesuchten Patrone und den Geschossen, die wir aus den Schädeln der Toten geholt haben, wissen. Verstehst du – haben wir es wirklich mit einem Fall zu tun, der sich auf eine metallurgische Analyse stützt?«

Sie sah ihn argwöhnisch an, drehte die Patrone in der Hand

hin und her. »Wenn ich diese Patrone hier verlieren würde«, sagte sie, »wäre es dir egal, wenn ich einfach eine von meinen Patronen analysieren lassen würde?«

Lucas sagte: »Gib *diese* da ins Labor, ja? Mach einfach, was ich dir sage.«

»Also speziell diese da ...«

»Ja, die da.«

»Lucas ...«

»Halt dich aus meinen Angelegenheiten raus, Marcy«, sagte er.

Sie grinste ihn an und sagte: »Marcy – ach du heilige Scheiße! Wir spekulieren da wohl ein bisschen, wie?«

»Gib das verdammte Ding da ins Labor«, knurrte er noch einmal.

Lucas verbrachte den Morgen damit, die Telefonnummern aus Carmels Adressbuch und ihren Telefonrechnungen durchzugehen; er hatte fünfundfünfzig davon markiert. Nach drei Stunden hatte er sich seitenweise Notizen gemacht, war aber nicht auf viel versprechende Hinweise gestoßen.

Einige Minuten vor zwölf kam er zum letzten Ferngespräch auf der letzten Rechnung: einem Gespräch, das Carmel vor zwei Wochen geführt hatte, wie er feststellte, zwei Tage nach Barbara Allens Ermordung. Die von dem Hacker hinzugefügte Notiz lautete nur: »Telefonnummer eines Kleinunternehmens beim Tennex-Botendienst.« Lucas wählte die Nummer, und eine Frau meldete sich gleich nach dem ersten Läuten: »Tennex-Botendienst.«

»Hallo, könnte ich mit dem Manager von Tennex sprechen? Oder wer auch immer der Chef des Unternehmens ist?«

»Es tut mir Leid, Sir, Mr. Wilson ist nicht da. Aber ich kann Sie auf seinen Anrufbeantworter schalten.«

»Nun, es geht mir eigentlich nur darum, wie ich ein Konto bei Tennex einrichten könnte.«

»Oh, es tut mir Leid, Sir; wir sind ein Telefondienst. Ich kann nichts weiter für Sie tun, als Sie mit Mr. Wilsons Anrufbeantworter verbinden.«

»Okay, danke, machen Sie das ...«

Er wurde verbunden und hörte eine verschwommene Tonbandstimme, die von einem depressiven Teenager-Druggie stammen konnte: »Sie sind mit dem Tennex-Botendienst verbunden, dem, ehm, schnellsten Botendienst in Washington, D. C. Wir sind, ehm immer für Sie erreichbar, sofern die Leitungen nicht gerade belegt sind. Wir rufen gerne zurück, falls Sie eine Nachricht übermitteln wollen, also, ehm, hinterlassen Sie bitte Ihren Namen und, ehm, Ihre Telefonnummer. Danke.«

Lucas war nicht daran interessiert, mit einem drogensüchtigen Fahrradboten zu reden, und er legte auf, gähnte, stand auf und streckte sich und ging dann hinüber zur Mordkommission. Black saß an seinem Schreibtisch und schob irgendwelche Papiere hin und her; Sloan hatte die Füße hochgelegt und las in der *Pioneer Press.*

»Mittagessen?«, fragte Lucas.

»Ja, ich könnte mich mit diesem Gedanken anfreunden«, sagte Sloan.

Sherrill kam durch die Tür des Großraumbüros, sah Lucas und sagte: »Ich habe die Patrone ins Labor gegeben, und wir sind für sechzehn Uhr verabredet.«

Sloans Augenbrauen fuhren hoch. »*Tatsächlich? Wo?*«

Sherrill interpretierte die Anzüglichkeit richtig: »Halt die Klappe«, sagte sie zu Sloan und zu Lucas: »Die Mama ist nicht sehr erfreut, dass wir noch mal mit dem Mädchen sprechen wollen. Sie sagt, in den Zeitungen hätten so viele Andeutungen über Profikiller gestanden.«

»Dann musst du sie erst mal aufwärmen, wenn wir hinkommen«, sagte Lucas. »Weibergeschwätz – Versklavung der Frau, Tratsch, all diesen Scheiß.«

»Purer Sexismus«, sagte Sloan und schüttelte traurig den Kopf. »Und das von einem Mitglied in der Gleichberechtigungs-Unterscheidungs-Kommission.«

Lucas' Hand fuhr an die Stirn. »O Gott, das habe ich ja ganz vergessen! Heute ist eine Sitzung …«

Sie sahen ihn voller Mitleid an, und Sherrill tätschelte tröstend seine Schulter. »Es könnte schlimmer sein.«

»Was könnte schlimmer sein als das?«

»Ich weiß nicht … Man könnte dich erschossen haben.«

»Man *hat* ihn bereits erschossen«, sagte Sloan. »Es muss also viel schlimmer sein als das.«

Das Mittagessen mit Sloan bestand aus einer langen Stunde lockerer Unterhaltung, einschließlich kurzer Abschweifungen zur derzeitigen Entwicklung auf dem Gebiet der Kriminalität in ihrem Verantwortungsbereich. Die Mordfälle waren rückläufig, selbst nach den Morden an Barbara Allen und den zwei Latinos in Dinkytown – der vierte, Rolo, fiel in die Verantwortung der Kripo von St. Paul. Vergewaltigungen gingen zurück, ebenso Raubüberfälle; Kokain kam aus der Mode, Speed war wieder in, ebenso Heroin. »Gutierrez hat mir gesagt, dass es ein glücklicher Tag für ihn war, als der Heroinverbrauch anstieg und das Kokain runterging«, sagte Sloan. Gutierrez war Detective bei der Drogenfahndung. »Er sagt, die Target-Supermärkte und K-Mart und Wal-Mart würden zwar weiterhin ausgeraubt, aber die Angestellten müssten wenigstens nicht mehr so viel Angst vor irren, roboterhaften Koksfreaks haben, die mit Kanonen rumlaufen und meinen, sie wären unverletzbar.«

Lucas nickte: »Gib einem Menschen ein bisschen Heroin, und er geht schlafen. Gib ihm ein bisschen mehr, und er geht über den Jordan. Kein Problem.«

»Ladendiebstähle steigen allerdings wie verrückt an«, sagte Sloan.

»Hat sich zu einer Kunstfertigkeitskultur entwickelt«, sagte Lucas, hob die obere Hälfte eines Cheeseburgers hoch und inspizierte die einzige, verdächtig bleiche Gurkenscheibe auf dem Käse. »Ein Erbe der Heroingurus. Jemand sollte das mal wissenschaftlich untersuchen. Ein Anthropologe.«

»Oder ein Proktologe«, sagte Sloan. »Sag mal, wenn du heute Abend zu dieser Kommissionssitzung musst, kannst du wohl nicht am Schießtraining teilnehmen, oder?«

»Ich überlege, ob ich das nicht ganz aufgeben soll«, sagte Lucas. »Dieses verdammte Iowa-Kid, unser Superscharfschütze, hat mir damals fast das Auge ausgeschossen.«

»Er ist ein Schießfreak«, sagte Sloan. »Inzwischen zeigt er olympiareife Leistungen. Er hat eine Scheibe vom letzten Übungsschießen an seinen Spind gehängt. Zehn Schüsse im Zentrum, jeder Schuss im X-Ring. *In der Mitte* des X-Rings – wie abgezirkelt mitten im Schwarzen.«

»Er ist echt gut«, sagte Lucas. »In meinem Alter kann man nicht mehr so gut sein. Man schafft's einfach nicht mehr. Die Kontrolle über die Muskulatur reicht nicht mehr.«

»Ja, ja ... Aber der Kerl ist ein dämliches Arschloch.«

»Ich habe gehört, er soll ziemlich clever sein.

»Na schön – er ist ein dämliches cleveres Arschloch.« Sloan schaute auf die Uhr. »Ich muss gehen. Hab eine Verabredung.«

Auf dem Weg zurück zum Büro realisierte Lucas, dass während des Gesprächs mit Sloan ein Groschen bei ihm gefallen war – allerdings noch nicht in sein Bewusstsein. Irgendetwas steckte in seinem Unterbewusstsein, aber er kam nicht darauf, was es war.

Aber es war wichtig, das wusste er. Er konzentrierte sich darauf, erkannte, dass es etwas mit dem Iowa-Kid zu tun hatte. Dieser junge Mann war immer noch ein uniformierter Cop, meldete sich aber für alle gefährlichen Einsätze, und er war vernarrt in Waffen. In alle Arten von Waffen: Er träumte von ihnen, benutzte sie, reparierte sie, verglich sie miteinander, kaufte und verkaufte sie. Ein Rückfall in die Gestalt eines Western-Revolverhelden, dachte Lucas.

Er versuchte, an das bevorstehende Gespräch mit Jan und Heather Davis zu denken und an die Fotomontagen, die Sherrill in Auftrag gegeben hatte. Mit den Bildern waren einige Risiken verbunden: Wenn das kleine Mädchen Carmel als eine der Mörderinnen erkannte und sie mit dieser Aussage vor Gericht gingen, konnte sie durch die Verteidigung mit dem Argument zerrissen werden, die Polizei habe die Erinnerung der Zeugin mit den Bildern zu ihren Gunsten beeinflusst. Die ganze Sache musste also mit aller Sorgfalt angegangen werden.

So sehr er sich auch auf die bevorstehende Befragung konzentrierte, der Superschütze aus Iowa tauchte immer wieder in seinen Gedanken auf. Irgendwas, das Sloan über ihn gesagt hatte ... irgendwas Nebensächliches ... Er konnte es einfach nicht konkretisieren.

So ist es, dachte er nach einiger Zeit, *wenn man senil ist.* Irgendetwas steckte in seinem Kopf, und er brachte es nicht fertig, es sich bewusst zu machen. Schließlich ging er hinunter in den Umkleideraum und suchte den Spind des Cops mit dem Spitznamen Iowa-Kid; fand ihn samt der Zielscheibe, und es war genauso, wie Sloan gesagt hatte.

»Überprüfen Sie das Schießergebnis?«, fragte ein blonder Cop, ebenfalls Scharfschütze, und Lucas nickte ihm zu.

»Ich habe von dem perfekten Ergebnis gehört«, sagte Lucas. Er lehnte sich vor und schaute es sich an. Die Schießscheibe bestand aus zehn kleineren, nebeneinander aufgereihten Einzelscheiben. Das schwarze Zentrum jeder dieser Scheiben wurde »Zehnerring« genannt, aber innerhalb dieses Ringes befand sich ein viel kleinerer Kreis: der X-Ring, nicht viel größer im Durchmesser als eine .22er-Patrone. In der Mitte jedes X-Rings der Einzelscheiben war ein glattes Einschussloch zu sehen. Jedes der Löcher hätte der Ansatzpunkt für einen Zirkel sein können, um den Kreis des X-Rings zu schlagen. Lucas stieß einen Pfiff aus.

»Der Typ ist nicht normal«, sagte der Cop. Er streifte eine schusssichere Weste über, drückte den Klettverschluss zu. »Ich habe, wie der Arzt bestätigt, gute Augen, aber ich kann bei der normalen Schussentfernung den X-Ring nicht mal genau erkennen. Die Schüsse in den Zehnerring zu setzen ist eine Sache, sie mitten in den X-Ring zu setzen eine andere, Mann ... Das ist echt nicht normal.«

»Ja, toll«, bestätigte Lucas. »Ich hab's nie geschafft.« Er warf einen letzten Blick auf die Scheibe, schüttelte den Kopf und machte sich auf den Weg zurück in sein Büro. Zehn Schüsse in den Zehnerring zu setzen war eine Sache, zehn Schüsse in den X ...

Im Büro sah er noch einmal die Telefonnummern durch, die er über Steve an den Hacker gegeben hatte. Und da war sie, die letzte Nummer.

Tennex Botendienst ...

»Heilige Scheiße«, sagte er laut vor sich hin. Vielleicht war es ja auch nur ein Zufall ...

Er dachte noch über die Sache nach, als Sherrill und Black mit einem Stapel großer Farbfotos hereinkamen – Silhouettenfotos von Frauen in dunklen Regenmänteln und mit Schals über den Köpfen. Man hatte ein Dutzend verschiedene Gesichter in die Wölbung der Schals eingesetzt und sie so fotografiert, als ob ein plötzlicher Lichtschein auf sie falle.

Lucas breitete die Fotos vor sich aus. »Nicht schlecht«, sagte er. »Die hier ist Carmel?«

»Ja – die Vermummung macht einen großen Unterschied«, sagte Sherrill. »Ich würde sie in dieser Kleidung in tausend Jahren nicht wieder erkennen.«

Sie fuhren getrennt, Black und Sherrill voraus, Lucas hinterher. Jan Davis erwartete sie bereits unter der Tür. »Ich hoffe nur, dass wir das ohne größeres Trauma hinter uns bringen«, sagte sie mit angespannter Stimme.

»Es gibt keinen Grund zu der Befürchtung, dass es überhaupt zu einem Trauma kommt«, sagte Lucas. »Wenn sie kein Foto identifizieren kann, ist alles vorbei.«

»Und was ist, wenn sie es kann? Und der Killer davon erfährt?«

»Der Killer wird über die Polizei nichts davon erfahren«, sagte Lucas. »Wir würden in diesem Fall eine Videoaufzeichnung machen und sie bei der Staatsanwaltschaft hinterlegen. Der Name Ihrer Tochter wird geheim gehalten, bis die Verteidigung des Mörders Einsicht in die Beweise verlangt – aber zu diesem Zeitpunkt haben wir den Mörder ja festgenagelt, er sitzt längst wegen Mordes ersten Grades im Gefängnis, und es gibt niemanden mehr, der Ihrer Tochter etwas antun könnte.«

»Die ganze Sache macht mir einfach schreckliche Angst«, sagte Jan Davis und schlang die Arme um den Oberkörper, als ob ihr kalt wäre.

Heather spielte mit einer Lastwagenflotte in ihrem kleinen Zimmer. »Weißt du, was du brauchst?«, fragte Sherrill und gab selbst die Antwort: »Einen Traktor, wie ihn die Farmer haben. Vielleicht mit einem Kultivator zum Bearbeiten der Felder.«

»Ich hab mal einen Traktor gehabt, einen John Deer, aber den hab ich irgendwo verloren«, sagte Heather. Ihre Augen verengten sich. »Der Traktor war gut, aber wissen Sie, was ich wirklich brauche?«

»Was denn?«

»Als wir den Traktor gekauft haben, haben wir dazu auch einen Mähdrescher gekauft, aber ich hatte nichts, wo man den Mais reinladen konnte. Ich bräuchte einen Getreidelaster.«

»Nun ja ...« Sherrill war ratlos. »Komm, wir schauen uns mal die Bilder an, dann kannst du zurück zu deinen Lastwagen gehen.«

»Mom hat gesagt, Sie würden mich vielleicht mal in einem Streifenwagen mitfahren lassen«, sagte Heather.

»Hm, wenn du Onkel Lucas hier fragst, der könnte das vielleicht für dich organisieren.«

»Er ist nicht mein Onkel«, sagte Heather.

»Ich kann es vielleicht trotzdem für dich regeln«, sagte Lucas. »Komm und schau dir die Bilder an.«

Sie tat es, sah sie sich alle sorgfältig an, und als sie fertig war, sagte sie: »Nein.«

»Nein?«

Sie sah ihre Mutter an. »Die sehen nicht richtig aus.«

»Wenn sie nicht richtig aussehen«, sagte Jan Davis, »dann sehen sie eben nicht richtig aus ...«

»Bist du sicher, dass *keines* der Bilder richtig aussieht?«, fragte Lucas.

»Na ja, sie sehen alle *irgendwie* richtig aus, aber keines davon sieht *richtig* richtig aus.«

»Wenn du das sagst, wird's wohl stimmen«, sagte Black. Sie standen alle auf.

»Kann Onkel Lucas mich trotzdem mal in einem Streifenwagen mitnehmen?«

Draußen auf dem Gehweg sagte Sherrill: »Verdammte Scheiße, Mann.«

»Ja, große Scheiße«, bestätigte Black. »Andererseits weiß ich nicht, ob ich ein Kind im Zeugenstand einer Befragung durch die absolut rücksichtslose Carmel Loan aussetzen möchte.«

»Ich würde im Moment alles versuchen«, sagte Lucas mürrisch. »Ich würde sogar einen Schimpansen nehmen, wenn er bereit wäre, auf das richtige Bild zu zeigen.«

»Was hast du jetzt vor?«, fragte Sherrill.

»Nach Hause gehen«, antwortete Lucas. »Ein Bier trinken. Nachdenken. Mich in den Schlaf weinen.«

12

Lucas kam kurz nach zehn – für seine Verhältnisse früh – in sein Büro. Er schrieb ein Memo, versah es mit der Überschrift »Vertraulich!« und diktierte dann das Ergebnis seines Gesprächs mit Hale Allen auf Band. Dann ging er mit dem Memo zu Rose Marie Roux, der Polizeichefin der Stadt.

»Wie war Ihre Reise?«, fragte er.

»Ein Kongress mitten im Sommer in Las Vegas – es war so heiß, dass ich Angst hatte, ins Freie zu gehen.«

»Aber trockene Hitze«, sagte Lucas.

»Die produziert auch ein Heizofen«, knurrte sie. »Und außerem war ich so gelangweilt, dass ich beinahe wieder mit dem Rauchen angefangen hätte ... Was liegt an?«

Er übergab ihr das Memo, sie las es und sagte dann: »Verdammt, Lucas, das ist ja schrecklich! Warum kommen Sie nicht mal mit unkomplizierten Dingen zu mir?«

»Das ist doch unkompliziert«, sagte Lucas. »Ich belästige Sie ja nicht damit. Ich möchte aber, dass niemand außer Ihnen und mir, Sherrill und Black und vielleicht einem Richter dieses Memo zu Gesicht bekommt. Legen Sie es zu den Akten und vergessen Sie es.«

»Damit Ihr Arsch verschont wird«, sagte Roux.

»Damit der Arsch aller Beteiligten verschont wird«, stellte Lucas klar. »Ich brauche Carmel Loans Telefonunterlagen der letzten paar Monate, und dazu brauche ich wiederum eine richterliche Genehmigung.«

»Sprechen Sie mit Ross Benton«, sagte Roux. »Er wird Ihnen die Genehmigung ausstellen *und* den Mund halten. Er würde sich freuen, wenn wir Carmel Loan festnageln könnten, denn sie treibt vor Gericht ihre Spielchen mit ihm. Er hatte Schwierigkeiten mit einigen Entscheidungen in diesem Polle-Fall, und sie nannte ihn ›Schizo, der Clown‹, und das wurde dann in der *Star Tribune* veröffentlicht.«

»Okay. Ich gehe mit dem Memo zu ihm und hole mir die Genehmigung.«

»Ich hoffe, Sie wissen, was Sie da tun«, sagte Roux. »Ich bin zu alt und zu müde, um mich von Carmel Loan auf dem Scheiterhaufen verbrennen zu lassen.«

Lucas ging zu Richter Benton und bekam seine Genehmigung. »Lassen Sie mich wissen, was dabei rauskommt«, sagte Benton mit einem Leuchten in den Augen.

»Vielleicht nichts«, erwiderte Lucas. »Ich bitte Sie jedenfalls, nichts davon verlauten zu lassen.«

»Keine Sorge. Wenn nichts dabei herauskommt und sie erfährt, dass ich Ihnen diese Genehmigung ausgestellt habe, kann ich mir gleich einen Pistolenlauf in den Mund stecken.«

Lucas ging mit der Genehmigung zur Telefongesellschaft, präsentierte sie dem höflich-korrekten Vizepräsidenten, betonte die Verpflichtung zur Geheimhaltung und die Strafen, die bei einem Bruch dieser Verpflichtung zu erwarten waren. Der Vizepräsident reagierte mit entsprechender Ehrfurcht, und sie gingen hinunter ins Technikzentrum, wo die benötigten Unterlagen ausgedruckt wurden. Lucas bat den Vizepräsidenten, das Datum und die Uhrzeit auf dem Ausdruck zu notieren und mit seiner Unterschrift zu bestätigen.

»Ich hoffe, das bringt mich nicht in Schwierigkeiten«, sagte der Vizepräsident.

»Wir versuchen, einen Profikiller der Mafia festzunageln«, sagte Lucas.

»Sehr witzig«, sagte der Mann, während er unterschrieb.

Zurück in seinem Büro, wog Lucas die Vor- und Nachteile ab, das FBI um einen Gefallen zu bitten. Sein Magen knurrte, dann noch einmal, und Lucas reagierte darauf, ging in die Cafeteria, aß ein Sandwich und las die Zeitung. Dann ging er zurück in sein Büro und nahm Mallards Karte aus der Schreibtischschublade.

Wenn man das FBI in einen Fall einschaltete, musste man mit dem Problem rechnen, dass die Agenten zu Überreaktionen neigten: Maschinenpistolen mit Laserzieleinrichtung, Hubschrauber, psychologische Verbrecherprofile aus dem Computer. Ein weiteres Problem bestand darin, dass die FBI-Agenten im Allgemeinen unerfahren waren. Ein Mann, der nach dem College zum FBI ging und dann zwanzig Jahre als

Agent tätig war, hatte in etwa so viel Erfahrung mit echten Verbrechern wie ein Verkehrspolizist ein Jahr nach der Polizeischule. Wenn man es also mit einem leicht ergrauten, fünfundvierzigjährigen Agenten zu tun bekam – demnach etwa in Lucas' Alter –, konnte man zunächst einmal denken: Hm, der macht keinen schlechten Eindruck. Dann aber fand man schnell heraus, dass er in Cop-Jahren gerechnet höchstens fünfundzwanzig war.

Andererseits war die Erfahrung, die die Leute *hatten*, darauf ausgerichtet, Schwerverbrecher, wie zum Beispiel Profikiller, zu überführen ...

Nach einem weiteren Moment des Zögerns dachte Lucas an Mallards Verhalten während ihres Treffens: Mallard gehörte offensichtlich zur besseren Sorte, glaubte Lucas.

Mallard nahm den Hörer nach dem ersten Läuten ab: »Ja?«

»Ich habe eine Intuition«, sagte Lucas, nachdem er seinen Namen genannt hatte.

»Ich neige dazu, Intuitionen zu respektieren«, sagte Mallard. »Unsere Leute in Minneapolis sind auf seltsame Weise beeindruckt von Ihnen. Oder sie haben Angst vor Ihnen oder so was.«

»Danken Sie ihnen, wenn Sie sie noch mal treffen.«

»Ich habe nicht gesagt, dass sie Sie *mögen*«, knurrte Mallard. »Sie sagen, Sie würden von uns als den *Feebs* sprechen. Wir sind aber keine Schwachköpfe, zumindest nicht alle.«

»Nun, ehm, das liegt an der alten Rivalität.«

»Ja, sicher«, sagte Mallard. »Was ist denn nun Ihre Intuition?«

»Wir haben eine potenzielle Verdächtige, nicht im Hinblick auf die Täterin, sondern auf die Anstifterin – die Frau, die die Mörderin angeheuert hat. Um von vornherein ehrlich zu Ihnen zu sein – ich werde Ihnen die Identität dieser Frau nicht verraten, denn sie ist ein heißes Eisen, und wenn ich mich täusche, wird sie mich an die Wand nageln. Ich müsste mich dann nach einem anderen Job *weit* von Minneapolis entfernt umsehen.«

»So viel zur Vorrede«, sagte Mallard. »Was ist die Intuition?«

»Nun, ehm, ich bin in den Besitz von Unterlagen gekommen, aus denen Telefonkontakte hervorgehen, die unsere Verdächtige etwa um die Zeit des Mordes an Barbara Allen hatte. Und einer davon war in Washington – bei Ihnen also ...«

»Nicht im Staat Washington, okay ...«

»... und als ich sie überprüfte, stieß ich auf einen ›Tennex-Botendienst‹. Niemand da außer einer Telefonistin. Es ist ein Telefondienst. Und das Verhalten der Telefonistin zeigt eindeutig, dass da *nie* jemand da ist. Komische Sache. Und gerade gestern habe ich mit einem Freund über Scheibenschießen gesprochen, und er erzählte mir von unserem jungen Cop aus Iowa, der gerade eine Runde geschossen hat, bei der er alle zehn Schuss nicht nur in den Zehnerring setzte, sondern sogar in den X-Ring.«

»Zehn im X-Ring – *Ten-X-Botendienst*, ich verstehe«, sagte Mallard. »Eine ziemlich weit hergeholte Intuition.«

»Aber genau das, was ich dachte.«

»Wetten würden ungefähr zwanzig zu eins dagegen stehen.«

»Ich dachte eher an fünfzig zu eins«, sagte Lucas.

»Und trotzdem sind es die besten Chancen, die ich gegen diese Killerin je hatte«, sagte Mallard. »Ich würde selbst bei tausend zu eins anspringen.«

»Wir müssen in dieser Sache vorsichtig vorgehen«, sagte Lucas. »Nichts von dieser Scheiße mit Lasermaschinenpistolen oder schwarzen Hubschraubern.«

»Niemand wird etwas davon erfahren«, sagte Mallard. »Bis wir es wollen. Wie kann ich Sie telefonisch direkt erreichen?«

Lucas gab ihm seine Nummer, und Mallard sagte noch: »Ich rufe Sie morgen früh an.«

Lucas legte auf, lehnte sich zurück und starrte das Telefon an. Mallard, der furztrockene, aber dicknackige Professor der Wirtschaftswissenschaften, hatte Anzeichen echter Erregung offenbart. Als ob er die Intuition teile ...

Sherrill kam, ohne anzuklopfen, herein, setzte sich unaufgefordert auf den Besucherstuhl und sagte verdrossen: »Mein Problem ist, dass ich ein Cop bin.«

»Attraktiver, weiblicher Cop«, sagte Lucas tröstend. »Und du hast diese tolle große Kanone ...«

»Ich bin nicht zum Scherzen aufgelegt«, sagte Sherrill. »Ich bin plötzlich mit einem Problem konfrontiert.«

Lucas runzelte die Stirn, erkannte den Ernst auf ihrem Gesicht. »Was ist passiert?«

»Die Patrone, die du mir gegeben hast«, sagte sie. »Sie ist vom Labor zurück.«

»Und?«

»Und ... Lucas, die metallurgische Analyse hat dasselbe Ergebnis wie die der Geschosse bei den Morden an D'Aquila und den Latinos in Dinkytown. Allerdings nicht wie beim Mord an Barbara Allen.«

»Aha«, sagte Lucas ruhig, aber er spürte den starken Kick freudiger Erregung.

»Und weil ich nun mal ein Cop bin«, fuhr Sherrill fort, »muss ich dich fragen: Woher hast du die Patrone?«

»Ich könnte dir erzählen, dass ich sie nach dem Mord auf dem Boden in der Wohnung von Marta Blanca gefunden und dann vergessen habe.«

»Das wäre beschissener Blödsinn«, sagte sie.

»So was passiert manchmal, selbst den Besten von uns«, sagte Lucas.

»Aber nicht dir. Und mir auch nicht.«

»Ich sage dir die Wahrheit, wenn du sie wissen willst. Wenn du das dann aber einem anderen weitererzählst, lande ich möglicherweise im Knast. Aber wenn du es unbedingt wissen willst ...«

»Du wärst also bereit, es mir zu sagen?«

»Ja.«

Sie überlegte einige Sekunden, sagte dann: »Ich *muss* es wissen.«

Lucas nickte. »Ich bin in Carmel Loans Appartement eingebrochen, habe es durchsucht und die Patrone in einem Wandschrank gefunden. Es war nur diese eine Patrone da. Ich habe überlegt, ob ich sie liegen lassen, mir einen Durchsuchungsbefehl besorgen und sie dann offiziell finden soll – und wenn die Laboruntersuchung dann positiv wäre, hätten wir einen bedeutsamen Beweis vorzuweisen. Aber mir war klar, dass wir wohl kaum genug Gründe für einen Durchsuchungsbefehl in Händen hatten. Und andererseits konnte ich mir Millionen Gründe vorstellen, auf deren Grundlage Carmel oder ein anderer Verteidiger diese Art von Beweis anfechten würde. Verstehst du, wir hätten also zufällig diese eine Patrone in ihrem Wandschrank gefunden, und sie passt zufällig zu den Mordgeschossen, und wir sind die einzigen, die mit diesen Patronen umgingen – wir müssten gegen den Vorwurf, Carmel die Patrone untergeschoben zu haben, ankämpfen ... Es wäre ein brauchbarer Beweis gewesen, aber kein durchschlagender.«

»Also hast du die Patrone an dich genommen.«

»Ja, und dazu noch einiges andere«, sagte Lucas. »Computerunterlagen, Telefonrechnungen ...«

»Sie merkt hoffentlich nichts davon.«
»Nein, das glaube ich nicht.«
»Also, verdammt, Lucas ...«

Er lehnte sich über den Schreibtisch vor, und sein Blick verriet die innere Anspannung: »Hör zu – *wir wissen jetzt Bescheid über sie*. Wegen dieser Patrone. Es ist das Wichtigste, was in einem Fall wie diesem passieren konnte. Wir haben einen festen Anhaltspunkt, wer hinter den Morden steckt. Und jetzt können wir anfangen, die Puzzlestücke zusammenzusetzen. Wir steckten fest, aber jetzt haben wir einen handfesten Verdacht, auf den wir uns konzentrieren können.«

»Ich wünschte nur, du hättest es mir gesagt, bevor du bei ihr einbrichst«, sagte Sherrill.

»Das ging nicht. Es war besser, dass du nichts davon gewusst hast, und es ist auch jetzt noch besser. Wenn mich jemand fragen sollte, auch jetzt noch – ich habe dir nichts davon gesagt.«

»Ich nehme an ...« Sie stand auf, seufzte und sagte: »Okay. Ich habe vergessen, was du mir erzählt hast.«

»Aber real natürlich nicht«, grinste Lucas.

»Verdammt, Lucas ...« Sie blitzte ihn wütend an und beruhigte sich sofort wieder. »Was machen wir als Nächstes?«

»Ich habe mir eine richterliche Genehmigung zur Einsicht in Carmels Telefonrechnungen geben lassen, bin damit zur Telefongesellschaft marschiert und habe die Rechnungen bekommen«, sagte er. »Ich habe sie überprüft – ich hatte sie ja schon aus ihrem Appartement, aber so haben wir den Nachweis, dass wir sie legal in die Hände bekommen haben.«

»Irgendwas, das uns weiterhilft?«

»Ja. Ein seltsamer Anruf. Und sie hat diesen Anruf kurz vor dem Mord an D'Aquila gemacht.« Er berichtete ihr vom Tennex-Botendienst und von seinem Anruf beim FBI.

»Tennex – klingt wie eine Rockband«, sagte sie verdrossen.

»Du denkst an Quicksilver Messenger Service, wie?«

»Nein, nie davon gehört«, antwortete sie. Sie ließ sich auf den Stuhl sinken und überflog den Computerausdruck mit den Telefonnummern. »Nichts *vor* dem Allen-Hit.«

»Nein ...«

»Hast du gehört, was ich gerade gesagt habe? Ich habe tatsächlich *Hit* gesagt – wie sie das im Fernsehen immer nennen. Jesus, ich bin in einem TV-Film ...«

»Soll ich dir mal sagen, welchen Gedanken ich verfolge?«, fragte Lucas und gab sofort die Antwort: »Könnte es nicht sein, dass Rolando D'Aquila der Kontaktmann zu der Killerin war? Wie ihr – Black und du – rausgefunden habt, hat er ja mal intensive Kontakte zur Mafia gehabt, und die Killerin hat, wie wir von Mallard wissen, eine ganze Menge Aufträge für die Mafia erledigt.«

»Und weißt du was?«, fragte Sherrill und setzte sich aufrecht hin. »Rolos Kontakte gingen nach St. Louis – seine Drogenlieferungen kamen vornehmlich aus St. Louis, und das war doch irgendwie ungewöhnlich. Zu der Zeit damals kam der meiste Stoff hier bei uns aus L. A.; der Schwerpunkt hat sich damals erst allmählich nach Chicago verlagert. St. Louis spielte keine Rolle – weder vor Rolos Aktivitäten noch nach seinem Ausstieg aus dem Großhandel wegen seiner Kokssucht.«

»Und die Killerin ...«

»Hat Kontakte zur Mafia in St. Louis. Sagen jedenfalls die Feebs.«

»Da ist echt was dran«, erwiderte Lucas. »Wir sollten da mal ansetzen.«

Carmel Loan saß in ihrem Büro; sie spürte noch Hale Allens Berührung aus der Nacht zuvor, den Druck seiner Daumenballen zu beiden Seiten ihrer Wirbelsäule ... Sie versuchte, eine eidesstattliche Erklärung zu lesen, aber ihr Blick verlor sich immer wieder, und sie kicherte plötzlich vor sich hin. Dieser Mann war geradezu unnatürlich sexuell veranlagt; eine Erinnerung zuckte bei ihr auf, wohl aus einem Film, den sie vor langer Zeit einmal gesehen hatte – eine Frau hatte zu einem Mann gesagt: »Frauen wollen keinen Sex, Frauen wollen Liebe.«

Was für ein dummes Zeug, dachte sie. Frauen wollten Sex; sie wollten nur *zusätzlich* auch Liebe. Ja, so einfach ist das, dachte sie und kicherte wieder vor sich hin. Sie erinnerte sich genau daran, wie seine Hände dann ...

Das Telefon läutete, ihr privater Außenanschluss, und sie zuckte zusammen, atmete tief durch und war bereit, zu den Gegebenheiten des Alltags zurückzukehren. »Carmel«, meldete sie sich. Nicht viele Leute kannten diese Nummer.

»Sie erinnern sich an mich?«, fragte eine Männerstimme.

»Natürlich.«

»Sie sollten mir ein paar Bucks zukommen lassen.«

»Jederzeit, Kumpel. Zu zwanzig Prozent Zinsen?«

»Carmel Loan, der weibliche Keredithai, wie? Aber ich will nichts leihen, ich will was verkaufen.«

»Ich glaube eigentlich nicht, dass derzeit was Interessantes für mich auf dem Markt ist, aber ... Was haben Sie?«

»Eine Vorbedingung: Sie dürfen ein oder zwei Tage keinen Gebrauch von der Information machen. Es wissen nur wenige Leute davon, und wenn Sie herkommen und die Leute zur Rede stellen, könnten sie mich als Ihre Quelle identifizieren.«

»Okay; also, was ist es?«

»Lucas Davenport, Tommy Black und Marcy Sherrill haben Phantombilder zusammenstellen lassen, um sie einem Zeugen bei den Morden drüben in Dinkytown vorzulegen.«

»Okay ...« Sie brachte das Wort unbefangen heraus, spürte aber einen kalten Hauch im Nacken.

»Raten Sie mal, wessen Gesicht auf einem der Phantombilder zu sehen ist?«

»Hm, das der Jungfrau Maria.«

»Dicht dran, aber kein Volltreffer. In Wirklichkeit ist *Ihr* Gesicht darauf zu sehen.«

»*Mein* Gesicht?« Sie war geschockt, und sie zeigte das auch deutlich. Der Mann am anderen Ende der Leitung war schließlich ein Cop ...

»Ja. Ich weiß nicht, warum. Sie haben nach großen blonden Frauen gesucht, und vielleicht hatten sie ein Foto von Ihnen und haben es, wie die Fotos von anderen bekannten Frauen, einfach genommen – das Wettermädchen von Kanal Drei ist auch darunter ...«

»Wahrscheinlich war es so«, sagte Carmel. »Aber ich bin stocksauer ...«

»Ich dachte mir, dass Sie das wissen wollten.«

»Schauen Sie in Ihren Briefkasten«, sagte sie.

»Das mach ich«, erwiderte er, und seine Stimme klang sehr erfreut.

Carmel legte auf. Einige Leute, dachte sie, werden in der Erwartung einer zusätzlichen Geldsumme aufgeregt. Nicht nur, weil sie sich ausrechnen, was sie sich dafür kaufen können oder welchen Wert das Geld darstellt, sondern weil es sie anscheinend aufgeilt, die glatten, leicht fettigen Geldscheine zu fühlen. Dieser Cop war einer dieser Leute. Sie verstand das nicht; allerdings hatte sie auch noch nie ernsthaft versucht, es zu verstehen. Sie war dankbar, dass dieses Verlangen bei manchen Menschen bestand und dass sie es befriedigen konnte. Eine Reihe von Cops hatten sich im Verlauf der Jahre auf diese Weise schon als nützlich erwiesen.

Sie dachte noch eine Weile darüber nach, dann machte sie einen Spaziergang zu einem Münztelefon, tippte Rinkers Nummer ein und hinterließ eine Nachricht.

13

Sehr früh am nächsten Morgen – einem kühlen Morgen mit einem endlosen blassblauen Himmel, der für den Mittag Hitze versprach – rief ein fröhlicher Mallard aus Washington bei Lucas an. Der Anruf erfolgte eine Stunde vor der Zeit, die sich Lucas zum Aufstehen vorgenommen hatte; er nahm den Hörer mit in die Küche.

»Wir haben ein paar Neuigkeiten über diese Tennex-Verbindung«, sagte er, während Lucas gähnte und sich am Bauch kratzte. »Und ich habe eine Frage. Nein, zwei Fragen...«

»Was sind die Neuigkeiten?«

»Es gibt keinen Tennex-Botendienst, soweit wir das feststellen können, und es hat nie einen gegeben.«

»Das ist ja interessant«, sagte Lucas.

»Finde ich auch... Die Telefonnummer führt zu einer Reihe von Büros, die jeweils kurzfristig vermietet werden. Davor gibt es einen Empfang, in dem mehrere Empfangsdamen von acht bis neunzehn Uhr Dienst tun. Weiter hinten befindet sich eine hochmodern ausgestattete Telefonvermittlung, die rund um die Uhr von Telefonistinnen besetzt ist. Die Büros werden auf wöchentlicher oder monatlicher Basis vermietet, meistens an Geschäftsleute, die als Lobbyisten unsere Regierung bearbeiten. Im Durchschnitt sind die Büros zu zwei Dritteln belegt. Jedes Büro hat eine eigene Telefonnummer, und wenn ein Anruf bei der Vermittlung eingeht, reagieren die Telefonistinnen mit dem Namen dessen, der das Büro gerade gemietet hat. Anrufe zur Übermittlung von Nachrichten gehen auf unterschiedlichen Nummern ein, und die Telefonistinnen beantworten sie mit einem speziellen Namen, je nachdem, welche Nummer angerufen wurde. Tennex nimmt nur den Beantwortungsdienst in Anspruch. Es gibt kein Tennex-Büro.«

»Und wer bezahlt die Rechnungen? Woher kommen die Schecks?«

»Das wissen wir noch nicht. Wir möchten die Tennex-Nummer noch ein paar Tage abhören, bevor wir mit den Leuten sprechen, die diesen Telefondienst betreiben. So, und jetzt kommt meine erste Frage: Hat einer von Ihren Leuten – eine Frau – gestern die Tennex-Nummer von einem Münztelefon aus angerufen?«

»Nein.«

»Aber jemand aus Minneapolis hat es getan«, sagte Mallard. »Es war der einzige Anruf, der gestern einging.«

»Hm – zu welcher Uhrzeit?«

»Ungefähr siebzehn Uhr dreißig unserer Zeit.«

»Hm ... Wir haben gestern einem kleinen Mädchen, das die Killer in Dinkytown gesehen hat, eine Reihe von Phantombildern gezeigt. Sie haben wahrscheinlich über das Mädchen in den Akten gelesen, oder nicht?«

»Ja, natürlich.«

»Unter den Fotos war auch eines mit dem Gesicht unserer Verdächtigen. Es kam nichts dabei raus ... Aber ich will Ihnen was sagen: Diese Frau muss einen Spitzel in unserem Department haben. Oder in Ihrem, was das betrifft ...«

»Meine Leute wussten nichts von den Phantombildern.«

»Richtig, Entschuldigung. Wenn es eine undichte Stelle gibt, muss sie hier bei uns sein. *Wenn es eine undichte Stelle gibt* ... aber verdammt, ich hätte es ihr selbst verraten, wenn ich gewusst hätte, dass sie dann diesen Anruf macht. Haben Sie eine Aufzeichnung der Stimme?«

Mallard antwortete nicht sofort, als ob er die Dummheit dieser Frage erst einmal verdauen müsste. »Natürlich«, sagte er dann.

»Ich möchte sie hören«, sagte Lucas. »Ich kenne die Verdächtige persönlich, habe erst vergangene Woche länger mit ihr gesprochen. Vielleicht kann ich sie damit festnageln …«

»Was mich nunmehr zu meiner zweiten Frage führt«, sagte Mallard. »Wie ist ihr Name?«

»Jesus …«

»So heißt sie bestimmt nicht … Ich *muss* den Namen wissen. Diese Entwicklung des Falles ist viel versprechend. Solange Ihr Verdacht auf nichts mehr als einer Intuition beruhte, war das *eine* Sache. Jetzt ist es eine andere.«

»Sie ist eine bekannte Strafverteidigerin mit besten Beziehungen hier in der Stadt. Wahrscheinlich mehrfache Millionärin. Und ich *weiß*, dass sie Zuwendungen an Politiker macht – an Senatoren, Kongressabgeordnete, wen auch immer. Wenn Sie diese Sache vermasseln und vorzeitig was rauskommt, wird man unsere Gebeine irgendwann in einem gemeinsamen Grab in irgendeinem Waldstück finden.«

»Drei Leute hier, mich eingeschlossen, werden den Namen erfahren. Keinesfalls mehr. Wenn wir uns in einem gemeinsamen Grab wiederfinden, werden die zwei anderen unter uns liegen, das verspreche ich Ihnen.«

Lucas seufzte, zögerte und sagte dann: »Okay. Ihr Name ist Carmel Loan. Ich kann Ihnen nicht sagen, wie nervös mich das macht …«

»Hm … Die Frau, die gestern anrief, hat sich als Patricia Case identifiziert.«

»Nie gehört, aber ich werde das überprüfen«, sagte Lucas.

Er nahm das Telefonbuch von St. Paul und blätterte es durch, suchte den Namen Case.

»Könnte eine Art Code sein«, sagte Mallard. »Obwohl das ziemlich weit hergeholt klingt.«

»Tennex-Botendienst ist auch weit hergeholt ... Konnten Sie den Münzfernsprecher lokalisieren?«

»Ja, einen Moment ... Aha, da haben wir's – 505 Nicollet Mall.«

»Fünf-null-fünf«, murmelte Lucas, während er mit dem Finger die Eintragungen »Case« im Telefonbuch abfuhr. Dann sagte er, halb zu sich selbst: »Im Telefonbuch von St. Paul ist keine Patricia Case eingetragen. Das Telefonbuch von Minneapolis habe ich hier zu Hause nicht ...«

»Wir haben das alles schon gecheckt: Es gibt keine Patricia Case in der Doppelstadt. Wir haben auch die Nummer 505 überprüft. Sie gehört zu einem Kaufhaus – Neiman Marcus.«

»Das ist ein bequemer Zwei-Minuten-Spaziergang von Carmel Loans Büro«, sagte Lucas. »Ich kann das genauer überprüfen, aber wahrscheinlich ist es das zu ihrem Büro *nächst gelegene* Münztelefon.«

»Interessant«, sagte Mallard.

»Bitte – lassen Sie nichts von unserem Verdacht gegen Carmel Loan verlauten«, sagte Lucas noch einmal dringlich. »Noch nicht.«

»Von uns hier wird nichts nach außen dringen, das schwöre ich bei Gott.«

»Noch etwas«, sagte Lucas, »wann gehen Sie zu diesem seltsamen Haufen? Zu dieser Büroflucht samt telefonischem Antwortdienst, um sich die Leute vorzuknöpfen?«

»Wir warten noch mindestens einen Tag.«

»Rufen Sie mich am Tag vorher an. Ich bin nur drei Flugstunden entfernt, und ich wäre bei der Aktion gern dabei.«

»Kein Problem. Noch was?«

»Ja. Eines der Opfer, dieser Rolando D'Aquila, war früher mal Drogenhändler im großen Stil. Unsere Drogenfahnder sagen, er habe seinen Koks aus St. Louis bezogen, über eine Mafia-Connection da unten. Nicht direkt von Kolumbianern oder Mexikanern, sondern nach altem Brauch von der Mafia. Und die Profikillerin, für die er wahrscheinlich als Kontaktmann tätig war, scheint in dieses örtliche Szenarium zu passen.«

»Verdammt«, sagte Mallard, »mit mir passiert was, das schon seit sehr langer Zeit nicht mehr passiert ist.«

»Und was ist das?«

»Meine Hoffnung steigt.«

In den nächsten zwei Tagen geschah nichts. Carmel erhielt keinen Rückruf. Sie blieb stets in der Nähe ihres Spezialtelefons, hörte aber nichts von Rinker. Gab es ein Problem mit dem Kontakttelefon? Wurde es abgehört?

Das FBI war gleichermaßen frustriert. Es gingen keine weiteren Anrufe für Tennex ein. Nichts. Am Ende des zweiten Tages rief Mallard bei Lucas an. »Wir machen es morgen, wenn nicht noch was passiert, das uns zunächst mal noch davon abhält. Auf jeden Fall aber machen wir es noch vor dem Wochenende.«

»Ich besorge mir heute Abend einen Flug.«

»Wir können das für Sie regeln«, bot Mallard an.

»Danke, ich mache das von hier aus.«

»Okay. Irgendwas Neues?«

»Ich habe eine Mitarbeiterin, Marcy Sherrill, nach St. Louis geschickt, um aus den Leuten von der Abteilung Organisiertes Verbrechen da unten mal ein bisschen was rauszukitzeln. Hier bei uns hat sich nichts Neues ergeben.«

»Wenn diese Sherrill die junge Frau ist, die ich bei unserer Besprechung kennen gelernt habe, wird sie dieses Rauskitzeln sicher bestens erledigen.«

»Eines ihrer vielen Talente«, sagte Lucas. »Bis morgen.«

Lucas rief sein Reisebüro an, ließ sich einen Northwest-Flug in der Businessclass nach Washington für einundzwanzig Uhr und ein Zimmer im Hay-Adams reservieren. Er mochte das Hay-Adams, denn bei dem halben Dutzend Aufenthalten dort – auch beim allerersten – hatte ihn der Türsteher stets mit »Schön, Sie wieder einmal bei uns zu sehen, Sir« begrüßt.

Dann rief er Donnal O'Brien bei der Mordkommission in Washington an und sagte: »Hallo, alter Ire.«

»Jesus Christus, die fernen Außenbezirke melden sich zu Wort«, sagte O'Brien. »Wie zum Teufel geht's dir, Lucas?«

»Gut. Ich fliege heute Abend nach Washington. Ich würde dich morgen gern treffen, wenn du Zeit hast.«

»Soll ich dich vom Flughafen abholen?«

»Nein. Ich komme mitten in der Nacht an«, antwortete Lucas. O'Brien musste sich um vier Kinder kümmern. »Ich fahre mit dem Taxi zum Hay-Adams. Morgen früh erledige ich den dienstlichen Kram bei den Feebs, und dann komme ich zu dir – wann? Um drei?«

»Okay, um drei. Vielleicht geh'n wir auf ein Bier, hm?«

»Machen wir. Bis dann.«

Der Flug nach Washington war ein Albtraum: Am Flugzeug war nichts auszusetzen, beste Wetterbedingungen, pünktlicher Abflug – aber Reisen in Flugzeugen – nicht in Hubschraubern – waren die einzige echte Phobie, die Lucas bei sich kannte. Er hatte Angst, ein Flugzeug zu besteigen, saß völlig verkrampft da, klammerte sich an die Armlehnen, stets in Erwartung des Absturzes, und zwar vom Abflug bis zur Landung, und er war erst so richtig überzeugt, dass er überlebt hatte, wenn er schließlich durch den Terminal des Zielflughafens ging.

Beim Anflug auf Washington tauchte das angestrahlte Washington Monument in Postkartengröße unter ihnen auf. Lucas ignorierte es. Es war sinnlos, sich das anzuschauen, wenn man nur noch Sekunden vom Tod im Inferno eines Flammenmeeres entfernt war. Aber irgendwie kam das Flugzeug heil herunter, und die Stewardessen unterdrückten ihre Panik immerhin so weit, dass sie ihm zulächeln und für den Flug mit Northwest danken konnten.

Das Hay-Adams war großartig wie immer. Das Weiße Haus, eingerahmt vom Fenster über dem Schreibtisch, sah aus wie die teure Reproduktion eines 3-D-Fotos in einem Werbefilm – bis man erkannte, dass es real existent war.

Er schlief sehr gut – hatte ihn doch der Türsteher wie erwartet willkommen geheißen.

Mallard fuhr um zehn Uhr am nächsten Morgen in einem blauen Chevy vor, gefolgt von einem weiteren blauen Chevy, in dem drei weitere Agenten saßen. Lucas wartete bereits hinter der Eingangstür, und als er Mallard aus dem Wagen steigen sah, ging er ihm entgegen. »Hübsches Hotel«, sagte Mallard und schaute zur imposanten Fassade des Hay-Adams hinüber. »Mir hat man mal dienstlich einen Aufenthalt in einem Holiday Inn genehmigt, in dem es Suiten gab. Na ja, die Genehmigung schloss keine Suite ein, aber ich kam immerhin an der Tür von einer vorbei.«

»Wenn ihr Leute nett zu mir seid, genehmige ich euch einen Aufenthalt in der Lobby des Hotels, während ich heute Abend mein Dinner zu mir nehme.«

»Sie sind ein herzensguter Mensch«, sagte Mallard. Er trug einen blauen Anzug, dazu eine dunkelblaue Krawatte mit kleinen roten Pünktchen. Im Becherhalter des Chevy stand ein Metallbecher mit Kaffee. Mallard trank einen Schluck und sagte: »Wenn Sie auch einen wollen, können wir bei einem Starbucks anhalten.«

»Nein danke«, sagte Lucas. »Warum die ganze Truppe?«

»Wir kriegen es mit fünf Leuten zu tun – die beiden Empfangsdamen, die beiden Telefonistinnen an der Vermittlung und die Chefin –, und ich dachte, dann sollten wir ebenfalls fünf sein.«

»Aha. Nun, wenn die Weiber auf uns losgehen, müssen Sie die Speerspitze unseres Gegenangriffs bilden«, sagte Lucas und machte es sich auf dem durchgesessenen Beifahrersitz bequem. »Wenn man als Speerspitze vorangeht, folgt der Rest der Truppe normalerweise ohne großes Murren.«

»Hier in Washington wäre man dann innerhalb kürzester Zeit tot«, sagte Mallard. »In Washington halten sich die Führer stets *hinter* der angreifenden Truppe.«

Die Büros befanden sich in einem schwer zu klassifizierenden Granitgebäude am Dupont Circle; bei näherem Hinsehen konnte man das Gebäude als »Mittelklasse« durchgehen lassen. Lucas, Mallard und die drei anderen Agenten bewegten sich wie ein gesittetes Rugby-Team darauf zu – eine kleine Gruppe konservativ gekleideter, kurzhaariger Männer, alle recht groß und sportlich durchtrainiert, die man, wenn jemand sie überhaupt falsch einschätzen würde, für Angehörige des Geheimdienstes halten könnte.

Lucas hatte zwar vorher schon so manchen FBI-Aufmarsch gesehen, war aber noch nie Teil eines solchen gewesen.

Mallard hielt den Empfangsdamen, einer falschen Rothaarigen und einer echten Blonden, seinen Ausweis entgegen und sagte: »Wir sind vom FBI. Wir möchten mit Mrs. Marker sprechen.« Zwei der Agenten hatten sich, als Mallard am Empfangspult stehen blieb, von der Gruppe gelöst und waren in den nächsten Raum gegangen. Um die Vermittlung im Auge zu halten, nahm Lucas an.

Die blonde Empfangsdame war eine sorgsam frisierte Frau mittleren Alters, deren Brille ein blaues Plastikgestell mit glitzernden Silberpünktchen hatte. Als sie Mallards Ausweis sah, fuhr ihre Hand an die Kehle. »Nun, ehm«, stammelte sie, »ich ... ich weiß nicht, ob sie da ist.«

»Sie ist da«, sagte Mallard. »Wählen Sie 0600 und bitten Sie sie, zu uns zu kommen.«

Die Frau stellte keine weiteren Fragen. Sie nahm den Hörer ihres Telefons hoch, gab die angegebene Nummer ein und sagte in die Sprechmuschel: »Ein paar Gentlemen vom FBI sind hier und möchten Sie sprechen.«

»Danke«, sagte Mallard.

Louise Marker war eine stämmige junge Frau mit nur einer einzigen Augenbraue – einem pelzigen braunen Streifen über beiden Augen samt dem Nasenrücken. Sie hatte übertrieben gewölbte, tiefrot gefärbte Lippen unter einer fleischigen Nase. In *Alice im Wunderland* wäre sie die Rote Königin gewesen.

Tennex sei seit zweiundsiebzig Monaten Kunde bei ihnen, sagte sie, und die Firma bezahle die Miete und die Telefonrechnungen mit Bankschecks oder Zahlungsanweisungen. Sie bewahrte die Empfangsquittungen für alle zweiundsiebzig monatlichen Zahlungen in einem grünen Hängeordner auf. Die meisten der Schecks und Zahlungsanweisungen stammten von verschiedenen Banken in den Städten St. Louis, Tulsa, Oklahoma und Kansas City, Missouri. Vier Schecks kamen aus Dallas-Fort Worth und drei aus Denver. Je zwei Schecks waren aus Chicago und aus Miami, je einer war aus San Francisco, New Orleans und New York gekommen.

»Woher weiß sie, wie viel sie monatlich bezahlen muss?« fragte Lucas. »Die Rechnungen lauten doch jedesmal über andere Beträge.«

Marker zuckte die Schultern: »Wir erstellen am neunundzwanzigsten jeden Monats die Rechnung und geben die Summe in den Anrufbeantworter. Ein paar Tage später kommt dann der Scheck. So einfach ist das.«

»Und der Anrufbeantworter läuft über die Telefongesellschaft, so dass Sie damit gar nichts zu tun haben? Nichts davon mitkriegen?«

»So ist es.«

»Woraus besteht denn dann Ihre Dienstleistung? Sogar mit Empfangsdamen ...«

»Nun, man muss einen Telefonanschluss haben – die Telefongesellschaft lässt diese Art von Service nicht zu, wenn man keinen eigenen Telefonanschluss hat und dafür bezahlt«, antwortete Marker. »Wir *sind* dieser Telefonanschluss.«

»Das ist doch Blödsinn«, sagte einer der FBI-Agenten. »Die Leute, die Ihren Service in Anspruch nehmen, bezahlen Sie nur dafür, dass Sie einen Telefonanschluss unterhalten?«

»Es ist *kein* Blödsinn«, wehrte sich Marker. »Wir bemühen uns nicht um ausführliche persönliche Daten unserer Kunden, weil wir die Mittel und Möglichkeiten dazu nicht haben, aber wir wissen, um wen es sich handelt, jedenfalls meistens. Es sind vornehmlich kleinere Wirtschaftsverbände oder Firmen oder Politiker, die sich kein eigenes Büro in Washington leisten können, aber den Anschein erwecken wollen, sie hätten eines. Sie geben unsere Telefonnummer als Nummer ihres Washingtoner Büros an, und wenn jemand anruft, ein Abgeordneter zum

Beispiel, geht der Anruf beim Empfang ein, und unsere Damen sagen dann, es sei leider gerade niemand da, aber man würde zum Anrufbeantworter der gewünschten Person durchstellen. Jemand im tatsächlich existierenden Büro unseres Kunden, draußen in Walla Walla oder wo auch immer, ruft mehrmals am Tag hier an, hört den Anrufbeantworter ab und erwidert dann den Anruf. Und wenn ein Kunde persönlich nach Washington kommt, können wir ihm ein Büro mit voller Ausstattung vermieten ... Wir sind übrigens nicht die einzigen, die diesen Service anbieten; es gibt noch ein halbes Dutzend andere ...«

Lucas schlenderte im Büro umher; er stieß auf ein Airline-Magazin und blätterte es auf der Seite mit der Karte der Flugrouten auf. Die Städte im mittleren Westen und mittleren Süden, aus denen die meisten Schecks stammten – Kansas City, St. Louis und Tulsa – lagen auf einem fast perfekten Kreis mit Springfield, Missouri, als Mittelpunkt. Andererseits, wenn die Absenderin in Springfield oder in der Nähe wohnte und die Schecks aus benachbarten großen Städten abschickte, um keinen Hinweis auf ihren Herkunftsort zu geben – warum war sie dann nicht auch zum Beispiel nach Little Rock gegangen? Es war nicht weiter von Springfield entfernt als die anderen Städte, wie die Karte auswies.

Und die Tatsache, dass die Absendeorte der anderen Schecks so verstreut lagen, ließ den Schluss zu, dass die Killerin entweder viel reiste oder es organisierte, dass andere Leute für sie die Schecks abschickten. Aber es erschien recht unwahrscheinlich, dass sie andere Leute damit beauftragte – es wären Gefahrenpunkte in ihrem Versteckspiel. Also reiste sie viel im ganzen Land herum ...

»... nie mit ihr gesprochen«, sagte Marker gerade. »Ich weiß nicht mal, ob es wirklich eine Frau ist. Ich dachte immer, es wäre ein Mann.«

»Wieso meinen Sie das?«, fragte Mallard.

»Ich weiß nicht ... Weil dieser Kunde einen Botendienst betreibt, nehme ich an. Man denkt dann doch automatisch, das wäre ein Männerjob.«

Mallard und seine drei Agenten begannen, mit allen fünf Frauen, einer nach der anderen, ins Detail gehende Gespräche zu führen. Lucas blieb eine Weile vor Markers Büro stehen und beobachtete die Frau, während Mallard sie ausquetschte; sie richtete den Blick auf Lucas, dann wieder auf Mallard, dann wieder durch die Tür auf Lucas. Nach zehn Minuten steckte Lucas den Kopf durch die Tür: »Danke, dass Sie mich mitgenommen haben. Ich rufe Sie heute Nachmittag noch mal an.«

»Einen Moment noch«, sagte Mallard.

Draußen im Flur, weit genug von den Frauen entfernt, sagte er: »Nicht besonders aufregend.«

»Ich muss über das alles noch mal nachdenken«, sagte Lucas.

»Das Problem ist, dass wir keinen Ansatzpunkt haben; nichts Klares, an das wir uns halten können. Wir werden unsere örtlichen Agenten darauf ansetzen, diese Schecks zu überprüfen. Vielleicht kann sich der Kassierer einer der Banken an die Frau erinnern, die die Schecks eingereicht hat.«

»Die höchste Zahl an Schecks, die sie bei einer Bank zum Transfer eingereicht hat, ist sechs, und es lagen jeweils Monate dazwischen«, sagte Lucas. »Ich wette, sie ist jedes Mal zu einem anderen Kassierer gegangen und hat den Scheck immer in bar abgedeckt.«

»Vielleicht können wir die Originalschecks aufspüren und Fingerabdrücke finden. Wir werden uns jeden einzelnen Überweisungsscheck hier ganz genau ansehen. Und wenn der nächste Scheck eingeht ...«

»Ja, machen Sie das alles«, sagte Lucas.

Unten auf der Straße schaute er zurück auf das Gebäude und bemerkte, dass Mallard ihm nachblickte. Es war clever von ihm, Lucas' Rat zu suchen; aber irgendwie war es auch nicht ganz richtig.

Donnal O'Brien war ein stämmiger Schwarzer mit einem schmalen Oberlippenbart – und Alleinerzieher von vier Kindern; seine Frau war, wie er gern erzählte, eines Abends ausgegangen, um ein Brot zu kaufen, und nicht mehr zurückgekommen. »Ihr war's wohl ohne die Kinder tagsüber zu ruhig bei ihrer Arbeit in diesem Gemischtwarenladen.«

Die Frau lebte jetzt in North Miami Beach mit einem pensionierten früheren Washingtoner Cop namens Manners zusammen. »Die Jungs von der Drogenfahndung nannten ihn nur ›Bad Manners‹, und er hat sich tatsächlich schlecht benommen; er ging ganz sicher mit ein bisschen mehr als der normalen Pension in den Ruhestand, wenn man bedenkt, dass er in seinen letzten drei Dienstjahren bei der Drogenfahndung keinen Dealer mehr hochgehen ließ.«

Lucas hatte O'Brien bei einem Computerlehrgang kennengelernt, als Lucas der Polizei noch seine Simulationssoftware für Einsätze andiente. Sie hatten sich ein paar Mal auf ein Bier getroffen und auch danach noch manchmal Informationen ausgetauscht. Als O'Brien noch verheiratet gewesen war, hatte er mit seiner Familie einmal eine Woche in Lucas' Ferienhaus in Wisconsin Urlaub gemacht.

Als Lucas ins Büro kam, las O'Brien gerade im *People*-Magazin eine Story über eine lesbische Golfspielerin. »Hast du gewusst, dass Kitty Veit eine Lesbe ist?«

»Ich habe keine Ahnung, wer Kitty Veit ist.«

»Sie hat am vergangenen Wochenende beim letzten Durchgang des Frauenturniers in Merion eine 63er-Runde gespielt und dreihundertzwanzigtausend Dollar gewonnen. Sie ist die erste Frau, die dort eine 63er-Runde geschafft hat.«

»Du redest von Golf?«

O'Brien seufzte. »Na ja, egal. Jedenfalls, sie ist eine Lesbe.«

»Und das verstößt gegen dein Golfer-Verständnis von Schicklichkeit?«

»Nein, das nicht, aber es ruft bei mir die Frage wach, ob ich nach einer Geschlechtsumwandlungsoperation ebenfalls 63er-Runden spielen könnte.«

»Du würdest wahrscheinlich den ganzen Tag zu Hause sitzen bleiben und an deinen Titten rumspielen.«

»Hm ... Das habe ich nicht bedacht.«

»Wie geht's dir?«, fragte Lucas.

»Ich bin ziemlich müde. Komm, lass uns ein Coke trinken gehen.«

Sie fanden eine freie Nische in einer kleinen, nur moderat nach Fett stinkenden Imbissbude mit Plastiktischen und stellenweise aufgeplatzten, roten Sitzkissen. Der Kellner kam auf sie zu, und O'Brien rief ihm entgegen: »Ein großes Coke und ein großes Diet-Coke.« Lucas erzählte O'Brien, dass er überlege, einen Golfplatz zu kaufen, und O'Brien wollte ihm das nicht glauben. Fünf Minuten später, als er es schließlich glaubte, fing O'Brien an, sich für den Job als Greenskeeper anzudienen.

Lucas lachte: »Noch habe ich den Platz ja nicht gekauft.«

»Denk aber an mich, wenn es soweit ist, ich würde das prima machen«, sagte O'Brien. »Ich habe noch zwei Jahre bis zur Pensionierung, wenn mich nicht vorher noch irgendein Arschloch abknallt. In Minnesota arbeiten? Mensch, das wäre toll.« Dann aber senkte er die Stimme und fragte: »Was liegt an? Du bist sicher nicht zum Vergnügen hier, oder?«

»Nein. Es hat mehrere Morde in der Doppelstadt gegeben ...« Lucas berichtete ihm in einer Kurzfassung, was sich ereignet hatte, ließ dabei Carmel Loans Namen aus dem Spiel und schloss mit der FBI-Aktion beim Marker-Telefonservice ab.

»Nie von dem Laden gehört. Louise Marker?«

»Ja. Wie man's spricht – M-A-R-K-E-R.«

»Vier Tote ... Nie gehört, dass ein Profikiller so vorgeht. Drei oder vier Tote auf einmal, das kommt ja vor, aber in einer Serie hintereinander, als ob der Killer – die Killerin – sie nach und nach zur Strecke bringen müsste ...«

»Irgendwas steckt dahinter«, sagte Lucas. »Vielleicht nur was ganz Simples – eine Geldsache. Beim ersten Auftrag geht was schief, jemand findet einen Namen oder eine Verbindung heraus, und diese Killerin muss zurückkommen und den Fehler bereinigen.«

»Unmöglich, so was zu beweisen«, sagte O'Brien. »Manchmal kriege ich deshalb regelrechte Depressionen. Die Verbrecher werden zu clever, bewegen sich zu schnell. Morden heute hier, sind morgen verschwunden ...«

»Wäre aber schön, wenn wir dieses verdammte Weib überführen könnten«, sagte Lucas. »Bitte hör dich doch mal ein bisschen um – vielleicht findest du was über diese Louise Marker raus oder eines der Mädchen, die dort arbeiten. Auch wenn's nur Klatsch ist. Die Feebs haben nichts an der Hand als Papierkram.«

»Mach ich«, sagte O'Brien. »Du, da fällt mir was ein: Ich kenne doch diesen Typ namens George Hutton vom Betrugsdezernat mit dem irren Namensgedächtnis ...«

Sie erwischten Hutton noch an der Bushaltestelle; der Sergeant vom Dienst beim Betrugsdezernat hatte ihnen gesagt, wenn sie sich beeilten, könnten sie ihn dort noch antreffen.

»Heh, George«, rief O'Brien ihm über die Straße zu. Ein Bus kam die Straße herunter. »Warte auf uns!«

Sie liefen über die Straße, und Hutton schaute auf die Uhr und sagte: »Noch zwei Minuten, und ich wäre weggewesen, für eine Woche im Urlaub. Und da kommt dieser schwarze Ire O'Brien angerannt, begleitet von einem Typ in einem teuren Anzug, und ich ahne Schreckliches …«

»Wir brauchen nur einen Namen«, sagte O'Brien. »Lass mich dir einen Namen sagen …«

»*Einen* Namen«, sagte Hutton und schaute wieder auf die Uhr.

»Louise … Marker.« O'Brien stellte sich dicht neben Hutton, so dass er ihm direkt ins Ohr sprechen konnte. Hutton schloss die Augen und legte den Kopf in den Nacken, aber er hielt die Augen geschlossen. Er blieb einen Moment in dieser Pose stehen, öffnete dann die Augen, sah Lucas an und fragte O'Brien: »Wer ist dieser Typ?«

»Lucas Davenport, ein Deputy Chief aus Minneapolis. Früherer Besitzer von Davenport Simulations.«

»Das weiß ich«, sagte Hutton. Dann: »Sucht nach Maurice Marker, früher Marx, von der Firma Marker-Reinigungen, eingetragen in New Jersey. Er hatte eine Tochter namens Louise. Wie alt ist eure Louise?«

Lucas antwortete: »Mittleres Alter – vierzig, schätze ich. Ziemlich stämmiger Typ.«

Hutton nickte. »Das könnte sie sein. Was macht sie?«

»Betreibt einen Telefonservice.«

Hutton nickte wieder. »Ja … Sucht nach Maurice Marker.« Er sah die Straße hinunter. »Da kommt mein Bus.«

Lucas verabschiedete sich von O'Brien, nahm ein Taxi zum FBI-Gebäude und rief vom Empfang aus Mallard an, der herunterkam, um ihn abzuholen.

»Wir müssen uns den Besitzer einer oder mehrerer chemischer Reinigungen namens Maurice Marker oder Maurice Marx ansehen«, sagte Lucas.

»Woher haben Sie den Namen?«

»Von einem Cop hier in Washington – er ist so was wie ein Genie, wenn's um Namen geht.«

»Hm. Na schön, schau'n wir mal, was der Computer hergibt.«

Maurice Marker, inzwischen in Florida im Ruhestand lebend, hatte eine kurze FBI-Biographie. Er hatte einst eine Kette chemischer Reinigungen in New Jersey besessen, zu der ein Verkaufsstab von rund einem Dutzend Männern mit markanten Boxernasen gehörte. Die Boxernasen waren nicht oft in den Läden zu sehen, bezogen aber hohe Gehälter einschließlich bester Zusatzleistungen durch den Arbeitgeber – einschließlich voller Übernahme der Beiträge in eine private Krankenkasse, in die Rentenkasse und in Lebensversicherungen.

»Diese Leute brachten regelmäßig dicke Bargeldbündel – Einnahmen aus dem Drogenhandel oder dem illegalen Glücksspiel oder der Prostitution oder was auch immer – zu Maurice, der das Geld durch die Registrierkasse laufen ließ, die Gehälter der Männer davon bezahlte und natürlich auch von der Steuer absetzte, eine Provision für sich einbehielt, und alle Beteiligten an dieser Geldwäsche waren glücklich«, sagte Mallard. »Er hatte zum Schluss dreiunddreißig chemische Reinigungen. Er verkaufte die Kette an einen Mann, der das System fortsetzte, bis er eines Tages verschwand.«

»Wohin?«

Mallard starrte auf den Screen: »Man fand seine Leiche ungefähr vier Meilen ostwärts von Atlantic City.«

»Ist Louise auch da drin?« Lucas nickte zum Computer hin.

Mallard tippte den Namen ein, ließ dann den Finger über den Screen gleiten. »Ja. Der Name steht da. Muss aber nicht unbedingt *unsere* Louise sein. Einen Moment ...« Er schlug ein Notizbuch auf, fuhr mit dem Finger über Reihen krakeliger handschriftlicher Eintragungen und sah dann wieder auf den Computerscreen. »Ich will verdammt sein. Dasselbe Geburtsdatum. Das ist tatsächlich unser Mädchen.«

Lucas drehte sich weg, machte ein paar Schritte, kam wieder zurück, drehte sich wieder um. »So ... Sie steckt also auch mit drin. Könnte Zufall sein, vielleicht aber auch nicht.«

»Wahrscheinlich nicht.« Mallard sprang auf und ging neben Lucas auf und ab. »Verdammt, Davenport, ich kriege einen Steifen ...«

»Seit dem Anruf von dieser Patricia Case sind keine weiteren Anrufe eingegangen?«

»Nein.«

»Dann ist es gut möglich, dass das ein Warnanruf war. Ein Code ...«

»Es ist aber auch möglich, dass Tennex nur einen Anruf im Monat kriegt ...«

Lucas schüttelte den Kopf. »Nein. Wissen Sie, was dahinter steckt? Dieser Marker-Telefon-Service ist ein personifizierter Strohmann. Das ist zumindest teilweise seine Funktion ... Die Killerin könnte sich ja auch irgendwo unter einem falschen Namen ein leeres Appartement mieten, ein Telefon mit Anrufbeantworter reinstellen, und die Kontakte zwischen ihr und ihren Auftraggebern könnten darüber laufen. Die Killerin bräuchte nur den Anrufbeantworter von irgendwoher telefonisch abzufragen, ob Nachrichten vorliegen. Warum nicht so? Es wäre doch viel einfacher.«

»Was wollen Sie damit sagen?«

»Eine der Frauen beim Marker-Telefon-Service ist eine Absicherung für die Killerin, jemand, von dem sie zusätzliche Informationen erfragen kann. Eine der Frauen ist so was wie eine Alarmvorrichtung für die Killerin, und wir haben sie wahrscheinlich ausgelöst.«

»Es muss Louise Marker persönlich sein«, sagte Mallard. »Es arbeiten zehn Telefonistinnen im Schichtdienst an der Vermittlung, einige davon in Teilzeit, und die Schichtzeiten wechseln ständig. Ein Anrufer kann nicht wissen, welche Frau sich meldet; die Telefonistinnen müssten also für den Fall, dass ein ungewöhnlicher Anruf für Tennex eingeht, spezielle Anweisungen von Marker haben.«

»Okay, lassen Sie sie uns herholen«, sagte Lucas.

»Mit welcher Begründung?«

»Einfach so. Um ihr solche Angst zu machen, dass sie sich ins Höschen scheißt.«

»Das, ehm, ist normalerweise nicht unsere Vorgehensweise«, sagte Mallard.

»Zum Teufel mit Ihrer normalen Vorgehensweise. Schaffen Sie sie her und lassen Sie mich mit ihr reden.«

Louise Marker verlangte die Anwesenheit eines Anwalts, und Mallard musste ihr das natürlich zugestehen.

»Wenn wir um sieben noch nicht fertig sind, verpasse ich meinen Flug«, sagte Lucas.

»Meine Sekretärin kann ja mal prüfen, ob es noch einen späteren Flug gibt«, sagte Mallard. »Geben Sie mir Ihr Ticket.«

Zwei Stunden, nachdem sie Marker ins FBI-Büro gebracht hatten, erschien ihr Anwalt, ein fröhlicher blonder Mann namens Cliff Bell. Er wollte wissen, was zum Teufel denn los sei.

»Ihre Klientin ist ein Strohmann – eine ›Strohfrau‹, müsste man ja eigentlich sagen – für eine Profikillerin, der wir auf der Spur sind«, sagte Lucas.

»Na, ich glaube nicht …«, begann Bell, aber Lucas unterbrach ihn.

»Moment mal, lassen Sie mich Ihnen und Ihrer Klientin erst einmal eine kleine Rede halten … Diese Frau, die Killerin, hat in mehr als einem Dutzend Staaten der USA fast dreißig Menschen ermordet. Bei vielen dieser Staaten handelt es sich um garstige Südstaaten, die Mörder mit äußerst seltsamen Methoden bestrafen – wie zum Beispiel Florida, wo die Augäpfel der Leute in Rauchwölkchen verpuffen, wenn der Schalter von ›Ol' Sparky‹, dem elektrischen Stuhl, umgelegt wird …«

»Diese Darstellung ist unnötig«, sagte Bell.

»Nein, das ist sie nicht«, sagte Lucas. Er lehnte sich vor und sah Marker an. »Darüber reden wir jetzt hier, Miss Marker. Über den elektrischen Stuhl. Über die Gaskammer. Über die Todesspritze. Wenn wir die Killerin überführt haben, haben wir auch die Option, Sie, Miss Marker, mit auf den Weg zu schicken, den diese Frau gehen muss. Sie haben die Verbindung zwischen den Leuten, die die Killerin anheuerten, und der Killerin selbst hergestellt – und Sie wussten das.«

»Ich habe nicht gewusst, dass es eine Killerin war«, platzte Marker heraus, aber Bell fuhr sie sofort an: »Halten Sie den Mund, Louise!«

Louise gehorchte jedoch nicht: »Ich dachte, es würde sich um irgendwelche politischen Kungeleien oder Tricks bei Immobiliengeschäften handeln, um Gottes willen …«

»Kein Wort mehr, Louise«, fuhr Bell sie wieder an und fragte Lucas: »Welchen Deal haben Sie anzubieten?«

»Ein Handel kann auf der Grundlage erfolgen, dass wir

Miss Marker nicht voll in die Sache mit reinziehen müssen. Wir können es, *müssen* aber nicht. Sie kann als freier Mensch aus diesem Zimmer gehen. Aber wir machen dieses Angebot nicht noch einmal. Wenn sie uns jetzt sofort alles erzählt, was sie über Tennex weiß, sind wir bereit, zu ihren Gunsten zu entscheiden und ihre Erklärung zu akzeptieren: Sie hat möglicherweise geahnt, dass sie mit Tennex ein irgendwie anrüchiges Unternehmen als Kunden hatte, aber sie ging schlimmstenfalls davon aus, dass es sich bei den Tennex-Geschäften um kleinere politische Mauscheleien handelte. Ich glaube nicht, dass sie dafür ernsthafte Schwierigkeiten bekommen wird. Wenn sie aber diesen Deal nicht annimmt, und zwar jetzt sofort, solange die Spur noch heiß ist, wird sie in die dickste Scheiße geraten. Wir werden die Killerin auch ohne Miss Markers Hilfe überführen, und dann wird sie zusammen mit der Killerin einen lebensgefährlichen Weg zu gehen haben.«

»Ich muss mit meiner Klientin allein sprechen«, sagte Bell. Mallard sorgte dafür, dass die beiden sich in ein Besprechungszimmer zurückziehen konnten. Als Mallard wieder in sein Büro kam, sah Lucas, dass er leicht schwitzte.

»Ich bin so was nicht gewöhnt. Diesen Polizeikram. Wir haben vier Spezialisten und drei Juristen, die normalerweise die Verhöre durchführen. Und sich meistens tagelang darauf vorbereiten können.«

»Wenn man den Redefluss der Leute in Schwung hält, kommt manchmal mehr dabei raus, als wenn man stur nach dem formalen Geben und Nehmen vorgeht«, sagte Lucas.

»Ich kenne diese Theorie«, sagte Mallard. »Wir gehen normalerweise nach einer anderen vor … Und ich will hoffen, dass wir bei diesem Ihrem ganz speziellen Geben und Nehmen nicht durch den Wolf gedreht werden …«

Bell und Marker kamen nach fünfzehn Minuten zurück. »Wir möchten ein offizielles Schreiben von Mr. Mallard, in dem der Deal, wie von Agent Davenport aufgezeigt, dargelegt ist. Danach machen wir unsere Aussage.«

Die Erstellung des Schreibens nahm eine weitere halbe Stunde in Anspruch. Bell war ein wenig sauer, als er erfuhr, dass Lucas gar nicht beim FBI, sondern bei der Stadtpolizei Minneapolis war, aber Mallard besänftigte ihn schnell.

»So, dann legen Sie mal los«, sagte Lucas. Mallard hatte ihm den Platz hinter dem Schreibtisch überlassen; Lucas hatte die Füße hochgelegt, neben den eingeschalteten Kassettenrecorder auf Mallards Tischkalender. Marker und Bell saßen auf Besucherstühlen vor dem Schreibtisch, Mallard saß im Hintergrund auf einer Couch; er hatte die Beine übereinander geschlagen und trank Kaffee aus seinem scheinbar unerschöpflichen Becher.

Die Verbindung, sagte Marker, sei von einem Mann namens – so hatte er jedenfalls gesagt – Bob Tennex eingerichtet worden, dessen Stimme jedoch abweichend von diesem englischen Namen eher nach einem Ostküstenitaliener geklungen hatte.

»Geklungen? Sie haben ihn nicht gesehen?«

»Nein. Es wurde alles telefonisch geregelt.«

»Sie haben Dienstleistungen für den Mann erbracht, ohne ihn gesehen zu haben?«

»Das machen wir manchmal. Wenn wir einen Scheck über eine Vorauszahlung geschickt kriegen, und der Scheck ist gedeckt, dann leisten wir auch den Service …«

Nachdem die Telefonverbindung eingerichtet war, erzählte Marker weiter, hatte sie mehrmals mit einem Repräsentanten von Tennex gesprochen, und es war jedes Mal eine Frau gewesen. Marker hatte ihre Telefone mit Anruferkennung ausgestattet – eine Selbstverständlichkeit, wie sie betonte –, und sie hatte festgestellt, dass die Anrufe meistens aus Orten im Mittleren Westen gekommen waren, manchmal auch aus anderen Teilen des Landes. Häufig aus Kansas City: Vier oder fünf Anrufe waren von dort gekommen. Darüber hinaus hatte sie Wichita im Gedächtnis; es waren zwar nur zwei Anrufe von dort gekommen, aber die Frau war in beiden Fällen wütend gewesen, weil es Probleme mit dem Antwortdienst der Telefongesellschaft gegeben hatte.

»Sie wollte, dass wir was gegen die Gesellschaft unternehmen – die Verbindungen waren zusammengebrochen«, erzählte Marker.

»Aber das ist nicht die einzige Sache, um die die Frau Sie gebeten hat, nicht wahr?«, fragte Lucas. »Sie hatten eine Übereinkunft mit ihr für den Fall, dass jemand Fragen über den Tennex-Botendienst stellt oder sich die Polizei dafür interessiert.«

»Sie hat wirklich gedacht, es würde sich nur um kleinere politische Kungeleien handeln«, schaltete Bell sich ein. »So was passiert hier in Washington doch dauernd.«

»Also, wie lautete die Übereinkunft?«, fragte Lucas.

»Ehm, nun, wenn jemand rumschnüffelte, sollte ich nichts unternehmen, sondern nur ... warten.«

»Auf was?«

»Auf ihren Anruf«, antwortete Marker mit kaum hörbarer Stimme.

»Sie müssen lauter sprechen«, meldete sich Mallard.

»Ich sollte warten, bis sie mich anruft«, sagte Marker laut.

»Und was dann?«

»Sie würde mich anrufen und fragen: ›Ist Mr. Warren da?‹ Wenn niemand rumgeschnüffelt hatte, wenn ich nichts Negatives festgestellt hatte, sollte ich antworten: ›Sie haben die falsche Nummer gewählt; hier ist der Marker-Telefondienst.‹ Wenn aber was Auffälliges vorlag, sollte ich sagen: ›Nein, aber Mr. White ist da. Möchten Sie, dass ich Sie zu ihm durchstelle?‹«

»Wie oft haben Sie das gemacht?«, fragte Mallard.

»Zweimal. Vor ungefähr drei oder vier Jahren muss mal was passiert sein; sie rief zwei Wochen lang jeden Tag an.« Markers Stimme wurde wieder leiser.

»Oh, Scheiße«, knurrte Lucas. »Und das zweite Mal war gestern oder heute, nicht wahr? Heute Nachmittag?«

»Sie hat wieder seit einer Woche jeden Tag angerufen«, sagte Marker. »Und auch heute wieder, etwa eine Stunde, nachdem Sie gegangen waren, kurz bevor Ihre Leute kamen und mich abgeholt haben. Der Anruf kam aus Des Moines, von einem Münztelefon, nehme ich an. Ich konnte Autoverkehr im Hintergrund hören.«

»Und Sie haben ihr den Mr.-White-Spruch aufgesagt?«

»Ja«, hauchte sie.

»Haben Sie den Tennex-Job wegen Ihres Vaters bekommen?«

»Vielleicht. Dieser Mr. Bob Tennex hat gesagt, er würde meinen Vater kennen.«

»Wo wohnt Ihr Vater inzwischen?«, fragte Lucas.

»Nirgendwo«, antwortete Marker. »Er starb im vorigen Jahr an Dickdarmkrebs.«

»Tut mir Leid«, sagte Mallard.

»Sie haben gesagt, es käme von den Chemikalien in der Reinigung«, sagte Marker. »Vielleicht geht's mir genauso. Es passiert bei vielen von uns.«

Sie holten noch einiges aus ihr heraus, aber nichts Bedeutsames mehr. Sie entließen Marker, und Mallard fuhr Lucas zum

Hay-Adams, wo sie Lucas' Koffer aus dem Gepäckabstellraum holten. Dann fuhren sie weiter zum Flughafen.

»Sie glauben sicher auch, dass sie uns durch die Lappen gegangen ist, nicht wahr?«, fragte Mallard.

»Ja. Und ich denke, ich bin derjenige, der sie durch den Anruf bei Tennex aufgeschreckt hat.«

»Da kann man nichts machen«, tröstete Mallard. »Sie haben ja nur eine Liste von Telefonnummern überprüft. Es war ein Schuss ins Blaue.«

»Ja, sicher, aber verdammt ... Wir waren so dicht dran.«

»Wir haben aber eine ganze Menge, an dem wir arbeiten können – alle diese Schecks, alle diese Anrufe. Wir haben jetzt wenigstens was in der Hand. Ich wette, dass wir innerhalb einer Woche eine Beschreibung von ihr haben. Ich wette, dass wir irgendeine Verbindung aufdecken werden.«

»Wie viel?«

»Was?«

»Um wie viel wetten Sie?«

Mallard saugte einen Moment an seinen Zähnen und sagte dann: »Zehn Cent, denke ich.«

Lucas nickte. »Geben Sie Gas, damit ich mein Flugzeug noch erreiche.«

Der gebuchte Flug ging, wie sich zeigte, zwar nach Minneapolis, aber mit einer Zwischenlandung in Detroit.

»O nein, ich möchte direkt nach Minneapolis«, sagte Lucas zu der Stewardess beim Check-in.

»Heute gibt es keinen Direktflug mehr, nur über Detroit«, sagte die junge Frau und deutete auf ihren Computerscreen. »Natürlich können wir Ihnen gerne einen Direktflug morgen früh reservieren.«

»Oh, Mann ...«

Er flog also über Detroit und litt entsetzlich unter dem zusätzlichen Lande- und Startmanöver. Eigentlich war er sehr überrascht über die sichere Landung in Detroit, aber er kam schnell zu der Überzeugung, dass die zweite Hälfte des Fluges, diese unnötige zweite Hälfte, ihm den Tod bringen würde – so schmerzlich nahe an zu Hause ...

So elend er sich auch fühlte, zwei Dinge wurden ihm klar: Wichita, Kansas, war als Stadt groß genug, um jemandem ins Auge zu fallen, der seine Heimatstadt verließ, um Telefonanrufe zu tarnen; aber Marker hatte gesagt, die Killerin sei wütend gewesen, als sie von Wichita aus angerufen hatte. Konnte es nicht sein, dass sie in Wichita oder ganz in der Nähe wohnte und in ihrem Zorn über die Telefonstörungen spontan von ihrer Heimatstadt aus angerufen hatte? Lucas nahm das Airline-Magazin aus der Sitztasche vor sich und sah sich noch einmal die Fluglinienkarte an. Wichita, dachte er schließlich, wäre wohl genauso als Wohnort der Killerin möglich wie Springfield. Man musste das im Auge behalten.

Der zweite Gedanke kam ihm, als das Flugzeug zur Landung in Minneapolis ansetzte: Er sah hinunter auf einen der Seen, auf dessen Oberfläche er den Aufprall der abstürzenden Maschine erwartete – er sah im Geist, wie er darum kämpfte, aus der überfluteten Kabine zu entkommen, aber seine Beine und Arme waren gebrochen, und er konnte den Sicherheitsgurt nicht öffnen –, und plötzlich drängte sich der Name *Des Moines* in sein Bewusstsein. Die Killerin hatte heute Morgen von dort aus bei Louise Marker angerufen ...

Wenn die Killerin in Springfield oder Wichita oder irgendwo in der Gegend da unten wohnte und nach Minneapolis fuhr, würde sie durch Des Moines kommen ...

Wenn sie es getan hatte, war sie inzwischen angekommen.

Er sah hinunter auf das ausgedehnte, vielfarbige Gitternetz

aus Lichtern der Doppelstadt Minneapolis/St. Paul, und er dachte: *Irgendwo da unten ist sie.*

14

Carmel verstand das Schweigen nicht; Tage waren vergangen, seit sie die Nachricht für Pamela hinterlassen hatte – wenn Pamela ihr Name war, was Carmel bezweifelte. Wie auch immer – sie hätte sich längst melden müssen.

War ihr etwas geschehen? War sie gefasst worden? War Carmels Name der Polizei genannt worden? Saß Pamela irgendwo in einem dieser Edelstahl-Staatsgefängnisse und quälte sich durch sinnzermürbende, psychologisch geschickt geführte Verhöre? War jemand bei dieser Telefongesellschaft korrupt, oder bestand die Verbindung nicht mehr, oder war sie, noch schlimmer, von den Cops angezapft? Was zum Teufel war los?

Sie hatte die ganze Sache in Gedanken hundertmal durchgespielt und auf Beweismöglichkeiten gegen ihre Person überprüft, und ebenso oft war sie zu dem Ergebnis gekommen, dass man ihr nichts nachweisen konnte. Die Cops hatten keine Grundlage, auf der sie einen Fall gegen sie aufbauen konnten – es war einfach nicht möglich. Es sei denn, dieses kleine Mädchen hatte sie identifiziert.

Ihr Kontaktmann bei den Cops hatte ihr gesagt, bei der Vorlage der Phantombilder sei nichts herausgekommen, aber *dieser Davenport* setzte seine ganze Erfahrung gegen sie ein, und er war mehr als trickreich, er war *bösartig*. Wenn er sicher war, dass sie hinter den Mordfällen steckte, inszenierte er wahrscheinlich ein moralisches Schauspiel, um ihr die Sache anzuhängen. Und dann, mit nichts als einem winzigen Beweissplitter, konnte es passieren, dass eine Frau lebenslang ins Gefängnis kam, wenn den Geschworenen ihr Lebensstil missfiel.

Sie hätte Hale nicht so schnell ins Bett zerren sollen, das war der Knackpunkt. Sie hätte es einfach nicht tun sollen. Sie hätte warten sollen. Selbst wenn man sonst keine handfesten Beweise gegen sie hatte – wenn eine Jury herausfand, dass sie mit Hale Allen am Tag vor der Beerdigung seiner ermordeten Frau eine Nacht verbracht hatte, war sie erledigt ... Und wo zum Teufel steckte Pamela?

Carmel war zu Hause und versuchte zu arbeiten, da läutete das Telefon.

Sie sah auf die Uhr: wahrscheinlich Hale, aber sie murmelte »Das wird Pamela sein« vor sich hin.

Und Rinker sagte: »Hast du Zeit für einen Drink?«

Ganz gelassen: »Natürlich, wo bist du? Ich hatte gehofft, du würdest anrufen.«

»Erinnerst du dich an die Bar, wo wir den Mann mit dem Cowboy-Halstuch sahen? Treffen wir uns dort, okay?«

»Oh, sicher. In einer Stunde?«

»Okay. Aber sei vorsichtig; es ist dunkel in der Gegend dort. Jemand könnte sich an dich ranpirschen.«

»Ich bringe mein Schnappmesser mit«, sagte Carmel lachend. »Also, in einer Stunde ...«

Ranpirschen? Nahm Pamela an, dass Carmel verfolgt wurde? Hatte es *das* zu bedeuten? Und der Ort, an dem sie den Mann mit dem roten Seidenhalstuch gesehen hatten, war keine Bar gewesen, sondern die Lobby von Pamelas Hotel. Anscheinend war das der gewünschte Treffpunkt.

Ehe sie das Appartement verließ, zog Carmel sich um: weite langärmelige Seidenbluse, tiefschwarz, dazu eine dünne Goldkette, schwarze Hose. Zehn Minuten nach dem Anruf war sie im Volvo auf der Straße unterwegs. Sie fuhr auf Umwegen aus dem Stadtzentrum von Minneapolis, ließ sich dann auf einer Einbahnstraße am Rand des Kenwood-Viertels im Verkehr treiben, an Häusern der Reichen und Ausgeflippten vorbei, und hielt immer wieder Ausschau nach Verfolgern. Nichts.

Aber was sie über das komplizierte Vorgehen der Cops bei der Personenüberwachung gelesen hatte, stimmte wahrscheinlich: drei oder vier Überwachungsfahrzeuge, die sich ständig ablösten, einige vor ihr, einige hinter ihr. Sie fuhr in eine Parkbucht am Straßenrand und wartete zwei Minuten: kein vorbeikommendes Fahrzeug, das ihr verdächtig vorkam. Aber was war, wenn die Cops eine Ortungswanze in den Volvo eingebaut hatten und ihr aus der Distanz folgten?

Unmöglich, das rauszufinden.

Andererseits aber kam sie zu dem Schluss, dass sie wohl doch ein wenig zu pessimistisch dachte. Sie hatte in ihrem Berufsleben Hunderte von Kriminalakten gelesen, und daraus war zu entnehmen, dass eine intensive Überwachung erst einsetzte, wenn ein begründeter Verdacht bestand. Vorher war es schlicht und einfach zu teuer. Die Cops würden vielleicht ihr Telefon abhören, sie eventuell sporadisch überwachen, aber eine Fahrzeugkolonne zu ihrer Verfolgung war bestimmt in diesem Moment nicht unterwegs.

Sie sah auf die Uhr. Sie hatte noch eine halbe Stunde Zeit bis zum Treffen mit Pamela. Sie fuhr nach Süden, auf die Interstate 35, kurz darauf wieder runter, kurvte duch stille Wohnstraßen und hielt nach allem Ausschau, was ein Verfolger sein könnte. Nichts. Ein riesiges Verkehrsflugzeug röhrte in hundert Metern Höhe über sie hinweg, und sie drehte um, fuhr jetzt zügig nach Norden. Am Hotel steuerte sie den Volvo geradewegs ins Parkhochhaus, löste einen Parkschein, stieg aus und ging über die Treppe hinunter zur Lobby.

Rinker saß in einer Ecke. Als Carmel aus der Tür des Treppenhauses trat, lächelte Rinker ihr entgegen, stand auf und ging nach hinten zu den Aufzügen. Carmel schloss zu ihr auf, als die Aufzugtüren gerade auseinander glitten.

»Hast du meine Andeutung am Telefon verstanden?«, fragte Rinker, nachdem die Kabine sich in Bewegung gesetzt hatte.

»Ja. Es ist mir niemand gefolgt. Vielleicht haben sie irgendein elektronisches Gerät an meinem Wagen angebracht, aber ich bin bereit zu wetten, dass sie es nicht getan haben – und wenn sie mich wirklich im Verdacht haben, ich wäre in die Mordfälle verwickelt, ist es noch viel zu früh im Ermittlungsstadium, als dass sie eine Überwachung rund um die Uhr in Gang gesetzt haben könnten. Sicher ist jedenfalls, dass mir auf dem Weg hierher niemand gefolgt ist.«

»Ich habe mit mir selbst gewettet, dass du aus dem Treppenhaus kommst«, sagte Rinker. »Genau das hätte ich auch gemacht. Zügig ins Parkhaus einfahren, die Treppe runterlaufen – niemand kann dicht hinter dir bleiben, wenn er nicht entdeckt werden will ... Und bis ein Verfolger dann in die Lobby kommt, bist du längst in einem der fünfhundert Zimmer verschwunden.«

»Sie würden alle fünfhundert Zimmer durchsuchen, wenn es zum Aufspüren eines Profikillers erforderlich wäre«, sagte Carmel.

»Deshalb passe ich ja auch gut auf, dass ich nichts Hartes anfasse, bis auf die Fernbedienung des Fernsehers, die Wasserhähne im Badezimmer und ein paar ähnliche Dinge. Und die wische ich gründlich ab, ehe ich ausziehe.«

»Was ist mit deiner Kreditkarte?«

»Falscher Name, gedecktes Konto.«

»Okay ... Was ist eigentlich los? Ich habe mir große Sorgen gemacht, als du nicht zurückgerufen hast. Ich habe schon befürchtet, sie hätten dich hochgenommen.«

»Sag du *mir* erst mal, was los ist. Warum hast du angerufen?«

»Dieser Davenport, der Cop ... Erinnerst du dich?«

Rinker nickte.

»Er hat dem kleinen Mädchen, das uns gesehen hat, ein paar Phantombilder vorgelegt. Und eines dieser Bilder zeigte ein Foto von mir.«

»Oh, verdammter Mist. Warum?«

»Ich weiß es nicht. Ich habe einen Kontaktmann im Polizeipräsidium; er sagt, niemand wisse, was dahinter steckt. Aber das Mädchen hat mich offensichtlich nicht identifizieren können. Es ist nichts dabei rausgekommen.«

»Aber warum zum Teufel haben sie dein Foto dabei eingebaut?«

»Das ist die große Frage«, sagte Carmel.

In ihrem Zimmer auf der siebten Etage nahm Rinker zwei Dosen Special Export aus der Minibar. »Da sind auch Gläser«, sagte sie.

»Ich trinke das Bier gern aus der Dose«, sagte Carmel und riss den Verschluss auf. »Ich habe nicht erwartet, dass du den ganzen Weg von ... woher auch immer auf dich nimmst. Ich wollte ja nur mit dir sprechen.«

»Nun ja, ich habe da selbst ein kleines Problem«, sagte Rinker. Sie setzte sich aufs Bett, und Carmel zog den Stuhl von dem kleinen Schreibtisch zu sich her und setzte sich darauf. »Am Tag vor deinem Anruf ging ein anderer Anruf bei dem

Telefondienst ein – von einem Mann, der angeblich mit dem Tennex-Botendienst in Kontakt treten wollte. Aber als die Telefonistin ihn fragte, ob er eine Nachricht hinterlassen wolle, legte er auf. Zwei Tage später tauchten die Cops beim Telefondienst auf und stellten unliebsame Fragen. Das ist alles, was ich weiß. Ich habe keine Möglichkeit, mehr rauszufinden.«

»Hm.« Carmel dachte einen Moment nach, nahm dann ihr Mobiltelefon und ihr Adressbuch aus der Handtasche. Rinker beobachtete sie, als sie im Adressbuch eine Nummer heraussuchte und ins Handy eingab. »Ich rufe meinen Kontaktmann an«, sagte Carmel zu Rinker. Dann, ins Telefon: »Carmel hier. Hat sich noch was ergeben?« Sie hörte einen Moment zu und sagte dann: »Ich wollte Davenport ein paar Mal sprechen, aber er war nie da ... Aha. Aha. Dann fahre ich morgen bei ihm vorbei. Okay. Ich schicke Ihnen einen weiteren Umschlag. Halten Sie die Augen und Ohren offen; diese Sache beunruhigt mich allmählich. Ich fürchte, sie konstruieren da was gegen mich zusammen. Aha. Nun, Sie kennen ja Davenport. Hm. Ich rufe morgen wieder an.«

»Was hat er gesagt?«, fragte Rinker.

»Davenport hatte die Stadt verlassen, und gerüchteweise war zu hören, er sei in Washington im FBI-Hauptquartier gewesen.«

»Scheiße.« Rinker zischte das Wort zusammen mit einem Atemstoß aus der Kehle. »Was geht da vor? Sind sie an dir *und* an mir dran? Wie konnte das passieren?«

»Ich habe dich beim ersten Mal von meinem Appartement aus angerufen«, sagte Carmel. »Beim letzten Mal habe ich von einem Münztelefon aus angerufen, aber damals, bei der Rolo-Sache, von meinem Appartement aus. Wenn sie sich die Rechnungen meiner Ferngespräche angesehen haben, wenn sie das alles überprüfen ...«

»Selbst wenn sie das getan haben, wie sind sie beim Anruf bei dem Telefondienst auf die Idee gekommen, nach Tennex zu fragen? Es ist doch offiziell nur ein verdammter Botendienst.«

»Vielleicht haben sie sich Tennex rausgepickt, weil sie festgestellt haben, dass kein *echter* verdammter Botendienst dahinter steckt. Vielleicht ist es auch nur Zufall. Was bedeutet Tennex eigentlich? Steckt irgendeine Bedeutung hinter dem Namen?«

»Nein. Als wir damals den Plan entwickelt haben, wie wir in Verbindung treten können, saßen wir in St. Louis in der Küche des Restaurants von diesem Typ, und als die Frage aufkam, wie wir die Scheinfirma nennen könnten, sah ich den Namen Tennex auf so einem Luftfiltergerät. Er klang gut, und so schlug ich vor: ›Wie wär's mit Tennex?‹«

»Vor diesem Hintergrund können sie also nicht auf Tennex gestoßen sein.«

»Nein«, bestätigte Rinker.

»Okay. Also müssen wir ein paar Nachforschungen anstellen.«

»Aber sehr vorsichtig.«

»O ja ... Und da ist noch etwas«, sagte Carmel. »Wenn es sich bestätigen sollte, dass ich in Schwierigkeiten gerate, könntest du ja auf den Gedanken kommen, mich einfach zu erschießen und dich davon zu machen ... Ich meine, das ist eine Sache, über die wir mal sprechen sollten.«

»Nun, ich verfolge diesen Gedanken nicht, weil ich dich irgendwie mag ... ehm, dich fast als Freundin betrachte«, sagte Rinker. »Ich meine, wir haben einige Sachen gemeinsam hinter uns gebracht, und wir kommen gut miteinander aus, und wir fahren ja vielleicht mal zusammen nach Mexiko und erleben tolle Dinge mit Männern. Also ... Aber ich könnte dich ja dasselbe fragen.«

»Ich weiß nicht, wo ich dich finden kann«, sagte Carmel. »Also könnte ich es nicht tun, selbst wenn ich es wollte. Aber ich will es nicht.«

»Wenn du noch einen anderen Grund hören willst, kann ich ihn dir nennen«, sagte Rinker und trank einen Schluck Bier. »Diese Leute, mit denen ich zusammenarbeite ... Wenn das FBI anfängt rumzuschnüffeln oder dein Freund Davenport, brauchen sie nichts anderes zu tun, als mich aus dem Verkehr zu ziehen, dann sind *sie* in Sicherheit. Sie haben ein paar mehr Leute wie mich an der Hand, und eines Tages trete ich aus der Tür meines Appartements, und es macht ›bumm‹, und das war's dann. Wenn die Feds tatsächlich anfangen, bei meinen Leuten rumzuschnüffeln, muss ich das wissen und ein paar Vorsichtsmaßnahmen ergreifen.«

»Diese Leute sind ... von der Mafia?«

Rinker zuckte die Schultern. Sie sah aus wie ein leicht gealtertes Cheerleadergirl, das sanft auf der Kante des Hotelbettes wippte. »Ja, ich glaube schon. Wenn man ihnen ein Etikett anhängen will ... Ich meine, sie sind Italiener, die meisten jedenfalls. Bis auf Freddy, der ist Ire – sein Großvater war's zumindest. Und Dave ist, glaube ich, ein Polack, die anderen beschimpfen ihn immer mit diesem Namen, wenn sie sauer auf ihn sind. Sie gehören zur Mafia, das glaube ich schon, aber auf mich wirken sie eher wie ein harmloser Männerverein, der Montagabend gemeinsam vor dem Fernseher hockt und sich die Spiele der *National Football League* anschaut und sich damit beschäftigt, Sachen aufzusammeln, die von Lastwagen runterfallen. Einige von ihnen sind allerdings ganz schön bösartig, so wie diese Typen in italienischen Motorradgangs.«

»Hm.« Carmel zeigte ein leichtes Grinsen. »Ich dachte, es wäre irgendwie ... würdevoller.«

»Vielleicht drüben im Osten«, sagte Rinker. »Aber nicht in St. Louis.«

»Bleibst du jetzt erst einmal hier?«

»Ich komme und gehe, bis wir rausgefunden haben, was da vor sich geht«, antwortete Rinker. »Morgen gehe ich nach Washington. Ich möchte mit der Frau reden, die diesen Telefondienst betreibt.«

»Und was ist, wenn die Cops sie überwachen?«

»Dann werde ich nicht mit ihr reden.«

»Ich will versuchen, morgen mal mit Davenport zu sprechen, sofern er wieder zurück sein sollte. Mal sehen, was ich aus ihm rausholen kann.«

»Sei vorsichtig.«

»Das bin ich immer.«

Rinker gab Carmel den Namen, den sie im Hotel benutzte, und als Carmel sich auf den Heimweg machen wollte, fragte Rinker noch: »Heh – dieser Davenport ... Weißt du, wie ich an ein Foto von ihm kommen kann?«

Carmel schüttelte den Kopf. »Nein. Sein Foto ist wahrscheinlich schon öfter in den Zeitungen veröffentlicht worden, aber ich weiß nicht ... warte mal. Doch, ich weiß es. Er hat früher mal eine Firma gehabt – Davenport Simulations; die Firma hat Computersoftware zur Simulation von Polizeieinsätzen hergestellt. Geh in die Städtische Bibliothek, in die Wirtschaftsabteilung, und ich bin sicher, dass du in den örtlichen Business-Magazinen ein Foto von ihm findest.«

»Ich werde mir die Seite mit einer Rasierklinge raustrennen ...«

»Lass dich dabei nicht erwischen«, warnte Carmel. »Die Leute von der Bibliothek können zu bissigen Hyänen werden, wenn sie jemanden erwischen, der ihre Magazine zerschnippelt.«

15

Lucas saß in seinem Büro und war damit befasst, sich tiefer in den Gleichberechtigungsbericht einzuarbeiten. Das Lesen der perfekten, politisch korrekten Prosa war zu einer Zen-artigen Übung geworden. Die Worte fluteten sanft und ohne Bedeutung durch sein Hirn, ein endloser Strom sinnloser Silben, der sich schließlich in einer machtvollen Metamorphose zu einem kosmischen Summen steigerte – und es zuließ, dass andere Gedanken aus der Tiefe aufstiegen.

Er war auf Seite vierundneunzig, als Carmel anklopfte. Lucas glaubte, es sei Sloan: »Komm doch rein, um Himmels willen!«

Carmel öffnete die Tür und steckte den Kopf herein. Lucas sprang überrascht auf. »Oh, Entschuldigung«, sagte er. »Ich dachte, es sei jemand anders.«

»Ein kleiner Fehler, der nichts ist im Vergleich zu dem, den Sie offenbar zusätzlich begehen wollen«, sagte Carmel, trat ein und drückte die Tür hinter sich ins Schloss. Sie ballte eine Faust, stemmte sie in die Hüfte und sagte: »Ein kleines Vögelchen hat mir gesungen, dass Sie ein Foto von mir im Zusammenhang mit diesen Dinkytown-Morden unter eine Phantombildserie gemischt haben. Den Morden an dieser Mrs. Blanca und ihrem Freund ... Ich will wissen, warum Sie das getan haben.«

»Wir haben nach Fotos von langbeinigen Blondinen gesucht, und eines von Ihnen war verfügbar«, erwiderte Lucas mit flacher Stimme.

»Blödsinn«, reagierte Carmel. Ihr Mund bildete einen geraden Strich wie ein Stück Draht. Sie ließ sich auf die Kante des Besucherstuhls vor dem Schreibtisch sinken und streckte die Beine aus, aber sie wirkte wie eine zusammengedrückte

Spiralfeder, die kurz vor der explosionsartigen Ausdehnung steht. »Also – *warum*? Sie treiben ein verdammtes Spielchen mit mir, und wenn Sie mir keinen guten Grund dafür nennen, werden wir uns vor Gericht treffen, und der Richter wird Sie fragen, warum Sie das machen.«

Lucas nickte: »Das würde ein interessantes Verfahren werden. Ich wüsste nicht, wofür man mich belangen könnte.«

»Einige der besten Zivilrechtsanwälte der USA haben ihre Büros auf derselben Etage wie ich, und ich habe keine Zweifel daran, dass sie mindestens zehn Gründe finden könnten, die ein Richter als Anklagepunkte akzeptieren würde«, sagte sie mit schneidender Stimme. »Wie zum Beispiel den, dass ich früher einmal Rolando D'Aquila und mehrere seiner Kollegen als Anwältin vertreten habe, und jetzt zeigen sie im Zusammenhang mit den Morden bestimmten Leuten in diesem Dunstkreis mein Foto. Wollen Sie mich als Anwältin diskreditieren? Es sieht jedenfalls so aus.«

»Okay, Sie sind raffinierter als ich, Carmel«, sagte Lucas. »Sie wollen den wahren Grund wissen? Hier ist er: Eine Zeugin, die die beiden potentiellen Mörderinnen in Dinkytown sah, beschreibt eine der Frauen so, dass sich eine Ähnlichkeit mit Ihnen aufdrängt. Und Sie haben eingeräumt, dass Sie Rolando D'Aquila kannten und als Anwältin vertreten haben, und hinzu kommt, dass Sie einen Mann juristisch vertreten, der im Verdacht steht, einen Killer zur Ermordung seiner Ehefrau angeheuert zu haben – ein Mord, der von derselben Person oder denselben Personen begangen wurde wie der Mord an D'Aquila. Nach dem jetzigen Stand der Ermittlungen stellen Sie die *einzige* Verbindung dar, die wir zwischen dem Mord an Barbara Allen und den anderen drei Morden erkennen können. Und deshalb haben wir der Zeugin Ihr Foto vorgelegt; und wenn Ihnen das missfällt ...«

»Was ist dann?«

»Bedauere ich es.«

Sie starrten sich mehrere Sekunden in die Augen, dann lächelte Carmel kurz und sagte: »Okay. Ich wollte es ja wissen.« Sie stand auf. »Ich habe mit keinem dieser Morde etwas zu tun. Ich habe mir den Kopf zerbrochen, warum sie begangen worden sein könnten, und ich konnte mir bis jetzt keinen Reim darauf machen.«

»Da Sie Hale Allens Anwältin sind, darf ich Ihnen nicht die Frage stellen, welche Verbindung er zu D'Aquila hatte ...«

»Und es wäre ein schlimmer Verstoß gegen den Anwalts-Ehrenkodex, es Ihnen zu sagen, wenn es eine solche Verbindung gäbe. Aber ich sage Ihnen was, nur unter uns – es gibt keine solche Verbindung. Meine Theorie ist, dass der Mord an Barbara Allen aus Zufall oder zur Behebung eines Fehlers begangen wurde, als sie bei einer ganz anderen Sache in die Schusslinie geriet. Bei irgendeiner Sache, die etwas mit Drogen und diesen Latinos zu tun hat. Dann kam dieser Cop zufällig dazwischen, und für den Killer war die Sache endgültig schief gegangen. Aber meine Theorie lautet, dass Barbara Allen nichts damit zu tun hatte – Sie sollten sich darauf konzentrieren, nach einem Mann zu suchen, der vom Tatort weglief. Barbara Allen wurde erschossen, weil sie diesen Mann gesehen hatte; und der Cop tauchte zu spät auf, um ihn noch zu sehen.«

Lucas dachte ein paar Sekunden nach und sagte dann: »Wir haben das alles auch schon überlegt.«

»Und?«

»Wir haben Probleme damit.«

»Es muss Sie natürlich vor Probleme stellen, aber Sie sollten weitere intensivere Überlegungen darauf richten«, sagte Carmel. »Und hören Sie auf damit, mein Foto rumzuzeigen.«

»Wir haben es nur dieser einen Zeugin gezeigt, Carmel«, sagte Lucas. »Und sie hat Ihnen eine reine Weste bestätigt. Sie hat nicht mal ›vielleicht‹ gesagt.«

»Sehr gut.« Und sie ging.

Lucas lehnte sich zurück und ließ seinem leicht angestiegenen Adrenalinspiegel Zeit, wieder normal zu werden. Carmel war eine echte Herausforderung ... Er nahm sich den Gleichberechtigungsbericht wieder vor, und das unterbewusste Zen-Summen setzte wieder ein, während sein Bewusstsein sich mit Carmels Besuch auseinander setzte. Wenn sie jemanden getötet hatte, hätte sie dann diesen Besuch bei ihm gemacht, nachdem sie von dem Phantombild gehört hatte? Ja, natürlich. Hätte sie den Besuch gemacht, wenn sie schuldig war und hinter den Morden steckte? Er dachte ein paar Sekunden nach. Ja, natürlich hätte sie ihn aufgesucht. Sie hatte ein feines, scharfsinniges Gespür für die seltsam verschlungenen Wege der Unschuld. Er hatte also nichts Neues über sie erfahren.

Aber die Patrone: Die .22er, die er in ihrem Appartement gefunden hatte, war eine nicht wegzuleugnende Tatsache. Man konnte sie nicht als Beweismittel vor Gericht verwenden, man durfte nicht einmal eingestehen, dass sie existierte. Aber das Geschoss dieser .22er-Patrone bewies, dass Carmel schuldig war. Schuldig jedenfalls an *irgendetwas*. Gehen wir doch einfach mal davon aus, dachte Lucas, die Patrone *sei* vor Gericht als Beweis zulässig. Welche Argumente würde Carmel dagegen vorbringen? Er fing an, die Möglichkeiten durchzugehen: Sie würde sagen, die Patrone stamme von D'Aquila. Er habe sie ihr aus irgendeinem Grund untergeschoben ...

D'Aquila. Ein neues Bild tauchte in seinem Hinterkopf auf und verdrängte die anderen Überlegungen. Er lehnte sich vor, ließ das Kinn auf die Brust sinken, schloss die Augen und konzentrierte sich. Nach einer Minute stemmte er sich schließlich aus seinem Stuhl und ging mit schnellen Schritten den Flur hinunter zur Mordkommission. Weder Sherrill noch Black waren da, aber die Akte D'Aquila lag in Sherrills Ablagekorb. Er blätterte sie durch, bis er auf das Foto des Leichenbeschauers von den Kratzspuren stieß, die D'Aquila kurz vor seiner Exekution mit den Fingernägeln in seinen Handrücken geritzt hatte. Lucas sah sie sich an, von oben und unten, und er dachte: Wenn man einige der Linien einfach voneinander trennt … und sich überlegt, dass D'Aquila – in Panik, gefoltert und im Angesicht des bevorstehenden Todes – nicht in sein Notizbuch schrieb und nicht sehen konnte, was er da machte, dann konnte man die Krakelei

auch auf diese Weise auflösen:
C l o A N

Es fing mit einem C an. Der nächste Buchstabe war ein kleines l, eine gerade Linie ohne den Querstrich nach rechts am unteren Ende wie bei einem großen L. Der nächste Buchstabe war, wie Lucas annahm, als ein O beabsichtigt, aber durch den Strich, der in der Mitte hindurchführte, als solches nicht mehr klar zu erkennen. Wenn man nun aber diesen Querstrich eine Stelle weiter nach rechts versetzte, entstand ein A. Als letzter Buchstabe blieb dann ein N.

C Loan …

»Gottverdammte Carmel«, sagte Lucas laut vor sich hin.

Hinter ihm ging die Tür auf, und als er sich umdrehte, sah

er Sherrill hereinkommen. »Durchsuchst du meinen Schreibtisch?«, fragte sie.

»Ich bin die D'Aquila-Fotos noch mal durchgegangen«, sagte Lucas. »Schau dir das an.«

Sherrill sah *ihn* an. »Jesus, du bist ja total aufgeregt. Was ist los?«

Er erklärte es ihr. Sherrill war innerhalb von zehn Sekunden überzeugt. Nicht so Black, der inzwischen hereingekommen war.

»Das Problem ist, dass man aus diesen Kratzern alles rauslesen kann, wenn man sie in Buchstaben zerlegt«, sagte er. »Ich kann ohne weiteres fünf oder sechs verschiedene Wörter darin sehen.«

»Ja, sicher, aber keines macht Sinn im Zusammenhang mit unseren Ermittlungen«, sagte Lucas. »C Loan *macht* Sinn.«

»Vielleicht liegt es nur daran, dass wir noch nicht alle Möglichkeiten rausgefunden haben«, sagte Black.

Sloan kam während der Debatte herein, sah auf die Fotos und schüttelte den Kopf. »Unter dem Einfluss von Entspannungsdrogen würde ich dir das vielleicht abnehmen, aber wenn du das einer ungedopten Jury vorlegst, kriegst du Probleme«, sagte er.

»Na ja, ich betrachte es jedenfalls als ein Stück vom Puzzle«, sagte Lucas schließlich. »Noch ein paar Stücke mehr, und wir können einen Fall präsentieren.«

Black und Sloan wandten sich anderen Gesprächspartnern zu, und Sherrill sagte leise: »Ist es möglich, dass wir das nur deshalb sehen, weil wir *wissen*, dass sie es war? Wegen der Patrone?«

»Nein, es steht da auf seinem Handrücken«, sagte Lucas und blätterte die Fotos noch einmal durch. »Verdammt, *da steht es doch*!«

Rinker flog am Samstagnachmittag nach Washington, fünfzehn Stunden, nachdem Lucas von dort abgeflogen war. Sie kaufte sich an einem Zeitungsstand den besten Stadtplan, den sie finden konnte, übernahm ihren Mietwagen und checkte sich im Holiday Inn im Stadtzentrum ein. Von dort aus rief sie ihre Bar in Wichita an und sprach mit ihrem stellvertretenden Manager, einem scheuen Cowboytyp namens Art Durell. Er versicherte ihr, dass während ihrer Abwesenheit nichts angebrannt war, dass die Gäste glücklich seien, dass das Fett in der Friteuse heiß genug und die Kälte im Kühlschrank kalt genug sei.

»Wenn dieses Arschloch vom Gesundheitsamt wieder kommt, müssen wir ein zu hundert Prozent sauberes Urteil kriegen, Art«, sagte Rinker. »Man kann nie wissen, ob diese Berichte nicht eines Tages in der Zeitung veröffentlicht werden.«

»Wir sind die sauberste Bar in der Stadt, Clara, und jeder im Gesundheitsamt weiß das«, sagte Durell. »Mach dir keine Sorgen, genieß deine Reise.«

Um vierzehn Uhr erschien ein rattengesichtiger Mann mit zu langem, klebrigem schwarzem Haar, gekleidet in eine Jeansjacke, Jeans und Cowboystiefel an ihrer Zimmertür – ein Mann, der in jedem Film absolut glaubwürdig die Rolle eines Gammlers übernehmen könnte – und übergab ihr ein Päckchen, das in ein Stück braunes Papier, herausgerissen aus einem Gemüsesack, eingewickelt war.

»Von Jim«, sagte er. »Das Telefon ist wahrscheinlich okay bis morgen.« Dann drehte er sich um und ging. Rinker öffnete das Päckchen und holte eine Colt-Woodsman-Pistole, einen Schalldämpfer, eine volle Schachtel .22er-Patronen und ein frisch gestohlenes Mobiltelefon heraus. Das Päckchen hatte sie elfhundert Dollar gekostet. Sie schraubte den Schalldämpfer auf den Lauf der Pistole, lud das Magazin, öffnete das Fenster und feuerte einen Schuss durch den geschlossenen Vorhang. Die Waffe gab nicht mehr ein lautes »Waff« von sich, und der Verschluss repetierte. Sie untersuchte den Vorhang und fand nach einigen Sekunden das kleine Loch, das das Geschoss hinterlassen hatte. Alles in bester Ordnung ...

Louise Marker wohnte in einem Appartementkomplex in Bethesda, einer offensichtlich teuren Anlage mit dreistöckigen, aus gelben Backsteinen errichteten Gebäuden, die um mehrere Swimmingpools in einer ausgedehnten, satten Rasenfläche gruppiert waren. Wenn hier Soldaten wohnen würden, wären es Generale, dachte Rinker. Es waren jedoch keine Uniformen in Sicht. Etwa hundert Bewohner der Anlage, fast alles junge oder jüngere Frauen, lagen in konservativen einteiligen Badeanzügen um die Pools. Louise Marker war nicht darunter. Marker hatte Rinker nie zu Gesicht bekommen, Rinker hatte sich Marker jedoch mehrmals unbemerkt angesehen. Als reine Vorsichtsmaßnahme für Situationen, wie jetzt eine eingetreten war. Rinker schlenderte ungezwungen zwischen den Leuten an den Pools hindurch und gab dabei Markers Privatnummer in das Mobiltelefon ein. Nach dem dritten Läuten meldete sich eine Frauenstimme. »Hallo?«
Rinker fragte: »Jean?«
»Nein ... Sie haben sich verwählt.«
»Oh, tut mir Leid.«
Es war kein Problem, in das Gebäude hineinzukommen, in dem Marker ihr Appartement hatte: Sie richtete es so ein, dass sie zusammen mit zwei Frauen in Badeanzügen vor einem Seiteneingang ankam. Sie folgte den beiden durch die äußere Tür, dicht genug dahinter, um einer der beiden Zeit zu geben, die innere Tür aufzuschließen. Rinker klimperte mit ihren eige-

nen Schlüsseln in der Hand, aber man hielt ihr die Tür auf, und sie nickte den Frauen zu, bedankte sich und ging weiter, und die beiden Frauen dachten sich offensichtlich nichts dabei.

Markers Appartement lag im zweiten Stock. Rinker nahm die Treppe, schaute sich im Flur der zweiten Etage um, sah niemanden, tippte wieder Markers Telefonnummer in ihr Handy ein, während sie auf die Wohnungstür zuging. Es gab eine funktechnische Überlagerung, aber das Telefon am anderen Ende würde klingeln.

Wieder die Stimme der Frau: »Hallo?« Ein wenig schroff diesmal; erwartete sie wieder einen »Falsch-gewählt-Anruf«?

Rinker sagte: »Könnte ich bitte Miss Marker sprechen?«, und drückte im selben Augenblick auf die Türklingel.

Marker fragte: »Wer spricht da bitte?«

»Hier ist Mary vom Hausmeisterbüro ... Hat es nicht gerade bei Ihnen an der Wohnungstür geläutet?«

»Ja, einen Moment bitte.« Rinker hörte, wie das Telefon abgelegt wurde. Im Flur war weiterhin niemand zu sehen, und sie nahm die Pistole aus ihrem Spezialholster unter dem Hemd – genau in dem Moment, als die Tür geöffnet wurde. Marker machte den Mund auf, kam aber nicht mehr dazu, den unerwarteten Besucher nach seinem Begehr zu fragen, denn Rinker hielt ihr die Pistole an die Stirn und sagte: »Treten Sie zurück.«

Marker, das Mafia-Kind, sagte nur »o nein« und gehorchte. Rinker folgte ihr in die Diele und flüsterte ihr zu: »Ich werde sehr leise sprechen, und ich werde meine Pistole wegstecken, während wir einen kleinen Spaziergang nach draußen machen. Als Erstes aber beenden Sie den Telefonanruf.«

»Was ...?«

»Beenden Sie den Anruf!«

Marker nickte völlig verwirrt und ging zum Telefon.
»Hallo?«
»Hier ist Mary«, sagte Rinker in ihr Handy. »Sie haben Ihre Wagenschlüssel heute Morgen hier am Empfang liegen lassen.«
»Oh, danke«, sagte Marker mit unsicherer Stimme. »Ehm, ich komme sofort runter.«
»Bis gleich«, sagte Rinker und schaltete das Handy aus. Dann streckte sie Marker den Zeigefinger entgegen, krümmte ihn und trat zurück in den Etagenflur. Marker folgte ihr wie ein ferngesteuerter Roboter.
»Sie werden mich töten«, sagte Marker, als Rinker die Wohnungstür hinter ihnen ins Schloss gedrückt hatte. »Ich sollte schreien ...«
»Wenn Sie schreien, werde ich Sie erschießen. Aber ich habe gute Gründe, es nicht zu tun. Ich will Ihnen nur ein paar Fragen stellen.«
»Was sollte das mit dem Telefon?«
»Die Feds können mitgehört haben.«
»Das haben sie wahrscheinlich«, sagte Marker. »Sie sind Tennex, nicht wahr?«
Rinker nickte. »Gehen Sie weiter den Flur hinunter.«
»Ich habe doch alles so gemacht, wie Sie es mir gesagt haben ...«
Rinker startete die eingeübte Rede: »Ich habe nicht die Absicht, Sie zu erschießen, denn wenn ich das mache, wissen die Cops mit Sicherheit, dass Tennex das ist, was sie vermutet haben. Verstehen Sie das? Bis jetzt wissen sie es nämlich noch nicht.«
»Ehm, ja ...«
»Aber wenn es sein muss, werde ich Sie töten. Wenn ich jemals einen Hinweis bekomme, dass Sie mit den Cops über diesen meinen Besuch gesprochen haben oder ihnen ein Phan-

tombild von mir liefern, werde ich zurückkommen, und Sie sind eine tote Frau. Und wenn man mich erwischt, werden die Leute, für die ich arbeite, sich Sorgen machen, dass die Cops weitere Schlüsse ziehen könnten, und sie werden Killer auf uns beide ansetzen. Mit anderen Worten – wenn Sie mit irgendjemandem über diesen Besuch reden, sind Sie tot. Haben Sie das kapiert?«

Marker schluckte heftig und nickte dann.

»Also – wer ist zu Ihnen gekommen?«, fragte Rinker.

Marker erzählte ihr alles: beginnend mit dem ersten Telefonanruf des Anrufers, der unsicher über Tennex zu sein schien – Männerstimme, Bariton, gebildet klingend, cool –, bis hin zum Auftauchen der FBI-Truppe in ihrem Büro.

»Kein Cop? Der erste Anrufer?«

»Vielleicht ein hochrangiger Cop.« Sie berichtete von der Befragung durch die FBI-Agenten im Büro, von Mallard, vom Verhör im FBI-Gebäude.

»Hieß einer der Typen Lucas Davenport?«

»Ich glaube nicht, aber sie haben ja nicht jeden vorgestellt. Ein Mann war dabei, der sich von den anderen unterschied: großer, harter Typ, sah nicht nach FBI aus, hatte einen echt schicken Anzug an. Kein Regierungstyp, verstehen Sie? Sah eher nach Gangsterboss aus.«

Rinker griff in die Jackentasche und zog das zusammengefaltete Blatt heraus, das sie aus *BizWiz*, einem Computermagazin für die Geschäftswelt der Doppelstadt Minneapolis/St. Paul, herausgetrennt hatte. »Ist das der Typ?«

Marker nahm das Blatt, sah es sich kurz an und sagte: »Ja, das ist er. Ja, allerdings sieht er besser aus.«

»Haben Sie seine Stimme gehört? Könnte er der Mann gewesen sein, der diesen ersten, irgendwie konfusen Anruf gemacht hat?«

Marker dachte einen Moment nach. »Ja, könnte sein«, sagte sie langsam. »Ja, wissen Sie ...«

Nach einigen weiteren Fragen sagte Rinker: »Ich möchte noch einmal betonen: Ich war sehr vorsichtig auf dem Weg hierher, ich war sehr vorsichtig im Hinblick auf Telefonwanzen und Wanzen in Ihrem Appartement. Niemand außer uns beiden weiß etwas von unserem Gespräch. Wenn jemand *jemals* etwas davon erfährt, sind Sie tot.«

Marker nickte schnell. »Okay. Gut. Das ist gut.«

»Bei einer meiner früheren Tätigkeiten, als ich noch sehr viel jünger war, habe ich mal einen Trick gelernt«, sagte Rinker. »Einen Trick, wie man das Vergessen lernen kann. Man sagt sich einfach: ›Okay, das ist nie geschehen. Ich habe es nur geträumt.‹ Und sehr bald wird das, was da geschehen ist, tatsächlich wie ein Traum, und man vergisst es völlig.«

»Ich habe Sie jetzt schon völlig vergessen«, sagte Marker eifrig. »Ich schwöre es bei Gott, ich habe Sie völlig vergessen ...«

Ehe sie die Stadt verließ, hielt Rinker noch bei einer Bank und mietete ein Bankschließfach. Sie zahlte ein Jahr im Voraus, wischte die Pistole und die anderen Gegenstände aus dem Päckchen sorgfältig ab und legte sie in den Metallkasten. Wenn sie nächstes Mal wieder mit dem Wagen in die Gegend kam, würde sie die Sachen wieder mitnehmen.

Vom Flughafen aus rief sie Carmels spezielle Handynummer an, und Carmel meldete sich nach dem zweiten Läuten. »Ja?«

»Du erinnerst dich an den Mann, den du im TV gesehen hast?«, fragte Rinker.

»Ja.«

»Er war hier. Absolut sicher.«

»Scheiße. Wie konnte er das nur rausfinden?«

»Keine Ahnung«, antwortete Rinker. »Ich komme heute Abend um zehn Uhr fünfzehn mit Northwest zurück.«

»Ich hole dich ab. Ich denke, wir haben im Moment noch nichts Schlimmes zu befürchten, aber darüber reden wir nach deiner Ankunft.«

Im Flugzeug döste Rinker, eine Schlafmaske über den Augen, vor sich hin, und zwischen kurzen Schlafperioden dachte sie über Carmel nach. Sie konnte einige nicht unbedeutende Probleme einfach dadurch lösen, dass sie Carmel aus dem Weg räumte. Aber dann ergab sich ein anderes Problem. Carmel war nicht dumm, und wahrscheinlich hatte sie inzwischen irgendwelche Maßnahmen zu ihrer Rückendeckung getroffen: in einem Schließfach oder im Panzerschrank eines ihrer Kollegen ein Schreiben hinterlegt, in dem sie festgehalten hatte, was sie über Rinker wusste. Ein Schreiben, das im Fall ihres Todes den Cops zu übergeben war ... Ein anderes Problem: Dieser Mistkerl Davenport war so dicht an Rinker dran wie an Carmel. Wie war ihm das gelungen? Wusste er vielleicht sogar noch mehr? War er etwa inzwischen auf ihre Bar in Wichita gestoßen? Carmel war eine Informationsquelle bezüglich Davenport, die sich als sehr wichtig erweisen konnte ...

Ein letzter Grund, Carmel nicht zu töten: Rinker mochte sie wirklich, wie eine Art Schwester, die sie nie gehabt hatte. Rinker lächelte vor sich hin, als sie an Carmels Einladung zu der Reise nach Mexiko dachte. Bei Gott, sie hatte sich vorgenommen, die Einladung anzunehmen, und wenn sie diese Sache hinter sich gebracht hatten, würden sie beide diese Reise auch tatsächlich machen. Sich ein paar scharfe Bikinis kaufen und diese Drinks mit Papierschirmen und vielen Ananasscheiben schlürfen und vielleicht ein paar von diesen mexikanischen Papagayos vernaschen.

Was diesen Davenport betraf – sie hatte den Bericht über ihn im *BizWiz*-Magazin gelesen, und er schien ein cleverer Bursche zu sein, und hundsgemein: Er war ein Killertyp, ohne jeden Zweifel. Wie dieser Mafiatyp, den sie einmal kennen gelernt hatte; ein genialer Geschäftsmann, der eine große Waschsalonkette – oder war es ein Müllabfuhrunternehmen gewesen? – besessen und immer eine Pistole bei sich gehabt hatte.

Natürlich, sie hatte drei oder vier dieser Typen getötet. Auch Leute mit genialen Begabungen waren nicht kugelsicher.

In Minneapolis saß Carmel vor dem Fernseher, den Ton abgeschaltet, und beurteilte ihre Optionen. Vielleicht sollte sie, wenn sich die Möglichkeit dazu bot, Pamela – oder wie auch immer ihr echter Name war – aus dem Weg räumen. Aus der Sicht der Gefahrenabwendung machte das absolut Sinn. Es gab nur diese eine echte Zeugin gegen sie, und wenn Pamela den Weg allen Fleisches gegangen war, konnte Davenport sich in den Arsch beißen.

Sie seufzte, stand auf, ging in die Küche und holte sich ein Glas Orangensaft. Sie würde Rinker nur absolut ungern töten – sie mochte diese Frau. Pamela konnte eine echte Freundin werden, die erste, die Carmel je hatte …

Sie nippte an ihrem Saft und ging zurück ins Wohnzimmer, vorbei an all ihren großartigen Schwarzweißfotos, die sie kaum wahrnahm. Wenn sie überlegte, ob sie Pamela töten sollte, würde umgekehrt auch Pamela überlegen, ob sie *sie* aus dem Weg räumen sollte, und würde es vielleicht aus ähnlichen Gründen nur widerwillig tun.

Wenn sich die Gegebenheiten änderten, dachte Carmel, wenn es tatsächlich notwendig wurde, Pamela aus dem Weg zu räumen, musste sie *als Erste* handeln – und schnell. Eine zweite Chance würde sich ihr sicher nicht bieten ... Sie sah auf die Uhr. Zeit, Pamela vom Flughafen abzuholen.

Rinker stellte ihre leichte Reisetasche auf den Rücksitz des Volvo, und Carmel sagte: »Ich kann mir drei Möglichkeiten vorstellen.«

»Welche sind das?«

»Wir tun nichts. Ich habe mich heute mit einem Notizblock hingesetzt und versucht, das für uns schlechteste Szenario auszuarbeiten. Ich halte es für absolut unmöglich, dass sie genug in der Hand haben, um eine von uns zu verhaften. Wenn sie es dennoch tun würden, könnten wir sicher sein, dass es nicht zu einer Anklage gegen eine von uns ausreichen würde – es sei denn, du hättest irgendwo Fingerabdrücke hinterlassen oder dein Portemonnaie an einem der Tatorte liegen lassen.«

»Was natürlich nicht geschehen ist«, sagte Rinker. »Welches sind die beiden anderen Möglichkeiten?«

»Unser Hauptproblem ist Davenport. Das FBI können wir vergessen, ebenso die anderen Cops, die da rumschnüffeln. Wenn wir Davenport beseitigen, werden sie nie im Leben rausfinden, wer wir sind. Andererseits – es wäre mehr als riskant, ihn aus dem Weg zu schaffen, es wäre sogar sehr gefährlich. Er ist nicht nur rücksichtslos und gewalttätig, der Kerl hat auch Glück. Es ist mal passiert, dass ihm ein Gangster in die Kehle geschossen hat, und er wäre gestorben, wenn da nicht zufällig ein Chirurg in der Nähe gewesen wäre und mit einem Schnappmesser einen Luftröhrenschnitt bei ihm gemacht hätte. So hat er es dann zu einem Krankenhaus geschafft.«

»Ist das wahr?«

»Ja.«

»O Mann, das beunruhigt mich am meisten an dem Mann: dass er Glück hat.«

»Die dritte Möglichkeit ist, dass wir uns ein kleines Spielchen ausdenken und durchziehen – ein kleines Historienspiel –, das darauf hinauslaufen muss, all den Morden einen Sinn zu geben. Die alternative Theorie: eine Möglichkeit, mit der man einen sonnenklaren Fall gegen einen Klienten noch umbiegen kann. Gib den Geschworenen etwas, das mehr Sinn macht oder zumindest mehr Sinn zu machen scheint ... Wenn wir es schaffen, genau das richtige Szenario in die Welt zu setzen, musste die Strafverfolgung es hinnehmen, selbst wenn Davenport wüsste, dass etwas nicht stimmen kann.«

»Okay ... Welche der drei Möglichkeiten schlägst du vor?«

»Nummer eins: nichts zu tun. Die Sache auszusitzen und abzuwarten. Ich glaube nicht, dass noch mehr negative Dinge passieren können. Wir wissen, dass die Cops am Tennex-Telefon in Washington sitzen, also werden wir es nicht mehr benutzen. Ich würde mir gerne die Akten der Cops über den Fall ansehen, aber die bekäme ich nur dann in die Finger, wenn sie wieder mit neuen Argumenten gegen Hale vorgehen würden.«

»Okay. Also tun wir nichts und warten ab.«

Sie fuhren eine Weile schweigend weiter, dann fragte Rinker: »Was ist, wenn sie eine Wanze in diesen Wagen eingebaut haben?«

»*So* clever sind die bestimmt nicht«, sagte Carmel. »Das ist Moms Wagen. Auf ihren Namen registriert. Sie benutzt ihn sogar manchmal, wenn ich ihn nicht brauche, und sie transportiert alle möglichen Sachen darin – Blumenzwiebeln und Pflanzen oder ähnliches Zeug. Ich brauche aber einen Wagen, von dem niemand etwas weiß, vor allem, wenn ich mit einem Fall beschäftigt bin, der ein bisschen heiß ist. Manchmal kann man es einfach nicht brauchen, wenn einem die Leute auf die Finger schauen.«

»Deine Eltern sind geschieden?«

»Nein, mein Dad hat sich selbst umgebracht«, antwortete Carmel. »Er war Zahnarzt mit dem Spezialgebiet Wurzelbehandlungen, machte den ganzen Tag nichts anderes, als Wurzelkanäle aufzubohren. Er hatte die Nase voll davon, setzte sich eines Nachmittags nach der Behandlung des letzten Patienten hin, schrieb einen kurzen Abschiedsbrief an die Nachwelt und streifte eine Lachgasmaske über.«

»O Gott ...«

»Ja. Eine gute Methode, diese Welt zu verlassen, nehme ich an, aber er musste ein paar komplizierte Vorbereitungen treffen. Musste einige Sicherheitsvorkehrungen ausschalten, die Sauerstoffzufuhr unterbrechen und so weiter. Wenn ich mal in so eine Lage kommen sollte, will ich nicht auch noch länger darüber nachdenken. Ich will einfach *weg sein*.«

»Ich will mich nicht endgültig aus dem Staub machen«, sagte Rinker. »Eine ganze Weile noch nicht ...«

»Was ist mit deinen Eltern?«

»Mein Dad setzte sich eines Tages ab, als ich noch ein Baby war«, antwortete Rinker. »Und mein guter alter Stiefvater pflegte mich ein- oder zweimal in der Woche zu ficken, bis *ich* mich dann absetzte.«

»Lebt dein Stiefvater noch?«

»Nein.« Rinker sah aus dem Fenster. »Er verschwand eines Tages und tauchte nicht wieder auf.«

»Wie dein Vater«, stellte Carmel fest.

»Nicht auf dieselbe Weise«, erwiderte Rinker.

16

Sherrill kam mit dunklen Ringen unter den Augen aus St. Louis zurück. »Nicht zum Schlafen gekommen?«, fragte Lucas. Er versuchte, seine Stimme unbefangen klingen zu lassen, merkte dann aber, dass ihm das nicht ganz gelungen war.

»Ich musste alle Typen der Abteilung Organisiertes Verbrechen da unten durchbumsen«, sagte Sherrill. »Das hat mich die Nächte durch wach gehalten.«

»Heh …« Er war gekränkt.

»Selber ›heh‹«, knurrte sie. »Der Ton in deiner Stimme bei der Frage …«

»Ich habe nur versucht …«

»Vergiss es … Aber es stimmt, ich habe kaum geschlafen. Jede Nacht habe ich mich auf dem Bett rumgewälzt, und die Decken waren zu schwer und das Kissen zu dick und es roch nicht gut im Zimmer. Und ich habe über dich und mich nachgedacht.«

»Oje …«

»Ich wollte das nicht«, sagte sie. »Aber ich konnte nicht anders. Ich habe mich gefragt, ob das mit dem Schlussmachen richtig war. Ich habe mich gefragt, ob ich dich nicht irgendwohin zerren und so richtig durchficken soll, nur noch das eine Mal. Oder zwei- oder dreimal – aber nicht endlos weiter. Sozusagen zur endgültigen Verabschiedung.«

»Ich war der Meinung, das hättest du schon getan«, sagte Lucas.

»Ja, das stimmt«, gab Sherrill zu. »Außerdem – Sex war ja nicht unser wichtigstes Problem, oder?«

»Nein. Der Sex mit dir war wunderbar. Zumindest aus meiner Sicht.«

»Was war's dann?«

»Ich glaube, ehm, es liegt daran, dass du von Natur aus eine Optimistin bist und dass ich von Natur aus ein Pessimist bin ...«

»Aha ... Ja.«

»Und welche Schlussfolgerung ziehst du nun?«

»Ich denke, ich sollte mir einen neuen Freund und du dir eine neue Freundin suchen, dann hätten wir's endgültig hinter uns.«

»Ich bin zu müde, um nach einer neuen Freundin zu suchen«, sagte Lucas. »Such du dir einen Freund.«

»Ja«, sagte Sherrill und nagte an der Unterlippe. »Vielleicht.«

Lucas sagte: »Wir sind mit unserer Kunst am Ende. Die Feds sitzen noch vor ihrer Mithörschaltung bei Tennex, aber es ruft niemand mehr an.«

»Hören sie auch Carmel Loan ab?«, fragte Sherrill.

»Kann sein. Sie sagen, sie würden es nicht tun – noch nicht –, aber sie könnten mich angelogen haben.«

»Das FBI und lügen?«

»Ja, ja ... Hast du was rausgefunden?«

»Ich habe eine Liste mit zwanzig Namen«, sagte Sherrill.

»Verdammt viele Namen ...«

»Ja. Aber wenn es da einen Mann in St. Louis mit Verbindungen zur Mafia gibt, der diese Morde in Auftrag gibt, dann steht sein Namen mit an Sicherheit grenzender Wahrscheinlichkeit auf dieser Liste.«

»Und?«

»Dazu komme ich jetzt«, sagte sie. »Du und die FBI-Jungs habt euch doch ausführliche Gedanken darüber gemacht, woher all die Schecks für diesen Telefondienst kamen, nicht wahr? Und ihr habt überlegt, dass die Person, die sie einschickt, in Südwest-Missouri oder Ost-Kansas wohnen muss – oder in diesen anderen Gegenden ...«

»Nord-Arkansas oder Nord-Oklahoma ...«

»Ja. Wenn wir nun eine Analyse dieser zwanzig Mafiatypen machen, die alle geschniegelte Großstadtangeber mit Mokassins an den nackten Füßen und Cadillac-Fahrer sind ... und dann rausfinden, dass einer von ihnen viele Anrufe von einer Farm oder was weiß ich in, sagen wir mal, Ost-Oklahoma macht ...«

Lucas sah sie einige Sekunden an und sagte dann: »Das ist gut.«

»Es gefällt dir?«

»Es ist die erste gute Idee, die jemand von uns seit einer Woche hatte.« Er zog die Schreibtischschublade auf und nahm Mallards Visitenkarte heraus. »Und was besonders gut daran ist – man muss dabei mit den Bürokraten von den Telefongesellschaften umgehen; und das ist, wie ich inzwischen weiß, Mallards Lieblingsbeschäftigung, ja geradezu sein *Leben*.«

Mallard gefiel die Idee ebenfalls: Er ließ drei Agenten die ganze Nacht über und den nächsten Morgen an der Sache arbeiten, und am frühen Nachmittag rief er Lucas an. Er war, wie Lucas fand, ein wenig atemlos.

»Haben Sie je von einem Allen Kent gehört?«

»Nein ...«

»Er ist Italiener – der Name seines Vaters, eines unbedeutenden Mannes, war Kent, aber die Familie seiner Mutter war eng mit den Spitzen der Mafiafamilien von St. Louis *und* Chicago versippt, zu den Zeiten, als Sam Giancana die Welt regierte.«

»Wen hat er angerufen?«

»Nun, er ruft bei vielen Leuten an, er hat einen Alkoholgroßhandel. Ruft jede noch so kleine verdammte Bar im Mittleren Westen an. Aber er hat eine AT&T-Telefonkarte, die er benutzt, wenn er außerhalb der Stadt ist, und wir haben alle Anrufe der vergangenen zehn Jahre analysiert, und jetzt dürfen Sie mal raten ...«

»Er ist in Wirklichkeit Lee Harvey Oswald und hält John F. Kennedy in einer Höhle gefangen.«

»Nein. Aber Sie wissen ja, wir haben alle diese mit der Mafia in Verbindung stehenden Morde dieser Frau zugeschrieben. Und zwischen vierundzwanzig und dreißig Tagen vor jedem Mord hat Kent seine üblichen geschäftlichen Anrufe aus Wichita, Kansas, gemacht. Er blieb jedes Mal zwei Tage dort ... So, und nun kann man sich doch vorstellen, dass er nach Wichita fährt, um die Killerin zu treffen, ihr den Auftrag zu erteilen und ihr eventuell weitere Informationen zu geben. Danach braucht sie einige Zeit für die Vorbereitung des Mordes – wir wissen, dass sie sehr sorfältig vorgeht, dass sie die Zielperson längere Zeit beobachtet, ehe sie zuschlägt. Wahrscheinlich braucht sie auch einige Zeit, um sich in einer ihr unbekannten Stadt zu orientieren ... und Zeit, dorthin zu fahren – wir gehen ja davon aus, dass sie zu den Zielpersonen fährt und nicht fliegt.«

»Sie nehmen also an, sie wohnt in Wichita?«, fragte Lucas.

»Wir halten es zumindest für möglich. Wir glauben sogar, einen Namen zu haben.«

»So? Wie lautet er?«

»John Lopez.«

Lucas hatte einen Moment mit dem Namen zu kämpfen. »John?«

»Ja. Ein Mann, getarnt als Frau, was eine ganze Menge Sinn macht, wenn man sich das genauer überlegt. Eine Profikiller*in* für die Mafia? Kommen Sie ... So was hat's noch nie gegeben. Wir haben diesen John Lopez in unserer Datenbank gefunden: Er ist Puertoricaner, einsfünfundsechzig groß, hundertdreißig Pfund schwer – er könnte also als Frau auftreten. Und er ist ein gemeiner kleiner Bastard. Vor ein paar Jahren landeten große Mengen Kokain an der Südküste Puerto Ricos, das dann mit Flugzeugen in die Staaten gebracht wurde – es gibt ja keine Zollkontrollen bei Flügen aus Puerto Rico in die USA, weil es Inlandflüge sind. Lopez war eines der Maultiere, das den Stoff nach Chicago transportierte und das Geld dafür zurückschaffte. Als er geschnappt wurde, nannte er die Namen aller seiner puertoricanischen Verbindungsleute als Gegengabe für Straffreiheit und Polizeischutz, behauptete aber, er wisse nicht, wer die Verteilung des Stoffs in Chicago betreibe. Wir gehen inzwischen davon aus, dass es die Mafia war und so auch die Verbindung zwischen Lopez und Allen Kent zustande kam.«

»Wie kam er nach Wichita?«

»Zeugenschutzprogramm. Gott helfe uns, aber es könnte sein, dass wir dem größten Profikiller in den Staaten Zeugenschutz gewährt haben.«

Lucas fühlte sich irgendwie ernüchtert: Die Feebs würden den Fall lösen.

»Nehmen Sie ihn hoch?«

»Natürlich. Und ich nehme alles mit, was mir zur Verfügung steht. Lopez betreibt unter dem Deckmantel des Zeugenschutzes einen Blumenladen – so, wie ein ewiger Gangster eben einen solchen Laden betreibt.« Mallard lachte, und Lucas starrte seinen Telefonhörer an: Mallard schien irgendwie high zu sein.

»Was dagegen, wenn ich Ihnen dabei zuschaue?«

»Nein, zum Teufel! Ich fliege gleich los, treffe heute Nachmittag in Wichita ein. Wir steigen im Holiday Inn ab, ehm,

Holiday Inn East. Wir haben eine richterliche Genehmigung, sein Telefon abzuhören, und wir überprüfen jetzt natürlich alle seine Telefonrechnungen ... Hören Sie, ich muss mich auf die Socken machen.«

»Okay«, sagte Lucas, »wir treffen uns da unten, wahrscheinlich noch heute Abend, wenn nichts dazwischen kommt. Ich fahre mit dem Wagen hin.«

»Mit dem Flieger wären Sie doch in zwei Stunden dort.«

»Ja, ja ...«, brummte Lucas. »Ich fahre lieber.«

Lucas war seit langer Zeit begeisterter Porschefahrer. Es machte ihm Freude, ein- bis zweihundert Meilen mit seinem Porsche zu fahren, aber der Wagen war natürlich keine Langstrecken-Reiselimousine. Nach sechshundertfünfzig Meilen würde er durchgerüttelt und gerädert sein, außerdem musste der Porsche zur Inspektion.

»Hören Sie«, sagte er am Telefon zu dem Porschehändler, »Sie werden mir wieder mal eine Unsumme für die Inspektion in Rechnung stellen, und ich brauche einen bequemen Leihwagen. Ich weiß sehr gut, dass Sie diesen tollen BMW auf dem Hof stehen haben, ich habe zufällig gesehen, wie Larry ihn einem Kunden gezeigt hat ... Ja, ja ... Nein, ich will keinen Volkswagen-Passat. Wie wär's damit: Ich zahle Ihnen einen Meilenpreis. Sie kriegen fünfzehn Cent die Meile, und ich liefere den Wagen mit vollem Tank wieder ab. Ich fahre nach Wichita, das sind rund sechshundertfünfzig Meilen, hin und zurück also dreizehnhundert, und Sie kriegen für die drei oder vier Tage ein paar hundert Dollar, und ich werde Sie auch nicht wie sonst wegen der langsamen Arbeit an dem Porsche beschimpfen ... Kommen Sie, verdammt ... Was soll das heißen, fünfzig Cents? Die Regierung zahlt keine fünfzig Cents, und die Reisespesen sind für den Sprit gedacht ...«

Er bekam den 740IL, eine lange, schwarze, viertürige Limousine mit einem Armaturenbrett, das dem Cockpit eines F-16-Düsenjägers entliehen zu sein schien, mit grauen Ledersitzen, einem CD-Player und einundsechzigtausend Meilen auf dem Tacho, für fünfundzwanzig Cents die Meile. Zwei Meilen nach dem Verlassen der Porschevertretung trat er versehentlich mit dem linken Fuß gegen den schlecht platzierten Auslösehebel für die Motorhaube, ohne zu wissen, was er getan hatte, und die Motorhaube fing im Fahrtwind an zu rattern. Er hatte Angst, die Haube könnte gegen die Windschutzscheibe klappen und ihm die Sicht versperren, und so fuhr er an den Rand des Highways und riskierte im brausenden Verkehr Kopf und Kragen, um sie wieder festzudrücken. Fünf Minuten später passierte dasselbe wieder, und er fuhr wieder an den Straßenrand, rief diesmal aber empört den Porschehändler an, der ihm ungerührt sagte: »Sie treten mit dem linken Fuß gegen den Auslösehebel. Lassen Sie das sein.«

Lucas fand den Hebel und stöhnte: »Ein großartiger Platz dafür.«

Dreißig Meilen außerhalb der Stadt zuckte eine gelbe Warnlampe an der linken Seite des Armaturenbretts auf: *Motor überprüfen*, stand da. Er fuhr wieder an den Straßenrand, rief wieder den Händler an, der ihm sagte, die Warnlampe bedeute, dass die vorgegebenen Abgasnormen überschritten würden. »Kümmern Sie sich nicht drum, es hat nichts zu bedeuten.«

»Bei jedem anderen Wagen bedeutet ›Motor überprüfen‹, dass das Motorenöl gerade auf der Straße gelandet ist«, sagte Lucas.

»Das ist nicht ›jeder andere Wagen‹«, erwiderte der Porsche-Händler. »Wenn das Öl auf die Straße läuft, sagt Ihnen eine Warnlampe in großen roten Buchstaben: ›STOPP!‹.«

»Diese Lampe leuchtet also während der ganzen Fahrt weiter?«

»Richtig, Kumpel. Sie wollten den Wagen haben, Sie haben ihn bekommen«, sagte der Händler ohne das geringste Anzeichen von Mitgefühl.

»Da ist auch so ein pfeifendes Geräusch ...«

»Die Windschutzscheibe sitzt nicht richtig fest. Wir werden das beheben, wenn Sie wieder zurück sind.«

»Ich komme langsam auf den Gedanken, dass dieser Wagen ein Scheißwagen ist«, knurrte Lucas.

»Was erwarten Sie von einem Wagen, der einundsechzigtausend auf dem Buckel hat?«, fragte der Porschehändler. »Sie hätten den Volkswagen nehmen sollen.«

Aber der Wagen war sehr bequem und sah ganz sicher gut aus. Er schaffte die sechshundertfünfzig Meilen nach Wichita in neun Stunden, kam dabei durch Des Moines und Kansas City, unterbrach die Fahrt nur zum Tanken und zum Kauf einer Tüte hartkrustiger Taco Supremes an einem Taco Bell. In Wichita nahm Lucas ein Zimmer in einem Best Western und rief von dort aus bei Mallards Büro in Washington an, wo ihm eine Sekretärin vom Bereitschaftsdienst sagte, sie werde seine Telefonnummer an Mallard weiterleiten. Fünf Minuten später rief Mallard prompt zurück: »Wir sind in der Stadt in einem Restaurant namens Joseph's. Ich lese Ihnen mal die Speisekarte vor ...«

Lucas gab seine Bestellung auf – ein Steak, medium, Backkartoffeln ohne Sauerrahm und ein Diet Coke. Fünfzehn Minuten später kam er bei Joseph's an, und der Ober servierte gerade die Gerichte. Mallard war in Begleitung einer hageren grauhaarigen Frau namens Malone. Sie war ungefähr in Lucas' Alter, wie er schätzte, irgendwo in den dunklen Vierzigern.

»Malone ist unsere juristische Fachfrau«, sagte Mallard, während er sein Steak bearbeitete. »Sie redet mit den jeweils zuständigen Richtern, wenn das erforderlich wird, und besorgt uns Abhörgenehmigungen und Durchsuchungsbefehle und all so was.«

»Haben Sie den Rang eines Agenten?«, fragte Lucas.

Malone hatte gerade ein kleines Stück ihres Rinderbratens in den Mund gesteckt, und statt einer Antwort zog sie die linke Seite ihres Nadelstreifenjacketts nach außen, so dass Lucas den Griff ihrer schwarzen Automatikpistole sehen konnte.

»Hübsche Accessoires«, sagte Lucas. Man konnte ja ruhig mal ein Kompliment machen.

»Copcharme verfängt gut bei mir«, sagte Malone, die den Bissen inzwischen runtergeschluckt hatte. »Ich kriege dann immer Gänsehaut am ganzen Körper.«

»Hören Sie um Himmels willen damit auf«, sagte Mallard. »Ich hasse diese Flirtrituale bei Menschen im fortgeschrittenen Alter.«

»Was ist sein Problem?«, fragte Lucas und sah Malone an.

»Vor kurzem geschieden«, sagte Malone und nickte zu Mallard hinüber. »Und er liebt seine Frau immer noch.«

»Tut mir Leid«, sagte Lucas.

»Braucht es nicht, weil es nicht stimmt«, erwiderte Mallard. »Ich bin drüber weg.« Aber er sah für eine Sekunde so elend aus, dass Lucas ihm am liebsten den Rücken getätschelt und gesagt hätte, er würde bald wieder okay sein; aber Lucas glaubte nicht, dass es so kommen würde, und Mallard offensichtlich auch nicht. »Außerdem«, fügte Mallard hinzu, »befinde ich mich nicht als Einziger der Anwesenden in diesem Zustand.«

»Wenn Sie mich damit meinen, sprechen Sie von der falschen Person«, sagte Malone. »Ich habe keinen von ihnen geliebt.«

»Ihnen?«, fragte Lucas.

»Viermalige Verliererin«, erklärte Mallard und deutete mit seiner Gabel auf Malone.

»Jesus«, stieß Lucas aus. »Und das beim FBI?«

»Wenn es den zweiten meiner Ehemänner nicht gegeben hätte, wäre ich inzwischen im Rang einer Stellvertretenden Direktorin«, sagte Malone.

»Was hat er angestellt?« fragte Lucas.

»Er war Schauspieler.«

»Ein schlechter Schauspieler«, fügte Mallard hinzu.

»Nein, er war ein guter Schauspieler; er brachte es nur nicht fertig, seinen Hang zu Nacktszenen unter Kontrolle zu halten«, sagte Malone. »Das Drama nahm seinen Lauf, als die *Washington Post* ein Fotointerview mit ihm machte, er sich dabei im Adamskostüm präsentierte und erwähnte, dass er mit einer FBI-Agentin verheiratet sei.«

»Und das war für die Karriere nicht förderlich«, sagte Mallard. »Wir alle trugen damals noch weiße Hemden.«

»Und wie sieht's aus – haben Sie Nummer fünf bereits im Visier?«, fragte Lucas.

»Noch nicht«, antwortete Malone. »Aber ich halte Ausschau ...«

»Die Lage stellt sich so dar«, unterbrach Mallard den privaten Dialog, »dass wir neun Agenten hier verfügbar haben und Lopez rund um die Uhr überwachen. Er hat drei Telefone, die wir alle abhören, und wir haben auch schon ein paar verdächtige Anrufe aufgezeichnet. Anrufe von Leuten, die in unklaren Formulierungen über Dinge reden, die nichts mit Blumen zu tun haben. Keine handfesten Dinge, die Lopez bloßstellen, aber irgendwas läuft da, was nicht astrein ist.«

»Könnte ich sie mir anhören, Ihre Aufzeichnungen?«

»Natürlich. Ich habe überarbeitete Kassetten dabei, die Sie

sich nachher anhören können. Und morgen, wenn er aus seinem Bau kommt, zeigen wir ihn Ihnen mal.«

»Sehr gut«, sagte Lucas. »Ich will aber nicht, dass er mich sieht. Mein Bild ist im Zusammenhang mit den Mordfällen im Fernsehen gezeigt worden, und wenn er hin und wieder in Minneapolis/St. Paul war, könnte er mich wieder erkennen.«

»Sie sind also eine echte Berühmtheit«, sagte Malone. »Ein lokaler Held ...«

»Nun hört endlich auf mit diesem Geturtel, Leute«, fuhr Mallard dazwischen.

Mallard hatte es sich auf dem Bett in seinem Hotelzimmer bequem gemacht, während Lucas sich auf den einzigen Sessel und Malone auf den Tisch gesetzt hatte. Sie hörten den Stimmen aus dem Kassettenrecorder zu: »Ich wollte heute vorbeikommen ... Macht keinen Sinn ... Wirklich? Was wäre nach deiner Meinung denn eine gute Zeit? ... Muss aber morgen sein, es sei denn, auf dem Weg nach da unten würde es zu einer Verzögerung kommen. Ich habe nichts gehört – ich könnte dich vorher anrufen, wenn du willst ... Das wäre gut, ich werde nämlich langsam ...«

Lucas sagte: »Er bietet Dope an.«

»Das habe ich auch schon gesagt, bin aber damit nicht auf große Gegenliebe gestoßen«, erklärte Malone.

»Wir können nicht sicher sein, dass es um Dope geht«, verteidigte sich Mallard.

»Doch, es ist so«, beharrte Lucas. »Ich kann Ihnen sogar sagen, um welche Sorte.«

»Heroin?«, schlug Malone vor.

»Ja«, stimmte Lucas zu.

»Vielleicht ist die alte Chicago-Connection wieder zum Leben erwacht«, sagte Mallard.

»Aber ich glaube einfach nicht, dass jemand, der einen Profikiller anheuert, auf einen Junkie zurückgreift«, sagte Lucas.

»Vielleicht ist *er selbst* kein Junkie.«

»Das war ein Kleinhandel, dem wir da zugehört haben«, sagte Lucas. »Und wenn er Kleinhändler ist, ist er höchstwahrscheinlich auch ein Junkie.«

»Andererseits«, sagte Malone, »da er jemanden aus größerer Entfernung erwartet, könnte es auch anders sein ... Er scheint zumindest im größeren Stil *ein*zukaufen.«

Lucas zuckte die Schultern. »Ja, könnte sein – aber es ist doch wirklich ein seltsames Verhalten für einen Mann, den wir für einen paranoiden Superkiller halten. Ich könnte mir vorstellen, dass ein Profikiller sich Kokain oder vielleicht auch Speed von einem verlässlichen kleineren Dealer beschafft, aber ich kann mir nicht vorstellen, dass er auch Stoff *verkauft*. Das würde nämlich bedeuten, dass er es mit allen möglichen, heruntergekommenen Junkies zu tun bekommt, die ihn für ein paar Cents verraten und verkaufen würden.«

Als sie die Kassetten zu Ende gehört hatten, saßen sie erst einmal schweigend da, dann sagte Mallard: »Im Fernsehen kommt ein Spiel der Yankees.«

»Ich muss mich ein bisschen bewegen«, sagte Lucas. »Ich habe den ganzen Tag im Wagen gesessen.«

»Wo wollen Sie hingehen?«, fragte Malone.

»Vielleicht in eine Bar«, antwortete Lucas. »Ein paar Bierchen trinken.«

»Das würde mir auch gefallen«, sagte Malone. »Ich würde mich gerne irgendwohin verändern, wo ich ein bisschen bequemer sitzen kann.«

Mallard seufzte und sagte dann: »Okay. Vielleicht ja doch besser, als in die Glotze zu starren.«

Malone sah ihn an, und eine schmale Falte bildete sich zwischen ihren Augen, die jedoch sofort wieder verschwand. »Also, wie wär's, wenn wir uns in einer halben Stunde ausgehbereit wieder hier treffen?«

Lucas kam einige Minuten vor Malone in Mallards Zimmer zurück; als sie dann erschien, trug sie eine schwarze Hose und eine weiche schwarze Jacke über einer hauchdünnen Bluse. Unter der Bluse trug sie einen schwarzen Spitzenbüstenhalter, den Lucas sah; und links, unter der Jacke, war auch die leichte Ausbeulung ihrer Pistole zu erkennen. Als sie gingen, hielt Lucas die Tür für Malone auf, und er erhaschte einen feinen Hauch ihres exotischen Parfüms – kühl, eisig ...
Malone setzte sich auf den Beifahrersitz des BMW, Mallard auf den Rücksitz. Malone starrte auf all die Lämpchen auf dem Armaturenbrett, an den Türen und selbst auf dem Lenkrad und fragte: »Wie kommt es, dass Kleinstadtcops solche Wagen fahren, während wir uns mit einem Ford begnügen müssen?«
»Weil wir die Korruption bei der Regierung eisern bekämpfen«, sagte Mallard.
»Minneapolis ist größer als Washington«, brummte Lucas.
Malone schnaubte verächtlich, und Mallard sagte: »Hören Sie auf damit.« Auf dem Weg ins Stadtzentrum sah Lucas einen Streifenwagen der Stadtpolizei von Wichita an einer Straßenecke stehen; er bog dahinter ein und hielt an. Mallard fragte: »Was haben Sie vor?«, Lucas antwortete: »Ermittlungen anstellen.«
Er stieg aus und ging zu dem Streifenwagen, und als der Cop auf der Fahrerseite das Fenster herunterließ, hielt ihm Lucas seinen Ausweis entgegen und sagte: »Hey, Kollegen – ich bin Cop oben in Minneapolis und mit ein paar Freunden

auf der Durchreise. Wir suchen eine nette Bar, haben Sie eine Empfehlung für uns?«

Der Fahrer nahm Lucas den Ausweis aus der Hand, sah ihn sich gründlich an, grunzte dann: »Deputy Chief, hm?« Er gab den Ausweis zurück und sah zu seinem Partner hinüber. »Da gibt's keine große Auswahl ... Was meinst du? The Rink?«

»Wäre wohl am besten«, bestätigte der andere Cop. »Vier Blocks geradeaus bis zur zweiten Ampel, dort rechts abbiegen, vier oder fünf Blocks weiter ist es dann. The Rink.«

»Prima«, sagte Lucas und richtete sich auf. »Ich gebe Ihnen einen aus, wenn Sie in den nächsten Stunden Feierabend haben – wir sind bestimmt noch dort.«

»Vielen Dank, aber wir haben Nachtschicht«, sagte der Fahrer. »Aber ich habe noch eine Frage: Wie hoch ist bei Ihnen da oben in Minneapolis das Grundgehalt für die Cops?«

Sie redeten noch ein paar Minuten über Gehälter, jährliche Urlaubstage und die Handhabung von Urlaub im Krankheitsfall, dann ging Lucas zurück zum BMW, stieg ein, trat auf den Auslösehebel für die Motorhaube, stieg wieder aus, schmetterte die Haube zu, stieg wieder ein, und sie fuhren zu der Bar The Rink.

Rinker stand hinter dem Tresen und las einen Kassenzettel, als Lucas hereinkam. Sie war so entsetzt, dass sie regelrecht erstarrte, als ob sie ein Schlag mit dem Hammer gegen die Stirn getroffen hätte. Als sie sich ein wenig erholt hatte, wozu sie volle fünf Sekunden brauchte, stellte sie fest, dass er in Begleitung einer Frau war, die wie eine Juristin aussah, dazu eines Mannes mit Bürokratengesicht und dickem Nacken, der ein Professor sein konnte, vielleicht aber auch der Coach einer College-Ringermannschaft.

Sie wandte sich ab und ging in ein Hinterzimmer, von dem

aus man durch einen Einwegspiegel die Bar überblicken konnte.

»Irgendwas nicht in Ordnung?«, fragte einer der Küchenjungen, dem ihre angespannte Aufmerksamkeit auffiel.

»Ein Mann kam rein, von dem ich dachte, er könnte ein Freund aus alten Tagen sein«, sagte Rinker.

»Welcher Mann ist es?«

»Mach deine Arbeit weiter«, sagte Rinker.

»War ja nur 'ne Frage ...«

Sie beobachtete Lucas zehn Minuten lang und kam schließlich zu dem Schluss, dass er an der Bar als solcher und seiner Umgebung nicht interessiert war: Wenn er wegen ihr gekommen war – und es fiel schwer, sich einen anderen Grund für seine Anwesenheit vorzustellen –, hielt er dennoch nicht Ausschau nach ihr. Er zog eine kleine Anmache bei der Juristin ab, und der schien das zu gefallen.

Rinker fragte sich, was geschehen würde, wenn sie einfach raus in die Bar marschierte. Würde er aufspringen und sie verhaften? Waren weitere Cops unter den Gästen? Hatten die Cops die Bar umstellt? Wenn er dienstlich hier war, wieso trank er dann Bier und machte die Frau an? War er ein so guter Schauspieler?

Sie trat von der Sichtscheibe zurück und ging durch die Küche zur Treppe, die zu ihrem kleinen Büro hinunterführte. Der Büroraum war ein Anbau an das frühere einstöckige Gebäudes, so dass seine Decke schräg war und die Fenster nur zu einer Seite zeigten. Rinker schaute hinaus, sah nichts Ungewöhnliches – kein Mensch auf der Straße, keine rumstehenden Autos mit Cops ...

Aber so würde es ja auch nicht sein, dachte sie. Wenn die Cops sie verhaften wollten, würden sie es wahrscheinlich machen, wenn sie irgendwo allein im Freien oder in ihrer Wohnung war. Sie würden nicht die Bar stürmen und eine Schießerei riskieren, bei der unbeteiligte Gäste zu Schaden kommen konnten.

Rinker hatte eine lange Couch in ihrem Büro, auf der sie manchmal schlief. Sie legte sich darauf, schloss die Augen und beurteilte ihre Lage. Sie fand nur eine Erklärung für das Geschehen: Jemand musste sie verpfiffen haben. Jemand, der wusste, wo sie wohnte. Sie hatte Carmel gesagt, dass sie nach Wichita flog, also wusste Carmel, dass sie dort wohnte; aber sie kannte Rinkers echten Namen nicht und wusste auch nichts von der Bar. Aber wenn Carmel sie verraten hatte, wussten die Cops fast alles, und sie würden sie ohne lange Spielchen verhaften. Was hatte das Auftauchen Davenports dann zu bedeuten?

Sie musste Carmel anrufen, überlegte sie. Aber nicht von hier aus.

Und jetzt würde sie rausgehen in die Bar, eine Runde drehen und mit den Leuten reden. Wenn die Cops vorhatten, sie zu verhaften, war sie so oder so geliefert. Und wenn sie es nicht vorhatten, würde sie vielleicht einiges erfahren, was zur Erklärung dieser Situation beitragen konnte.

The Rink hatte zwei Haupträume: einen zum Trinken und Reden und einen zum Trinken und Tanzen. Die Tanzfläche bestand aus poliertem Marmor, den Rinker aus dem Nachlass eines bankrotten Karatestudios erworben hatte, und es war vermutlich die schickste Tanzfläche aller Bars in Wichita. Umgeben war sie von tiefen Nischen mit gepolsterten Lederbänken. Als Davenport und seine Freunde aufgetaucht waren, hatte die Band – Live-Musik an Wochenenden – eine Pause gemacht. Sie bereitete sich gerade auf ihren dritten und letzten Auftritt vor, als Rinker ihre Runde bei den Gästen drehte.

Sie trat an jede Nische um die Tanzfläche, sprach mit Leuten, die sie kannte oder schon öfter in der Bar gesehen hatte, meistens Weiße-Kragen-Typen unter Vierzig. Die Band spielte Softrock und Country der verschiedensten Stilrichtungen. Rinker spendierte einem Mann ein Bier, der am Nachmittag nach einem Unfall heil aus seinem Autowrack geklettert war, machte dasselbe bei einem Ehepaar, das zum ersten Mal nach der Geburt eines Kindes wieder gemeinsam ausging. Und sie hörte sich den Mann-kommt-in-Bar-Witz eines Gastes an:

Ein Mann kommt in eine Bar, und der Barkeeper sagt: »Junge, ich hätte dich nach gestern Nacht heute nicht hier erwartet – du warst ja stockbesoffen.« Und der Mann sagt: »Ja, ich war so besoffen, dass ich zu Hause in meinen Medizinschrank geguckt und die große Flasche mit tausend Aspirintabletten rausgeholt hab, und ich wollte mich umbringen und alle auf einmal schlucken.« Fragt der Barkeeper: »Und was ist passiert?« Und der Mann antwortet: »Na ja, nach den ersten zwei Tabletten ging's mir schon wieder besser.«

Rinker lachte und behielt Davenport zwischen den Köpfen der Tanzpaare, die gerade wieder zu den Klängen eines Countrystücks auf die Tanzfläche strömten, im Auge. Er saß in einer Nische im vorderen Raum, mit dem Gesicht zu ihr, und er schenkte weder ihr noch irgendeinem anderen in der Bar besondere Beachtung, soweit sie das in der leicht verräucherten Atmosphäre feststellen konnte. Er war ein gut aussehender Mann, einer dieser harten Typen; sein Haar zeigte um die Schläfen die ersten Anzeichen von Grau. Rinker arbeitete sich langsam zu ihm vor.

Lucas machte sanfte Verführungsversuche bei Malone, während Mallard immer wieder versuchte, das Gespräch auf dienstliche Themen zu lenken. Malone wollte nichts von dienstlichen Themen wissen, aber als Lucas sie zu einem Tanz aufforderte, sagte sie: »Ich mag diese Art von Tänzen nicht.«
»Entspringt das einer philosophischen Grundhaltung?«
»Ich tanze nicht zu Rock- oder Countrymusik. Ich habe das nie gelernt. Ich kann Foxtrott; ich kann Walzer. Aber ich kann dieses Rumhopsen nicht ...«
»Zu viele Hemmungen«, sagte Lucas. Er wollte noch etwas hinzufügen, aber eine Frau trat an ihren Tisch und sagte: »Alles in Ordnung bei Ihnen? Sind Sie zufrieden?«
»Alles bestens«, antwortete Lucas und schaute zu der Frau hoch. Sie war keine Kellnerin. »Mit wem haben wir das Vergnügen?«
»Ich bin die Besitzerin, Clara ist mein Name. Ich möchte mich vergewissern, dass es meinen Gästen gut geht.«
»Gute Bar«, sagte Lucas. »Sie sollten so eine auch in Minneapolis aufmachen.«
»Sie sind aus Minneapolis?«
»Ich, ja«, antwortete Lucas. »Meine Freunde hier kommen aus dem Osten.«
»Schön, Sie hier in Wichita zu haben«, sagte Rinker. Sie wollte vom Tisch zurücktreten, aber Malone, die offensichtlich ein Bier mehr getrunken hatte, als sie gewohnt war, sagte: »Ihre Band spielt keine Walzer, oder doch?«
Rinker grinste und sagte: »Nein, das glaube ich nicht, junge Frau. Sie möchten Walzer tanzen?«
»Dieser Typ da wurde vom plötzlichen Drang zum Tanzen befallen«, sagte Malone und deutete mit ihrem Bierglas auf Lucas. »Und ich kann diese Rockerei nicht. Nie gelernt.«
»Na, das sollten Sie aber nachholen«, sagte Rinker. Sie sah

sich schnell in der Bar um und sagte dann zu Lucas: »Ich werde im Moment nicht gebraucht, und ich *mag* diese Rockerei. Darf ich bitten?«

Schon nach fünf Sekunden merkte Lucas, dass er beim Tanzen nicht mit ihr mithalten konnte.

»Sie sind Tänzerin, ein Profi«, sagte er, und Rinker lachte und bestätigte: »Ja, das war ich früher mal, irgendwie jedenfalls ...«

»Nun, Sie müssen bitte langsamer machen; Sie lassen mich verdammt schlecht aussehen. Denken Sie daran, ich bin ein gutes Stück älter als Sie.«

»Oh, Sie tanzen doch gut«, sagte Rinker, »jedenfalls für einen Weißen aus Minneapolis.«

Lucas lachte und schwang sie herum; sie sah gut aus, wie er fand, eine dieser selbstbewussten, intelligenten Blondinen, die bereits viel herumgekommen waren, das Leben genossen, aber auch ein Kalkulationsprogramm wie ein Buchhalter zu führen verstanden.

»Sind Sie ausgebildete Buchhalterin?«, fragte er.

»Buchhalterin?« Sie mussten schreien, um die Musik zu übertönen. »Wie kommen Sie denn auf die Idee?«

»Einfach so. Ich baue mir im Kopf nur eine Story über Sie auf.«

»Eine Story? Sie sind doch nicht etwa Reporter?«

»Nein, ich bin ein Cop auf der Durchreise. Besuche ein paar Freunde.«

»Sie sehen nicht wie ein Cop aus. Sie sehen eher aus wie ein ... ein Typ vom Film oder so was.«

»Schmeichler sind Heuchler und Meuchler«, schrie Lucas zurück.

Sie lachte, und sie tanzten weiter.

Aber spät in der Nacht, eine Stunde, nachdem die Bar geschlossen hatte, stieg Rinker in ihren Wagen und fuhr nach Kansas City. Sie wollte die Routine *nicht* durchbrechen: *kein* Anruf aus Wichita im Zusammenhang mit ihrem Zweitberuf ... Sie kam in den frühen Morgenstunden in Kansas City an, hielt vor einem Lebensmittelladen und fütterte einen Münzfernsprecher mit Kleingeld. Als es ihr genug erschien, wählte sie Carmels Nummer; und Carmel meldete sich mit verschlafener Stimme nach dem zweiten Läuten. Sie muss das Handy auf dem Nachttisch liegen gehabt haben, dachte Rinker.

»Wir haben ein weiteres Problem«, sagte Rinker.

»Welches?«

»Ich habe gerade fröhlich mit deinem und meinem Freund die Nacht durchtanzt ...« Sie ließ die Worte in der Luft hängen.

»Wen ... wen meinst du?«

»Lucas Davenport. Hier in der Stadt am Fluss.«

»Verdammt!«, stieß Carmel aus. Sie biss ein Stück von ihrem Daumennagel ab, kaute darauf herum, hörte das Malmen ihrer eigenen Zähne im Telefonhörer. »Er muss irgendeine neue Information haben, der er jetzt nachgeht. Ich weiß nicht genug über dich und deine Freunde, um eine Erklärung zu finden, woher diese Information stammen könnte ...«

»Es ist komplizierter als das«, sagte Rinker. »Er hatte keine Ahnung, wer ich bin. Er muss aber irgendeinen Grund für sein Kommen gehabt haben – ich meine, wie stehen die Chancen, dass es Zufall war? Null? Weniger als Null, würde ich sagen.«

»Das meine ich auch.«

»Er hatte keine Ahnung, wer ich bin«, wiederholte Rinker. »Ich hoffe, du kriegst über deine Quellen im Polizeipräsidium raus, was da los ist.«

»Auch da stehen die Chancen schlecht«, sagte Carmel. »Mein Verbindungsmann hält sich für einen harmlosen Übermittler von Informationen, die sowieso irgendwann nach draußen dringen würden. Er würde mir nichts sagen, von dem er annehmen müsste, dass es einen seiner Kollegen in Gefahr bringen könnte.«

»Dann müssen wir ihn ein wenig unter Druck setzen.«

»Hör zu, der Mann hat mir gesagt, sie hätten mich weiterhin im Visier. Und neuerdings benimmt er sich ein wenig seltsam mir gegenüber. Er glaubt, Davenport hätte was in der Hinterhand, und ich glaube, es hat was mit diesem Mädchen zu tun.«

»Verdammt. Selbst wenn das Kind ihm was gesagt hat ... oh, Scheiße.«

»Was ist los?«

»Mir ist gerade was eingefallen. Wenn das Mädchen aus irgendeinem Grund das Nummernschild meines Mietwagens erkannt hat ... Ich habe dir ja gesagt, dass ich falsche Kreditkarten und Personalausweise benutze, um die Wagen zu mieten. Das habe ich dir doch gesagt, oder?«

»Ja. Und dass du die Kreditkarten unverdächtig hältst, indem du sie laufend einsetzt.«

»Ich füttere die Konten von Wichita aus. Ich bin immer vorsichtig gewesen, aber die Bezahlung der Rechnungen erfolgt über Bankwechsel von Bank zu Bank.«

»Meinst du ...«

»Ich sehe nicht, wie das Mädchen an die Autonummer gekommen sein könnte«, sagte Rinker. »Es war dunkel, und sie blieb im Flur zurück, als wir gingen. Und der Wagen stand einen Block entfernt.«

»Vielleicht hat das Kind nichts damit zu tun ... Da war doch ein Mann auf dem Fahrrad, oder?«

»Der von oben kam? Warum sollte der sich unsere Autonummer gemerkt haben?«

»Ich weiß es nicht. Aber es würde einiges erklären. Kannst du herkommen?«

»Ja. Ich bin im Moment in Kansas City. Ich komme morgen zu dir.«

»Bring dein ... dein Werkzeug mit«, sagte Carmel. »Könnte sein, dass wir mit jemandem ernsthaft reden müssen. Und ich werde über das alles nachdenken. Vielleicht habe ich bei deinem Eintreffen schon ein paar Ideen.«

17

Lucas blieb zwei Tage in Wichita, beobachtete Lopez aus der Distanz und hörte sich die neuen FBI-Gesprächsaufzeichnungen an. Je länger er zuhörte, umso überzeugter wurde er, dass Lopez nur ein kleiner Dealer war, der die Einnahmen aus dem Blumenladen durch dieses Nebeneinkommen aufstockte. Und dieses Nebeneinkommen, da war Lucas überzeugt, wanderte umgehend in seine Armvene.

Eine Frau namens Nancy Holme, in Lopez' Steuererklärung als Angestellte deklariert, machte praktisch die ganze Arbeit, erschien früh am Morgen, um die Lieferungen frischer Blumen entgegenzunehmen, und blieb bis spät abends, um die Büroarbeit am Computer zu erledigen. Lopez kam am späteren Vormittag an, machte ein Mittagsschläfchen und ging am früheren Nachmittag wieder. Die Feebs wussten nicht mit Sicherheit, ob Holme an dem Spiel beteiligt war oder nicht. Sie machte niemals irgendwelche Drogendeals. Lucas schlug vor, man solle *sie* als Profikillerin ins Auge fassen. Die Feebs taten es, kamen aber sehr schnell zu der sicheren Erkenntnis, dass sie es nicht war.

Am Abend vor Lucas' Rückfahrt nach Minneapolis gingen Lucas, Malone und Mallard noch einmal ins The Rink. Die Frau, mit der er getanzt habe, die Besitzerin, sei leider nicht da, wurde Lucas gesagt. »Ein paar Mal im Jahr muss sie geschäftlich verreisen, und das ist jetzt wieder der Fall – schade, sie mochte Sie«, sagte eine Kellnerin, deren überaktive Augenbrauen die hektischen Signalflaggen zweier Schiffe darzustellen schienen, die sich in einer engen Passage begegnen.

»Eine Tragödie«, sagte Malone, als die Kellnerin mit ihren Bestellungen davongeeilt war. »Davenport lässt ein weiteres gebrochenes Herz in einer staubigen Stadt des Westens zurück.«

Rinker war in der Doppelstadt angekommen. Carmel traf sie in ihrem Hotel, und wie Rinker sie angewiesen hatte, war sie mit dem Aufzug drei Etagen höher gefahren und dann über die Treppe zu Rinkers Stockwerk hinuntergegangen. Rinker trug eine schwarze Perücke, als sie Carmel ins Zimmer ließ.

»Wie sehe ich aus?«, fragte sie, als sie die Tür geschlossen hatte. »Mexikanisch?«

»Dazu bist du zu hellhäutig«, sagte Carmel. »Vielleicht könntest du als Italienerin durchgehen.«

»Dann mache ich lieber wieder auf Rotkopf«, sagte Rinker.

Carmel hatte über Davenport nachgedacht: »Irgendwie sind sie auf eine Spur zu dir gestoßen. Und aus irgendeinem Grund setzen sie mich unter Druck. Ich habe die Sache mit deinem Wagen und die Möglichkeit, dass sie ihm auf die Spur gekommen sind, noch mal durchdacht – ich halte es nicht für wahrscheinlich. Es würde bedeuten, dass sie gleich zweimal Glück gehabt hätten: auf Tennex gestoßen und an das Nummernschild des Wagens gekommen zu sein. Ich kann das einfach nicht glauben. Was ich mich aber frage: Könnten sie die Verbindung zu deinen Freunden in St. Louis aufgedeckt haben? Könnte es sein, dass sie dort unten jemanden unter Druck setzen und ausquetschen?«

»Nur ein einziger Mann in St. Louis – mein Kontaktmann – weiss im Einzelnen, wer ich bin und was ich tue, darüber hinaus gibt es noch zwei andere Männer, die eventuell etwas von meiner Tätigkeit ahnen – zwei Brüder, die eine Bar da unten betreiben. Aber diese Brüder wissen nichts von dir. Der Kontaktmann aber würde … er kennt deinen Namen. Er ist der Mann, den Rolo angerufen hat.«

»Mein Spion bei der Polizei hat mir gesagt, ein anderer Detective, eine Frau namens Sherrill, sei in der vergangenen Woche für ein paar Tage nach St. Louis geflogen, und wie man sich erzählt, habe sie dort mit den Cops von der Abteilung Organisiertes Verbrechen gesprochen«, sagte Carmel.

»Ich kann mir nicht vorstellen, warum mein Kontaktmann mich ans Messer liefern sollte«, sagte Rinker, überlegte einen Moment und fuhr dann fort: »Er verfügt durch mich über eine große Macht – verstehst du, er ist der Mann, der den ›Finger Gottes‹ kennt, wie du mal gesagt hast. Der Mann, der einen auf die Opfer ansetzt. Und wenn ich den Bach runtergehe, geht er mit.«

Carmel drehte eine Runde durch das Zimmer, überprüfte ihr Aussehen im Spiegel über der Kommode, wandte sich Rinker wieder zu und sagte: »Lass mich dir mal was sagen, was ich als Anwältin gelernt habe: Jeder geht auf einen Handel ein, wenn er in der Scheiße sitzt. *Jeder.* Hast du mal von diesem neuen Staatsgefängnis gehört, das sie in den Rockies gebaut haben?«

»Nein ...«

»Man sperrt dich in eine Betonzelle, die etwa halb so groß wie dieses Hotelzimmer ist. Die Plattform für das Bett besteht aus Beton, das Chromwaschbecken und die Toilette sind in Betonsockel eingelassen. Keine Gitter, nur eine Stahltür und ein Panzerglasfenster, das nichts als ein Rechteck des Himmels zeigt – man kriegt kaum mal die Sonne zu sehen. Ein Schwarzweißfernseher ist auf einem Betonsockel in einer Ecke festgeschraubt. Das ist alles. Du hältst dich zweiundzwanzig bis dreiundzwanzig Stunden am Tag in dieser Zelle auf, und du wirst ununterbrochen von einer Kamera überwacht. Zwei Klienten von mir haben versucht, in solchen Zellen Selbstmord zu begehen, aber keiner von beiden hat es geschafft; einem davon gelang es dann, sich im Krankenhaus umzubringen, in das man ihn nach dem zweiten Versuch gebracht hatte. Er hatte sich in der Zelle an die eine Wand gestellt und war dann mit Höchstgeschwindigkeit und gesenktem Kopf gegen die Wand auf der anderen Seite gerannt. Er hatte einen Schädelbruch. Schließlich gelang ihm irgendwie der dritte Versuch im Krankenhaus – er wollte auf keinen Fall mehr zurück in diese Zelle. Verstehst du, was ich sagen will?«

»Ich bin mir nicht sicher«, antwortete Rinker.

»Was ich sagen will, ist, dass die Folter in den Vereinigten Staaten von Amerika lebt und gedeiht«, sagte Carmel. »Sie ist nicht mit physischen Schmerzen verbunden. Sie besteht aus Isolation, aus Jahren der absoluten Vereinsamung ... Sie könnten deinen Mafia-Freund dorthin gebracht, ihn rumgeführt und mit ein paar Insassen reden lassen haben – und er würde dich sofort ans Messer liefern.«

»Aber er hat es nicht getan«, sagte Rinker. »Denn wenn es so wäre, hätten sie sich schon längst auf mich gestürzt. Aber das ist nicht passiert. Ich schwöre bei Gott, Davenport hatte keine Ahnung, wer ich bin, und das gilt genauso für die anderen Cops. Mein Gott, ich habe mit ihm *getanzt* ...«

»Das war übrigens nicht besonders klug von dir«, sagte Carmel.

»Ich musste rausfinden, ob sie wegen mir gekommen waren – ich konnte dem Drang nicht widerstehen«, sagte Rinker. »Um dir die Wahrheit zu sagen ...«

»Was?«

»Was ist, wenn er *vom Schicksal dazu bestimmt ist,* mich zu finden? Dieser Gedanke jagt mir schreckliche Angst ein. Da ist dieser Mann, den ich nicht abschütteln kann, weil *meine Zeit gekommen ist* ...«

»Jesus, Pamela, du musst schleunigst ein paar Aspirin schlucken oder so was«, sagte Carmel. »Leg dich ein bisschen hin. Glaub mir, es steckt nichts dieser Art dahinter.«

Rinker seufzte und ließ die Schultern sinken. Carmel konnte einen wirklich aufrichten. Sie war so *selbstsicher.* »Okay.«

»Es bleibt die Frage offen, was wir tun sollen«, sagte Carmel. »Davenport weiß etwas. Er arbeitet an etwas. Was könnte er von den Tennex-Leuten erfahren haben, das ihn nach Wichita führt? Warum setzt er mich unter Druck?«

»Ich kann mir keinen Reim darauf machen, wie er auf Wichita gekommen ist. Ich war doch geradezu fanatisch vorsichtig.«

»Was ist mit deinem Mafiafreund? Auch wenn er dich nicht verpfiffen hat – könnten die Cops über ihn eine Spur nach Wichita verfolgt haben?«

»Hm.« Rinker musste über diese Frage einige Sekunden nachdenken. »Ich habe es nicht zugelassen, dass er mich in Wichita angerufen hat. Er kam immer persönlich, um mir die Aufträge zu übermitteln. Aber er hing dauernd am Telefon. Wenn die Cops es geschafft haben, seine Anrufe, die er von

Wichita aus geführt hat, irgendwie auszusortieren ... Ich weiß nicht. Es klingt schwach. Ich meine, er reist im ganzen Land rum. Warum sollten die Cops sich auf Wichita konzentrieren?«

»Sie haben eine ganze Menge Möglichkeiten, so was zu tun – statistische Auswertungen«, sagte Carmel. »Ich bin bereit zu wetten, dass es so was ist, vor allem, nachdem wir wissen, dass Davenport keine Ahnung von deiner Identität hatte.«

»Und er wusste es wirklich nicht. Da bin ich mir ganz sicher.«

Sie sprachen alles mehrmals durch, und schließlich sagte Carmel: »Verstehst du, wir kommen jetzt zu einem kritischen Moment. Wenn Davenport sich eine Informationskette zusammenbastelt, kann das zu dir führen, es kann auch zu mir führen, es kann aber auch zu gar nichts führen. Es ist schwer, genug handfestes Beweismaterial zusammenzustellen, das einen Staatsanwalt überzeugt, einen Fall daraus machen zu können. Ich würde sagen, es steht fünfzig zu fünfzig, ob wir abwarten oder etwas unternehmen sollten.«

»Was unternehmen?«

»Eine Möglichkeit ist, dass wir uns dieses kleine Mädchen und seine Mutter noch mal vorknöpfen. Wir könnten rausfinden, was sie den Cops gesagt haben, und wüssten dann in dieser Hinsicht Bescheid.«

»Und was ist, wenn die Cops nur darauf warten? Uns in die Falle laufen lassen?«

»Das glaube ich einfach nicht«, sagte Carmel. »Ich glaube nicht, dass irgendein Cop ein Kind in Gefahr bringen würde, besonders dann nicht, wenn es um einen Profikiller geht. Falls es dennoch einen solchen Cop geben würde, könnte es Davenport sein – aber selbst er würde so was nicht tun, denke ich.«

»Aber du willst damit auch sagen, dass wir sie nach diesem Gespräch töten sollten, oder? Das Mädchen und seine Mom?«

Carmel zuckte die Schultern: »Wenn es sein muss ...«

»Wir müssen einen anderen Weg finden, diese Sache zu klären«, sagte Rinker. »Ich werde das Kind nicht umbringen – ich habe darüber nachgedacht.« Zum ersten Mal, seit sie sich persönlich kannten, hörte Carmel wieder den warnenden Unterton in Rinkers Stimme, der sie damals, als die Probleme angefangen hatten, am Telefon schon einmal erschreckt hatte.

»Okay, okay. Wenn du aber selbst von dir als dem Finger Gottes sprichst, wieso hast du dann ein Problem?«

»Ich werde dieses Kind ganz einfach *nicht* töten«, sagte Rinker entschieden. »Und ich scheiße auf den Finger.«

»Wir müssen also einen Weg finden, unser Ziel in dieser Sache zu erreichen, ohne jemanden umzubringen«, stellte Carmel sachlich fest. »Du hast ja auch diese Miss Marker in Washington nicht getötet. Und wir sollten ja wohl auch in der Lage sein, einen solchen Weg zu finden.«

»Du hast gesagt, es wäre *eine* Möglichkeit, das Kind aus dem Weg zu schaffen. Welches ist die zweite?«

»Wir könnten etwas unternehmen, das es den Cops unmöglich machen würde, uns strafrechtlich zu verfolgen, selbst wenn sie starke Verdachtsmomente gegen uns hätten«, sagte Carmel.

»Und was wäre das?«

»Ich habe seit deinem Anruf immer wieder darüber nachgedacht«, sagte Carmel. »Ich nenne es Plan B.«

Carmel brauchte eine Weile, Rinker den Plan B zu erläutern; und Rinker war eher erstaunt darüber als entsetzt.

Lucas kam am späten Nachmittag des nächsten Tages nach Minneapolis zurück, gab den BMW bei dem Porschehändler ab, stieg mit einem Seufzer der Erleichterung in seinen Porsche und fuhr zur Stadtmitte. Er hatte Sherrill und Black telefonisch verständigt, wann er zurück sein würde, und die beiden erwarteten ihn im Büro der Mordkommission.

»Keine guten Nachrichten?«, fragte Sherrill.

Lucas schüttelte den Kopf. »Er ist nicht der Gesuchte. Er ist ein kleiner Dealer, sonst nichts.«

»Aber die Feebs halten ihn immer noch dafür?«

»Mallard meint, die Möglichkeit wäre noch gegeben. Er hat eine gescheite Assistentin namens Malone, und sie meinte, man solle besser zurück nach Washington gehen und noch mal von vorn anfangen.«

»Verdammt«, sagte Black. »Hast du schon von dem Heckenschützen gehört?«

Lucas schüttelte den Kopf. »Was für einem Heckenschützen?«

»Während der Rushhour gestern Nachmittag wurde ein Wagen von Gewehrschüssen in die Windschutzscheibe getroffen. Nur dieser eine Wagen, und niemand wurde verletzt. Der Schütze konnte nicht ermittelt werden, und wir dachten schon, es könnte sich um ein versehentliches Lösen von Schüssen handeln. Dann aber, gleich zu Beginn des Berufsverkehrs heute Nachmittag, kurz nach drei, macht der Mistkerl sich wieder ans Werk: hat zwei Wagen beschossen, eine Frau in den Hals getroffen; sie liegt auf der Intensivstation. Ein Passant hat ihr eine zusammengeknüllte Zeitung in die Halswunde gesteckt und ihr damit wahrscheinlich das Leben gerettet. Aber die Medien drehen halb durch – die Fernseh- und Radiostationen, die Zeitungsreporter. Es ist schließlich ihre Kundschaft, die da unter Beschuss genommen wird.«

»Also ist die ganze Mannschaft im Einsatz?«

»Na ja, du weißt ja, dass Sloan noch mit der Hmong-Sache

beschäftigt ist und Swanson immer noch hinter Beweisen im Parker-Fall herjagt; und nun geben unsere lieben Vorgesetzten Töne von sich, sie würden uns vom Allen-Fall abziehen. Natürlich nur für ein paar Tage, sagen sie, aber du weißt ja, wie so was dann läuft ...«

»Ich werde mit Rose Marie reden«, sagte Lucas. »Aber die Frage ist, was können wir überhaupt noch unternehmen? Gibt's noch was, das wir noch nicht angepackt haben?«

Die drei sahen einander an, und schließlich sagte Sherrill schulterzuckend: »Wir haben darauf gewartet, dass du uns das sagst.«

Lucas fragte: »Was habt ihr beiden heute Abend vor?«

»Nichts«, sagten Sherrill, und Black reagierte nicht.

»Warum treibt ihr euch nicht ein bisschen vor Carmel Loans Appartementhaus rum und schaut euch an, ob sie irgendwas unternimmt?«, schlug Lucas vor.

»Wenn wir sie regelrecht überwachen sollen, brauchen wir mehr Leute als uns beide«, sagte Black. »Und die kriegen wir nicht wegen der Sache mit dem Heckenschützen.«

»Okay, wir können keine Rundumüberwachung machen – aber wir behalten sie im Auge, soweit es uns möglich ist. Vielleicht haben wir ja Glück.«

»O Gott«, sagte Sherrill. »Ich mache natürlich mit, aber ich habe das Gefühl, dass ich meinen sprühenden Geist auf stumpfsinniges Rumhängen runterschalten muss.«

Rinker hatte eine Perücke dabei. Eine wilde Mähne würde von ihrem Kopf abstehen, wenn sie die Sache ausführte. Sie würde Jeans tragen, Tennisschuhe, Gummihandschuhe, eine schwarze Sportjacke, darunter die beiden Pistolen, und ein runtergerollter Nylonstrumpf und ein im Nacken verknotetes Taschentuch würden ihr Gesicht verhüllen.

Carmel aber trug ein hautenges blutrotes Kleid mit Pailletten, dazu passende rote Schuhe und darauf abgestimmten Lippenstift. »Wie sehe ich aus?«, fragte sie.

»Du siehst einfach toll aus«, sagte Rinker mit echter Bewunderung in der Stimme. »Mein Gott, wenn ich doch nur auch so aussehen würde ...«

»Du bist schön«, sagte Carmel.

»Nein, das bin ich nicht«, widersprach Rinker. »Ich bin hübsch, mehr nicht. Mein Aussehen würde höchstens dazu reichen, in die *Playboy*-Ausgabe einer Uni aufgenommen zu werden – zum Beispiel als ›Miss Kecke Brustwarze‹ der Duke-Universität.«

»Würden zum Outfit von Miss Kecke Burstwarze auch zwei zweiundzwanziger Colt Woodmans gehören ...? Sagt man eigentlich Wood*mans* oder Wood*men*?«

»Nein, wahrscheinlich nicht. Ich weiß nicht, was grammatikalisch richtig ist, aber diese beiden wurden vor vierzehn Jahren aus einem Waffengeschäft in Butte, Montana, gestohlen und haben seitdem kein Tageslicht mehr gesehen. Ich bin cool.«

Carmel nickte. »Ja, du *bist* cool.« Sie schaute sich ein letztes Mal in einem Garderobenspiegel an, drehte sich, sagte: »Wenn ich diesen Mann heute Abend nach Hause geschleppt habe, ficke ich ihn so roh und rücksichtslos durch, dass ihm Hören und Sehen vergeht. Roh und rücksichtslos.«

»Viel Glück dabei«, sagte Rinker. »Irgendwie wünschte ich mir, ich hätte auch ein ... eine Beziehung zu einem Mann. Habe schon eine Weile keinen Sex mehr gehabt.«

»Ist es denn schwer, in Wichita an Männer ranzukommen?«, fragte Carmel und steckte einen Ohrring an.

»Es ist schwer *für mich*«, antwortete Rinker. »Verstehst du – eine Frau, die eine Bar führt? Wir haben noch nie darüber gesprochen. Welchen Typ Mann kann ich damit anlocken?« Sie beantwortete ihre Frage selbst: »Die meisten von ihnen haben ständig eine Flasche Jim Beam im Kofferraum.«

»Zu schade, dass du kein Verhältnis mit Davenport anfangen konntest«, sagte Carmel scherzhaft.

»Das hätte mir gefallen können«, gestand Rinker ein. »Es würde sicher Spaß mit ihm machen, mit diesem knallharten Typ.«

»Er ist ein *gemeiner* knallharter Typ«, sagte Carmel.

»Ja, das konnte ich erkennen«, stimmte Rinker zu. »Ich konnte es *spüren.*« Und nach kurzem Überlegen: »Und irgendwie ... manipuliert er dich. Schiebt dich auf der Tanzfläche rum. Hat seine Hände an dir. Tastet dich nicht gerade ab oder so was, aber er ist einfach ... ich weiß auch nicht ...«

»Wenn er dich hier sieht, sind wir geliefert«, sagte Carmel.

»Ja, es wäre was anderes als unser Treffen in Wichita«, sagte Rinker. Dann: »Ich habe in der Bar kurz überlegt, ob ich mich ein bisschen an ihn ranmachen soll, aber das wäre dann doch ... na ja, zu viel gewesen. Egal, ich hoffe, ich sehe ihn nie mehr im Leben wieder.«

Sie nahm die erste der beiden Pistolen vom Tisch, repetierte das Verschlussstück, so dass eine Patrone ins Patronenlager glitt, sicherte die Waffe und schob sie in ihr Spezialholster unter der Jacke. Dann sah sie Carmel an. »Bist du fertig?«

18

Black sagte eine Verabredung ab und kletterte mit einer Pepperonipizza und einer Tüte Käsekräcker auf den Rücksitz von Sherrills Mazda.

Sherrill sagte: »Du bist ein grausamer Mistkerl. Wenn ich was von dem Zeug da essen würde, würde es sich geradewegs an meinen Oberschenkeln ablagern.«

»Dann lass es doch einfach sein«, sagte Black. »Konzentrier deinen Geist auf andere Dinge – Blumen, kleine Kinder.«

»Es fällt mir schwer, mich zu konzentrieren, wo doch mein zukünftiger Ehemann auf dem Weg dazu ist ...«

»... Carmel Loan eine kleine englische Speckrolle reinzuschieben«, ergänzte Black.

»Du bist so schrecklich grob ... Und was auch immer er Carmel reinschiebt, ich zweifle daran, dass es einer Speckrolle sehr ähnlich sieht.«

»Du meinst, was die Dicke und Konsistenz angeht?«

Sie kicherte: »Es macht richtig Spaß, mit dir schmutzige Sachen zu reden. Es ist so unverbindlich, so ...«

Sie kam nicht auf das Wort, nach dem sie suchte; hinter den gläsernen Eingangstüren von Carmel Loans Appartementgebäude sahen sie Hale Allens Rücken, während er sich in das Besucherbuch in der Lobby eintrug. Dann kam eine kleine rothaarige Frau um die Ecke von den Aufzügen, und Sherrill sagte: »Aha, da kommt ... nein.«

Der Rotschopf ging an Allen vorbei, musterte ihn kurz, schaute nach links und rechts, steckte die Hände tief in die Taschen des Sportmantels und ging die Straße hinunter. In der Lobby verließ Allen das Pult des Wachmannes und ging um die Ecke zu den Fahrstühlen.

Während die beiden diese Szenen beobachteten, bog hinter dem Mazda ein Streifenwagen ein, und seine roten Lichter zuckten auf. »O Mann«, stieß Sherrill beim Blick in den Rückspiegel aus. Aus dem Lautsprecher des Streifenwagens dröhnte eine Stimme: »Werfen Sie die Wagenschlüssel aus dem Fenster. Sofort!«

Sherrill hielt stattdessen ihre geöffnete Ausweismappe aus dem Fenster. Nach einigen Sekunden hörte das Zucken der Lichter auf, und der Fahrer des Streifenwagens näherte sich dem Mazda und hielt den Strahl einer Taschenlampe auf den Ausweis gerichtet. Sherrill stieß die Wagentür auf, setzte die Füße auf die Straße, sah dem Cop entgegen und sagte: »Verdammte Scheiße, was soll das?«

»Was soll das, was *Sie* hier machen?«

»Wir sind bei einer verdammten Personenüberwachung«, fauchte Sherrill. »Scheiße, wir *waren* bei einer verdammten Personenüberwachung. Und jetzt sind wir Hauptdarsteller in einer verdammten Komödie.« Vor und hinter ihnen blieben Leute stehen und sahen sich das Schauspiel an.

»Mein Gott, tut mir Leid.« Der Cop warf einen Blick auf die Zuschauer und hob hilflos die Hände. »Sie hätten uns Bescheid sagen und nicht so auffällig hier rumlungern sollen. Der Wachmann des Gebäudes hat uns alarmiert. Er sagte, Sie würden schon stundenlang den Eingang beobachten.«

Sherrill sah, dass der Wachmann in der Lobby des Appartementgebäudes sie durch die Fenster beobachtete. »Na schön, ich werde jetzt um den Block fahren und woanders parken«, sagte sie. »Und Ihnen will ich was sagen: Kommen Sie ja nicht noch mal in unsere Nähe, sonst eröffne ich, so wahr mir Gott helfe, das Feuer auf Sie.«

Der Cop sah durch das hintere Seitenfenster und sagte: »Hi, Tom.«

»Hi. Wollen Sie ein paar Nachos?«

»Nee, ich krieg davon immer Sodbrennen ... Ihr fahrt jetzt also um den Block?«

»Ja.«

»Okay. Bleibt cool.«

Sherrill startete den Motor und fuhr los. Black auf dem

Rücksitz lachte leise vor sich hin. Aus Sherrill brach es heraus: »O Gott, ich liebe diese verdammte Polizeiarbeit!«

Zwei Minuten später hatten sie eine neue Beobachtungsposition eingenommen. Black saß immer noch entspannt auf dem Rücksitz und grub sich tiefer und tiefer in seine Nacho-Tüte. »Wie ist's dir inzwischen eigentlich ergangen?«, fragte er, den Mund voll mit Chips und Käse. »Seit der Sache mit Davenport?«

»Ich vermisse ihn«, sagte sie. »Sehr.«

»Er ist ein Arschloch. Irgendwie.«

»Ich vermisse ihn trotzdem«, sagte sie. »Und außerdem – ich stimme dir zwar zu, dass er ein Arschloch ist, aber er ist kein Arschloch in dem Sinn, wie du es meinst.«

»Oh, ich glaube, ich verstehe, was du meinst.«

»Dass du schwul bist, heißt noch lange nicht, dass du eine Frau verstehst. Du bist letztlich doch nur ein Mann.«

Black dachte über diese Aussage nach, formulierte im Geist eine Antwort, aß zwischendrin eine Hand voll Chips; sorgfältig formulierte Antworten waren bei diesem Überwachungsgeschäft wichtig. Man saß stundenlang zusammen im Wagen, und man wollte natürlich nicht, dass der Gesprächsstoff zu schnell ausging oder dass man den Partner verärgerte.

»Lass mich dir mal die Theorie der Homosexualität im Vergleich zu heterosexuellen Männern entwickeln«, sagte Black. Und er tat es. Nach einer Weile – zehn Minuten – sagte Sherrill: »Keine dieser Aussagen wäre mir jemals in den Sinn gekommen.«

»Du bist ja auch nicht homosexuell.«

»Daran liegt es nicht. Es ist nur so, dass ich nie im Leben auf so einen absoluten Haufen Scheißdreck gekommen wäre.«

Black steckte die letzten drei Nachos in den Mund und

lehnte sich zurück, um eine Antwort zu überlegen. Ehe er jedoch eine zufrieden stellende Formulierung beisammen hatte, unterbrach Sherrill seinen Gedankenfluss: »Da kommen sie – und, Jesus Christus, schau dir mal das Kleid an!«

Black starrte durch den unteren Rand des Fensters auf den Eingang des Gebäudes. Hale Allen und Carmel Loan kamen durch die Glastür. Allen trug ein dunkles Jackett, von dem Black vermutete, dass es aus leichtem Kaschmir bestand, dazu eine teuer aussehende, braune Hose und Mokassins. Carmel trug ein auffälliges, kurzes rotes Cocktailkleid und rote Schuhe.

»Hübsches Kleid«, sagte Black.

»Hübsch? Ziemlich grell, findest du nicht auch? Und ihre Titten fallen gleich raus.«

»Na, ich weiß nicht«, sagte Black. »Kräftige Farben machen sich doch gut bei der Kleidung. Und Haut zu sehen ist doch hübsch – zumindest im Sommer.«

»Behalt deine schwulen Ansichten für dich, verdammt. Guck sie dir doch an. Sie sieht aus wie eine Reklametafel.«

»Okay, sie ist offensichtlich eine Nutte«, sagte Black.

»Danke. Keinesfalls schön genug zur Berechtigung, ihre Begierden auf den echt attraktiven Hale Allen werfen zu dürfen.«

»Und sie hat keinesfalls deine Titten.«

»Meinst du?«

»Marcy, du hast wahrscheinlich die drittschönsten Titten in Minneapolis. Davenport sagt, es wären die sechstschönsten, und er muss das ja sozusagen aus erster Hand wissen, hahaha; Sloan sagt, es wären die zweitschönsten – über seine Qualifikation zu dieser Einstufung liegen mit keine Erkenntnisse vor ...«

»Er hat keine, und halt jetzt den Mund, es geht los.«

»Lass mich noch meine Hauptmahlzeit vom Wagenboden holen, ehe du losfährst ... Ah, Scheiße!«

Rinker verpasste den Zwischenfall mit dem Streifenwagen; sie war bereits um die Ecke gebogen und zu ihrem Hotel gegangen, um ihren Wagen zu holen. Als sie losfuhr, war sie bedrückt – vielleicht musste sie die beiden erschießen, die Mutter und das Kind ... *vielleicht*. Und das machte ihr Kopfschmerzen. Es handelte sich um zwei Menschen, die völlig unschuldig in diese Sache hineingestolpert waren; sie hatten sich nicht halsstarrig in etwas eingemischt, das nicht gut für sie war. Es war wie dieser Spruch unter den Mitgliedern von Straßengangs, den Rinker vor Jahren gehört hatte – der Spruch der »Gangbanger« von den *Pilzen*, die plötzlich in der Schusslinie aus dem Boden empor wachsen und abgeknallt werden müssen. Diese Mutter und ihre Tochter waren solche Pilze, und Rinker hatte sich selbst immer als eine Art Chirurgin betrachtet, nicht als brutaler Gangbanger.

Sie musste das sehr sorgfältig angehen, um sich nicht doch auf dieses Niveau begeben zu müssen.

Carmel Loan und Hale Allen fuhren zu einem Club mit dem Namen »The Swan«, der ein zwölfköpfiges Unterhaltungsorchester samt einer blonden Sängerin mit einer Stimme wie Buttermilch aufbot, und dort tanzten sie – Tänze im alten Stil, Wange an Wange, die freie Hand in der Mitte des Rückens des Partners. Carmel konnte Hales Ohrläppchen mit der Zunge erreichen, was sie alle paar Minuten ausnutzte und was eine spürbare Wirkung bei ihm auslöste. Nach dem dritten Tanz grunzte er: »Lass uns von hier verschwinden.«

»*Nein*«, sagte sie mit ihrer besten Kätzchenstimme. »Du musst *geduldig* sein.«

Sherrill und Black schauten von einem Balkonplatz aus zu, wie Carmel und Allen über die Tanzfläche glitten und hin und wieder bei Freunden stehen blieben, um ein Schwätzchen zu halten. Alle diese Freunde wirkten, wie Sherrill meinte, irgendwie gelackt und aalglatt, und sie schüttelte missbilligend den Kopf und teilte Black ihre Auffassung mit.

»Ich glaube, dieses Verhalten wird ihnen bereits beim Jurastudium beigebracht«, meinte Black.

»Heh, ich kenne einige echt nette Juristen.«

»Aha, ein Rückzieher?«

»Nein, ich wundere mich ja nur. Es gibt tatsächlich Leute, die einfach *aalglatt* aussehen. Jetzt guck dir doch nur mal den Typ in der weißen Jacke und die dazugehörende Frau an ...«

»Diese Leute verbringen zu viel Zeit damit, sich selbst im Auge zu haben, ohne Profis zu sein«, sagte Black. »Profis – Schauspieler – können perfekt aussehen, und man nimmt es ihnen auch ab. Diese Leute da unten versuchen, perfekt auszusehen und sind doch nur gelackt und aalglatt.«

»Noch mehr von diesen Überwachungsphilosophien, und ich muss kotzen.«

Rinker beobachtete zunächst die Nachbarschaft der Davis', sah nichts Verdächtiges. Natürlich, wenn die Cops eine Falle aufgebaut hatten, würden sie in einem Appartement auf der anderen Straßenseite oder in der Etage über der Davis-Wohnung sitzen, und sie würde das erst erfahren, wenn sie die Tür eintraten und sie überwältigten.

Aber sie hatte nicht das Gefühl, dass es so war; die Szene vermittelte nicht diese beengenden, unheimlichen Schauder, wie sie einen bei Filmen überfielen, wenn sich jemand irgendwo versteckt hielt. Und sie würde das spüren, da war sie sicher. Sie würde diese besondere Stille des Augenblicks empfinden, diese Anspannung, wenn man sich in der Wohnung eines anderen Menschen versteckt hielt und der Erwartete kam herein ... und *wusste*, dass man da ist. Nein, hier war nichts dieser Art zu spüren.

Rinker hatte zwei FedEx-Paketschachteln an einem FedEx-Stand gekauft und sie mit Klebeband aneinander geklebt. Sie stellte den Wagen einen Block vom Davis-Gebäude entfernt ab – sie sah die Lichtstreifen unter den Rollläden, also war jemand zu Hause – und ging mit dem Paket auf das Haus zu. Ein Mann schlenderte auf der anderen Straßenseite hinter seinem Hund her, sah aber nicht zu ihr herüber.

Rinker bog in den Plattenweg zum Haus ein, ging die Stufen zum Eingang hoch, drückte die Haustür auf, trat in den Flur, blieb stehen. Von oben drangen die Klänge leiser Musik, in den beiden Appartements im Erdgeschoss war es still. Sie ging zur Tür der Davis-Wohnung und horchte. Der Rhythmus von Stimmen – oder einer Stimme, einer Frauenstimme ... Sie schaute sich noch einmal um, nahm die Pistole aus dem Holster und klemmte sie mit dem linken Arm gegen die Rippen. Dann klopfte sie an die Tür.

Der Rhythmus der Stimme brach ab, und Rinker hörte, dass sich innen Schritte näherten. Die Tür wurde einen Spalt geöffnet, bis sie gegen eine Sicherungskette stieß, und eine Frau schaute heraus. »Ja?«

»Die Jungs oben haben dieses Päckchen für Sie angenommen, aber vergessen, es Ihnen zu geben, also bringe ich es jetzt«, sagte Rinker fröhlich. Sie achtete darauf, dass ihr Gesicht im Schatten blieb. Die Frau zögerte nicht, sagte: »Oh, danke, einen Moment.« Sie drückte die Tür zu, um die Kette zu lösen, und Rinker legte schnell das Päckchen auf den Boden und rollte den Nylonstrumpf wie ein Kondom über das Gesicht.

Die Frau öffnete die Tür, und Rinker hielt ihr die Pistole an die Stirn und flüsterte drohend: »Treten Sie zurück, oder ich erschieße Sie.«

Jan Davis zuckte zusammen, riss entsetzt die Augen auf, hob beide Hände vor den Mund und taumelte zurück. »Bitte ... tun Sie uns nichts ...«

Rinker schob das Päckchen mit dem Fuß in die Wohnung, drückte die Tür hinter sich ins Schloss und zischte: »Wenn jetzt ein Cop auftaucht, schieße ich sofort, und wir sind alle tot ... Beobachten die Cops das Gebäude und Ihre Wohnung?«

Davis Kopf zuckte nach rechts und links, ein *Nein,* und die Stimme eines kleinen Mädchens rief: »Mom? Wer ist da?«

»Holen Sie sie her«, sagte Rinker und deutete mit dem Pistolenlauf zur Schlafzimmertür.

»Sie sind die ...«

»Ja. Ich habe noch nie ein Kind getötet, und ich hoffe, ich muss es auch jetzt nicht tun. Aber Sie müssen das Mädchen jetzt herholen. Dann werde ich Ihnen zwei Fragen stellen, und zum Schluss werde ich Ihnen eine kurze Rede halten – wenn Sie die Fragen zu meiner Zufriedenheit beantwortet haben –, und dann werde ich wieder verschwinden.«

»Sie werden uns umbringen ...«

»Mom?«

»Wenn ich Sie umbringen wollte, würde ich keine Maske tragen«, sagte Rinker. »Holen Sie jetzt das Kind her.«

Davis starrte Rinker einen Moment an und sagte dann: »Heather, komm zu mir, mein Liebling.«

Das Mädchen steckte kurz darauf den Kopf durch die Schlafzimmertür. Sie trug einen gelben Schlafanzug und hielt einen Plüschaffen in der Hand. »Mom?«

»Komm zu mir, Liebes.« Davis ging zu dem Mädchen hin

und nahm es an der Hand. Das Kind sah Rinker an und sagte: »Haben Sie die Leute von nebenan umgebracht?« Ihre Augen waren weit aufgerissen wie die ihrer Mutter vor zwei Minuten.

Jan Davis zischte beruhigend »schsch«, und Rinker sagte: »Hier ist meine erste Frage: Was haben Sie und das Mädchen der Polizei über die Leute gesagt, die das Kind damals im Flur gesehen hat?«

Davis sah Heather an, dann wieder Rinker: »Sie haben uns Fotos gezeigt. Wir konnten nichts dazu sagen, da Heather keine Ähnlichkeit entdecken konnte. Sie konnte auch keine ungefähre Zeichnung machen, als man das von ihr verlangt hat.«

»Hat die Polizei mit den Leuten im oberen Stock gesprochen?«

»Sie haben mit allen Leuten im Haus gesprochen, aber niemand hat etwas gesehen. Wir haben auch untereinander über die Sache geredet, aber niemand hat Sie und ... und die andere Person ... weggehen sehen. Niemand hat ...«

»Die beiden Personen gesehen ...«

»Nein.« Davis schüttelte den Kopf, und Rinker war von der Aufrichtigkeit der Aussage überzeugt. Sie sah das Kind an.

»Und was hast du alles gesagt und gemacht, kleines Mädchen?«

Heather erzählte es ihr: Wie man sie zur Polizeistation gebracht hatte; wie man sie gedrängt hatte, eine Zeichnung zu machen, sie aber kein Gesicht zu Stande brachte, weil sie keines in Erinnerung hatte; wie man ihr Bilder von Frauen gezeigt hatte, sie aber keines erkannte. Während sie sprach, richtete sie sich auf und stellte die Fersen nebeneinander, als sei sie ein Soldat. Und Rinker erkannte plötzlich, dass das Kind verstand, was hier vor sich ging. Dass sie um ihr *Leben* redete. Rinker brach die Befragung schnell ab und sagte zu Davis: »Schicken Sie sie zurück ins Schlafzimmer.«

»Geh, Liebes.«

»Komm mit, Mom«, sagte Heather und zerrte an der Hand ihrer Mutter.

»Ich muss noch mit dieser Lady reden«, sagte Davis, und die nackte Angst in ihren Augen war unübersehbar. Heather erkannte sie ebenso gut wie Rinker.

»Keine Angst, Kid, ich werde keinem von euch was antun«, sagte Rinker. »Ich muss nur noch über Dinge für Erwachsene mit deiner Mutter reden.«

»Ich hab schon öfter zugehört, wenn Erwachsene mit'nander geredet haben«, sagte das Mädchen.

Rinker sah auf das Kind hinunter. Nun ja, das stimmte ja wohl. Sie sah wieder die Mutter an: »Sie werden keinem Menschen etwas davon sagen, dass ich hier war. Sie könnten den Cops ein paar kleinere zusätzliche Informationen über mich geben – wie groß ich bin, wie meine Stimme klingt. Das kann ich nicht zulassen. Wenn Sie es trotzdem tun, wenn Sie irgendjemandem sagen, dass ich hier war, werde ich zurückkommen und Sie töten. Und wenn man mich vorher zur Strecke bringt, wird einer meiner Freunde herkommen und Sie töten, denn sie dürfen sich so was nicht gefallen lassen und müssen andere davon abschrecken, so was zu tun. Glauben Sie mir, meine Freunde werden Sie nicht davonkommen lassen. Sie geben einen *Scheißdreck* auf Leute wie Sie. Haben Sie das verstanden?«

Der vulgäre Ausdruck *Scheißdreck* hing zwischen ihnen in der Luft und verlieh Rinkers Rede eine besondere Autorität – die Autorität der Killerin –, und Davis nickte stumm und sagte dann: »Wir werden es keinem Menschen sagen. Ich schwöre bei Gott, wir werden *niemals* etwas sagen.«

»Setzen Sie sich auf die Couch«, befahl Rinker. »Und bleiben Sie fünf Minuten dort sitzen, egal, wie sehr es Sie auch drängt, woanders hinzugehen. Ich verlasse jetzt das Haus, und ich will nicht, dass Sie meinen Wagen sehen.«

Davis nickte wieder und zog das Kind quer durch das Wohnzimmer zur Couch. Beide setzten sich.

Rinker trat zurück zur Tür, blieb stehen, zog die Pistole und feuerte einen Schuss ab. Ein Foto von Jan Davis aus früheren Jahren, zusammen mit zwei anderen Frauen, fiel von der Wand, und ein bleistiftdickes Loch befand sich dort, wo Davis' rechter Augapfel auf dem Foto gewesen war.

»Absolutes und völliges Stillschweigen«, zischte Rinker.
Und war verschwunden.

Durch die Eingangstür, die Stufen hinunter, die Straße hinauf, in den Wagen ... Sie atmete tief durch.

»Lass uns nach Hause gehen«, sagte Black. »Die treiben's anscheinend die ganze Nacht miteinander.«

»Die beste Zeit für einen Verbrecher, irgendetwas zu unternehmen, ist fünf Uhr morgens«, belehrte ihn Sherrill, aber auch sie gähnte herzhaft.

»Ja, und wenn wir das tatsächlich glauben, sollten wir sie rund um die Uhr überwachen. Aber das können wir beide ja wohl nicht. Mir ist es verdammt langweilig, ich kann nicht mehr klar denken, und die Rückseite meiner Boxershorts ist zehn Zentimeter an meinem Arsch hochgerutscht, weil ich schon zu lange darauf sitze.«

»Mach doch einen kleinen Spaziergang«, schlug Sherrill vor.

»Ich würde mich der Gefahr aussetzen, überfallen zu werden.«

»Nicht in dieser Gegend.«

»Von den Leuten dieses verdammten privaten Wachdienstes. Schau dir doch die Typen da drüben an. Würdest du denen eine Waffe überlassen?«

»Okay ...« Sherrill seufzte und startete den Motor des Wagens. »Es muss irgendwas anderes geben, was wir tun können. Ich will's einfach nicht glauben, dass wir acht Stunden in diesem Wagen gesessen haben und auf keine brauchbare Idee gekommen sind.«

»Es gibt nichts anderes, was wir tun könnten. Wenn Carmel Loan in die Morde verstrickt ist, wovon ich noch nicht voll überzeugt bin ... dann wird sie ungeschoren davonkommen.«

Jan Davis lag wach auf ihrem Bett, die ganze Nacht hindurch, schloss kaum einmal die Augen. Sie kämpfte die Eingebung nieder, zu ihren Eltern nach Missouri zu flüchten – sie würde nach der Scheidung dort nicht besonders willkommen sein. Ihre Eltern hatten Howard mehr geliebt als die eigene Tochter, dachte sie verbittert, und sie fühlte sich einsam und allein gelassen. Und außerdem – sie hatte den Film *Der Pate* samt der Fortsetzung gesehen, und sie wusste Bescheid über diese Leute – die Leute von der Mafia. Weglaufen würde das Problem nicht lösen; sie würden sie überall finden. Sie entschloss sich, bei der täglichen Routine zu bleiben.

Heather war schon den ganzen Sommer über zur Vorschule gegangen, um auf den Einstieg in die erste Klasse der Grundschule vorbereitet zu sein. Davis hatte entgegen aller Vernunft gehofft, dass Heather am Morgen vergessen haben würde, was sich am Abend zuvor abgespielt hatte. Aber Heather tat ihr den Gefallen nicht – sie sah aus, als ob sie genauso wenig Schlaf gefunden hatte wie ihre Mutter.

»Soll ich zur Schule gehen?«, fragte sie als Erstes.

»Ja. Wir wollen vergessen, was gestern Abend geschehen ist, okay? Es war nur ein böser Traum.« Davis versuchte, fröhlich zu klingen, aber es verfing bei Heather nicht.

»Kommt sie wieder zurück und schießt auf uns?«

»Nein, nein, es passiert gar nichts mehr. Lass uns doch einfach so tun, als ob nichts geschehen sei – als ob gestern Abend niemand zu uns gekommen wäre.«

»Aber die Lady war bei uns.«

Davis wollte ihre Tochter durchschütteln, wollte sie anschreien, wollte ihr mit Nachdruck die Gefahr vor Augen halten, in der sie schwebten, aber sie wusste nicht, wie sie es anstellen sollte. »Heather, hör mir jetzt gut zu: Das war eine sehr böse Frau. Sehr, sehr böse. Wir müssen so tun, als ob sie nicht hier gewesen war. Wir müssen so tun, als ob es nur ein böser Traum gewesen war. Du erinnerst dich doch, als du mal den Traum hattest, Mrs. Gartin würde mit einem Stock hinter dir herrennen? Wir müssen die Sache von gestern Abend vergessen, wie wir den Traum von Mrs. Gartin vergessen haben.«

»Ich hab den Traum aber nicht vergessen«, sagte Heather ernst. »Ich hab dir nur gesagt, ich hätt's.«

»Aber der Traum ist nicht wieder gekommen.«

»Nein …« Heather aß Cornflakes.

Und bevor Heather das Gespräch wieder auf die böse Frau zurückbringen konnte, sagte Davis: »Ich habe vor, mich heute Nachmittag mit deinem Vater zu treffen.«

Heather sah von den Cornflakes auf. »Kommt er mich besuchen?«

»Nein, nicht heute Nachmittag. Ich muss geschäftlich mit ihm reden, verstehst du? Aber ich werde ihm sagen, du würdest dich freuen, wenn er dich besuchen käme.«

»Okay. Meinst du, er kommt dann wirklich?«

Und das Gespräch blieb bei diesem Thema … Während der ganzen Fahrt zur Schule hielt Davis Ausschau nach Wagen, die sie verfolgten, sowie nach zierlichen Frauen mit roten Haaren und energischen Händen, entdeckte aber nichts dergleichen.

Und Heather erwähnte die böse Frau nicht mehr, kein einziges Mal mehr, auf dem ganzen Weg zur Schule ...

Mrs. Gartins Vorschule nahm Kinder im Alter von drei bis sechs Jahren auf, um ihnen Buchstaben und Zahlen und Formen und Farben beizubringen und die älteren Schüler in Musik und Phonetik zu unterrichten. Mrs. Gartin und ihre beiden Lehrerinnen versuchten, die kleinen Jungs davon abzuhalten, sich untereinander zu prügeln und die kleinen Mädchen zu belästigen, sowie die kleinen Mädchen zu lehren, sich sozial zu verhalten.

An der Rückwand des Klassenzimmers der älteren Schüler hing in Originalgröße – und dennoch von Mrs. Gartin nur noch als zusätzlicher Farbklecks wahrgenommen – ein Poster von »Polizist Freundlich«, gesponsert von der Firma Logan's Rendering. Die Telefonnummer von Polizist Freundlich stand in großen Ziffern auf dem Poster. Er war persönlich in die Schule gekommen und hatte den Kindern gesagt, sie sollten sich vor bösen Männern und Frauen in Acht nehmen, und die Polizei sei in jeder Beziehung der Freund und Helfer der Kinder. Er hatte das Poster dagelassen.

Heather sah das Poster jeden Tag, und an diesem Tag aktivierte sie all ihre Zielstrebigkeit und ging in Mrs. Romans kleines Arbeitszimmer, während alle anderen Kinder Mrs. Roman auf den Schulhof zur Pause gefolgt waren, und wählte Polizist Freundlichs Telefonnummer. Sie hatte schon mehrmals ihre Mutter von hier aus angerufen, und sie wusste, dass eine Nummer mit drei Neunen am Anfang eine Notrufnummer war.

Polizist Freundlich, dessen echter Name Dick Ennis lautete, hatte ein Alkoholproblem (»Ich bin kein Alkoholiker«, sagte er. »Alkoholiker gehen in Selbsthilfegruppen.«) Er kam fast regelmäßig zu spät zum Dienst, was letztlich niemanden störte. Aber immer dann, wenn er nüchtern war, war er ein guter Polizist Freundlich. Zum einen, weil er Kinder mochte – er hatte mehrere eigene von zwei Exfrauen –, zum anderen, weil er den früheren Job als Straßenpolizist gern gemacht und sich darin bewährt hatte. Wie auch immer, an diesem Tag war er gerade in seinem Büro angekommen, hatte sein Lunchpaket in die Schreibtischschublade gelegt und sich auf den Weg zur Tür gemacht, um sich einen Kaffee zu holen, als das Telefon läutete. Er ließ sich auf den Schreibtischstuhl sinken und nahm den Hörer ab.

Heather fragte: »Ist da Polizist Freundlich?«

Und Ennis sagte: »Ja, der bin ich. Kann ich dir irgendwie helfen?« Die Stimme des Mädchens am anderen Ende verriet, dass sie ungefähr fünf Jahre alt sein musste.

»Ja. Eine böse Frau ist in unsere Wohnung gekommen und hat meiner Mom und mir große Angst gemacht.«

»Aha, ehm ... Wie heißt du denn?«

»Ich bin Heather Davis. Unsere Telefonnummer ist ...«

Kluges Kind, dachte Ennis und notierte die Telefonnummer. »Okay, Heather, warum hat diese Frau deiner Mom und dir Angst gemacht?«

»Sie hat eine Pistole gehabt und eine Maske übers Gesicht gezogen, und sie hat gesagt, wenn wir verraten, dass sie bei uns war, würde sie wiederkommen und uns töten. Und sie hat auf ein Foto von meiner Mom geschossen. Und jetzt hat meine Mom ganz viel Angst und will's niemand sagen.«

Ennis richtete sich auf und runzelte die Stirn. »Wann ist das passiert?«

»Gestern Abend, als es schon dunkel war.«

»Ihr habt nicht die Polizei angerufen?«

»Nein. Vor ein paar Tagen waren Polizisten bei uns, aber die sind wieder weggegangen. Und dann ist diese Frau gekommen und hat gesagt, wir dürften keinem Polizisten was sagen. Nie im Leben.«

»Polizisten waren bei euch? Kannst du dich erinnern, wer sie waren?«

»Es waren ein Mann und eine Frau«, sagte das Mädchen.

»Kannst du dich vielleicht an die Namen erinnern? Oder an den Namen von einem der beiden Polizisten?«

»Ja.«

»Sagst du mir dann mal die Namen?« Seine eigenen kleinen Kinder hatten ihn Geduld gelehrt.

»Der Mann war Mr. Davenport und die Frau war Miss Sherrill.«

»Lieber Himmel«, sagte Polizist Freundlich.

19

Sherrill schlief noch, als Lucas anrief. »Wir haben möglicherweise einen Durchbruch in der Sache«, sagte er.

Sie erkannte sofort die Aufregung in seiner Stimme und hörte die Verkehrsgeräusche im Hintergrund. Er sprach über ein Mobiltelefon. Sie setzte sich auf und rieb sich mit den Handballen den Schlaf aus den Augen. »Was ist passiert?«

»Dieses kleine Mädchen hat angerufen – Heather Davis; sie rief bei unserem Polizist Freundlich an, du kennst doch den Säufertyp, wie war noch sein Name?«

»Ennis.«

»Ja. Das Mädchen sagt, die Killerin sei gestern Abend in ihre Wohnung gekommen und habe ihre Mutter gewarnt, uns nichts davon zu sagen. Sie sagte, wenn sie es dennoch tun würde, käme sie zurück und würde die beiden töten.«

Sherrill sprang aus dem Bett und ging, gefolgt von einer sechs Meter langen weißen Telefonschnur, zum Badezimmer.

»Um wie viel Uhr war das?«

»Neun Uhr oder kurz danach. Gerade dunkel geworden.«

»Dann kann es Carmel nicht gewesen sein«, sagte Sherrill. »Wir haben sie beobachtet, als sie um halb neun aus ihrem Appartementgebäude kam, sind ihr dann zum ›Schwan‹ gefolgt und haben ihr zugeschaut, wie sie die Nacht mit Hale Allen durchtanzt hat.«

»Ihr habt das tatsächlich gemacht? Sie im Auge behalten?«

»Ja, Tom und ich. Du klingst so erstaunt ...« Sie hob den Klodeckel und setzte sich auf die Brille.

»Ich war mir nicht sicher, ob ihr es tun würdet – ihr scheint nicht überzeugt gewesen zu sein, dass es Sinn macht, als wir gestern auseinander gingen«, sagte Lucas. »Es sah ja auch nach einem verdammt vagen Versuch aus ...«

Sherrill bekam nicht mehr mit, was Lucas sonst noch sagte. Ein Filmstreifen des gestrigen Abends spulte sich plötzlich in ihrem Geist ab. Sie fand zur Realität zurück, als Lucas fragte: »Marcy? Bist du noch dran?«

»Lucas ... verdammt, ich glaube, wir haben die Killerin gesehen. Gestern Abend, als sie aus Carmels Appartementgebäude kam ...«

»Waaas?« Er schien es nicht glauben zu können.

»Ehrlich, bei Gott.« Sie berichtete ihm von der rothaarigen Frau, die das Gebäude verlassen hatte, als Hale Allen gerade hineingegangen war. Vor ihrem geistigen Auge sah sie, wie die Frau an Hale vorbeiging, ihn kurz musterte, dann aus dem Eingang trat und links und rechts die Straße hinunterschaute.

»Könntest du sie identifizieren?«

Sie dachte ganz kurz darüber nach und sagte dann: »Ich glaube nicht. Ich habe ihr keine Aufmerksamkeit geschenkt.

Ich meine, es besteht ja auch die Möglichkeit, dass sie es nicht war ... Aber immerhin, sie war eine kleine Frau, körperlich gut in Form wie eine Sportlerin, wie Baily Dobbs gesagt hat. Und sie hatte eine wilde rote Mähne.«

»Das war sie – ich wette hundert Bucks, dass sie es war«, sagte Lucas. »Wir müssen ein dichtes Beobachternetz um das Gebäude aufbauen. Und wir müssen Carmels Telefone abhören. Mach dich auf die Socken und such einen Richter, der dir eine Abhörgenehmigung ausstellt.«

»Wo bist du? Im Davis-Haus?«

»Nein, im Wagen, auf dem Weg zur Vorschule des Mädchens. Sie ist noch dort – ich treffe in fünf Minuten ein.«

»Ich ziehe mich sofort an und fahre los.«

Carmels Maulwurf bei den Cops, ihr Informant, rief sie an, als Lucas und Sherrill gerade ihr Gespräch abbrachen.

»Sie sind aus dem Schneider«, sagte er. Er machte sich gar nicht erst die Mühe, sich zu identifizieren.

»Was ist passiert?«

»Ich bin mir in den Einzelheiten nicht sicher, aber man erzählt sich, dass dieses kleine Mädchen angerufen und gesagt hat, die Killerin sei gestern Abend in ihre Wohnung gekommen, und die Mutter habe Angst, darüber zu reden. Und man hört gerüchteweise, Sie seien beobachtet worden, und sie wissen jetzt, dass Sie es nicht gewesen sein können, weil Sie zum Tanzen in einem schicken Lokal waren. Ich kann Ihnen sagen, Davenport ist hier rausgestürzt wie ein Fullback beim Football. Ich meine, er ist tatsächlich raus*gerannt.*«

»Jesus – sie haben mich überwacht?« Sie war echt geschockt. Sie hatte es nicht gespürt, und sie hatte stets gemeint, sie würde es spüren, wenn ihr jemand auf den Fersen war. Wahrscheinlich wegen Hale – seine Nähe hatte sie abgelenkt ...

»Ja, den ganzen Abend«, sagte der Cop. »Eine gute Sache, denn jetzt sind Sie aus dem Schneider.«

»Warum haben sie mich nicht vorher angerufen? Als Sie hörten, dass man Beobachter auf mich ansetzt?«

Nach einer Pause sagte der Cop: »Sie wissen, dass ich so was nicht tun kann ...«

Carmel versprach ihm eine weitere Zahlung, legte auf und rief Rinker an.

»Und es war *das kleine Mädchen*, das die Cops angerufen hat«, sagte sie zum Abschluss ihres Berichts.

»Mein Gott, das hätte ich nicht gedacht«, erwiderte Rinker. »Sie ist doch noch so klein.«

»Aber im Prinzip haben wir ja erreicht, was wir wollten«, sagte Carmel aufgeregt. »Du hast rausgefunden, dass uns von der Frau und dem Kind keine Gefahr droht, und selbst wenn die Cops die Mutter diesmal zum Reden bringen, was kann sie ihnen sagen? Und die Cops wissen jetzt, dass ich es *nicht* war, die gestern bei den Davis' aufgetaucht ist. Sie haben sich in ihrer eigenen Falle gefangen. Du brauchst jetzt nur noch zu verschwinden, dann ist alles im grünen Bereich.«

»Wird auch Zeit«, knurrte Rinker.

»Obwohl«, sagte Carmel nachdenklich, »obwohl wir immer noch nicht wissen, wieso ihr Verdacht überhaupt auf mich gefallen ist.«

»Ist doch jetzt unwichtig«, sagte Rinker. »Ich verschwinde von hier. Wenn ich gleich losfahre, komme ich noch vor der Rushhour durch Kansas City.«

»Fahr noch nicht«, sagte Carmel. »Bleib noch wenigstens einen Tag hier. Wenn sie mich überwachen, kannst du zwar nicht mehr herkommen, aber ... Bleib einfach noch in deinem Hotelzimmer.«

»Meinst du wirklich?«

»Ja. Nur noch über Nacht, um mitzukriegen, was passiert – um da zu sein, wenn wir noch irgendetwas in Ordnung bringen müssen. Um zu sehen, ob das Kind und seine Mutter nicht doch noch was Gefährliches aussagen.«

»Okay«, sagte Rinker zögernd. Minneapolis klebte wie Teer an ihren Füßen. Sie wollte weg von hier. »Noch diese eine Nacht.«

Lucas traf kurz nach zehn in Mrs. Gartins Vorschule ein. Er stellte den Wagen einen Block weiter am Straßenrand ab und ging unter den tief herabhängenden Zweigen einer Reihe von Ahornbäumen zurück. Eine leichte Sommerbrise war aufgekommen, und im Schulgarten schaukelte ein Büschel gelber Margeriten mit braunen Blütenkelchen im Wind hin und her. Im hinteren Teil des Gartens, durch einen niedrigen Zaun abgetrennt, befand sich ein Spielplatz mit Sandkästen aus großen Traktorenreifen, Schaukeln und einer sanft geneigten Rutsche.

Mrs. Gartin war eine korpulente Frau mit kleinen Hängebäckchen und Lachfältchen in den Mundwinkeln. Sie trug ein bunt bedrucktes Sommerkleid, und sie war von Lucas' Auftauchen sehr überrascht.

»Heather hat Sie angerufen?«

»Ja. Es ist sehr wichtig, dass ich sofort mit ihr spreche.«

»Ich müsste ihre Mutter verständigen ...«

»Heathers Mutter befindet sich vermutlich in einer nicht zu unterschätzenden Gefahr, und das ist auch der Grund, weshalb ich Heather sofort sprechen muss.« Er ließ ein wenig Strenge durch sein höfliches Lächeln durchschimmern. »Würden Sie mich jetzt bitte zu ihr bringen?«

»Nun, ich ...« Sie schob verkrampft einige Papiere auf ihrem Schreibtisch hin und her und sagte dann: »Sie ist drüben in Mrs. Romans Zimmer.«

Heather erzählte Lucas in Mrs. Romans Zimmer ihre Geschichte. Lucas ließ sie die ganze Story wiederholen, und als sie fertig war, gab es für ihn keinen Zweifel, dass sie die Wahrheit sagte. Sherrill kam kurz vor dem Ende des zweiten Durchgangs an, und zwei Minuten später erschien Mrs. Davis. Sie war in heller Panik.

»Was machen Sie da?«, schrie sie Lucas an. »Was machen Sie mit meiner Tochter? Sie haben kein Recht, mit meiner Tochter zu reden ...«

»O doch, das habe ich«, sagte Lucas so höflich wie möglich, aber es kam doch schärfer heraus als beabsichtigt, und Jan Davis nahm Heather am Arm und wäre mit ihr aus dem Zimmer gerannt, wenn Sherrill nicht die Tür blockiert hätte.

»Sie dürfen jetzt nicht gehen«, sagte Sherrill.

Heather begann zu weinen und sagte stockend: »Ich hab ihnen doch nur gesagt, was ...«

»Ich rufe einen Anwalt an!« Davis' Stimme überschlug sich fast.

»Sie dürfen anrufen, wenn Sie wollen, aber Sie würden uns allen das Leben leichter machen, vor allem Ihnen und Ihrer Tochter, wenn Sie ein paar Minuten in Ruhe mit uns reden würden«, sagte Lucas.

»Sie wird uns umbringen! Sie hat gesagt, sie würde uns töten ...«

»Sie wird weder Ihnen noch Ihrer Tochter etwas antun«, sagte Lucas.

»Sie waren ja nicht dabei«, fauchte Davis. »Sie sagte, sie würde uns töten, und sie meinte es ernst. Ich kann Ihnen nur sagen, dass ich von Ihnen und Ihren Cops weitaus weniger beeindruckt bin als von dieser Frau!«

»Wir werden Sie beide irgendwo hinbringen, wo sie Sie nicht finden kann.«

»Sie ist von der *Mafia*!«, schrie Davis. »Und diese Leute finden jeden, den sie finden wollen.«

Lucas schüttelte den Kopf, und Sherrill sagte: »Hören Sie, beruhigen Sie sich doch. Was passiert ist, ist nun mal passiert. Wir wollen Ihnen nur ein paar Fragen stellen, und dann werden wir alles in die Wege leiten, damit Sie sich absolut sicher fühlen können.«

»Das ist jetzt nicht mehr möglich«, sagte Davis. Ihr Zorn hatte bisher ihre Angst überlagert, aber jetzt drang auch die Angst an die Oberfläche.

»Nein, so ist es ganz sicher nicht«, sagte Sherrill. »Wir haben Experten für solche Fälle. Und wissen Sie, warum man kaum einmal davon hört, dass die Mafia Cops tötet? Weil die Gangster Angst davor haben. Denken Sie doch mal darüber nach.«

Als Jan Davis sich beruhigt hatte – was erst nach einer Salve heftiger Vorwürfe an Mrs. Gartin eintrat, die zeitlich einen absolut falschen Auftritt mit einer Dose Ingwerplätzchen machte –, gingen sie mit ihr Rinkers gestrigen Besuch durch. Heather saß während des Gesprächs auf dem Schoß ihrer Mutter, und Davis zeigte sogar den Anflug eines zittrigen Lächelns, als sie erfuhr, dass ihre Tochter Polizist Freundlich angerufen hatte.

Eine handfeste Information kam dabei heraus: »Ich konnte die Enden ihrer Haare unter der Strumpfmaske sehen, und ich könnte schwören, dass es eine Perücke war. Es waren bestimmt keine echten Haare. Und ich konnte ihr Gesicht sehen, als sie vor der Tür stand, wenn auch nur undeutlich, aber sie hatte nicht diesen hellen Teint, wie ihn Rothaarige haben.«

»Aber Sie könnten ihr Gesicht nicht beschreiben?«

»Nein. Sie stand nicht im Lichtschein, und sie hatte dieses Paket; ich habe auf das Paket geschaut.«

»Haben Sie das Paket noch?«

»Nein, ich habe es weggeworfen«, antwortete sie. »Es liegt im Müllcontainer hinter dem Haus. Es ist ein FedEx-Päckchen.«

»Trug sie Handschuhe?«

»O ja, daran erinnere ich mich gut. Dünne Gummihandschuhe, wie sie Zahnärzte bei der Behandlung tragen.« Die Handschuhe beeindruckten sie: schließlich ist sie eine Profi-Killerin, nicht wahr ...

Als sie fertig waren, sagte Lucas: »Ich glaube nicht, dass wir Sie als Zeugin benötigen. Ihre Informationen haben uns sehr geholfen, in gewisser Hinsicht jedenfalls, aber sie enthalten nichts, was wir vor Gericht verwenden könnten.«

»Ich würde mich auch nicht als Zeugin zu Verfügung stelle«, sagte Davis. *Auf gar keinen Fall.*«

»Dann lassen Sie uns darüber sprechen, was Sie jetzt tun wollen«, sagte Sherrill.

Davis wollte am liebsten so tun, als sei nichts geschehen. »Könnte es denn nicht sein, dass diese Frau nichts erfährt? Davon, dass Heather und ich mit Ihnen gesprochen haben?«

»Ehm, es gibt manchmal undichte Stellen in den unteren Polizeirängen«, sagte Lucas vorsichtig und dachte an die Quellen, die Carmel Loan bei der Polizei hatte. »Besteht nicht die Möglichkeit, dass Sie für ein paar Wochen oder einen Monat irgendwohin verschwinden?«

»Ich habe einen Job an der Uni«, sagte sie. »Ich muss schließlich Geld verdienen.«

»Wir werden das regeln«, sagte Lucas. »Wir können vielleicht erreichen, dass Sie bezahlten Urlaub bekommen, und wenn das nicht klappen sollte, können wir Ihnen den finanziellen Verlust aus einem Fonds der Stadtkasse ausgleichen ... Wie sieht's mit Ihren Eltern aus?«

Davis schüttelte den Kopf. »Ich möchte nicht zu meinen Eltern gehen. Aber wissen Sie, was? Wenn das möglich wäre ... Ich habe einen Laptop, ich könnte an meiner Dissertation weiterarbeiten, wenn wir an einem ruhigen Ort wären. Nur Heather und ich. Als ich noch mit Howard zusammen war, haben wir manchmal ein Ferienhaus oben am North Shore gemietet, das war immer sehr schön ...«

»Das können wir ermöglichen«, sagte Lucas. Er wandte sich an Sherrill: »Ruf Bretano von der Sitte an, sie soll das regeln.« Und wieder zu Davis: »Wir bringen Sie mit Alice Bretano zusammen. Sie arbeitet bei unserer Sittenpolizei und kümmert sich um missbrauchte Frauen und Kinder, und sie kennt sich darin aus, wie man sie vor den Missetätern versteckt und wie man an Unterstützungsleistungen kommt und all so was ... Sie wird das alles für Sie und Heather regeln.«

»Und Sie sind sicher, dass diese ... Gangster uns dort nicht finden können?«, fragte Davis zweifelnd.

»Sie werden sich nicht mal die Mühe machen, nach Ihnen zu suchen«, antwortete Lucas. »Sie wissen, dass die Chancen, Sie zu finden, bei Null liegen.«

Als sie immer noch nicht überzeugt schien, hielt Lucas ihr eine kleine Rede: »Lassen Sie mich Ihnen mal was zur Mafia sagen. Sie besteht aus einem Haufen von Leuten, die durchaus bereit sind, für Geld anderen Menschen Böses anzutun, und sie stecken hinter dem Drogenhandel und oft auch hinter der Prostitution, und sie verleihen Geld zu Wucherzinsen und all so was. Aber sie sind eben nur ein Haufen nicht besonders intelligenter Männer. Sie haben keinen funktionierenden Aufklärungsapparat zur Verfügung, und sie unterstützen sich auch nicht gegenseitig, wie sie immer behaupten ... Sie sind nichts als ein Haufen ziemlich dummer Ar ...« – sein Blick fiel auf Heather, die mit großen Augen zu ihm aufschaute – »ehm,

Blödmänner. Aber eines wollen wir nicht vor Ihnen verheimlichen: Diese Frau, die da gestern Abend bei Ihnen war, *ist* ein Mensch, vor dem man Angst haben muss. Aber wir werden sie kriegen. Und wir werden ihr bis dahin keinen Grund geben, sich an Ihnen rächen zu wollen. Wenn sie Ihnen gestern Abend nichts angetan hat, wird sie es auch in Zukunft nicht tun.«

Sherrill rief Bretano bei der Sitte an, erklärte ihr das Problem, und Bretano sagte, sie würde sich der Sache annehmen; sie käme sofort zur Schule.

Während sie vor dem Gebäude bei Lucas' Porsche auf Bretano warteten, fragte Sherrill: »Und was jetzt?«

»Wir haben zwei Dinge bestätigt gefunden: Sie trägt manchmal eine rote Perücke, und sie ist eine kleine, sportliche, trainierte Frau – und das bedeutet, dass du sie gestern Abend wahrscheinlich gesehen hast. Wir kurbeln jetzt die Sache an. Wir bewachen Carmels Gebäude rund um die Uhr, und wenn diese Frau es betritt, nehmen wir sie fest.«

»Mit welcher Begründung?«

»Mit keiner. Mit irgendeinem Scheiß. Tätlicher Angriff auf einen Polizisten, Widerstand gegen die Staatsgewalt oder irgend so was. Aber ich will sie in die Finger kriegen und ihre Identität feststellen können. Sie festgenagelt haben. Ich will wissen, woher sie kommt. Ich will ein Foto von ihrem Gesicht haben, mit dem wir das ganze Land bepflastern können, wenn wir sie laufen lassen müssen und sie abtaucht. Für dich heißt das, dass sich dein Leben in den nächsten Tagen vor Carmels Gebäude abspielen wird. Vielleicht finden wir ja auch ein Appartement oder ein leeres Büro, von dem aus du sie im Auge behalten kannst.«

»Aber ansonsten bin ich von den Ermittlungen ausgeschlossen?«, fragte Sherrill.

»Natürlich nicht völlig – und wenn wir diese Frau schnell verhaften können, wirst du diejenige sein, die es ausführt.«

»Und was machst du inzwischen?«

»Als Erstes werde ich mir ein paar Jungs in Uniform besorgen und an jede Tür im Umkreis von zwei Blocks um das Davis-Haus anklopfen lassen. Es sind doch auch abends Leute auf der Straße, verdammt noch mal. Jemand *muss* diese Frau gesehen haben, wer sie auch sein mag.«

Lucas ließ ein halbes Dutzend uniformierte Cops in der Nachbarschaft ausschwärmen. Er selbst hasste diese Arbeit und war nicht gut darin. Die Cops, die gut darin waren, hatten offene, irische oder skandinavische Gesichter – junge Leute, die aussahen, als ob sie dir auf die Schulter klopfen und gern ein bisschen mit dir reden würden. Leute mit Einfühlungsvermögen.

Lucas und Bretano hatten Jan Davis und ihre Tochter zurück zur Wohnung gebracht und warteten darauf, dass die beiden ihre Sachen packten. Als sie fertig waren und in Bretanos Begleitung aufbrachen, gab Davis Lucas die Wohnungsschlüssel. »Benutzen Sie das Telefon und die Toilette, wenn es denn sein muss. Ich hole mir die Schlüssel wieder ab, wenn wir zurückkommen.« Dass sie und Heather inzwischen permanent von Cops umgeben waren, hatte ihre Zuversicht gefestigt – aber sie wollte dennoch aus der Stadt verschwinden, und zwar so schnell wie möglich.

Lucas benutzte die Davis-Wohnung als zeitweiliges Hauptquartier, während die Cops die Nachbarschaft abklapperten, von Tür zu Tür gingen und dann wieder von vorn anfingen, um mit Leuten zu sprechen, die beim ersten Durchgang nicht zu Hause gewesen waren – und bei den Aussagen die Spreu vom Weizen trennten. Kurz nach drei kam ein Cop namens Lane mit einer Pepsi in der Hand in die Wohnung geschlendert und setzte sich auf einen Stuhl in der Küche. Lucas saß am Küchentisch und beendete gerade ein Telefongespräch.

»Was gibt's?«, fragte er.

Lane lehnte sich zurück, trank einen Schluck von seiner Pepsi. »Schon seit mehr als einem verdammten Jahr versuche ich, von der Uniform loszukommen und zur Kripo versetzt zu werden, aber ich schaffe es nicht.«

»Ich dachte, ich hätte Sie schon mal in Zivil im Einsatz gesehen ...«

»Ja, ja, aber nur, weil die Jungs von der Drogenfahndung mal ein neues Gesicht brauchten. Nach zwei Wochen war mein Gesicht nicht mehr neu, und ich saß wieder im Streifenwagen. Was ich sagen will – ich bitte Sie, mir aus dieser verdammten Uniform zu helfen.«

Lucas zuckte die Schultern: »Ich kenne Sie nicht besonders gut. Verstehen Sie, ich kann nicht beurteilen, welche Voraussetzungen Sie für die Arbeit bei der Kripo mitbringen ...«

»Ich war derjenige, der im vergangenen Herbst im McDonald-Fall die .380er-Pistole gefunden hat, erinnern Sie sich? Ich meine, es war natürlich auch Glück dabei, aber ich habe oft Glück. Ich hab's versucht und hatte Erfolg ...«

Lucas nickte. »Ja, ich erinnere mich ... Und wenn ein Mann oft Glück hat, kann das auch kritisch beurteilt werden.«

»Ich weiß. Aber ich bekomme dauernd zu hören, was für ein guter Streifenpolizist ich wäre und all so'n Scheiß. Dass man mich im Streifendienst nicht verlieren wolle. Aber ich will diesen Job nicht noch länger machen, und sie verlieren mich sowieso, wenn sie mich nicht versetzen. Ich geh dann woanders hin.«

»Sie würden bei keiner anderen Stadtpolizei im Land genommen«, sagte Lucas, und dann, um ihn loszuwerden: »Na ja, ich höre mich mal um, ob es eine Chance für Sie gibt.«

Lane grinste plötzlich. »Ich bin natürlich nicht nur zu Ihnen gekommen, um mit Ihnen über meine Versetzung zur Kripo zu reden, aber ich dachte, ich sollte die Gelegenheit nutzen, vor allem, weil ich im Moment gut dastehe.«

Lucas' Augenbrauen fuhren hoch. »So?«

»Ja. Ich bin eben in Hausnummer 1414 auf eine Mrs. Rann gestoßen. Mrs. Gloria Rann. Sie kam gestern Abend um etwa neun Uhr fünfzehn von der Arbeit nach Hause. Sie weiß das recht genau, weil sie gleich nach dem Arbeitsende um neun Uhr den Bus an der Ecke Universität und Cretin noch kriegte, und der braucht zehn Minuten bis hierher, und sie beeilte sich, schnell von der Haltestelle nach Hause zu kommen, weil sie sich um halb zehn eine Show im Fernsehen ansehen wollte. Sie hatte vor dem Beginn der Show gerade noch Zeit, den Müll rauszubringen. Und da sieht sie eine kleine, sportlich wirkende Frau in einen – vermutlich grünen – Wagen steigen, der am Bordstein direkt vor ihrem Haus geparkt war. Sie konnte das Gesicht der Frau nicht sehen, aber sie dachte, es sei eine College-Studentin, weil sie so sportlich durchtrainiert aussah und weil in dieser Gegend viele Studenten wohnen. Und ... die Frau hatte eine wilde Mähne.«

Lucas lehnte sich vor. »Das könnte passen.«

»Ja, sie passt in das Profil, das Sie uns gegeben haben«, bestätigte Lane. »Jedenfalls, ich fragte Mrs. Rann, ob sie die Frau vorher schon mal gesehen hätte, und sie sagte: ›Nein, die ist nicht aus dieser Gegend.‹ Und ich frage: ›Woher wollen Sie das denn wissen?‹ Und sie antwortet, auf dem Weg von der Bushaltestelle wär's ja noch ziemlich hell gewesen, und sie hätte sich den Wagen *näher* angeschaut, weil er direkt vor ihrem Haus stand ...«

Er machte eine Pause, um den dramatischen Effekt noch zu steigern, und Lucas fuhr ihn ungeduldig an: »*Und?*«

»Der Wagen hatte einen Avis-Aufkleber hinter der Windschutzscheibe. Es war ein Mietwagen.«

»Sie Mistkerl machen es wirklich spannend«, knurrte Lucas.

Er nahm Lane mit zum Flughafen, traf den Avis-Manager am Rückgabeschalter für die Mietwagen an und bat ihn ins nahe gelegene Büro. Der Manager fragte gar nicht erst nach einer richterlichen Erlaubnis. Er sagte: »Ich drucke Ihnen eine Liste aus. Aber ich kann Ihnen gleich sagen, zu neunzig Prozent sind es Männer. Allerhöchstens fünfzehn Prozent sind Frauen.«

»Grüner Mittelklassewagen, kleine, sportlich durchtrainierte Frau«, sagte Lane. »Vielleicht rothaarig.«

Die Finger des Managers blieben über dem Computer-Keyboard in der Luft hängen, und er sah Lane stirnrunzelnd an. »Kleiner, sportlicher Rotkopf? Hübsche, ehm, Figur?«

»Ja, so sieht sie nach unseren Erkenntnissen aus«, sagte Lucas.

»Könnte es ein champagnerfarbener Dodge gewesen sein, statt grün? Denn, bei Gott, eine Frau mit diesem Aussehen hat eben einen champagnerfarbenen Dodge am Rückgabeschalter abgeliefert – ist noch keine fünfzehn Minuten her. Sie muss noch auf dem Flughafengelände sein.«

Lucas fuhr den Mann an: »Wo finde ich den Leiter des Flughafen-Sicherheitsdienstes?«

Ein übergewichtiger junger Mann namens Herter hatte die Rückgabe abgewickelt und konnte sich gut an die Frau erinnern. Der Sicherheitsdienst meldete alle Frauen, auf die die

Beschreibung halbwegs zutraf, und Lucas und Lane hetzten Herter und den Manager auf der Suche nach Rinker zwei Stunden lang zu den Ausgängen des Flughafens. Nichts. Viele kleine sportliche Frauen, auch ein paar Rotköpfe, aber keine Profikillerin ...

Die Rückgabepapiere des Wagens wiesen aus, dass er ohne Schaden und mit vollem Tank übergeben worden war – zwanzig Minuten vor Lucas' und Lanes Eintreffen am Avis-Schalter. Herter sagte, die Frau sei nach der Übergabe des Wagens zum Hauptterminal gegangen, habe aber nur eine kleine Tasche, wie man sie zum Übernachten braucht, dabeigehabt. Am Eingang des Hauptterminals gab es keine Überwachungskamera, die ihr Gesicht hätte aufzeichnen können.

»Vielleicht ist sie immer noch hier in der Stadt«, sagte Lucas zu Lane und Tom Black, der zum Flughafen gekommen war, um sie bei der Jagd zu unterstützen. »Das FBI geht davon aus, dass sie ihre Reisen meistens mit dem Mietwagen durchführt. Aus ihrer Sicht macht es Sinn, den Wagen, mit dem sie anreist, in der Parkgarage des Flughafens abzustellen, wo jeden Tag Tausende von Autos rein und raus fahren, und sich dann mit falschen Papieren einen anderen Wagen zu mieten, mit dem sie den Auftrag ausführt. Und wenn irgendein Problem auftritt, kann sie den Wagen einfach irgendwo stehen lassen, ohne dass man ihr auf die Spur kommt.«

»Wir müssten jeden Moment Antwort auf unsere Anfrage kriegen«, sagt Black. »Die Cops in Nebraska haben sich auf die Suche nach der Adresse gemacht, die sie im Mietvertrag angegeben hat.«

»Wenn es sich tatsächlich um unsere Killerin handelt, wird nichts dabei rauskommen«, sagte Lucas. »Aber wir müssen Folgendes machen: Wir müssen zu den Leuten von MasterCard, die die Rechnungen für die Kartenbenutzer ausstellen,

Verbindung aufnehmen, und sie müssen uns sofort mitteilen, wenn die Karte auf diesen Namen noch einmal benutzt wird ...« Er sah Lane an. »Glauben Sie, dass Sie das erledigen können?«

»Ja, natürlich.«

»Dann machen Sie sich an die Arbeit; und ziehen Sie die Uniform aus, ehe Sie mit den Leuten reden.«

»Okay.« Er hatte es eilig, *lief* davon.

Black sagte: »Die Jungs von der Spurensicherung müssten inzwischen fertig sein.«

»Wenn es *sie* ist, hat sie keine Spuren hinterlassen.«

Und der Cop von der Spurensicherung sagte: »Was wir an Fingerabdrücken gefunden haben, gibt keinen Anlass, die Luft anzuhalten. Wir haben Fingerabdrücke an der Beifahrerseite und im Fonds, aber nichts am Lenkrad, am Türgriff außen oder innen, an den Radiotasten, am Fahrersitz ... alles abgewischt. Mit voller Absicht sauber abgewischt.«

»Verdammt«, sagte Lucas. Kurz darauf rief ein Detective aus Lincoln, Nebraska, an und sagte: »Es gibt diese Straße, es gibt auch die Hausnummer, und es gibt dort sogar eine Frau mit diesem Namen, aber sie ist achtundvierzig Jahre alt, sie hat acht Frettchen, die sie niemals allein lässt, sie hat schwarzes Haar, und sie sagt, sie bringt zweihundertzehn Pfund auf die Badezimmerwaage. Und sie sagt, sie war noch nie in Minneapolis, sie hat noch nie einen Wagen gemietet, und sie besitzt eine Visa- und eine Sears- und eine Shell-Card, aber keine MasterCard.«

Lucas bedankte sich, legte auf und sagte zu Black: »Die Killerin ist nicht mehr hier auf dem Flughafengelände. Vielleicht ist sie in der Stadt, vielleicht auch auf dem Weg nach Hause, aber wir vergeuden unsere Zeit hier draußen.«

»Aber wir wissen jetzt, wie sie aussieht«, sagte Black. »Wir haben zwei Männer, die sie aus der Nähe gesehen haben, und zwar noch vor kurzer Zeit. Innerhalb einer Stunde haben wir ein gutes Phantombild von ihr.«

»Richtig«, sagte Lucas. Dann hob er die Hand, hielt Daumen und Zeigefinger einen Zentimeter auseinander. »Gottverdammte Scheiße: Wir waren so dicht an ihr dran. *So dicht.*«

»Und was machen wir jetzt?«

»Wir tapezieren die ganze Stadt mit ihrem Phantombild. Wenn sie noch hier ist, stöbern wir sie so vielleicht auf.«

20

Carmel rief Rinker in ihrem Hotel an und sagte ohne jede Vorrede: »Du musst sofort aus der Stadt verschwinden. Dein Bild ist im Fernsehen.«

»Waaas?« Rinkers Herz schlug schneller, und sie sah sich mit wilden Blicken im Zimmer um, bereit zum Wegrennen, suchte nach ihrer Kleidung, überlegte, wo sie Fingerabdrücke hinterlassen haben könnte.

»Davenport ist irgendwie an ein Phantombild von dir gekommen, und sie zeigen es im Fernsehen. In einer Minute bringen sie es wieder auf Kanal drei.«

»Moment, bleib dran ...«

Rinker schaltete über die Fernbedienung Kanal drei ein. Eine brünette Schönheit, die wie eine frühere Miss America aussah, sagte gerade mit ernster Stimme: »... einen Avis-Mietwagen am Flughafen. Zwei Avis-Angestellte, deren Identität geheim gehalten wird, stellten für die Polizei ein Phantombild zusammen, das wir Ihnen jetzt zeigen. Wenn Sie diese Frau gesehen haben ...«

Rinker sah sich das Bild einen Moment an, hob dann das Telefon wieder ans Ohr und sagte zu Carmel: »Das Bild ist mir nicht ähnlich.«

»Für dich mag das so sein, aber nicht für mich – es ist dir ähnlich, jedenfalls allgemein betrachtet«, sagte Carmel. »Und sie werden das Bild in Hotels und Motels und überall in der Stadt rumzeigen und fragen, ob jemand bekannt ist, der *ungefähr* so aussieht.«

Rinker nickte vor sich hin. »Okay, ich bin in fünfzehn Minuten hier raus.«

»Fahr nach Iowa«, sagte Carmel. »Nach Des Moines. Dort kann man die hiesigen lokalen Fernsehstationen nicht empfangen, und du bist in drei Stunden wieder hier, wenn es sein muss. Ruf mich von dort aus auf diesem Handy an und gib mir eine Nummer, unter der ich dich erreichen kann.«

»Was wirst du unternehmen?«

»Wir müssen zu Plan B übergehen. Er ist uns irgendwie auf die Spur gekommen. Ich weiß nicht, wie er das geschafft hat, aber er kocht etwas Böses gegen uns aus.«

»Mein Gott, wirst du denn damit fertig?«

»Ich *werde* damit fertig«, sagte Carmel grimmig. »Und jetzt verschwinde.«

»Sofort.«

Zwei Detectives, Swanson und Franklin, reagierten auf den Hinweis eines Pagen des Regency-White, und sie zeigten dem Manager des Hotels das Phantombild; der Mann schüttelte jedoch den Kopf. »Ich kenne diese Lady nicht, aber ich sehe natürlich nur einen Bruchteil der Leute, die bei uns logieren.«

»Wir können doch sicher rausfinden, wie viele Frauen *allein*

Zimmer im Hotel bewohnen, und dann auf dieser Grundlage die Suche beginnen«, schlug Franklin vor. »Und als Erstes mit den Zimmermädchen sprechen.«

»Die meisten der Mädchen haben bereits Feierabend«, sagte der Manager. Er hatte einen schmalen Schnurrbart, sah aber ansonsten in Franklins Augen wie PeeWee in *PeeWees großes Abenteuer* aus. »Aber die Leute vom Zimmerservice und die Pagen kann ich zusammenrufen.«

Mit Hilfe der verfügbaren Bediensteten und des Computers konnten sie den Kreis auf vier Frauen eingrenzen: zwei, die dem Phantombild mehr oder weniger ähnlich sahen, und zwei, die vom Alter her passten, von denen jedoch keiner wusste, wie sie aussahen. Der Page, der den Hinweis gegeben hatte – von allen Louis genannt –, wusste nicht, in welchem Zimmer die Frau wohnte, schwor aber Stein und Bein, sie sehe dem Phantombild ähnlich. »Das ist sie«, bestätigte er Swanson. Swanson rief Lucas an und sagte ihm, sie hätten möglicherweise eine Identifizierung.

»Wartet auf mich«, sagte Lucas.

Sie warteten, befragten inzwischen die Angestellten des Restaurants. Zwei von ihnen hatten die Frau gesehen, wie sie meinten; na ja, vielleicht aber auch nicht – das Phantombild war ja ziemlich allgemein, nicht wahr?

Lucas kam an, stellte den Porsche am Bordstein ab und sagte zum Türsteher: »Wenn ein Cop kommt und den Wagen abschleppen lassen will, sagen Sie ihm, er gehöre Chief Davenport.«

»Okay, Chief«, sagte der Türsteher und salutierte. Er schien die Türsteher in der Weltstadt New York kopieren zu wollen.

Franklin wartete in der Lobby auf Lucas. »Wir sind bereit, rauf in die Zimmer zu gehen«, sagte er.

»Haben weitere Angestellte sie inzwischen erkannt?«, fragte Lucas.

»Mehrere halten es für möglich – aber sie sagen, sie könnten es anhand des Phantombilds nicht eindeutig bestätigen.«

»Okay, aber es ist das beste Bild, das wir haben«, sagte Lucas. Er starrte noch einmal einige Sekunden auf das Brustbild der Frau – mit demselben seltsamen Gefühl des *Déjà-vu,* das ihn schon bei der ersten Betrachtung befallen hatte. Er wurde das Gefühl nicht los, dass er diese Frau schon einmal gesehen hatte, wohl weil sie, wie er dachte, ein *makelloser Typ* war: ein Cheerleader. Hübsch, wohl proportioniert, sportlich trainiert. Er kannte hundert Frauen wie sie – zum Teufel, allein bei der Stadtpolizei gab es mindestens zwanzig Frauen wie sie. Sherrill war, bis auf ihr schwarzes Haar, ein Typ wie sie ...

»Michelle Jones«, murmelte der Manager und klopfte an die Erste der in Frage kommenden Türen.

»Moment«, rief eine Frau im Zimmer.

Die drei Cops traten einen Schritt zurück, was den Manager veranlasste, sie fragend anzusehen. Dann wurde ihm klar, dass die Frau mit einer Waffe in der Hand herauskommen und auf sie schießen könnte, und er machte hastig einen Schritt zur Seite. Die Tür wurde einen Spalt geöffnet, und Michelle Jones schaute heraus. Sie war eine Schwarze.

»Oh, Entschuldigung, falsches Zimmer«, sagte Swanson. »wir untersuchen ein Sicherheitsproblem.«

Im nächsten Zimmer erfolgte keine Reaktion auf das Anklopfen. Lucas nickte dem Manager zu, der mit seinem Schlüssel die Tür aufschloss und dann schnell wieder zur Seite trat. Swanson drehte den Türknopf, und die drei Cops stürmten ins Zimmer.

»Mein Gott, hier sieht's nach Mord und Totschlag aus«, sagte Franklin. Kleidungsstücke waren überall auf dem Boden und dem Bett verstreut; zwei Strumpfhosen, offensichtlich feucht, hingen über der Badezimmertür, und ein Wollpullover lag, zum Trocknen ausgebreitet, auf einem Badetuch auf dem Teppich. Zwei geöffnete Koffer standen auf dem Boden, und es sah aus, als ob ein eiliger Dieb sie durchwühlt hätte.

»Nein«, sagte Swanson, »es sieht nur so aus, als ob meine Frau hier gewesen wäre ... Eine Frau bringt so was ohne weiteres fertig.«

Der Manager streckte den Kopf hinter der schützenden Körpermasse Franklins hervor: »Ich denke, der Gentleman hat Recht«, sagte er. »Allein reisende Frauen ... Sie sollten mal sehen, was die alles in die Toilette werfen. Frauen werfen einfach *alles* in die Toilette. Wir hatten mal eine Frau hier, deren Hund plötzlich starb, und sie hat versucht, ihn die Toilette runterzuspülen.«

»Kleiner Hund, oder?«, fragte Franklin.

»Natürlich.« Die Augen des Managers funkelten zornig. »Es würde ja wohl niemand auf die Idee kommen, einen Deutschen Schäferhund die Toilette runterspülen zu wollen.«

Das dritte Zimmer war ebenfalls leer – aber *sehr* leer. Kein Anzeichen dafür, dass hier jemand wohnte – bis auf das zerwühlte Bettzeug.

»Sind Sie sicher, dass das Zimmer belegt ist?«, fragte Lucas.

»O ja«, antwortete der Manager und schaute sich angeekelt um. »Sie ist abgehauen. Ich erkenne das sofort. Sie ist verschwunden, ohne zu bezahlen.«

»Dann sind wir hier richtig. Sie war in diesem Zimmer. Die Jungs von der Spurensicherung müssen her.«

»Vierhundert Dollar«, seufzte der Manager.

»Da kann man nichts machen«, knurrte Franklin. »Fassen Sie hier drin nichts an.«

Franklin und Swanson gingen zum letzten Zimmer auf der

Liste, während Lucas sich von der Tür aus in dem leeren Zimmer umschaute. Franklin kam gleich wieder zurück: »Du solltest dir diese junge Frau mal ansehen.«

Sie passte gut zu der Beschreibung: ein Cheerleader mit blondem Haar, blauen Augen, sportlich, ein wenig vollbusig. Und wieder hatte Lucas dieses Gefühl des *Déjà-vu*. »Kennen wir uns?«, fragte er.

»Nein«, antwortete die Frau, ein wenig verärgert, aber noch mehr verängstigt. »Wer sind Sie?«

»Ich bin ein Deputy Chief bei der Stadtpolizei«, sagte Lucas. »Von woher kommen Sie?«

»Aus Seattle.«

Lucas sah einen Ehering an ihrem Finger. »Sie sind verheiratet?«

»Ja, und ich möchte nun endlich wissen ...«

»Was ist der Grund für Ihren Aufenthalt hier? Sind Sie geschäftlich in Minneapolis?«

»Was soll das alles?« Ihre Angst ließ nach, und der Ärger steigerte sich.

»Antworten Sie doch einfach auf meine Frage«, sagte Lucas geduldig. »Sind Sie geschäftlich hier?«

»Ja, ich bin zum Perio-Kongress im Radison hier.«

»Was ist Perio?«, fragte Franklin. Er war ein sehr großer, massiger Schwarzer, und in seinem gelbkarierten Sportsakko ragte er wie ein riesiger Vollmond im Türrahmen auf.

»Periodontitis«, antwortete sie. »Zahnwurzelhaut-Entzündung – ich bin Zahnärztin.«

»Danke«, sagte Lucas. Er sah Franklin an, schüttelte den Kopf und sagte zu der Frau: »Wir haben hier eine Situation, die Detective Franklin Ihnen gleich erklären wird ...«

Im Flur draußen sagte Swanson zu Lucas: »Zahnfleisch-Metzger.«

»Was?«

»Sie ist ein Zahnfleisch-Metzger. So nennen die normalen Zahnärzte ihre Kollegen, die sich auf die Behandlung der Periodontitis spezialisiert haben.«

»Tatsächlich? Diese Information werde ich in ehrendem Andenken halten ...«

Lucas ging zurück zu dem leeren Zimmer, um auf die Leute von der Spurensicherung zu warten. Er brauchte nur eine wichtige Information: dass die Porzellanwasserhähne der Dusche und des Waschbeckens im Badezimmer abgewischt worden waren. Wenn das so war, hatte die Killerin dieses Zimmer bewohnt – und sie waren zu spät gekommen.

Franklin ging, um das Chaoszimmer noch einmal zu überprüfen. Kurz darauf trafen die beiden Detectives von der Spurensicherung ein, und Lucas erklärte ihnen, was er wissen wollte. Einer der beiden ging ins Badezimmer, sah sich die Griffe der Wasserhähne am Waschbecken an, nahm ein Fläschchen aus seiner Aktentasche, das wie ein Parfümzerstäuber aussah, und sprühte eine graue Dunstwolke auf die Griffe. Dann steckte er den Kopf in das Becken, um sein Werk aus der Nähe zu betrachten. Als er sich wieder aufrichtete, sagte er: »Abgewischt. Sauber wie nach dem Frühjahrsputz.«

»Verdammte Scheiße, aber ich hab's gewusst«, knurrte Lucas.

Franklin kam zurück. »Die Lady aus dem Chaoszimmer ist aufgetaucht. Sie ist fünfzig, und sie hat einen Hund dabei. Einen kleinen. Ich habe ihr angeboten, ihn die Toilette runterzuspülen, aber sie hat das Angebot nicht angenommen.«

»Okay«, sagte Lucas. Und zu den beiden Männern von der Spurensicherung: »Sie hat sich wahrscheinlich überall im Zimmer als Putzfrau betätigt, aber ich möchte, dass Sie sich trotzdem *alles* genauestens anschauen. Jeder kleinste Hinweis, den wir kriegen können, ist …«

»Sehen Sie sich das an«, sagte der Mann. Er tauchte aus der Dusche auf; in der Hand hielt er einen dünnen Metallstab, auf dem er ein kleines Stück Seife, wie es sie in Hotels gibt, aufgespießt hatte.

»Was ist?«, fragte Lucas.

»Ich glaube, sie hat vergessen, die Seife abzuwischen.«

»Sie hat vergessen, die *was* abzuwischen?«, fragte Mallard.

»Die Seife«, sagte Lucas. »Ein Stück Hotelseife.«

»Auf einem Stück nasser Seife kann man keine Fingerabdrücke hinterlassen.«

»Na ja, unter bestimmten Umständen geht das schon«, erwiderte Lucas. »Stellen Sie sich folgendes Szenario vor: Sie stehen unter der Dusche, die Seife rutscht Ihnen aus der Hand und fällt runter. Sie lassen sie liegen, steigen aus der Dusche, trocknen sich ab. Dann erinnern Sie sich wieder an die Seife, heben sie auf und legen sie in die Seifenschale in der Dusche. Dabei hinterlassen Sie Fingerabdrücke an der inzwischen getrockneten Oberfläche der Seife … So stellen wir uns das Szenario wenigstens vor – eine Ecke des Seifenstücks war eingedrückt und aufgeplatzt, als ob es auf dem Boden aufgeschlagen wäre. Die Schwierigkeit bestand nun darin, die Seife ins Präsidium zu transportieren und so aufzubewahren, dass die Abdrücke nicht vernichtet wurden. Es war ein echter Albtraum.«

»Und wie haben Sie das gemacht?«

»Wir haben sie in den Kühlschrank unten bei der Spurensicherung gelegt.«

»Sie haben Sie in *was* gelegt?«

Lucas war irritiert: »Ist Ihr Telefon gestört oder was? Ich höre Sie laut und deutlich.«

»Warum haben Sie die Seife in einen verdammten Kühlschrank gelegt?«, fragte Mallard. Er wurde verhältnismäßig laut, wenn man bedachte, dass er wie ein braver Buchhalter aussah – selbst *mit* dem dicken Nacken.

»Wir wollen die Seife so hart werden lassen, dass wir sie mit Spurenpulver besprühen und die Abdrücke abnehmen können«, erklärte Lucas. »Ich meine, wir sehen die Abdrücke deutlich auf der Seife, aber wir haben eine Höllenangst, sie zu beschädigen. Wenn wir sie schon nur anhauchen, könnten sie verwischen.«

»O Jesus ... Ich rufe unsere Fingerabdruckspezialisten hier mal an, sie sollen sich mit Ihren Jungs in Verbindung setzen«, sagte Mallard. »Vielleicht können wir ja helfen.«

»Haben Sie das Phantombild bekommen?«, fragte Lucas.

»Ja. Wir vergleichen es mit allen früheren Verdächtigen, mit jedem, der bei einem dieser Mordfälle aktenkundig geworden ist.«

»Was macht der Typ in Wichita? Betreibt er weiter sein Dealer-Geschäft?«

»Dieses verdammte kleine Arschloch«, knurrte Mallard. »Wir überwachen ihn weiterhin, Malone ist immer noch dort mit dem Team, aber sie mault mich sechsunddreißig Stunden am Tag an, ich soll sie zurückrufen. Und da Sie jetzt wissen, dass die Verdächtige in Minneapolis war, und da wir wissen, dass Lopez es nicht war, blase ich die Sache in Wichita ab.«

»Sie war hier«, sagte Lucas. »Die Killerin war hier.«

»Okay, ich hole Malone zurück. Ich kann es immer noch nicht glauben, dass es tatsächlich eine Frau ist. Aber egal, ich gebe die Akte an die Leute vom Zeugenschutzprogramm und rede mit ihnen. Wir haben genug über ihren Freund Lopez rausgefunden, um ihn für dreihundert Jahre aus dem Verkehr zu ziehen.«

»Dass Lopez sich als Fehlschlag erwiesen hat, bedeutet noch nicht, dass es in Wichita nicht doch irgendeine Verbindung zu unserem Fall gibt«, sagte Lucas.

»Das ist mir klar; und wenn Sie einen Vorschlag haben, würde ich mich freuen, Malone darauf anzusetzen. Sie braucht sowieso ein paar Tage, um den Einsatz da drüben abzuwickeln.«

»Im Moment habe ich nichts«, sagte Lucas. »Und hören Sie, lassen Sie Ihre Fingerabdruckjungs *sofort* mit meinen Leuten Kontakt aufnehmen; ich schwebe in tausend Ängsten, wenn ich daran denke, was passieren kann, wenn wir dieses Stück Seife aus dem Steifmacher nehmen.«

»Dem *was*?«, fragte Mallard wieder einmal.

»Dem Steifmacher, verstehen Sie, diesem Ding mit dem Eis drin zur Aufbewahrung von Salat und Radieschen und ...«

»Sagen Sie nichts mehr, ich flehe Sie an. Sagen Sie einfach nichts mehr.«

Ein Detective namens Manuel kam ins Großraumbüro der Mordkommission, wo Lucas gerade mit Sloan sprach. »Wir wollen jetzt versuchen, die Fingerabdrücke von der Seife zu nehmen«, sagte er.

»Aha.« Lucas und Sloan standen auf und gingen hinunter zur Abteilung Identifizierung. Vier Personen standen um einen jungen Hippie mit schulterlangen Haaren und einem baumelnden Ohrring. Er schien ungefähr sechzehn zu sein und hielt eine Nikon-F5-Kamera mit einem riesigen Objektiv in der Hand. Die Seife lag auf einem Tupperwaredeckel auf dem Schreibtisch.

»Was geht denn hier vor?«, fragte Lucas und sah den Hippie an.

»Kommen Sie mir nicht zu nahe«, sagte der Junge. »Wenn

irgendwas auf die Seife fällt, auch nur Spucketröpfchen, ist alles aus.«

Er schaute aus einem Abstand von höchstens dreißig Zentimetern durch die Kamera auf die Seife. »Er ist mein Sohn«, flüsterte ein Cop namens Harry Lucas zu. »Großartiger Fotograf. Das da am Ende des Objektivs ist das Basisringlicht. Es ist in echt so was wie ein Dauerblitzlicht, und er schaut jetzt mit zur Hälfte ausgeschaltetem Licht auf die Fingerabdrücke, um Schatten reinzukriegen ...«

»Halt den Mund«, sagte der Junge.

Alle hielten den Mund, aber Lucas wollte dann doch fragen, ob der Junge überhaupt wusste, was er da machte, als das Blitzlicht aufzuckte, wieder und wieder. Der Junge machte innerhalb von fünf Minuten vierundzwanzig Aufnahmen, mit Ringlicht und ohne Ringlicht und schließlich auch mit Licht, das von einer Zinnfolie reflektiert wurde. Als er fertig war, sah der Junge Lucas an und sagte: »Ich konnte die Abdrücke sehen, ziemlich gut sogar. Drei Stück, ein bisschen verschmiert, aber sie stachen mir direkt ins Auge.«

»Und Sie ... und du meinst, du hast sie auf dem Film?«

»Wenn ich sie sehen kann, habe ich sie auch auf dem Film«, sagte der Junge. »Ich bring den Film zu einem Dia-Entwickler bei Rosedale. Es wär gut, wenn Sie dort anrufen, damit ich gleich drankomme.«

»Du hast die Aufnahmen auf einem Diafilm gemacht?«

»Ja; damit krieg ich 'ne bessere Auflösung, und das ist gut, wenn ich sie dann scanne ...« Lucas schaute offensichtlich verständnislos drein, und der Junge ergänzte: »Ich hab gedacht, Sie wollten Digitalbilder. Die können wir dann dem FBI zufaxen, und die Leute können mit der Suche anfangen.«

Lucas wandte sich an Sloan: »Hol einen Streifenwagen, der den Jungen zu Rosedale fährt – mit Blaulicht und Sirene. Und sag den Leuten von diesem Diaservice, sie sollen sofort nach dem Eintreffen mit der Arbeit beginnen. Wir wollen die Dias *sofort* haben.« Er wandte sich wieder an den Jungen. »Ich unterschreibe dafür, dass du ein Beraterhonorar kriegst. Die Formulare dafür gebe ich deinem Dad. Wenn aus den Fotos was wird ...«

Der Junge verschwand mit Sloan, und Harriet Ashler, die ranghöchste Fingerabdruckspezialistin, sagte: »Okay – jetzt muss die Seife für ein paar Minuten zurück in den Kühlschrank, damit sie wieder schön fest wird.«

Sie legte sie hinein, und alle standen herum und starrten drei Minuten lang auf den Kühlschrank – ein kleines braunes Büromodell von Sears, in dem zwei Lunchpäckchen und ein leicht angefaulter Apfel in einem Regalfach und eine Flasche Apfelsaft im Türfach gelagert waren –, dann nahm sie die Seife wieder heraus und drückte leicht auf die den Abdrücken entgegengesetzte Kante. »Schön hart«, sagte sie. »Dann wollen wir's mal versuchen.«

Die Technik, die sie mit dem FBI abgesprochen hatten, bestand darin, eine dünne Schicht aus trockenem Graphit auf die Abdrücke zu sprühen und dann diese Schicht mit einem Streifen Klebeband abzulösen. Ashler sprühte Graphitstaub auf den kleinsten, am wenigsten deutlichen Abdruck, beugte sich dann dicht über die Seife. »Klebeband.«

Jemand reichte ihr einen Streifen Klebeband. Sie legte ihn vorsichtig auf die eingesprühte Stelle, ließ ihn einen Moment auf dem Graphitstaub liegen, löste ihn dann ab.

»Verdammt!«, sagte sie und starrte auf den Streifen. Dann nahm sie ein Vergrößerungsglas und schaute sich das Ergebnis noch einmal an.

»Was ist passiert?«

»Kein Abdruck«, sagte sie. Sie schaute auf die Seife. »Irgendwie hat das Band kleinste Seifenpartikel mit abgezogen ... Die Sache ist völlig schief gegangen.«

»Okay, hören wir auf damit«, sagte Lucas. »Wir legen die Seife zurück in den Kühlschrank und reden noch mal mit den Feebs. Vielleicht sollten wir erst einmal ein paar Experimente mit einem anderen Stück Seife und unseren Fingerabdrücken darauf machen, ehe wir es wieder versuchen.«

Ashler nickte. »Das wäre wohl am besten – aber ich dachte, wir bräuchten das Ergebnis so schnell wie möglich.«

»Kriegen wir ja vielleicht auch, wenn Harrys Wunderkind Erfolg hat.«

Und Harrys Wunderkind war erfolgreich. Sloan hatte den Jungen persönlich zu dem Rosedale-Laden gefahren – vor allem deshalb, weil es ihm Spaß machte, mit Blaulicht und Sirene durch die Stadt zu rasen –, und sie waren in weniger als einer Stunde zurück. »Vier von den Aufnahmen sind ganz ordentlich«, sagte der Junge. »Wenn Mr. Sloan mich nach Hause bringt, kann ich sie scannen und Ihnen dann hierher faxen.«

Lucas sah sich die Dias an, hielt sie vor eine Leuchtröhre. Die Abdrücke waren nicht absolut deutlich zu erkennen, aber sie waren besser als andere Fingerabdrücke, die er im Verlauf seiner Karriere schon gesehen hatte. Jedenfalls sahen sie besser aus als das, was er mit bloßem Auge hatte erkennen können. »Harry«, sagte er zu dem Vater des Jungen, »Ihr Sohn ist ein verdammtes Genie.«

Rinker kam kurz nach fünf am Nachmittag in Des Moines an, stieg in einem Holiday Inn ab und rief Carmel auf ihrem Mobiltelefon an.

»Weitere schlechte Nachrichten«, sagte Carmel. »Mein Mann bei der Polizei sagt, sie haben deine Fingerabdrücke.«

»Ich habe alles abgewischt«, sagte Rinker, aber sie hörte selbst die Unsicherheit in ihrer Stimme.

»Er sagt, sie haben sie auf einem Stück Seife in einem Zimmer im Regency-White gefunden«, erklärte Carmel. »Davenports Leute.«

»Auf einem Stück Seife?«

»Ja. Er sagt, sie würden die Abdrücke zum FBI schicken.«

»Ich rufe dich zurück«, sagte Rinker. Sie erinnerte sich, dass sie die Seife vom Boden der Dusche aufgehoben hatte. Sie hatte nicht daran gedacht, sie abzuwischen ... Sie legte auf, ehe Carmel protestieren konnte, setzte sich langsam auf ihr Bett, kämpfte die aufkommende Panik nieder. Aber trotz aller Selbstkontrolle lief ihr eine Träne über die Wange: dieser verdammte Davenport ... Sie atmete dreimal tief durch, wählte dann eine neunstellige Telefonnummer. »Hier ist Rinker«, sagte sie, nachdem sich ein Mann gemeldet hatte. »Ich muss abtauchen.«

Nach einem langen Schweigen sagte der Mann: »Bist du sicher?«

»Es geht um den Auftrag in Minneapolis. Die Cops waren bei mir in der Bar, wenn auch wahrscheinlich zufällig; jedenfalls aber schnüffeln sie in Wichita rum. Sie haben ein Phantombild von mir, zwar ein schlechtes, aber immerhin ... Und jetzt muss ich auch noch befürchten, dass sie meine Fingerabdrücke haben.«

»Wie konnte das passieren?«, fragte der Mann erstaunt.

»Du würdest es mir nicht glauben ... Aber du sagst bitte Wooden Head, er soll mit dem Geld nach Wichita kommen. Ich werde meine Konten dort abräumen, auf meine Notfallidentität überwechseln – alles andere werde ich vernichten –, und ich werde ihm die Papiere übergeben. Er kann die Bar übernehmen und einen neuen Manager einsetzen; aber meine Fingerabdrücke werden überall zu finden sein. Er soll versuchen, alles abzuwischen, was nur irgendwie geht, aber ich glaube nicht, dass er es hundertprozentig schafft.«

»Was ist mit deinem Appartement?«

»Ich werde versuchen, schnell mal reinzugehen«, sagte sie. »Als Erstes nach der Ankunft.«

»Ich nehme nicht an, dass die Cops deine Fingerabdrücke bereits gespeichert haben, oder doch?«

»Nein, das haben sie nicht. Man hat mir nie die Fingerabdrücke abgenommen. Das ist die gute Nachricht. Aber sie sind mir zu dicht auf den Fersen, und früher oder später können sie sich alles zusammenreimen. Ich kann dieses Risiko nicht eingehen.«

»Okay. Mein Gott, Clara ...«

»Ja, ja, ja ... Ich setze mich wieder mit dir in Verbindung, sobald ich kann.«

»Wo bist du jetzt?«

»In Minneapolis. In ungefähr zwei Stunden fahre ich von hier los; ich muss vorher noch ein paar Dinge erledigen. Aber wenn ich dann die ganze Nacht hindurch fahre, müsste ich zu der Zeit, wenn die Banken öffnen, in Wichita sein.«

Nachdem sie das Gespräch beendet hatte, rief sie Carmel wieder an. »Ich schließe mein derzeitiges Leben ab und wechsle in ein anderes hinüber«, sagte sie. »Morgen um diese Zeit werde ich nur noch ein Produkt deiner Phantasie sein.«

»Du meinst, du ... du gibst die Bar auf?«

»Alles«, sagte Rinker. »Hör zu: Meinst du immer noch, wir sollten Plan B ausführen?«

»Nun ja, wenn sie dich schnappen oder wenn sie noch mehr über mich rausfinden ... Ich meine, es würde große Gefahren von uns abwenden.«

»Okay. Ich muss jetzt schleunigst nach Wichita fahren.

Morgen Abend bin ich wahrscheinlich zurück, wir sehen uns dann.«

Sie erledigte zwei Anrufe beim Flughafen und ließ dann ein Taxi kommen. Ihren Wagen und das Gepäck ließ sie im Holiday Inn zurück, nahm aber ihre Pistolen mit. Das Taxi setzte sie bei Shack Direct Air ab, wo ein Pilot, der viel zu jung aussah, um ein Flugzeug steuern zu dürfen, mit dem *Wall Street Journal* auf dem Schoß in der Piloten-Lounge auf sie wartete.
»Sie sind Miss Maxwell?«

»Ja.«

»Ich sollte im Voraus bezahlt werden ...«

Rinker nahm zweitausend Dollar aus der Handtasche und gab sie dem jungen Mann. »Schon sind wir unterwegs«, sagte er.

Sie kam einige Minuten vor Mitternacht in Wichita an, nahm ein Taxi geradewegs zur Bar, sagte »Hey, Johnny« zu dem Barkeeper, der fragte »Wieder zurück?«, und sie antwortete: »Ja, aber ich muss gleich wieder weg. Bis morgen.«

»Wichtige Verabredung?«

»So was Ähnliches. Ich nehme den Van, nur dass du Bescheid weißt.«

»Okay.«

Aus dem Hinterzimmer holte sie ein Dutzend leerer Weinkartons und die Schlüssel für den Transporter der Bar, einen großen, praktischen Dodge. Auf dem Weg zu ihrem Appartement hielt sie an einem Supermarkt, kaufte eine Rolle Müllbeutel und fuhr weiter. Ihr Appartement lag im zweiten Stock, und sie trug die Kartons in drei Gängen, je vier auf einmal, die Treppe hoch und stellte sie in die Küche. Dann schloss sie die Wohnungstür und begann mit dem Packen.

Versuchte, nicht nachzudenken: packte einfach nur. Verstaute einen Spielhasen, den ihre Mutter ihr einmal aus einer

Socke genäht hatte – damals, als ihre Mutter noch ein funktionierendes menschliches Wesen gewesen war, ehe ihr Stiefvater alle Lebendigkeit aus ihr herausgeprügelt hatte. Sie hatte den Hasen zu Weihnachten bekommen, als sie sechs Jahre alt gewesen war; es war der älteste Gegenstand, den sie besaß. Sie verpackte die Fotos, auf denen sie zusammen mit anderen Tänzerinnen aus zwei oder drei Bars in St. Louis zu sehen war, die Fotos mit Leuten aus der Alkoholgroßhandlung, in der sie nach ihrer Karriere als Tänzerin gearbeitet hatte. Und sie legte auch die erste Zweidollarnote, die die Bar eingenommen hatte, in einen Karton – es war eine Zweidollarnote, weil sie vergessen hatten, die erste Eindollarnote aufzuheben.

Sie packte; sie hatte sechs Jahre in diesem Appartement gewohnt, es war mehr ein Zuhause für sie gewesen als alle anderen Wohnungen, die sie gehabt hatte, und das Packen dauerte eine Weile. Sie brummte dabei vor sich hin. Brummte wie eine wütende Hummel: »Dieser verdammte Davenport ... dieser verdammte Davenport.«

Während sie einpackte, was ihr wichtig war, einschließlich ihrer Schulbücher und aller wichtigen Papiere, wurde ihr klar, dass sie nicht *alles* mitnehmen konnte, was ihr wichtig war. Sie konnte die *Wohnung* nicht mitnehmen. Sie setzte sich aufs Bett, strich die Decke glatt, sah dann noch einmal den Inhalt der Kommode durch, und selbst die abgetragene Baumwollunterwäsche kam ihr plötzlich wichtig vor ...

»Dieser verdammte Davenport ...« Und diesmal kamen ihr die Tränen. Sie konnte sie nicht unterdrücken, ließ sie laufen ...

Zehn Minuten später begann sie – mit geröteten Augen –, die Wohnung mit Lysol zu bearbeiten.

Um halb vier Uhr nachts war sie fertig. Wenn die Cops die Wohnung tatsächlich auseinander nahmen, würden sie wahrscheinlich noch einen oder zwei Abdrücke irgendwo finden, aber dazu würden sie mehrere Tage brauchen ... Sie schleppte den letzten Karton runter zum Van, fuhr den Wagen ein gutes Stück die Straße hinunter, stellte ihn ab und ging dann wieder zurück in die Wohnung. Das Appartement befand sich am Ende des Flurs, und als Rinker eingezogen war, hatte sie einen Einbau vorgenommen: Sie hatte einen bei Wards gekauften, drahtlosen Bewegungsmelder direkt über dem Fenster am Ende des Flurs installiert. Wenn das Gerät eingeschaltet war und sich jemand der Wohnungstür näherte, wurde entweder ein Summton oder ein grelles Blitzlicht bei einem Steuergerät auf ihrem Nachttisch ausgelöst. Sie schaltete auf Blitzlicht, schob das Gerät so nahe wie möglich vor ihr Gesicht, legte die beiden Pistolen vor dem Bett auf den Boden und überließ sich einem unruhigen Schlaf.

Im Grunde vertraute sie fast darauf, dass der Mann in St. Louis ihr nichts tun wollte. Aber doch nur *fast*. Sie hatte ihm gesagt, sie werde wahrscheinlich zu der Zeit, wenn die Banken aufmachten, in Wichita sein. Wenn er etwas gegen sie unternahm, eventuell den einen oder anderen der Muskelmänner, von denen er ständig umgeben war, auf sie ansetzte, würde dieser Mann mit hoher Wahrscheinlichkeit ihr hier im Appartement auflauern wollen – in der Annahme, sie gehe nach der Ankunft erst zur Bank und komme dann hierher.

Wenn er aus St. Louis kam, selbst mit dem Flugzeug, würde er mehrere Stunden später als sie in Wichita eintreffen. Man würde erst einmal einen Mann aussuchen müssen, ein Flugzeug musste aufgetrieben werden, oder er musste die ganze Strecke mit dem Wagen fahren ... Wenn er kam, musste sie bestimmt nicht vor sechs Uhr oder so mit ihm rechnen.

Er war schneller. Er kam um fünf.

Sie glaubte, bereits eine Minute vor der Auslösung des

Alarms aufgewacht zu sein. Wie auch immer, sie fuhr hoch, als das Blitzlicht zuckte. Sie drückte auf den *Aus*-Knopf, schaute auf die Uhr: fünf Uhr fünf. Sie schob sich auf die Füße, hob die beiden Pistolen vom Boden auf, spannte die Hähne und schlich zur Küche, bewegte sich sehr langsam und achtete darauf, nicht gegen etwas zu stoßen, nicht die geringste Vibration auszulösen und keinerlei Geräusch mit den bloßen Füßen zu verursachen. Die dünnen Gummihandschuhe hatte sie natürlich nicht ausgezogen, und sie klebten an ihren Händen. Die Handschuhe waren elfenbeinfarben, und sie sah sie besser als ihre Arme – zwei vom Körper losgelöste Fäuste, die im Dunkeln vor ihr herschwebten.

Wer auch immer im Flur draußen war, er zögerte an der Wohnungstür. Sie schlich an ihr vorbei und trat in einen Wandschrank mit Schiebetüren. Die linke Tür stand halb offen, und sie schob sich dahinter, konnte durch den Spalt nach draußen sehen. Der Mann klopfte an die Wohnungstür, rief leise ihren Namen: »Clara? Clara?« Wieder ein leises Klopfen, dann ein Schlüssel im Türschloss ...

Er hatte einen Schlüssel, was bedeutete, dass der Mann in St. Louis sich eine Kopie angefertigt haben musste. So verdammt dumm von ihr ... Sie ließ immer und überall ihre Schlüssel herumliegen, die Schlüssel zu allen Türen. Angst zuckte in ihr auf, ob es noch andere Sicherheitslücken gab, von denen sie keine Ahnung hatte. Dann aber zwang sie die Angst aus ihrem Kopf und konzentrierte sich auf das Gewicht der Pistolen in ihren Fäusten.

Die Tür wurde geöffnet; ein dunkler Schatten stand unter dem Türrahmen, dann trat der Mann in die Wohnung; sie war kaum mehr als einen halben Meter von ihm entfernt, und als er einen weiteren Schritt nach vorn machte, sah sie, dass er etwas in der rechten Hand hielt. Ganz sicher eine Pistole ... Sie hob die eigenen Pistolen hoch, bereit zum Abdrücken. Aber dann flüsterte der Mann – es war nur ein ganz leiser Hauch: »Vorsicht ...«

Sie dachte, er spreche mit ihr, und sie hätte beinahe etwas hinausgeschrien, aber dann hörte sie ein weiteres Geräusch – der Mann, den sie sehen konnte, bewegte sich jedoch nicht. Sie waren zu zweit.

Der erste Mann schlich den Flur hinunter zum Schlafzimmer, der zweite durch das Wohnzimmer zum Gästezimmer, das Rinker als Fernsehzimmer und Büro benutzte. Nach einer langen Minute tiefer Stille stießen die beiden im Wohnzimmer wieder aufeinander.

»Sie ist noch nicht hier«, sagte der zweite Mann leise.

»Dann warten wir hier, bis Wooden Head anruft«, entschied der erste Mann.

»Im Dunkeln?«

»Ja, für den Fall, dass sie kommt.«

»Ich bin totmüde«, sagte der andere. »Ich leg mich auf die Couch – wenn das da eine Couch ist.«

Der zweite Mann legte sich auf die Couch, der erste setzte sich in einen Sessel und zündete sich eine Zigarette an. Rinker hatte das Rauchen in ihrer Wohnung nie geduldet. Der zweite Mann fragte von der Couch her: »Was ist, wenn sie den Rauch riecht?«

Der Raucher sagte »Scheiße«, warf die Zigarette auf den Parkettboden und trat sie aus. Rinker hatte den Boden stets selbst mühsam abgeschmirgelt und versiegelt. Sie wäre wegen dieser Rücksichtslosigkeit am liebsten auf den Mann losgegangen, beherrschte sich aber.

»Hast du die Frau mal gesehen?«, fragte der Mann im Sessel.

»Einmal, glaube ich. Hat'n hübsches Fahrgestell.«

»Der Boss schien ja richtig Angst vor ihr zu haben. Wenn man an sein Gerede denkt: *Greift sie euch schnell, gebt ihr ja keine Chance für 'nen ersten Schuss.*«

»Vor so 'nem Scheißweib hab ich keine Angst«, sagte der zweite Mann. »Und wenn es das Hühnchen ist, das ich vor Augen hab, dann hätte ich nichts dagegen, sie erst mal noch ordentlich durchzuficken.«

»Lass so 'nen blöden Gedanken. Wenn der Boss nervös wegen ihr ist, sollten wir keinen Quatsch machen.«

»Ja, ja.«

»Halt jetzt die Klappe; ich will 'n bisschen schlafen.«

»Wenn du aufwachst und sie schießt auf dich, weißt du wenigstens, dass sie inzwischen reingekommen ist.«

Fünf Minuten später hörte Rinker das erste leise Schnarchen von dem Mann auf der Couch; der Mann im Sessel saß reglos da, soweit sie das sehen konnte. So blieb es weitere fünf Minuten, nur dass der Mann auf der Couch jetzt tiefer atmete und regelmäßiger schnarchte. Dann stand der andere Mann auf, zündete sich eine Zigarette an und kam auf sie zu. Sie schob sich ein kleines Stück in die tiefere Dunkelheit des Wandschranks zurück. Als er an ihr vorbeikam, nur schulterbreit entfernt, schob sie sich dicht hinter ihm seitlich mit einem Tanzschritt aus dem Wandschrank und hob die linke Hand mit der entsicherten Pistole. Er hörte sie nicht, sah sie nicht, war völlig ahnungslos. Sie feuerte zwei Schüsse in seinen Hinterkopf und war dann mit wenigen schnellen Schritten bei dem Mann auf der Couch. Als der erste Mann auf dem Boden aufschlug, schnarchte der zweite Mann noch, wäre aber wohl aufgewacht. Doch Rinker feuerte zwei Schüsse in seine Stirn.

Licht ...

Sie machte das Licht im Flur und im Wohnzimmer an. Der Mann auf dem Boden blutete, aber das Blut lief auf den Linoleum-Boden. Man konnte es leicht aufwischen. Der Mann auf der Couch blutete nur wenig aus den zwei Einschusslöchern über der rechten Augenbraue. Die kleinkalibrigen Geschosse verursachten niemals Austrittswunden.

Sie musste sich jetzt beeilen, das war ihr klar. Am Himmel draußen wurde es heller; es dauerte nicht mehr allzu lange bis zur Morgendämmerung. Sie lief in die Küche, holte eine Rolle Klebeband und verschloss damit die Wunden der beiden Männer, um die Blutungen zu stoppen; sie wollte nicht mehr Spuren hinterlassen, als letztlich unvermeidbar waren. Das Fenster zur Rückseite des Gebäudes mit Blick auf eine Reihe von Containern der städtischen Müllabfuhr ließ sich, wie sie überlegte, weit genug öffnen, um die Leichen hindurch zu schieben. Sie zerrte den Mann von der Couch zu dem Fenster, schaute sich noch einmal um, stieß die Leiche dann hinaus. Sie prallte mit einem dumpfen, schmatzenden Geräusch auf dem Asphalt auf.

Der andere Mann, der auf dem Linoleum, war kleiner und ließ sich leichter zum Fenster ziehen, auf den Sims hoch stemmen und hinausstoßen; der Aufprall erfolgte auf der Leiche des ersten Mannes unten am Boden und war entsprechend leiser.

Nachdem sie nun die beiden Leichen aus der Wohnung geschafft hatte, lief sie so leise wie möglich hinunter zum Van, fuhr ihn zur Rückseite des Gebäudes und zerrte die beiden Leichen in den Laderaum.

Sie war erschöpft. Der größere der beiden Männer wog mehr als zweihundert Pfund, und sie konnte ihn nur mit erheblicher Kraftanstrengung in den Van zerren. Als sie schließlich fertig war, setzte sie sich hinter das Steuer, rang einen Moment nach Atem, fuhr dann los. Zehn Minuten später war sie aus der Stadt. Und weitere fünf Minuten später fuhr sie auf einem schmalen Feldweg durch ein Bachtal. Sie erinnerte sich an diese Gegend von einer Wanderung, die sie vor einigen Wochen hier gemacht hatte – vor allem an das nicht eingezäunte Maisfeld neben dem Feldweg.

Die Morgendämmerung brach herein, als sie die Leichen nacheinander durch das Unkraut am Feldrain und dann zehn Reihen tief in das Maisfeld schleppte. Wenn sie Glück hatte, wurden sie nicht vor der Maisernte im Oktober gefunden. Sie nahm die Brieftaschen der beiden an sich, steckte das Geld ein – zusammen etwas mehr als tausend Dollar – sowie die Führerscheine. Auf dem Rückweg zur Stadt zerriss sie die anderen Papiere aus den Brieftaschen in kleine Fetzen und warf alle hundert Meter ein paar davon aus dem Wagenfenster. In der Stadt hielt sie an einem Müllcontainer und warf die Brieftaschen hinein.

Erledigt ...

Zurück zum Appartement, die Treppe hoch ... Kurz nach sechs – etwas weniger als drei Stunden vor der Öffnungszeit der Banken. Sie entschloss sich, die Zeit zu nutzen und noch einmal alles abzuwischen: Jeden Aufhänger an der Garderobe, jede Coke-Büchse, jede andere Büchse und Flasche in den Schränken und dem Kühlschrank. Dann, zum Schluss, schrieb sie zwei Notizen – als Erstes eine an ihren Vermieter:

Larry, tut mir Leid, dass ich es Ihnen antun muss, ohne Bezahlung der Miete für diesen Monat zu verschwinden. Aber Sie haben ja die Miete für den vergangenen Monat bekommen, und ich bin sicher, dass Sie das Appartement schnell wieder vermieten können. Ich habe ein großes Problem mit meinem Exfreund – wenn das verdammte Arschloch mich findet, wird er mich umbringen –, deshalb muss ich schleunigst ver-

schwinden. Als Ausgleich für die entgangene Miete überlasse ich Ihnen die Möbel und alles andere in der Wohnung. Noch mal – tut mir Leid. Alles Gute für Sie. Clara.

Der Besitzer des Appartements war so geldgierig, dass er die Möbel aus der Wohnung schaffen würde, noch ehe zehn Minuten nach Erhalt der Notiz vergangen waren. Und wenn er es schaffte, dass sofort ein nächster Mieter einzog, musste sie sich umso weniger Gedanken um eventuell zurückgelassene Fingerabdrücke machen.

Die zweite Notiz steckte sie in einen Umschlag und klebte ihn zu. Sie kritzelte den Namen des Mannes in St. Louis darauf und schrieb darunter: »Privat!«

Für die Bank brauchte sie nur fünf Minuten – in einer abgeschirmten Nische im Raum der Bankschließfächer. Die meiste Zeit wendete sie dafür auf, die Stahlkassette zu entleeren; den Rest der Zeit brauchte sie, um einhundertachtzigtausend Dollar in einer braunen Papiertüte zu verstauen. Sie nahm auch einen braunen Aktenordner an sich, in dem sich alle Unterlagen für ihre beste, letzte Identität befanden – der Notfallidentität: Kreditkarten, ein in Missouri ausgestellter Führerschein, ein Pass und die Zulassung sowie gültige Nummernschilder für ihren Wagen.

Und ein Überlassungsvertrag: Die Bar The Rink ging damit in den Besitz von James Larimore – so hieß Wooden Head – über. Der Preis von 175.000 Dollar war vor sechs Jahren, als sie die Bar gekauft hatte, eine angemessene Summe gewesen. Zwei Monate später hatte sie die Bar dann an Wooden Head verkauft – ein rein formaler Verkauf, jedoch rechtlich völlig korrekt abgewickelt. Bis zu dem Moment, in dem Wooden Head diesen Übertragungsvertrag in Händen hielt, war Rinker jedoch die Besitzerin. Er würde ihn jetzt bekommen; und machte damit ein gutes Geschäft.

Wooden Head erwartete sie in der Bar, an einem Tisch im Nebenraum. Sein Kopf hatte die Größe eines den Vorschriften der NBA entsprechenden Basketballs, war in der Form jedoch ein wenig kantig, und sein verhältnismäßig kleines Gesicht zeigte zarte Züge um die in der Mitte sitzenden, eng beieinander stehenden, kalten Augen. Er hatte eine Aktentasche mitgebracht.

»Wir müssen jetzt Folgendes tun«, erklärte ihm Rinker. »Du machst einen Spaziergang, und ich nehme mir eine Flasche Lysol und mache im Büro und überall sonst, wo Fingerabdrücke von mir sein könnten, einen Großputz. Ich nehme alles aus den Akten, was du brauchst, und fotokopiere es für dich. Es sind wahrscheinlich nicht mehr als fünfzig bis sechzig Vorgänge. Ansonsten nehme ich die Unterlagen mit und vernichte sie; ich will nicht, dass Fingerabdrücke gefunden werden können.«

»Wann soll ich zurückkommen?«

»Gib mir eine Stunde. Am besten setzt du dich in das kleine Doughnut-Café auf der anderen Straßenseite und liest die Zeitung. Ich weiß dann, wo ich dich finde, falls ich dich brauchen sollte.«

»Okay.«

»Du machst ein gutes Geschäft«, sagte Rinker. »Hier – das kannst du lesen, während du die Doughnuts isst.« Sie gab ihm den Überlassungsvertrag. »Die Bar ist mindestens vierhunderttausend wert. Vielleicht kriegst du sogar vierhundertfünfzigtausend dafür, wenn du sie irgendwann verkaufst.«

»Wir nehmen ja schließlich auch ein Risiko auf uns«, knurrte er. »Indem wir dich decken.«

»Das Risiko wird erheblich geringer, wenn du dafür sorgst, dass *alles* in der Bar noch mal abgewischt wird und keine Fingerabdrücke von mir zu finden sind, wenn ich weg bin«, sagte Rinker. »Wenn die Cops kommen – *wenn* sie je kommen –, willst du ja nichts mit mir zu tun haben, nicht wahr? Ich habe dem Vermieter meines Appartements einen Brief hinterlassen, in dem ich geschrieben habe, ich hätte Ärger mit meinem Exfreund; wenn es je erforderlich wird, kannst du ja sagen, ich hätte dir das auch als Grund für mein Verschwinden genannt.«

»Das ist ziemlich dünn«, sagte Wooden Head.

»Na und? Immer noch besser als nichts. Die Cops werden denken, ich würde inzwischen irgendwo in einem Maisfeld vermodern.« Wooden Head wich plötzlich ihrem Blick aus. Er weiß, dass die beiden Männer mir in meinem Appartement auflauern und mich umlegen sollen, dachte sie.

»Okay«, sagte er. »Ich komme in einer Stunde zurück.«

Sie machte dasselbe in der Bar wie in ihrem Appartement: wischte alles ab, auf dem ihre Fingerabdrücke sein konnten, fotokopierte die wichtigsten Geschäftspapiere, trug bei ihrer Arbeit natürlich Gummihandschuhe, und zum Schluss steckte sie alles, was nicht zurückbleiben sollte, in Müllbeutel und setzte sich hin und weinte eine Weile. Als Wooden Head zurückkam, war sie fertig zum Aufbruch.

»Übrigens«, sagte sie, »gib diese Notiz dem Mann in St. Louis. Es ist eine vertrauliche Privatsache.« Sie gab ihm den verschlossenen Umschlag, griff nach ihrer Aktentasche und schaute sich ein letztes Mal um.

»Gehst du jetzt zu deinem Appartement?«, fragte er.

»Ja, dort muss ich ja auch alles abwischen«, antwortete sie. »Aber, wer weiß? Vielleicht finden die Cops es ja nicht.« Sie sah auf die Uhr: fast zehn. Der Pilot würde bis zwölf auf sie warten. Genug Zeit.

»Das Geld ist sauber«, sagte Wooden Head zum Abschied. »Viel Spaß damit.«

Diese Aussage veranlasste sie, sich noch einmal zu ihm umzudrehen und ihn anzustarren: »Du weißt doch, womit ich meinen Lebensunterhalt bestreite? Was mein Beruf ist?«

»Ich habe da so eine Ahnung.«

»Dann wirst du, denke ich, es ernst nehmen, was ich dir jetzt sage: Wenn das Geld nicht sauber ist, statte ich dir einen Besuch ab ...«

Und sie ging.

Wooden Head ging in den Hauptraum der Bar und schaute zu, wie Rinker in den verbeulten Van stieg und davonfuhr. Dann griff er zum Telefon, wählte eine Nummer in Los Angeles und wurde über eine Vermittlung an einen Teilnehmer in St. Louis verbunden.

»Ja?«

»Ich bin's. Sie ist auf dem Weg zum Appartement.«

»Okay. Du hast ihr das Geld gegeben?«

»Ja. Sie hat gesagt, wenn's nicht sauber wäre, würde sie mich umlegen.«

»In fünf Minuten gibt's keinen Grund mehr zur Beunruhigung.«

»Das Geld ist tatsächlich sauber«, sagte Wooden Head. »Übrigens, sie hat mir einen Umschlag gegeben, den ich an dich weiterleiten soll.«

»Was ist drin?«

»Keine Ahnung.« Er hielt den Umschlag vor eine Lampe. »Er ist verschlossen, und sie hat ›Privat‹ draufgeschrieben.«

»Mach das verdammte Ding auf.«

Wooden Head tat es, schüttelte eine Notiz und zwei Führerscheine heraus. Die Namen in den Führerscheinen sagten ihm nichts.

»Da ist eine Notiz. Sie lautet: ›Diesmal lass ich's dir durchgehen. Wenn du's noch mal versuchst, musst du mit einem Besuch von mir rechnen.‹ Und da sind zwei Führerscheine. Die Namen der Besitzer lauten ...«

»Ich kenne die Namen, du brauchst sie mir nicht zu sagen«, unterbrach der Mann. Dann schwieg er, und Wooden Head fragte: »Bist du noch dran?«

»Ja.« Weiteres Schweigen. Dann: »Du bist sicher, dass das Geld sauber ist?«

Wooden Head nickte der Sprechmuschel zu. »Ja, absolut sauber, es stammt aus dem politischen Fonds.«

»Sehr gut«, sagte der Mann. Seine Stimme klang ein wenig zittrig. »Verdammt *gut*.«

21

Rinker fuhr auf dem Weg zum Flughafen mit dem Van zu einem Müllsammelplatz und warf die Beutel in einen der großen Container. Den Van ließ sie auf dem Parkplatz des Flughafens stehen. Der Pilot saß, ein wenig müde, in der Charter-Lounge und las in einem alten *Fortune*-Magazin. Er half ihr, die drei übergroßen Koffer zum Flugzeug zu tragen, und um fünfzehn Uhr trafen sie in Des Moines ein.

»Kann ich Sie in die Stadt mitnehmen?«, fragte der Pilot nach der Landung.

»Danke, das wäre nett. Ich möchte zum Holiday Inn ...«

Unterwegs machte er einen leichten Annäherungsversuch, auf den sie nicht einging. Er setzte sie am Hotel ab, wo sie die Rechnung bezahlte, ihr zurückgelassenes Gepäck und den Wagen abholte und sich auf den Weg zu einem Laden machte, der Perücken verkaufte.

»Meine Mama ist in einer Chemotherapiebehandlung, und die Haare beginnen ihr auszufallen«, erklärte sie der Verkäuferin. »Ich möchte ihr eine Perücke schenken.« Die Verkäuferin zeigte Mitgefühl: »Oh, es tut mir Leid um Ihre Mutter«, sagte sie traurig und tätschelte Rinkers Unterarm. »Aber es wäre besser, Ihre Mutter wäre dabei, wegen der Passform ...«

»Das geht leider nicht«, sagte Rinker. »Sie hat dieselbe Kopfform wie ich, der Kopfumfang ist nur ein wenig größer. Wir haben es ausgemessen – einen halben Zentimeter. Außerdem hat sie immer noch dichtes Haar, obwohl es anfängt auszufallen. Die Perücke muss groß genug sein, um über das Haar zu passen. Sie hofft immer noch, dass es nicht ganz ausfällt.«

»Welche Farbe soll die Perücke haben?«

»Wir haben darüber natürlich gesprochen – sie möchte sie in ihrer natürlichen Farbe, und die ist grau«, erklärte Rinker. »Es muss keine supertolle Perücke sein, sie braucht sie ja nur auf dem Weg zum und vom Krankenhaus. Wenn sie dann doch alle Haare verlieren sollte, kommen wir wieder zu Ihnen und kaufen eine andere.«

»Okay, ich schlage Ihnen ein Modell aus unserer Serie ›Herbstfunkeln‹ vor ...«

Rinker kaufte ein Herbstfunkeln, dankte der freundlichen Verkäuferin und ging zu einem Friseursalon. Eine Stunde später kam sie mit einem streichholzlangen Punkerschnitt und einer Schildpattbrille mit Fensterglas wieder heraus, stieg in ihren Wagen und machte sich über die I-35 auf den Weg nach Minneapolis.

Mallard rief Lucas am Nachmittag an und brachte ihm die schlechte Nachricht bei: Der Fingerabdruckvergleich war ergebnislos verlaufen.

»Wir werden noch einen letzten Versuch mit einer anderen Computermethode machen, aber es sieht nicht gut aus«, sagte Mallard. »Ehrlich gesagt – ich bin bereit zu wetten, dass ihre Fingerabdrücke nie registriert worden sind.«

»Verdammte Scheiße«, kommentierte Lucas. »Sie entwischt uns immer wieder. Ich schwöre bei Gott, wir haben sie um nicht mehr als eine halbe Stunde am Flughafen verpasst, vielleicht sogar nur um fünfzehn Minuten.«

»Aber wir klopfen an ihre Tür«, sagte Mallard. »Wir haben mehr über sie in der Hand, als ich je zu hoffen gewagt hätte. Es ist jetzt nur noch eine Frage der Zeit.«

Spät an diesem Abend saß Hale Allen nackt auf der Kante seines Bettes, das Haar noch zerzaust vom Geschlechtsverkehr und feucht von der darauffolgenden kurzen Dusche. Er inspizierte seine Zehen im Licht der Nachttischlampe und schnitt sich die Zehennägel. Er summte leise, und jedes Mal, wenn der Nagelklipper zuschnappte, zuckte Carmel zusammen, während Allen seine Tätigkeit mit lauten, sinnlosen Kommentaren bedachte: »Das haben wir«, sagte er, als ein Nagelstück auf das Magazin hüpfte, das er als Auffangmatte auf dem Boden ausgebreitet hatte. »Und da kommt noch ein Mordsstück ...«

Carmel hielt sich die Ohren zu, aber es half nichts, und sie wollte schon aufstehen und aus dem Schlafzimmer gehen, als das Mobiltelefon in ihrer Handtasche piepste. Sie kroch zum Fußende des Bettes, zog die Handtasche hoch, nahm das Telefon heraus, legte sich zurück und drückte auf den Sprechknopf.

»Ich bin zurück«, sagte Rinker.

»Wo hältst du dich auf?« Allen sah zu ihr herüber, und sie formte mit den Lippen die Worte: *Entschuldigung – dienstlich.* Er grinste und rollte sich zu ihr hin, schob ihre Beine auseinander; sie ließ ihn gewähren.

»Hotel beim Flughafen.«

»Gefährlich«, sagte Carmel. Allen senkte den Kopf und fing an zu knabbern.

»Ich habe mein Aussehen verändert, und zwar ganz erheblich«, sagte Rinker. »Kein Problem. Aber die Frage ist, führen wir Plan B aus oder nicht?«

»Ich habe viel darüber nachgedacht«, antwortete Carmel. Sie ließ die Finger durch Allens Haar gleiten. »Ich nehme an, für dich ist es nicht so wichtig, aber mich würde es aus der Schusslinie bringen. Und zwar endgültig.«

»Aber das ist ja auch gut für mich«, sagte Rinker. »Die Frage ist nur, wie stelle ich es an? Ich kenne ja die Details der …«

»Du sollst es nicht allein machen«, unterbrach Carmel. Sie zog sanft an Allens Ohr, dirigierte seine Aktivitäten ein wenig mehr nach links. »Ich werde dir natürlich helfen.«

»Kannst du unbeobachtet aus der Wohnung kommen?

»Ja. Aber im Moment bin ich mitten in einer Sache, deren Details ich dir nun wirklich nicht erzählen kann … Ruf mich morgen früh um zehn an.«

»Ist jemand bei dir?«

»Ja.«

»Hale Allen?«

»Richtig geraten«, antwortete Carmel.

»Ich rufe dich also morgen früh an.« Rinker legte auf.

Carmel sagte zu Hale: »Heh du, nun tauch mal von da unten auf.«

»Es gefällt mir hier unten. Es riecht wie Brot.«

Sie schlug ihm mit der flachen Hand gegen die Seite des Kopfes, und er jammerte: »Aua, warum denn das?«

»Nicht sehr romantisch – als ob's nach verschimmeltem Brot oder so was riechen würde.«

»Das war doch nur Spaß.« Er drückte die Hand aufs Ohr;

sie hatte ihn anscheinend ein wenig fester geschlagen, als sie beabsichtigt hatte.

Sie lächelte und sagte: »Okay, tut mir Leid. Und jetzt komm hoch zu mir, ich mach's wieder gut.«

Sherrill saß allein im Wagen, einen Block von Allens Haus entfernt. Das Funkgerät piepste, und sie nahm das Mikrofon auf. »Ja?«

»Im Wohnzimmer ist gerade das Licht angegangen.«

»Gott sei Dank. Dann ist ja noch was von Hale übrig geblieben.«

Der Mann am anderen Ende kicherte. »Wir folgen ihr zu ihrer Wohnung. Willst du dich der Parade anschließen?«

»Ich folge im Abstand von zwei Blocks.«

Sie steckte das Mikrofon wieder in die Halterung, griff nach ihrem Mobiltelefon und wählte aus dem Gedächtnis Lucas' Nummer. Er meldete sich nach dem ersten Läuten.

»Du bist noch wach und liest, oder?«, fragte sie, ohne ihren Namen zu nennen.

»Ja.«

»Ich denke, wir werden Carmel bald nach Hause eskortieren«, sagte Sherrill. »Irgendwie ist das widerlich.«

»Kein Hoffnungsfunke, hm? Keine verdächtige Bewegung von ihr?«

»Nichts. Verdammt, Lucas, wir haben vielleicht keine Chance mehr.«

»Ich weiß, aber wir müssen noch eine Weile an ihr dranbleiben«, sagte Lucas.

»Und ich fühle mich irgendwie einsam.«

»Ich auch«, sagte Lucas. »Aber ich werde dich nicht einladen, zu mir zu kommen.«

»Ich würde sowieso nicht kommen«, sagte Sherrill.

»Gut für uns beide ...«

Nach einer Pause sagte Sherrill: »Ja, ich denke auch. Bis morgen.«

Zehn Minuten später kam Carmel aus dem Haus und ging mit forschen Schritten zu ihrem Wagen. Ein wenig zu forsch in einer Nacht wie dieser, ein wenig zu verkrampft, dachte Sherrill. Natürlich, alles, was Carmel tat, war leicht theatralisch; sie konnte aber nicht wissen, dass sie in einem Netz gefangen war ...

Der nächste Tag war scheußlich: Lucas telefonierte mit Mallard, der nichts Neues wusste, nahm ein halbes Dutzend Mal Kontakt zu den Überwachern des Carmel-Netzes auf, ob sich etwas Verdächtiges ergeben hatte – und war zu allen Leuten unhöflich.

Carmel sprach zweimal über das Mobiltelefon mit Rinker. »Wir sehen uns um zehn Uhr fünfzehn heute Abend«, sagte sie zum Schluss.

Carmel ging um sechs nach Hause, wie sie es meistens tat; rief um halb sieben Hale Allen an und sagte ihm, sie müsse den ganzen Abend am Al-Balah-Fall arbeiten: »Richter Jenkins hat entschieden, dass die Cops die Autoreifen als Beweismittel vorbringen dürfen, und ich muss einen Einspruch dagegen zusammenbasteln.«

»Na ja, okay«, sagte Allen. Carmel meinte, einen leisen Anflug von Erleichterung in seiner Stimme herauszuhören. »Wann sehen wir uns wieder? Am Donnerstag?«

»Vielleicht können wir uns morgen zum Mittagessen treffen ... Ich rufe dich im Lauf des Abends an.«

»Sehr schön«, sagte er.

Carmel zog die Bürokleidung aus und ein kurzärmliges weißes Hemd, Jeans, Tennisschuhe und eine leichte rote Jacke an. Ein schwarzes Sweatshirt steckte sie in ihre Aktentasche. Es war Juli, aber man war nun mal im kühlen Minnesota. Sie hatte keinen Hunger, stellte aber doch ein Hühnerfleisch-Fertiggericht in die Mikrowelle, ging dann damit zum Fenster und schaute auf die Stadt hinunter. Wenn man sie aus einem der gegenüberliegenden Gebäude beobachtete, sollte man sie sehen ...

Als sie fertig war, schob sie das Plastiktablett in den Mülleimer, ging in ihr Arbeitszimmer, zog den Stecker des kleinen Anrufbeantworters an ihrem offiziellen Telefon aus der Dose und steckte ihn zu dem Sweatshirt in die Aktentasche. Kurz nach sieben fuhr sie mit dem Fahrstuhl nach unten und ging, demonstrativ auf die Uhr schauend und die Aktentasche schlenkernd, aus dem Gebäude. Sie war sich nicht sicher, ob die Cops sie beobachteten, aber sie meinte, ihre Anwesenheit zu spüren; und nur mit enormer Anstrengung brachte sie es fertig, sich nicht umzuschauen, um sie zu suchen. Sie ging zu ihrem Bürogebäude, genoss die laue Sommerluft, öffnete dann mit ihrem Schlüssel die Eingangstür, trug sich in die Anwesenheitsliste des Wachmanns ein und fuhr mit dem Aufzug zu ihrem Büro.

Es war still in der Kanzlei, und nur das Licht einiger Sicherheitslampen durchschnitt die Dunkelheit. Sie machte das Licht in der Bibliothek und in ihrem Büro an, schaltete den Computer ein und machte sich an die Arbeit. Jenkins, der für den von ihr bearbeiteten Fall zuständige Richter, hatte entschieden, dass die Cops den Reservereifen des Wagens von Rashid Al-Balah als Beweismittel verwenden durften, und bedauerlicherweise befanden sich Blutspuren an dem Reifen. Ein hoffnungsvoller Aspekt an der Sache war, dass die Cops den Wagen samt Ersatzreifen schon fast einen Monat lang beschlagnahmt hatten, ehe das Blut schließlich entdeckt worden war, und dass sie den Reifen mehrmals zu Testfahrten benutzt hatten – einmal sogar zu einem Striplokal –, und damit, so argumentierte Carmel, konnte das Blut von irgendeinem anderen Menschen stammen, wenn man darüber hinaus die allgemeine Unzuverlässigkeit von DNS-Tests berücksichtigte. Und selbst wenn das Blut tatsächlich von Trick Bentoin stammte, war es ja durchaus möglich, dass Bentoin sich irgendwie verletzt hatte, ehe er verschwand, und nun war er ja leider nicht verfügbar, um diese Tatsache zu bezeugen ...

Sie vertiefte sich in ihre Argumentationskette, pendelte zwischen der Bibliothek und ihrem Büro hin und her – und erschrak fürchterlich, als der Wachmann plötzlich hinter ihr sagte: »Hi, Miz Loan.«

»Jesus, Phil, jetzt haben Sie mir beinahe einen Herzschlag verpasst«, sagte sie.

»Ich mach ja nur meine Runde ... Wird's spät bei Ihnen?« Sie roch seine Alkoholfahne: Phil war schon Opa, konnte es aber beim Trinken noch immer mit jedem aufnehmen.

»Wahrscheinlich. Schwerer Fall morgen.«

»Na dann, viel Glück«, sagte er und schlurfte zur Tür. Sie hörte, wie das Schloss einrastete, und sah auf die Uhr: noch zwanzig Minuten. Zeit, die Vorbereitungen zu treffen.

Sie nahm den Anrufbeantworter aus der Aktentasche, ging damit in die Bibliothek und schloss ihn an das dort stehende Telefon an. Zurück im Büro, zog sie das schwarze Sweatshirt über den Kopf. Den Computer ließ sie eingeschaltet und setzte dann einen kleinen Optimus-CD-Spieler in Gang. Er spielte drei CDS hintereinander ab, und er würde das solange tun, bis sie ihn abschaltete. Die rote Jacke ließ sie über dem Stuhl hängen.

Fertig.

Im Gebäude gab es fünf Parkdecks. Carmel trat aus dem Eingang der Kanzlei, vergewisserte sich, dass der Wachmann nicht mehr in der Nähe war, ging dann schnell zum Treppenhaus am Ende des Flurs und stieg sieben Treppenabsätze nach unten. Die Cops mochten jeden Eingang und Ausgang zum Parkhaus beobachten, aber, so dachte Carmel, sie konnten nicht jede einzelne Etage im Auge behalten. Natürlich, wenn sie das taten, war sie aufgeschmissen ...

Aber die Chancen standen gut, dass nichts dazwischenkam, dachte sie. Sie zog vorsichtig die Tür zur vierten Parketage einen Spalt auf, schaute hindurch und sah niemanden. Ein einziger – leerer – Wagen, ein roter Pontiac, stand auf halbem Weg zur Ausfahrtsrampe, aber sie hatte diesen Wagen schon öfter gesehen. Kein Cop-Wagen. Sie drückte die Tür wieder zu, sah auf die Uhr: noch eine Minute. Sie wartete diese Zeit ab, hörte keinen Laut in den Betongängen des Gebäudes, zog dann die Tür wieder auf und trat hinaus auf das Parkdeck.

Das war die einzige Stelle, an der man sie sehen konnte. Sie ging deshalb schnell über die Parkfläche hinüber zur Ausfahrtsrampe, die in einer Spirale nach unten führte. Sie hörte das Motorengeräusch eines Wagens auf der Einfahrtsrampe: Das muss Pam sein, dachte sie. Sie horchte, hörte, wie der Wagen in die Ausfahrtsspirale über ihr einbog, nickte zufrieden vor sich hin.

Der Wagen kam nach unten, tauchte um die Kurve auf. Eine grauhaarige alte Frau saß hinter dem Steuer. Carmel zuckte zurück, sah dann aber, dass die alte Frau sie mit einer Handbewegung zum Einsteigen aufforderte. Der Wagen hielt neben ihr, nur für eine Sekunde. »Steig ein!«

»Mein Gott, bist du das tatsächlich?« Carmel riss die hintere Tür des Wagens auf, schlüpfte auf den Sitz und zog die

Tür so geräuschlos wie möglich wieder zu. »Unter die Decke!«, sagte Rinker.

Carmel hatte das bereits in Angriff genommen – sich mit dem Kopf hinter dem Fahrersitz auf den Wagenboden gelegt und die Decke über die Beine und den Unterleib gezogen. So blieb sie reglos liegen.

Die Einfahrt und die Ausfahrt des Parkhauses lagen an entgegengesetzten Seiten des Gebäudes. Selbst zu dieser späten Stunde fuhren immer noch vereinzelt Wagen rein und raus. Wenn sie Glück hatten, würden die Cops an der Einfahrt – falls welche dort postiert waren – die einfahrenden Wagen nicht an die Cops, die eventuell die Ausfahrt bewachten, weiter melden, so dass die recht seltsame Tatsache, dass eine grauhaarige alte Frau auf der einen Seite hinein und gleich danach auf der anderen wieder herausgefahren war, nicht auffallen würde.

Carmel hörte, wie Rinker das Fenster auf der Fahrerseite herunterließ; hörte den Kassierer etwas murmeln, und gleich darauf rollte der Wagen aus dem Gebäude.

»Du kannst jetzt auf den Sitz klettern«, sagte Rinker eine Minute später. »Aber setz dich nicht aufrecht hin. Lass mich erst noch durch ein paar Seitenstraßen kurven, um zu sehen, ob uns jemand folgt.«

»Wenn das der Fall ist, bleibt uns nichts anderes übrig, als sie in wilder Jagd abzuschütteln«, sagte Carmel fröhlich.

»Na ja ... Bleib jedenfalls noch ein paar Minuten abgetaucht.«

Rinker hatte keine Erfahrung darin, Verfolger abzuschütteln, aber sie hatte genug Thriller im Fernsehen angeschaut, um zu wissen, dass die Verfolger dann hinter ihr, vor ihr und parallel zu ihr sein würden. Sie steuerte den Wagen über die Brücke der Washington Avenue, um potenzielle Parallelverfolger auszuschalten, fuhr einen Block weit in Gegenrichtung durch eine leere Einbahnstraße, um vorausfahrende Wagen auszutricksen, und zockelte dann durch eine lange, gerade Einbahnstraße im Lagerhausbezirk und hielt im Rückspiegel Ausschau nach Verfolgern. Es war kein Wagen hinter ihnen; gut so – mehr konnte sie nicht tun.

»Mehr kann ich nicht tun«, sagte Rinker.

»Mir fällt auch nichts anderes ein«, sagte Carmel. »Halt mal kurz an, damit ich nach vorn umsteigen kann.«

Max Butry stammte aus einer kurzen Generation bösartiger Cops; sein Vater war so einer gewesen, und so war auch Max – die Bösartigkeit war ihm von frühester Jugend an eingeprügelt worden. »Du bleibst auf der Straße nicht lange am Leben, wenn du nicht …«, hätte sein Vater gesagt und jeweils eine Vorlesung über die richtigen Verhaltensweisen des *echten* Mannes, über die Max noch keine klaren Vorstellungen hatte, folgen lassen. »Du bleibst auf der Straße nicht lange am Leben, wenn du dich hinter deinen Händen versteckst. Was ist, wenn so ein gewalttätiger Typ ein Messer hat, hm? Er schneidet dir die Hände einfach ab. Auf so 'nen Typ muss man sofort mit Volldampf losgehen.«

Und sein Vater hatte ihm das dann praktisch vorgeführt, ihm gezeigt, wie man »so 'nen Typ« sofort zu Boden schlägt, sich auf ihn kniet und dann erst nachschaut, ob er ein verdammtes Messer hat …

Butry hatte diese vom Vater ererbte Einstellung mit in den Polizeidienst gebracht; und in dieser Nacht brachte er sie demzufolge auch zum Busbahnhof mit. Ein Ticketverkäufer hatte angerufen, zwei junge Männer würden in der öffentlichen Toilette Dope rauchen, und der Qualm sei so dicht, dass niemand mehr dort reingehen könne. Als Butry eintraf, waren die Kiffer jedoch verschwunden, und er hatte wütend die Tür hinter sich zugeknallt.

Draußen übten drei Skater Sprünge vom Rand eines großen Pflanzkübels auf den Gehweg. Das verstieß nicht gegen das Gesetz, aber Butry sah in Skateboards Symptome für den Niedergang der amerikanischen Zivilisation, und sich selbst betrachtete er, kraft der Dienstmarke in seiner Tasche, als Pfeiler ebendieser Zivilisation. »Sie werden keinen Respekt vor dir als Mann haben – zum Teufel, wahrscheinlich kennen sie dich nicht mal –, aber sie werden die Dienstmarke respektieren«, hatte sein Vater gesagt. »Wenn sie aber die Dienstmarke nicht respektieren, gerät unser Land aus den Fugen. Schau dir doch an, was sie sich mit den Niggern in Chicago eingebrockt haben. Es gibt Gegenden in Chicago, wo du deine Dienstmarke nicht mal zeigen darfst, oder die Nigger schlitzen dich auf wie 'nen Weihnachtstruthahn. Und weißt du, wie das alles angefangen hat? Es fing an, als der erste gottverdammte Nigger die Dienstmarke sah und keinen Respekt davor zeigte und niemand ihn dafür zur Rechenschaft gezogen hat. Und das hat sich rumgesprochen, und jetzt gerät alles aus den Fugen. Hast du das verstanden?«

Nigger, Skateboarder, Schwule, aufgeblasene Yuppies – alles dasselbe Gesocks. Leute ohne Respekt. Butry wich von seinem Weg ab, um den Skateboardern den Marsch zu blasen. Einer von ihnen, der am brutalsten aussehende Junge, vielleicht sechzehn, trug eine ausgebeulte Hose und eine Kette mit einer Brieftasche um den Hals und hatte eine aufgemalte Tätowierung auf dem Unterarm; er sah Butry ohne jeden Respekt im Blick entgegen.

»Hey, ihr Armleuchter – haut schleunigst mit euren Boards ab«, sagte Butry. »Ihr seid an einer Bushaltestelle und nicht auf einem Spielplatz.«

Und der Sechzehnjährige sagte: »Halt die Fresse, du Arschloch.«

Butry zückte mit einer Hand seine Dienstmarke, zog mit der anderen seine Pistole; wenn jemand in der Nähe gewesen wäre und gesehen hätte, dass er so früh mit der Waffe drohte, hätte man ihn aus dem Polizeidienst gefeuert. »Ich bin ein Cop, du Blödmann. Siehst du die Marke? Und jetzt setzt euch alle drei auf den Boden und haltet die Hände über den Kopf.«

Der kleinste der Jungen, vielleicht vierzehn, hatte das Aussehen eines Kindes, das seit einem Monat nicht mehr genug zu essen bekommen hat, vielleicht auch schon seit mehreren Monaten – dieses mutlose, hohlwangige Glühen des Hungers, das ihm wie ein Stigma anhaftete. Und dieses Kind sagte: »Ich scheiß auf dich, Fettsack.« Er zog sein T-Shirt hoch und zeigte seinen nackten Bauch und ein halbes Dutzend Piercingringe um den Bauchnabel. »Hier – du willst auf mich schießen? Dann mach's doch, du Arschloch.«

Butry war schnell, schneller als der Junge, dessen Reaktionsvermögen vielleicht durch den Hunger verlangsamt war. Er schlug dem Jungen mit der flachen Hand ins Gesicht, so fest, dass er das Leichtgewicht von den Füßen holte.

»Auf eure verdammten Knie!«, schrie Butry. »Auf eure verdammten ...«

In letzter Sekunde wurde ihm klar, dass er die Beherrschung zu verlieren drohte, aber diese letzte Sekunde war bereits zu spät. Der Junge kam blitzschnell wieder auf die Füße, stellte sich in seinen verschlissenen Tennisschuhen auf die Zehenspitzen, und in der auf Butrys Nase gerichteten Hand hielt er eine billige zweiläufige Crow-Derringer-Pistole; mit dieser Waffe, so hatte ein einschlägiges Fachmagazin geurteilt, konnte man nicht erwarten, aus zwei Metern Entfernung ein Ziel zu treffen. Aber die Pistole war in dieser Situation nur zwanzig Zentimeter von Butrys Gesicht entfernt, als der Junge abdrückte, und das .45er-Geschoss drang in Butrys Nasenwurzel ein und trat am Hinterkopf wieder aus.

Sein Vater hatte vergessen, Butry zu sagen, dass man Leute, die nichts zu verlieren haben, nicht unnötig reizen darf ...

Die drei Skater erstarrten, als der Schuss brach und der Cop rückwärts auf den Boden stürzte; dann zischte der Älteste im heiseren Flüstern der Panik: »Abhauen!«, und die drei griffen hastig nach ihren Boards und rannten zwischen den fahrenden Autos hindurch über die Straße wie eine Meute hungriger Terrier.

Sherrill und Black hingen in den Sitzen ihres Wagens, und Sherrill sprach gerade über ihr Mobiltelefon mit Lucas: »Ich fange langsam an, mich so zu fühlen, wie es in manchen hoffnungslosen Country-Songs zum Ausdruck kommt«, sagte sie. »Es ist doch nicht in Ordnung, wenn man sich nicht gut ...«

Das Funkgerät piepste, und Black griff zum Mikrofon, und Sherrill sagte zu Lucas: »Moment«, und dann schrie der Einsatzleiter in der Funkzentrale, ein Cop sei am Busbahnhof niedergeschossen worden, drei vermutliche Täter seien vom Tatort weggelaufen, alle verfügbaren Polizeiwagen sollten sofort zum Busbahnhof fahren und nach drei Jugendlichen, vermutlich mit Skateboards, geflüchtet in Richtung Loring Park, Ausschau halten ...

»Da kommt gerade ein Notruf, ein Cop ist niedergeschossen worden, wir fahren hin«, sagte Sherrill zu Lucas. Und zu Black hinter dem Lenkrad: »Los, los ...« Aber das war überflüssig: Black hatte schon Gas gegeben.

Carmel sagte: »Hör zu, Pam ...«

»Clara«, unterbrach Rinker. »Mein echter Name ist Clara. Clara Rinker.«

»Clara?« Carmel ließ den Namen kurz auf sich einwirken. »Gefällt mir. Clara ... Gefällt mir besser als Pamela.«

»Schön. Du hast aber was sagen wollen ...«

»Du betrachtest das von einem falschen Standpunkt aus. Es war schon immer zulässig, dass Menschen in Notwehr andere Menschen töten, und, meine Liebe, das ist genau das, was wir zu tun beabsichtigen. Wir tun es, um uns gegen eine Gefahr zu verteidigen; Davenport hat uns in diese Situation gebracht, und wir haben, realistisch betrachtet, kaum andere Optionen. Ich will damit Folgendes sagen: Ich kann es nur schwer begreifen, dass du für Geld Menschen tötest und nicht von Gewissensbissen geplagt wirst, andererseits aber Hemmungen hast, in Notwehr Menschen zu töten.«

»Ich glaube, es liegt daran, dass ich diese Leute kenne oder zumindest einiges über sie weiß«, sagte Rinker. »Es sind keine Widerlinge, die den Tod verdienen. Es sind nur Leute, die uns im Weg sind.«

»Nein, nein, sie sind nicht nur im Weg; ihre Existenz ist schlicht und einfach bedeutsam für uns. Wir könnten sie am Leben lassen, aber das würde uns Gefahren aussetzen. Ich will dir was sagen: Wenn es dir lieber ist, erledige ich das Schießen.«

»Wer letztlich das Schießen übernimmt, ist nicht von besonderer Bedeutung, wenn wir gemeinsam das Töten planen und organisatorisch vorbereiten.«

Sie hatten keine Auseinandersetzung, dachte Carmel; sie sondierten die Hintergründe zu einer gemeinsamen Aktion. Rinker – Clara – hatte einige Skrupel, Carmel nicht die geringsten. Sie arbeiteten sich gemeinsam durch die ethischen Grauzonen des Mordens ...

»Das ist das Haus – das Backsteinhaus mit den weißen Läden«, sagte Carmel und deutete über das Armaturenbrett, als sie sich langsam dem Haus näherten. »Wir müssen uns jetzt entscheiden: Ich will, dass du nur dann mit reinkommst, wenn du *glaubst,* besser noch, *weißt,* dass das, was wir tun wollen, absolut notwendig ist. Wir machen das nicht aus irgendwelchen emotionalen Gründen, wir machen es wegen einer zwingenden Notwendigkeit.«

»Ich habe ja nicht aus irgendwelchen definierbaren, rationalen Gesichtspunkten etwas dagegen; ich sage nur, dass ich anders darüber denke als du«, sagte Rinker. »Und ich mache mir durchaus auch Gedanken darüber, welche Auswirkungen das auf deinen Seelenzustand haben könnte.«

»Mach dir darüber *keine* Gedanken.« Carmel lenkte den Wagen an den Bordstein und stellte den Motor ab. »Machst du nun mit oder nicht?«

»Ich mache mit«, sagte Rinker.

Als Lucas am Zentralkrankenhaus des Hennepin County ankam, stand Sherrill mit einer Gruppe von Cops auf dem Gehweg vor dem Eingang zur Notaufnahme. Als sie den Porsche sah, löste sich Sherrill von der Gruppe und kam in dem Moment ins Licht der Scheinwerfer, als Lucas sie ausschaltete. »Er ist tot«, sagte Sherrill, als Lucas ausgestiegen war.

»Verdammt ... Ich habe immer befürchtet, dass so was mal mit ihm passieren würde.« Lucas sprach mit leiser Stimme. »Butry war ein Arschloch und nicht besonders intelligent. Eine gefährliche Kombination.«

»Na ja, aber er war ein Cop.«

»Ja ... Irgendwelche Spuren von den Tätern?«

»Sie sind verschwunden. Der Ticketverkäufer sagt, drei Skateboarder, Jugendliche, seien draußen bei den Haltestellen gewesen, die vielleicht was gesehen haben könnten, aber sie sind sofort nach dem Schuss weggerannt. Wir suchen nach ihnen, finden sie aber wahrscheinlich nicht mehr.«

»Was ist mit Carmel?«

»Sitzt in ihrem Büro. Ich fahre dorthin zurück, sobald klar ist, dass ich bei dieser Sache hier nicht mehr helfen kann.«

»Bringt wahrscheinlich nichts«, sagte Lucas. »Es ist schon so spät am Abend ... was ist mit Butry? Wer sind die nächsten Angehörigen?«

»Wir haben noch keine gefunden«, antwortete Sherrill. »Seine Eltern sind tot, keine Geschwister, soweit wir bisher wissen. War nie verheiratet ... Zur Hölle, es könnte sein, dass es *niemanden* gibt.«

»Es *muss* aber jemanden geben.«

»Ich will's hoffen«, sagte Sherrill. »Wenn sich rausstellt, dass er niemanden auf der Welt hatte ... Das wäre die traurigste Sache, von der ich je gehört habe.«

22

Carmel und Rinker standen auf der Verandatreppe, jede mit einem Telefonbuch in der Hand, und sie lehnten sich seitlich über das Geländer, um auf die Fenster mit den zugezogenen Vorhängen zu schauen. Es war kein Licht hinter den Fenstern, nichts bewegte sich im Haus. So idiotisch die Situation auch war, sie hatten sie nicht einkalkuliert. Plan B schien in die Binsen zu gehen ...

»Sie *muss* doch da sein«, jammerte Carmel. »Ich habe doch eigens heute in ihrem Büro angerufen, und sie hat sich gemeldet.«

»Sie macht vielleicht einen Besuch bei ihrer Mutter oder so was«, sagte Rinker. Sie waren beide ein wenig ratlos, als sie mit den Telefonbüchern unter dem Arm über den schlecht beleuchteten Gehweg zum Wagen zurückgingen.

»Einen Besuch machen ...« Carmel blieb wie angewurzelt stehen. »Ja, ich wette, sie macht einen Besuch ... Komm, auf geht's.«

»Wohin?« Rinker war verwirrt.

»Zu Hales Haus.«

»Aber ich dachte, wir nehmen uns Clark zuerst vor. Wenn wir das nicht tun, macht es doch keinen Sinn, wenn wir ...«

»Ich nehme an, sie ist bei Hale. Ich wette mit dir um einen Dollar, dass es so ist.«

»Bei Hale?«

»Ja, sie ist bei Hale.«

Carmel fuhr langsam an Hales Haus vorbei. Durch die Schlitze der Rollläden vor Hales Schlafzimmer an der Seite des Hauses drang ein schwacher Lichtschimmer. »Sie ist da drin bei ihm. Er hat diese Votivkerze ...«

»Was für ein *Arschloch*«, sagte Rinker. »Ich meine, du hast mit ihm über Heirat gesprochen, oder? Und er bumst immer noch mit seiner Exfreundin rum?«

»Ja, hinter meinem Rücken«, knurrte Carmel. »Ich kann aber nicht sagen, seine sexuelle Aktivität sei irgendwie eingeschränkt.«

Carmel fuhr um den Block, hielt dann fünfzig Meter vom Haus entfernt am Straßenrand an. Von dort aus konnten sie das Schlafzimmerfenster gut einsehen. Sie tippte Hales Nummer in ihr Autotelefon ein, und beim zweiten Läuten ging das Licht im Schlafzimmer an. Dann meldete sich Hale.

»Ich bin gleich fertig hier, mein Schatz«, gurrte Carmel.

»Ich muss noch kurz am Appartement vorbei, dann komme ich zu dir.«

»Soll ich nicht lieber zu dir kommen ...?«, fragte Hale.

»Nein, nein, ich mache mich sofort auf den Weg. Bis gleich.« Sie brach das Gespräch ab.

Fünf Minuten später kam Louise Clark aus dem Haus gestürzt, als sei der Teufel hinter ihr her. Sie rannte zu einem silberfarbenen Toyota Corolla und fuhr davon.

»Das macht mich sehr wütend«, knurrte Carmel. »Sehr, sehr wütend ...«

»Ich kann's einfach nicht glauben«, sagte Rinker. »Das ist doch nun wirklich ein absoluter Treuebruch ... Du bist stark genug, das verkraften zu können, aber andere Frauen? Sie würden durch so etwas einen emotionalen Zusammenbruch erleiden.«

Zehn Minuten später waren sie wieder an Clarks Haus, gingen über den Gehweg zum Eingang; Carmel trug diesmal beide Telefonbücher. Clark war gerade erst ins Haus gegangen, und die Lichter gingen an. Rinker hielt Carmel am Arm fest und sagte: »Lass mich als Erste gehen. Wenn sie dich sieht ...«

Vor dem Eingang trat Carmel zur Seite, während Rinker die Sturmtür aufzog, sie mit dem Fuß festhielt, tief durchatmete, die Hand mit der Pistole an der Seite versteckte und dann mit der anderen Hand heftig an die Tür klopfte. Sie hörten Clarks Schritte, dann ihre Stimme durch die Tür: »Wer ist da?«

»Clara Rinker, ich wohne ein paar Häuser weiter die Straße runter. Ich glaube, bei Ihnen ist ein Feuer ausgebrochen.«

»Ein Feuer?«

»Ja, ist vielleicht nicht schlimm, aber an der Ecke Ihres Hauses kommt Rauch raus ...«

Die Tür wurde zögernd einen Spalt geöffnet; keine Sicherungskette. Rinker stieß sie auf, dicht an dem entsetzten Gesicht Louise Clarks vorbei. Die Hand mit der Waffe kam hoch, und Rinker schob die Frau in den Flur. Carmel folgte, und Louise jammerte: »Carmel, was machen Sie da, Carmel ...«

Carmel sagte: »Sie bumsen mit meinem Freund rum, und das muss aufhören.« Sie zog Clark am Ärmel ihrer Bluse zum hinteren Teil der Wohnung. Rinker hielt die Pistole weiter auf Clark gerichtet. »Carmel, um Himmels willen, Carmel ...«

»Sie haben immer noch ein Fickverhältnis mit meinem Freund«, sagte Carmel. Am Ende des kurzen Flurs brannte links Licht im Badezimmer, rechts befand sich eine geöffnete Tür. Carmel machte das Licht an: das Schlafzimmer. »Legen Sie sich auf das Bett und sagen Sie nichts mehr«, befahl Carmel. »Halten Sie ganz einfach den Mund.«

»Sie werden mich töten«, sagte Clark mit zitternder Stimme und ließ sich auf das Bett sinken. »Sie haben auch die anderen Leute getötet ...«

»Machen Sie sich nicht lächerlich, wir wollen nur mit Ihnen über Hale reden«, sagte Carmel. »Wir müssen ein paar Dinge klarstellen.«

Sie brachten sie dazu, sich aufs Bett und den Kopf auf das Kopfkissen zu legen. Dann ging Carmel um das Bett herum und sagte: »Schauen Sie mich an«. Als Clark das tat, ließ sich Rinker auf der anderen Bettseite auf die Knie nieder, setzte die Mündung der Pistole an Clarks Schläfe und drückte ab.

Das Geschoss drang durch Clarks Schädel und schlug auf der anderen Seite in die Wand. Ein Blutstreifen auf dem Kissen zeigte auf Clarks Kopf wie ein karmesinroter Pfeil. Die ausgeworfene Hülse landete neben ihrem Ohr. Bei der Pistole handelte es sich um eine hübsche, für Damen konzipierte .380er mit einem hübschen, ebenfalls für Damen konzipierten Schalldämpfer. Wie Rinker Carmel erklärt hatte, tötete eine

.22er nicht immer mit dem ersten Schuss, und ein zweiter Schuss würde sich seltsam ausnehmen, wenn man beabsichtigte, einen Selbstmord vorzutäuschen ...

»Gut«, sagte Carmel und sah auf die Leiche hinunter. »Man kann genau erkennen, wie es passiert ist. Der Rest unseres Plans ist eigentlich gar nicht mehr nötig, weil die beiden *tatsächlich* gerade miteinander gevögelt haben, aber lass ihn uns trotzdem wie vorgesehen durchführen.«

Einige Schwierigkeiten machte es, die Leiche Clarks zu entkleiden, ohne das Blut zu verschmieren. Clark hatte vor Angst in die Unterhose uriniert, und sie zogen sie ihr nicht aus. In der Wäschekommode fanden sie ein rosafarbenes Negligé, streiften es der Leiche vorsichtig über und ließen sie dann wieder auf das Bett zurücksinken.

»Wir dürfen das Schamhaar nicht vergessen«, sagte Carmel.

»Richtig.« Rinker hob das Negligé an, und Carmel schob die Hand unter Clarks Unterhose, zupfte kräftig und hielt ein kleines Büschel Schamhaar zwischen den Fingern, als sie die Hand wieder herauszog. Sie wickelte es in ein Blatt Notizpapier.

»Jetzt noch der Koks«, sagte Rinker. »Und die Pistole.«

»Ja.« Carmel hatte ihren Kokain-Vorrat in der vergangenen Woche um einige Gramm aufgestockt; sie ließ den Stoff in ein bernsteinfarbenes Medizinfläschchen gleiten, das sie in die Nachttischschublade legte. Rinker nahm eine ihrer mit Schalldämpfer versehenen .22er aus ihrem Spezialholster und schob sie in einen Winterstiefel im Wandschrank.

»War's das?«, fragte Rinker.

»Ich denke, ja«, antwortete Carmel. »Bis auf das Nitrit – die Schmauchspuren an ihrer Hand.«

»Okay«, sagte Rinker. »Stell die Telefonbücher da drüben auf.«

Rinker legte Clarks Hand um den Pistolengriff, richtete die Waffe auf die Telefonbücher und drückte ab. Das Geschoss schlug mit einem zischenden *Wofff* in das vorderste Buch, und beide Bücher kippten um. Das Geschoss war bereits im ersten Buch stecken geblieben. »Nimm du die Telefonbücher, und dann verschwinden wir von hier«, sagte Rinker, während sie die ausgeworfene Hülse aufhob und einsteckte.

Zehn Minuten später waren sie wieder vor Allens Haus.

»Wir können jetzt nicht mehr zurück«, sagte Rinker. »Wenn wir den Plan nicht zu Ende führen, hat alles keinen Sinn.«

»Ich habe nicht die geringste Absicht, den Plan an dieser Stelle abzubrechen«, sagte Carmel.

»Ich meinte ja nur, wenn es soweit ist ...«

»... darf es kein Zurück mehr geben, und das ist richtig«, vollendete Carmel. »Man muss im Leben stets Prioritäten setzen. Einer der ersten Grundsätze, den man beim Jurastudium lernt: immer Prioritäten setzen ... Du sollst wissen, dass Hale mir schon vor dieser heutigen Louise-Clark-Sache auf die Nerven ging. Warst du mal mit einem Mann zusammen, der mit dir nachts im Bett liegt und die Hornhaut von seinen Füßen zupft?«

»Nein ... Und um ehrlich zu sein, ich würde das als recht unbedeutend betrachten.«

»Das würdest auch du nicht, wenn du am nächsten Tag um zehn Uhr einen wichtigen Auftritt vor Gericht hast und gewaltig unter Druck stehst und du mehr als alles andere Schlaf brauchst und ihn nicht findest, weil er im Bett nebenan liegt und kricks, kricks, kricks macht ... Und er versucht, es heimlich zu machen, damit ich es nicht höre, aber um so mehr spitze ich die Ohren und warte ich auf dieses Geräusch ... o Gott!«

»Wie willst du es anstellen?«

»Ich *mache* es einfach«, antwortete Carmel. »Sonst ist ja in diesem Fall nichts zu tun. Es ist nichts zu arrangieren.«

»Ich fahre inzwischen um den Block«, sagte Rinker. »Beeil dich.«

Carmel stieg aus und ging zu Allens Haus. Er öffnete ihr im Bademantel die Tür und grinste sie breit an: »Schön, dass du's noch geschafft hast«, sagte er. »Großartig.«

»Ich muss einen Anruf machen«, sagte Carmel. Sie wählte die Nummer der Bibliothek im Büro, an der ihr Anrufbeantworter angeschlossen war, legte den Hörer auf den Tisch und sagte: »Komm mit.« Sie ging an ihm vorbei in Richtung auf das Schlafzimmer.

»Was ...?« Er schaute kopfschüttelnd auf das Telefon, ging dann hinter ihr her.

Er war sechs oder sieben Schritte zurück. An der Schlafzimmertür blieb sie stehen, ließ ihn näher herankommen, wandte sich ihm zu und hob die Hand mit der Pistole. Seine warmen braunen Hündchenaugen hatten keine Gelegenheit mehr, Angst oder eine andere Gefühlsregung zu zeigen. Sie drückte ab, und die Pistole machte *wack*! Und Hale Allen, so tot wie seine frühere Ehefrau, sank, langsam wie in Zeitlupe, nach hinten. Carmel drückte schnell hintereinander noch dreimal ab, und als er reglos auf dem Boden lag, trat sie dicht neben ihn, richtete die Pistole auf seine Stirn und feuerte zwei weitere Schüsse in seinen Schädel: *wack*! *wack*! Und noch einen ins Herz: *wack*!

»Gottverdammt, Hale«, sagte sie laut und ging ins Schlafzimmer. »Du warst meine einzige wahre Liebe.« Ihr Foto lächelte ihr vom Nachttisch entgegen, während sie das Notizbuchpapier aufwickelte und Louise Clarks Schamhaar auf der

Bettdecke verteilte. Auf dem Weg nach draußen legte sie den Telefonhörer auf, schaute noch einmal auf Hale Allens reglosen Körper hinunter.

»Du Mistkerl«, fauchte sie. »Mit einer anderen rumzubumsen ...«

Auf der Straße kam Rinker nach der ersten Umrundung des Blocks gerade angefahren. Sie hielt an, und Carmel stieg ein. »Das ging ja schnell«, sagte Rinker.

»Es gab keinen Grund, lange zu fackeln«, sagte Carmel. »Fahr los.«

»Hast du ihm noch auf Wiedersehen gesagt?«

»Ich habe gar nichts gesagt«, knurrte Carmel. »Ich habe die Telefonsache gemacht, ihn in den Flur gelockt und ihm in den Kopf geschossen.«

»Hm.« Rinker fuhr einen Block weiter, sagte dann: »Weißt du, was?«

»Was?«

»Wir beide sind echt gut bei so was. Wenn wir uns vor zehn Jahren begegnet wären, hätten wir alle meine Aufträge so arrangieren können, dass der Verdacht in eine andere Richtung gezeigt hätte.«

»Dazu ist es ja noch nicht zu spät«, sagte Carmel. »Wenn du dort ankommst, wo immer du hingehst, schaffst du Ordnung in deinen Verhältnissen, besorgst dir ein paar neue Identitäten, lässt alles eine Weile abkühlen ... Und dann kommst du wieder zu mir, und wir reden darüber.«

»Macht dir denn das Töten nichts aus? Gar nichts?«

»Ehrlich gesagt, es gefällt mir sogar irgendwie«, antwortete Carmel. »Es ist so ganz anders als das, was ich bisher gemacht habe, verstehst du? Im Fernsehen sieht man Anwälte immer in Gerichtsgebäuden rumlaufen, aber ich sitze zu neunzig Prozent meiner Arbeitszeit vor dem Computer. Wenn nichts sonst – die Zusammenarbeit mit dir ist eine echte geistige und körperliche Herausforderung.«

Zurück in Clarks Haus, zog Rinker – natürlich in Handschuhen – das Magazin aus der Pistole und lud es neu – bis auf den einen Schuss, mit dem, wie es vorgetäuscht werden sollte, Louise Clark Selbstmord begangen hatte. Sie vergewisserten sich, dass die Hülse dieses Schusses noch auf dem Boden lag und platzierten die Pistole dicht neben Clarks Hand, mit dem Lauf vom Körper wegzeigend. »Ich habe mal ein Selbstmordszenario gesehen, bei einem meiner Klienten«, sagte Carmel. »Die Pistole lag so da.«

»Dann ist es so ja richtig«, sagte Rinker. Sie schaute sich noch einmal um. »Fertig ...«

Auf dem Gehweg draußen sah Carmel zum Himmel hoch und sagte: »Ich werde dich vermissen ... Meinst du, du könntest an die *New York Times* rankommen, wo immer du dich auch aufhältst?«

»Ja, ganz bestimmt.«

»Okay, dann hör zu: Ich übermittle an Halloween – und ein paar Tage vorher und nachher – eine Nachricht für Pamela Stone in der Rubrik Grußbotschaften der *New York Times*. Der Text wird ungefähr so lauten: ›Pamela: Zihuatanejo Hilton, 24.–30. November.‹ Oder eine andere Ortsangabe. Jedenfalls werde ich an dem angegebenen Ort sein und auf dich warten – wenn du dich sicher fühlst und immer noch wünschst, ein paar Tage mit mir in Mexiko zu verbringen.«

»Ich werde nach der Anzeige Ausschau halten«, sagte Rinker.

»Hör mal, brauchst du die andere Pistole?«

»Nein, wahrscheinlich nicht. Ich habe noch ein paar in verschiedenen Verstecken.«

»Gibst du mir die, die du noch hast?«

»Natürlich, aber das kann gefährlich werden, wenn man sie bei dir findet.«

»Ich verstecke sie gut«, sagte Carmel. »Aber wenn noch was auf mich zukommt ...«

»Okay.« Als sie zurück im Wagen waren, nahm Rinker die Pistole aus ihrem Spezialgürtel, entfernte das Magazin, zog das Verschlussstück zurück, nahm die im Patronenlager steckende Patrone heraus, drückte sie ins Magazin, schob das Magazin wieder ein und gab Carmel dann die Pistole. »Hier. Sei vorsichtig damit.«

»Ja ... Und du verschwindest jetzt?«

»Ja. Ich muss weg – in einer Woche will ich aus dem Land sein, und ich muss noch einige Stopps einlegen. Mein Geld einsammeln, das ich an verschiedenen Orten deponiert habe.«

Im Parkhaus des Bürogebäudes schüttelten Rinker und Carmel einander die Hände: gute Freundinnen, die eine ganze Menge zusammen erlebt hatten. »Wenn ich dich nicht mehr treffen sollte – ich werde mich jedenfalls immer an dich erinnern«, sagte Carmel.

»Wir treffen uns in Mexiko, an Halloween«, sagte Rinker. »Hey – vergiss nicht, dieses Band vom Anrufbeantworter zu überprüfen und es zu löschen, falls was darauf zu hören sein sollte.«

»Mach ich«, sagte Carmel.

Sie ging durchs Treppenhaus in ihr Büro, löste in der Bibliothek den Anrufbeantworter vom Telefon und hörte sich das Band an. Der Anruf aus Hales Haus *war* aufgezeichnet, und es waren auch Geräusche zu hören, aber sie bezweifelte, dass jemand erkennen konnte, was es war. Aber sie ging kein Risiko ein. Sie legte eine neue Kassette ein, zog das Band aus der alten Kassette und verbrannte es. Das kleine Feuer hinterließ einen hässlichen Geruch im Büro, und sie öffnete ein Fenster, um ihn zu vertreiben.

Drei oder vier Wagen parkten unten am Straßenrand. In mindestens zwei von ihnen sitzen Cops, dachte sie.

Mit dem Anruf vom Apparat in Hales Haus, der dank des Anrufbeantworters beantwortet worden war – die Telefonrechnung würde es ausweisen – und nur mit ihr als Gesprächspartnerin geführt worden sein konnte, sowie der Überwachung durch die Cops hatte sie ein perfektes Alibi. Sie sollte, überlegte sie, jetzt noch einige Minuten warten, ihre Nervenanspannung abklingen lassen und dann nach Hause gehen.

Und dort vielleicht weinen. Aber ihr war eigentlich gar nicht nach Weinen zu Mute; sie war aufgeregt, nicht traurig.

Mann, das war wirklich mal was anderes …

23

Hale Allens Leiche wurde von seiner Sekretärin gefunden.

Sie rief zunächst bei Carmel an und fragte, ob sie ihn heute schon gesehen habe.

»Nein, das habe ich nicht«, sagte Carmel. Sie spürte ein Kribbeln im Nacken: Es war soweit, das Endspiel begann …
»Ich habe ihn vorgestern zum letzten Mal gesehen – gestern Abend musste ich arbeiten. Ich habe allerdings gestern Abend mit ihm telefoniert. So etwa um elf.«

»Nun, ich weiß nicht, was ich tun soll«, sagte die Sekretärin. »Er kam nicht zu einem wichtigen Termin heute Morgen, und die Leute sind sehr ungehalten. Und wenn er nicht in den nächsten zwanzig Minuten auftaucht, versäumt er noch weitere Termine. Das passt so gar nicht zu ihm.«

»Haben Sie mal versucht, ihn über sein Mobiltelefon zu erreichen? Das hat er ja immer bei sich.«

»Es klingelt am anderen Ende, aber er geht nicht dran.«

»Hm. Nun ja, vielleicht sollten wir einen Nachbarn mal nachsehen lassen oder so was«, sagte Carmel. »Ich würde zu seinem Haus fahren, aber ich habe keinen Schlüssel, und außerdem muss ich einen Gerichtstermin wahrnehmen.«

»Ich habe einen Schlüssel«, sagte die Sekretärin, und die Besorgnis in ihrer Stimme war deutlich zu hören. »Er hat für Notfälle einen Schlüssel in seiner Schreibtischschublade. Ich kann hinfahren ...«

»Sie glauben doch nicht etwa, dass irgendwas mit ihm *passiert* ist, oder doch?«, fragte Carmel. Auch sie gab sich Mühe, ihre Stimme besorgt klingen zu lassen. »Ich wette, er steckt irgendwo und hat die Übersicht über die Zeit verloren – er hat etwas davon gesagt, er wolle sich einen neuen Sportmantel kaufen ...«

»Er sollte um neun hier sein«, sagte die Sekretärin. »er müsste also ganz gewaltig die Übersicht über die Zeit verloren haben.«

»Jetzt machen Sie mich ernsthaft nervös«, sagte Carmel. »Rufen Sie mich sofort an, sobald Sie etwas erfahren haben.«

Als die Sekretärin, deren Name Alice Miller lautete, auflegte, war ihr klar, dass sie soeben das Angenehmste aller mit Carmel Loan je geführten Gespräche hinter sich hatte. Ansonsten neigte die Anwältin dazu, Sekretärinnen wie unvermeidbare Trottel zu behandeln. Hale Allen, dachte sie, war bekannt dafür, dass er einen bestimmten Weichmachereffekt auf Frauen ausübte ...

Als Allen auch beim nächsten Termin nicht erschien, entschuldigte sie ihn bei den Teilnehmern, sagte, sie sei sehr besorgt, dass er nichts von sich hören lasse, und sie werde zu seinem Haus fahren und nach ihm sehen … Während der Fahrt zu Allens Haus steigerte sich ihre Besorgnis immer mehr. Als sie ankam, rief sie noch einmal in der Kanzlei an, ob er inzwischen aufgetaucht sei. Das war nicht der Fall.

Miller stieg aus und schaute die Auffahrt hoch zum Haus. Sie erinnerte sich, was mit Allens Frau passiert war und ging zögernd auf das Haus zu. Sie hatte den Eindruck, jemand sei im Haus, auch wenn kein Laut zu hören war: Irgendetwas Böses lag in der Luft … Sie blieb stehen, sagte laut »O mein Gott« und bekreuzigte sich.

Die Haustür stand einen Spalt offen, und Miller rief: »Hale? Ich bin's, Alice. Hale?«

Keine Antwort. Sie trat in die Diele, und eine atavistische Zelle tief in Alice Millers Gehirn, eine Zelle, die noch nie zuvor in ihrem Leben aktiviert worden war, löste ein Warnsignal aus – Alice Miller roch menschliches Blut.

Sie wusste in der Tiefe ihres Gehirns, was es war, und drückte die Handtasche an die Brust, machte drei weitere Schritte in die Diele, schaute um die Ecke in den Flur …

Und starrte auf Hale Allens zerfetzten Schädel.

Vielleicht schrie sie in diesem Moment – sie konnte sich später nicht mehr erinnern. Sicher war, dass sie sich umdrehte und zur Haustür rannte, die Handtasche weiterhin an die Brust gedrückt, sich kurz davor noch einmal umschaute, ob Hale Allens Leiche sie verfolgte – und gegen den Türrahmen prallte.

Der Aufprall war so stark, dass sie fast zu Boden fiel. Sie war benommen, ließ die Handtasche fallen, schlug in Panik mit der Hand das Glasfenster in der Sturmtür ein. Jetzt schrie sie, stieß wimmernde leise Laute aus, hielt sich die blutende Hand, kam ins Freie, rannte die Zufahrt hinunter. Ein Mann führte auf dem Gehweg seinen Hund aus, und sie lief auf ihn zu, wimmernd, stark aus den Verletzungen an der Hand blutend.

»Hilfe!«, brachte sie dann heraus. »Bitte helfen Sie mir, bitte, bitte, bitte ...«

Die Cops, die auf den Anruf reagierten, dachten bei der Betrachtung des Zustandes der Frau, Alice Miller habe vielleicht etwas mit dem Mord zu tun. Aber der Sergeant, der als Zweiter mit seinem Streifenwagen eintraf, brauchte nur einen Moment, um sich die Leiche und das eingetrocknete Blut auf dem Boden und das frische Blut an der Sturmtür anzusehen. Er hörte Alice zu, die auf dem Gras neben einem Streifenwagen saß und sagte schließlich zu den anderen Cops: »Ruft Davenport an. Und bringt diese Lady ins Krankenhaus.«

Sherrill und Black kamen fünf Minuten vor Lucas an Hale Allens Haus an. Black betrachtete die Leiche und sagte: »Einfach scheußlich. Jemand hat ihm im wahrsten Sinn des Wortes die Scheiße aus dem Gehirn geballert.«

»Armer Kerl«, sagte Sherrill. Ihre Unterlippe zitterte, und Black tätschelte ihren Rücken.

»Wie lange war Carmel gestern Abend ohne Beobachtung?«, fragte Black. »Du bist nach der Sache auf dem Busbahnhof nicht wieder zurück zu ihrem Bürogebäude gefahren, oder?«

»Nein, aber John Hosta hat das übernommen. Sie kam um ein Uhr aus dem Gebäude und ging geradewegs nach Hause.«

»Dieser Mord ist anders als die anderen«, sagte Black, nachdem er sich die Einschüsse näher angesehen hatte. »Zum einen keine Zweiundzwanziger. Größeres Kaliber. Kein echtes Großkaliber, aber größer als eine Zweiundzwanziger. Und zum anderen, wer auch immer ihn erschossen hat, er hat das ganze Magazin leer geballert.«

»Liebesdrama«, sagte Sherrill.

»Jesus, wenn wir Carmel nicht unter Beobachtung gehabt hätten, wäre sie jetzt in großen Schwierigkeiten«, stellte Black fest.

»Ich weiß nicht«, sagte Sherrill. »Nach meinen Beobachtungen waren die beiden immer noch in der heißen Liebesphase. Ich glaube nicht, dass sie schon das Stadium der Mordlust erreicht hatten.«

»Vielleicht hat er sie betrogen, vielleicht hat er …«

Ein Cop rief ihnen zu: »Davenport ist gekommen.«

»Okay«, sagte Sherrill, »dann wollen wir die Sache mal besprechen.«

Lucas wurde von kaltem Zorn gepackt: Er hätte an diese Entwicklung denken müssen. Er hätte erkennen müssen, dass Hale Allen in Gefahr war. Hatte Allen irgendetwas entdeckt? Hatte Carmel ihm beim Liebesgeflüster etwas Verräterisches gesagt? Etwas, das sie bloßstellte?

Sherrill führte ihn durchs Haus und beobachtete ihn. »Nimm's leicht«, sagte sie einmal. »Du kriegst noch einen Herzanfall.«

»Ich kriege keinen verdammten Herzanfall«, fauchte Lucas.

»Dein Blutdruck ist ungefähr zweihundert zu zweihundert. Ich kenne die Anzeichen, erinnerst du dich?«

»Lass das«, knurrte er. »Sag mir lieber, was gestern Abend mit Carmel war.«

»Sie war wegen der Butry-Sache einige Zeit nicht unter Beobachtung«, sagte Sherrill. »Mehr als eine Stunde.«

»Sie hätte auf einen verdammten Zufall setzen müssen«, urteilte Lucas.

»Mehr als das«, sagte Sherrill. »Sie hätte in der Minute, in der wir die Beobachtung abbrachen, aus dem Gebäude schleichen, hierher fahren, sich in Wut steigern, ihn niederschießen und zurückfahren müssen, ohne dass einer der Nachbarn etwas von alldem mitbekam ... Unmöglich. Scheiße.«

»Vielleicht hat die andere Frau, die Killerin, es getan«, sagte Lucas.

»Schau dir die Wunden an«, sagte sie. »Es sieht nach der Tat eines hochgradig wütenden Menschen aus, nicht nach dem Vorgehen eines kaltblütigen Profikillers.«

»Aber schau dir doch die Einschüsse in die Stirn an ... *Das* sieht nach einem Profi aus.« Lucas schüttelte den Kopf. »Es ist irgendwie lächerlich«, sagte er. »Ich kann's kaum glauben ... Was ist mit der Frau, die die Leiche gefunden hat? Alice ...«

»Alice Miller. Man vernäht im Krankenhaus ihre Wunden an der Hand und am Unterarm. Sie sah die Leiche, rannte in Panik weg und stieß mit der Hand das Glas der Sturmtür ein.«

»Kommt sie als Täterin ...?«

»Nein«, unterbrach Sherrill. »Sie kam her, um nach ihm zu sehen, nachdem er zu mehreren wichtigen Terminen nicht erschienen war und sie ihn telefonisch nicht erreichen konnte. Außerdem, selbst wenn das nur ein Täuschungsmanöver sein soll, hast du je davon gehört, dass jemand sich nur zur Verifikation den Arm aufschlitzt?«

»Veri-fick-was?« Lucas' Augen blitzten sie an, und sie erkannte die unausgesprochene Belustigung, auch wenn sie in dieser Situation noch so fehl am Platz war.

»Du Arschloch«, fauchte sie. »Ich kenne im Gegensatz zu dir auch ein paar mehrsilbige Wörter!«

»Man hört es nur so selten ausgesprochen«, sagte Lucas. Sein leichtes Grinsen wich wieder dem kalten Ermittlerblick. »Ich werde ein Wörtchen mit Carmel zu reden haben ...«

Ein uniformierter Cop steckte den Kopf durch die Tür: »Diese Miss Miller ruft vom Krankenhaus an. Sie möchte den Leiter der Ermittlungen sprechen.«

»Das bist ja wohl du«, sagte Lucas zu Sherrill.

Sie nickte und ging, den Anruf zu übernehmen, und draußen lachte jemand und schrie einem anderen etwas zu: Die Cops von der Spurensicherung waren gekommen. Lucas ging dem Chef des Teams entgegen und traf ihn unter der Haustür. »Eine Million Leute sind schon hier durchgetrampelt, aber keiner weiter nach innen als bis zu den Füßen der Leiche«, sagte Lucas. »Ihr müsst sorgfältig nach jedem kleinsten Faden und Haar und Abdruck und Fleck suchen ...«

»Schlechte Nachrichten?«

»Sehr schlechte«, sagte Lucas. »Die Zeitungen werden uns in Stücke reißen.«

Sherrill kam zurück, aufgeregt: »Du erinnerst dich, dass Allen eine Affäre mit einer Mitarbeiterin – Louise Clark – hatte, ehe seine Frau ermordet wurde? Und bevor er das Verhältnis mit Carmel begann?«

»Ja. Was ist los?«

»Miller rief an, um uns zu sagen, dass Louise Clark heute ebenfalls nicht zur Arbeit erschienen ist. Und soweit Miller weiß, hat Clark niemanden in der Kanzlei vorher darüber informiert, dass sie nicht kommen kann. Miller ist nicht ihre Vorgesetzte oder so was, sie hat nur davon gehört und es bisher nicht in einen Zusammenhang mit Allen gebracht ...«

»Okay«, sagte Lucas. »Besorg die Adresse, dann fahren wir hin. Verdammt, was ist nur los? Was hat das zu bedeuten?«

Louise Clark gab eine großartige Hauptdarstellerin in der perfekten Inszenierung eines Selbstmordes ab. Sie lag in ihrem rosafarbenen Negligé ausgestreckt auf dem Bett, und die Pistole war ihr aus der Hand auf das Kissen gerutscht. Auf der Mündung war ein Schalldämpfer aufgeschraubt.

Lucas zerrte einen Stuhl aus der Küche ins Schlafzimmer, stellte ihn umgekehrt ans Fußende des Bettes, setzte sich darauf, stützte die Arme auf die Lehne und starrte auf die Leiche. Einer der anderen Cops kam herein, schaute auf Lucas und sah dann Sherrill an; Sherrill zuckte nur die Schultern, und der Cop tippte mit dem ausgestreckten Zeigefinger an die Schläfe und deutete damit an, dass bei Lucas offensichtlich eine Schraube locker war. Dann verschwand er wieder.

Lucas starrte zwei Minuten auf die Leiche und sagte dann: »Perfekt.«

»Perfekt?«

»Irgendwo in diesem Haus werden wir eine Pistole finden oder Patronen oder irgendetwas anderes, das Louise Clark mit den anderen Morden in Verbindung bringt. Das Einzige, was wir nicht finden werden, ist Sperma. Die Abstriche werden es beweisen. Normalerweise findet man in solchen Fällen Sperma, aber hier wird keines zu finden sein, weil sie das nicht darstellen konnten. Und die Autopsie durch den Leichenbeschauer wird ergeben, dass Allen in den letzten vierundzwanzig Stunden keinen Geschlechtsverkehr hatte, weil sie auch das nicht darstellen konnten.«

»Wenn du ›sie‹ sagst, meinst du …«

»Carmel und die Killerin.«

Sherrill sah ihn einen Moment wortlos an, drehte sich um, ging aus dem Zimmer, kam nach drei Sekunden wieder zurück, sagte: »Lucas, ich könnte ziemlich lückenlos nachweisen, dass Louise Clark die Killerin *ist*. Sie hatte ein Verhältnis mit Hale Allen; sie ist eine schlichte Sekretärin, und wenn sie die Ehefrau aus dem Weg räumt und Allen heiratet, schafft sie den Aufstieg von arm und allein zu reich und verheiratet. Sie hat ein Motiv – und sie hat die Waffe.«

»Und woher soll eine verdammte schlichte Sekretärin einen Schalldämpfer wie den da bekommen?«, knurrte Lucas. »Wenn man sich so einen Schalldämpfer auf dem schwarzen Markt kauft, kostet er mindestens einen Tausender. Und wer hat ihr das Gewinde auf den Lauf gefräst? Habt ihr eine Mechanikerwerkstatt im Keller gefunden?«

»Nein, aber hör doch, Lucas ... Was ist, wenn Clark die Killerin ist und somit Carmel als Auftraggeberin für den Barbara-Allen-Mord kennt? Vielleicht kennen sich die beiden auch näher, weil Clark eine Klientin von Carmel war.«

»Und Carmel fängt ein Fickverhältnis mit Clarks Freund an, obwohl sie weiß, dass die Frau, der sie den Freund ausspannt, eine Profikillerin ist? Scheißdreck ... Nein, ich bleibe dabei: Das hier ist eine Inszenierung. Und deshalb werden wir auch kein Sperma finden, wohl aber eine Pistole, mit der die anderen Morde begangen wurden. Als du eben gesagt hast, du könntest den Nachweis erbringen, dass Clark eine Profikillerin ist, hast du Recht gehabt. Du *könntest* es. Und ein cleverer Anwalt wie Carmel könnte es noch viel besser. Sie könnte einen perfekten, klaren Fall daraus konstruieren. Und nun stehen wir dumm da, und wenn wir versuchen, den wahren Mörder zu finden, werden wir keinen Erfolg haben ...«

»Was machen wir jetzt?«

»Ich weiß nicht, was *du* machen wirst«, sagte Lucas und stand auf. »Ich werde jedenfalls in den Norden fahren. Du kannst dich auch allein um diese verfahrene Sache kümmern.«

Auf dem Weg zu seiner Hütte fuhr Lucas hauptsächlich auf Nebenstraßen, um den Cops der Highway-Patrol des Staates Wisconsin, den räuberischsten Wegelagerern in den North

Woods, nicht in die Finger zu fallen. Unterwegs ließ ihn das Bild der toten Louise Clark nicht los ...

Als er kurz vor fünf Uhr am Nachmittag in die Abzweigung zu seiner Hütte abgebogen war, stieß er auf einen seiner Nachbarn, Roland Marks, der mit einem Kubota-Traktor herumkurvte. Der Traktor hatte am Bug ein überdimensioniertes Planierschild, am Heck einen Baggerlöffel. Lucas hielt an und stieg aus, und Marks legte den Leerlauf ein.

»Was zum Teufel machen Sie denn da?«, fragte Lucas und ging um den Traktor. Louise Clarks Bild verblasste.

»Ich planiere ein paar Wege für Motorschlitten nach hinten ins Gelände«, sagte Marks. Er besaß neben der Straße sechzehn Hektar Land, das vornehmlich aus Gestrüpp, Wasserlöchern und Sumpf bestand. Er nannte es sein »Jagdrevier«.

»Sie können doch gar nicht mit so einer Maschine umgehen«, sagte Lucas. »Sie sind doch ein verdammter Börsenmakler.«

»So, meinen Sie? Dann passen Sie mal auf.« Marks steuerte den Traktor rückwärts einen flachen Hang hinunter zum Straßengraben, hantierte an diversen Schalthebeln, betätigte die Feststellbremse, schwenkte den Sitz nach hinten, senkte die hydraulischen Stützstreben zu beiden Seiten des Traktors auf den Boden und hob den Baggerlöffel an. Dann schwenkte er ihn nach unten und baggerte mit einem kurzen Ruck einige Kubikmeter Erde aus dem Graben.

Lucas war beeindruckt, wollte das aber nicht zeigen. »Was hat das Ding denn gekostet?«, fragte er.

»Rund siebzehn, gebraucht natürlich«, antwortete Marks und meinte siebzehntausend Dollar. »Hat vierhundert Einsatzstunden auf dem Buckel.«

»Jesus, Sie fangen an, wie ein hinterwäldlerischer Gebrauchtmaschinenhändler zu reden.«

»Was haben Sie heute Abend vor?«, fragte Marks.
»Ich will mit dem Boot rausfahren.«
»Warum kommen Sie nicht zu uns rüber? Ich gebe Ihnen eine Unterrichtsstunde auf diesem tollen Gerät.« Er ließ die Erde aus dem Baggerlöffel wieder in das Loch rutschen, aus dem er sie herausgekratzt hatte; die Hälfte blieb jedoch am Löffel hängen.
»Ja? Wann?«
»In einer guten halben Stunde?«
»Okay, bis dann.«

Lucas schaltete die Wasserpumpe und den Boiler an, nahm eine seiner leichten Angelruten, ging hinaus auf den Bootssteg und warf die Angel in eine flache, von Seerosen bedeckte Stelle aus. Der Schwimmer glitt beim Einholen wie ein Frosch zwischen den Seerosen und Schilfbüscheln hindurch zurück zum Steg. Beim dritten Versuch biss ein Barsch an. Er holte ihn ein, löste ihn vom Haken und warf ihn zurück ins Wasser. Nicht zu verachten – dreißig Zentimeter, und es hatte Spaß gemacht; aber er aß nicht gerne Barsch.

Er angelte noch zwanzig Minuten weiter, fing drei kleinere Barsche, warf sie alle zurück ins Wasser, und er spürte, wie seine Schultern sich lockerten. Louise Clarks Bild war fast ganz verblasst. Schließlich ging er über den ansteigenden Rasen zurück zur Hütte, nahm vier kalte Dosen Leinies aus dem Kühlschrank, steckte sie in einen Plastikbeutel und hatte schon einen Fuß aus der Tür gesetzt, als das Telefon klingelte.

Er blieb stehen, überlegte, schüttelte dann den Kopf über seine eigene Dummheit und ging zurück zum Telefon.
»Ja?«
»Sherrill. Ich bin beim Leichenbeschauer. Sie machen gerade die Autopsie bei Louise Clark.«

»Schon was rausgefunden?«

»Ja. Sie hatte kurz vor ihrem Tod noch Sex. Das Sperma hatte sich noch nicht verteilt, und sie konnten gute Proben nehmen. Aber ich kann dir jetzt schon sagen, von wem das Sperma stammt ...«

»Mann! Ich kann's nicht glauben!«, sagte Lucas. Er war geschockt. »Was ist mit Allens Leiche?«

»Sie haben mit der Autopsie bei ihm noch nicht begonnen, aber ich halte dich auf dem Laufenden. Wenn du das willst ...«

»Natürlich will ich das.«

»Okay. Es gibt noch mehr Neuigkeiten. Wir haben die Waffe gefunden, genau wie du vorausgesagt hast. Eine Colt Zweiundzwanziger mit Schalldämpfer. Steckte in einem Stiefel im Wandschrank. Und wir haben in ihrem Nachttisch Kokain im Wert von mehreren hundert Dollar gefunden. Zeigt die Verbindung zu Rolo auf ... Die Spurensucher haben diverses Schamhaar in Allens Bett gefunden. Von drei verschiedenen Menschen. Das meiste stammt von Allen, aber anderes ist blond, könnte Carmels sein – aber da ist auch noch eine dritte Probe in mausbrauner Farbe. Das Laborergebnis liegt noch nicht vor, aber ich bin sicher, dass es von Clark stammt. Ich *weiß* es.«

»Okay. Ruf mich wieder an, wenn sie erste Ergebnisse von Allen haben. Du musst dem Leichenbeschauer Druck machen, lass es nicht zu, dass sie irgendwas auf morgen verschieben. Wir brauchen die Ergebnisse sofort ...«

»Gehst du angeln?«

»Nein. Ich war schon fast aus der Tür, um zu einem Nachbarn zu gehen, der mir die Bedienung eines kleinen Baggers beibringen will.«

»Da wir gerade von baggern sprechen ... von anbaggern.«

»Ja?«

»Du hast mir nicht erzählt, dass Special Agent Malone vom FBI eine Frau ist. Und zwar eine Frau mit einer sexy Stimme, die mit dir tanzen will.«

»Erschien mir nicht relevant«, knurrte Lucas. »Unsere Beziehung ist rein dienstlich.«

»Sie bittet, dass du sie in Wichita anrufst. Hier ist ihre Nummer ...«

Malone meldete sich nach dem ersten Läuten. »Hallo, Lucas Davenport«, sagte sie. »Man hat mir gesagt, Sie hätten sich zum einfachen Leben aufs Land zurückgezogen.«

»Zum Angeln, ja.«

»Ich wollte Sie wissen lassen, dass ich mit meiner Gruppe von Wichita nach Minneapolis ziehe, und Mallard stößt aus Washington ebenfalls zu uns. Wir sind sehr an dieser Louise Clark interessiert. Wirklich sehr interessiert.«

»Irgendetwas stimmt an der ganzen Sache nicht. Hat Sherrill Ihnen von dem Sperma berichtet?«

»Nein ...«

Lucas fasste den Inhalt seines Gesprächs mit Sherrill für sie zusammen, und Malone sagte: »Wenn dieses Sperma von Hale Allen stammt, wenn die DNS-Analyse das bestätigt ... dann war's das.«

»Aber ich habe kein gutes Gefühl dabei«, sagte Lucas. »Die Dinge passen nicht zusammen. Diese Louise Clark ist keine Profikillerin, es sei denn, sie hat es aus purem Spaß an der Sache gemacht. Sie hat keinerlei verdammtes Geld.«

»Sie könnte es ja irgendwo versteckt haben.«

»Nein«, sagte Lucas bestimmt. »Sie legt für Geld Leute um und versteckt *alles* Geld, das sie dafür kriegt? Die Einrichtung in ihrem Haus gleicht der in einer billigen Absteige. Sie hat einen Fernseher, der neu höchstens zweihundert Dollar gekostet haben kann. Jeder Gegenstand in dem Haus zeigt, dass sie eine Sekretärin war, die darum kämpfen musste, den Kopf über Wasser halten zu können.«

»Okay ... Wir treffen morgen ein. Vielleicht können Sie mich ja, wenn Sie vom Land zurückgekehrt sind, irgendwohin zu einem hübschen kleinen Foxtrott ausführen – in ein Lokal, in dem Sie nicht die ganze Zeit damit zubringen, mit der Kellnerin zu tanzen.«

Lucas ging mit dem Bier zum Haus der Marks' nebenan. Lucy Marks war damit beschäftigt, die Köpfe verwelkter Kamillen abzuschneiden, während ihr Mann durch mehrmaliges Vor- und Zurückstoßen versuchte, den Traktor aus einem Schuppen zu manövrieren. An einem der Torflügel des Schuppens war das Holz zersplittert – Hinweis auf eine vor kurzem erfolgte Karambolage.

»Role hat mir gesagt, er will Ihnen beibringen, wie man mit dem Traktor umgeht«, sagte sie und schüttelte den Kopf dabei. »Gott sei Dank habe ich eine Literflasche Jodtinktur zur Desinfektion von Wunden vorrätig.«

»Na ...«

»Lucas, Sie müssen ihn ermahnen, vorsichtig zu sein. Ich habe Angst, dass ihn das Ding eines Tages unter sich begräbt. Er ist wie ein Kind.«

»Das wird bestimmt nicht passieren«, sagte Lucas.

»Das da in der Plastiktüte ist doch nicht etwa Bier?«

»Ehm, ein paar Leinies«, gestand Lucas schuldbewusst.

»Nun denn, ich werde die Leinies übernehmen, und Sie lassen sich den Traktor zeigen. Wenn Sie zurückkommen, grille ich ein paar Rippchen, und dazu trinken wir dann das Bier.«

»Nun, eigentlich ...« Sie starrte ihn an, und er übergab ihr wortlos die Plastiktüte.

Der Kubota war ... nun ja, nicht ganz einfach zu bedienen. Das reine Fahren war kein Problem, aber die Handhabung des Joysticks für den Baggerlöffel bedurfte einiger Praxis. »Ich bringe Ihnen bei, zum Schluss Ihr Brot mit diesem Ding zu schmieren«, sagte Marks enthusiastisch. »Und mit dem Planierschild kann ich nach einigen Übungsstunden im Winter die Zufahrten aller Häuser vom Schnee freiräumen.«

»Jesus Christus, Role, Sie verdienen – wieviel? – fünfhunderttausend Dollar im Jahr und wollen sich jetzt zweihundert Dollar pro Wintermonat dazu verdienen, indem Sie die Zufahrten der Nachbarn vom Schnee freiräumen?«

Als Lucas die erste praktische Einweisung zur Zufriedenheit des Besitzers hinter sich gebracht hatte, zeigte ihm Marks, wo er den Schlüssel des Traktors im Schuppen versteckt hielt. »Sie dürfen ihn jederzeit benutzen, wenn ich nicht da bin«, sagte er.

»Vielleicht könnte ich Ihnen tatsächlich beim Planieren dieser Motorschlittenwege helfen«, sagte Lucas; er mochte diesen verdammten Mehrzwecktraktor.

»Wäre schön.« Und dann, auf dem Weg zum Haus, fragte Marks: »Welche in Aussicht?«

Lucas sah, wie Lucy Marks an der Seeseite des Hauses einen Grill putzte.

»Überstunden, oder was meinen Sie? Ich kriege keine Überstunden mehr angerechnet.«

»Nein, Frauen natürlich«, sagte Marks. »Wir beobachten ja mit einiger Sorge ...«

»Ja, ja, alles klar. Gerade eben hat mich eine knackige Vierzigerin vom FBI angerufen; sie kommt nach Minneapolis und hat mich gefragt, ob ich mit ihr ausgehen und Foxtrott tanzen will.«

»Foxtrott? Ach du große Scheiße. Wenn ich an Ihrer Stelle

wäre, würde ich ihr eher dreiundzwanzig Zentimeter der guten alten französisch-kanadischen Bratwurst verpassen.« Marks ließ gern große – und obszöne – Sprüche los, war jedoch der treueste Ehemann, den man sich denken konnte. Als sie um die Ecke des Hauses kamen, rief er seiner Frau entgegen: »Lucas macht sich an einen FBI-Agenten ran.«

»Wenn das im Sinne von sexuellen Beziehungen gemeint ist, will ich hoffen, dass es ein weiblicher ist«, sagte Lucy Marks. Sie sprühte etwas auf den Grill und wandte das Gesicht von den glühenden Kohlen ab.

»Sie will mit ihm Foxtrott tanzen«, sagte Marks. »Hat ihn eben angerufen.«

»Klingt viel versprechend«, meinte Lucy Marks. »Wie ist es denn dazu gekommen?«

»Ich war dienstlich in Wichita, wir gingen in eine Bar, und sie wollte nicht zu Rockmusik tanzen, also tanzte ich mit der Besitzerin, und dann ...«

Seine Worte verebbten, und nach einigen Sekunden fragte Lucy Marks: »Lucas? Was ist los?«

»Entschuldigung«, sagte Lucas. »Aber ich muss gehen. Tut mir Leid.«

Er lief über den Rasen zu seiner Hütte, ließ Role und Lucy Marks völlig verwirrt am Grill zurück. In der Hütte wählte er die Nummer Malones, die Sherrill ihm gegeben hatte. Einer der FBI-Agenten aus Malones Team meldete sich: »John Shaw.« Lucas sagte: »Ich möchte Malone sprechen.«

»Sie ist gerade gegangen ... Ich kann versuchen, sie noch zu erwischen.«

»Tun Sie das, verdammt ...«

Das Telefon am anderen Ende klirrte auf den Tisch, und Lucas drückte den Hörer ans Ohr, schloss die Augen, rieb sich die Stirn. Konnte das denn wahr sein?

Zwei Minuten später meldete sich Malone.

»Lucas hier. Haben Sie das Phantombild der Killerin vor Augen?«

»Ja. Gut sogar.«

»Okay, dann schließen Sie jetzt mal die Augen und denken an die Frau, mit der ich in dieser Bar in Wichita getanzt habe – wie hieß die Bar? The Rink?«

»Meine Augen sind geschlossen. Ich ... Mein Gott, das muss ein Zufall sein ...«

»Heh, ich bin ein toll aussehender Mann«, sagte Lucas. »Ich weiß das, aber Malone, nicht mehr allzu viele dreißigjährige Frauen machen sich an mich ran. Aber *diese* Frau ... Ich hatte das Gefühl, dass sie mehr als normal an mir interessiert war, und wahrscheinlich nicht an Sex. Ich wusste nicht, was das bedeuten sollte ...«

»Vielleicht dachten Sie ja damals doch, es ginge ihr um Sex ...«

»Kann sein«, sagte Lucas. »Egal ... Ich sage Ihnen – nach den Gesprächen mit den Leuten hier, die sie gesehen haben, und nach der Betrachtung des Phantombilds hat etwas in meinem Unterbewusstsein rumort. Und jetzt ist es endlich in mein Bewusstsein vorgedrungen: Wenn das nicht dieselbe Frau ist, dann ist es ihre Zwillingsschwester. Und wenn sie hier in Minneapolis war, kann es gut sein, dass sie mich im Fernsehen gesehen hat. Und wenn das der Fall war und ich auf einmal in ihre Bar in Wichita geschlendert komme und mich zu einem Cheeseburger und einem Bier hinsetze ...

»Okay«, sagte Malone zögernd. »Klingt weit hergeholt, geradezu abwegig, aber geben Sie mir zwei Stunden Zeit. Ich überprüfe das. Bleiben Sie da oben in Ihrer Hütte?«

»Ich überlege gerade«, sagte Lucas. Durch das Fenster sah er den See, glatt, still, und ein wunderschöner Abend in der

Einsamkeit der North Woods stand ihm bevor. Und er war doch gerade erst angekommen ... »Ich fahre zurück in die Stadt. Ich sage Ihnen, diese Frau ist die Killerin.«

Auf der I-35 fuhr er viel zu schnell, und als sein Mobiltelefon piepste, war es noch ein weiter Weg bis Minneapolis. Er hob das Telefon ans Ohr, hörte die ersten zwei Worte, dann brach die Verbindung ab. Drei Minuten später kam der Anruf wieder: Sherrill, noch immer nur schwach zu hören, aber doch zu verstehen.

»Deine FBI-Freundin hat angerufen; sie ist total aufgeregt. Diese Frau, mit der du das Tanzbein geschwungen hast, ist verschwunden – hat ihr Appartement ausgeräumt, ihren Job in der Bar sausen lassen ...«

»Ich dachte, sie wäre die Besitzerin.«

»Das dachten alle, aber sie war in Wirklichkeit nur die Managerin. Der tatsächliche Besitzer ist ein Mann namens James Larimore, auch bekannt als Wooden Head Larimore, und der hat *ausgedehnte* Verbindungen, echte *Verbindungen* nach – rat mal, wohin ...«

»St. Louis.«

»Richtig.« Die Telefonverbindung wurde besser. »Deine FBI-Freundin flippte daraufhin fast aus und schickte ein Team der Spurensicherung zu ihrer Wohnung, und die stellten – rat noch mal, was – fest?«

»Dass es blitzblank gesäubert und alle Spuren verwischt waren.«

»Von oben bis unten.«

»Wir haben sie!«, krähte Lucas triumphierend. »Wir haben sie! Wie ist ihr Name?«

»Clara Rinker.«

»Rinker ... Ich scheiße auf das ganze verdammte FBI, Marcy. Wir haben diesen beschissenen Fall über ihre Köpfe hinweg gelöst!«

»Ja ... Willst du wissen, woher Wooden Head den Namen Wooden Head bekommen hat?«

»Natürlich.« Das Adrenalin brauste in seinen Adern. Er hätte jetzt jedem Blödsinn zugehört.

»Er war mal in einer Bar, als eine Schießerei losging, und er kriegte einen Querschläger ab, und die Kugel blieb in seinem Schädelknochen stecken: in der Stirn über der Nase. Bohrte sich ein Stück rein, blieb stecken, deutlich für alle sichtbar. Man erzählt sich, alle Anwesenden hätten so lachen müssen, dass sie nicht weiter rumballern konnten. Auch Wooden Head soll laut gelacht haben.«

»Er ist also ein harter Bursche.«

»Ja, sehr hart. Und die Feebs werden nicht viel aus ihm rauskriegen. Er sagt, er weiß nichts von rein gar nichts.«

24

Malone holte ihn am Flughafen von Wichita ab. »Sie sind irgendwie grün im Gesicht«, sagte sie. »Unruhigen Flug gehabt?«

»Nein, der Flug war in Ordnung«, brummte Lucas. Er schaute schaudernd durch das Panoramafenster des Terminals zurück auf das Flugzeug, und Malone merkte das und fragte: »Sie sind doch nicht etwa einer dieser Leute, die ... Sie haben doch wohl keine Flugangst, oder?«

»Es ist jedenfalls nicht meine bevorzugte Art zu reisen«, sagte Lucas und ging zum Ausgang. Sie hatte Mühe, mit ihm Schritt zu halten, und er fragte über die Schulter: »Was haben

Sie in der Bar feststellen können? Fingerabdrücke von ihr? Fotos von ihr? Wir müssen *sofort* ein Foto von ihr haben.«

»Fliegen ist rund fünfzigmal sicherer als Autofahren«, sagte Malone. »Ich dachte, jeder wüsste das. Aber nicht nur das – die meisten Leute lassen sich beim Autofahren ablenken und verfallen in Routine, während Piloten darauf trainiert sind, sich nicht ...«

»Ja, ja, jetzt reicht's«, knurrte Lucas. »Ich mag das Fliegen nicht, weil ich dabei Probleme mit der Selbstkontrolle kriege, und das wiederum verträgt sich nicht mit meinem unterbewussten Macho-Selbstverständnis, okay? Sind Sie zufrieden? Dann jetzt zurück zu Rinker.«

»Wir konnten keine Fotos von ihr finden«, sagte Malone. »Und Sie haben doch keinen Grund, sich wegen Ihrer Flugangst in die Defensive gedrängt zu sehen.«

»Es muss doch aber Fotos von ihr geben ...«

Malone gab auf. »Weder in ihrem Appartement noch in der Bar waren Fotos von ihr zu finden. Entweder hat es nie welche gegeben, oder sie hat sie mitgenommen. Wir haben uns auch an Leute gewandt, die mehr oder weniger ihre Freunde sind ...«

»Mehr oder weniger?«

»Sie hat nicht viele echte Freunde«, sagte Malone. »Sie ist ein freundlicher Mensch ohne Freunde. Keiner der Mitarbeiter in der Bar hat je das Innere ihres Appartements gesehen.«

»Eine Einzelgängerin.«

»Psychologisch gesehen auf jeden Fall.«

»Der Führerschein ...«

»Auf der amtlichen Kopie ihres Führerscheins trägt sie eine rote Perücke und eine Brille mit Gläsern in der Größe von Untertassen, und sie hält den Kopf gesenkt ... Ich will damit sagen, dass das Phantombild, das Sie erstellt haben, besser ist als dieses Foto. Die Universität von Wichita hat eine Kopie ihres Studentenausweises, aber ihr Foto darauf ist noch schlechter als das auf dem Führerschein. Sie war sehr vorsichtig. Wir haben jedoch eine Verfeinerung des Phantombilds in Angriff genommen. Es liegt uns heute Abend vor, und es wird so gut sein wie ein Foto.«

Sie traten aus dem Terminal hinaus in die bereits warme Sonne von Kansas; bei der Landung hatte die Sonne erst knapp über dem Horizont gestanden, und Lucas hatte nicht erwartet, dass es schon so warm sein würde. Malone führte ihn zu einem nicht als FBI-Dienstfahrzeug erkennbaren Ford in der Parkverbotszone. Ein uniformierter Cop der Stadtpolizei bewachte es. »Danke, Ted«, sagte Malone zu dem Cop, der nickte und sie mit seinem schönsten Kampfgenossengrinsen bedachte. Soeben hatte er diesen Parkplatz für sie gegen Strafmandate verteidigt; nächste Woche würde er dieser Schwester im Kampf gegen das Böse vielleicht bei einem Einsatz gegen einen alles vernichtenden Steppenbrand auf den Ebenen von Kansas das Leben retten ...

Na ja, vielleicht aber auch nicht.

»Und da ist noch was«, sagte Malone, als sie vom Bordstein wegfuhr.

»Aha«, sagte Lucas.

»Die Spurensicherung hat mehrere kleine Flecken von frischem Blut auf dem Boden ihres Appartements entdeckt. Ein Mann, der am Ende der Straße wohnt und früh aufgestanden war, um zum Angeln zu gehen ...«

»Angeln in Kansas?«

»Ja, irgendwo scheint das auch dort möglich zu sein. Jedenfalls, er sah, dass zwei Männer in das Appartementgebäude gingen. Sie wirkten in dieser Gegend irgendwie fehl am Platz, wie der Angler dachte – große Kerle, sahen aus wie Footballspieler, und sie trugen Anzüge. Aber sie hatten einen Schlüssel zur Eingangstür, und er glaubte, es seien zwei Appartementbewohner, die nach einer langen Nacht nach Hause kämen Er ging also zum Angeln und vergaß die Sache, bis einer unserer Jungs die Nachbarschaft abklapperte.«

»Zwei Männer in Anzügen, mitten in der Nacht ...«

»Kurz vor dem Morgengrauen.«

»Und Blut auf dem Boden ...«

»Es gibt kein Appartement in dem Gebäude, das von zwei Männern bewohnt wird, und wir haben auch keine getrennt voneinander in dem Gebäude wohnenden Männer gefunden, die zusammen ausgegangen waren. Es ist kein sehr großes Gebäude – achtzehn Appartements, und wir haben mit allen Bewohnern gesprochen.«

»Gab es Anzeichen für einen Kampf in der Wohnung?«

»Nein. Sie hatte einen Bewegungsmelder im Flur installiert, und zwar so geschickt, dass man ihn nur sehen konnte, wenn man nach ihm suchte. Wenn sie in der Wohnung war, ist sie gewarnt worden, als die beiden kamen. Natürlich kann sie die beiden auch ganz normal erwartet haben. Es gab jedenfalls keine Anzeichen für einen Kampf.«

»Sie hat sie also wahrscheinlich erschossen?«

»Das wäre möglich – bis auf die Tatsache, dass keine Leichen zu finden waren, und sie müsste die Leichen von zwei bulligen Männern mit der Statur von Footballspielern durch den Flur und die Treppe hinunter geschleppt haben, um sie loszuwerden. Andererseits, wenn die Männer *sie* erschossen haben ... Zwei kräftige Männer wie diese könnten mit der Leiche einer kleinen Frau ziemlich leicht fertig werden. Wenn es wirklich solche Riesentypen waren, hätte sie einer von ihnen unter seinen Mantel stecken und mit ihr rausmarschieren können.«

»Trugen sie Mäntel?«

»Der Angler sagt nein, aber Sie verstehen ja wohl, was ich im Prinzip meine: Die beiden hätten *ihre* Leiche weitaus einfacher wegschaffen können als sie die Leichen der beiden Kraftprotze.«

»Sie könnten auch einfach zu dritt friedlich davonmarschiert sein«, gab Lucas zu bedenken. »Oder sie könnte Helfer gehabt haben. Und das Blut könnte von einer Verletzung stammen, die sie sich beim Packen zugezogen hat.«

»Was im Moment auch meine Theorie ist«, sagte Malone. »Obwohl die andere Theorie – sie hat die Männer erschossen und die Leichen beseitigt – attraktiver ist. Wenn wir diese Frau in die Finger kriegen ... In einem halben Dutzend Staaten ihres Wirkungsbereichs gibt es die Todesstrafe, und bei dem einen oder anderen ihrer Morde haben die Ermittlungsbehörden auch handfeste Beweise. Das einzige, was ihnen fehlt, ist die Mörderin selbst. Wenn wir sie der Justiz in einem dieser Staaten übergeben, droht ihr früher oder später der elektrische Stuhl oder die Gaskammer oder die Giftspritze. Mit diesem Druckmittel könnten wir wahrscheinlich eine Menge aus ihr herausholen. Wir könnten mit ihren Informationen ein paar richtig große Löcher in die Mafia-Organisation in St. Louis brechen.«

»Und darauf wollen Sie hinaus ...«

»Natürlich«, sagte sie. »Wenn wir diesen Kerl in die Finger kriegen, den Kerl, der sie eingesetzt hat ... Er weiß *alles*. Wenn sie uns diesen Mann ans Messer liefert, könnten wir ihm dasselbe Arrangement von elektrischen Stühlen und Gaskammern und Giftspritzen vor Augen halten. Wenn er dann redet, könnte St. Louis innerhalb von zwei Jahren sauberer sein als ... ich weiß nicht, sagen wir einfach mal Seattle.«

»In Seattle hat man Microsoft ...«

»Okay.« Sie zeigte ein leichtes Lächeln. »Dann also Minneapolis.«

»Danke.«

»Wie auch immer – die Gangsterbosse in St. Louis wissen das alles ebenso gut wie wir. Der Gedanke ist sicher nicht zu weit hergeholt, dass sie ein paar andere Killer auf sie ansetzen könnten, um das Problem zu lösen.«

»Könnte sein, dass sie zu clever für so was ist«, sagte Lucas. »Ich habe den Eindruck, dass diese Lady ausgesprochen intelligent ist. Wir wissen also, dass die Gangster ein paar Killer losschicken könnten, die Gangster selbst wissen, dass sie ein paar Killer losschicken könnten, und sie weiß es natürlich auch. Und wenn jeder das weiß – schicken die Gangster dann wirklich ein paar Killer los?«

»Ich weiß es nicht«, sagte Malone. »Ich weiß nur eines, und das ist einzigartig ...«

»So? Was?«

»Sie sind der einzige Mann, den ich kenne, der im wahrsten Sinn des Wortes mit dem Teufel getanzt hat.«

Das große Fenster fiel Lucas sofort ins Auge, als er in das Appartement kam.

Er hatte einen Vorteil vor Malone und den anderen beteiligten FBI-Agenten – als sie zum ersten Mal in die Wohnung gekommen waren, hatten sie nach Rinker selbst gesucht, und sie wussten noch nichts von dem Blut auf dem Boden. Einer der Techniker vom FBI-Team führte ihn durch die Wohnung, und schließlich fragte Lucas: »Haben Sie den äußeren Sims an diesem großen Fenster schon untersucht?«

Der Agent sah zu dem Fenster hinüber, überlegte schnell und sagte dann: »Noch nicht«, als ob es das nächste Vorhaben auf seiner Liste sei.

»Darf ich das Fenster schon mal hoch schieben?«

»Lassen Sie mich einen der Kollegen holen, um das zu machen«, sagte der Agent.

»Was geht Ihnen durch den Kopf?«, fragte Malone.

»Nur ein Idiot würde daran denken, aus diesem Appartement *irgendeine* Leiche rauszuschleppen«, sagte Lucas. »Aber sie nachts aus dem Fenster zu schieben ...« Er schaute aus dem Fenster nach unten. »Sie würde direkt vor den Müllcontainern da unten landen. Und man könnte mit einem Wagen direkt an sie ranfahren.«

Einer der Techniker kam zu ihnen, schaute skeptisch auf das Fenster und sagte: »Lassen Sie mich mal da ran.«

Lucas trat zurück, und der Mann schob das Fenster ohne Anstrengung ganz hinauf. Das äußere Fenster bestand aus einem Aluminiumrahmen mit einer Glasscheibe und einem Fliegengitter, die man getrennt voneinander hoch schieben oder eingesetzt lassen konnte; in diesem Fall war die Glasscheibe hoch geschoben und das Fliegengitter im Rahmen gelassen worden. »Ich nehme das Gitter raus, um es im Labor untersuchen zu können«, sagte der Techniker.

Die Gummihandschuhe waren hinderlich, als er das Gitter mit einem kleinen Taschenmesser ein Stück anhob und dann aus dem Rahmen zog. Er lehnte es gegen die Wand, und sie alle schauten auf den unteren Rand des Gitters und den Backsteinsims draußen vor dem Fenster.

»Hm«, grunzte der Techniker, nachdem er sich aus dem Fenster gelehnt und den Sims betrachtet hatte.

»Was ist?«, fragte Malone und warf Lucas einen schnellen Blick zu.

»Können Sie mir einen Grund dafür sagen, dass ein Fenstersims mit Tweedfäden von Anzügen bedeckt ist?«

Wooden Head wurde von einem Spezialisten-Team des FBI aus Washington verhört. Lucas und Malone hörten ein paar Minuten zu, gingen dann aber wieder. Wenn diese Fachleute etwas übersahen, war Lucas vermutlich nicht in der Lage, ihnen auf die Sprünge zu helfen – das Team nahm Wooden Head Zentimeter für Zentimeter auseinander, und die Leute machten das gut.

»Ich würde vorschlagen, wir sollten ins ›Rink‹ zum Essen gehen, aber dort würde uns bestimmt jemand auf den Hamburger spucken«, sagte Malone.

»Dann lassen Sie uns woanders hingehen. Danach nehme ich mir einen Mietwagen und fahre nach Hause.«

»Wirklich? Sie wollen die ganze Strecke mit dem Wagen fahren, statt zu fliegen?«

»Ja, wirklich«, ántwortete Lucas.

»Heute Nachmittag fahren zwei Angehörige unseres Teams der Spurensicherung nach Minneapolis, um sich die Tatorte der letzten beiden Morde anzusehen ... Sie könnten mit ihnen fahren. Ich glaube, sie wollen etwa um drei aufbrechen und ohne Übernachtung durchfahren.«

»Reservieren Sie mir einen Platz im Wagen«, sagte Lucas.

Sie gingen in ein Restaurant im Stadtzentrum, bekamen einen Tisch, der leicht wackelte. Lucas sah sich die Tischbeine an und sagte dann zu Malone, die ihm gegenüber Platz genommen hatte: »Sehen Sie den kleinen Hebel, der da ganz unten an dem Tischbein raussteht?«

»Ja. Und?«

»Schieben Sie ihn ein Stück mit dem Fuß in meine Richtung.«

»Und wozu soll das gut sein?«

»Es bringt den Tisch ins Gleichgewicht«, erklärte Lucas.

Malone erfüllte die Bitte, und der Tisch hörte auf zu wackeln. »Woher wissen Sie so was?«, fragte Malone.

»Ich war früher mal Kellnerin«, antwortete Lucas. »Vor der Operation der Geschlechtsumwandlung.«

Bei Kaffee und überbackenen Käsesandwiches informierte Malone Lucas über alles, was das FBI über Clara Rinker herausgefunden hatte – sie hatten ihre Biografie von der Kindheit an zusammenstellen können, besaßen aber immer noch kein gutes Foto von ihr. »Sie hatte als Teenager ein paar Mal Ärger mit den Behörden, aber es waren nie ernsthafte Dinge. Es wurde nie ein Foto fürs Verbrecheralbum von ihr gemacht, die Fingerabdrücke wurden ihr nie abgenommen. Sie lief aus dem Elternhaus weg, und sie scheint gute Gründe dafür gehabt zu haben. Wir haben Grund zu der Annahme, dass sie von ihrem Stiefvater mehrmals vergewaltigt wurde. Dieser Stiefvater verschwand übrigens auf mysteriöse Weise. Auch einer ihrer Brüder scheint sich an ihr vergangen zu haben.«

»Verschwand er ebenfalls?«

»Nein. Wir haben ihn gefunden, aber er sagt nicht viel über sie. Behauptet, er könne sich kaum mehr an sie erinnern.«

»Sehr hilfreich ...«

»Unser Bild von ihr ist dennoch ziemlich vollständig. Sie ist eine Soziopathin, denken wir, aber keine Psychopathin. Sie betreibt ihren Job ohne Enthusiasmus, führt ihn einfach aus, und zwar sehr effizient. Sie musste ohne High-School-Abschluss für die Zulassung zum Studium an der Uni – der Wichita State – einen Begabtentest machen, und sie hat ihn recht ordentlich bestanden: gut in Englisch, weniger gut in Mathe. Siebenhundertfünfundfünfzig Punkte, was geradezu herausragend ist, wenn man bedenkt, dass sie nach der neunten Klasse von zu Hause weggelaufen ist.«

»Ich wusste von Anfang an, dass sie intelligent ist«, sagte

Lucas. »Sie hat sich von hier absolut ›stubenrein‹ abgesetzt, und ich vermute, dass sie sich in ein ebenso stubenreines Versteck zurückgezogen hat. Es könnte schwierig werden, sie aufzuspüren, vor allem, weil wir nur diese beschissenen Fotos von ihr haben. Sagen Sie – meines Wissens machen die Leute, die diesen Begabtentest durchführen, Fotos von ihren Kandidaten ...«

»Das weiß ich nicht«, sagte Malone. »Aber ich lasse das überprüfen.«

»Wenn das Blut, das Ihre Leute in der Wohnung und vor allem draußen vor den Müllcontainern gefunden haben, von mehr als einer Person stammt, weilt Clara Rinker noch unter den Lebenden; wenn nicht, könnte es ihr Blut sein, und dann ... Ich weiß auch nicht, aber es ist schwer, sich mit dem Gedanken abzufinden, sie könnte tot und für immer verschwunden sein. Unerreichbar für uns.«

»Es hat schon Schlimmeres gegeben«, sagte Malone kühl. »Die Morde würden wenigstens so lange aufhören, bis die Gangster einen anderen Killer rekrutiert haben. Aber ich verstehe, was Sie meinen; es wäre schön, sie in die Finger zu kriegen.«

»Hat sie irgendeine Fremdsprache gelernt?«

»Spanisch«, bestätigte Malone. »Sie lernte im vierten Jahr am College Spanisch und erzielte stets gute Noten. Einer unserer Jungs hat mit ihrem Spanischlehrer gesprochen, der gesagt hat, wenn sie nach Süden über die Grenze geht, wird sie in sechs Monaten Spanisch wie ihre Muttersprache beherrschen. Sie spreche die Sprache bereits sehr gut, und sie habe ein gutes Ohr für die Aussprache.«

»Ich wäre nicht überrascht, wenn sie jetzt schon da unten wäre«, sagte Lucas. »Verdammte Scheiße – wir waren fünfmal hintereinander ganz dicht an ihr dran ...«

»Was ist mit dieser Frau in Minneapolis – Carmel Loan?«, fragte Malone. Sie aß ihr Käsesandwich in kleinen, akkuraten Bissen, tupfte nach jedem zweiten oder dritten den Mund mit der Serviette ab. Sie sieht wie eine Geschichtsprofessorin aus, dachte Lucas, aber wie eine verdammt sexy Professorin. Vielleicht war das eine Erklärung dafür, warum sie viermal verheiratet gewesen war und keine der Ehen gehalten hatte. Vielleicht hatten die ehebereiten Männer jeweils erwartet, eine nette, reservierte Geschichtsprofessorin zur Frau zu bekommen – und hatten es stattdessen mit einer Sexbestie zu tun bekommen. Na ja, vielleicht war es auch umgekehrt ...

»Ich muss mich ins Bett legen und über Carmel Loan nachdenken«, sagte Lucas. »Vielleicht kann ich es ja auch heute Abend bei der Fahrt nach Hause auf dem Rücksitz machen ... Jetzt aber zu einer wichtigen Frage: Wie überzeugend – juristisch fundiert – wäre ein Fall gegen Clara Rinker, den Sie auf der Grundlage der bisherigen Beweislage zusammenstellen können?«

Malone dachte nach und schaute zur Seite. Dann kratzte sie sich im Nacken, rutschte auf den Stuhl hin und her und sagte schließlich: »Wir könnten sie wahrscheinlich überführen. Früher oder später jedenfalls; wenn wir mehrere Anläufe machen können, wäre es möglich ...«

»Aber es ist nicht sonnenklar?«

»Nein, das nicht«, sagte Malone. »Aber vielleicht stoßen wir ja früher oder später noch auf etwas, das sie vergessen hat. Vielleicht Fingerabdrücke am richtigen Ort ... Denn mit den Abdrücken, die Sie von diesem Stück Seife genommen haben, können wir ja nur beweisen, dass sie sich zu diesem Zeitpunkt in einem Hotel in Minneapolis aufhielt. Mehr nicht. Wir haben einen Berg von Beweismaterial, aber wir haben keinen direkten Beweis, der sie mit den Morden in Verbindung bringt.

Aber ich bin der Meinung, dass wir sie auch mit diesem Berg festnageln könnten. Vorausgesetzt, wir kriegen sie vor das richtige Geschworenengericht.«

»Dieselbe Beweislage könnte ja aber auch auf einen anderen Verdächtigen zutreffen – es ist nicht *unmöglich,* dass Clara Rinker die falsche Person ist, oder?«, fragte Lucas.

»Nun, es ist jedenfalls ziemlich *unwahrscheinlich.*«

»Aber ...«

»... nicht unmöglich«, stimmte sie zu.

»Sie haben doch sicher einen Juristen in Ihrem Team, oder? Außer Ihnen, meine ich.«

»Ja, zwei«, antwortete Malone.

»Wäre es möglich, einen von ihnen – den Cleversten – mit der ganzen Rinker-Akte rauf nach Minneapolis zu schicken, ihn mit einem unserer Bezirksstaatsanwälte zu koppeln und einen Fall gegen *Louise Clark* zusammenzustellen? Zu beweisen, dass sie die gesuchte Profikillerin ist? Ich meine, wir haben schließlich die Waffe bei ihr gefunden, darüber hinaus alle möglichen anderen Beweise, dass sie zumindest den letzten Mord begangen hat, ich möchte gern sehen, welche Beweise wir in den anderen Mordfällen gegen sie finden, falls es welche geben sollte.«

Malone war erstaunt: »Aber Sie sagten doch, es handle sich um eine Inszenierung, ein Täuschungsmanöver. Warum wollen Sie dann *diesen* Fall recherchieren lassen?«

»Weil ich, nur unter uns beiden gesagt, verdammt genau weiß, dass Carmel Loan an diesen Morden in Minneapolis und St. Paul beteiligt ist. Ich weiß nicht genau, mit welchen Motiven, aber Liebe beziehungsweise Sex könnten eine Rolle gespielt haben. Vielleicht auch Geld; vielleicht auch nur Spaß an so was. Aber sie ist bis zum Hals in diese Verbrechen verstrickt, und ich kann Carmel Loan mit Louise Clark in Verbindung bringen. Wenn ich den Fall konstruieren kann, dass Louise Clark die Mörderin ist und Carmel mit ihr in Verbindung steht, ihre Mittäterin ist, kann ich eine Jury vielleicht dazu kriegen, Carmel für lange Zeit hinter Gitter zu bringen.«

»Oh, Mann, ich weiß nicht – das klingt nicht so, als ob es in Übereinstimmung mit den uns auferlegten ethischen Grundsätzen stehen würde ...«

»Ich bin kein verdammter Jurist«, sagte Lucas. »Ich bin nur ein einfacher Cop. Ich weiß nichts von juristischen, ethischen Grundsätzen ... Zurück zu meiner Frage: Schicken Sie einen der Juristen nach Minneapolis? Über die Details – im Zusammenhang mit den ethischen Grundsätzen – können wir später sprechen.«

Sie starrte ihn über den Tisch hinweg an und sagte dann: »Ich bin mir nicht sicher, ob ich diese Details wissen will.«

»Sie schicken also einen der Juristen hoch?«

»Okay. Ja.« Sie hatte einen kleinen Toastkrümel im linken Mundwinkel hängen, und Lucas nahm ihre Serviette und wischte ihn weg.

»Da war ein Krümel«, sagte er.

Sie zuckte die Schultern und sah ihm in die Augen: »Es gehört zu meiner Lebensgeschichte, dass Männer mir Krümel aus den Mundwinkeln wischen ...«

25

Sherrill stimmte prinzipiell mit Malone überein: »Das ist die beknackteste Sache, von der ich je gehört habe.«

Black widersprach: »Und was ist mit den Tracy-Drillingen

und der Sache mit der Kürbisflasche? Du hast gesagt, *das* wäre die beknackteste Sache, von der du je gehört hättest und dass dir bestimmt *nie mehr im Leben* so was Verrücktes begegnen würde.«

Sherrill hielt den Blick auf Lucas gerichtet, sprach aber mit Black: »Okay, das hier ist die zweitbeknackteste Sache, von der ich je gehört habe. Die Sache mit den Tracy-Drillingen bleibt an erster Stelle, aber nur wegen des Zwergs. Wenn es den Zwerg nicht gegeben hätte, wäre dieser Fall hier beknackter.«

Lucas lächelte nicht. »Das ist *nicht* beknackt. Du fängst an, mir auf den Keks zu gehen.«

Sherrill wedelte mit den Händen vor seinem Gesicht herum: »Lucas, wie zum Teufel kannst du einer unschuldigen toten Frau etwas anhängen, das sie nicht getan hat?«

»Es sollte uns nicht allzu schwer fallen«, sagte Lucas. »Wir machen so was mehrmals im Jahr mit unschuldigen *lebenden* Menschen. Da muss es uns doch geradezu leicht fallen, es mit einer Toten zu machen. *Ihr* ist es ganz bestimmt egal. Und wir werden Carmel damit am Wickel kriegen.«

»Mann, ich weiß nicht«, sagte Black. »Das ist schließlich kein Spiel.«

»Das weiß ich. Aber vielleicht treten wir damit eine kleine Lawine los. Ich will, dass ihr alle euch auf die Socken macht und daran arbeitet, Verbindungen zwischen Louise Clark und Carmel Loan zu finden. Die beiden sind etwa im gleichen Alter – sind sie vielleicht mal zusammen zur Schule gegangen? Sind sie vielleicht regelmäßig Gäste in denselben Lokalen gewesen? Sie haben sich gekannt, also lasst uns sie zu Freundinnen machen. Lasst uns die Beweislast gegen Clark zusammenfassen, alles, mit dem wir sie vor Gericht bringen könnten ...«

»Wenn sie noch am Leben wäre«, warf Black ein.

»Ja, *als wenn* sie noch am Leben wäre«, sagte Lucas. Ein

halbes Dutzend Detectives war in seinem Büro versammelt: Sherrill, Sloan, Black, ein Detective von der Drogenfahndung, zwei von der Sittenpolizei. Lucas hatte sich Leute ausgesucht, mit denen er schon oft zusammengearbeitet hatte und denen er voll vertrauen konnte. »Aber die Sache funktioniert nur dann, wenn Carmel davon hört. Wir wollen, dass sie reagiert. Wir wissen, dass sie mehr als eine Informationsquelle in unseren Reihen hat, also werden wir tratschen und klatschen – in etwa so: ›Die Mordkommission ist dabei, Carmel Loan Verbindungen zu Louise Clark und damit Verstrickungen in die Mordfälle nachzuweisen.‹«

»Warum rufst du nicht einen deiner Kumpel bei TV-Drei an?«, fragte Black.

»Es wäre mir lieber, die Fernsehleute würden sich *an mich* wenden«, antwortete Lucas. »Unser Spielchen soll ja nicht als solches zu erkennen sein. Gerüchte sind besser als tatsächliche Hinweise. Wenn die Fernsehtypen davon hören und mich fragen, werde ich es wahrscheinlich sogar dementieren.«

»Lehne am besten jeden Kommentar ab«, sagte Sherrill. »Dann werden ihre kleinen Dinger sofort steif.«

Carmel erfuhr fast unmittelbar nach der Besprechung von der Sache. »Sie machen *was*?«

»Sie arbeiten daran, Sie mit Louise Clark in Verbindung zu bringen. Wenn ihnen das gelingt, sind Sie in Schwierigkeiten.«

»Aber ich habe doch nichts getan«, sagte Carmel mit Nachdruck.

»Nun ja, wie auch immer ... Hören Sie, diese Entwicklung wird mir zu heiß. Ich ziehe mich für eine Weile aus dem Informationsgeschäft zurück, okay?«

»Das heißt also: ›Von Rückfragen bitten wir Abstand zu nehmen‹ ...«

»Ich will natürlich nicht als feiges Arschloch dastehen, aber sie ziehen alle Register. Sie haben ein halbes Dutzend Detectives darauf angesetzt. Davenport hat zu einem Kumpel von mir gesagt, bis zum Wochenende hätte man Sie eingebuchtet.«
»Das ist doch absurd ...«
»Ich dachte, Sie wollten es wissen ... Ich steige also aus, okay? Diese letzte Information war gratis.«
»Ich scheiße auf gratis«, fauchte Carmel.

Black fand eine Einladung zum Juristenball an Halloween, der von Mitgliedern verschiedener Kanzleien im Stadtzentrum organisiert wurde. Ein Foto von vier Frauen des Organisationskomitees, darunter auch Carmel Loan, befand sich auf der Rückseite der Einladung, und Louise Clarks Namen stand auf der Liste der freiwilligen Helfer.

Lucas sah sich die Einladung an und sagte dann zu Black: »Du musst jetzt zu den drei anderen Frauen auf dem Foto gehen und sie fragen, was sie über die Beziehungen zwischen Carmel und Louise wissen, wie eng die Zusammenarbeit war – solche Sachen.«

»Wahrscheinlich war Clark nur als Handlangerin tätig – hat die Einladungen fotokopiert oder so was.«

»Das spielt keine Rolle, frag auf jeden Fall«, sagte Lucas. »Mindestens eine der Frauen wird Carmel anrufen und ihr sagen, dass du diese seltsamen Fragen gestellt hast ...«

Dann stieß Sherrill auf einen eindeutigen Beweis für eine Verbindung, der alle in Erstaunen versetzte: In Louise Clarks Telefonrechnung waren zwei Anrufe bei Carmel Loan aufgeführt – auf ihren nicht im Telefonbuch eingetragenen, privaten Anschluss zu Hause, und zwar in der Woche vor Clarks Tod. Beide waren spät am Abend erfolgt.

»Ich kann mir nicht vorstellen«, sagte Sherrill, »was die beiden sich zu sagen hatten – warum sollte Clark Carmel angerufen haben? Aber es ist ein erstaunlicher Beweis für Kontakte zwischen den beiden.«

»Eigentlich genügt schon die Tatsache an sich«, sagte Lucas. »Aber wir machen Folgendes: Du gehst zu Carmel und konfrontierst sie mit dieser Sache. Sag ihr, es sei Teil der Untersuchungen im Clark-Fall, wir wollten ja nur diese eine Frage beantwortet haben. Reine Routine ...«

Carmels Gesicht nahm die Farbe ihres schicken knallroten Seidenschals an: »Sie hat mich nicht angerufen!«, schrie sie. »Niemals!«

»Miss Loan, jemand hat aber angerufen – von Clarks Haus zu Ihrer Wohnung. Wir saugen uns das ja nicht aus den Fingern – hier ist die Rechnung der Telefongesellschaft. Ich habe Ihnen eine Kopie mitgebracht.« Sherrill saß vor Carmels Schreibtisch und faltete die Kopie auseinander und schob sie Carmel über die ledergepolsterte Schreibplatte zu. »Rufen Sie doch bei der Gesellschaft an, wenn Sie Zweifel an der Richtigkeit der Rechnung haben.«

Carmel riss die Kopie an sich und sah sich die beiden unterstrichenen Telefonanrufe an. Sie schüttelte wütend den Kopf, knurrte: »Nein. Das ist ...« Aber dann brach sie ab, senkte den Kopf und schien nachzudenken.

»Wissen Sie, was das ist?«, fragte sie schließlich, hob den Kopf und sah Sherrill an. »Dieser Mistkerl hat mich von ihrem Haus aus angerufen. Dreimal in der Woche hat er mit mir geschlafen, und wenn wir nicht zusammen sein konnten, hat er sich zu ihr geschlichen ...«

Sherrill sah sie zweifelnd an. »Nun ja ...« Sie stand auf. »Wenn Sie es sagen ...«

»So war es!«, schrie Carmel und fuchtelte mit der Kopie vor Sherrills Gesicht herum.

Lucas fand die Geschichte nicht lustig. Er schüttelte den Kopf und drehte einen Knopf an seinem Sportmantel hin und her. »Sie tut mir fast Leid«, sagte er. »Aber nur fast.«

»Meine Frage ist: Worauf willst du mit dieser Sache hinaus? Ich meine, worauf *genau*?«

Sie waren allein in Lucas' Büro. Das Licht der Straßenlaternen drang durchs Fenster; ein weiches Glühen überzog den Himmel. Ein wunderschöner Sommerabend, dachte Sherrill, dazu gemacht, um einen stillen See zu wandern ... Lucas unterbrach abrupt ihre Träume: »Du bist der einzige Mensch außer mir, der von der Patrone weiß, die ich in Carmel Loans Wandschrank gefunden habe.«

»Ja, wenn du es nicht noch anderen gesagt hast«, bestätigte Sherrill.

»Das habe ich nicht«, sagte Lucas. »Nur du und ich wissen es.« Er zog die Schreibmaschinenplatte am oberen Rand des Schreibtischs heraus, lehnte sich in seinem Superstuhl zurück und legte die Füße auf die Platte. »Diese Patrone muss ja irgendwie dorthin gekommen sein. Jemand hat eine Schachtel mit Patronen umgekippt, jemand hat das Verschlussstück einer Pistole betätigt, die Patrone ausgeworfen und nicht wieder aufgehoben, oder jemand hat eine Hand voll Patronen in ein Magazin schieben wollen, und dabei ist ihm unbemerkt eine runtergefallen ... Wenn Carmel nun zusieht, wie ich eine Patrone in ihrem Wandschrank finde, und wenn das unter den richtigen Umständen geschieht, wird sie reagieren. Entweder sie oder die Profikillerin ...«

»Du meinst ... irgendeine Patrone?«

»Natürlich. Irgendeine Patrone. Eine zweiundzwanziger.

Wie auch immer die Patrone, die ich gefunden habe, in den Wandschrank kam – Carmel wird wissen, wie es passiert ist. Und sie wird wissen, dass sie beschissen dran ist, wenn ich nun offiziell eine Patrone im Wandschrank finde. Vor allem, wenn sie dann auch noch mit den Kratzern auf Rolos Handrücken und den anderen Beweisen konfrontiert wird.«

»Was wird sie dann tun?«

»Nehmen wir mal an, ich finde die Patrone an einem Freitagabend. Nehmen wir an, das Durchsuchungsteam hat die Wohnung verlassen, nur ich bin geblieben, und ich finde die Patrone bei einer letzten Nachsuche. Ich weiß, wo ich das Original gefunden habe, also finde ich diese Patrone an genau derselben Stelle. Ich zeige sie ihr, und sie wird behaupten, ich hätte sie ihr untergeschoben oder was auch immer. Und ich sage: ›Die einzigen Patronen, die ich in Besitz habe und die ich Ihnen unterschieben könnte, um Sie zu belasten, sind *abgefeuert*, sind nur noch Hülsen. Das hier ist aber eine *nicht* abgefeuerte, komplette Patrone. Wenn nun die metallurgische Analyse ergibt, dass das Geschoss auf dieser Patrone zu den Geschossen passt, mit denen die Morde begangen wurden, sind Sie geliefert, Carmel.‹ Und dann zähle ich ihr die wichtigsten anderen Beweismittel, die wir gegen sie haben, auf...«

»Und...«

»Und dann werde ich sagen: ›Als erste Diensthandlung am Montagmorgen werden wir Sie über das Ergebnis der Analyse der Patrone in Kenntnis setzen.‹ Dann stecke ich die Patrone in eine Plastiktüte und gehe. Fahre nach Hause. Fahre langsam, gebe ihr Zeit, mich einzuholen. Natürlich haben wir ein dichtes Beobachternetz um das Gebäude aufgebaut, und ich fahre ganz langsam durch die Straßen...«

Sherrill runzelte die Stirn. »Du glaubst, sie will dir die Patrone mit Gewalt wieder abjagen?«

»Ja, wenn sie befürchten muss, dass sie zu den anderen passt. Und sie weiß wahrscheinlich, dass es so ist. Vielleicht geht sie auch nicht gleich auf mich los; sie hat ja ein ganzes Wochenende Zeit, darüber nachzudenken.«

»Mann, die ganze Sache stinkt nach Anstiftung zu einer Straftat.«

»Hör zu, wir beide wissen, dass sie bis zum Hals in die Mordfälle verstrickt ist«, sagte Lucas. »Wenn sie auf mich los geht, haben wir sie am Haken. Wenn du jemanden zu einer Straftat verleitest und der reagiert darauf mit einem Mordversuch ... Ich meine, er hat vor Gericht verdammt schlechte Karten. Und wir können uns gegen eine mögliche Anklage wegen Anstiftung zu einer Straftat absichern, indem wir den anderen Jungs im Team die Grundsätze unseres Plans vorher erklären – ihnen sagen, wir wollten der Killerin einen Köder zum Fraß vorwerfen und dass wir natürlich nicht vorhaben, diese Patrone als Beweismittel zu verwenden.«

»Aber wir sagen den Jungs nicht – und natürlich auch keinem anderen –, dass es eine echte inkriminierende Patrone gegeben hat, oder?«

»Nein.«

»Die Sache wird von Minute zu Minute komplizierter.«

»Hm ... Es wäre schön, wenn wir noch mehr Dinge auftreiben könnten, um eine Verbindung zwischen Clark und Carmel nachzuweisen.«

»Nun, zum Teufel, wir erfinden diese Geschichte mit der Patrone, wir erfinden diese ganze Beziehung, dann werden wir ja wohl auch ein paar engere Verbindungen erfinden können«, sagte Sherrill. »Zum Beispiel ... angenommen, wir finden raus, wo sie mal Urlaub gemacht hat, und lassen durchsickern, Clark hätte zur selben Zeit am selben Ort Urlaub gemacht ... Carmel kann auf Anhieb nicht nachweisen, dass das nicht stimmt.«

»Sehr gut«, sagte Lucas. »Ich hoffe nur, dass es zu ihr durchdringt. Hoffentlich ist ihr Informant hier bei uns noch aktiv.«

»Wir müssen ein Drehbuch für unser Vorgehen schreiben«, schlug Sherrill vor. »Wenn wir den Durchsuchungsbefehl für ihr Appartement haben, könnten wir unsere kleinen Goldkörnchen ausstreuen – du lässt da was fallen, ich dort, Sloan ...«

Lucas nickte, sah auf die Uhr. »Gute Idee – lass dir was einfallen. Und ich überlege mir auch etwas ... Aber jetzt muss ich mich mit dem Bericht der Gleichberechtigungskommission beschäftigen – wir sprechen heute Abend über undefinierbare Minoritäten.«

»Undefinierbare Minoritäten ... Was heißt das?«

»Also, pass auf: Das sind Minoritäten, die nicht durch die Rasse, durch physische oder psychische Behinderung, durch das Alter, durch das Sexualverhalten, durch die Religion, durch die ethnische Zugehörigkeit oder die nationale Herkunft determiniert sind ...«

»Jesus, ich hätte gedacht, damit wären alle erfasst.«

»O nein. Es gab da einen Fall in Wisconsin: Weißer, Mitglied der Episkopalkirche, Mitte Dreißig, nicht behindert, heterosexuell, englischer Herkunft ...«

»Also ein perfekter WASP – Weißer Angelsächsischer Protestant ...«

»Ja, der Mann würde bestimmt nicht mal sein Pipi laufen lassen, wenn er unter der Dusche steht«, bestätigte Lucas. »Jedenfalls, er war Mitglied in einer dieser ganz strengen Tierschutzgruppen, und seine Arbeitskollegen bei der Stadtverwaltung peinigten ihn nun, indem sie Fotos von Schweinekoteletts und Würstchenketten am Arbeitsplatz an die Wand hängten und dauernd davon redeten, sich bei McDonald's saftige Big Macs zu holen. Die Stadt Madison musste ihm siebenhunderttausend Dollar als Schadenersatz für erlittene seelische Grausamkeit zahlen.«

»Na ja – Madison ...«

»Das erklärt tatsächlich eine ganze Menge«, sagte Lucas und nickte. »Aber offensichtlich besteht ein Regelungsbedarf. Verstehst du, eine Regelung, die auch nichtreligiöse ethische Minoritäten einschließt.« Er schloss die Augen und rieb mit den Daumen und Zeigefingern darüber. »Lieber Himmel, was habe ich da gerade alles gesagt?«

Carmel spürte, wie sich die Wut in ihr aufbaute. Sie wusste, was die Cops machten. Sie stellten eine »Nur-für-den-Fall«-Anklage zusammen – in der Hoffnung, dass die Beweislage ausreichte, sie hinter Gitter zu bringen, *nur für den Fall,* dass sie die Mörderin war.

Irgendwie, dachte sie, hatte Davenport sich darauf versteift, sie als die Mörderin zu betrachten. Und sie musste sich eingestehen, dass sie in dem Bestreben, alle Möglichkeiten auszumerzen, die sie mit Rinker in Verbindung bringen konnten, recht gedankenlos einer Frau einen Mord angehängt hatte, mit der man nun sie in Verbindung bringen *konnte.* Und es gab keine Möglichkeit, zu den Cops zu gehen und zu sagen, Clark sei nicht die Mörderin. Wie sollte sie erklären, dass sie das wusste?

Carmel hatte in ihrer Karriere vierundvierzig Mordfälle vor Gericht vertreten und einundzwanzig davon gewonnen. Das war ein hervorragender Prozentsatz, wenn man bedachte, dass es bei den meisten Klienten um Männer gegangen war, die mit der Pistole in der Hand vor der Leiche ihrer toten Frau gestanden hatten und auf die Frage nach dem Motiv den Cops gesagt hatten: »Sie ist mir unglaublich auf die Nerven gegangen, verstehen Sie?«

Drei der verlorenen Fälle ärgerten sie noch immer, denn sie hätte sie nach ihrer Meinung nicht verlieren dürfen. Sie hatte die Beweise der Staatsanwaltschaft zerpflückt – so hatte sie jedenfalls gedacht. Gespräche mit den Geschworenen nach dem Urteil hatten ihr gezeigt, dass sie den Fall nur deshalb verloren hatte, weil die Geschworenen den Cops glauben *wollten*. Die Beweislage hatte nicht ausgereicht, aber die Geschworenen hatten ihren Klienten trotzdem verurteilt, weil die Cops ihnen eingeredet hatten, sie sollten es tun.

Und das konnte ihr jetzt auch passieren ...

Verdammter Davenport ...

Sehr schlimm war auch, dass der Verdacht gegen sie sich herumgesprochen hatte. Vielleicht sah sie Gespenster, vielleicht drehte sie auch langsam durch, aber sie meinte, es bereits in den Augen ihrer Kollegen lesen zu können, diese unausgesprochenen Fragen: Haben Sie es getan? Sind Sie Mittäterin? Haben Sie diese kleinen Löcher in Roland D'Aquilas Kniescheiben gebohrt?

In einem Gespräch mit einer von Carmels Freundinnen ergab sich die beiläufige Information, dass sie im vorletzten November Urlaub in Zihuatanejo gemacht hatte. »Halte das fest«, sagte Lucas zu Sherrill. »Wenn wir ihr Appartement auseinander nehmen, werfen wir Carmel an den Kopf, dass Louise Clark zur selben Zeit da unten war.«

»Okay.«

»Was hast du sonst noch gefunden?«

»Nicht viel – die Sache ist wirklich dünn: Clark hat zu der Zeit, als Carmel ihr Studium machte, mal an einem Kurs über juristische Fachtermini an der Uni teilgenommen ...«

»Sie haben also zur selben Zeit die Uni besucht.«

»So kann man das nicht sagen ...«

»Doch – es genügt den Ansprüchen an unsere nicht so eng zu sehende, regierungsamtliche Betrachtungsweise.«

John McCallum, einer der Geschäftsführer der Kanzlei, kam in Carmels Büro und fragte: »Was zum Teufel ist los, Carmel? Wie wir hören, haben die Cops im Zusammenhang mit all diesen Morden ein Auge auf Sie geworfen.« Er redete, wie Carmel dachte, immer noch in demselben weinerlichen Tonfall, der einst mit ausschlaggebend dafür gewesen war, dass er die Hälfte seiner Haftpflichtversicherungsfälle vor Gericht verloren hatte.

»Das ist alles Quatsch, John«, sagte Carmel. Aber sie spürte, dass ihr das Blut ins Gesicht schoss. »Die Cops versuchen, Druck auf mich auszuüben, aber ich habe keine Ahnung, warum sie das tun.«

»Nun ja, ehm, sorgen Sie dafür, dass das aufhört«, sagte McCallum.

»Ich arbeite daran.«

»Sie wissen, dass die Kanzlei hinter Ihnen steht …«

»Blödsinn. Sie würden mich wie eine heiße Kartoffel fallen lassen, wenn Sie nur könnten«, fauchte Carmel plötzlich. »Natürlich kann ich jede Anklage, die die Cops gegen mich erheben, in Stücke zerreißen, und dann werde ich mir ein Hobby daraus machen, eine Schadenersatzklage gegen Sie zu erheben, weil Sie es untätig hingenommen haben, dass meine Karriere geschädigt wurde. Wahrscheinlich bleibt Ihnen danach noch Ihr ältester Wagen und ein Paar Schuhe, mehr nicht.«

»Das klingt ja fast wie eine Drohung«, sagte McCallum.

»Entschuldigen Sie, dass ich mich nicht klar genug ausgedrückt habe«, sagte Carmel. »Das *war* eine Drohung. Wenn die Kanzlei mir bei dieser Sache nicht die Unterstützung gibt, die ich erwarten kann, werde ich Sie persönlich vor den Kadi zerren und Ihnen die Hoden rausreißen.«

»Das brauche ich mir nicht länger anzuhören«, sagte er. Seine Augen wichen ihrem Wolfsblick aus, und er wandte sich zum Gehen.

»Okay, Sie brauchen sich das nicht anzuhören«, sagte Carmel, und ihr Ton war scharf wie eine Rasierklinge. »Aber Sie sollten darüber nachdenken. Ich meine es nämlich sehr ernst, John. Sie haben mich bei meiner Arbeit beobachtet; Sie sollten sich davor hüten, mich wütend zu machen.«

Sherrill stellte eine Liste aller Verbindungen zwischen Carmel und Clark sowie der Beweise gegen Carmel zusammen und legte sie Lucas auf den Schreibtisch. »Genug für einen Durchsuchungsbefehl?«

Lucas überflog die Liste und nickte. »Wir werden ein Foto von den Kratzern auf Rolos Handrücken sowie alle Telefonrechnungen brauchen.«

»Vom Büro und dem Appartement?«

»Ja. Aber bei der Durchsuchung nehmen wir uns als Erstes ihr Büro vor. Und wir versiegeln das Appartement, sodass sie nicht rein kann, um im letzten Moment noch irgendwas zu vernichten. Wir setzen ein Dutzend Leute ein, damit sie sieht, wie wichtig wir die Sache nehmen ... Wir sehen uns alle ihre Akten an, und wir brauchen einen Computerfachmann, der Kopien von all ihren Computerdateien macht. Wir brauchen auch eine richterliche Erlaubnis, die Telefonrechnungen der ganzen Kanzlei einsehen zu dürfen. Vielleicht hat sie von anderen Apparaten aus Gespräche geführt.«

»Das könnte schwierig werden ...«

»Ja, aber wir werden es hinkriegen. Die Leute bei der County-Staatsanwaltschaft sollen das einleiten.«

»Und wann legen wir los?«

»Schreib den Antrag für den Durchsuchungsbefehl sofort, wir bringen ihn dann rüber zum County. Ruf vorher an und sag den Leuten, was auf sie zukommt.«

»Und was ist, wenn sie Bedenken haben?«

»Dann soll der Teufel die Arschlöcher holen ... Aber sie sehen es ja von Zeit zu Zeit mal ganz gerne, wenn wir auf den Arsch fallen – und diese Gefahr hängt natürlich über unseren Köpfen.«

»Und die Durchsuchung machen wir gleich morgen?«

»Ja. Morgen ist Freitag.«

Sherrill schaute hinunter auf ihre Liste. »Mein Gott, das wird vielleicht ein Ding ...«

26

Der ganze Papierkram war bis zur Mittagszeit am Freitag erledigt. Lucas ging mit Sherrill, Sloan und Franklin zum Essen, nachdem er den Rest des Teams angewiesen hatte, sich um fünfzehn Uhr in seinem Büro zu versammeln. Sherrill, Sloan und Franklin wussten von der bevorstehenden Durchsuchung, ebenso Black, der jedoch noch zu den Kollegen nach St. Paul gefahren war, um Fotos von den Kratzern auf Rolando D'Aquilas Handrücken abzuholen.

»Warum gehen wir nicht gleich los?«, fragte Sherrill, als sie sich im *Gray Kitten* am Tisch in einer Nische niederließen. Eine Kellnerin eilte herbei, legte vier Menükarten auf das karierte Plastiktischtuch und ging wieder.

»Weil ich will, dass es gegen Ende des Arbeitstages geschieht«, sagte Lucas. »Die Leute sollen beim Aufbruch ins

Wochenende sein. Und es soll schwieriger für sie sein, den Gang der Dinge durch eine einstweilige Verfügung oder so was noch zu stoppen. Und vielleicht ist sie dann ja auch ziemlich erschöpft, was für uns ein Vorteil wäre. Wann ist sie heute Morgen ins Büro gegangen? Um sieben?«

Ein Cop vom Streifendienst blieb an ihrem Tisch stehen. Er hatte seinen freien Tag und trug grasbeschmutzte Shorts und ein T-Shirt mit einem Elch auf der Vorderseite. Er lächelte Sherrill an: »Hey, Marcy.«

»Hey, Tobe«, sagte Marcy. »Du siehst ziemlich ausgepowert aus.«

Er schaute auf seine Shorts, nickte und sagte: »Ich komme vom Softball.«

»Sehr schön«, erwiderte sie und sah Lucas an. Tobe zögerte, sagte: »Okay, dann bis nachher«, und ging weiter. Lucas erwiderte Sherrills Blick, und sie lächelte selbstzufrieden.

»Sie ist um sieben ins Büro gegangen«, bestätigte Franklin, der zum Überwachungsteam gehört hatte. »Um fünf Uhr fünfundvierzig ging das Licht in ihrem Appartement an.«

»Wir gehen also um drei Uhr los zu ihrem Büro, und zur gleichen Zeit stellen wir einen Posten vor ihre Wohnungstür«, sagte Lucas. »Wir bleiben bis ungefähr um fünf in ihrem Büro, dann verlagern wir unsere Aktivitäten auf ihr Appartement. Ich will, dass sowohl das Büro als auch die Wohnung nach allen Regeln der Kunst auseinander genommen werden. Wir brauchen alles, was in ihrem Computer steckt, alle neuen Telefonrechnungen, alle Rechnungen über Käufe, Nummern von Bankschließfächern – einfach alles.«

»Für den Zugang zu ihren Bankschließfächern brauchen wir eine zusätzliche richterliche Erlaubnis«, sagte Sloan.

»Richtig, aber bis wir sie verwenden können – am Montag –, haben wir Carmel entweder festgenagelt, oder die Sache ist in die Hose gegangen«, sagte Lucas. »Aber wir müssen uns diese Erlaubnis auf jeden Fall besorgen. Vielleicht finden wir in einem Bankschließfach etwas, mit dem wir sie zusätzlich unter Druck setzen können.«

»Meinst du tatsächlich, sie würde dich bedrohen?«, fragte Franklin. Er wusste nichts von der Patrone, die Lucas gefunden hatte; er wusste nur, dass Lucas vorhatte, eine Patrone in den Wandschrank zu schmuggeln und dann zu behaupten, er habe sie gerade gefunden.

Lucas zuckte die Schultern. »Ich glaube, dass sie *irgendetwas* unternehmen wird. Wenn wir das richtig hinkriegen, muss sie sich nach dieser Sache mit der Patrone gewaltig in die Enge getrieben fühlen – und der einzige Ausweg ist der, dass sie diese Patrone zurückhaben muss.«

Die Kellnerin kam, und sie bestellten. Und als die junge Frau wieder gegangen war, fragte Franklin: »Hat einer von euch bei so einer Sache jemals erlebt, dass alles so gelaufen ist, wie man es geplant hatte?«

Alle dachten einige Sekunden darüber nach, dann schüttelten Lucas und Sloan den Kopf, und Sherrill sagte: »Nein, nie.«

Um drei Uhr bestätigte das Überwachungsteam, dass Carmel in ihrem Büro war. Lucas schickte zwei Cops los, die Tür zu ihrem Appartement zu bewachen: »Niemand geht ohne meine ausdrückliche Erlaubnis rein. Und falls jemand bei eurer Ankunft in der Wohnung sein sollte, lasst ihr ihn erst gehen, wenn ich ihn persönlich in Augenschein genommen habe.« Dann führte er den Rest des Teams in einer ungeordneten Formation die drei Blocks die Straße hinunter zu Carmels Bürogebäude. Zwei weitere Detectives fuhren in einem Van vor, um eventuell beschlagnahmte Gegenstände aller Art abzutransportieren.

Carmel war gerade im Büro eines anderen Anwalts, als Lucas der Sekretärin im Vorzimmer den Durchsuchungsbefehl präsentierte und seine Leute in Carmels Büro dirigierte. Anwälte aus den anliegenden Büros strömten zusammen, und einer von ihnen schrie: »Heh, was macht ihr Arschlöcher da?«

»Eine Durchsuchung«, sagte Sherrill, die die Nachhut bildete.

»Haben Sie einen Durchsuchungsbefehl?«

»Natürlich«, antwortete Sherrill. »Wir haben ihn gerade vorgelegt.«

»Ihr Arschlöcher«, schrie der Anwalt wieder, und ein anderer fing an, »buh« zu brüllen, und fünf Sekunden später dröhnten Beschimpfungen, Buhrufe und Zischen durch das Büro. Weitere fünf Sekunden später drängte sich Carmel durch die Menge und baute sich vor Sherrill auf.

»Aus dem Weg!«, herrschte sie Sherrill an.

»Ich lasse Sie in Ihr Büro, aber ich weise Sie darauf hin, dass Sie nichts berühren und die Durchsuchung nicht behindern dürfen«, sagte Sherrill. »Wenn Sie es dennoch tun, schmeiße ich Sie raus.«

»So?« Carmel schob sich näher an Sherrill heran. Brust an Brust, kurz vor der Berührung, standen sie sich gegenüber.

»Ja«, sagte Sherrill und wich keinen Millimeter zurück. »Und wenn Sie es wagen, mich auch nur anzurühren, befördere ich Sie als Erstes auf Ihren Arsch, und dann schleppe ich Sie wegen tätlichen Angriffs gegen einen Polizisten in die nächste Haftzelle.«

Carmel verschlug es fast die Stimme: »Damit kämen Sie niemals durch«, brachte sie gerade noch heraus.

»Erzählen Sie das Ihren Zähnen, wenn Sie sie aus Ihrer Kehle rauswürgen«, sagte Sherrill. Sie wartete noch einen Moment auf weitere Aggressionen und trat dann zur Seite. »Berühren Sie nichts, behindern Sie unsere Arbeit nicht.«

Carmel ging an ihr vorbei, und einige der versammelten Anwälte riefen: »Zeig's ihnen, Carmel!« Im Büro stieß sie auf Lucas, der mit den Händen in den Hosentaschen neben einem Computerfachmann stand und zusah, wie er Kopien von Carmels Dateien auf Disketten zog.

»Was hat das zu bedeuten?«, zischte sie.

»Wir durchsuchen Ihr Büro mit dem Ziel, Beweismaterial aller Art sicherzustellen, das Ihre Verstrickung in den Mord an Hale Allen sowie an weiteren Personen aufzeigt. Wenn wir hier fertig sind, werden wir uns an die Durchsuchung Ihrer Wohnung machen.«

»Meiner Wohnung?« Ihre Hand fuhr zur Kehle.

»Ja, Ihrer Wohnung. Im Moment ist sie versiegelt. Wenn Sie es wünschen, dürfen Sie natürlich dabei sein, wenn wir die Wohnung betreten.«

Nach einem langen, verwirrten Schweigen sagte Carmel: »Sie sind verrückt.«

»Nein, aber ich fürchte, Sie sind es«, sagte Lucas. »Wir haben inzwischen ein recht gutes Bild über die Verbindung zwischen Ihnen und Louise Clark.«

»Ich habe und hatte mit Louise Clark nichts zu tun. Absolut nichts. Fragen Sie doch ...«

»Dann war es also Zufall, dass Sie zur selben Zeit wie Clark in Zihuatanejo Urlaub gemacht haben?«

»Was?«, fauchte sie. »Ich habe sie in Zihuatanejo nie getroffen! Ich würde niemals mit einer ... *einer Sekretärin* dorthin in Urlaub gehen!«

Lucas sah sie lange Sekunden an, und dann, im Wegdrehen, sagte er nur: »Ja, sicher ...«

Einer der Detectives von der Sittenpolizei fand Louise Clarks Namen in Carmels Adressbuch; er schob es in eine der üblichen Plastiktüten zur Sicherstellung von Beweismitteln.

Ein anderer fand einen langen Zeitungsartikel über den Drogenprozess gegen D'Aquila, und auch er wurde sichergestellt. Die Anwälte im Flur begannen »Scheißkerle, Scheißkerle, Scheißkerle« zu skandieren, und einer der Geschäftsführer der Kanzlei kam anstolziert und versuchte, die Leute zu beruhigen. Es gelang ihm nicht, der Sprechchor wurde eher noch lauter, und der Mann zuckte die Schultern, grinste leicht und verzog sich wieder. Seine Zustimmung zum Verhalten seiner Untergebenen war so deutlich, wie sie die Anwälte von diesem speziellen Geschäftsführer sonst wohl nur selten erlebten. Zwei Minuten später kam Verstärkung: Eine Gruppe von Anwälten einer anderen Kanzlei im Gebäude stürmte herbei und schloss sich lautstark dem Sprechchor an.

Carmel versuchte, den Lärm zu übertönen: »Sie denken, ich hätte Hale getötet? Wir wollten heiraten! Ich war in der Nacht, als er ermordet wurde, hier im Büro. Sehen Sie sich doch die Telefonrechnungen an, Sie Arschloch, dort werden Sie finden, dass er mich noch hier angerufen und zehn Minuten mit mir gesprochen hat ... Heh, Sie verdammtes Arschloch, ich rede mit Ihnen!«

Und draußen variierten die Anwälte ihren Sprechchor: »Arschlöcher, Arschlöcher, Arschlöcher ...«

Sherrill wurde wütend, aber Lucas legte ihr die Hand auf die Schulter und grinste sie an: »Ich hatte noch nie so viel Spaß – außer damals, als wir den Mistkerl in Oxford zusammengeschlagen haben.«

Und Carmel schrie: »Was gibt's da zu lachen, du dämliches Arschloch?«

Und Lucas ließ es aus sich heraus – ein lang gezogenes, rollendes Lachen, und draußen kratzten die Anwälte an der Glastür zu Carmels Vorzimmer und sahen zu, wie Lucas lachte und lachte ...

Um siebzehn Uhr fuhr das Team zu Carmels Wohnung; drei Detectives blieben im Büro zurück, um die letzten Akten durchzusehen. Carmel folgte ihnen in ihrem blutroten Jaguar, den das Team auf seinem Abstellplatz im Parkhaus des Büros durchsucht hatte. Lucas und vier andere Team-Mitglieder waren im Aufzug, als Carmel im fünften Stock, der Paretage für ihren Wagen, einstieg.

Carmel war in Begleitung eines Mannes, den sie bereits in ihrem Büro als Dane Carlton, ihren persönlichen Anwalt, vorgestellt hatte. Lucas kannte ihn oberflächlich. Er war ein schlanker, grauhaariger Mann mit kühlem Auftreten und eisigblauen Augen hinter einer Goldrandbrille. Er trug einen blauen Anzug, dazu ein weißes Hemd und eine weinrote Krawatte.

Carmel sagte zu Lucas: »Sie verdammter Mistkerl.«

Lucas seufzte und sah Carlton an. »Sie sollten Ihre Klientin dazu anhalten, ihren Mund im Zaum zu halten.«

»Ich bin ihr Anwalt, nicht ihr Erzieher«, erwiderte Carlton kühl.

»Und er wird Ihnen ein zweites Loch im Arsch aufreißen, sobald diese Farce hier vorüber ist«, sagte Carmel.

Lucas sah Carlton an. »Tatsächlich?«

Mit der Andeutung eines Nickens bestätigte Carlton: »Ja.«

Als Carmel und Carlton auf der Etage von Carmels Appartement ausstiegen, sah Sherrill ihnen nach, legte den Mund an Lucas' Ohr und flüsterte: »Ich habe so das Gefühl, er könnte das wirklich tun.«

Lucas sagte leise: »Ich kenne ihn. Er wäre dazu fähig.«

Das Durchsuchungsteam ging methodisch und routiniert vor. Die Leute suchten nach Waffen, Patronen, Rechnungen, Notizen, Briefen – nach allem, was Carmel in Verbindung zu einer der ermordeten Personen bringen konnte. Sie fanden ein halbes Dutzend Notizen und E-Mails, die mit Hale Allen zu tun hatten, aber es waren meistens nur Verabredungen zu Treffen.

Franklin, mit Gummihandschuhen über den großen Pranken, gab Lucas eine der E-Mails, und Lucas las laut vor: »Gnade dir Gott, wenn du fremdgehst – ich bringe dich um.«

Carlton sah Carmel an, die nur die Augen verdrehte. Aber sie war wütend und wurde immer wütender, wie Lucas bemerkte. Er setzte bei der ersten Gelegenheit, die er für günstig hielt, die Kratzer auf D'Aquilas Handrücken ein. Diese Gelegenheit ergab sich, als sie wieder zu schreien anfing:

»Sie beschädigen meine ganze verdammte Kleidung, und die hat mehr verdammtes Geld gekostet, als die verdammte Stadt je bezahlen kann ... Dane, wir müssen Schadenersatz fordern, sie ruinieren diesen Hosenanzug!«

Carlton sagte: »Das werden wir, Carmel.« Dann wandte er sich an Lucas: »Chief Davenport, warum beenden Sie nicht endlich diese Farce? Sie finden keine Beweise, dass Carmel irgendetwas mit einem dieser Morde zu tun hatte. Sie fischen ganz einfach im Trüben – und wir werden letztlich herausfinden, warum Sie das tun. Ich habe den Eindruck, dass Sie einen persönlichen Kreuzzug gegen eine der am meisten geachteten Strafverteidigerinnen in diesem Staat führen. Haben Sie einmal einen Fall gegen Carmel verloren? Was gibt es da in *Ihrer* Vergangenheit ...?«

»Ich habe nichts gegen Carmel«, sagte Lucas und legte ein wenig Stahl in seine Stimme. »Ich habe sie stets bewundert. Sie ist eine knallharte Strafverteidigerin. Mit dieser Bewunderung war es vorbei, als ich darauf stieß, dass Rolando D'Aquila seine Fingernägel benutzt hatte, um Carmels Namen in seinen Handrücken zu kratzen, während er gefoltert und schließlich exekutiert wurde.«

Carlton zeigte ein leichtes Lächeln. »Das ist ... eines der erstaunlichsten Dinge, von denen ich je gehört habe.«

»Sie werden noch mehr erstaunt sein, wenn Sie die Kratzer sehen. Sie sich beizubringen muss fast so viel Schmerz verursacht haben wie die Löcher, die man ihm in die Knie gebohrt hat. Und er hat nicht nur ihre Initialen eingeritzt, sondern ihren Namen: C. Loan. Fast einen Zentimeter große Kratzer auf seinem Handrücken ...

Carlton sah Carmel an, die wie erstarrt dastand, nachdem sie D'Aquilas Namen gehört hatte. »Das glaube ich einfach nicht«, sagte Carlton schließlich.

»Nun, D'Aquilas Leiche liegt auf Eis in St. Paul, und die Kratzer samt dem eingetrockneten Blut an seinen Fingern und Händen, das beim Einritzen ihres Namens ausgetreten ist, sind deutlich zu sehen. Gehen Sie hin und sehen Sie es sich an. Sie werden ja sicher einen eigenen Pathologen darauf ansetzen, die Leiche noch einmal zu untersuchen ...«

Carmel wollte etwas sagen, aber Carlon brachte sie mit einem Handzeichen zum Schweigen. Er wandte sich wieder Lucas zu, und seine Stimme klang jetzt verbindlicher. Lucas wusste, worauf er hinauswollte: Er suchte nach Informationen, nach allem, was für eine Verteidigung eines Tages nützlich sein konnte. »Wir werden das natürlich anfechten; denn was auch immer in Mr. D'Aquilas Handrücken eingekratzt ist, es ist nicht Carmel Loans Name.«

»Das können Sie sagen, ohne es sich überhaupt angesehen zu haben?« Lucas hob die Augenbrauen.

»Selbstverständlich. Denn es *kann* nicht Carmels Name sein.«

»Okay«, sagte Lucas. »Wenn das Ihre Position ist ...«

»Das ist sie, und dabei werden wir auch bleiben«, sagte Carlton.

Die Durchsuchung ging weiter: Sloan, einer der eher für Sanftmut zuständigen Cops der Mordkommission, erwähnte Carmel gegenüber ganz nebenbei, dass man von ihrer Verbindung zu Clark während des Jurastudiums wusste. Lucas, im Flur vor dem Schlafzimmer, in dem Carmel und Sloan miteinander sprachen, hörte Carmels wütenden Ausbruch: »Sie war eine *Sekretärin*, um Himmels willen!«

Und Sloan sagte: »Kommen Sie, Carmel, wir wissen, dass sie zur selben Zeit wie Sie an der juristischen Fakultät eingeschrieben war. Sie nahm an diesem Kurs über juristische Fachtermini teil.«

»Wenn das so war, wusste ich nichts davon.«

»Ach, kommen Sie, Carmel ...«, säuselte Sloan. »Sie und Clark waren alte Freundinnen. Sie haben doch sogar zusammen den Halloween-Ball organisiert, wie ein Blick auf das Programm beweist.«

»Mein Gott ... alte Freundinnen!« Aber sie war jetzt verängstigt, zwar immer noch eher wütend als verängstigt, aber dennoch auch verängstigt ...

Carlton sah inzwischen alle zwei Minuten auf die Uhr. Gegen achtzehn Uhr ging die Durchsuchung dem Ende entgegen. Ein Team der Spurensicherung war gerufen worden, um Beweismaterial von Carmels Bett und dem Bett im Gästezimmer sicherzustellen und das Gästezimmer nach Fingerabdrücken zu untersuchen. Das gesamte Durchsuchungsteam begann, seine Sachen zusammenzupacken, und Sloan sagte laut zu Lucas, er werde jetzt nach Hause gehen. Zwei weitere Detectives meldeten sich ab, und Carlton fragte Lucas: »Ich nehme an, Sie haben nicht noch weitere dramatische Aktionen geplant, oder doch? Keine neuen, speziellen Durchsuchungspapiere zu präsentieren?«

Lucas schüttelte den Kopf: »Nein. Wir sind fast fertig. Ich werde noch einen letzten Rundgang durch die Wohnung machen ...«

Carlton wandte sich an Carmel: »Ich muss um neunzehn Uhr eine Sitzung des Gefängnisausschusses leiten. Du brauchst mich hier nicht mehr, oder?«

»Nein. Es ist vorbei.«

Und Sherrill fragte Lucas flüsternd: »Du hast hoffentlich die Patrone nicht vergessen?«

»Nein, alles klar. Sobald Carlton gegangen ist, verschwindest du auch.«

»Ich warte mit Sloan auf der anderen Straßenseite auf dein Erscheinen. Franklin und Del fahren voraus zu deinem Haus und sichern zusätzlich deine Ankunft.«

Carlton ging, und Sherrill schaute auf die Uhr: »Muss ich noch bleiben?«, fragte sie Lucas. »Ich hab's eilig.«

»Verschwinde«, sagte Lucas. »Ich sage Carmel noch auf Wiedersehen und vergewissere mich, dass nichts von uns zurückgeblieben ist.«

Als Sherrill zur Tür ging, schrie Carmel ihr nach: »Gott sei Dank, dass ich euch alle los bin, ihr Arschlöcher! Ihr verdammten Arschlöcher!«

Sherrill zeigte ihr über die Schulter den Stinkefinger, und Carmels Augen weiteten sich, und sie machte einen Schritt hinter Sherrill her, aber Lucas trat zwischen die beiden und sagte: »Heh, heh ...«, und dann zu Sherrill: »Lass das, okay?« Gleichzeitig aber blinzelte er ihr zu.

»Ja, ja ...« Und sie ging, und Lucas und Carmel blieben allein in dem luxuriösen Appartement zurück.

27

Carmel fragte: »Tragen Sie eine Abhörwanze am Körper?« Sie standen noch im Wohnzimmer, an der geöffneten Tür zum Flur.

»Nein. Sollte ich?« Lucas trat zur Tür und drückte sie ins Schloss.

»Wenn ich es mir richtig überlege, ist es mir egal«, sagte Carmel. »Ich werde Sie für all das zur Rechenschaft ziehen, Davenport, ich schwöre es bei Gott. Und ich werde es mit aller Hingabe tun.«

»Da müssen Sie aber eine Menge Hingabe aufbringen, wenn Sie für dreißig Jahre im Frauengefängnis sitzen«, sagte Lucas.

Ihr Gesicht lief rot an, und sie entblößte beim Sprechen die Eckzähne: »Ich werde nicht ins Gefängnis kommen. *Ich* nicht. Sie vielleicht, wenn wir das alles hinter uns haben. Sie haben nichts gegen mich in der Hand.«

Lucas schüttelte den Kopf und sagte: »Sie diskutieren drüben bei der Staatsanwaltschaft noch darüber. Einige der zuständigen Leute meinen, wir hätten genug Beweise, andere sind anderer Meinung. Die Entscheidung, Anklage gegen Sie zu erheben, wird knapp ausfallen, das gebe ich zu.« Er ging beim Sprechen durchs Wohnzimmer, steckte den Kopf ins Gästezimmer, schlenderte weiter zum Schlafzimmer. Carmel folgte ihm durch den Flur. »Was wollen Sie noch hier?«, fauchte sie.

»Ich mache einen abschließenden Rundgang und überzeuge mich, dass keiner meiner Mitarbeiter etwas zurückgelassen hat«, antwortete er. Die Patrone hatte er bereits nach dem Abschluss der Durchsuchung des Wandschranks zwischen

zwei Schuhe gelegt. Die Schiebetür stand ein Stück offen.
»Ich will Ihnen was sagen, Carmel, nur unter uns – und es ist mir egal, ob *Sie* eine Abhörwanze am Körper tragen ... Ich weiß, dass Sie in die Morde verstrickt sind. Ich *weiß* es einfach. Ich weiß, dass Sie hinter dem Mord an Barbara Allen stecken, und ich gehe davon aus, dass Sie es getan haben, weil Sie Hale Allen für sich haben wollten. Sie haben auch schon mit ihm rumgebumst, noch ehe Barbaras Leiche unter der Erde war.«

»Das *können* Sie nicht wissen.«

»O doch, ich weiß es. Hale hat es mir erzählt.«

»Hale?« Ihre Hand fuhr zur Kehle.

»Ja. Wir hatten ein langes Gespräch über Sie. Ich weiß alles über Sie – über Ihre sexuellen Präferenzen, über das, worüber Sie im Bett gerne reden. Und wissen Sie, was? Sie haben Hale total verängstigt. Er hatte nicht den Mut, mit Ihnen zu brechen, aber er hatte den Mut, zu mir zu kommen und mit mir zu reden – und ich habe das alles auf Band aufgezeichnet. Er hat mir gesagt, wie sehr Sie Barbara hassten, und er hat mir auch erzählt, wie sehr Barbara ihn an der Kandare hatte und dass er letztlich froh war, sie los zu sein.« Die letzten Sätze erfand Lucas, aber er war sicher, dass sie zutrafen.

»Dieser Dreckskerl«, sagte Carmel.

»Nein, das war er nicht. Er war einfach nur ein Dummkopf. Arbeitete hart, mochte Frauen, hatte nicht sehr viel Grips im Oberstübchen. Und auch nicht viel Mut – er versuchte ganz einfach, so angenehm wie möglich durchs Leben zu kommen. Er hatte Schuldgefühle wegen seines Verhältnisses mit Louise Clark, aber viele Männer, auch solche, die ihre Frauen lieben, haben Affären mit anderen Frauen. Und Louise war im Bett offensichtlich eine wahre Künstlerin. Hale konnte gar nicht aufhören, über sie zu reden. Er sagte, sie könne die Chromkappe von einer Anhängerkupplung saugen – so hat er sich wörtlich ausgedrückt. Und er sagte, im Vergleich zu Louise seien Sie wie eine Legion der römischen Armee, die alles niederwalzt.«

»Das hat er niemals gesagt!«, schrie Carmel. Aber Tränen liefen ihr jetzt über das Gesicht, und sie hasste das und schrie noch lauter: »Hale hat das niemals gesagt!«

»Doch, das hat er, und ich denke, Sie wissen es, denn es klingt zutreffend«, sagte Lucas. Er kam sich seltsam vor, fast beschämt, wie er da mit den Händen in den Taschen in diesem kühlen, professionell-feminin eingerichteten Schlafzimmer stand, allein mit dieser tränenüberströmten Frau. Er war grausam, musste es sein, und er steigerte sich noch: »Hale sagte, Sie seien wie eine Maschine, die ihn zerfetzte; aber er hatte Angst, mit Ihnen Schluss zu machen, weil er ... *Angst um sein Leben* hatte. Weil er meinte, Sie hätten wahrscheinlich seine Frau umgebracht.«

»Louise Clark hat sie getötet ... und ihn auch.«

»Oh, ich bitte Sie«, sagte Lucas, und er kam sich vor wie ein Schauspieler in einer New Yorker Schmierenkomödie. »Louise Clark hatte Hale fest im Griff. Und er wollte Louise heiraten, sobald er Sie losgeworden war. Und um ehrlich zu sein, Louise Clark passte gut zu ihm. Einigermaßen intelligent, wenn auch keine Leuchte der westlichen Welt, aber eine nette Frau. Und gut im Bett. Und aus Gesprächen mit all ihren Freunden wissen wir, dass Louise Clark niemals in ihrem Leben eine Waffe abgefeuert hat – bis zu dem Tag, an dem wir sie mitten in diesem inszenierten Selbstmordszenario in ihrem Schlafzimmer vorfanden ...«

»Sie Mistkerl, Davenport«, sagte Carmel und kreuzte die Arme vor der Brust. »Verschwinden Sie aus meiner Wohnung!«

Lucas sagte: »Ja, ich gehe; ich will nur noch nachsehen ...«
Es klang nicht echt, und er machte es auch nicht sehr überzeugend – das Stirnrunzeln, die verzögerte Reaktion, aber Carmel war erschöpft, nicht mehr in guter Form. »Was ist das denn?«

»Was?« Carmel war verwirrt.

»Hier, das da«, sagte Lucas. Er trat an ihr vorbei, zog die Schiebetür des Wandschranks weiter auf, damit sie einen besseren Blick auf die Schuhe hatte, bückte sich. »Verdammt!«

Er richtete sich auf, nahm Carmel am Arm und sagte: »Kommen Sie raus hier.« Er schob sie zum Wohnzimmer.

»Lassen Sie mich los ...« Sie versuchte, sich loszureißen.

»Ich möchte nur, dass Sie mit mir ins Wohnzimmer kommen.« Und im Wohnzimmer rief er: »Hallo? Ist noch jemand da? Verdammt ...«

Carmel machte einen Schritt zurück zum Schlafzimmer, und Lucas sagte: »Nein!« Er sagte es mit scharfer Stimme, und sie blieb stehen. Er schaute sich um, trat in die Küche, nahm eine Rolle Wischpapier von der Arbeitsplatte und ging damit zum Schlafzimmer. Sie kam hinter ihm her, und er kniete sich vor die geöffnete Wandschranktür, schob die Schuhe zur Seite, nahm ein Stück Wischpapier zwischen Daumen und Zeigefinger und hob die Patrone hoch.

»Eine Zweiundzwanziger«, sagte er. Er sah zu Carmel hoch. »Eine verdammte Zweiundzwanziger ...«

»Die haben Sie dort hingelegt«, sagte sie.

»Blödsinn. Sie wissen, dass ich das nicht getan habe. Und ich will Ihnen was sagen – ich wette, Ihre Fingerabdrücke sind drauf. Und ich wette auch, dass die metallurgische Analyse ergibt, dass diese Patrone zu denen passt, die bei den Morden verwendet wurden. Wollen wir wetten? Was ist passiert – ist Ihnen eine Schachtel mit Zweiundzwanziger-Patronen im

Wandschrank umgekippt? Eine Patrone beim Laden aus dem Magazin gesprungen? Wie ist diese Patrone in Ihren Wandschrank gekommen, Carmel?«

Davenport schien vor ihr zurückzuweichen. Er ragte in realer Größe vor ihr auf, aber der Druck, der von ihm zu ihr herüberströmte, war so stark, dass er seine Substanz aufzuzehren schien. Er schrumpfte zu einem kleinen Männchen, wie man es durch den Spion in der Wohnungstür sieht. Carmels Gehirn funktionierte nicht mehr richtig: Was da geschah, war einfach nicht zu verkraften. Sie sagte etwas zu ihm, wusste aber nicht, was es war, und sie ging steifbeinig aus dem Schlafzimmer. Er redete auf sie ein, streckte die Hand nach ihr aus, aber sie schlug sie weg.

Sie schrie ihn über die Schulter an, aber ein kleiner, isolierter Teil ihres Gehirns schien jetzt wieder zu funktionieren. Sie taumelte durchs Wohnzimmer, nahm einen dicken Schlüsselbund vom Garderobentisch im Flur, ging aus der Wohnung, ließ die Tür hinter sich offen. Davenport rief ihr etwas nach, aber sie verstand ihn nicht ...

Raus aus der Tür, durch den Hausflur, in den Aufzug, automatisches Drücken auf den Etagenknopf, raus aus dem Aufzug im fünften Stock, hinein ins Parkhaus, hin zu ihrem blauen Volvo, Öffnen des Kofferraums, Hochreißen des Deckels, Wühlen in der Sporttasche – und Herauszerren der Pistole.

Denn hier hatte sie die Pistole, die Rinker ihr gegeben hatte, versteckt: in dem Wagen, der auf den – nach der Wiederheirat – neuen Namen ihrer Mutter registriert war, dem Wagen, von dem niemand etwas wusste und den niemand bei ihr vermutete, weil er ein so gar nicht zu Carmel passendes Kraftfahrzeug war.

Sie lief, angetrieben von ihrer irren Wut, zurück zur Tür,

fand den Aufzug mit offener Tür auf sie wartend, stieg ein und schloss die Hand fest um die Pistole.

Lucas starrte ihr nach, als sie aus dem Schlafzimmer marschierte, und er dachte: *Wow!* Er ging mit der Patrone zwischen den Fingern hinter ihr her. Er musste ihr noch sagen, dass er die Patrone mitnahm, und sie sollte sehen, wie er sie in die Tasche steckte. Aber die roboterhafte Art, mit der sie sich durch den Flur bewegte, irritierte ihn, und er fürchtete plötzlich, sie hätte einen Gehirnschlag bekommen, und er rief ihr nach: »Carmel? Carmel? Ist alles okay mit Ihnen?«

Dann verschwand sie durch die Wohnungstür. Er blieb einen Moment unschlüssig stehen, erwartete, dass sie zurückkam, nahm dann sein Mobiltelefon, drückte eine Kurzwahltaste, und als Sherrill sich meldete, sagte er: »Ich bin's. Ich glaube, Carmel dreht irgendwie durch. Verhält sich seltsam. Sie ist gerade aus der Wohnung gelaufen.«

»Sollen wir zurückkommen?«

»Nein. Ich werde ... Ja, doch, kommt wieder hoch. Denkt euch einen Grund dafür aus. Ich sehe mal nach, wo sie hin ist.«

Lucas ging hinaus in den Flur – und sah, dass sie verschwunden war, entweder durch die Tür ins Treppenhaus oder in dem Aufzug. Er ging zu den Aufzügen, drückte beim ersten auf den Knopf. Er wippte auf den Fußspitzen, überlegte, ob er zur Treppenhaustür gehen sollte, dann fiel ihm die Wohnungstür ein, und er ging hin, sah, dass sie nicht ins Schloss gefallen war. Er wollte sie gerade zuziehen, als ein lautes *Ding-ding* die Ankunft eines der Aufzüge ankündigte, und Lucas machte einen Schritt darauf zu. »Carmel?«

Sie trat aus dem Aufzug: Lucas erkannte nicht sofort den Zusammenhang des Bewegungsablaufs bei ihr, sah es nicht kommen, aber dann ...

Carmel drückte ab, als die Visierlinie sein Gesicht streifte, und sie sah die Überraschung in seinen Augen, und die Pistole ruckte, und Davenport bewegte sich seitwärts nach unten, und sie spürte die Erregung des Tötens in sich aufwallen, und sie richtete den Lauf auf seinen Körper und drückte ab und dann noch mal und dann ...

Lucas spürte, wie das erste Geschoss seinen Hals streifte, dann tauchte er zur Seite ab, hörte eine weitere Kugel über seine Schulter zischen, rollte blitzschnell ins Wohnzimmer, während ein Schwarm aus Querschlägerfragmenten durch den Raum fauchte. Er richtete sich auf, orientierte sich zur Tür, und ein Brennen zuckte über seine Wange, ein Schlag traf seinen Oberschenkel, und dann hatte er seine Pistole in der Hand, und Carmel stand unter der Tür ...

Lucas feuerte nur einen Schuss ab, und Carmel meinte, ein Baseballschläger habe sie mit voller Wucht getroffen. Das .45er-Geschoss zerfetzte ein faustgroßes Stück Haut direkt unter ihrem Rippenbogen, und sie taumelte zurück. Verletzt ... Schlimm verletzt ... Krankenhaus ... Sie hatte immer noch die Wagenschlüssel in der linken Hand, drehte sich um und wankte auf den Aufzug zu. Die Türen glitten gerade zu, und sie schlug auf den Knopf, und die Türen gingen wieder auf, und sie blickte zurück und sah Lucas hinter dem Türrahmen hervorschauen, und sie schoss noch einmal auf ihn, und dann ließ sie sich in die Kabine fallen.

Lucas drückte noch zweimal ab, aber der Schusswinkel zu den sich schließenden Aufzugstüren war ungünstig; ein Geschoss fuhr in die Tür, das andere war vielleicht gerade noch durch den Schlitz nach innen gedrungen ... Er kroch zu den Aufzügen und drückte auf den Abwärtsknopf.

»Das war ein Schuss«, sagte Sherrill aufgeregt zu Sloan. Sie waren in der Lobby, und sie zogen sofort ihre Pistolen. »Das war ein verdammter Schuss! Aus einer verdammt großen Waffe!«

»Warte du hier vor den Aufzügen, einer kommt gerade runter«, sagte Sloan. »Ich laufe durchs Treppenhaus hoch.« Er rannte los.

»Zu weit, zu weit«, rief Sherrill hinter ihm her, aber Sloan ließ sich nicht aufhalten: »Ich muss den Weg versperren, den Weg zur Parketage!«

»Sei vorsichtig!«, rief Sherrill.

»Hol Verstärkung«, schrie er ihr über die Schulter zu, und Sherrill zog ihr Handy aus der Tasche, drückte die Kurzwahltaste zur Zentrale und schrie ihren Notruf in die Sprechmuschel, während die Leuchtziffer des Aufzugs von sechs auf fünf sprang. Dort blieb sie stehen, und Sherrill rannte zum Treppenhaus und schrie nach oben: »Aufzug hat bei fünf gestoppt, bei der Parketage! Sei vorsichtig!«

»Okay«, rief Sloan zurück.

Der zweite Aufzug bewegte sich nach oben; Sherrill drückte dennoch ohne langes Nachdenken auf den Aufwärtsknopf, wollte so schnell wie möglich zum Ort des Geschehens. Der erste Aufzug, der im fünften Stock angehalten hatte, setzte sich nach unten in Bewegung, während der andere unerbittlich weiter hoch fuhr und schließlich im siebenundzwanzigsten Stock stehen blieb. Sherrill lief wieder zum Treppenhaus und rief hinter Sloan her: »Der andere Aufzug ist ganz oben im siebenundzwanzigsten Stock!«

Im selben Moment kam der erste Fahrstuhl in der Lobby an, wie sein *Ding-ding* verkündete. Sherrill schrie dem verängstigten Wachmann zu: »Halten Sie den Fahrstuhl an! Halten Sie ihn hier unten fest! Los, machen Sie schon!«

Der Mann lief zum Aufzug, dessen Türen gerade aufglitten, blieb dann aber wie angewurzelt davor stehen. »Mein Gott, da ist Blut ...«

Sherrill schob ihn zur Seite und sah die Blutlache mitten auf dem Teppich in der Kabine. »Wie hält man das Ding an?«, fragte sie hastig.

»Ziehen Sie den roten Notfallknopf raus, an dem Ring.«

Sie sah den dicken roten Knopf mit dem Ring, zog ihn heraus. »Bleibt er jetzt hier stehen?«

»Ja, das ...« Der Wachmann schaute zu der Etagenanzeigeskala über den Aufzugtüren hoch. »Der andere kommt runter.«

»Oh, Scheiße ... Gehen Sie aus dem Weg!« Sie trat einen Schritt zurück, hielt die Pistole in Bauchhöhe. Erinnerte sich an den Spruch: *Zwei in den Bauch und einen in'n Kopf, bringt jeden zu Boden und zum Teufel in'n Topf ...*

Dann glitten die Fahrstuhltüren auf, und Sherrill sah Lucas auf dem Boden liegen, und Blut lief ihm in die Augen, und er hatte seine Pistole auf ihre Brust gerichtet, und Sherrill schrie: »Lucas, Lucas, Jesus ...«

Der Aufzug schien gemächlich, geradezu unverschämt langsam nach unten zu kriechen. Carmel stemmte sich hoch, spürte ein scharfes Brennen im Arm; sah hin – Blut, viel Blut. Ihr ganzer Körper schien in Flammen zu stehen. Als der Aufzug im fünften Stock anhielt, taumelte sie hinaus in den Flur, zur Tür des Parkdecks. Links neben der Tür verlief das Treppenhaus, und sie hörte, dass jemand hochgestürmt kam. »Hau ab!«, schrie Carmel dem Mann entgegen. Sie konnte seinen Arm sehen, drei Treppenabsätze unter ihr. Der Mann blieb stehen, sah zu ihr hoch, und sie schoss auf ihn, einmal, zweimal ...

Sloan blieb verwirrt stehen. Er war erst dreieinhalb Stockwerke hoch. Carmel? Zwei Kugeln zischten an ihm vorbei, und er richtete die Pistole blind nach oben und drückte ab.

Alle Furcht war von Carmel gewichen; der Schmerz überlagerte alles andere. Sie schoss noch einmal nach unten, noch einmal, und dann machte die Pistole nur noch *klick*. Das Magazin war leer. »Hau ab!«, schrie sie wieder, dann taumelte sie durch die Tür auf das Parkdeck. Ein Dutzend Schritte zu ihrem blutroten Jaguar ... Herumfummeln nach dem Schlüssel ... In Flammen – ihr Körper stand in Flammen ...

Sie setzte rückwärts aus dem Abstellplatz, richtete den Bug des Wagens auf die Ausfahrtrampe und gab Gas.

Sloan hörte das Zufallen der Tür zum Parkdeck. Er streckte schnell noch einmal den Kopf über das Geländer, sah nach oben, lief dann hoch zum nächsten Treppenabsatz. Er hörte, dass der Motor des Jaguar gestartet wurde, hörte das Quietschen durchdrehender Reifen, als der Wagen lospreschte. Er war jetzt einen Treppenabsatz unter der fünften Etage, aber er machte kehrt, rannte zurück, zum vierten Stock hinunter, durch die Tür ins Parkdeck, hörte den Wagen kommen. Er hob die .38er, als der Wagen um die Ecke bog, schoss auf die Windschutzscheibe. Traf die Fahrerseite nicht, und das Heck des Wagens schleuderte herum, als Carmel Gas gab, und er schoss auf das Fahrerfenster, als sie vorbeiraste. Aber er war zu langsam, und der Schuss fuhr in die Heckscheibe, und dann verschwand sie um die Kurve der Ausfahrtsrampe.

Sloan rannte zurück ins Treppenhaus, runter zum dritten Stock, hörte, dass der Wagen bereits durchraste, lief weiter zum zweiten Stock, aber auch dort war es zu spät, und er lief weiter, brach in der Lobby durch die Treppenhaustür, schrie Sherrill zu: »Sie kommt im Wagen die Ausfahrt runter!«

Während er zum Ausgang rannte, sah er aus den Augenwinkeln Lucas am Boden knien, sah das Blut auf seinem Gesicht, sah Sherrill mit der Pistole in der Hand – und dann brach der Jaguar draußen durch die Holzbarriere an der Ausfahrt, raste schleudernd und mit quietschenden Reifen hinaus auf die Straße, weg von ihm, und Sloan rannte durch die Tür, und die Straße war voller Menschen, und er konnte nicht mehr schießen ...

Lucas hatte flüchtig seine Wunden untersucht und rief Sherrill zu: »Nicht schlimm, nicht schlimm«, und kämpfte sich auf die Beine, und Sherrill schrie: »Bleib liegen, du bist verletzt, bleib liegen«, aber Lucas schob sie unsanft aus dem Weg und lief humpelnd durch die Tür vor das Gebäude, sah Sloan die Straße hinunterrennen und Carmels Jaguar gerade noch um die Ecke am Ende des Blocks verschwinden.

»Das hatte ich nicht einkalkuliert«, sagte Lucas und machte den Versuch, Sherrill anzugrinsen. Blut sammelte sich in seinem linken Mundwinkel. »Dass sie das machen würde ... Sie ist völlig ausgeflippt.«

»Lucas, du musst dich hinsetzen, der Krankenwagen ...«

»Ich scheiße auf den Krankenwagen.« Und sie sahen, dass am Ende des Blocks Leute stehen blieben und zu ihnen herüberstarrten, und Sherrill schrie: »Sie kommt zurück! Sie ist um den Block gefahren!«

Lucas lief los, humpelnd, zum Ende des Blocks, und Sherrill fasste den Entschluss, sich besser vor ihn zu setzen, immer noch mit der Pistole in der Hand, und sie schrie den Leuten entgegen: »Polizei! Aus dem Weg! Polizei!«

Lucas sah, wie sie am Ende des Blocks stehen blieb, die Pistole hob ... Und der Jaguar kam hinter dem Gebäude hervorgeschossen, und Sherrill schoss nicht, richtete den Lauf der

Pistole zum Himmel, und Lucas schloss zu ihr auf und sagte: »Lieber Himmel, sie hat hundertfünfzig drauf!«

Carmel spürte nicht viel: einen gedämpften Starrsinn, den Willen, zu tun, was ihr gefiel ... Sie steuerte den Wagen um die letzte Ecke, erkannte, dass sie in Gegenrichtung durch eine Einbahnstraße raste – und dass sie in jedem Fall in die falsche Richtung fuhr – das Krankenhaus lag hinter ihr. Aber sie versuchte erst gar nicht zu wenden, hielt den Blick starr auf das *Target Center* gerichtet, die Halle, in der die Minnesota Timberwolves ihre Basketballspiele austrugen. Hielt den Blick starr auf das Gebäude gerichtet und trat das Gaspedal bis zum Boden durch ...

Sie fuhr am Ende des ersten Blocks mit hundert Stundenkilometern, und mit hundertfünfzig, als Davenport sie am Ende des zweiten Blocks sah. Der Wagen erreichte am Ende des fünften Blocks seine Höchstgeschwindigkeit – rund hundertachtzig Stundenkilometer. Carmel hielt sich genau in der Mitte der weißen Linie, die die beiden Fahrbahnen voneinander abgrenzte, und die entgegenkommenden Wagen wichen ihr ruckartig aus, weiße Gesichter zuckten an ihr vorbei, wie die sterilen Gesichter auf Briefmarken, nur schemenhaft zu erkennen, kaum wahrzunehmen, erstarrt im Ausdruck ... Sie streifte einen stämmigen Schwarzen, der eine Lebensmitteltüte mit Milch und Hefeteilchen und einem Dutzend Orangen in der Hand hielt. Er sah sie nicht kommen, als er über die Straße ging, da er gerade in seine Tüte schaute und sich überlegte, ob er die Verpackung der Hefeteilchen aufreißen sollte. Er sah Carmel nicht kommen, und sie erfasste ihn mit der Mitte des Wagens, und er flog über den Jaguar, als ob eine Engelschar ihn hochgerissen hätte.

Mit hundertachtzig Stundenkilometer stieß Carmel gegen

den Bordstein vor dem Target Center, und der Jaguar hob ab, drehte sich in der Luft, überschlug sich ...

Lucas und Sherrill sahen entsetzt, wie der Wagen zuerst den Schwarzen hochwirbelte und dann gegen die Betonwand der Halle prallte.

Der Schwarze war in Sekundenbruchteilen tot; er hatte nichts als ein plötzliches Angstgefühl gespürt. Für Carmel war der Übergang vom Leben zum Tod so plötzlich, dass sie ihn nicht wahrnahm.

In der Stille, die dem krachenden Aufprall folgte, rollten und hüpften ein Dutzend Orangen über die Straße, glänzend und viel versprechend, als seien sie Beweise für die guten Seiten eines zerstörten Lebens.

28

Charlie Ross und seine überspannten Yuppie-Kumpel bei der Merchants Bank in Portland, Oregon, hatten ein neues Klassifizierungssystem für Frauen entwickelt. Eines, das sich nach unten orientierte, nicht nach oben. Die Note »Einser-Hühnchen« galt für eine Frau, die an der Grenze zum Akzeptablen stand. Ein »Zehner-Hühnchen« stand für eine absolut hässliche Frau.

Ross arbeitete sich gerade durch die Buchung der monatlichen Rechnungen für die Mieten der Bankschließfacher und behielt nebenher den Schließfachschalter im Auge, während der zuständige Kollege beim Mittagessen war, als ein Sechser-Hühnchen an den Schalter trat. Sie war einfach unerfreulich. Selbst wenn man in Versuchung geraten würde, ihr die Gnade eines Ficks zu erweisen, würde man es vorziehen, ihr zunächst einmal eine Decke über das Gesicht zu legen. Das alles ging Ross durch sein Spatzenhirn, während er sich von seinem Schreibtisch hochstemmte und seinen feisten Hintern zum Schalter bewegte.

Die Frau war klein und dunkelhaarig, ihr Teint grau-grün. Sie hatte ein scheußliches, fast schwarzes Muttermal in einer Mundecke, ein anderes neben der Nase. Und sie trug eine übergroße Brille, eine von der Sorte, die angeblich auch düsteres Licht in Sonnenglanz verwandeln kann, jedoch nur dazu führt, dass die Augen des Trägers in Räumen gelblich glänzten. Die Frau übergab Ross eine Schlüsselkarte, und er ging damit zum Schließfach-Identifizierungsgerät und schob sie durch den Schlitz. Mit der Zugangserlaubnis, die die Maschine ausspuckte, ging er zurück zum Schalter und schob sie der Frau zur Unterschrift hin.

Aber sie sah ihn nicht an. Sie schaute auf das Fernsehgerät, das die Bank in der Warteecke aufgestellt hatte, wo Besucher sich die Zeit vertreiben konnten, bis ihre Ehegatten oder Freunde aus dem Schließfachkeller zurückkamen. Das Gerät war permanent auf die CNN-Nachrichten eingestellt, die in diesem Moment das Wrack eines blutroten Jaguars zeigten, der sich zur Hälfte in eine Wand aus Betonsteinen gebohrt hatte.

»Ma'am?«, sagte Ross. »Ma'am, bitte hier unterschreiben ...«

Die Frau schien ihn nicht zu hören, trat näher vor den Fernseher und starrte mit halb geöffnetem Mund auf den Bildschirm.

»Ist gestern Abend passiert«, sagte Ross hilfsbereit. Er hatte die Szene schon ein dutzend Mal gesehen. Das hässliche Hühnchen sah so lange auf den Bildschirm, bis eine andere Nachricht gezeigt wurde – ein Feuerwehrmann, der einem

Hund Sauerstoff zuführte. Dann erst kam die Frau zum Schalter zurück. Er korrigierte ihre Benotung von sechs auf vier: Sie hatte einen echt knackigen Arsch – wie eine Turnerin. Aber sie wirkte irgendwie benommen.

»Hoffentlich war's niemand, den Sie kannten«, sagte Ross.

»Nein, nein ... Ich wünschte nur, sie würden nicht so viele Gewaltszenen im Fernsehen zeigen.« Rinker unterschrieb die Zugangserlaubnis und schob sie ihm über den Schalter zu. Er sah, dass ihre Hand zitterte, und er hoffte, dass sie nicht von einer ansteckenden, bösartigen, aus der Fremde eingeschleppten Krankheit befallen war.

Lucas' Wunden wurden in der Notaufnahme behandelt und zusammengeflickt, und man eröffnete ihm, dass er anschließend nach Hause gehen könne. Das Zusammenflicken war nicht ganz einfach. Eine Kugel hatte eine Furche durch die Haut an seiner linken Halsseite gezogen, und man hatte sie mit einer ganzen Reihe von Stichen vernähen müssen. Ein größeres Bleifragment hatte die Haut hinter seinem rechten Ohr aufgeritzt, war jedoch nicht bis zum Schädelknochen eingedrungen; man hatte es mit einer Pinzette herausziehen und die Wunde mit zwei Stichen schließen können. Im Schauer der Querschlägerfragmente waren darüber hinaus mehrere kleine Geschossteile in die Haut der Stirn und der Wangen eingedrungen und hatten Blutungen verursacht.

»Wie bei diesem Wooden Head«, sagte Sherrill glücklich. Sie war sehr erleichtert gewesen, als die Ärzte verkündet hatten, Lucas sei nicht schwer verletzt.

Ein weiteres größeres Fragment war in seine Hüfte eingedrungen, und auch das machte Sherrill glücklich.

»Verwundung im Arsch«, sagte sie grinsend.

»In der Hüfte!«

»Sieht für mich wie der verlängerte Arsch aus«, beharrte sie. »Deine Hüfte ist da oben an der Seite ...«

Weitere Fragmente mussten aus beiden Beinen und dem Rücken entfernt werden. Um an eines direkt über der Niere heranzukommen, musste der Arzt einen Schnitt machen. Die Wunden in den Beinen waren alle nur Hautritzer, aber doch recht schmerzhaft, und drei mussten vernäht werden. Als alles vorbei war, drückte der Arzt Lucas die Musterpackung eines Schmerzmittels in die Hand und riet ihm davon ab, am Wochenende Basketball zu spielen.

»Ist das alles, was Sie mir mit auf den Weg zu geben haben?«, murrte Lucas. »Nicht Basketball zu spielen?«

»Nun ja, wir versichern Ihnen natürlich auch, dass wir tiefste Gefühle des Mitleids für Sie empfinden«, sagte der Arzt.

Lucas schob sich vom Behandlungstisch, zog seine Hose an, trottete zur Tür. »Weißt du, was mir am meisten wehtut?«, fragte er Sherrill. »Ich bin im wahrsten Sinn des Wortes ins Wohnzimmer *abgetaucht*. Sie ballerte wie verrückt auf mich, und ich knallte auf den Boden und habe mir den Ellbogen und die Rippen geprellt. Das wird eine Woche lang höllisch wehtun.«

»Besser als die Alternative«, tröstete sie ihn.

Es *tat* eine Woche höllisch weh, dazu kam dann noch das Jucken der sich langsam auflösenden Fäden der Wundnähte. Aber am Donnerstag wurden die Fäden gezogen, und am Freitag, als Malone mit dem FBI-Team eintraf, fühlte er sich bereits wieder halbwegs gesund.

»Keine Spur von Rinker«, sagte Malone. Sie saß auf dem Besucherstuhl in seinem Büro, in einen dunkelblauen Hosenanzug mit roter Krawatte gekleidet. »Aber wir werden sie kriegen.«

»Ich weiß nicht«, sagte Lucas. »Sie ist clever, und sie hatte acht oder neun Jahre Zeit, sich ein Versteck auszusuchen. Sie kann noch hier in den Staaten sein, aber auch in Kanada, Australien, Indien, der Karibik und mit ihren Spanischkenntnissen auch irgendwo in Mittel- oder Südamerika. Und Gott allein weiß, wie viel Geld sie zum Schluss verfügbar hatte.«

»Wir haben sie jedenfalls aus dem Geschäft gedrängt. Ich wollte nur, ich wäre bei der Schießerei mit Carmel dabeigewesen.«

»Tatsächlich? Warum?«

»Ich meine, wenn ich verwundet worden wäre wie Sie … verstehen Sie, nicht zu schlimm, aber mit Behandlung im Krankenhaus …«

»Entschuldigen Sie, aber ich glaube, Sie haben Ihren Verstand draußen im Flur gelassen«, sagte Lucas.

»Sie sind nichts als ein ignoranter städtischer Cop«, stellte Malone fest. »Wissen Sie, was es für einen FBI-Agenten bedeutet, wenn er in vorderster Front verwundet wird? Und wenn er dazu noch eine Frau ist? Mein Gott, ich würde Karriere machen wie eine Rakete.«

»Zum Beispiel in den Rang eines Stellvertretenden Stellvertreters eines Stellvertretenden Direktors aufsteigen oder so was.«

»Mindestens«, sagte sie. »Na ja … Wie geht es Ihnen?«

»Nicht schlecht. Ich könnte wahrscheinlich einen Foxtrott hinkriegen, wenn mich jemand dazu drängen würde.«

»Betrachten Sie sich als gedrängt«, sagte sie.

Am Montag ging Sherrill zum FBI-Büro, um das Team über die Geschehnisse zu informieren. Als sie zurückkam, ließ sie sich in Lucas' Besucherstuhl sinken und sagte: »Ich habe gerade mit Malone gesprochen.«

»So?« Lucas las in dem dicken blauen Band des Berichts der Gleichberechtigungskommission. Er war bis zur Seite fünfhundertfünfundzwanzig vorgedrungen; weniger als hundert Seiten waren noch zu bewältigen. Im Vergleich zur Bearbeitung des Berichts wäre es ein Klacks gewesen, einen zentnerschweren Stein einen Berg hinaufzurollen. »Meint sie immer noch, sie könnte Rinker erwischen?«

»Ich weiß nicht genau, was sie meint«, antwortete Sherrill. »Als ich am Freitagnachmittag mit ihr gesprochen habe, war sie echt gut drauf, konzentriert, angespannt, wie die … die Chefin vom Ganzen – das ist das Wort, nach dem ich gesucht habe. Wie aufgedreht, verstehst du?«

Lucas blätterte die Seite um und las weiter.

»Aber heute Morgen war sie viel, viel lockerer. Das Haar ein bisschen zerzaust, verstehst du – einmal hat sie sogar regelrecht gekichert. Lippenstift ein wenig verwischt …«

Lucas sah jetzt von seiner Lektüre auf. »Was?«

»Sie hat gekichert. Wie ein Teenager. Um es klar auszudrücken – sie machte den Eindruck, als ob ihr das Gehirn weich gefoxtrottet worden wäre.«

»Detective Sherrill, Sie stecken doch mitten in der Bearbeitung eines schwierigen Falles, oder? Und ich muss diesen Bericht zu Ende lesen.«

»Diese Reaktion habe ich erwartet«, sagte Sherrill.

Die Kommission hatte neun Mitglieder: den Vorsitzenden, einen hoffnungslos runtergewirtschafteten Politiker namens Bob, einst im Parlament des Staates Minnesota bekannt für seine hohen ethischen Ansprüche, dann in derselben Institution heftig verlacht, als er seinen Sitz an einen sechsundzwanzigjährigen Yuppie verloren hatte; dazu sieben Mitglieder aus betroffenen Wählerkreisen – und Lucas. Nach der üblichen

Eröffnung und der Bekanntgabe der Tagesordnung entwickelte sich die Besprechung zu einer aggressiven Auseinandersetzung über die Frage, ob die Hinzufügung weiterer Minderheiten- oder Behindertengruppen zu der Liste der bereits vorhandenen deren soziale Errungenschaften möglicherweise verwässern würden ... oder so ähnlich. Lucas meinte jedenfalls, so etwas herausgehört zu haben.

Aber er war sich nicht sicher. Als er am Morgen in einer Buchhandlung gewesen war, hatte er entdeckt, dass Donald Westlake eine Neuauflage seiner »Richard Stark«-Parker-Romane herausgegeben hatte, und Lucas hatte *Backflash* zwischen den Seiten des Berichts versteckt. Am Ende der Sitzung hatte er die Story zu mehr als der Hälfte gelesen, und das letzte Kapitel hatte mit dem Wort *Arschloch* geendet. Lucas stimmte voll zu.

Der Abend schien aus einem Country-and-Western-Song zu stammen – einer dieser sanften warmen Abende, die dazu gemacht sind, sich mit einem Bauernmädchen in einem Heuhaufen rumzuwälzen. Selbst der Verkehrslärm schien gedämpft zu sein, als ob die Leute ihre Wagen stehen lassen hätten und es vorzögen, zu Fuß zu gehen.

In Lucas' Nachbarschaft war es sehr still; nur gelegentlich rollten Autos über die breite Straße zwischen seinem Haus und der Klippe über dem Mississippi. Als er in die Zufahrt einbog, fiel ihm ein, dass er Milch und Cornflakes brauchte, wenn er am nächsten Morgen etwas zum Frühstück im Haus haben wollte; und gleichzeitig spürte er eine leichte Speckschicht um die Hüfte, die dringend weggetrimmt werden musste, und wenn er in ein Restaurant ging, würde das diesem Ziel nicht dienlich sein. Er überlegte kurz, entschloss sich dann, den Porsche zunächst einmal in der Zufahrt stehen zu lassen. Er stieß die Wagentür auf, drehte sich um, nahm den Gleichberechtigungsbericht und seinen Roman vom Rücksitz und schob sich aus dem Wagen ...

Und er sah sie kommen.

Sie kam schnell auf ihn zu, hinter der Ecke der Garage hervor. Und obwohl es dunkel war, wusste er sofort, wer sie war. Eine kleine Frau mit geschmeidigen Bewegungen, wie eine Tänzerin ... Der Porsche war ein Hindernis für sie – er stand zwischen ihr und Lucas. Sie hatte erwartet, dass er in die Garage fuhr, und dann wäre er, eingekeilt zwischen dem Porsche und dem großen Chevy Tahoe auf dem zweiten Abstellplatz, ein leichtes Ziel für sie gewesen. Aber sie war entschlossen, ihn zu töten, und er sah ihre erhobene Hand mit der Waffe, und er griff verzweifelt nach seiner .45er, riss gleichzeitig das Buch hoch vor sein Gesicht, und die dumpfen Explosionen bellten auf, und Lichtblitze zuckten durch das Halbdunkel ...

Gleichzeitig mit dem Hochreißen des Bandes warf er sich auf den Boden, und der Bericht flog wie von selbst aus seiner Hand, und er konzentrierte sich darauf, die Lasche des Holsters, das nicht für schnelles Ziehen gemacht war, aufzureißen und die Waffe in die Hand zu bekommen, und er feuerte den ersten Schuss blind in Rinkers Richtung ab. Der Schuss fuhr aufwärts durch die geöffnete Wagentür und durch die Windschutzscheibe. Er rollte sich ab, weg vom Wagen, schoss wieder, immer noch grob in ihre Richtung, versuchte einfach, sie davon abzuhalten, näher an ihn heranzukommen, ihr Angst einzujagen, sie in Deckung zu zwingen; sah einen weiteren Lichtblitz, spürte an der Seite eine Kugel durch den Stoff seines Mantels zischen, schoss auf das Mündungsfeuer, rollte sich zurück zum Wagen, feuerte unter ihm hindurch auf die Stelle, wo er ihre Beine vermutete, sah eine huschende Bewegung, schoss noch einmal ...

Sie lief weg.

Er spürte es mehr, als dass er es hörte – später zweifelte er daran, dass er es überhaupt gehört hatte; das Dröhnen seiner Schüsse musste sein Gehör taub gemacht haben –, und er schoss in die Richtung, in der sie davonrannte, und das Geschoss fuhr in die Hauswand.

Er sprang auf, lief durch die wunderschöne warme Sommernacht hinter ihr her. Sie war ganz in Schwarz gekleidet, aber im Licht auf den Terrassen und in den Fenstern der benachbarten Häuser sah er sie. Sie rannte im Zickzack durch seinen Garten, brach durch Büsche, sprang über einen niedrigen Gitterzaun. Er rannte hinter ihr her, so schnell er konnte, aber seine Mokassins waren für einen Sprint nicht geeignet; einen der Schuhe verlor er, als er sich über den Zaun schwang, und sie drehte sich im Laufen um, feuerte zwei schnelle, ungezielte Schüsse auf ihn ab, und er duckte sich instinktiv, hob seine Pistole, sah aber erleuchtete Fenster in der Ziellinie, schoss nicht, rannte weiter. Sie schwang sich über einen weiteren Zaun, einen höheren diesmal, und er kam auf ungefähr dreißig Meter an sie heran, und dann ...

Sie kletterte wieselflink eine Leiter hoch, die an der Rückseite eines niedrigen Schuppens lehnte, erreichte den Dachrand, stieß die Leiter mit dem Fuß um, hastete gebückt zum Dachfirst hoch. Diesmal riskierte er einen Schuss – wenn er nicht traf, würde das Geschoss im Mississippi oder am jenseitigen Flussufer landen –, und es *war* ein schlechter Schuss, und sie schwang sich über den Dachfirst und war außer Sicht. Er lief um den Schuppen, stolperte über einen Mülleimer, fiel hin, sprang auf, rannte weiter, stieß ein paar Meter weiter gegen einen Rasenmäher, stürzte erneut, sprang wieder auf, lief in einem größeren Bogen über die offene Rasenfläche weiter um das Haus ...

Sie war verschwunden.

Der Hausbesitzer kam schimpfend aus der Tür gestürzt, und Lucas schrie ihm zu: »Rufen Sie die Cops! Rufen Sie 911 an – Schießerei bei Ihrem Haus!«

Er musste sich für eine Richtung entscheiden, und er wählte den Norden, denn das war ihre allgemeine Richtung gewesen. Er lief dreißig Meter weiter, schleuderte den zweiten Schuh vom Fuß, stoppte an der Straßenecke ab, schaute hastig die Straße hinauf und hinunter, rannte ein Stück nach Westen, kehrte wieder um ...

Nichts zu sehen.

Sie war verschwunden.

Die Cops von St. Paul kamen drei Minuten später angerast.

Malone sah in ihrer leichten Tweedjacke und der sorgfältig gebügelten Plisseebluse wieder strikt dienstlich aus, und sie sagte gerade zu Lucas: »... sehr wertvolle Information. Wir wissen jetzt, dass sie noch in den Staaten ist, was nach meiner Meinung darauf hindeutet, dass sie nicht vorhatte, sich ins Ausland abzusetzen. Wir werden sie kriegen.«

»Aber nur vielleicht«, sagte Lucas. Er fummelte mit einem gelben Bleistift herum; nachdem die Spurensucher ihm den Gleichberechtigungsbericht zur Laboruntersuchung weggenommen hatten, war ihm sonst nichts zum Herumfummeln geblieben.

»Sei doch optimistisch«, sagte Malone. »Schließlich bist du der Einzige, der je eine Attacke von ihr überlebt hat.«

»Ach, das Ganze war doch ein totales Versagen von beiden Seiten«, sagte Lucas. »Ich habe fünf Schüsse auf sie abgefeuert und sie nicht getroffen. Sie hat ein paarmal öfter auf mich geschossen und ebenfalls nicht getroffen. Und wir müssen für ein paar Sekunden höchstens zwei Meter voneinander entfernt gewesen sein ...«

»Du *beklagst* es, dass sie schlecht geschossen hat?«

»Nun ja ...«

»Sie hätte dir ein paar Schüsse direkt ins Gehirn gejagt, wenn du diesen dicken Bericht nicht im richtigen Moment hochgerissen hättest.«

»Scheißbericht«, knurrte Lucas. »Ich vermisse das verdammte Ding inzwischen. Hat zwei für mich vorgesehene Schüsse direkt ins Herz abgekriegt ...«

Malone stemmte sich vom Besucherstuhl hoch. »Jetzt geht's also zurück nach Washington ...«

»Tatsächlich? Ich dachte, du würdest noch eine Weile hier bleiben.«

»Zu viel zu tun in der Zentrale«, sagte Malone. »Ich fliege morgen früh.«

»Hm, wenn das so ist«, sagte Lucas. »Ehm, meinst du, du hättest heute Abend noch ein bisschen Zeit übrig, um mit mir noch mal zum, ehm, foxtrotten zu gehen?«

Abschalten ...

Abschiedskuss für Malone am Flughafen.

Nachts sehr vorsichtig, auf Sicherheit bedacht.

Carmel Loan ... dann Clara Rinker – aus seinem Leben verschwunden, hoffte er.

Eine Woche nach dem Besuch von Clara Rinker saß Lucas in seinem Büro und las zum wiederholten Mal eine Notiz von Del durch. Einige von Dels Hippiefreunden hatten eine Frau an ihn verwiesen: Sie behauptete, ihr gewalttätiger Ehemann sei ein russischer Spion, ein Maulwurf. Eine Überprüfung durch Del hatte ergeben, dass der Mann keine Vergangenheit hatte, die weiter als 1974 zurückreichte. Er lebte unter dem Namen eines Jungen aus Montana, der 1958 gestorben war. Was soll ich weiter unternehmen?, lautete Dels Frage.

Scheiße – Lucas wusste es nicht. Das Außenministerium anrufen?

Das Telefon klingelte, und er hob ab.

»Hat eine Weile gedauert, bis man mich zu Ihnen durchgestellt hat«, sagte Rinker.

Er erkannte den Akzent sofort; hatte auch sofort den Geruch nach Pommes frites und Bier im The Rink wieder in der Nase. »Polizeibürokratie«, sagte Lucas. »Geht's Ihnen gut?«

»Ja, aber Sie haben mir verdammte Angst eingejagt. Ich habe einen Glassplitter in die Schulter bekommen – von der Kugel, die Sie durch das Wagenfenster gefeuert haben.«

»Was soll ich dazu sagen?« Keine Möglichkeit, das Gespräch zu verfolgen; keine Möglichkeit, irgendjemanden zu verständigen, ihn wissen zu lassen, dass er gerade mit der Nummer eins auf der FBI-Liste der am meisten gesuchten Verbrecher telefonierte …

»Ich habe Sie wohl nicht getroffen, oder?«, fragte sie.

»Nein, aber Sie haben meinen tollen Ermenegildo-Zegna-Sportmantel versaut«, antwortete Lucas. »Ich muss ihn irgendwo kunststopfen lassen. Und meine schicke italienische Hose ist ruiniert.«

»Oh, sehr schade … Ich will Ihnen sagen, was mich aus dem Tritt gebracht hat – es war das Mündungsfeuer Ihrer verdammten Waffe. Was war es? Eine Fünfundvierziger?«

»Ja, richtig vermutet.«

»Ich konnte nichts mehr sehen. Ich hatte mich hinter diesem Busch an der Ecke Ihrer Garage versteckt …«

»Wacholder ...«

»Ja. Meine Augen waren so an die Dunkelheit adaptiert, dass ich nichts mehr sehen konnte, als diese verdammten Lichtblitze aufzuckten. Ich konnte nichts anderes tun, als abdrücken und abdrücken ... Ich hatte das nicht einkalkuliert – aber, zum Teufel, es war ja auch meine erste Schießerei.«

»Sie hatten Glück. Oder haben Sie etwa vorher diese Leiter an den Schuppen gestellt? Als Fluchtweg?«

»Nein. Reine Glückssache.«

»Verdammt ... Ich bin fast umgekommen, als ich um das Haus mit dem Schuppen laufen wollte, stieß gegen einen Rasenmäher, riss mir ein Stück Haut von der Größe einer Dollarnote aus dem Schienbein.«

»Kommen Sie, Lucas, werden Sie nicht weinerlich.«

»Ich will damit ja nur sagen: Wenn Sie diesen Weg genommen hätten, wären *Sie* gegen das Ding geprallt und hingestürzt. Und ich hätte Sie zu fassen gekriegt.«

»Und wären jetzt tot, statt bequem in Ihrem Büro zu sitzen.«

»Aber nur vielleicht«, sagte Lucas, jetzt mit einiger Härte in der Stimme.

Rinker schwieg einen Moment und fragte dann: »Diese FBI-Tante, die mit Ihnen in die Bar kam ... Ich habe sie im TV gesehen.«

»Aha ...«

»Ja. Sie sagte, ich sei ein Monster.«

»Wie? Sie finden das beleidigend?« Er lachte.

»Ja, ja ... Haben Sie mit ihr gebumst?«

Lucas seufzte, sagte: »Jesus ...«, dann: »Ja. Hab ich.«

»Herzlichen Glückwunsch ... Sie sah aus, als ob sie's gebraucht hätte.«

»Das ist ziemlich gehässig«, erwiderte Lucas. »Sie ist eine

nette Frau. Und wir haben gerade eben noch über Sie gesprochen. Wo zum Teufel sind Sie?«

»Sie würden es den FBI-Typen verraten«, sagte Rinker.

»Nein, würde ich nicht.« Natürlich würde er es tun ...

»Philadelphia. Ich habe gerade ein Bankschließfach geleert. Mein letzter Aufenthalt – und als ich auf diesen Münzfernsprecher stieß, dachte ich, ich rufe Sie mal an.« Lucas hörte den Verkehrslärm im Hintergrund. »Ich wollte Ihnen ausdrücklich sagen, dass ich verdammt wütend darüber war, was Sie mit Carmel angestellt haben. Sie hätte eine gute Freundin werden können. Und so was habe ich nicht.«

»Das mit der Freundin glaube ich nicht«, sagte Lucas. »Für Carmel waren Freunde entbehrlich. Denken Sie doch an Hale Allen. Ich meine, lieber Gott, sie glaubte, sie würde ihn lieben – und peng! Sie erschießt ihn ... Oder waren Sie das?«

»Nein, das hat sie selbst erledigt. Er hat sie betrogen, ist fremdgegangen.«

»Ach was, kommen Sie, Clara, was Carmel mit diesem Mann angestellt hat, war doch kaum etwas anderes als Vergewaltigung. Und dieser Typ war zu schwach, ihr zu widerstehen. Sie hat ihn von einer Minute zur anderen getötet, und genau dasselbe hätte sie früher oder später auch mit Ihnen gemacht.«

»Na ja, mag sein«, sagte Rinker. Dann: »Sind Sie noch hinter mir her?«

»Wenn Sie in meinen Zuständigkeitsbereich zurückkommen, werde ich Sie töten«, sagte Lucas.

»Aber nur vielleicht ... Und wenn ich nicht zurückkomme?«

»Werde *ich* Sie nicht verfolgen, aber da sind ja immer noch die Feebs.«

»Wer?«

»Das FBI. Sie legen Wooden Head inzwischen Daumenschrauben an.«

»Ich hoffe, sie schicken ihn für verdammte hundert Jahre in den Knast«, sagte Rinker. »Er hat versucht, mich umlegen zu lassen.«

»Ja, das hat mir ein wenig Sorgen gemacht«, sagte Lucas. »Als wir in Ihr Appartement kamen, haben wir Blutspuren auf dem Boden gefunden. Wir dachten, Ihre Mafiakumpel hätten sich überlegt, Sie seien ein zu großes Risiko für sie.«

»Sie haben diese Überlegung angestellt, aber ich habe sie ihnen ausgeredet.«

»Werden wir die Leute je finden?«

»Wen?«

»Die beiden schweren Jungs in den Tweedanzügen.«

»Diese Frage muss ich ignorieren.«

»Okay. Nun, ich habe nicht geglaubt, Sie seien tot. Ich habe nur nicht geglaubt, dass Sie zurückkommen würden, um mich zu töten. Ich dachte, das sei irgendwie ... unprofessionell.«

»Tatsächlich? Mein Studienberater in Wichita sagte immer, ich sei zu zielorientiert ... Dieses eine Mal entschloss ich mich, das Ziel – mich in Sicherheit zu bringen – zu vernachlässigen und meinen Gefühlen freien Lauf zu lassen. Mich einfach gehen zu lassen. Für eine Freundin. Im Gedenken an sie.«

»Das war sehr nett von Ihnen«, sagte Lucas. »Eines will ich Ihnen noch sagen ...« Er lachte wieder.

»Was?«

»Wir hatten bei Carmels Begräbnis fünfzehn Leute eingesetzt, um nach Ihnen Ausschau zu halten.«

»Wirklich? Ich war tausend Meilen entfernt.« Aber ihre Stimme klang irgendwie erfreut.

»Wir wollten jede Chance nutzen, auch wenn sie noch so gering war. Es ging auf dem Friedhof zu wie bei einem Großalarm – überall trieben sich Cops herum, versuchten, außer Sicht zu bleiben, Detectives mit Videokameras filmten jeden Anwesenden ... in Großaufnahme natürlich, versteckten sich hinter giftigen Efeuranken ... Ich trug eine schusssichere Weste und kam darunter dermaßen ins Schwitzen, dass ich fast einen Herzschlag bekam.«

»Jedenfalls sehr schmeichelhaft für mich.« Sie seufzte und sagte dann: »So, ich muss aufhören. Ich habe noch so viel zu tun ...«

»Wohin geht die Reise? Costa Rica, Mexiko, Chile? Das sind meine drei Top-Vermutungen.«

»Nicht schlecht, aber Sie sollten auch die Küste von Venezuela einschließen – viele Landsleute da unten, alles sehr billig. Sorgloses Leben ...«

»Ich werd's den Feebs sagen.«

»Tun Sie das. Ich muss weg.« Aber sie legte dann doch noch nicht auf und sagte: »Ich bin schneller als Sie.«

»Ganz bestimmt nicht, Schätzchen.«

Sie lachte – in den hellen Glockentönen einer Schönen aus den Südstaaten. Das Lachen brach mit dem *Klick* des aufgelegten Hörers ab.

Irgendwo in Philadelphia, dachte Lucas, geht sie jetzt, in dieser Minute, zu einem unauffälligen Wagen und macht sich auf den Weg zu einem nur ihr bekannten Ziel. Die Nummer eins auf der Liste der meistgesuchten Verbrecher.

Die Nummer eins der Profikiller.

DEBORAH CROMBIE

Ein neuer Fall für Inspector Kincaid und
Sergeant Gemma James.
Der Schwiegersohnes eines berühmten
Musikerehepaares wird tot aufgefunden...

Für alle Leser von Elizabeth George und
Martha Grimes

43209

GOLDMANN

MINETTE WALTERS

»Die Geschichte vom bizarren Tod der Mathilda Gillespie fesselt durch eine Atmosphäre überwältigender und unentrinnbarer Spannung. Der englische Kriminalroman ist bei Minette Walters dank ihrer Souveränität und schriftstellerischen Kraft in den denkbar besten Händen.«
The Times

»Minette Walters ist Meisterklasse!«
Daily Telegraph

43973

ELIZABETH GEORGE

Verratene Liebe und enttäuschte
Hoffnung entfachen einen Schwelbrand
mörderischer Gefühle...

43771

GOLDMANN

GOLDMANN

*Das Gesamtverzeichnis aller lieferbaren Titel erhalten Sie
im Buchhandel oder direkt beim Verlag.
Nähere Informationen über unser Programm erhalten Sie auch im Internet unter:*
www.goldmann-verlag.de

★

Taschenbuch-Bestseller zu Taschenbuchpreisen
– Monat für Monat interessante und fesselnde Titel –

★

Literatur deutschsprachiger und internationaler Autoren

★

Unterhaltung, Kriminalromane, Thriller
und Historische Romane

★

Aktuelle Sachbücher, Ratgeber, Handbücher und
Nachschlagewerke

★

Bücher zu Politik, Gesellschaft, Naturwissenschaft und Umwelt

★

Das Neueste aus den Bereichen
Esoterik, Persönliches Wachstum und Ganzheitliches Heilen

★

Klassiker mit Anmerkungen, Anthologien und Lesebücher

★

Kalender und Popbiographien

★

Die ganze Welt des Taschenbuchs

★

Goldmann Verlag • Neumarkter Str. 18 • 81673 München

Bitte senden Sie mir das neue kostenlose Gesamtverzeichnis

Name: _____

Straße: _____

PLZ / Ort: _____